R & L

Eliot Pattison

Der verlorene Sohn von Tibet

Roman

Aus dem Amerikanischen
von Thomas Haufschild

Rütten & Loening
Berlin

Die Originalausgabe unter dem Titel
Beautiful Ghosts
erschien 2004 bei St. Martin's Press, New York.

ISBN 3-352-00714-4

1. Auflage 2004

Dieses Werk wurde im Auftrag von St. Martin's Press, L. L. C.,
durch die Literarische Agentur Thomas Schlück GmbH, 30827 Garbsen,
vermittelt.
Einbandgestaltung Gundula Hißmann, Hamburg
Druck und Binden Clausen & Bosse, Leck
Printed in Germany

www.ruetten-und-loening.de

Gewidmet dem Gedenken an
Patrick J. Head, Lama-Anwalt

Besonderer Dank gebührt Natasha Kern, Keith Kahla,
Catherine Pattison und Lesley Kellas Payne.

ERSTER TEIL

Kapitel Eins

In Tibet gibt es Geräusche, wie man sie nirgendwo sonst auf der Welt vernimmt. Ein unerklärliches dumpfes Stöhnen wälzt sich die Hänge der verschneiten Bergspitzen hinab. Unter wolkenlosem Himmel hallt donnergleiches Grollen durch die Täler, und in mondhellen Nächten war mitten im zerklüfteten Gebirge von den Sternen der Klang winziger Glocken an Shan Tao Yuns Ohren gedrungen.

Anfangs hatte Shan auf seiner Gefängnispritsche gelegen und sich vor den unheimlichen Lauten gefürchtet. Später war er bei der Suche nach einer wissenschaftlichen Erklärung zu dem Schluß gelangt, es müsse sich dabei wohl um ein Zusammenspiel der dünnen Höhenluft und des Windes handeln, der veränderlichen Eisformationen und der Temperaturunterschiede zwischen Gipfeln und Schluchten. Nach mittlerweile fünf Jahren war Shan sich dessen nicht mehr so sicher. Der lange Aufenthalt in Tibet hatte ihn gelehrt, daß die meisten seiner früheren Überzeugungen nicht ausreichten, um das Wesen der Dinge zu durchschauen.

Das gequälte Ächzen, das nun quer durch die Talsenke schallte, ließ sich gewiß nicht mit herkömmlichen Mitteln erklären. Eine junge Frau in Shans Nähe hielt sich die Ohren zu und lief davon. Das Geräusch stammte von Surya, einem greisen Mönch in rotem Gewand, der zehn Meter entfernt von ihnen saß, und als Shan es zum erstenmal gehört hatte, war auch er erschaudert und hatte unwillkürlich die Flucht ergreifen wollen. Die Mönche nannten diese seltsamen Klagelaute Kehlgesang, aber Shan hielt sich lieber an die Bezeichnung, die sein alter Freund und einstiger Mithäftling Lokesh bevorzugte: Seelenschluchzer. Nach Lokeshs Ansicht war das spirituelle Bewußtsein unten in der Außenwelt oftmals so verkümmert, daß dieses Geräusch dort nur dann erklang, wenn die Seele eines Sterbenden sich mühsam vom Körper zu lösen versuchte. In Tibet hingegen sprach niemand voller Angst von dem Todesröcheln, denn hier war das Geräusch den Lebenden zugedacht. Die Gläubigen hier hatten gelernt, wie man den Seelen ohne Zunge eine Stimme verlieh.

Shan blickte der Frau bekümmert hinterher. Es war ein Tag großer Freude und noch größerer Gefahr. Die für vogelfrei erklärten Mönche, bei denen Shan lebte und die sich jahrzehntelang in ihrer geheimen Einsiedelei versteckt gehalten hatten, wollten der Bergbevölkerung nun nicht nur ihre Existenz preisgeben, sondern die Fremden zudem bei verbotenen Ritualen anleiten. Der heutige Tag würde herrliche Überraschungen bergen und den weiteren Lauf der Welt verändern, hatte Gendun, der oberste Lama, verkündet.

Shan hatte die Mönche davor gewarnt, ausgerechnet diese Tibeter zu der Klosterruine zu bringen. Daraufhin hatte Gendun sich auf ein Knie niedergelassen und einen Kieselstein umgedreht. Diese Geste war als Anspielung auf eine seiner Lehren gemeint gewesen. Die Welt konnte durch jede noch so unbedeutende Handlung verändert werden, sofern ihr Reinheit innewohnte, und sogar die kleinste aller denkbaren Gesten war rein, solange sie frei von Angst und Zorn blieb. Das Leben dieser Hirten war jedoch seit jeher von Furcht geprägt.

Peking hatte den Bewohnern im unwirtlichen Süden des Bezirks Lhadrung übel mitgespielt, denn sie hatten sich noch lange nach der militärischen Einnahme Lhasas hartnäckig gegen die chinesische Besatzung gesträubt. Die Ruinen, zwischen denen Shan und die anderen standen, waren die einzigen Überreste von Zhoka *gompa*, dem Kloster, das der Bevölkerung südlich des zentralen Tals von Lhadrung jahrhundertelang als religiöser Mittelpunkt gedient hatte. Vor vierzig Jahren war es einem Luftangriff der Volksbefreiungsarmee zum Opfer gefallen und gleich vielen tausend anderen *gompas* von Peking in Schutt und Asche gelegt worden. Die tapferen frommen Tibeter, die vergeblich versucht hatten, Zhoka und alles, wofür es stand, zu verteidigen, waren in alle Winde verstreut, getötet oder schlicht in tiefe Resignation getrieben worden.

»Man wird uns verhaften!« hatte eine Frau mit verschlissener roter Weste geklagt, als Shan und Lokesh die Leute auf einem grasbewachsenen Bergkamm getroffen und ihnen bedeutet hatten, zu dem achthundert Meter breiten Trümmerfeld hinabzusteigen.

»An diesem Ort spukt es!« hatte ein anderer Hirte protestiert, als Lokesh das Labyrinth aus bröckelnden Steinmauern betreten wollte. »Hier werden sogar die Lebenden zu Gespenstern!«

Doch als Lokesh, mit einem alten Pilgerlied auf den Lippen, unbeirrt weitergegangen war, hatte der Mann sich hinter seinen Gefährten eingereiht. Nervös und schweigend waren sie ihrem Führer bis zum früheren großen Innenhof des *gompa* gefolgt.

»Ein Wunder!« hatte die Frau mit der roten Weste erstaunt gerufen, den Arm einer alten Frau neben sich umklammert und den drei Meter hohen, eindeutig erst kürzlich errichteten Schrein angestarrt, der in der Mitte des Hofs aufragte. Zögernd waren sie dann gemeinsam vorgetreten, hatten den vor dem Schrein sitzenden Surya gemustert, das leuchtend weiße Gebilde zunächst argwöhnisch betastet, als würden sie ihren Augen nicht trauen, und sich dann ehrerbietig vor dem Mönch niedergelassen. Die anderen waren allmählich gefolgt, und einige hatten dabei die Gebetsketten berührt, die an ihren Gürteln hingen.

Nun aber, als Suryas Kehlgesang einsetzte, wichen mehrere der Hügelleute in die Schatten zurück. Die anderen waren von dem Geräusch wie gebannt und verfolgten mit weit aufgerissenen Augen, daß Surya fröhlich den Kopf zurückwarf, ohne in seinem Bemühen innezuhalten.

»Gottestöter!« Der Schrei kam von überall und nirgends und hallte von den eingestürzten Mauern wider. Ein Stein flog an Shans Schulter vorbei und traf Surya am Knie. »Mörder!« rief dieselbe furchtsame Stimme. Der Gesang des Mönchs stockte und erstarb. Suryas Augen richteten sich auf den Stein.

»Gottestöter!« Als das Wort zum zweitenmal erklang, wandte Shan sich hastig um und entdeckte einen kleinen Mann mit ledrigem Gesicht und der zerlumpten Kleidung eines Hirten, der mit wütendem Blick auf Surya wies.

Der Fremde nahm einen weiteren Stein, doch da war Shan auch schon an seiner Seite und packte ihn am Handgelenk. Der Mann sträubte sich, wollte sich losreißen und Shan zurückstoßen. »Lauft um euer Leben! Die Mörder!« schrie der Hirte den anderen zu, die auf dem Hof verweilten.

Ein alter Tibeter, dessen Haupt und Kinn mit kurzen weißen Stoppeln bedeckt waren, erschien neben dem Fremden. Der Hirte sah ihn verunsichert an und hörte auf, sich zu wehren. Mit sanfter Gewalt öffnete Lokesh die Faust des Mannes, so daß die Kiesel zu Boden fielen. »Surya ist ein Mönch«, sagte er ruhig. »Er ist das genaue Gegenteil eines Gottestöters.«

»Nein«, knurrte der Hirte, während Surya hinter ihnen abermals den Gesang anstimmte. Der Zorn in seinen Augen wich tiefer Verzweiflung. »Die Regierung steckt Männer in Mönchsgewänder, um uns zu täuschen. Wir sollen verleitet werden, die alten Bräuche zu pflegen, damit man uns verhaften oder gar noch Schlimmeres mit uns anstellen kann.«

»Nicht heute«, sagte Lokesh. »Nicht hier.«

Da schüttelte der Mann den Kopf, als wolle er dem alten Tibeter widersprechen, und deutete hinter sich auf die Schatten zwischen den verfallenen Mauerresten.

Eine Frau tauchte auf. Sie hielt die vorderen Zipfel einer zusammengerollten Decke gepackt. Hinter ihr folgten zwei Jungen, der größere höchstens zehn Jahre alt, und trugen ernst, mit trostlosen, müden Mienen das andere Ende der langen Last. Als die drei den Hirten erreichten, ließen sie die schwere Bürde zu Boden sinken. Die Jungen eilten sofort zu der Frau und vergruben die Gesichter in ihrem dicken Filzrock. Der kleinere der beiden stieß ein leises Schluchzen aus.

Lokesh kniete nieder, lüftete vorsichtig eine Ecke der Decke und stöhnte unwillkürlich auf.

Dort vor ihm lag ein alter Mann mit dünnem, struppigem Bart. Sein linkes Ohr hing zerfetzt, und die linke Gesichtshälfte war blutverkrustet und eingefallen, da man ihm Wange und Kiefer zertrümmert hatte. Die leblosen Augen schienen fragend gen Himmel zu blicken.

»Sie haben ihn totgeprügelt«, flüsterte der Hirte, ohne seinen argwöhnischen Blick von Shan und Lokesh abzuwenden. »Haben ihn zusammengeschlagen und einfach so liegengelassen.«

Shan bückte sich und schlug die Decke ganz beiseite. Die Beine des Mannes schienen beide gebrochen zu sein; eines war in unnatürlichem Winkel verdreht, beim anderen war die Hose aufgerissen, so daß man blutiges Fleisch und ein Stück Knochen erkennen konnte. »Wer ist bloß zu so etwas fähig?« fragte er und sah in die leeren braunen Augen des Toten.

»Er hieß Atso und war über achtzig Jahre alt«, erwiderte der Hirte. »Er hat am Fuß einer Klippe allein in einer Hütte gewohnt, drei Kilometer östlich von hier, in Richtung des Tals.« Der Mann hielt kurz inne, als müsse er sich um Fassung bemühen. »Niemand hier in den Hügeln hat so viel wie er über unsere Traditionen gewußt.«

»Man hat ihn umgebracht, weil er die alten Bräuche gepflegt hat?« fragte Shan.

Der Hirte zuckte die Achseln. »Man wird hier schon wegen eines Worts getötet«, stellte er mit hohler Stimme fest und klang dabei dermaßen sachlich, daß Shan erschauderte. Der Mann zog ein Messer aus dem Gürtel und schob mit der Klinge ein Stück Heidekraut aus dem Haar des Toten. Tibeter vermieden es nach Möglichkeit, eine Leiche direkt zu berühren. »Atso hätte niemals Fremde an sich herangelassen, es sei denn, einer von ihnen wäre wie ein Mönch gekleidet gewesen«, sagte er anklagend und schaute besorgt zu der Frau und den Jungen, die sich dem Ursprung des Kehlgesangs näherten. »Mörder sind unter uns«, flüsterte er.

Die Worte ließen Shan zu dem Berggrat oberhalb der Klosterruine aufblicken. Inmitten einiger Sommerblumen saß dort eine schmale, schwarz gekleidete Frau und suchte mit einem Fernglas die Landschaft ab. Liya, eine der wenigen Einheimischen, die den Mönchen insgeheim behilflich waren, hielt Wache.

»Es müssen Gebete gesprochen werden«, verkündete Lokesh.

»Nein«, entgegnete der Hirte. »Hier in den Hügeln verzichten wir auf jede Zeremonie, damit man uns nicht verhaftet.«

»Aber du bist heute hergekommen«, wandte Lokesh ein.

»Die Frau da oben«, sagte der Hirte und wies in Liyas Richtung, »ist mit ihrem Pferd von Lager zu Lager geritten und hat in Anwesenheit meiner Familie behauptet, hier würde heute ein Wunder geschehen. Wie konnte ich da nein sagen, wo meine Kinder doch alles gehört hatten? Bei unserem Aufbruch heute morgen haben die beiden sogar gesungen, was sie sonst nie machen. Dann sind wir in der Nähe seiner Hütte auf Atso gestoßen.«

Shan erkannte, daß nicht die eigentlichen Worte des Hirten ihn schmerzten, sondern der Tonfall, in dem er sie vortrug. Der Mann klang trotz seiner Verzweiflung, als sei all sein Leid schon vor langer Zeit aufgebraucht worden.

»Und nun sitzt hier ein Mann in einem Mönchsgewand und will uns in die Falle locken«, fügte der Hirte hinzu. »So wie die Gottestöter es immer tun.«

Der Begriff versetzte Shan aufs neue einen Stich. »Warum benutzt du so ein schreckliches Wort?« fragte er.

Der Hirte hob mit dem Messer einen kleinen Beutel an, der neben dem Toten lag. Als Shan das Behältnis nahm und den Inhalt auf die Decke schüttete, stieß Lokesh einen weiteren Klagelaut aus. Es war eine kleine, zierliche Silberstatue der Schutzgöttin Tara, ein in jeder Hinsicht vollkommenes Kunstwerk, dessen Kopf man jedoch mit einem wuchtigen Hieb plattgeschlagen hatte. Der Hirte drehte die Figur mit seiner Messerklinge um. Der Rücken der Göttin war gespalten, als hätte man sie von hinten erdolcht.

Die geschändete Statue schien Lokesh mehr zuzusetzen als der Anblick der Leiche. Der alte Tibeter nahm die zerstörte Göttin, barg sie einen Moment lang mit feucht schimmerndem Blick in den Armen und legte sie dann zurück neben den übel zugerichteten Toten, wobei er ihr beständig zuflüsterte. Shan konnte die Worte nicht verstehen, aber der Kummer seines Freundes war unverkennbar.

Als Lokesh wieder aufblickte, wirkte er unerwartet entschlossen. Er erhob sich langsam, nahm den Hirten beim Arm und führte ihn einige Schritte zu einer Stelle, von wo sie Surya sehen konnten. Lokesh wollte nicht zulassen, daß die Ängste der Hirten die Feier zunichte machten.

»Hört genau hin, was für ein Geräusch er von sich gibt. Schaut euch diesen *chorten* an«, sagte der Hirte mit Blick auf den Schrein. »Falls der Mann nicht für die Regierung arbeitet, muß er ein Zauberer sein. Ich treibe meine Schafe jeden Frühling in diese Gegend. Der Schrein war noch nie zuvor da. Den müssen Geister gebaut haben.«

Geister. Shan und Lokesh sahen sich an. Der Mann hatte in gewisser Weise recht: Die Mönche von Yerpa, der verborgenen Einsiedelei, in der Shan und Lokesh lebten, hatten das kleine Gebilde im Mondschein geschaffen. Dabei hatte einer der Männer unaufhörlich gebetet, während die anderen zunächst das mehrstöckige Fundament und schließlich die glockenförmige Spitze errichteten. Der Schrein sollte der Klosterruine als Denkmal dienen, als ein Zeichen dafür, daß die Götter die einheimische Bevölkerung noch nicht völlig vergessen hatten.

»Geister und Mörder – und diese Liya läßt mich meine Familie herbringen.«

»Ich werde dir ein Geheimnis verraten«, flüsterte Lokesh angespannt, was sonst gar nicht seine Art war. Shan wußte, wie sehr es seinen alten Freund schmerzte, daß die Hügelleute ihnen so großes Mißtrauen entgegenbrachten. Lokesh schloß kurz die Augen, als müsse er sich beruhigen. Die Situation stand auf Messers Schneide, begriff Shan. Noch ein paar Worte des Hirten an die anderen Tibeter, und alle würden die Flucht ergreifen. Manche von ihnen würden danach womöglich Gerüchte über Mörder oder gar über illegale Mönche verbreiten und auf diese Weise Soldaten in die Berge locken.

Lokesh holte sein *gau* hervor, das silberne Gebetsamulett, das um seinen Hals hing, und klappte es behutsam auf. Es war unüblich, dies vor den Augen eines Fremden zu tun, und der Hirte verstummte vorerst. Im Innern des Medaillons steckte unter mehreren zusammengefalteten kleinen Zetteln, die Lokesh in seine Handfläche ausschüttete, das winzige Foto eines kahlköpfigen, bebrillten Mönchs mit gelassener Miene und fröhlichem Blick. »Der Mönch, den du singen hörst, heißt Surya«, erklärte Lokesh. »Er kommt aus dem Hochgebirge, nicht aus der Welt dort unten. Und auch er trägt in seinem *gau* ein Bild des Dalai Lama bei sich.« Er deutete auf das Foto. »Hast du denn wirklich vergessen, welcher Tag heute ist?«

Der Mann runzelte die Stirn und hob eine Hand an die Schläfe, als würde er plötzlich Schmerz verspüren. Er starrte erst Lokesh und dann Surya an, bevor die Angst in seinem Blick allmählich schwand und einer traurigen Verwirrung wich. »Ich habe auch so eins. Schon mein Vater und davor sein Vater haben es getragen«, sagte er und zog unter seinem Hemd ein kostbares silbernes *gau* hervor. »Aber es ist leer«, fügte er gequält hinzu. »Als ich noch klein war, hat mein Lehrer den Inhalt verbrannt.« Die Worte schienen ihn wieder an die Gefahren der Gegend zu erinnern, und er schaute erneut zu Atsos Leiche. »Sein Mörder ist hier irgendwo unterwegs und lauert alten Tibetern auf. Ihr müßt fliehen. In der Stadt heißt es, auf irgend jemanden sei ein Preis ausgesetzt worden. Die Soldaten fahnden nach ihm. Wir müssen ...« Seine Stimme erstarb, und sein Blick richtete sich wieder auf Lokesh.

»Was für alte Tibeter?« fragte Shan bestürzt. »Wer hat einen Preis ...« Auch er verstummte und sah Lokesh an.

Sein Freund löste mit einem Fingernagel soeben das Foto aus dem *gau*. Ungläubig sah der Fremde dabei zu, wie Lokesh das Bild statt dessen im Amulett des Hirten verstaute. »Wir werden Surya bitten, ein Gebet aufzuschreiben, damit du es dicht am Herzen tragen kannst«, sagte der alte Tibeter.

Der Mann öffnete und schloß mehrmals den Mund, als müsse er um Worte ringen. »Du meinst es wirklich ernst? Er ist ein echter Mönch?« Man sah ihm die Verblüffung und die Dankbarkeit an, dann Ehrfurcht und Schmerz. »Ich heiße Jara«, flüsterte er schließlich und ließ nun Surya nicht mehr aus den Augen. »Ich habe in meinem ganzen Leben noch nie einen Mönch gesehen, nur die aus Lhasa, die einmal im Jahr vom Büro für Religiöse Angelegenheiten geschickt werden. Sie beten nicht, sondern halten Ansprachen. Auch die Kinder ...« Die Worte blieben ihm im Hals stecken. »Für einen echten Mönch ist es hier viel zu gefährlich«, fuhr er dann hastig fort. »In dieser Gegend gilt er als geächtet. Die Soldaten werden ihn zum Gefängnis ins Tal bringen. Er muß sein Gewand verbergen. Bitte, ich flehe euch an, bedeckt seine Robe. Ihr habt ja keine Ahnung, wie furchtbar dieses Straflager ist.«

Lokesh lächelte und schob einen Ärmel hoch. Der Hirte war im ersten Moment verwirrt, bis er die lange eintätowierte Nummer auf dem Unterarm des alten Tibeters bemerkte.

»Du warst dort?« stöhnte der Hirte. »Du bist ein Häftling gewesen und gehst trotzdem ein solches Risiko ein?«

Lokesh wies auf eine alte, rissige Kohlenpfanne neben dem *chorten*, eine zeremonielle *samkang* aus Metall, in der einige Wacholderzweige brannten. »Der duftende Rauch lockt die Götter an. Sie werden uns beschützen. Du wirst schon sehen.«

Shan wandte sich zu Liya um, die weiterhin hoch über ihnen wachte. Nicht jeder hier verließ sich auf den Schutz der Götter. Die schwarz gekleidete Frau hielt nach Westen hin Ausschau, in Richtung der Garnison im Tal von Lhadrung, und hätte sogleich Bescheid gegeben, falls Soldaten aufgetaucht wären.

»Dieser Gesang, den er da von sich gibt«, sagte Jara und zeigte auf Surya. »Ist es das, was Mönche normalerweise tun?«

Lokesh zuckte die Achseln. »Es ist ein Teil der Feier. Er hat für sich Klarheit erlangt und tut seine Freude darüber kund.« Bei diesen Worten sahen er und Shan sich verunsichert an. Tags zuvor in Yerpa waren sie Zeugen eines merkwürdigen Vorfalls geworden. Nach wochenlanger Arbeit an dem Gemälde eines Gottes hatte Surya das Bild plötzlich zerstört. Auf Fragen nach dem Anlaß seines Tuns hatte er nicht reagiert, sondern nur stumm die Leinwand zerfetzt und seitdem mit niemandem mehr gesprochen. Wenigstens schien der Gesang nun wieder den fröhlichen Surya zum Vorschein gebracht zu haben, den sie beide kannten.

Jara wirkte keinesfalls beruhigt, sondern wandte sich nervös zu den Hängen um. »Die Tibeter in Lhadrung feiern nicht, es sei denn an einem chinesischen Festtag. Das hier ist Oberst

Tans Bezirk.« Der Hirte erschauderte. Lhadrung gehörte zu den wenigen Gebieten, die noch immer unter Militärverwaltung standen, und der hiesige Kommandant war für seine Härte berüchtigt.

»Nein. Du bist jetzt in Zhoka«, sagte Lokesh, als wäre die windgepeitschte Senke ein anderer Ort, eine Zufluchtsstätte, die nicht zu Tans Bezirk gehörte. »Es gibt so viel, wofür wir dankbar sein können.«

Jara ließ den Blick über die Klosterruine schweifen, in der kein einziges intaktes Gebäude mehr existierte, musterte die verängstigten, bettelarmen Tibeter auf dem Hof und sah dann Lokesh an, als hielte er den alten Mann für verrückt. »Ich weiß, welcher Tag heute ist«, flüsterte er. »In der Stadt wurde ein Mann verhaftet, weil im Schaufenster seines Teeladens ein Kalender hing, auf dem dieses Datum angestrichen war.«

»Dann such dir einen anderen Grund aus. Sieh es als Fest der Rückkehr der Mönche.«

Jara wies mit ausholender Geste auf das Trümmerfeld inmitten der kargen Landschaft. »Woher kommen sie denn? Sind sie von den Toten auferstanden? In dem Land, in dem ich lebe, kehren Mönche nur dann zurück, wenn das Büro für Religiöse Angelegenheiten es anordnet.«

»Nenn es die Feier der neuen Freiheit.«

»Freiheit?«

Lokesh bedachte Jara und sein *gau* mit einem melancholischen Blick. »Von diesem Tag an kannst du dir aussuchen, an welchem Ort du lebst.«

Der Hirte lachte verbittert auf. Als er den alten Tibeter ansah, nahm Lokeshs Miene einen entrückten Ausdruck an, so als würde er hinter Jaras Augen in einen anderen Teil seines Wesens schauen. Der Hirte hielt dem Blick ruhig stand und hob zögernd eine Hand, als wolle er die weißen Bartstoppeln des größeren Tibeters berühren, genau wie die anderen zuvor ungläubig den *chorten* berührt hatten.

»Du wirst das Land, in dem du lebst, dauerhaft verändern, weil du in deinem *gau* ein Gebet von hier mitnimmst«, sagte Lokesh leise. Noch während er sprach, tauchte eine weitere

Gestalt im Mönchsgewand auf, ein hochgewachsener, würdevoller Mann, dessen Gesicht glatt wie ein Pflasterstein war. Gendun, der Vorsteher der versteckten Einsiedelei Yerpa, in der Surya, Shan und Lokesh lebten, warf Jara einen freundlichen Blick zu und betrachtete dann mit traurigem Lächeln den toten Atso. *»Lha gyal lo«*, sagte er leise und ehrerbietig zu dem Leichnam. Den Göttern der Sieg.

Beim Anblick des Lama schien in Jaras Augen jähe Begeisterung aufzublitzen. Wohl niemand konnte in Genduns offenes, heiteres Antlitz schauen und dahinter eine Heimtücke vermuten. Als der Lama auf den Innenhof zurückkehrte, folgte Jara ihm langsam, deutete aber noch einmal auf den Toten. »Dennoch ist dort draußen ein Mörder unterwegs«, sagte er unschlüssig, als würde er mit sich selbst zu Rate gehen.

»Nicht hier. Nicht heute«, sagte Lokesh zum zweitenmal in jener Stunde.

Zu Shans Überraschung begleitete der alte Tibeter den Hirten nicht zu dessen Frau und Kindern, sondern bedeutete Shan, er möge sich mit ihm ein Stück zurückziehen. Als sie einige Schritte vor Atsos Leichnam standen, wandte Lokesh sich zum Hof um und stellte sich breitbeinig wie ein Wachposten auf. Shan war im ersten Moment verwirrt, begriff dann aber, daß keiner der anderen Tibeter ihn oder Atso sehen konnte.

Er schob die breite Krempe seines Huts zurück, kniete sich neben den Toten und nahm eine schnelle Untersuchung vor. Eine von Atsos Händen war um ein *gau* geschlossen, das er an einer alten Silberkette um den Hals trug, die andere hielt eine *mala*, eine Gebetskette. Der Rücken der ersten Hand wies eine klaffende gezackte Wunde auf, die von einem Knüppel oder Gewehrkolben herrühren konnte. Beide Handflächen waren zerkratzt und abgeschürft, die Fingernägel rissig und gesplittert. An einem Strick um seine Taille hing eine kleine Plastikflasche, halb gefüllt mit Wasser. Shan zog die Decke weg und legte den linken Fuß frei, der in einem zerlumpten Lederstiefel steckte. Um die Sohle war ein robuster, fünf Zentimeter breiter Jutestrang gewickelt.

In den Hosentaschen trug Atso zwei kleine Beutel bei sich;

einer enthielt die frisch gepflückten Blüten einer Blume, der andere Wacholderspäne. Aus einer kleinen, eingenähten Innentasche der Filzweste zog Shan ein mehrfach gefaltetes Stück Papier, die gedruckte Ankündigung einer kostenlosen ärztlichen Untersuchung für Kinder im Tal. Auf der Rückseite des Blattes stand in zahllosen Reihen winziger tibetischer Handschrift immer wieder das *mani*-Mantra, die Anrufung des Mitfühlenden Buddha. Shan musterte das Gesicht des Mannes und dann wieder den Zettel. Atso hatte das Mantra mindestens tausendmal geschrieben und das Papier zusammengerollt und gefaltet, als solle es an einem sehr beengten Ort hinterlassen werden.

Shan nahm die demolierte Statue, die kleine silberne Tara. Ihre Patina ließ auf ein sehr hohes Alter schließen, abgesehen von dem hell schimmernden Fleck an einer Schulter. Nach Ansicht der Gläubigen brachte es Glück, diese Stelle zu reiben. Shan hielt sich die Figur dicht vor die Augen und betrachtete aus mehreren Winkeln den verbeulten, eingedrückten Kopf und den langen Spalt am Rücken. Er mußte an Jaras beklemmende Worte denken. *Man wird hier schon wegen eines Worts getötet.* Die Göttin war hohl und leer. Tibeter steckten kleine zusammengerollte Gebete häufig in solche Statuen.

Shan blickte wieder zu Lokesh. Anstatt mit den Todesriten zu beginnen, hatte sein alter Freund ihn gebeten, Atsos Leichnam in Augenschein zu nehmen, obwohl die Hügelleute nicht begeistert sein würden, daß Shan den Toten berührt hatte, und obwohl sie beide wußten, daß die Mönche Shan auf keinen Fall gestatten würden, in diesem Mordfall zu ermitteln, da für sie nur die Erforschung des Geistes zählte. Er legte die Göttin zurück auf die Decke und ging zu Lokesh. »Was weißt du noch?« fragte er. »Was verheimlichst du vor mir?« Er streckte den Zettel aus. »Wieso war Atso dermaßen beunruhigt, daß er tausend Mantras geschrieben hat?«

Lokesh betrachtete mit hilflosem Blick das Papier, als wolle er jedes einzelne Mantra lesen. »Ich habe ihn nur einmal getroffen, und zwar als ich vor zwei Wochen dort oben in den Bergen Beeren gesammelt habe«, sagte er und nickte in Richtung der schneebedeckten Gipfel im Osten. »Er hat mich gefragt, was wir hier in Zhoka machen würden. Als ich sagte, das sei ein Geheimnis und er solle heute herkommen, um es selbst herauszufinden, wurde er erst ärgerlich und dann traurig. Er sagte, wir hätten ja keine Ahnung. Zhoka sei ein Ort seltsamer und mächtiger Dinge, die man in Ruhe lassen müsse. Er sagte, am gefährlichsten an Zhoka sei, nicht zu begreifen, was es mit den Leuten anstelle.«

»Willst du andeuten, irgend etwas hier habe mit seinem Tod zu tun?« fragte Shan.

Lokesh wandte sich zu der Leiche um. »Was er sucht, ist irgendwohin entschwunden«, sagte er leise.

Shan musterte seinen Freund. Die alten Tibeter neigten dazu, bei ihren Äußerungen die Zeiten zu vermischen und zu überbrücken, so daß sie bisweilen Jahrzehnte oder gar Jahrhunderte ignorierten, wenn sie eine grundlegende Wahrheit zum Ausdruck brachten. Gerade als er nachhaken wollte, kam aus dem Schatten hinter Atso eine junge, schwarz gekleidete Frau zum Vorschein, die ihr Haar zu einem langen Zopf geflochten hatte. Sie kniete sich neben den Toten, verstaute die lädierte Statue, ohne genauer hinzusehen, wieder in ihrem Beutel, zog die Decke glatt und legte sie dann über Atso, als würde sie ihn liebevoll zu Bett bringen. Dabei warf Shan einen flüchtigen Blick auf den rechten Stiefel des Toten, der zwar ebenfalls mit Jute umwickelt war, aber längst nicht so abgerissen wirkte wie sein Gegenstück und vermutlich gar nicht zusammengehalten werden mußte.

»Liya«, sagte Shan. »Woher kennst du diese Statue?«

Als sie den Kopf hob, standen ihr Tränen in den Augen. »Als ich noch klein war, hat Atso mich immer auf den Schultern getragen, damit die Schafe mich nicht umrennen konnten. Ich habe ihn seit zehn Jahren nicht mehr gesehen. Damals ist seine Frau gestorben und er in diese Hütte gezogen.«

»Wohin wollte man ihn bringen?« Shan verstand nicht, weshalb die Tibeter seinen Fragen auszuweichen schienen.

»Als ich letzte Nacht geritten bin, waren zwischen hier und dem Tal Fremde in den Bergen.« Liya verzog gequält das

Gesicht. »Ich bin abgestiegen und wollte mich verstecken, aber sie haben plötzlich Lampen auf mich gerichtet und etwas gerufen. Sie sagten, ich dürfe nicht nach Osten – als würde das Land rund um Zhoka ihnen gehören. Ich dachte, es seien Hirten, die sich um ihre Weiden sorgten, und nahm an, die Mönche wären bestimmt froh, heute so viele Leute wie möglich hier zu haben. Als ich sagte, hier würde eine Feier mit Mönchen stattfinden, fingen zwei der Leute an, sich aufgeregt auf englisch zu unterhalten. Ein Mann und eine Frau. Jemand hat mir direkt ins Gesicht geleuchtet, sich dann auf chinesisch entschuldigt und zusammen mit den anderen den Rückzug angetreten. Es ergab keinen Sinn. Was sollte ein Westler denn schon von Zhoka wissen? Und welcher Chinese würde sich auch nur an diesen Ort erinnern?« Sie rieb sich ein Auge. »Ich hätte es besser wissen und die Leute warnen müssen.«

»Die Arbeit, die hier geleistet wurde, war in ganz Tibet berühmt, sogar bei den Göttern«, warf auf einmal eine tiefe, sanfte Stimme ein. Surya stand einige Schritte hinter Shan im Eingang der Klosterruine und betrachtete angestrengt einen kleinen Felsbrocken in seiner Hand. Nein, sah Shan, das war kein Stein, sondern ein Stück Verputz, ein Teil eines Gemäldes. Man konnte deutlich die vordere Hälfte eines Rehs erkennen, ein vertrautes Motiv aus den Darstellungen von Buddhas erster Predigt. »Hier«, sagte der Mönch in sonderbar reumütigem Tonfall zu dem Reh, »hier mußt du an den Erdboden genagelt werden.«

Als Shan sich ihm näherte, betrat der alte Mann die Ruine und schien genau wie am Vortag noch immer keinen von ihnen wahrzunehmen.

In der Stille, die auf Suryas befremdliche Worte folgte, nahm Shan die Trümmer zu Füßen des Mönchs in Augenschein und verspürte unvermittelt eine schreckliche Vorahnung, die es nur um so dringlicher erscheinen ließ, daß er begriff, was hier vor sich ging. Eine der Wände stand noch teilweise, der Rest waren Steine, zerbröckelter Putz und verkohlter Schutt. Surya ging noch einen Schritt, schien einen Schwächeanfall zu erleiden und fiel auf die Knie. Lokesh wollte ihm zu Hilfe eilen und erstarrte, als Surya die langen Finger emporreckte und sie mehrmals öffnete und schloß, als wolle er etwas vom Himmel herabbeschwören.

Kurz darauf deutete der Mönch auf einen Trümmerhaufen außerhalb seiner Reichweite. Shan ging zögernd auf die verbrannten Balken und zerbrochenen Dachziegel zu. Liya half ihm, und nach kaum einer Minute hatten sie eine kleine geborstene Holzkiste mit zwei Schubfächern freigelegt, zwanzig Zentimeter hoch und fast doppelt so breit. Als Shan die Kiste an Surya weiterreichte, leuchteten die Augen des Mönchs auf. Obwohl er, genau wie sie alle, die Ruinen zum erstenmal besuchte, schien er den Kasten zu kennen. Als er die untere Lade herauszog, brach das verwitterte Holz der Vorderseite ab. Surya griff hinein, holte eine Handvoll langer, eleganter Pinsel hervor und streckte sie himmelwärts. Er schloß die Augen, als würde er ein kurzes Gebet sprechen, und fing an, die Pinsel an die Anwesenden zu verteilen. »Heute wird das Ende aller Dinge sein«, flüsterte er lapidar, aber eigenartig fröhlich, und lächelte dann, als er Shan den letzten Pinsel gab. »Gesegneter Atso. Gesegneter Beschützer!« rief er.

Shan starrte den Mönch an und war verwirrter als je zuvor. Surya kannte den Toten. Hatte er irgendwie versucht, ihnen zu erklären, was mit Atso geschehen war?

»Hört dem kleinen Mädchen zu«, rief Surya aus. »Sie versteht.« Der Mönch erhob sich abrupt und kehrte auf den Innenhof zurück. Shan und Lokesh sahen sich fragend an. Hier gab es kein kleines Mädchen. Außer Jaras Söhnen hatten sie keine Kinder gesehen.

Heute wird das Ende aller Dinge sein. Shan hörte immer noch Suryas Worte, als er mit Lokesh wieder auf den Hof trat. Der lange schmale Pinsel steckte in seiner Tasche. Für Gendun und die Mönche würde es tatsächlich das Ende bedeuten, falls Soldaten hier auftauchten.

Shan zwang sich, seine Aufmerksamkeit den Gebeten und den ehrfürchtigen Tibetern zu widmen. Jara stand mit seiner Frau drei Meter vor dem *chorten*, beobachtete den jungen Mönch, der den Gesang übernommen hatte, und nickte, als

Surya sich neben den Glaubensbruder setzte und in die Litanei einfiel. Lokesh zupfte Shan am Ärmel. Jaras Frau hatte einen Arm um ein Mädchen von allenfalls acht oder neun Jahren gelegt, das zwischen ihr und ihrem Mann stand.

»Das ist die Tochter meiner Schwester«, erklärte Jara, als Shan näher kam. »Aus einer Stadt in der Provinz Sichuan, viele hundert Kilometer östlich von hier. Sie möchte bei uns das Leben in Tibet kennenlernen. Ihre Eltern haben hier in den Bergen gewohnt, wurden aber noch vor der Geburt der Kleinen weggeschickt, um in einer chinesischen Fabrik zu arbeiten. Sie ist noch nie hier gewesen und hat außer ihren Eltern noch kein einziges Mal andere Tibeter getroffen.«

»Diese Statue«, sagte Shan. »Weißt du, woher sie stammt?« Ihm fiel auf, daß erst eine, dann noch eine alte Tibeterin sich erhob und in die Richtung, wo der tote Atso lag, im Schatten verschwand.

»Es gibt viele davon, wenn man weiß, wo man suchen muß«, erwiderte der Hirte. »Der große Kerl da drüben hat den ersten der abgeschlachteten Götter gefunden.« Er wies auf einen riesigen, stiernackigen Hirten in schmutziger Schaffellweste, der zehn Meter entfernt von ihnen stand. »Er hat gesagt, die Gottestöter seien die schlimmsten aller Dämonen. Er hat einen der Toten zu uns gebracht, weil er dachte, jemand aus meiner Familie könne ihn vielleicht heilen.«

»Hast du vorhin die Gottestöter gemeint?« fragte Shan. »Sind sie diejenigen, die wegen eines Worts töten? Geht es um ein bestimmtes Wort?«

Die Frage schien Jara wie ein Schlag zu treffen. Er zuckte zusammen, preßte sich eine Faust vor den Mund, als fürchte er, ihm könne ungewollt eine Äußerung entweichen, und ging weg.

»Was ist denn?« fragte das Mädchen, ohne Surya aus den Augen zu lassen, der wenige Schritte vor ihr saß. »Was ist denn mit diesen armen Männern los?«

»Das ist bloß ein Laut, den Seelen von sich geben«, sagte Lokesh mit zufriedenem Lächeln. Die Kleine schmiegte sich daraufhin nur noch enger an ihre Tante.

»In den Fabrikstädten wird nicht gelehrt, wie Seelen sprechen«, warnte Jaras Frau.

»Aber etwas in ihr möchte gern zuhören«, stellte Lokesh fest, als das Mädchen sich aufrichtete, den Kopf ein Stück zur Seite neigte und nicht länger furchtsam, sondern staunend Surya betrachtete. Eine der alten Tibeterinnen kehrte mit besorgter Miene zurück, schlug aber keinen Alarm. Shan sah, daß sie um ihre Fassung rang. Trotz Atsos Tod wollte sie diese erste Feier seit vielen Jahren nicht stören.

»Ich habe Angst«, räumte Jaras Frau nervös ein. »All diese Mönche. Falls jemand aus der Stadt ...«

»Meine Mutter hat jedes Jahr gesagt, dieser Tag sei voller Wunder«, warf Lokesh ein und rieb sich nachdenklich das bärtige Kinn. »Sie hat mir erzählt, aus einem *bayal* könnten Heilige zum Vorschein kommen«, fügte er verschmitzt hinzu und spielte damit auf die überlieferte Kunde von den verborgenen Ländern an, in denen Gottheiten und Heilige lebten. »Es ist eine Zeit der Freude, nicht der Angst. Wann hast du diesen Tag zuletzt gefeiert?«

Die Frau wandte den Kopf ab, und Shan konnte nicht erkennen, ob sie verlegen war oder nur versuchte, Lokesh zu ignorieren. Einen Augenblick später sah sie wieder Surya an. »Ich war noch ein kleines Mädchen«, sagte sie mit entrücktem Lächeln.

Lokesh drehte sich zu einem der Tontöpfe um, die überall auf dem Hof verteilt standen, griff hinein und hielt die Hand dann der Frau entgegen. Im ersten Moment wich sie zurück, als fürchte sie sich. Dann streckte sie zögernd einen Arm aus, und Lokesh ließ etwas weißes Mehl auf ihre Handfläche rieseln. Unschlüssig starrte die Frau diese Gabe an.

Der alte Tibeter vollführte lächelnd mit seiner Hand mehrere ruckartige Aufwärtsbewegungen.

»Einer meiner Cousins sitzt deswegen im Gefängnis«, sagte die Frau, musterte versonnen das Mehl und seufzte. Dann schleuderte sie es plötzlich in die Luft, was ihren Mann zu einem Freudenschrei veranlaßte. In der nächsten Sekunde tat Lokesh es ihr gleich, so daß sie alle in eine kleine Wolke Gerstenmehl gehüllt wurden.

Die angespannte Miene der Frau veränderte sich zu einem Lächeln, weil Lokesh mit ausgebreiteten Armen einen kleinen Freudentanz aufführte und dabei so leichtfüßig wirkte, als wolle er sogleich hinwegschweben. Sie warf noch mehr Mehl empor, klatschte in die Hände und legte den Kopf in den Nacken, so daß der feine weiße Staub auf ihrem Gesicht landete. »Er hat ein weiteres Jahr gelebt!« rief sie. Einige der alten Tibeter fielen in den Ruf ein und griffen nun ebenfalls in die Tontöpfe.

Gerstenmehl in die Luft zu werfen war ein traditioneller Ausdruck der Freude, aber die Regierung hatte den Tibetern bei Strafe verboten, es ausgerechnet an jenem besonderen Datum zu tun, dem Geburtstag des im Exil lebenden Dalai Lama.

»Lha gyal lo!« rief Lokesh gen Himmel. »Den Göttern der Sieg!«

Die Frau hielt inne und schaute über Shans Schulter. Er drehte sich um und sah, daß das Mädchen hinter ihnen stand und sehr besorgt wirkte. Die Tante der Kleinen warf über ihr eine Handvoll Mehl in die Höhe, aber das Kind wich vor der Wolke zurück, als habe es Angst davor.

Als die Frau dies bemerkte, verschwand ihre Ausgelassenheit. Sie bedeutete dem Mädchen, es solle sich wieder Surya und dem jüngeren Sänger zuwenden, doch als Shan sich ein Stück entfernte, ging die Kleine ihm hinterher. Er setzte sich auf einen Felsen, und nach kurzem Zögern nahm das Mädchen neben ihm Platz.

»Ist es in Ordnung?« fragte sie ihn zaghaft. Sie hatte zur chinesischen Sprache gewechselt.

»In Ordnung?« entgegnete Shan auf tibetisch.

»Dürfen die Leute so etwas tun?«

Auf einmal brachte Shan es nicht mehr fertig, dem Kind ins Gesicht zu sehen. Als er nicht antwortete, fing die Kleine an, sich nervös den Mehlstaub von den Wangen zu wischen.

Er streckte die Hand aus und hielt sie sanft davon ab. »Die Leute brauchen mich nicht um Erlaubnis zu fragen.«

»Du bist Chinese.«

Shan mußte an einen Tag vor mehr als fünf Jahren denken.

Die Soldaten hatten ihn im Straflager bei Lhadrung von der Ladefläche eines Lastwagens geworfen. Er hatte bäuchlings und halb bewußtlos im kalten Schlamm gelegen, ohne zu wissen, wo er sich überhaupt befand. Sein Ohr hatte geblutet, und an Armen und Leib hatte er immer noch den stechenden Schmerz der Elektroschocks verspürt, während er als Folge der Verhördrogen nur verschwommen sehen und keinen klaren Gedanken fassen konnte. »Von diesem Tag an wird dein Leid immer mehr abklingen«, hatte plötzlich eine ruhige Stimme geflüstert. Unter großer Anstrengung hatte Shan die Augen geöffnet und das heitere Gesicht eines alten Tibeters erblickt, der, wie Shan bald erfuhr, ein Lama im vierten Jahrzehnt der Gefangenschaft war. »Es wird in deinem Leben nie mehr so schlimm sein wie jetzt«, hatte der Lama erklärt und Shan auf die Beine geholfen. Doch im Verlauf der fast anderthalb Jahre seit seiner Freilassung hatte Shan einen neuen Schmerz entdeckt, gegen den sogar die Lamas machtlos waren: ein quälendes Schuldgefühl, das durch die arglose Frage eines kleinen Mädchens ausgelöst werden konnte.

»Ich wünschte, der Dalai Lama wäre bei seinem Volk«, sagte Shan nahezu flüsternd. »Und ich wünsche ihm ein langes Leben.«

»Bist du etwa Buddhist?«

Jemand hielt Shan eine Schale Buttertee vor die Nase.

»So etwas in der Art.« Lokesh lachte leise, hockte sich vor den beiden hin und trank einen Schluck aus einer zweiten Schale. »Als ich noch klein war«, fuhr der alte Tibeter fort und sah dabei feierlich das Mädchen an, »hat meine Mutter mich oft weit ins Gebirge mitgenommen und mir alte Hängebrücken über tiefen Schluchten gezeigt. Die Brücken stellten unsere Verbindung zur Außenwelt dar. Niemand wußte, wie sie beschaffen waren oder wodurch sie noch immer hielten. Sie sahen aus, als könne man sie gar nicht bauen. Immer wenn ich meine Mutter danach fragte, antwortete sie, die Brücken seien einfach da, weil wir sie brauchten. Und so ist es auch bei unserem Shan.«

»Aber ist es in Ordnung?« fragte sie erneut mit ihrer sanftmütigen, ernsten Kinderstimme.

»Wie heißt du?« fragte Shan.

»Dawa. Mein Vater arbeitet in einer chinesischen Fabrik«, versicherte sie eilig. »Er hat das ganze Jahr gespart, um mich herschicken zu können. Das Geld hat nur für meine Busfahrkarte gereicht. Ich war bisher noch nie außerhalb der Stadt.« Shan sah Lokesh an. Hört dem kleinen Mädchen zu, hatte Surya sie ermahnt. Doch Dawa hielt sich zum erstenmal in Tibet auf.

»Dawa, ich möchte, daß es in Ordnung ist. Du auch?« Hatte Surya andeuten wollen, daß sie die merkwürdigen Ereignisse dieses Tages nur dann begreifen konnten, wenn sie die Vorfälle von der Warte eines Außenstehenden betrachteten? überlegte Shan.

Das Mädchen nickte schüchtern und sah Shan dabei durchdringend an. »Wie kann ein Chinese so etwas sein?« fragte sie. »Eine Brücke, meine ich. Will er sagen, daß du zum Teil Tibeter bist?«

»Ich wurde von anderen Chinesen ins Gefängnis gesteckt, und zwar nicht wegen eines Verbrechens, sondern weil diese Leute fürchteten, ich könnte die Wahrheit sagen. Damals wollte ich sterben, und ich wäre tatsächlich gestorben, hätten Lokesh und andere wie er mir nicht beigebracht, wieder zu leben.«

Dawa wirkte unschlüssig. Shan nahm einen Mehltopf und hielt ihn ihr hin. Zögernd richtete sie ihren Blick auf das Gefäß und griff mit zitternden Fingern hinein. Sie schien vor lauter Aufregung zu erschaudern. Dann warf sie eine Handvoll Mehl empor und verfolgte feierlich, wie es wieder zu Boden rieselte. »Ich habe gesehen, wohin sie gehen. Ich glaube, ich kenne den Weg in das verborgene Land«, verkündete sie unsicher und schaute dabei Surya an, der von seinem Platz neben dem jüngeren Sänger aufgestanden war und nun mit gemächlichen, würdevollen Schritten den Hof überquerte.

Shan verstand nicht, was Dawa meinte, und blickte ihr hinterher, als sie dem Mönch in die Ruinen folgte. Ein ungewohntes Geräusch ließ ihn sich zu dem *chorten* umwenden. Gelächter. Mehrere der älteren Tibeter lachten und warfen unterdessen immer mehr Mehl in die Luft. Die Feier hatte wahrhaftig begonnen.

Dann packte jemand ihn am Arm. Liya stand mit bleichem Gesicht neben ihm und nickte in Richtung des alten steinernen Turms, der sich in etwa anderthalb Kilometern Entfernung auf dem Grat oberhalb der Ruinen erhob.

Im ersten Moment konnte Shan nichts Außergewöhnliches entdecken, aber dann bewegte sich am Fuß des Turms etwas Grünes. Seine Kehle schnürte sich zu. Dort oben waren Soldaten, mindestens ein Dutzend. Er sah sich hastig um. Niemand sonst hatte bemerkt, daß die Armee sie beobachtete. Eine Warnung würde die Tibeter in Panik versetzen und zu einem sofortigen Fluchtversuch veranlassen, wenngleich die meisten der Leute in den höher gelegenen Regionen westlich des Tals zu Hause waren, so daß ihnen nun der Rückweg versperrt wurde.

»Du mußt es ihm sagen«, drängte Liya verzweifelt. »Versuch es wenigstens.«

Shan nickte langsam, sah Liya wieder verschwinden und betrachtete die fröhlichen Tibeter. Sie hatten endlich einmal vergessen können, was für ein mühseliges Dasein sie auf den felsigen Hängen fristeten und welche Ängste sie ständig begleiteten, aber ihr Jubel würde nur von kurzer Dauer sein. Shan machte sich auf die Suche nach Gendun.

Fünf Minuten später fand er den Lama im Norden des Klostergeländes, wo Gendun in den hundertfünfzig Meter tiefen Abgrund schaute, der das Areal auf dieser Seite begrenzte. Seltsamerweise saß der alte Mann nicht mit übergeschlagenen Beinen da, sondern ließ die Füße zwanglos über den Rand der Kluft baumeln und verfolgte mit begeistert glänzenden Augen, wie ein Falke in den Aufwinden über der Schlucht schwebte. Ohne sich umzudrehen, klopfte Gendun auf den Felsen neben sich. Shan nahm Platz. »Ich habe einen solchen Tag nicht mehr erlebt, seit ich ein kleiner Junge war«, sagte der Lama. »Damals haben wir bei dem Bergkloster, in dessen Nähe ich geboren wurde, stets ein weißes Zelt errichtet und den ganzen Tag lang gesungen. Die Mönche befestigten einen geheimen Segensspruch am Ende eines hohen Pfahls, und wir sind abwechselnd nach oben geklettert und haben versucht, ihn uns zu holen.«

»Es sind Soldaten in der Nähe«, sagte Shan ruhig und musterte die verschlissenen Seile und gesplitterten Holzbohlen, die auf der gegenüberliegenden Seite der Kluft in die Tiefe hingen. Das waren die Überreste der alten Brücke, die den nördlichen Torhof des *gompa* einst mit der Außenwelt verbunden hatte.

Gendun wandte beinahe vorwurfsvoll den Kopf und schaute zu einem langen Stein, der auf einem flachen Schutthaufen lag und ursprünglich als Türsturz gedient hatte. Jemand hatte ihn freigelegt und dadurch eine verblichene, aber immer noch leserliche Aufschrift zum Vorschein gebracht: Studiere nur das Absolute. Auf dem Stein standen ein gerahmtes Porträt des Dalai Lama sowie das Fragment einer lebensgroßen Bronzestatue, eine anmutig nach oben gewölbte Hand.

»Früher wäre dies ein Festtag für das ganze Volk gewesen.« Genduns Stimme glich trockenem Gras, das im Windhauch raschelt. »Wir sorgen dafür, daß es wieder so wird. Das hier ist der Anfang.«

Für Gendun war es der Anfang, doch Surya behauptete, es sei das Ende. Shan sah noch einmal zu der Inschrift auf dem Stein und erforschte dann sorgfältig Genduns Miene. Das Antlitz des alten Lama konnte so komplex wie der Himmel sein. Sein Blick hatte sich geklärt. Er würde es nicht gutheißen, wenn jemand den Mönchen mit Gerede über irgendwelche Gefahren kam, über Mörder oder Ausländer, die in den Hügeln umgingen. Vor seinem inneren Auge ließ Shan die Reaktion des Lama auf den toten Atso Revue passieren. Gendun hatte beim Anblick der Leiche weder überrascht gewirkt noch sein Mitgefühl zum Ausdruck gebracht, sondern statt dessen Worte der Freude geäußert.

»Rinpoche, ich verstehe nicht, was vor sich geht«, sagte Shan schließlich und sprach Gendun damit als ehrwürdigen Lehrer an.

»Wir weihen heute nicht nur den Schrein«, verkündete Gendun. »Wir erneuern die Weihe des *gompa*. Zhoka wird zu neuem Leben erwachen. Surya wird sich dauerhaft hier niederlassen.«

In Shans Magen breitete sich ein eisiges Gefühl aus. Surya und Gendun begriffen nicht, wie tyrannisch und rachsüchtig das Büro für Religiöse Angelegenheiten vorging, dem jeder Mönch ohne staatliche Lizenz als Verbrecher galt. Sie hatten nie Oberst Tan kennengelernt, der nach eigenem Ermessen und ohne Gerichtsverhandlung entscheiden konnte, Mönche ins Arbeitslager zu stecken.

Als Shan erneut Gendun ansah, verspürte er plötzlich tiefe Traurigkeit. Dies war die Weise, auf die Tibeter sich verteidigten: Sie setzten jeder noch so erdrückenden Übermacht lediglich eine tugendhafte Haltung entgegen. Beim Einmarsch der chinesischen Invasoren waren Tausende von Tibetern mit Musketen und Schwertern, manche gar nur mit Gebeten gegen Maschinengewehre angerannt. Hierher nach Zhoka zu kommen war Suryas Art, das gleiche zu tun. *»Lha gyal lo«*, stellte Shan entmutigt fest.

Der alte Lama nickte versonnen.

»Warum gerade jetzt?« fragte Shan.

Gendun wies mit ausholender Geste auf die Ruinen. »Zhoka war einst ein sehr bedeutender Ort, an dem große Wunder geschahen. Es gibt hier viel, das neu gelernt und wiederhergestellt werden muß.«

Shan ließ den Blick über das verlassene *gompa* schweifen. Die tiefe Senke, in der man das Kloster errichtet hatte, maß an der Sohle mehr als vierhundertfünfzig Meter im Durchmesser, und die Ruinen erstreckten sich weit die Hänge hinauf. Viele der früheren Hof- oder Garteneinfassungen und sogar einige der Hauswände standen noch, wenngleich keine unversehrt geblieben war. Eine riesige Mauer, die offenbar zu einer Versammlungshalle gehört hatte, erhob sich fast sechs Meter in die Höhe und wies genau in der Mitte ein gezacktes, knapp zwei Meter breites Loch auf. Aus anderen, bedrohlich schiefen Wänden ragten verkohlte Bodendielen und Dachbalken. Shan wußte nur wenig über Zhoka, außer daß es berühmt für seine Künstler gewesen war. Etliche der Mauerfragmente trugen die Reste von Gemälden auf sich, so wie das halbe Abbild eines Rehs, das Surya in der Hand gehalten hatte. Von allen Mönchen Yerpas war er der vollendetste Künstler und hatte nicht nur prächtige *thangkas* geschaffen, traditionelle tibetische Stoffgemälde, sondern die Einsiedelei zudem mit zahlreichen Wandmalereien geschmückt. Surya bringe auf diese Weise seine Gebete zum Ausdruck, hatte Lokesh einmal gesagt. Nun aber schickte Gendun ihn an einen Ort, an dem alle Kunst erstorben war.

Schweigend saßen sie da und lauschten dem fernen Kehlgesang.

»Was wirst du all diesen Menschen sagen, die noch nie in einem Tempel gewesen sind und vor lauter Angst nicht gewagt haben, einen Mönch auch nur anzusprechen?« fragte Shan. Es war ein gemeinsames Mittagsmahl geplant, und Gendun wollte bei dieser Gelegenheit eine kurze Rede halten.

Der Lama lächelte. »Wir werden ihnen beibringen, sich mit offenen Augen fallen zu lassen.« Er spielte auf einen der alten verschlüsselten Lehrsätze an, die Shan seit den ersten Tagen in Yerpa kannte. Was ist das menschliche Leben? fragte der Schüler. Sehenden Auges in einen Brunnen zu stürzen, erwiderte der Meister. Mochten diese Worte auch zunächst befremdlich wirken, so hatte Shan doch im Laufe der Zeit erkannt, daß sie das Dasein der Bewohner Yerpas perfekt umschrieben. Die Seele durchwandere während ihrer Entwicklung viele Lebensformen und könne erst nach tausend früheren Inkarnationen auf eine flüchtige Existenz als Mensch hoffen, hatte Surya damals zu Shan gesagt. Das Leben war so kurz und die menschliche Inkarnation dermaßen kostbar, daß die Einsiedler von Yerpa sich unablässig der geistigen Bereicherung widmeten, und zwar nicht nur mittels ihrer religiösen Unterweisungen, sondern auch durch die Erschaffung wunderbarer Kunstwerke: Sie illustrierten Manuskripte, verfaßten Historien und ersannen Gedichte. Indem sie sich sogar bei den alltäglichsten Verrichtungen vom Grundsatz des Mitgefühls leiten ließen, führten sie ein Dasein umfassender Schönheit. Sobald man den Brunnen erkannte, in den man stolperte, könne man doch ohnehin nichts mehr daran ändern, pflegte Gendun gern zu sagen.

Yerpa beherbergte seit fast fünfhundert Jahren Mönche, Gelehrte und Einsiedler, doch der Lama wußte genausogut wie

Shan, daß ein einziger Spitzel oder eine zufällige Militärpatrouille noch heute den Untergang des Klosters besiegeln konnte, das Shan inzwischen als einen der großen Schätze dieser Erde betrachtete, ein strahlendes Juwel in der Kruste einer freudlos trüben Welt.

»Ich habe mitgebracht, was du benötigen wirst, Shan«, sagte Gendun und deutete auf einen zerlumpten Leinenbeutel, der in verblaßter, einst kunstvoller tibetischer Handschrift mit dem *mani*-Mantra versehen war, der traditionellen Anrufung des Mitgefühls. »Lokesh kann dir heute abend den Weg zeigen. Es ist Halbmond.«

Tags zuvor hatten Gendun und Shan die Tasche feierlich gepackt, während der Lama von Einsiedlern früherer Zeiten erzählt und die von ihnen verfaßten Gedichte rezitiert hatte. Bei all den aufregenden Ereignissen des heutigen Tages hatte Shan ganz vergessen, daß er den nächsten Monat allein in einer Höhle zubringen würde, irgendwo tief in den Bergen.

Der Anblick des Beutels löste einen heftigen Gefühlsansturm aus. Nicht lange nachdem Shan vor einigen Wochen aus dem Norden nach Yerpa zurückgekehrt war, hatte ihn eine schwere Krankheit befallen, verbunden mit hohem Fieber und einer drei Tage währenden Phase, in der er praktisch ohne Bewußtsein gewesen war. Nach Shans Genesung hatte Gendun sich sehr wortkarg verhalten, als würde eine große Sorge auf ihm lasten. Etwas war geschehen, und niemand wollte darüber reden. Shan befürchtete, den Mönchen könne irgendein Unheil drohen, und so ließ er nicht locker, bis sein alter Freund Lokesh ihm schließlich erklärte, daß Shan im Fieber eines Nachts wie ein verängstigtes Kind nach Gendun gerufen und weinend gesagt habe, er müsse nach Hause gehen und endlich frei sein.

Diese Worte hatten Gendun und Lokesh auf seltsame Weise erschüttert. Deshalb habe auch das Fieber so lange angedauert und Shan so sehr geschwächt, daß er sich kaum aufsetzen könne, hatte Lokesh erklärt. Seine Seele sei aus dem Gleichgewicht geraten, denn er leide unter einer Krankheit, die den tibetischen Heilern als »Herzwind« bekannt war.

Shan besaß kein Zuhause außer Yerpa und keine echte Familie außer den Mönchen und Lokesh. Doch Lokesh behauptete, das Fieber sei bis an eine dunkle Stelle im Innern Shans vorgedrungen, einen Ort der Verzweiflung, den die heilenden Kräfte der Tibeter nicht erreicht hatten und von dem die Tibeter auch nicht wußten, wie sie ihn erreichen sollten. Es hatte Shan unsagbar geschmerzt, auf den Gesichtern von Gendun und Lokesh plötzlich Selbstzweifel zu entdecken. Erst nach mehreren Tagen konnte er sich überwinden, die Sache zur Sprache zu bringen und als unbedeutend abzutun, als einen Traum womöglich, einen der wiederkehrenden Träume von sich selbst als kleinem Jungen, der nach seinem Vater suchte. Schenkt dieser Stimme keinen Glauben, hätte er am liebsten gesagt. Ignoriert diesen Teil von mir, der angeblich nicht bei euch bleiben möchte, und zweifelt nicht an euren Fähigkeiten als Lehrer.

»Du mußt eine Reise ins Innere antreten«, hatte Gendun am Ende zu ihm gesagt und damit eine lange Meditation gemeint. »Du mußt einen Weg finden, dich nicht länger selbst einzusperren. Ich kenne da eine Höhle.«

Dann hatten sie mehr als eine Woche auf die Vorbereitungen verwandt, gemeinsam meditiert und die Habseligkeiten ausgewählt, die Shan mitnehmen würde. Einige Butterlampen. Zwei Decken. Einen kleinen Sack Gerste samt winzigem Kochtopf und etwas Yakdung als Brennstoff. Und das Erbstück, das sich seit mehreren Generationen im Besitz von Shans Familie befand: die Schafgarbenstengel, mit denen man das Tao-te-king befragte, das uralte chinesische Buch der Weisheit.

»Wie kann ich denn jetzt von hier fortgehen?« fragte Shan flüsternd. Er war sich nicht einmal sicher, ob Gendun ihn hörte, doch er kannte die Antwort bereits. »Die Soldaten werden Oberst Tan von der Feier berichten. Die Mönche von Yerpa werden in größerer Gefahr schweben als jemals zuvor.«

»Für uns gibt es nichts Wichtigeres, als bei diesen Menschen zu sein, denen Buddha seit vielen Jahren bloß ein Schatten gewesen ist. Und für dich gibt es nichts Wichtigeres, als diese Höhle aufzusuchen.«

Jemand näherte sich. Sie standen auf und sahen Liya, die sie unschlüssig anstarrte. Die schüchterne junge Frau wirkte bekümmert. Hinter ihr tauchte Lokesh auf, schaute besorgt zu Shan und legte Liya beruhigend eine Hand auf die Schulter.

Der große, stiernackige Hirte kam zwischen den Ruinen zum Vorschein, dicht gefolgt von Jara und den meisten der anderen Hügelleute.

»Soldaten!« rief er und wies auf den alten Steinturm. »Unser Rückweg ist versperrt!« Die Tibeter tuschelten aufgeregt. Die Angst in ihren Blicken war zurückgekehrt. »Die ganze Welt weiß über eure geheime Feier Bescheid!« herrschte der kräftige Hirte vorwurfsvoll Liya an. »Da hättet ihr dem verfluchten Oberst auch gleich eine persönliche Einladung schicken können.«

Liya blickte zu Gendun und riß überrascht die Augen auf. Shan drehte sich um und sah, daß der Lama im Lotussitz auf dem langen steinernen Türsturz Platz genommen hatte. Die ausgestreckten Finger seiner rechten Hand wiesen zu Boden. Es war eine rituelle Geste, ein *mudra*, das die Erde zur Bezeugung des Glaubens anrief. Gendun saß zur westlichen Kammlinie gewandt, in Richtung der Soldaten. Eine der alten Frauen, die schon am *chorten* den ersten Schritt gewagt hatten, trat entschlossen vor und ließ sich zu Genduns Füßen nieder. »Falls heute Soldaten herkommen, werden sie mich genau hier antreffen«, verkündete sie.

Liya ging zu ihr. »Wir können uns in ein sicheres Versteck flüchten«, sagte sie. »Shan und seine Freunde werden uns helfen.«

Die Menge verstummte schlagartig. Liya keuchte auf, hielt sich die Hand vor den Mund und warf Lokesh einen erschrockenen Blick zu.

»Shan?« rief der korpulente Hirte. Dann ging er zu Shan und schlug ihm den Hut herunter, dessen breite Krempe bislang sein Gesicht beschattet hatte. »Da hol mich doch der Teufel!« fluchte er und wandte sich an die anderen. »Das also ist der Chinese, der sich immer in tibetische Angelegenheiten einmischt? Die Frau hat recht, er wird uns hier raushelfen.« Der

Mann grinste tückisch und kam erneut auf Shan zu. Sein narbiges Gesicht ließ Roheit und Gier erkennen.

»Shan wird sich aus dieser Gegend zurückziehen«, warf Lokesh mit trauriger Stimme ein und stellte sich dem Mann in den Weg.

»Ganz recht«, knurrte der Hirte. »In Ketten und mit einer Spitzhacke.« Er drehte sich zu den anderen Tibetern um. »Er ist der Kerl, nach dem gesucht wird. Auf seinen Kopf ist eine Belohnung ausgesetzt.« Er wurde lauter. »Einhundert amerikanische Dollar. Genug, um uns allen monatelang die Bäuche zu füllen.«

Gendun stimmte ein Mantra an.

Shans Kehle war plötzlich knochentrocken. Er schaute von seinen Freunden zu dem aufgebrachten Hirten. »Wer steckt dahinter?« hörte er sich fragen. Im modernen Tibet waren Kopfgelder nicht unüblich. Die kommunistische Führung hatte den Grundsätzen der freien Marktwirtschaft durchaus etwas abgewinnen können.

»Das ist nur ein Gerücht«, sagte Liya angespannt. »Angeblich sollst du zu Oberst Tan gebracht werden.« Sie hob den Kopf und sah Shan in die Augen. »Du gehst sowieso nie in die Stadt. Auch wenn es wahr wäre, wir dachten, du würdest hier oben in Sicherheit sein. Diese Leute wußten nichts von dir … jedenfalls bis jetzt.« In ihrem Blick lag Schmerz.

»Es ist kein Gerücht«, widersprach der Hirte. »In den Fenstern der Geschäfte hängen Plakate.«

»Es tut mir leid«, sagte Liya zu Shan. »Tan will dich offenbar zurückholen. Du mußt dich einfach nur tiefer in die Berge flüchten. In deinen Schlupfwinkel. Geh sofort los.« Sie deutete auf den Schnürbeutel.

Shan war nie offiziell aus der Haft entlassen worden. Liya glaubte, ihm drohe erneut Zwangsarbeit in der 404. Baubrigade des Volkes.

Sein Blick wanderte zu der Tasche mit dem *mani*-Mantra. Er wußte, daß seine Freunde nicht versucht hatten, ihn zu hintergehen, indem sie ihm das Kopfgeld verschwiegen. Und es war ihnen auch nicht um seinen Schutz gegangen. Die Chinesen warfen Bomben, feuerten Kugeln ab, setzten Belohnungen aus. Für Shan und seine tibetischen Freunde unterschieden sich diese Dinge kaum von Hagelschauern oder stürmischen Winden. Es waren Bestandteile der rauhen Lebensbedingungen ihrer Umwelt, und so zogen sie sich allenfalls die Hüte tiefer ins Gesicht und beschleunigten ihren Schritt, aber sie wichen nicht vom Weg ab. Lokesh und Gendun würden dem Kopfgeld ebenfalls kaum Bedeutung beimessen. Ihnen kam es darauf an, daß Shan einen Monat in völliger Abgeschiedenheit zubrachte.

»Falls diese Soldaten wütend werden, brennen sie unsere Häuser nieder und töten unser Vieh«, knurrte der riesige Hirte.

Liya stellte sich neben Lokesh schützend vor Shan. »Wir würden Shan genausowenig im Stich lassen wie einen dieser Mönche hier«, verkündete sie entschlossen.

»Du begreifst gar nichts!« schrie der Narbengesichtige sie wutentbrannt an. »Ihr habt uns vorher nichts von euren Absichten erzählt. Dies ist die falsche Zeit für Mönche und Feiern. Wie kann man nur so naiv sein? Ihr habt den Leuten falsche Hoffnungen gemacht und sie hergelockt! Um uns vor den Soldaten zu schützen, bleibt uns nun gar keine andere Wahl, als Shan aufzugeben.«

Jaras Frau tauchte auf. Sie hielt zwei der Kinder bei den Händen und sah ihren Mann durchdringend und fragend an. Jara trat einen Schritt vor, blickte dann hinunter auf seine Brust und schien überrascht festzustellen, daß er eine Hand fest um sein *gau* geschlossen hatte. Langsam hob er den Kopf, betrachtete Lokesh und seine Söhne, drehte sich um und ließ sich mit übergeschlagenen Beinen vor Gendun nieder. Zwei andere Tibeter, zähe Männer mittleren Alters mit harten, verkniffenen Mienen, drängten sich an Jaras Frau vorbei, gesellten sich zu dem großen Hirten und musterten Shan mit gierigen Blicken. Die Frau schien nichts davon zu registrieren. Sie starrte verwundert ihren Ehemann an, der auch jetzt noch das *gau* umklammert hielt, und allmählich kehrte der freudige Ausdruck auf ihr Antlitz zurück.

»Hundert Dollar!« rief der Narbige. »Die wollen ihn ins Gefängnis stecken!« Der Mann wandte sich zu den anderen um.

»Wann hatten wir schon jemals die Gelegenheit, einen Chinesen hinter Gitter zu bringen?« schnaubte er verächtlich. »Auf diese Weise hätten wir heute am Ende doch noch etwas zu feiern!«

»Nein!« fuhr Liya ihn an. »Er ist einer von uns! Er steht unter dem Schutz meines Clans!«

»Ihr könnt nach Süden laufen und euch verstecken, wenn es gefährlich wird«, gab der Hirte zurück. »Für euch ist es einfach, kurzfristig hier aufzutauchen und wieder zu verschwinden. Wir können uns nicht verstecken. Wir müssen hier leben. Atso wurde ermordet. Ist das nicht Warnung genug? Wir müssen die Chinesen und ihre Gottestöter loswerden.« Er wies dabei auf die Mönche.

Shan rührte sich nicht von der Stelle. Er spürte, daß Liya sich anspannte, als wolle sie sich auf den Mann stürzen. Statt dessen jedoch packte sie Shans Arm, wie um die anderen davon abzuhalten, ihn wegzuzerren.

»Atso wurde nicht ermordet«, sagte Shan. »Es war ein Unfall.«

»Das kannst du doch gar nicht wissen«, widersprach der Hirte.

»Doch. Atso hat es uns mitgeteilt.«

Die Miene des Mannes verfinsterte sich. »Bei uns macht man sich nicht über die Toten lustig.«

»Und die Wahrheit? Ist euch die etwa gleichgültig?« fragte Shan ruhig und ließ den Blick über die Tibeter schweifen. »Warum hat Atso am Fuß dieser Klippe gelegen?«

»Weil die Gottestöter ihn dort überrascht und erschlagen haben, nur dreißig Meter von seiner Hütte entfernt.«

»Seine Stiefel waren mit Jute umwickelt, aber die Sohlen hatten sich gar nicht gelöst. Seine Hände waren zerkratzt und verletzt.«

»Er hat sich gewehrt«, sagte der Hirte. »Wahrscheinlich hat man die kleine Tara direkt vor seinen Augen zertrümmert, um ihn zu quälen.«

»Nein«, sagte Shan. »Die Figur wurde bei einer anderen Gelegenheit beschädigt.« Er schaute kurz zu Liya. Sie nickte und lief los. »Was hat Atso in all den Jahren seit dem Tod seiner Frau gemacht?«

Die Tibeter sahen sich verunsichert an. Die ältesten von ihnen wichen Shans Blick aus.

»An seiner Kleidung hingen keine Wollfasern, und er hatte kein Lanolin an den Händen, also war er kein Schafzüchter. Ich werde euch verraten, was ich glaube«, sagte Shan. »Er hat sich um alte, verborgene Schreine gekümmert. Er besaß ein *gau* und eine Gebetskette. Er trug einen Beutel mit Blumenblüten und einen mit Holzspänen bei sich. Und Wasser. All das hat man früher auf die Altäre gestellt. Er hatte seinen Glauben noch nicht verloren. Und er war unterwegs zu einem Altar.«

Liya kehrte mit der kleinen Silberstatue zurück. Shan stellte sie auf einen flachen Felsen ins helle Sonnenlicht. »Ich glaube, ich kenne das Tal, in dem Atso gewohnt hat«, fuhr er fort. »Es ist dort sehr trocken, nichts als Felsen und Heidekraut. Warum wurde die Hütte ausgerechnet dort gebaut? Wer würde sich freiwillig an einem solchen Ort niederlassen?« Als niemand antwortete, deutete er auf die klaffende Wunde im Rücken der Göttin. »Wenn ihr genau hinseht, werdet ihr erkennen, daß in einer Falte des Metalls etwas festklemmt. Man hat der Figur zunächst den Rücken aufgeschnitten, sie dann umgedreht und den Kopf zertrümmert. Dabei wurde ein Stückchen Gras eingequetscht. Bei Atsos Hütte wächst aber kein Gras.«

Liya holte ein Klappmesser aus der Tasche, bog die Metallfalte auf, zog einen grünen Halm daraus hervor und hielt ihn hoch, so daß alle ihn sehen konnten.

»Das beweist überhaupt nichts«, zischte der Hirte.

»Warum wurde die Hütte ausgerechnet dort gebaut?« fragte Shan erneut.

»Die Klippe dahinter weist nach Süden, und unterhalb gibt es eine kleine Quelle«, warf Lokesh nachdenklich ein. Nach traditioneller Ansicht waren das zwei der Attribute eines Ortes von großer spiritueller Macht. Der alte Tibeter wandte sich an die anderen und wiederholte Shans Frage.

»Eine Höhle«, sagte die alte Frau bei Gendun. Es war kaum lauter als ein Flüstern. Jemand in ihrer Nähe fluchte, und ein anderer rief ihr zu, sie solle den Mund halten. Sie hingegen fuhr mit deutlich lauterer Stimme fort und sprach dabei Gendun an, als habe er die Frage gestellt. »Hoch oben auf der Klippe gibt es einen uralten Ort, an dem die Götter hausen«, rief sie. »Die Hütte wurde für diejenigen errichtet, welche die Höhle beschützen und den Göttern dienen.«

Shan sah ebenfalls den Lama an und begriff, daß dessen kurzer Blick und die wenigen Worte, die er an den toten Atso gerichtet hatte, bereits alle wesentlichen Informationen enthielten. Gendun hatte gewußt, daß Atso heilige Arbeit verrichtete.

»Er hat die Göttin irgendwo anders gefunden, vielleicht auf einem grasbewachsenen Hang, und beschlossen, er müsse sie fortan schützen und womöglich heilen«, sagte Shan. »Und zu diesem Zweck wollte er sie in die heilige Höhle bringen.«

»Ja, genau das hätte er getan!« rief die alte Frau in plötzlicher Erkenntnis.

»Zum Schutz schrieb er tausendfach ein Mantra auf, umwickelte seine Stiefel mit Jute, damit er besseren Halt finden würde, und kletterte die Klippe hinauf«, sagte Shan. »Aber er ist abgestürzt und hat sich beim Aufprall auf die Felsen beide Beine gebrochen, fast das Ohr abgerissen und das Gesicht zertrümmert. Es gab keinen Mord«, verkündete Shan mit lauter Stimme. »Und es gibt hier keine Mönche, die töten.«

Noch während er sprach, deutete Liya erschrocken zu dem alten Turm. »Die Soldaten sind fort!«

Die Tibeter folgten Liyas Blick und starrten dann mit großen Augen wieder Shan an, als habe er irgendeine Zauberei vollbracht. Einer nach dem anderen ließen sie den großen Hirten stehen, und manche fielen in Genduns Mantra ein. Der Narbige seufzte. *»Lha gyal lo«,* sagte er resigniert, trat im Weggehen aber gegen Shans Hut.

Die Fürbitten setzten wieder ein. Die Feier begann erneut. Als Shan seinen Hut aufhob, hörte er Gebetsfetzen und sah dann, wie einige Tibeter einander umarmten. Mehrere kamen zu ihm, um ihm die Hand zu schütteln, und einer gab ihm einen kleinen Gebetsschal. Einige der Kinder brachten die Tontöpfe vom Innenhof mit und fingen lachend an, Mehl in die

Luft zu werfen. Die Freudenkundgebung fiel lauter und herzlicher aus als zuvor, denn es schien sich in der Tat um einen Tag der Wunder zu handeln: Immerhin hatte Shan sowohl die Soldaten als auch das Schreckgespenst eines unbekannten Mörders beseitigt. Gendun, der weiterhin auf dem ehemaligen Türsturz saß, lächelte. Sie würden nun doch noch ihr Fest feiern und er seine Rede halten können. Lokesh machte sich daran, einigen der Hirten ein Pilgerlied beizubringen.

Als Shan sich zu Liya gesellte, um mit ihr das Mehl auszuteilen, neigte sie den Kopf in Richtung des Hofs. »Hör doch ...«

»Da ist nichts ...«, setzte er an, aber im selben Moment fiel ihm auf, daß der Kehlgesang verstummt war. Eigentlich hätte die Litanei bis zum Beginn von Genduns Lehrstunde fortdauern sollen.

Als Shan sich zum Innenhof umwandte, ertönte von dort ein gellender Schrei. Er rannte los.

Das entsetzte Kreischen hörte gar nicht mehr auf. Es war der hysterische Ruf eines Kindes. Shan hatte erst wenige Schritte zurückgelegt, als ihm Dawa mit blutgetränktem Kleid entgegenkam. Sie gestikulierte hektisch und schrie immer weiter. Shan sah, daß auch ihre Handflächen dunkelrot waren und Blut über ihre Unterarme rann.

Das Mädchen war vollkommen außer sich. Jara lief mit ausgestreckten Armen auf sie zu, aber Dawa schien es gar nicht zu bemerken, sondern schlug einen Haken, packte den erstbesten Mehltopf und schleuderte ihn in den Abgrund, dann noch einen und noch einen. Langgezogene weiße Mehlspuren markierten wie Rauchfahnen die Flugbahnen der Gefäße.

Dawa schien wahllos alles mögliche vom Boden aufzuheben und in die Schlucht zu befördern. Nein, nicht wahllos, erkannte Shan gleich darauf. Das Mädchen zerstörte alles, das auf den Buddhismus oder die geheime Feier hindeutete. Das Foto des Dalai Lama. Die anmutige Bronzehand. Und dann bekam sie plötzlich Shans Beutel mit dem *mani*-Mantra zu fassen. Shan wollte eingreifen, doch es war zu spät. Die Tasche mit seinen Vorräten für den nächsten Monat und den kostbaren Schafgarbenstengeln flog über die Kante in die Kluft.

Es brach allgemeine Unruhe aus, und die Leute flohen unter panischen Rufen den Hang hinauf. Shan lief zum Innenhof. Lokesh stand am *chorten* und starrte entgeistert zu dem Stein, auf dem die Kehlsänger gesessen hatten. Dort saß nun wieder Surya, den sie seit einer Stunde nicht mehr gesehen hatten, gekleidet in das schlichte graue Baumwollhemd, das er für gewöhnlich unter dem Mönchsgewand trug. Seine Robe lag auf seinem Schoß. Mit glasigem Blick riß er Stück für Stück von dem kastanienbraunen Stoff ab und warf die Fetzen in die lodernde Kohlenpfanne. Lokesh trat vor, als wolle er Surya von seinem Tun abhalten, doch der greise Mönch stieß ihn weg. Nach kurzem Zögern bemerkte Lokesh, daß die Berührung einen feuchten Fleck hinterlassen hatte. Er erstarrte. Es war Blut.

»Ich bin kein Mönch mehr«, klagte Surya, als die Flammen den Rest seines Gewands verzehrten. »Ich habe jemanden getötet«, stieß er gequält mit hohler Stimme hervor. »Kein Mönch mehr. Kein menschliches Wesen.«

Kapitel Zwei

Dawa kam auf den Hof gelaufen. Sie schrie noch immer. Als Jara sie endlich einholte und in die Arme schloß, trommelte sie mit beiden Fäusten auf seine Brust ein. Lokesh griff in die Flammen und versuchte vergeblich, die brennenden Stoffetzen herauszuholen. Dann schaute er mit fassungslosem Blick zu Shan. Es war offenbar noch jemand ums Leben gekommen. Die Hügelleute flohen in Panik, und Surya entsagte seinem Gelübde. Sie stürzten sehenden Auges in den Brunnen.

Lokesh nahm etwas von seinem Gürtel und drückte es Surya flehentlich in die Hand. Es war seine *mala*, seine Gebetskette. Der alte Mönch starrte teilnahmslos auf die Asche seiner Robe und ließ sich die Perlen um die Finger wickeln. *»Om mani padme hum«*, flüsterte Lokesh traurig, als müsse er Surya daran erinnern, wie man den Mitfühlenden Buddha anrief. Die Augen des alten Mönchs richteten sich mit leerem Blick auf Lokesh und dann geistesabwesend auf die *mala* zwischen seinen Fingern. Er öffnete die Hand und ließ die Kette zu Boden fallen. Lokesh hob sie auf und stimmte ein neues Mantra an, eine dringliche Bitte an Tara, die Beschützerin der Gläubigen.

Niemand warf noch Mehl in die Luft. Kein Freudenschrei erhob sich mehr gen Himmel. Die wenigen verbliebenen Hügelleute waren an die Mauern des Hofs zurückgewichen und starrten Surya verwirrt und verängstigt an. Der jüngere Mönch, der zuvor den Kehlgesang übernommen hatte, schwieg nun und schaute unverwandt und mit qualvoll verzerrtem Gesicht die brennende Robe an.

Liya kam hinzu, ließ hektisch und erschrocken den Blick über das Durcheinander schweifen und mußte sich erst mit einer, dann beiden Händen am *chorten* abstützen. Sie schloß einen Moment lang die Augen, beruhigte sich ein wenig, richtete sich wieder auf und holte hinter dem Schrein einen Tontopf mit Wasser hervor. Während Jara die schluchzende Dawa weiterhin im Arm hielt, machte Liya sich wortlos daran, das Blut von den Händen des Mädchens abzuwaschen.

Als Shan sich dem einst so fröhlichen und sanften Mönch näherte, kam er sich völlig hilflos vor. »Surya«, flüsterte er dicht neben dem Ohr des alten Mannes. »Ich bin's – Shan. Erzähl mir, was passiert ist.«

Surya ließ nicht erkennen, ob er ihn gehört hatte. Ein neues Geräusch drang über seine Lippen. Kein Kehlgesang oder Mantra, sondern ein leises, schreckliches Wimmern, das Geräusch eines sterbenden Tiers. Er starrte zu Boden, und das Funkeln seiner Augen schien vollends zu erlöschen.

Shan erschauderte und ging zu Dawa. Als Liya ihn ansah, deutete er auf die fliehenden Tibeter. »Die Soldaten halten sich womöglich immer noch in den Bergen auf«, stellte er mit finsterer Stimme fest. Liya biß sich auf die Lippe, musterte hilflos die kleine Dawa, reichte den Tontopf dann an Shan weiter und lief in Richtung des Hangs.

»Was war los, Dawa?« fragte Shan, als er sich neben sie kniete. Sie vergrub das Gesicht an der Brust ihres Onkels. »Was hast du gesehen, als du Surya gefolgt bist?« Weder das Mädchen noch Jara schienen ihn zu hören. Dann packte ihn ein jähes Schuldgefühl, denn ihm fiel wieder ein, daß sie vorhin in fragendem Tonfall etwas zu ihm gesagt und er nicht darauf reagiert hatte. *Ich glaube, ich kenne den Weg in das verborgene Land,* hatten die Worte gelautet. Er stand auf, betrachtete die Ruinen und versuchte sich daran zu erinnern, was Surya im Anschluß an den ersten Kehlgesang getan hatte.

Zwischen ihren Einsätzen vertieften die Sänger sich normalerweise in eine Meditation. Da Surya fortan an diesem Ort leben sollte, hatte er sich hier zweifellos genauer umgesehen als die anderen und vielleicht eine besonders geeignete Stelle gefunden, um dort zu meditieren. Shan folgte dem Pfad, auf dem Dawa ins Halbdunkel verschwunden war, und fand sich wenig später vor zwei Säulen aus Fels wieder, die zu einem der ehemaligen Gebäude gehört hatten.

Shan ging zwischen den Säulen hindurch. Zu seiner Überraschung befand sich dort eine düstere, direkt aus dem Fels gehauene und am oberen Ende von Flechten überwucherte Treppe, deren Stufen durch Jahrhunderte des Gebrauchs in der Mitte ausgehöhlt waren. Trotz einer Breite von fast zweieinhalb Metern konnte man die Stiege nur aus der Nähe erkennen, denn die Wände zu beiden Seiten neigten sich dermaßen weit nach innen, daß sie alle Blicke abschirmten und es zudem riskant erscheinen ließen, sich der Stelle zu nähern. Shan nahm die Mauern genauer in Augenschein. Falls auch nur eine von ihnen einstürzte, wäre er dort unten gefangen. Dawa hatte sich gewiß nicht bis dorthin vorgewagt, und Surya würde sich schwerlich an einen solchen Ort begeben, um zu meditieren. Shan wollte schon kehrtmachen, als er auf der Treppe ein paar feuchte rote Tropfspuren entdeckte. Er stieg hinab in die Dunkelheit.

Es folgten einhundertacht steile, fast dreißig Zentimeter hohe Stufen, bis Shan schließlich in einen düsteren Gang gelangte. Die Hundertacht war eine machtvolle Zahl von großer symbolischer Bedeutung und entsprach der Anzahl der Perlen einer buddhistischen Gebetskette. Es roch nach Ruß und verbrannter Butter. Shan verharrte völlig reglos. Da waren noch andere Gerüche. Ein schwacher, schaler Weihrauchduft, der sich im Laufe der Jahrhunderte vermutlich dank der unaufhörlich schwelenden Kohlenpfannen an den Wänden festgesetzt hatte. Ein kaum wahrnehmbares Teearoma. Und etwas Neueres, Fremdes. Tabak. Sechs Meter weiter den Korridor entlang brannte eine trübe Flamme. Es war eine halb umgestürzte Butterlampe, deren Inhalt sich als schmaler glänzender Bach auf den Felsboden ergossen hatte. Shan stellte das kleine Gefäß aufrecht hin und schöpfte die Butter mit einer Steinscherbe zurück hinein. Dann nahm er die Lampe und folgte dem kühlen Gang. Schon nach wenigen Schritten kamen zwei gegenüberliegende Türöffnungen in Sicht, und kurz dahinter endete der Tunnel an einer massiven Felswand.

Der rechte Durchgang führte in eine winzige quadratische Kammer von nur anderthalb Metern Seitenlänge, die früher zur

Meditation oder als Lagerraum genutzt worden sein mochte. Darin stand ein großes Tongefäß mit Wasser, neben dem eine grobe Leinwand lag, die als Decke oder Gebetsteppich gedient haben konnte. Shan hob den Stoff an. Es war ein Sack, geschmeidig, nicht ausgetrocknet, und am unteren Saum mit Plastik vernäht. Große chinesische Ideogramme besagten, daß der ursprüngliche Inhalt Reis gewesen war, abgefüllt in der Provinz Guangdong.

Der zweite Raum maß ungefähr fünf mal fünf Meter und besaß am anderen Ende der rechten Wand einen weiteren, kleineren Durchgang. Shan trat ein und erstarrte. Vor der hinteren Türöffnung schimmerte ein dunkler Fleck. Nachdem Shan den ersten Schrecken überwunden hatte, ging er neben dem Fleck in die Hocke und berührte ihn prüfend mit einer Fingerspitze. Es war frisches Blut.

Shan wischte den Finger am Boden ab, stand auf, reckte die Lampe hoch empor und sah sich im Raum um. Inzwischen konnte er das Blut riechen, vermischt mit einem anderen Geruch, den er im Gulag kennengelernt hatte. Kein wirklicher Geruch, hätte Lokesh eingewandt, sondern eine spirituelle Wahrnehmung, auf die keiner der herkömmlichen fünf Sinne ansprach. Falls man es zuließ, versicherte Lokesh, könne die eigene Seele gleich einem Nachhall den Schatten einer unlängst geschehenen Gewalttat spüren oder die Störung, die eintrat, wenn ein anderer Geist sich mühselig von einem jäh niedergestreckten Körper löste. Shan hätte lieber auf diese Empfindung verzichtet, aber er wußte nicht, wie er sie unterdrücken sollte. Der Tod hatte diesem Raum einen Besuch abgestattet.

Shan fühlte sich plötzlich leer und kalt. Etwas in ihm schrie, er solle zurück an die Oberfläche rennen, und er fand sich dicht an der Felswand wieder, rutschte an ihr hinunter in eine kauernde Stellung, einen Arm mit geballter Faust schützend vor den Kopf gehoben, als wolle er einen Angriff abwehren. Was hatte Atso über Zhoka gesagt? Es sei ein Ort seltsamer und mächtiger Dinge, den man nicht verkennen dürfe. Nein, nicht ganz. Er hatte gesagt, es sei gefährlich, nicht zu begreifen, was Zhoka mit den Leuten anstelle. Shan schloß die Augen und atmete tief durch. Als er den Arm sinken ließ, stieß seine Hand gegen etwas Kaltes. Vorsichtig streckte Shan die Finger aus und bekam einen langen, glänzenden Metallzylinder zu fassen. Es war eine schwere Taschenlampe, wie sie vor allem bei der Öffentlichen Sicherheit beliebt war, denn man konnte sie gut als Schlagstock zweckentfremden. Shan drückte den Knopf kurz vor dem Kopfende der Lampe. Nichts geschah. Seine Finger waren abermals feucht. An dem Zylinder klebte Blut.

Shan ließ die defekte Lampe fallen und schritt den Rand des Raums ab. Die Wände waren einst kunstvoll verputzt und bemalt gewesen. Neben der Blutlache blieb Shan stehen und hob erneut die Butterlampe. An der Wand befand sich das Abbild einer grimmigen Gottheit, die einen umgedrehten Schädel voller Blut hielt. Es war einer der mythischen *lokapalas*, ein Hüter des Gesetzes. Die Gestalt hatte neun zornige Köpfe und ein Dutzend Armpaare. All ihre Augen waren geblendet worden; manche hatte man sauber ausgestochen, andere weggebrannt, wie mit der Glut einer Zigarette. Der machtvolle Gott wirkte traurig und hilflos, und der Schädel in seiner Hand war leicht zur Seite geneigt, so daß der Eindruck entstand, das Blut am Boden sei in Wahrheit aus dem Gemälde geflossen. Unter dem Bild lagen dicht vor der Wand mehrere dunkle, abgenutzte Perlen. Shan nahm eine und musterte sie bekümmert. Surya hatte die Schnur seiner uralten, seit Generationen weitergereichten *mala* zerrissen und die Perlen liegengelassen, als würden sie ihm nichts bedeuten.

Eine Spur feuchter roter Flecken verlief von der Lache zum ersten Durchgang und weiter in Richtung Treppe. Suryas Unterarme waren blutüberströmt gewesen, genau wie Dawas Handflächen und die Vorderseite ihres Kleids. Sogar ihre Schuhe hatten blutige Spuren hinterlassen. Shan untersuchte die Abdrücke am Boden. Dawa war ausgerutscht und bäuchlings in die schaurige Pfütze gefallen. Dann hatte sie sich beim Aufstehen abgestützt. Aber die teure Taschenlampe hatte nicht ihr gehört, und das Mädchen wäre nicht ohne Licht hergekommen. Surya mußte sich mit der Butterlampe hier aufgehalten haben. Da Dawa sich bis zu der Blutlache gewagt hatte, mußte

Surya jenseits davon, auf der anderen Seite des kleineren Durchgangs, gewesen sein. Shan trat über die Lache hinweg ins Halbdunkel und entdeckte ein wenig abseits einige große Blutstropfen, die ebenfalls von dem Opfer stammen mußten. Der Gang hinter dem Raum verbreiterte sich und verlief leicht abschüssig. Von fern war ein leises Rauschen zu vernehmen; es klang wie Wind. Rechts lag eine kleine Meditationszelle. Als Shan eintreten wollte, stieß er mit dem Fuß gegen einen Gegenstand. Er bückte sich und zuckte zurück. Es war ein Knochen, ein menschlicher Oberschenkelknochen, und er war tropfnaß vor Blut.

Erneut drückte Shan sich dicht an die Wand. Hier hat jemand eine Leiche entbeint, schien eine Stimme in seinem Kopf zu keuchen. Unmöglich, wandte eine andere Stimme zweifelnd ein. Surya hätte gar nicht die Zeit für eine solch gräßliche Tat gehabt. Und außerdem war Surya kein Mörder.

Shan zwang sich, das Fundstück genauer zu betrachten. Das Blut war frisch, der Rest jedoch nicht. Es handelte sich um die Art von Knochen, aus denen traditionelle *kanglings* hergestellt wurden, die Trompeten der tibetischen Zeremonien. An der Wand lehnten noch drei weitere dieser Oberschenkel. Einer der Handwerker von Zhoka mußte sie vor vielen Jahrzehnten dort zurückgelassen haben. Allerdings hatte man ihre Anordnung verändert. Der mittlere Knochen stand senkrecht, und die anderen beiden lehnten dagegen, so daß ein Pfeil entstand, der nach oben auf ein mit Blut an die Wand gemaltes Symbol wies. Jemand hatte ein etwa fünfundzwanzig Zentimeter breites Oval gezeichnet, dessen Längsachse parallel zum Boden verlief. In seinem Zentrum befand sich ein Kreis und darin wiederum ein Quadrat.

Shan ging auf die Meditationszelle zu und entdeckte, daß in den Boden zwei je zehn Zentimeter lange Rechtecke eingelassen waren, jeweils knapp fünf Zentimeter tief und etwa einen halben Meter sowohl voneinander als auch von der Wand entfernt. Darin hatten ursprünglich vielleicht die Beine eines Altars oder einer Bank gesteckt. In der Zelle lag unter einem verstaubten Stück Sackleinen ein Haufen Schutt. Shan erkannte zerbrochene Töpferwaren und spröde Gerstenkörner, die Jahre, vermutlich aber Jahrzehnte alt waren. Und er sah ein vertrocknetes, gespaltenes Brett von zwölf mal vierzig Zentimetern.

Die Blutlache ging ihm nicht aus dem Sinn. Irgend jemand war hier gestorben. Aber wo war die Leiche geblieben? Es gab nur die Blutspuren, die Surya und Dawa hinterlassen hatten, und falls Surya den Toten weggetragen hätte, wären seine Robe und sein Untergewand blutgetränkt gewesen. Das Mädchen mußte nach dem Sturz in die Pfütze panisch geflohen sein. Surya hatte, noch weit vom Tageslicht entfernt, die Lampe fallen gelassen, ohne sie zuvor zu löschen und ohne sie wieder aufzuheben. Weil ihn etwas in Angst und Schrecken versetzt hatte. Etwas, das er gesehen hatte? Oder etwas, das er getan hatte? Nein, hielt Shan sich ein weiteres Mal vor Augen, es war unmöglich, daß der sanfte Surya, der häufig Shans Füße segnete, damit sie kein Insekt zertreten würden, auf einmal einen anderen Menschen tötete.

Shan sah sich den Schutt genauer an. Das Brett war ziemlich stark beschädigt, aber man konnte noch das kunstvolle Schnitzwerk erkennen, die Abbildung einiger Rehe, die zwischen Bäumen umhersprangen. Es handelte sich um den Deckel eines *peche*, wurde ihm klar, eines traditionellen tibetischen Buches aus losen Seiten. Shan lehnte das Brett an die Wand und hob das Sackleinen an. Darunter lagen weitere Scherben, eine intakte Tonfigur des Mitfühlenden Buddha und dicht vor der Wand ein langes, schmales Stück Pergament, eine Seite aus einem *peche*. Behutsam nahm Shan das Blatt und las es. Dann blickte er auf und starrte eine Weile in die Dunkelheit. Er las es erneut, drehte es um und untersuchte es sorgfältig im Schein der Lampe. Der Text war alt, stammte aber nicht von den hölzernen Druckstöcken, die üblicherweise bei der Herstellung der *peche* verwendet wurden, sondern war in blauer Tinte verfaßt, wie mit einem Gänsekiel oder Füllfederhalter. Auf den ersten Blick schien die kühn geschwungene Handschrift der eleganten tibetischen Linienführung zu entsprechen, die bei heiligen Texten Anwendung fand. Aber dies waren keine tibetischen, sondern englische Worte. *Götter werden durch den Tod erneuert,* stand dort. *Erkenne, dann laß los. Hebe den Pinsel tausendmal tausend Male, dann laß ihn auf den Stein sinken. Heilige Mutter, Heiliger Buddha, Heiliger Geist. Götter werden durch den Tod erneuert.*

Am unteren Rand des Pergaments waren im traditionellen tibetischen Stil weitere Rehe aufgemalt, dazu kleine detaillierte Abbildungen von Yaks. Shan las die Sätze, starrte den blutigen Knochen an und fröstelte. Diese Buchseite schilderte den Tod wie in einem Gedicht oder einer Lobrede. Sie war sehr alt, vielleicht mehr als hundert Jahre. Und sie hatte genau an dem Ort überdauert, an dem heute jemand gestorben war. Ein Zufall, hätte Shan noch vor einigen Jahren gesagt. Doch falls Lokesh bei ihm gewesen wäre, hätte der alte Tibeter feierlich in die Hände geklatscht und erklärt, wie glücklich sie sich schätzen könnten, zugegen zu sein, wenn zwei Schicksalsräder für einen kurzen Moment ineinandergriffen.

Shan hob aufs neue die Lampe, fand aber keine weiteren Buchseiten, sondern nur jede Menge Tonscherben, Leinenfetzen und etwas, das wie ein verschrumpelter Apfel aussah. Er nahm sich noch einmal das Pergament vor, las die seltsamen und beklemmenden englischen Worte, rollte das Blatt zusammen und steckte es ein. Als er sich aufrichtete, entdeckte er in einer Ecke der Kammer einen kleinen dunklen Gegenstand. Shan hielt die Lampe dicht daneben. Es war eine Zigarre, der Stummel einer dünnen Zigarre. Shan nahm ihn und hielt ihn sich unter die Nase. Der Tabak verströmte einen ekelhaft süßlichen Gestank, wie Shan ihn noch nie gerochen hatte. Dies war weder ein tibetisches noch ein chinesisches Produkt. Als Shan den Stummel in ein Stück Stoff wickelte, schien ein eisiger Hauch seinen Rücken zu streifen. Er sah sich nach allen Seiten um und stieg dann über die Lache hinweg zurück in den ersten Raum. Dabei fiel ihm in der Mitte der Pfütze der schwache Umriß eines kleinen runden Objekts von knapp vier Zentimetern Durchmesser und der Dicke einer Münze auf. Mit einem Stück Verputz schob er es an den Rand, wickelte es in ein Taschentuch und steckte es ebenfalls ein.

Auf einmal fing er an zu zittern. Die sonderbaren Ereignisse und vielleicht noch seltsameren Gespräche des Tages gingen ihm durch den Kopf. Vorhin – war das wirklich erst eine Stunde her? – hatte Gendun gesagt, heute sei einer der schönsten Tage seines Lebens. Surya hingegen hatte behauptet, heute werde alles enden. In den Bergen waren angeblich Gottestöter unterwegs. Der heutige Tag sollte den weiteren Lauf der Welt verändern. Zhoka barg Geheimnisse, die nicht unterschätzt werden durften.

Aus dem dunklen, abschüssigen Tunnel hinter der Blutlache ertönte unvermittelt ein leises, dumpfes Stöhnen. Das war nur der Wind, der sich in einem Felsspalt fing, vermutete Shan, aber er preßte sich unwillkürlich wieder gegen die Wand. Wer oder was auch immer die Leiche weggeschafft hatte, hatte dies erst vor zwanzig oder dreißig Minuten getan und konnte sich durchaus noch in der Nähe aufhalten. Shan reckte die Lampe in Richtung des Geräusches, doch die Flamme flackerte immer stärker, weil der Brennstoff fast aufgebraucht war. Shan lief los. Als er die Treppe erreichte, erlosch die Lampe. Rückwärts gewandt, stieg er dem Tageslicht entgegen und behielt dabei die Finsternis sorgfältig im Auge.

Die Ruinen draußen waren verlassen, und auf dem Innenhof regte sich nur noch die schmale Rauchfahne, die von der alten *samkang* aufstieg. Shan lief zum nördlichen Torhof, direkt bei der Schlucht und den Resten der Hängebrücke. Abgesehen von ein paar weißen Flecken auf dem felsigen Boden deutete hier nichts mehr auf eine Feier hin. Shan trat an den Rand des Abgrunds. Irgendwo tief dort unten lagen sein Schnürbeutel und die Bambusdose mit den lackierten Schafgarbenstengeln, die zur Befragung des Tao-te-king dienten und seit vielen Generationen in seiner Familie weitervererbt worden waren. Sie hatten Krieg und Hungersnot überstanden, die Ermordung von Shans Onkeln und seinem Vater durch Maos Rote Garden und sogar Shans eigene Strafgefangenschaft. Doch die schreckliche Furcht eines kleinen Mädchens hatte ihr Ende bedeutet.

Langsam wanderte Shan zwischen den Trümmern umher, rief nach Lokesh und Liya und fand sich schließlich vor dem *chorten* wieder. Geistesabwesend zog er den Pinsel aus der Tasche und starrte ihn eine Weile an. Dann fielen ihm jäh die Soldaten wieder ein. Er drehte sich um und rannte los.

Nach einer Viertelstunde hatte Shan den Gebirgsgrat oberhalb von Zhoka erreicht und erspähte in nordwestlicher Richtung und etwa einem Kilometer Entfernung ein rundes Dutzend gebeugter Gestalten. Er blieb stehen und ließ den Blick über die Landschaft schweifen. Im Norden wurde Zhoka durch die tiefe Schlucht begrenzt. Im Süden ragten steile, schroffe Gipfel auf und schienen abweisend vor dem gefahrvollen Ödland jener Region zu warnen. Die Soldaten hatten sich zuletzt im Nordwesten blicken lassen, zwischen Zhoka und dem Tal von Lhadrung. Als Shan erneut in diese Richtung schaute, glaubte er bei dem alten Steinturm am Ende der Kammlinie ein kastanienbraunes Mönchsgewand aufblitzen zu sehen.

Weitere zehn Minuten später hatte Shan die langsamsten der flüchtenden Tibeter eingeholt und fragte im Vorbeilaufen jeden einzelnen, wo die Mönche geblieben seien. Die meisten würdigten ihn nur eines kurzen, wütenden Blicks und sahen dann wieder weg. Lediglich eine der alten Frauen, die mit Surya gebetet hatten, streckte nach ängstlichem Zögern den Arm aus und deutete nach vorn.

Lokesh stand neben der Turmruine auf einem Sims, starrte in den dunklen Eingang des Gebäudes und ließ eifrig die Perlen seiner Gebetskette durch die Finger gleiten. Als Shan ihn erreichte, packte der alte Tibeter ihn am Arm, als wolle er den Freund davon abhalten, sich noch dichter an den Turm heranzuwagen.

Shan sah diesen Ort zum erstenmal aus der Nähe und erkannte nun, daß der Turm nicht vollständig zerstört worden war. Vom oberen Teil ragte nur noch eine einzige verbrannte Mauer fast sechs Meter in die Höhe. In den Eisenklammern an ihrer Außenseite hingen die letzten Reste einer ehemaligen Leiter. Die offene kleine Kammer im Erdgeschoß war jedoch vollkommen intakt. Sie wurde von einer natürlichen Felsformation gebildet und stellte eine Rückzugsmöglichkeit dar, die den Reisenden oder Wachposten früherer Tage Schutz vor den Elementen geboten hatte. Mit dem Rücken zum Eingang kniete dort eine einsame Gestalt auf dem Boden. Surya.

»Warum hat er diese Richtung eingeschlagen?« wandte Shan sich an Lokesh. »Vor uns liegt Lhadrung. Was ist mit den Soldaten? Man könnte ihn verhaften. Die Leute wurden in Panik versetzt. Falls jemand fragt, werden sie verraten, daß er ein Mönch ohne Lizenz ist. Sie haben vor ihm inzwischen genausoviel Angst wie vor der Armee.« Er sah Lokesh an und entnahm dessen Miene nichts als Schmerz und tiefe Verwirrung. »Wir müssen ihn zurück nach Hause bringen, in Sicherheit. Dann können wir ihn fragen, was geschehen ist, und ihm weiterhelfen.« Falls Oberst Tan etwas von illegalen Mönchen oder einem bekennenden Mörder erfuhr, würde er die Gegend von Truppen durchkämmen lassen. Wer auch immer den Soldaten in die Hände fiel, würde vermutlich reden. Yerpa war seit vielen Jahrzehnten unbemerkt geblieben, doch unter dem Einfluß der Verhörspezialisten würde Surya den Standort letztlich preisgeben. Dann müßte Yerpa das Schicksal von Zhoka teilen, und auch Gendun und all die anderen Mönche würden hinter Gittern landen.

»Er will nicht in die Stadt«, sagte Lokesh, klang dabei aber unschlüssig. »Er wollte hierher. Unten auf dem Hof hat er nichts mehr gesagt, nur die schrecklichen Worte, die du mit angehört hast. Dann ist er plötzlich aufgestanden, hat zum Turm geschaut und ist losgelaufen. Als ich ihn eingeholt habe, war er damit beschäftigt, die Wände da drinnen von dem alten Staub zu säubern. Dann sind das Mädchen und Gendun gekommen.« Er wies auf einen Felsen in etwa dreißig Metern Entfernung, wo der Lama saß und Dawa beobachtete, die an einer Quelle das Blut von ihrem Kleid wusch. Ihre Tante und ihr Onkel warteten mit den anderen Kindern ein Stück abseits und beobachteten sie ratlos. »Sie läßt niemanden an sich heran, nicht einmal Gendun. Sie sagt, sie will zurück in ihre chinesische Fabrikstadt. Sie sagt, sie haßt Mönche. Sie sagt, sie haßt uns alle, weil wir sie betrogen hätten.«

Shan mußte an Dawas Erlebnisse in den Klosterruinen denken. Das Mädchen hatte zunächst Verwirrung und Angst verspürt, dann Ehrfurcht und Freude und am Ende Entsetzen und Schmerz. »Sie ist hergekommen, um das Leben in Tibet kennenzulernen«, merkte Shan lakonisch an.

Lokesh nickte ernst. »Wir müssen Surya nach Yerpa zurückbringen. Er bedarf umfassender Heilung.«

Die Stimme seines Freundes hatte auf Shan noch nie so zerbrechlich gewirkt. Er verfolgte, wie Lokesh mit seltsam sehnsüchtigem Blick auf Zhoka hinabschaute. »Was mit Surya geschehen ist, ist auch dem Mädchen widerfahren. Was haben wir bloß falsch gemacht?« fragte der alte Tibeter. Shan konnte nur langsam den Kopf schütteln.

Nach einer Weile ging Shan zu Dawa und setzte sich neben ihr ins Gras. Sie nahm keinerlei Notiz von ihm, sondern versuchte unbeirrt, das Blut von ihrem Kleid abzuwaschen.

»Ich weiß, daß du unter der Erde etwas Schreckliches erlebt hast«, sagte er. »Ich war auch dort unten und habe das Blut und die Knochen gesehen. Es war so dunkel, und es gab unheimliche Geräusche. Ich habe mich gefürchtet, genau wie du. Aber außer mir war da niemand. Hast du jemanden gesehen?«

Das Mädchen gab ein leises Wimmern von sich. Nein, erkannte er, sie summte ein Lied. Die Melodie klang vertraut und ließ Shan unwillkürlich frösteln. »Der Osten ist rot«, eine der Standardhymnen der Politoffiziere, die auch oft aus den Lautsprecheranlagen der chinesischen Schulen ertönte. Schweigend wandte Shan sich zu Lokesh und Gendun um und versuchte zu begreifen, weshalb die beiden sich nicht eifriger um Surya kümmerten. »Dawa«, unternahm er dann einen zweiten Versuch. »Ich muß wissen, was du gesehen hast. Ich möchte gern helfen.«

Das Mädchen fing mit einer Hand das blutige Wasser auf, das aus dem Kleid tropfte, und musterte es voll grausiger Faszination. Als Shan schon aufstehen wollte, hob Dawa den Kopf. »Er hatte ein Auge in der Hand«, flüsterte sie. »Und einen Nagel durch den Körper.« Dann stimmte sie wieder ihr scheußliches Lied an.

Als Shan zu Lokesh zurückkehrte, eilte eine Gestalt heran und hielt dermaßen abrupt am Eingang des Turms inne, daß sie fast hineinstolperte. Liya stützte sich mit einer Hand am Fels ab und rang nach Luft. »Schnell!« rief sie Surya zu und betrat den Raum. »Er muß von hier verschwinden«, keuchte sie, als Shan sich zu ihr gesellte. »Falls es nicht anders geht, müssen wir ihn tragen.« Ihre Stimme erstarb, und sie starrte den Mönch an.

Surya rieb die Rückwand der kleinen Kammer hastig mit einem Stück Stoff frei, das er offenbar von seinem Untergewand abgerissen hatte, und murmelte dabei vor sich hin. Es war ein Bild. Surya bemühte sich hektisch, ein Wandgemälde zu säubern, das viele Jahrzehnte oder gar Jahrhunderte alt sein mußte. Links davon waren die jeweils fünfundzwanzig Zentimeter hohen Buchstaben eines verblichenen *mani*-Mantras zu erkennen. Auf der Wand zur Rechten prangte ein jüngeres Werk, ein komplexes Gemälde mehrerer Gottheiten, dessen Erstellung vermutlich viele Tage gedauert hatte. Shan betrachtete die satten Farben und den kraftvollen Pinselstrich des zweiten Bildes, wandte sich zu Lokesh um und fand in dessen Blick die eigene Überraschung bestätigt. Der unverkennbare Stil dieses Gemäldes war ihnen vertraut. Es handelte sich um eine Arbeit von Surya, doch der alte Mönch interessierte sich keinen Deut für das eigene Werk.

»Wer ist das denn?« flüsterte Liya mit Blick auf das Wandgemälde, das er reinigte. Auch Shan war sich über die zentrale Gottheit nicht ganz im klaren. Es sah nach Tara der Beschützerin aus, und zwar in einer der grimmigen Verkörperungen, die gegen spezielle Dämonen und Ängste kämpften. Allerdings trat jede der Hauptgottheiten in mannigfachen Erscheinungsformen auf, und Shan war längst nicht mit allen vertraut.

Er wollte Lokesh fragen, aber sein alter Freund starrte mit offenem Mund das Gemälde an. »Wie schrecklich«, flüsterte Lokesh und schaute voller Sorge zurück nach Zhoka. Shan wußte, daß damit nicht die Fähigkeiten des Künstlers gemeint waren, sondern das Böse, vor dem dieses Bild schützen sollte. Surya stimmte in leisem, dringlichem Tonfall ein Mantra an. Shan erkannte es sofort. *Om ah hum,* ein besonderes Mantra der Ermächtigung, das letzte in einer Folge von Gebeten, mittels deren Gottheiten beschworen wurden.

»Es bleibt keine Zeit mehr«, sagte Liya zu Surya. »Du mußt

fliehen.« Sie ging zu ihm und vollführte mit leeren Händen eine ziehende Geste, als scheue sie davor zurück, den Mönch zu berühren, dessen Arme immer noch mit getrocknetem Blut besudelt waren. »Keine Zeit«, wiederholte sie verzweifelt.

Shan jedoch spürte, daß für Surya nur dieses Gemälde zählte. Mochten sie alle auch Angst haben, der Mönch hatte etwas viel Schrecklicheres erlebt und schien als einziger zu begreifen, wie schlimm es in Wahrheit um sie stand. Er war zu der Einsicht gelangt, daß die Gottheit auf dem Bild ihre einzige Verteidigungsmöglichkeit darstellte. Nun erst registrierte Shan, daß unterhalb des alten Gemäldes etwas an der Wand geschrieben stand, wahrscheinlich ein Mantra. Jemand hatte es mit dunkelroten Strichen unleserlich gemacht. Die Farbe stammte aus einer der kleinen Holzröhren, die Surya unter seinem Gewand an einem Lederriemen um den Hals trug. Shan sah, daß die Hände des Mönchs frische rote Flecke aufwiesen, die nicht von dem getrockneten Blut herrührten. Surya hatte in diesem kleinen Unterschlupf nicht nur das alte Gemälde freilegen, sondern auch die Inschrift tilgen wollen.

»Om hum tram huih ah«, rief Surya laut und entschlossen. Es war ein Mantra, um Hüter zu binden. Dann verstummte der alte Mönch und starrte in die Augen der Gottheit. Es war, als habe er soeben einen Pakt mit Tara geschlossen.

Liya sah den Mönch an und schob sich dann an Shan vorbei nach draußen. Ihr standen Tränen in den Augen. Er beobachtete, wie sie die Landschaft jenseits von Zhoka absuchte, als halte sie nach jemand Bestimmtem Ausschau, und dann die fliehenden Tibeter zu dem Pfad unterhalb der Kammlinie scheuchte, der hinter dem Felsvorsprung in steilen Serpentinen nach unten verlief und bis zu den Zeltlagern und Häusern auf den Hängen des Tals von Lhadrung führte. Liya rannte fünfzig Meter zurück, hob sich ein stolperndes Kind auf den Rücken und trug den kleinen Jungen mit gespielter Fröhlichkeit am Turm vorbei zu seinen müden Eltern am Ende des Grats. Als die Leute den Pfad hinabstiegen, rief Liya ihnen einen Segen hinterher. Shan trat auf die grasbewachsene Bergflanke hinaus und bedeutete Jara, er solle mit seiner Familie aufbrechen.

Es war nur noch ein halbes Dutzend Tibeter in Sicht, als Liya sich umdrehte und verwirrt innehielt. Shan folgte ihrem Blick und sah, daß Surya nun mit seitlich ausgestreckten Armen draußen auf dem Sims stand und in das tiefe Tal schaute. Lokesh machte einen Schritt auf den Mönch zu, erstarrte und schien angestrengt zu lauschen. Als Shan näher kam, hörte er es ebenfalls: ein tiefes Donnern, das aus wolkenlosem Himmel ertönte. Plötzlich tauchten an der Kammlinie mehrere schreiende Gestalten auf, stolperten panisch den Pfad hinauf, den sie eben erst hinabgestiegen waren, und ließen achtlos ihre Körbe und Taschen fallen.

Shan begriff zu spät, was das metallische Rattern zu bedeuten hatte. Als er Lokesh am Arm packte, wuchs der Lärm zu einem ohrenbetäubenden Dröhnen an. Jenseits des Grats stieg ein riesiger schwirrender Rotor auf, gefolgt von dem dunkelgrauen Rumpf eines Armeehubschraubers. Die Leute brüllten wild durcheinander und stoben nach allen Seiten davon. Jara stapfte durch den Bachlauf und eilte zu seiner Nichte, während seine Frau die anderen Kinder einsammelte. Auch Dawa sprang auf und lief los, aber nicht auf ihren Onkel zu, sondern am Hang entlang in die entgegengesetzte Richtung.

Shan schickte Lokesh zurück zu den Ruinen und rannte zu Gendun. Der Helikopter blieb derweil dicht über dem Boden schweben. Als Shan dem Lama auf die Beine half, sprang ein halbes Dutzend Soldaten in voller Kampfausrüstung aus der Maschine.

Shan und seine Freunde liefen los, stolperten, strauchelten über Steine. Er mußte mehrmals innehalten und Gendun helfen, ihn regelrecht wegzerren, denn der Lama schien sich nicht beeilen zu wollen und angesichts der Soldaten keine Angst, sondern Neugier zu verspüren. Plötzlich blieb Lokesh, der drei Schritte vor ihnen lief, stehen und blickte zu dem alten Steinturm.

Auch Shan drehte sich verwundert um. Die Soldaten verfolgten niemanden, nicht einmal Gendun, der ein Mönchsgewand trug. Surya stand mitten auf dem Sims, hatte sich zu den Neuankömmlingen umgewandt und hielt noch immer die leeren Hände wie zum Gruß ausgestreckt. Die Soldaten umringten ihn mit schußbereiten Waffen und warteten kurz ab, während einer von ihnen eine Hand ans Ohr preßte. Dann wurde Shan voller Entsetzen Zeuge, wie die Männer Surya packten, ihm den ledernen Halsriemen mit den Farben herunterrissen, ihn zum Hubschrauber zogen und unsanft hineinhoben. Kurz darauf saßen auch die Uniformierten wieder in der Maschine, die sogleich aufstieg und nach Norden abdrehte.

Die Panik der Tibeter legte sich nicht. Niemand blieb stehen. Die furchtsamen Schreie erschallten auch weiterhin. Manche der Leute flohen unbeirrt den Berg im Westen hinunter, andere zogen sich nach Zhoka zurück. Dawa befand sich unterdessen allein hoch oben auf dem gegenüberliegenden Hang und schaute sich kein einziges Mal nach ihren Verwandten um, sondern rannte hektisch auf die schneebedeckten Gipfel am südlichen Horizont zu. Ihr Onkel saß weit hinter ihr am Boden und hielt sich den Knöchel. Offenbar hatte er sich verletzt.

Shan kehrte wie betäubt zu dem Felsen zurück, auf dem eben noch Surya gestanden hatte. Rund um die Stelle sah er die tiefen Abdrücke der schweren Soldatenstiefel und die zertretenen hölzernen Farbröhrchen. Er wagte sich bis an den Rand der Schlucht vor. Der Helikopter war verschwunden. Die Armee hatte wie ein Blitz aus heiterem Himmel zugeschlagen und sich genauso schnell wieder zurückgezogen.

»Niemand wird ihn je wieder zu Gesicht bekommen«, sagte eine tonlose Stimme hinter ihm. Liya drehte sich um, ließ sich auf ein Knie nieder und fing an, die Gegend im Süden mit ihrem abgewetzten Fernglas abzusuchen, als rechne sie damit, daß jemand den Hang oberhalb von Zhoka erklimmen würde. Nach einem Moment stand sie wieder auf und seufzte. »Vor zwei Monaten hat ein Mann in Lhasa mitten vor der Militärzentrale eine tibetische Flagge entrollt«, sagte sie. »Ein Hubschrauber der Öffentlichen Sicherheit ist mit ihm über die Berge geflogen. Bei der Landung war der Mann nicht mehr an Bord. So geht man dort mit politischen Querulanten um. Für Leute wie Surya gibt es keine Gerichtsverfahren. Er ist ein ...« Ihre Stimme erstarb.

Ein was? dachte Shan. Er hatte Surya als einen Mönch und Künstler kennengelernt, einen alten Tibeter mit heiterem, gelassenem Lächeln, wie er es oft auch bei Gendun sah. Surya hingegen hatte sich selbst als Mörder bezeichnet.

»Es war, als würde er die Männer erwarten«, sagte Shan. »Als habe er mit den Soldaten gerechnet.« Surya war zu dem Turm gelaufen, hatte eine Inschrift unter dem alten Gemälde getilgt und sich dann den Soldaten ergeben. Selbst falls sich tatsächlich ein Mord ereignet hatte, konnten die Behörden unter keinen Umständen schon davon erfahren haben.

Liya wischte sich eine Träne von der Wange. »Es ist meine Schuld. Ich habe all den Fremden von der Feier erzählt, und die Armee hat eine Patrouille geschickt. Sie haben einen unserer illegalen Mönche gefunden.«

Doch Shan war sich dessen keinesfalls so sicher. Zwar waren Soldaten hier aufgetaucht, aber sie hatten sowohl Gendun als auch das verbotene Fest und die fliehenden Tibeter ignoriert. Nicht nur Surya schien die Männer erwartet zu haben, auch umgekehrt hatte man speziell nach ihm gesucht. Dem alten Einsiedler war die Außenwelt völlig unbekannt, denn er hatte seit seiner frühen Jugend in Yerpa gelebt und noch nie moderne Maschinen, Soldaten oder Schußwaffen und bis zu Shans letztjähriger Ankunft noch nicht einmal einen Chinesen gesehen. Dennoch hatte er sich von den Soldaten bereitwillig in einen Helikopter verfrachten lassen. »Die haben ihn nicht mitgenommen, weil er ein Mönch ist«, sagte Shan. »Er hat doch überhaupt keine Robe getragen.«

Liya schenkte ihm einen gequälten Blick, als würden seine Worte nur um so mehr zu ihrer Verzweiflung beitragen. Shan musterte sie eine Weile. »Als dieser Hirte sich vorhin mein Kopfgeld verdienen wollte, was hast du da gemeint, als du sagtest, ich stünde unter dem Schutz deines Clans?« Er wußte nicht das geringste über ihre Familie.

»Die Leute in dieser Gegend haben viel gemeinsam«, gab Liya rätselhaft zurück.

Shan mußte daran denken, daß Liya manchmal mit traurigem, sehnsüchtigem Blick zu den fernen Bergen schaute. Ihm wurde klar, wie wenig er sie kannte. »Bist du schon mal da unten gewesen, in den Gewölben von Zhoka?« fragte er.

Doch Liya ging wortlos zu dem alten Turm.

Als er sie einholte, stand sie neben Lokesh und betrachtete die Wandgemälde.

»Ich habe versucht, mit Surya zu reden, als er hergelaufen ist«, erzählte Liya. »Er hatte etwas zu Gendun gesagt und ihm etwas gegeben, aber mit mir wollte er nicht sprechen. Ich habe ihn immer wieder gebeten, doch umzukehren und an all die Menschen zu denken, die ihn jetzt brauchen.« Liyas Stimme war leise und zitterte, und man hörte ihr an, daß sie mit den Tränen kämpfte. Ihr Blick war auf den Schatten gerichtet, wo nun Gendun kniete und das Bild studierte. »Am Ende ist er stehengeblieben, hat mich an den Schultern gepackt und geschüttelt. Er sagte, wenn wir Zhoka retten wollten, müßten wir dort Zuflucht suchen.«

Shan sah Liya an. Ihr Verhalten legte nahe, daß sie und Surya sich gut kannten, und anscheinend gab es außerhalb der Einsiedelei noch andere Leute, die Surya brauchten. Shan schaute zu den Überresten des alten *gompa*. »In Zhoka gibt es nur noch Ruinen.«

Liya folgte seinem Blick. »Nicht für ihn.«

»Nicht für jene, die Zuflucht suchen«, sagte Lokesh hinter ihnen. Als Shan sich zu seinem alten Freund umdrehte, begriff er, was Lokesh meinte. Surya hatte nicht geraten, ein Versteck aufzusuchen, sondern sich auf die heilige Zuflucht des buddhistischen Rituals bezogen, den Pfad der Erleuchtung.

»Surya hat mir von einem Ort der Macht erzählt, den er gefunden hatte, gelegen hoch auf einem Berggrat und einst benutzt von Zhoka«, sagte Lokesh plötzlich. »Das hier muß dieser Ort sein.« Er berührte den Stein neben dem niedrigen Eingang des Turms und begutachtete angestrengt das Muster des Flechtenbewuchses. Shan wußte, daß er nach den religiösen Symbolen Ausschau hielt, die sich bisweilen in den Formen der Natur wiederfanden. »Surya hat gesagt, er habe stets nach vernachlässigten Stellen wie dieser gesucht, als sei es seine Aufgabe, sie wiederherzustellen.«

Shan ließ den Blick abermals über die Landschaft schweifen und erkannte, daß Lokesh recht hatte. Der kleine, aus natürlichem Fels gebildete Raum im unteren Geschoß des Turms war nach Norden hin abgeschirmt und öffnete sich gen Süden, so daß man bis weit zu den schneebedeckten Gipfeln am Horizont schauen konnte. Dreißig Meter unterhalb wuchs direkt an der Quelle, die dort dem Berghang entsprang, ein knorriger, aber kräftiger Wacholderbaum. Lokesh beäugte erneut die Flechte und zog mit dem Finger ein Muster nach, das wie ein Rad aussah. »Er sagte, es müßten Gottheiten beschworen werden.«

»In einer Kammer unter den Ruinen ist jemand ums Leben gekommen.« Shan beschrieb, was er in den Gewölben von Zhoka gefunden hatte.

»Der kleine Freskenraum«, flüsterte Liya.

»Du kennst ihn?« fragte Shan.

Liya schloß wie in stummem Schmerz die Augen. »Jemand ist gestorben«, sagte sie. »Surya dachte, er sei dafür verantwortlich. Er hat seine Robe verbrannt.« Sie sprach langsam, als bemühe sie sich, unbedingt die korrekte Reihenfolge der Geschehnisse wiederzugeben. »Dann ist er hierher zu dem alten Gemälde gelaufen.«

»Weil es ihm nicht mehr darauf ankam, sich selbst zu schützen«, fügte Shan genauso bedächtig an. »Es ging ihm nur noch darum, Zhoka zu retten.«

Lokesh blickte in die dunkle Kammer. »Dies ist ein Ort, an dem man den Göttern Botschaften schicken kann. Ich glaube, der Surya, der ein Mönchsgewand getragen hat, wäre hergekommen, falls er geglaubt hätte, seine Freunde würden sich in Gefahr befinden«, sagte er verunsichert. Keiner von ihnen kannte den Surya, der die Robe abgelegt hatte.

Shan ging zu Gendun, der das alte Gemälde betrachtete und im Abstand von wenigen Zentimetern mit der Hand darüber strich, als könne er auf diese Weise die Bedeutung erschließen.

»Das Bild kommt mir nicht bekannt vor«, sagte Shan. »Es ist Tara, aber in dieser Verkörperung habe ich sie noch nie gesehen.«

»Sogar in früheren Zeiten trat sie nur selten so auf«, erklärte Gendun. »Es handelt sich um eine der acht Erscheinungsformen der Heiligen Mutter, die vor Ängsten und Dämonen schützen. Dies ist Kudri Padra. Surya hat versucht, sie zu erwecken.«

Shan sah ihn fragend an.

Lokesh trat von einer Seite des Gemäldes auf die andere und starrte es an, als würde er es zum erstenmal richtig sehen. Dann nickte er. »Das ist Tara die Diebesfängerin«, stellte er hörbar überrascht fest.

Auch Gendun nickte ruhig, ohne die Augen von dem Bild abzuwenden.

»Alles ist schiefgegangen«, warf Liya verbittert ein. »Eine Katastrophe. Es wird Jahre dauern, bis wir es von neuem versuchen können.«

»Denk an das kleine Mädchen«, rief Shan ihr ins Gedächtnis und beobachtete weiterhin Gendun. Der Lama hatte sich wie bei einer Meditation in sich gekehrt, aber Shan wußte, daß er dabei diesmal keinen Ort heiterer Gelassenheit aufsuchte. »Sie hat gelernt, wie man mit Mehl feiert und wie man einem Kehlgesang lauscht.«

Liya verzog das Gesicht. »Sie hat erfahren, wie man vor den Soldaten wegläuft. Und nun haben wir einen unserer Kehlsänger verloren. Ist dir klar, wie wenige der Mönche die traditionelle Art des Gesangs noch bei den alten Lamas gelernt haben? Sie sind fast ausgestorben. Heutzutage gibt es in Tibet mehr Schneeleoparden als solche Männer. Wenn die Soldaten fertig sind, werden sie alle verschwunden sein.«

»Das Mädchen hat nach den Seelen gefragt und wurde als Antwort in Schrecken versetzt«, sagte Lokesh. »Sie ist wie eine verängstigte Antilope geflohen.« Er schaute nach Süden zu den endlosen Bergketten, die sich Gipfel um pfadlosen Gipfel bis zum Horizont erstreckten. Dann wandte er sich wieder Shan zu. »Er hat nicht nur mit Tara gesprochen. Einen Moment lang habe ich ein Gebet gehört, in dem er die Hüter um Vergebung bat.«

Shan mußte unwillkürlich an den Raum mit der Blutlache

und an die neunköpfige Gottheit denken, deren sämtliche Augen fehlten. Surya hatte um Verzeihung ersucht, als träfe ihn die Schuld für diese Blendung.

»Surya ist nicht zu einem Mord fähig«, sagte Liya, und es klang wie ein Wimmern. »Noch vor zwei Tagen habe ich mit ihm gesprochen, und da hat er für meine Sicherheit gebetet, weil ich nachts auf meinem Pferd reiten würde. Vielleicht ist er in die Tunnel gestiegen und hat sich den Kopf gestoßen. Es war alles nur Einbildung ... aber woher stammt dann bloß das ganze Blut? Es kann nicht sein, er ist doch unser Mönch.«

Liyas eigentümlicher Monolog hatte Gendun aus der Versunkenheit gerissen. Er hob den Kopf und sah die anderen mit einer Mischung aus Trauer, Qual und Verwirrung an, die Shan noch nie an ihm wahrgenommen hatte. Dann ging Gendun hinaus zu dem Sims, von dem aus man Zhoka überblicken konnte.

Shan sah Liya an. Keiner von ihnen vermochte sich das Blut zu erklären. Und Dawa hatte einen Mann mit einem Nagel durch den Körper gesehen. Nur eine Stunde zuvor hatte Surya einen seltsamen Satz von sich gegeben: *Hier mußt du an den Erdboden genagelt werden*.

»Surya ist vorgestern nicht zu dem *chorten* gekommen«, sagte Shan. »Wo hast du mit ihm gesprochen?« Liya wandte sich ab und sah zu Gendun. »Wer war sonst noch in den Hügeln unterwegs?« ließ Shan nicht locker. »Letzte Nacht bist du auf Fremde gestoßen. Und in der Nacht davor?« Er trat dicht hinter sie. »Jara hat gesagt, es gäbe hier Leute, die wegen eines Worts töten, aber mehr wollte er mir nicht verraten. Wie lautet das Wort?«

Liya drehte sich um. Ihre Lippen waren zu einem schmalen Strich zusammengepreßt, als fürchte sie sich, etwas zu sagen. Dann ging sie wortlos weg.

Als Gendun sich auf den Felsen setzte, gesellte Shan sich zu ihm, nahm in einem Meter Entfernung Platz und schaute den westwärts treibenden Wolkenfetzen hinterher. Er ertappte sich dabei, daß er nicht nach Zhoka, sondern an einen Ort weit dahinter blickte, nach Yerpa. Es gab dort in der alten Einsiedelei eine kleine Kammer, in der er es sich mit ein paar Kissen und Decken bequem gemacht und die friedlichsten Monate seines gesamten Lebens zugebracht hatte. Nun fragte er sich, ob er wohl jemals dorthin zurückkehren würde.

Schweigend saßen sie eine Viertelstunde lang da, während Liya und Lokesh einige der Habseligkeiten einsammelten, die bei der überstürzten Flucht der Hügelleute auf dem Hang liegengeblieben waren. Gendun regte sich nicht, sprach kein Mantra und rührte auch seine *mala* nicht an, sondern verschränkte lediglich die Hände und legte beide Mittelfinger aneinander. Es war ein *mudra* namens Diamant des Verstands und diente dazu, möglichst Klarheit zu erlangen und zum Kern der Dinge vorzustoßen. Ein kleiner blauer Schmetterling landete zwischen ihnen auf dem Felsen. Shan sah, daß Genduns Lider zuckten. Die Augen des Lama richteten sich zuerst auf den Schmetterling, dann auf Shan.

»Du willst mich fragen, was er mir gegeben hat.« Genduns Stimme war kaum lauter als ein Flüstern. Er reichte Shan ein ausgefranstes Stück Stoff. Surya hatte es von seinem grauen Baumwollhemd abgerissen. »Er hat gesagt, ich soll es zehntausendmal wiederholen, damit er nicht zurückkommt.«

Shan las die hastig auf den Stoff gekritzelten Worte. *Om amtra hum phat*. Es war ein Mantra zur Vertreibung jener Wesen, die bei den Tibetern hinderliche Dämonen hießen. »Damit wer nicht zurückkommt?« fragte Shan.

»Er selbst.« Gendun seufzte. »Surya.« Er sah Shan tief in die Augen. In seinem Blick lag immer noch Trauer und Verwirrung. »Ich kann in den heutigen Geschehnissen kein Gleichgewicht finden«, sagte er. »Etwas hat Suryas Gottheit zermalmt.«

Shan mußte an die kleine Statue denken, die Atso bei sich getragen hatte. Der Schmetterling krabbelte zur Felskante vor, als wolle er auf die Ruinen hinabstarren.

Gendun wiederum schien dem Blick des Insekts zu folgen. »Es ist einer der ältesten Tempel von ganz Tibet. Vor seiner Errichtung sind Dämonen ungehindert auf Erden umhergewandert. Die Menschen vergessen das. Sie vergessen all die wichtigen Dinge.«

»Ich dachte, das Kloster sei vor allem für seine Künstler berühmt gewesen.«

»Und was tun Künstler? Sie beschwören Gottheiten. Ein Dämon kann nur mit einer Gottheit bekämpft werden. Und unsere Künstler tragen dafür Sorge.«

Shan blickte auf die Ruinen. Die meisten seiner Gespräche mit dem Lama liefen auf diese Weise ab. Gendun sprach ein paar kurze Sätze, unterbrochen durch lange Phasen des Schweigens, die für den Mönch ohnehin viel wichtiger waren als alle Worte. »Du meinst, falls Surya etwas getötet hat, dann einen Dämon?«

Gendun schaute wieder zu dem Schmetterling, und als er schließlich sprach, war seine Antwort an das zerbrechliche kleine Geschöpf gerichtet. »Das Töten an sich beinhaltete den Dämon«, sagte er. »Der Akt des Tötens erfordert sowohl Täter als auch Opfer. Er wirkt sich nur unterschiedlich auf sie aus.«

»Hast du schon immer von der Bedeutung Zhokas gewußt, Rinpoche?« fragte Shan.

»Nein«, räumte Gendun ein und nickte Shan anerkennend zu. Die Mönche von Yerpa hatten sich jahrzehntelang kaum weiter als einen oder zwei Kilometer von ihrer Einsiedelei entfernt. »Früher hat es in Lhadrung viele *gompas* gegeben, heute viele Ruinen. Uns war nicht klar, wie sehr Zhoka sich von den anderen Ruinen unterschied. Das Geheimnis wurde vor dem Rest der Welt bewahrt, und das aus gutem Grund, aber Surya hat in einer Höhle hoch in den Bergen ein altes Buch gefunden, eingewickelt in ein Stück Fell, als würde es Winterschlaf halten. Er war ganz aufgeregt. Der Text schilderte, was an diesem Ort geschehen war.« Er beugte sich zu dem Schmetterling hinunter. »Zhoka hat die Erde erbeben lassen«, flüsterte er.

Shan mußte sich regelrecht zwingen, dem alten Lama nicht prüfend ins Gesicht zu starren. Gendun hielt Worte für trügerisch, weil sie mitunter zwar dienlich, mindestens ebensooft aber unzureichend waren. Nie wäre es ihm eingefallen, die vielschichtige Essenz eines Gedankens, einer Person oder eines Ortes auf bloße Worte zu reduzieren, denn es war unmöglich, auf diese Weise eine umfassende Wahrheit auszudrücken.

Dennoch hatte Gendun etwas angedeutet, das Shan bisher unklar gewesen war: Die Einsiedler hatten sich nicht für Zhoka entschieden, weil es ein günstig gelegener Ort war, um die Hügelleute zu treffen. Sogar die Tatsache, daß es sich um die Ruine eines *gompa* handelte, spielte bestenfalls eine untergeordnete Rolle.

Gendun hielt einen ausgestreckten Finger vor den Felsen, und der Schmetterling krabbelte darauf. »Die kleine Dawa hat deine Tasche in die Schlucht geworfen«, sagte der Lama seufzend. »Es tut mir leid um deine Schafgarbenstengel. Sie haben schon deinem Vater gehört.«

»Ich bemühe mich, nicht an weltlichen Besitztümern zu hängen«, sagte Shan angespannt.

Gendun lächelte bekümmert. »Für dich waren sie nicht weltlich. Sie enthielten die Lebensfunken deines Vaters, Großvaters und weiterer Vorväter. Sie haben in dir die Geister deiner Ahnen erweckt.«

Einen Moment lang schloß sich etwas fest um Shans Herz. Mehr als einmal hatte er Gendun und Lokesh davon erzählt, wie er beim Gebrauch der lackierten Stengel bisweilen die Anwesenheit seines Vaters zu spüren glaubte und sogar den Ingwer zu riechen vermeinte, den dieser oft bei sich getragen hatte. »Bloß ein paar alte Stengel«, sagte Shan leise.

Gendun flüsterte dem Schmetterling etwas zu, und das Insekt flog fort in Richtung Zhoka, als habe es einen Auftrag erhalten. Sie schauten ihm hinterher, bis es in der Ferne verschwand. Dann stand Shan auf und streckte Gendun einen Arm entgegen. »Eine Himmelsmaschine«, sagte der Lama, als er sich aufhelfen ließ. »Eine dieser Himmelsmaschinen hat ihn geholt.« Er hob die Hand. Seine Finger öffneten und schlossen sich langsam, als würde er nach etwas greifen, das für alle anderen unsichtbar blieb. »Letzten Frühling habe ich oben im Norden mit einer Schäferin gesprochen, die auf diese Weise ihren Mann verloren hatte. Sie kletterte jeden Tag auf einen Hügel, um dort zu beten und den Himmel abzusuchen, denn, so sagte sie, ihr Mann könne jederzeit aus einer Wolke steigen und zu ihr zurückkehren.« Shan sah den Lama an und war für eine Sekunde vor Entsetzen wie gelähmt. Über Genduns Wange lief eine Träne. »Surya.« Er sprach den Namen wie ein Gebet.

Shan hörte ein leises Keuchen und drehte sich um. Hinter ihnen saß Lokesh und war kreidebleich. Auch er hatte die Träne bemerkt und verfolgte nun mit einer seltsamen Mischung aus Verzweiflung und Ehrfurcht, wie sie Genduns Kinn erreichte und dort hängenblieb.

»Surya und ich haben mehr als vierzig Jahre gemeinsam gebetet«, sagte Gendun. »Als wir beide noch Novizen gewesen sind, gehörte es zu unseren Aufgaben, zwei Stunden vor Tagesanbruch aufzustehen und überall im Kloster die Lampen zu entzünden. Wir haben diese Gewohnheit all die Jahre beibehalten und nie den nachfolgenden Novizen übertragen. Jetzt soll ich dafür beten, daß er nicht zu uns zurückkehrt. Vor ihm hatte ich noch nie jemanden getroffen, der einfach ein Stück Stoff und Farbe nehmen konnte und ...« Gendun schaute zurück zu dem Turm und dessen kraftvollen Gemälden und schloß kurz die Augen. »In einem dreihundert Jahre alten Text, den Surya gefunden hat, schreibt ein Lama, die Künstler von Zhoka würden die Feuer des Geistes entfachen.«

»Womöglich kommen sie zurück«, warf eine besorgte Stimme hinter ihnen ein. Dort stand Liya und suchte die Hügel ein weiteres Mal mit dem Fernglas ab. »Die Soldaten kennen diesen Ort nun.«

Aber sie hatten nicht erst heute davon erfahren, wußte Shan. Sie waren hierher zum Steinturm gekommen und nicht etwa nach Zhoka zu der illegalen Geburtstagsfeier. Sie hatten eindeutig das Sims angesteuert. Als ob jemand den ersten Trupp Soldaten abgezogen hätte, damit die anderen zum Turm kommen konnten. Und wenn dieser Ort ihnen schon vorher bekannt gewesen war, wieso hatten sie ihn nicht zerstört? Die Patrouillen in dieser Gegend trugen häufig schwarze Sprühfarbe bei sich, um alle religiösen Gemälde zu tilgen, oder Sprengstoff, um entsprechende Bauten zum Einsturz zu bringen. Shan mußte daran denken, wie der Anführer der Männer unmittelbar vor Suryas Ergreifung gezögert und sich eine Hand ans Ohr gepreßt hatte. Jemand hatte ihm über Funk

Anweisungen erteilt, vermutlich aus dem Cockpit des Helikopters. Und dieser Jemand, so unglaublich das auch scheinen mochte, war auf der Suche nach dem Mönch gewesen.

»Wir müssen uns tief in die Berge zurückziehen«, sagte Liya. »In Zhoka ist es nun zu gefährlich. Und du darfst auf keinen Fall in die Stadt, Shan. Das wäre viel zu riskant.«

Shan wußte, daß die Patrouillen im Tal strenge Ausweiskontrollen durchführen würden. Er besaß keine Papiere und war zudem ein entflohener Strafgefangener, auf den ein Kopfgeld ausgesetzt war. Lokesh stand auf und schaute zur Sonne, die noch eine Stunde über dem Horizont stehen würde. Dann richtete sein Blick sich auf die südlichen Berge. Jara befand sich auf der nächsten Kammlinie und humpelte mit seinem verletzten Fuß vorwärts. Lokesh sah Shan an. Der nickte und bemühte sich nach Kräften, nicht allzu besorgt zu wirken.

»Das Mädchen«, sagte Lokesh und brach ohne weitere Erklärung nach Süden auf, in die Richtung, in der sie Dawa zuletzt gesehen hatten.

Gendun sah Liya an. »Wäre es wohl möglich, zwei Decken zu bekommen? Und etwas Proviant und Wasser?«

»Wir bringen dich an einen Ort, an dem Vorräte gelagert sind. Es ist ganz in der Nähe. Du kannst dort übernachten«, sagte Liya.

»Es geht nicht um mich. Die Sachen sind für Shan. Er wird die nächste Zeit in Abgeschiedenheit zubringen.«

Liya rang sich ein Lächeln ab, als habe Gendun einen schlechten Witz gemacht.

»Rinpoche«, wandte Shan flehentlich ein.

Zwischen ihm und Gendun hatte es nie irgendwelche Spannungen gegeben, abgesehen von einer grundlegenden Meinungsverschiedenheit. Dieser Konflikt trat immer wieder auf, jedesmal schmerzvoller als zuvor. Nach Genduns Ansicht mußte Shan sich unbedingt in Klausur begeben, um seine innere Gottheit nicht zu vernachlässigen. Shan hingegen setzte andere Prioritäten, ganz gleich, wie entschieden Gendun sich auch dagegen verwahren mochte. Das Befinden der eigenen Gottheit würde Shan niemals so wichtig sein wie die Sicherheit der alten Lamas.

»Laß diese Trennung nicht geschehen, Shan«, sagte Gendun und bezog sich damit nicht auf die Ereignisse des Tages, sondern auf die drohende Entfremdung von Shans innerer Gottheit. Nach Genduns Auffassung hing der Schatten von Shans früherer Inkarnation als leitender Ermittler in Peking wie ein mißgünstiger Geist über ihm und verführte ihn dazu, sich um unwichtige Dinge zu kümmern. Begriffe wie Logik oder Ursache und Wirkung waren für den Lama lediglich Fußangeln auf dem Weg zur geistigen Erleuchtung.

»Rinpoche, Liya muß dich morgen früh zurück nach Yerpa bringen«, sagte Shan und bedauerte die Worte noch im selben Moment. Sie klangen viel zu fordernd.

»Ich werde bei Tagesanbruch an dem neuen *chorten* sein«, sagte Gendun. »Nicht nur morgen, sondern auch am Tag danach. Es müssen Worte gesprochen werden. Seit vielen Jahren hat dort niemand die schuldige Ehrerbietung erwiesen.«

»Ich verstehe nicht, was du meinst«, sagte Shan und blickte in das alte Gesicht, das glatt wie ein Kiesel war.

»Surya hätte bleiben sollen. Nun werde ich seine Stelle einnehmen.«

»In den Ruinen?«

»Im *gompa*«, sagte Gendun, als würde das Kloster noch immer existieren.

»Jemand ist dort gestorben.«

»Hunderte sind dort gestorben.«

»Das kann doch bestimmt noch warten.«

»Nein, kann es nicht. Genausowenig wie deine Kontemplation.«

Shan schaute in Richtung Zhoka. Dort würden Wunder geschehen, hatte Lokesh gesagt. Shan aber wußte nur eines mit Sicherheit: Es hatte sich dort als Folge dunkler Geheimnisse ein Todesfall ereignet, dessen Nachhall noch längst nicht verklungen war.

»Versprich es mir, Shan«, sagte der Lama, und die Pein in seinem Blick versetzte Shan auch diesmal wieder einen schmerzhaften Stich.

»Falls ich all dies hätte vorhersehen können«, erwiderte Shan voller Qual, »falls ich es auch nur geahnt hätte, wäre ich im Gefängnis geblieben.« Er fühlte sich verantwortlich. Wenn er die Augen schloß, sah er einen schicksalhaften Pfad vor sich, eine lange verschlossene Tür, die durch seine Ankunft in Yerpa geöffnet worden war. Shan hatte Gendun mit der Außenwelt bekannt gemacht, hatte ihm zu Reisen ins moderne Tibet verholfen und damit ihn – und durch ihn Surya – in die Reichweite der Soldaten und ihrer Straflager gebracht.

Gendun zog die Schnürsenkel seiner ausgetretenen Arbeitsstiefel fest. »Falls ich all dies gewußt hätte«, sagte der Lama mit ruhigem Lächeln, »wäre ich schon vor Jahren hergekommen.« Er richtete sich auf und machte sich auf den Weg nach Zhoka.

»Bitte, Shan, man wird dich verhaften«, sagte Liya warnend. »Laß es sein. Falls du in die Stadt gehst, werden wir dich nie wiedersehen, das weiß ich.« Als Shan nur wortlos ihren inständigen Blick erwiderte, seufzte sie und eilte dann dem Lama hinterher.

Während Shan nun allein auf dem windumtosten Grat stand und vergeblich versuchte, die Vorfälle der letzten Stunden zu ergründen, schlossen seine Finger sich unvermittelt um die blutverschmierte Scheibe, die er in dem unterirdischen Raum gefunden hatte. Er holte sie aus der Tasche, wischte sie mit Gras ab und hielt sie im letzten Tageslicht hoch. Sie war schwer, als bestünde sie aus Metall, besaß jedoch eine Beschichtung aus rotem Kunststoff. Ihr verdickter Rand war in gleichmäßigem Abstand mit grünen Streifen versehen, und in ihrer Mitte befand sich das Abbild eines grimmigen gelben Auges. Shan starrte sehr lange darauf, bis die englischen Worte rund um das Auge für ihn endlich einen Sinn ergaben. Lone Wolf Casino. Reno, Nevada.

Kapitel Drei

Die Nächte in Tibet stellten Seelen auf eine harte Probe. Shan hatte mit angesehen, wie stattliche junge Männer in den dunklen endlosen Himmel starrten und plötzlich in Tränen ausbrachen. Lamas prüften Novizen, indem sie sie sechs Stunden unter den Sternen sitzen ließen, oftmals in der Nähe der Totenplätze, wo Leichen ihr Himmelsbegräbnis erfuhren. Nur hier, im höchstgelegenen aller Länder dieser Erde, war der Himmel dermaßen schwarz, standen die Sterne so dicht und wurde die Zerbrechlichkeit des Menschen jede Nacht aufs neue unwiderlegbar deutlich.

Damals im Straflager hatten Shans Mithäftlinge das Blechdach ihrer Baracke an einer Ecke aufgebogen, eine Pritsche unter das Loch geschoben und dann abwechselnd dort gelegen und zu den Sternen aufgeblickt. Ein verbitterter junger Tibeter, ein Drogendealer aus Lhasa, hatte sich zunächst über die alten Männer lustig gemacht und gesagt, er könne ja verstehen, daß jemand Prügelstrafen und Haftverschärfungen riskierte, um den Lagerzaun zu überwinden, aber doch nicht, um in Gedanken zu den Sternen zu fliehen. Nach ein paar Monaten hatte auch er es jedesmal kaum noch erwarten können, sich auf die besagte Pritsche zu legen. Für Shan waren die Sterne sogar heute noch gleichbedeutend mit der Freiheit, und wenn ihn etwas bedrückte, saß er manchmal stundenlang da und beobachtete sie, um mit ihnen zu sprechen oder darauf zu hoffen, daß er dort oben vielleicht die Seelen seiner toten Eltern aufblinken sah.

Heute nacht jedoch machte der Himmel ihm schwer zu schaffen. Mehr als einmal glaubte er von oben Schreie zu vernehmen, und alle paar Minuten lief ihm ein Schauer über den Rücken. Die Dunkelheit schien auf einmal über eine neue Seite zu verfügen, als wäre die schreckliche Schwärze der unterirdischen Klostergänge den Tiefen der Erde entstiegen und würde ihn heimsuchen.

Um Mitternacht zogen Wolken auf, und es wurde so dunkel, daß Shan nicht wagte, den trügerischen Pfaden weiter nach unten zu folgen. Er lehnte sich an einen Felsen und fiel in unruhigen Schlaf. Am Ende erwachte er zitternd aus einem Alptraum, in dem Gendun blutend und mit zerschmetterten Gliedern in den Tunneln von Zhoka gelegen hatte.

Als es wieder aufklarte, stand ein Halbmond am Himmel, und Shan fand sich mühelos zurecht. Nachdem er mehrere steile Grate überwunden hatte, erreichte er schließlich den letzten Bergkamm, dessen Flanke sich bis hinab ins Tal erstreckte. Im Osten konnte man die ersten Vorboten der Dämmerung erahnen, und einige Kilometer voraus schimmerten die orangefarbenen Straßenlaternen von Lhadrung. Shan wollte soeben weiterziehen, als ihm der Geruch von verbranntem Holz in die Nase stieg.

Vorsichtig folgte er der Kammlinie etwa hundert Meter und hörte dann ein Lamm blöken. Unterhalb zeichneten sich in einer flachen Senke die Umrisse eines Hauses und zweier kleinerer Gebäude ab. An einer der Wände war ein Heuhaufen aufgeschichtet.

Shan wagte sich näher heran und war noch ungefähr dreißig Meter entfernt, als ein Hund zu bellen anfing. Niemand kam nach draußen, obwohl Shan durch die spaltbreit geöffnete Haustür einen schwachen Lichtschein erkennen konnte, der vermutlich von einer einzelnen Butterlampe stammte. Das Lamm blökte erneut, und ein zweites Tier schloß sich ihm an. Der Hund knurrte nun, blieb aber im Dunkeln verborgen und zeigte sich nicht. Shan wich langsam zurück und schlug die ursprüngliche Richtung nach Lhadrung ein.

Er näherte sich der Stadt im Laufschritt und kam schnell voran. Dabei hielt er sich parallel zu dem unbefestigten Weg, der aus den Bergen ins Tal führte, und blieb alle paar Minuten im Schutz des Dickichts stehen, um sorgfältig Ausschau zu halten. Es ließ sich weder ein Helikopter noch eine der Staubwolken ausmachen, die auf ein Patrouillenfahrzeug der Armee hingedeutet hätten. Am Stadtrand mischte Shan sich unter die Tibeter, die Gemüse und andere Dinge, die sie angebaut und geerntet hatten, zum Verkauf brachten, gelangte in ihrer Mitte bis zum Marktplatz und bog dann in die umliegenden Gassen ab.

Aus Erzählungen kannte Shan das Lhadrung, das noch vor fünfzig Jahren existiert hatte, eine blühende tibetische Gemeinde aus schlichten Häusern, jedes mit eigenem Hof und eigenem kleinen Schrein, angeordnet rund um ein einfaches *gompa*, das die Bevölkerung des zentralen Tals betreute. Als die Volksbefreiungsarmee Lhadrung erreichte, lag ein blutiger, viele Monate währender Guerillakampf hinter ihr, und bei den Soldaten hatte sich ungeheure Rachsucht aufgestaut. Die Einwohner rechneten damit, daß man, wie überall in Tibet, das Kloster dem Erdboden gleichmachen würde, doch die Armee legte darüber hinaus fast den gesamten Ort in Schutt und Asche, erst mit Luftangriffen, dann mit Planierraupen. Die chinesische Stadt, die seitdem hier errichtet worden war, bestand aus tristen grauen Häuserreihen, über denen sich der viergeschossige Bau der Bezirksverwaltung erhob.

Shan hatte das Behördengebäude stets sorgsam gemieden und seine seltenen Stadtbesuche auf den Markt im Ostteil Lhadrungs beschränkt. Seit er vor anderthalb Jahren völlig überraschend als freier Mann vor die Tür dieses Hauses getreten war, hatte dessen Erscheinungsbild sich merklich verändert. Die Fassade – und nur die Fassade – war leuchtend weiß gestrichen worden und schien das schmutzige Grau der Seitenwände nur um so deutlicher hervorzuheben. Niemand hatte sich bemüht, die Farbspritzer von den Scheiben zu entfernen. In den Fenstern im Erdgeschoß rund um die stählerne Eingangstür hingen Plakate, deren Motive auf allen öffentlichen Plätzen Chinas ein vertrauter Anblick waren. Eines zeigte strahlende chinesische Mädchen, die an endlosen Baumwollfeldern vorbeifuhren. Sie trugen bunte Bänder im Haar, und von jedem ihrer Traktoren wehte die rote Flagge der Volksrepublik. Auf einem anderen Plakat, das dem Gedenken an Helden früherer

Zeiten galt, ließ eine alte Frau mit geschultertem Gewehr den Blick über eine Bergkette schweifen. Vor dem Eingang des Gebäudes hatte man einen Betonsockel mit einer Mao-Büste aus Marmorsplittern errichtet, die den Großen Vorsitzenden als fröhlichen jungen Mann darstellte, wie es in Parteikreisen mittlerweile populär war. Links und rechts der Türflügel standen zwei Bäume, offenbar Ginkgos. Beide waren bereits vertrocknet und wirkten wie ein Symbol für Pekings Bemühungen, die chinesische Kultur an Orte zu verpflanzen, an denen sie keine Wurzeln schlagen konnte. Neben einem der toten Bäume saßen drei Bettler vor der Hauswand. Shan ging am Rand des kleinen Vorplatzes entlang und musterte die zerlumpten Gestalten. Sie hätten gar nicht hier sein dürfen, es war ein Ding der Unmöglichkeit. Oberst Tan duldete keine Bettler, erst recht nicht mitten vor dem Sitz der Bezirksverwaltung.

Shan zog sich in den dunklen Eingang eines geschlossenen Restaurants zurück und verschaffte sich mißtrauisch einen besseren Überblick. In der Gasse neben dem Gebäude standen zwei Wagen geparkt: eine mindestens zwanzig Jahre alte Limousine, Modell Rote Fahne, bei der es sich um Oberst Tans Dienstfahrzeug zu handeln schien, und davor ein ziemlich neues silbernes Auto aus japanischer Fabrikation. Shan schaute zurück zu den Bettlern. Zwei von ihnen – eine Gestalt, deren Gesicht durch eine Kapuze aus Sackleinen verhüllt wurde, und der Mann neben ihr, der sich in eine verschlissene Decke gehüllt hatte – starrten auf den trockenen, rissigen Boden zu ihren Füßen. Die dritte Person, eine alte Frau, deren linkes Auge milchigweiß war, klopfte mit einem Stock gegen eine traditionelle Bettelschale aus Metall. An einer Seite des Platzes standen mehrere Tibeter hinter einem Lastwagen und betrachteten die drei unentschlossen. Sie waren den Anblick von Bettlern nicht gewohnt. Nach buddhistischer Lehre wurde von ihnen ein Almosen erwartet, aber das verstieß gegen die eindeutigen Weisungen der Behörden.

Shan beobachtete das Geschehen mit zunehmendem Unbehagen. Es war noch früh am Morgen. Im Verwaltungsgebäude blieb alles ruhig, als sei überhaupt niemand anwesend. Shan blickte zur obersten Etage, in der die leitenden Beamten arbeiteten. Hinter mehreren der Bürofenster waren die Vorhänge zugezogen. Nichts regte sich.

Einen Block entfernt tauchten zwei in Grau uniformierte Männer auf, von deren Schultern halbautomatische Gewehre hingen. Noch eine neue Besonderheit im Straßenbild Lhadrungs. Shan drückte sich tiefer in die Schatten und hielt nach einem möglichen Versteck Ausschau, aber die Tür des Restaurants war verriegelt. Kurz vor dem Platz bogen die Soldaten in eine Seitenstraße ab. Gleich darauf ging einer der Tibeter vom Lastwagen zögernd zu der alten Frau und kniete sich neben sie. Dann redete er leise und nachdrücklich auf sie ein, deutete auf eine Straße in entgegengesetzter Richtung der Patrouille und wollte der Alten auf die Beine helfen.

Plötzlich traten zwei Männer aus dem Eingang des Gebäudes. Der Tibeter neben der Frau erstarrte, wurde leichenblaß, stand dann auf, wandte sich ab und ging steifbeinig davon.

Die Männer auf den Stufen waren Han-Chinesen und wirkten wie ranghohe Funktionäre. Der eine, ein hochgewachsener, adretter Mann Mitte Dreißig mit ordentlich gebügelter schwarzer Hose, blauem Anzughemd und roter Krawatte, sprach sehr schnell, zog derweil eine große Papierrolle aus einer Kartentasche und breitete sie in einem von der Sonne beschienenen Fleck auf der niedrigen Mauer unterhalb der Mao-Büste aus. Der kleinere und etwa zehn Jahre ältere Mann trug ein weißes Hemd ohne Krawatte und darüber eine braune Weste. Sein ungekämmtes, leicht ergrautes Haar war lang und hing ihm bis über die Ohren. Shan sah, wie er einen silbernen Kugelschreiber zückte, damit auf einen Punkt der Karte wies und offenbar eine Frage stellte. Nein, das war gar keine Landkarte, erkannte Shan, als der jüngere Mann sie von der Mauer nahm. Es war ein *thangka*, ein traditionelles tibetisches Stoffgemälde. Nach den verblichenen Farben zu schließen, mußte es sich um ein sehr altes Exemplar handeln.

Der ältere Mann machte einen eher ungehaltenen Eindruck und schien seinen Begleiter soeben unterbrechen zu wollen, als eine Westlerin mit lockigem rotbraunen Haar aus dem Haus kam und sich zu ihnen gesellte. Sie fing an zu sprechen und deutete dabei mit lebhaften Gesten mehrmals in Richtung des *thangka*, als würde sie etwas erläutern. Dann nahm sie das Gemälde, drehte es um und zeigte auf eine Stelle an der Rückseite. Das ließ die Männer verstummen, und beide nickten unschlüssig. Shan wagte sich einen Schritt vor, um die Frau besser erkennen zu können. Sie war Mitte Dreißig und trug blaue Jeans mit weißer Bluse und einer modischen, kurzen braunen Jacke. Etwas hing an einer schwarzen Kordel um ihren Hals. Eine Lupe.

Der größere Mann sagte kurz etwas, zuckte die Achseln, rollte das Bild zusammen, verstaute es in der Tasche und ging wieder hinein, dicht gefolgt von seinem älteren Begleiter. Die Frau blieb zurück, legte Mao eine Hand auf die Schulter, beugte sich über den Rand der Treppe vor und schaute zu den Bettlern. Sie sah besorgt aus. Dann sagte sie etwas, während sie mit einem Finger eine Locke ihres schulterlangen Haars einrollte. Shan konnte die Worte nicht hören, aber der Mann in der Mitte, der mit der Decke, blickte auf und schien sie zu verstehen. Hatte die Frau tibetisch gesprochen? Das Gesicht des Mannes lag im Schatten, doch er schüttelte als Antwort offenbar den Kopf. Die Frau schaute kurz zur Tür, lief die Stufen hinunter und griff in ihre Jackentasche. Sie zog einen Apfel daraus hervor und ließ ihn in den Schoß des ersten Bettlers fallen, der in seinem Gewand aus Sackleinen am dichtesten neben dem Eingang saß. Dann eilte die Westlerin zurück ins Gebäude.

Im selben Moment flog ein Helikopter in niedriger Höhe über das Stadtzentrum hinweg und hielt mit hoher Geschwindigkeit auf das Gefangenenlager im Norden des Tals zu. Gleich darauf war die Maschine wieder verschwunden, doch sie schien auf dem Platz eine kalte, furchtsame Stille zu hinterlassen. Als Shan zu den Bettlern sah, hielt nun der mittlere von ihnen, der Mann mit der Decke, den Apfel.

Shan starrte auf den leeren Eingang, dann zu den Bettlern. Für ihn bestand kein Zweifel daran, daß die beiden Han-Chinesen hohe Funktionäre waren. Sie hatten die Bettler gesehen und nichts unternommen, sondern sich einzig für das tibetische Gemälde interessiert und vielleicht sogar deshalb gestritten. Dann war diese Frau aufgetaucht und hatte die Männer beschwichtigen können. Waren sie nur wegen der Westlerin nicht gegen die Bettler vorgegangen? Shan wartete noch weitere zehn Minuten ab, ging dann am Rand des Platzes entlang zu den Bettlern und ließ das einzige Geldstück, das er besaß, in die Schale der alten Frau fallen. Sie nickte dankbar. Die beiden anderen Gestalten, deren Gesichter weiterhin verhüllt blieben, schienen keine Notiz davon zu nehmen, aber als Shan an ihnen vorbeiging, streckte der Mann mit der Decke ein Bein aus, als wolle er ihn ins Straucheln bringen. Shan stieg vorsichtig darüber hinweg, hockte sich neben den Mann mit der Leinenkapuze und schaute ihm direkt in die Augen.

Es verschlug Shan fast den Atem. »Surya!«

Der Mönch starrte ihn mit glasigem Blick teilnahmslos an. Eine Seite seines Gesichts war dunkel angeschwollen und seine rechte Hand mit einem blutigen Stoffetzen umwickelt. Shan berührte ihn an der Wange. Surya stöhnte auf und wich zurück.

»Wir dachten ... Was ist geschehen?« stammelte Shan. »Man hat dich in diesem Hubschrauber verschleppt ...«

Surya blickte stumm auf seine verbundene Hand. Unter dem Sackleinen trug er noch immer sein graues Baumwollhemd, das mittlerweile an mehreren Stellen zerrissen war.

Shan zog ihn am Arm. »Bitte. Gendun glaubt ...«

Surya riß sich los.

Shan stand auf, schaute sich suchend um und grübelte, wohin wohl die Patrouille verschwunden sein mochte. Dann bückte er sich und zerrte erneut an Suryas Arm. »Die anderen halten dich für tot.«

»Surya *ist* tot«, sagte der Mönch. »Auch er hat sein Leben verloren.«

Shan blickte zur Tür und die Straße hinunter. Falls man auf ihn tatsächlich eine Belohnung ausgesetzt hatte, drohte nicht nur von den Soldaten, sondern von jedem Passanten Gefahr. »Du darfst die anderen nicht allein lassen. Du bist ein Teil von ihnen.«

Ein streunender Hund kam angelaufen und legte sich neben

Surya. »Sie allein zu lassen war die einzige Ehre, die er ihnen noch erweisen konnte«, sagte der alte Mann. »Das ist sogar der niederen Kreatur bewußt, in die er sich verwandelt hat.« Seine Stimme hatte sich verändert. Sie klang schwach, heiser und dumpf und nicht mehr wie die Stimme des fröhlichen Kehlsängers, die Shan noch am Vortag gehört hatte. Suryas Kopf senkte sich, und sein Unterkiefer sackte herab.

»Ich bin in den Gängen unter dem *gompa* gewesen«, flüsterte Shan. »Da gab es keine Leiche, sondern nur Blut. Hilf mir zu verstehen, was dort passiert ist.«

Surya verzog den Mund zu einem schiefen Grinsen. »Er wußte, was er getan hat. Er hat danach das schwarze Ding in seinem Herzen gesehen. Falls du etwas daran zu ändern versuchst, Chinese, wäre auch das eine Schande.«

Chinese. Das Wort versetzte Shan einen Stich. Er und Surya waren Freunde gewesen, hatten sich während der Arbeit in Yerpa viele Geschichten aus ihrem Leben anvertraut und oft zusammen gelacht. Nun aber war Shan für ihn lediglich irgendein Chinese.

»Falls du bleibst, werden die Soldaten kommen und dich holen ... schon wieder«, ermahnte er den Alten unbeholfen. Er war vollkommen verblüfft, daß man Surya freigelassen hatte. »Was wollten die bei dem Verhör von dir wissen? Wer ist die Frau mit den roten Haaren?«

»Sie werden sich bald mit der Wahrheit abfinden«, sagte Surya mit seiner krächzenden neuen Stimme. »Sie werden ihn so behandeln, wie ein Mörder es verdient. Unterdessen wird er so tun, als sei er am Leben.«

Shan unterdrückte ein Schaudern und berührte Suryas verbundene Hand. »Laß mich deine Wunde säubern.«

Aber Surya stieß ihn weg und kroch auf allen vieren an dem toten Baum vorbei in den Schatten der Treppe.

Shan zog sich auf die andere Seite des Platzes zurück. Als er wieder im Eingang des Restaurants stand, wurde er fast von seinen Gefühlen übermannt. Noch vor vierundzwanzig Stunden hatte Surya ein neues Leben in Zhoka beginnen und die Welt verändern wollen. Nun hingegen hatte die Welt den Spieß umgedreht und statt dessen Surya verändert. Angesichts des entstellten, ausgehöhlten Geschöpfes, das aus Surya geworden war, empfand Shan nicht nur Schuld und Verwirrung, sondern einen Moment lang sogar eine gewisse Abscheu.

Er wartete, bis auf der Straße der morgendliche Berufsverkehr einsetzte: verbeulte Laster, kleine alte Pferde, die hölzerne Karren zogen, und ein Greis mit dünnem Bart, der einen Handwagen voller Gemüse vor sich herschob. Der Wind aus den Bergen vermischte die Gerüche von Zwiebeln und Dung, gerösteter Gerste und Diesel. Als Shan schließlich wieder auf den Gehweg hinaustrat, hielt er sich im Schatten und ging den Block entlang, um auf die Rückseite des Verwaltungsgebäudes zu gelangen. Letztlich umrundete er den Bau einmal vollständig, warf verstohlene Blicke auf die oberen Fenster und fand sich bei den geparkten Fahrzeugen wieder. Im Reifenprofil des silbernen Wagens steckten rote Kiesel, die nicht von den Straßen Lhadrungs stammten. Shan beugte sich tiefer hinab. Die Steinchen kamen ihm irgendwie bekannt vor.

Da packte ihn plötzlich eine starke Hand am Oberarm und zerrte ihn in einen Eingang auf der anderen Seite der Gasse. Es gelang ihm nicht, sich loszureißen. Eine Tür fiel hinter ihm ins Schloß, und der Unbekannte gab ihn frei. Es war stockdunkel. Shan hockte sich hin und hob die Hände schützend über den Kopf. Eine einzelne nackte Glühbirne flackerte auf und erhellte einen kleinen Lagerraum, in dessen Regalen sich Reis- und Gerstensäcke, Körbe mit Gemüse und Kanister voller Speiseöl stapelten. Ein Mann mit kurz geschorenem grauen Haar und scharf geschnittenem Gesicht rückte einen Stuhl von dem einfachen Holztisch in der Mitte des Raums ab und stellte einen seiner blank polierten Stiefel darauf.

»Ich dachte, du wärst tot«, knurrte der Mann. »Oder wenigstens in irgendeinem Bergloch verschwunden und schlau genug, dich nicht wieder blicken zu lassen.« Er trug die schmucklose, akkurat gebügelte Uniform eines Armeeoffiziers. Sie wies keinerlei Abzeichen auf, und nur die Anzahl der Taschen auf dem Waffenrock ließ seinen hohen Rang erkennen.

Shan atmete tief durch und erwiderte den bohrenden Blick

des Mannes. »Ich wäre auch lieber woanders, Oberst«, sagte er mit zittriger Stimme. »Aber hier sind wir nun.«

Oberst Tan war schon seit vielen Jahren der Leiter dieses Bezirks. Shan wußte, daß er längst alle Hoffnung aufgegeben hatte, jemals befördert und aus dieser entlegenen und verarmten Ecke des Landes versetzt zu werden, was nur um so mehr zu seinem Zorn und seinen brutalen Neigungen beitrug. Er biß die Zähne zusammen und wunderte sich, wie wütend er auf Tans plötzliches Auftauchen reagierte. Gleichzeitig war ihm absolut klar, daß der Oberst ihn mit einem einzigen Befehl zurück ins Arbeitslager schicken konnte.

»Sie haben neue Mitarbeiter«, stellte Shan fest. Vor anderthalb Jahren hatte der Oberst ihn inoffiziell in die Freiheit entlassen. Shan war damals der Nachweis gelungen, daß nicht etwa ein der Tat beschuldigter Mönch den Ankläger des Ortes ermordet hatte, sondern eine Verbrecherbande, deren Mitglieder hohe Beamte waren.

»Das sind bloß Besucher. Man bietet mir derzeit immer öfter Unterstützung an. Niemand hatte je von Lhadrung gehört, bis ich den Fehler beging, dich um Hilfe zu bitten«, sagte Tan mit beißendem Spott.

»Sie meinen, niemand wußte, daß drei Ihrer wichtigsten Dienststellen in Wahrheit von Drogenschmugglern und Mördern geleitet wurden.«

Tan zog einen Mundwinkel hoch. Es war eine seiner charakteristischen Mienen, halb Grinsen, halb Zähnefletschen. »Man hat mir zu verstehen gegeben, daß jemand mit weniger tadellosem Ruf wohl unehrenhaft entlassen worden wäre.«

»Herzlichen Glückwunsch.« Shan wußte, daß Tan Dankbarkeit erwartete, aber in all den Jahren in Lhadrung hatte der Oberst keinen Finger krumm gemacht, um etwas gegen die unmenschlichen Haftbedingungen im Straflager zu unternehmen.

Tan sah aus, als würde er jeden Moment über den Tisch springen, um Shan einen Hieb zu verpassen. »Du existierst gar nicht«, zischte er.

Es folgte drückendes Schweigen. Shan setzte sich auf einen der Stühle am Tisch und ließ Tan dabei keine Sekunde aus den

Augen, als hätte er eine angriffsbereite Schlange vor sich. Der Oberst meinte die Worte als Drohung. Shan sollte nicht vergessen, wie mühelos man ihn verschwinden lassen konnte.

Schließlich riß Shan sich von Tans kühlem Blick los und musterte den Lagerraum. Warum hatte der Oberst ihn nicht in das Verwaltungsgebäude geschleift? Wollte er nicht, daß Shan gesehen wurde? Oder wollte er verheimlichen, daß Shan und er sich kannten?

»Da draußen sitzen Bettler«, wagte Shan sich vor. »Seit wann werden solche Menschen von Ihnen geduldet?«

Tan zog eine filterlose Zigarette aus der Tasche, zündete sie an und blies Shan eine lange Rauchfahne entgegen. »Deine Hilfe ist diesmal nicht erwünscht. Ich befehle dir, dich von hier fernzuhalten.«

Shan schaute dem Oberst erneut ins Gesicht und hoffte, daß man ihm die eigene Ratlosigkeit nicht allzusehr anmerken würde. »Einer der Leute wurde mit einem Helikopter aus den Bergen hergebracht. Der Mann heißt Surya. Man hat ihn erst festgenommen und dann wieder freigelassen. Warum?«

»Die Entscheidung darüber, ob in diesem Bezirk behördliche Ermittlungen angestellt werden, liegt allein bei mir und nicht bei einem senilen Greis, der irgendwas von einem angeblichen Verbrechen faselt.«

»Sie wollen sagen, ein weiterer Mord in Lhadrung wäre ziemlich lästig.«

»Dieser Mann wurde nie offiziell verhaftet, und einen Mord hat es nie gegeben. Wir haben hier lediglich einen geistig verwirrten Tibeter vor uns, der fachkundiger Hilfe bedarf.« Tan nahm einen tiefen Zug von seiner Zigarette und beäugte Shan nachdenklich. »Warum interessierst du dich so sehr dafür? Vielleicht sollte ich lieber eine unserer Sozialfürsorgestellen verständigen.«

Es war ein Begriff aus dem Sprachgebrauch der höheren Funktionäre. Shan erschauderte unwillkürlich. Die Einrichtungen, auf die Tan anspielte, waren spezielle psychiatrische Anstalten unter Leitung der Öffentlichen Sicherheit oder geheime Laboratorien, in denen medizinische Experimente vorgenommen wurden. Lokesh, der genau wie Shan einst in einem dieser Institute in Haft gesessen hatte, pflegte zu sagen, daß man dort mit Chemikalien die innere Gottheit eines Menschen vertreiben und jemanden durch eine simple Injektion in eine niedere Lebensform verwandeln könne. Shan starrte kurz zu Boden und zwang sich dann, wieder Tan anzusehen. »Diese Westlerin. Wer ist sie?«

»Eine Kunsthistorikerin namens McDowell. Sie ist zu Besuch hier.«

»Wir verstecken uns vor einer Kunsthistorikerin?«

»Wir verstecken uns vor niemandem.« Tan schaute den Rauchschwaden hinterher, die aus seinem Mund bis zur Decke stiegen. Dann setzte er sich und legte die verschränkten Hände auf den Tisch. Die glühende Zigarette ragte zwischen seinen Fingern senkrecht empor. Shan kannte diese Geste. Der Oberst hatte eigene *mudras*. »Falls ich noch einmal vor der gleichen Entscheidung stünde wie letztes Jahr, würde ich mich wieder genauso verhalten«, sagte Tan langsam. Er schien die Worte nur mühsam über die Lippen zu bekommen.

Shan verstand nicht, warum er plötzlich einen seltsamen Schmerz empfand. Was genau meinte der Oberst? Wollte er Shan beschämen? Ihm kam ein schrecklicher Gedanke. Tan könnte ihm befehlen, Beweise gegen Surya zu sammeln, und drohen, Shan andernfalls einzusperren. »Es tut mir leid, falls Sie deswegen bestraft wurden«, sagte Shan nach einiger Überlegung und sah dabei auf die Tischplatte.

»Nimm dich nicht so wichtig«, herrschte Tan ihn an. »Es hatte nichts mit dir zu tun, sondern mit der Tatsache, daß all diese Verbrecher direkt vor meiner Nase agieren konnten.«

»Ich bin nicht wegen Ihnen hergekommen, Oberst. Auch ich war der Meinung, es wäre besser, unsere Wege würden sich nicht noch einmal kreuzen.«

»Was hast du dann hier zu suchen? Geht es um diesen Bettler? Mir wäre es ohnehin lieb, er würde verschwinden. Nimm ihn mit.«

»Er will nicht. Er verhält sich, als wäre er an dieses Gebäude gefesselt.« Shan war in Peking jahrelang für Leute wie Tan tätig gewesen, nur daß sie größere Limousinen gefahren und vornehmere Zigaretten geraucht hatten. Normalerweise wußte er also, wie der Oberst funktionierte, doch diesmal war ihm nicht klar, was für ein merkwürdiges Spiel sie hier spielten.

Tan erhob sich und wies auf die Tür. »Dann geh. Verkriech dich wieder in deinem Loch. In ein paar Jahren werde ich pensioniert, und du kannst dein Glück ein weiteres Mal versuchen.«

»Falls Sie mich hier in Lhadrung nicht haben wollen, wieso setzen Sie dann eine Belohnung auf mich aus?«

Tan kam zwei Schritte auf Shan zu. Sein Arm schnellte vor, als hielte er eine Peitsche, und zeigte erneut auf die Tür.

Shan stand schweigend auf, ging an Tan vorbei und trat hinaus auf die Gasse. Er hatte bereits zehn Schritte zurückgelegt, als er hinter sich den Oberst leise fluchen hörte. Zwei Männer stiegen soeben in den silbernen Wagen ein und hielten inne, als sie Tan im Eingang des Lagerraums entdeckten. Shan erkannte in ihnen die beiden Chinesen wieder, die er an der Vordertür gesehen hatte. Der kleinere Mann mit dem zerzausten Haar trug nun eine Anzugjacke über der Weste, winkte ungelenk und rief dem Oberst einen Gruß zu. Der größere Mann lächelte frostig und stellte sich Shan in den Weg. Sein fragender Blick blieb über Shans Schulter hinweg auf den Oberst gerichtet. Der andere Mann musterte Shan argwöhnisch, seufzte enttäuscht auf und wandte sich an Tan. »Das ist der Kerl, von dem ich Ihnen erzählt habe. Er hat uns vorhin aus dem Hintergrund beobachtet«, rief er. »Kennen Sie ihn?«

Shan biß die Zähne zusammen und betrachtete den Mann mit neuem Interesse. Er hatte sich gut versteckt geglaubt und den Fremden kein einziges Mal in seine Richtung blicken gesehen. Es saß noch jemand im Wagen: die Westlerin, die ebenfalls vor dem Gebäude aufgetaucht war, die Kunsthistorikerin namens McDowell.

»Er ist ein ehemaliger Häftling«, erwiderte Tan, ohne zu zögern. »Diese Leute wandern manchmal ziellos im ganzen Bezirk umher. Solange sie hinter Gittern sind, hassen sie uns, aber wenn wir sie auf freien Fuß setzen, bringen sie es einfach nicht fertig, uns zu verlassen. Laut den Ärzten der Öffentlichen Sicherheit handelt es sich um eine psychische Störung.« Er klang völlig desinteressiert.

»Kriminelle werden bisweilen rückfällig«, stellte der Fremde fest. »Ein Verhör erweist sich oftmals als produktiv. Es gibt keine besseren Informanten als frühere Strafgefangene.«

Tan nickte langsam. »Durchaus. Auf die Leute aus unserem Lager im Tal trifft das allerdings nicht zu, denn sie werden vor ihrer Freilassung gründlich konditioniert. Danach haben die meisten von ihnen kaum noch einen Nutzen. Sie kommen nur gelegentlich in die Stadt und suchen nach Arbeit oder einer Mahlzeit. Es sind armselige Kreaturen. Bei diesem hier wurde die Familie zerstört, und sein Ruf ist völlig ruiniert. Er lebt von der Hand in den Mund. Ich habe ihm die Adresse der tibetischen Wohlfahrtsorganisation genannt. Er weiß, daß ich ihn jederzeit wieder festnehmen lassen kann.«

»Aber er ist ein Han.«

»Nicht mehr«, lautete Tans barsche Entgegnung. Im Vorbeigehen versetzte er Shan einen kräftigen Stoß in den Rücken.

Shan drehte sich zu dem Mann mit der Weste um, der sich im Moment mehr für den Oberst als für ihn zu interessieren schien. Dann wandte der Fremde sich langsam wieder Shan zu, betrachtete dessen alte ausgetretene Arbeitsstiefel, die abgewetzte und zwei Nummern zu große Hose und die braune Steppjacke mit den durchgescheuerten Ärmeln, auf deren Schulter eine kleine rote Vase aufgestickt war, das symbolische Gefäß der Weisheit. Es stammte von einer Frau, in deren Nomadenlager Lokesh und Shan Schutz vor einem Wintersturm gefunden hatten.

Der Mann holte ein paar Münzen aus der Tasche, drückte sie Shan in die Hand, runzelte die Stirn und ging ein Stück die Gasse hinunter. Sein vornehm gekleideter Begleiter setzte sich derweil hinter das Lenkrad des silbernen Wagens und sprach mit der Frau auf dem Beifahrersitz. Shan drehte sich um und sah, daß der kleinere Chinese in den dunklen Eingang des Lagerraums starrte. Der Mann am Steuer betätigte die Hupe, und der andere Chinese eilte im Laufschritt zum Fahrzeug. Gleich darauf fuhren sie mit hoher Geschwindigkeit davon.

Als Shan sich umwandte, blickte Tan noch immer dem Wagen hinterher. Das seltsam zwiespältige Verhalten, das der Oberst bei ihrem Gespräch an den Tag gelegt hatte, war nun vollends jener kalten Wut gewichen, die niemals völlig von seinem Antlitz verschwand. »Diesmal wird es anders sein«, fuhr Tan ihn an. »Falls du mir auch nur den geringsten Anlaß lieferst, dich wieder hinter Gitter zu bringen, hast du zum letztenmal das Tageslicht gesehen«, sagte er, ohne den Blick von der Straße abzuwenden.

Nachdem der Oberst wieder in dem Verwaltungsgebäude verschwunden war, setzte Shan sich für eine weitere Viertelstunde zu Surya, aber der Mönch nahm immer noch keine Notiz von ihm, sondern starrte nur hilflos in den Staub zu seinen Füßen, rang die Hände, keuchte mitunter auf und schnappte nach Luft. Surya hatte sich an einen kalten und trostlosen Ort in seinem Innern zurückgezogen, der keinem Außenstehenden zugänglich war.

»Was hat er euch erzählt?« fragte Shan den Mann mit der Decke, der zunächst versucht hatte, ihm ein Bein zu stellen. Der Bettler hielt wortlos die Hand auf. Als Shan ihm die Münzen gab, die der Chinese ihm in der Gasse zugesteckt hatte, fragte er sich erneut, warum Tan diese Leute hier duldete. Mir wäre es lieb, Surya würde verschwinden, hatte der Oberst gesagt. Als ob es jemanden gab, der gegenteiliger Meinung war. Und wenn man Surya gestattete, mitten auf dem Platz zu betteln, konnte man die anderen nicht davon abhalten. Aber weshalb ausgerechnet Surya? Nicht wegen des Mordes in Zhoka. Shan mußte an die drei Fremden denken, die hier auf den Stufen das *thangka* in Augenschein genommen hatten. Surya war ein Künstler. Spielte das in diesem Zusammenhang eine Rolle?

Der Mann schob die Decke nach hinten, als habe Shan sich das Recht erkauft, sein Gesicht zu sehen. »Er hat flüsternd einige Lieder gesungen«, sagte der Bettler nervös. Seine Wangen waren mit gezackten Narben übersät, wie sie von Schlagstöcken hinterlassen wurden. Er schaute immer wieder zur Treppe. »Manche davon waren alte Kinderlieder, die mir schon meine Mutter vorgesungen hat. Und er hat mich nach der chinesischen Magie gefragt.«

»Magie?«

»Er hatte noch nie einen Laster oder ein Auto gesehen. Er nannte sie chinesische Karren und wollte wissen, wie sie sich ohne Pferde oder Yaks fortbewegen können.« Der Bettler warf zögernd und widerwillig einen Blick auf die Münzen in seiner Hand, als würden sie ihn verpflichten, Shans Fragen zu beantworten. »Er hat sich erkundigt, ob der große Abt wohl bewirken kann, daß sie sich in die Lüfte erheben.« Er sah Shan an. Sein Nasenrücken hatte einen Knick, offenbar das Überbleibsel eines Knochenbruchs.

»Ein Abt? Welcher Abt?«

»Das habe ich ihn auch gefragt. Er sagte, er habe in den Bergen einen mächtigen Abt getroffen, der starke Zauber beherrscht.« Der Mann beäugte ihn mißtrauisch. »Stimmt das?« fragte er leise und drängend. »Ist unserem Volk ein Abt zu Hilfe gekommen?«

Shan schaute verwirrt zu den fernen Gipfeln. »Ich weiß nicht, was in den Bergen vorgeht.« Er musterte abermals Surya. »Hat er verraten, welche Fragen man ihm gestellt hat?«

Der Mann zuckte die Achseln. »Fragen diese Leute denn nicht immer das gleiche?«

»Du hast seinen Apfel genommen«, stellte Shan fest.

Der Mann zuckte erneut die Achseln. »Sieh ihn dir doch an. Er hat für diesseitige Dinge keinerlei Verwendung mehr. Ich kenne das. Ich habe gesehen, wie man ihn rausgeworfen hat und wie er schrie, als die anderen ihn einfach liegenließen und nicht länger zuhören wollten. Er sagte, er müsse an den Ort mit dem Drahtzaun gehen, wo man die alten Lamas gefangenhält, bis sie sterben.« Der Bettler steckte das Geld ein und zog sich die Decke wieder über den Kopf.

Shan suchte seine Taschen ab und fand eine kleine *tsa-tsa*, eine Tontafel mit dem Abbild eines Heiligen. Er warf sie dem Mann in den Schoß. »Du hast mir noch nicht gesagt, was Surya diesen Leuten erzählt hat.« Der alte Mönch schien sich zwar nicht für Shans Fragen und womöglich auch nicht für die der

Vernehmungsbeamten zu interessieren, wollte aber andererseits unbedingt etwas mitteilen.

Der Bettler streifte die Decke stirnrunzelnd wieder ab und schloß dann langsam beide Hände um das tönerne Bild. Als er letztlich antwortete, wirkte er auf seltsame Weise verärgert und dankbar zugleich. »Man hat ihn nach Höhlen, Schreinen und Symbolen in Gemälden befragt und ihm ein paar alte *thangkas* gezeigt. Er jedoch hat immer wieder behauptet, er sei ein Mörder. Und er hat versichert, er wisse nicht, wo sich weitere Gemälde befinden.«

»Das alles hat er dir erzählt?«

»Es ist mir zu Ohren gekommen.«

Shan verzog das Gesicht und verwünschte sich für die eigene Blindheit. »Du bist ein Spitzel.«

»Aber natürlich. Glaubst du etwa, ich würde mitten auf Tans Platz sitzen können, falls ich nicht den entsprechenden Auftrag erhalten hätte?«

»Was genau wollten die über die Gemälde wissen?«

Wieder zuckte der Mann die Achseln. »Das muß wohl irgendeine neue Politkampagne sein. Mehr hat der alte Mann nicht gesagt, abgesehen von einer Warnung, als man ihn hinauswarf. Er sagte, Tempel der Erdbändigung seien für Leute wie sie viel zu gefährlich. Als ob die sich einen Dreck darum scheren würden.« Der Bettler verstaute die *tsa-tsa* unter der Decke und verhüllte abermals seinen Kopf.

Als ob die sich einen Dreck darum scheren würden. Die alten Tibeter hingegen würden einem Erdtempel hohe Bedeutung beimessen. Während Shan durch die Gassen ging, mußte er ständig an die Worte des Bettlers denken. Das alles schien sehr unwahrscheinlich, hätte aber eine Menge erklärt. Shan hatte seit seiner Haft keinen Tibeter mehr über Tempel der Erdbändigung sprechen gehört. Damals im Lager waren diese Tempel Bestandteile der Geschichten gewesen, die von den ältesten Lamas während der langen Winternächte erzählt wurden.

Als man vor vielen Jahrhunderten begann, die ersten der später vielen tausend tibetischen Klöster zu gründen, errichtete man zunächst eine Reihe von Tempeln, deren Standorte auf gewaltigen konzentrischen Kreisen lagen. Mittelpunkt dieser Kreise war der heiligste Tempel des Landes, der Jokhang in Lhasa, mehr als hundertfünfzig Kilometer nordwestlich von Lhadrung. Er war gebaut worden, um das Herz des obersten Landdämons zu verankern, der sich anfangs gegen die Einführung des Buddhismus gesträubt hatte. Jeder der anderen Tempel war einem weiteren Bestandteil des gewaltigen Dämons gewidmet, und manche lagen Hunderte von Kilometern von Lhasa entfernt. Gemeinsam sorgten sie dafür, daß zwischen dem Land und den Menschen Einklang herrschte. Surya hatte davon gesprochen, etwas an den Erdboden zu nageln, und Shan war nicht auf den Gedanken gekommen, dies könne in Zusammenhang mit den alten Geschichten stehen. Die Tradition besagte, daß die Erdtempel böse Dämonen in Schach hielten, indem sie sie mit heiligen Nägeln oder Dolchen am Boden aufspießten.

Obwohl die Tempel der Erdbändigung einst als Tibets wichtigste Orte spiritueller Macht gegolten hatten, stellten sie für die meisten Leute mittlerweile ein Relikt aus grauer Vorzeit dar. Allerdings nicht für Gendun, Surya oder Lokesh. Manche der Orte waren noch heute bekannt, der Großteil jedoch vergessen, wenngleich Shan sich nun daran erinnerte, während seiner Haft von einer alten Legende gehört zu haben, laut deren einer der betreffenden Tempel in der Nähe Lhadrungs lag. Wie kam Surya plötzlich darauf, es müsse sich dabei ausgerechnet um Zhoka handeln? dachte Shan. Dann fiel es ihm ein: Surya hatte in einer Höhle ein altes Buch gefunden.

Zehn Minuten später erreichte Shan den Rand der Stadt und hielt nach einem Lastwagen Ausschau, der eventuell in Richtung Berge fuhr, als jenseits des Marktplatzes Applaus aufbrandete, gefolgt von einer Lautsprecherstimme. Nach nur fünf Minuten machte Shan die Leute ausfindig: Sie hatten sich auf dem Sportplatz der örtlichen Schule versammelt. Vor der kleinen, nicht überdachten Steintribüne stand ein Podium, daneben auf einem Zementsockel eine weitere Mao-Büste. Ein Mann in einem Anzug stellte soeben einen besonderen Gast aus Peking vor, einen namhaften Wissenschaftler, der als jüngster Direktor aller Zeiten eine berühmte Institution leitete. Zwischen dem Flaggenmast beim Podium und der Tribüne war ein Banner aufgespannt und kündigte eine Veranstaltung zu Ehren von Direktor Ming vom Pekinger Museum für Altertümer an, organisiert von der chinesisch-tibetischen Freundschaftsvereinigung.

Eine Menge aus ungefähr hundert Zuschauern, fast ausschließlich Han-Chinesen, spendete Beifall, als nun ein Mann in einem blauen Anzug auf das Podium stieg. Er hatte Shan den Rücken zugewandt und nahm aus den Händen des Ansagers das Mikrofon entgegen. »Sie sind diejenigen, die hier Beifall verdient haben«, sagte der Fremde mit geschliffener Stimme, erst auf Mandarin, dann auf tibetisch. »Sie sind die wahren Helden der großen Reform, denn Sie haben gelernt, wie man die Stärken all unserer großartigen Kulturen vereint.«

Der Sprecher drehte sich ein Stück zur Seite, so daß Shan sein Gesicht sah. Er konnte es kaum glauben: Es war der hochgewachsene, gepflegt wirkende Mann von der Treppe des Verwaltungsgebäudes, einer der beiden Chinesen, denen Tan hatte ausweichen wollen. Und er war der Leiter des renommiertesten Museums von Peking, wenn nicht sogar von ganz China. Was machte er hier in Lhadrung?

Mit ernster Stimme sprach Direktor Ming einige Minuten lang über die Notwendigkeit, die bedeutenden Kulturen Chinas miteinander zu verschmelzen, und daß diese schwierige Aufgabe für die Menschen in Peking eine ebenso große Herausforderung darstelle wie für die Menschen in Lhadrung. Er erzählte, daß er beschlossen habe, seinen alljährlichen Sommerkurs hier vor Ort abzuhalten, weil dies ein besonders fruchtbarer Boden für das Projekt sei. In diesem Bezirk, so Ming, hätten sich erst sehr wenige Chinesen angesiedelt, und es gäbe noch dermaßen viel Geschichtliches zu vermitteln. Um seinen Standpunkt zu verdeutlichen, zog er einen weißen Seidenschal aus der Tasche, eine zeremonielle tibetische *khata*. Er reckte sie mit beiden Händen empor und schlang sie dann mit theatralischer Geste um den Hals der Mao-Büste. Die Zuschauer brachen erneut in lauten Jubel aus.

Shan zog sich unauffällig zurück, denn er wußte, daß derartige Zusammenkünfte stets von Soldaten überwacht wurden. Als er den Sportplatz verließ, sah er die Frau mit dem rötlichen, kastanienbraunen Haar hinter dem Steuer des silbernen Wagens sitzen. Sie hatte sich zurückgelehnt und las ein Buch. Shan vergewisserte sich, daß keine Patrouillen in der Nähe waren, und trat an das offene Fenster der Limousine.

»Sie haben einem meiner Freunde einen Apfel geschenkt«, sagte er leise auf englisch. »Vielen Dank.«

Die Frau blickte lächelnd auf. »Ich habe es zumindest versucht, aber er schien es kaum zu bemerken.« Sie klang bekümmert, doch das Lächeln blieb. »Können Sie mit Surya sprechen? Vielleicht möchte er sich nur jemandem anvertrauen, den er besser kennt.« Ein kleiner tibetischer Junge kam angelaufen, drängte sich an Shan vorbei und gab der Frau eine Flasche mit einem orangefarbenen Getränk.

»*Thuchechey*«, bedankte sie sich auf tibetisch und gab dem Jungen ein Geldstück, das viermal soviel wert war wie die Limonade. Der Junge schnappte es sich und rannte mit einem Freudenschrei davon.

»Man kann ihn derzeit nicht erreichen«, sagte Shan.

»Das klingt, als hätten Sie versucht, ihn anzurufen«, sagte die Frau. Shan konnte ihren Akzent nicht eindeutig zuordnen. Sie hörte sich nicht wie eine Amerikanerin an.

»Ich meine …«

»Ich weiß, was Sie meinen. Es ist schrecklich. Sind Sie wirklich mit ihm befreundet?« Sie deutete auf den Beifahrersitz. »Steigen Sie ein! Falls Ihnen etwas an ihm liegt, sollten wir beide uns unterhalten.«

Shan wandte den Kopf und rechnete halb damit, die ersten Soldaten zu entdecken. Die Menge applaudierte erneut. Auf dem Podium stand nun eine Frau und schien dem Ehrengast etwas zu präsentieren.

Shan musterte die Westlerin. Sie kannte Surya. Aber das war unmöglich. »Haben Sie ihn in den Bergen getroffen?« fragte Shan, als er sich neben sie setzte.

»Ein einziges Mal. Ich war nicht bei jedem der Besuche dabei«, sagte sie. Ihre sanfte, kultivierte Stimme ließ auf eine hohe Bildung schließen. »Ich heiße McDowell. Elizabeth McDowell. Meine Freunde nennen mich Punji, nach den angespitzten Bambuspflöcken.«

Shan nannte seinen Namen nicht. »Was für Besuche? Und warum bei den Ruinen?«

»Das hat mit Direktor Mings jährlichem Sommerkurs zu tun, seinem Workshop für Studenten. Er legt ein Verzeichnis alter Kulturstätten an. Die Studenten und einige seiner Assistenten sind ihm während des Sommers dabei behilflich.« Neben McDowell lagen mehrere Papiere auf dem Sitz, darunter einige große Umschläge. Absender war jeweils der Tibetische Kinderhilfsfonds mit einer Anschrift in London.

»Surya muß zurück in die Berge und bei seinen Freunden sein«, sagte Shan.

»Er streitet ab, daß er Surya heißt«, erinnerte McDowell ihn. »Er behauptet, Surya sei gestorben.«

Als Shan versuchte, möglichst unauffällig einen Blick auf die losen Blätter zu werfen, die unter den Umschlägen lagen, öffnete sich hinter ihm die Tür, und jemand stieg ein. McDowell ließ ihr Buch auf die Umschläge fallen, drehte den Zündschlüssel und fuhr los.

»Er hat einen furchtbaren Schock erlitten«, sagte Shan. »Jemand ist ums Leben gekommen. Surya hat mit so etwas keinerlei Erfahrung. Sein ganzes Dasein hat der Kunst gegolten.«

»Studiere nur das Absolute«, warf eine sanfte Stimme von der Rückbank ein. Shan drehte sich um. Direktor Ming lächelte ihn an.

»Er kennt unseren Freund Surya«, teilte McDowell dem Direktor mit, ohne den Blick von der Straße abzuwenden.

»Ich wollte nicht stören«, sagte Shan und überlegte fieberhaft, ob er aus dem fahrenden Wagen springen sollte.

»Wo kann ich Sie absetzen?« fragte McDowell und klang dabei seltsam schelmisch.

»Nirgendwo. Ich steige gleich hier aus«, sagte Shan und legte die Hand auf den Türgriff. »Bitte.«

»Unsinn. Wie haben Sie Surya kennengelernt? Ist er wirklich

ein Mönch? Und falls Sie mir nicht verraten, wohin Sie möchten, nehmen wir Sie eben zu der alten Ziegelei südlich der Stadt mit.«

Shan lehnte sich zurück. »Die Ziegelei paßt mir gut«, sagte er nervös. Die baufällige Fabrik lag nur knapp drei Kilometer vom Fuß der Berge entfernt.

Ming beugte sich mit plötzlichem Interesse vor. »Sie wissen, wie man diesen alten Mönch zum Reden bekommt?« Er klang, als wolle er Surya ein Geständnis abringen, das offenbar nichts mit dem Mord zu tun hatte. Dann nahm er Shan etwas genauer in Augenschein. »Sie sind derjenige, der vorhin bei Tan war.«

»Surya gibt manchmal einen ganzen Monat lang kein Wort von sich«, sagte Shan wahrheitsgemäß.

»Aber er weiß so viel, das überliefert werden muß«, stellte Ming mit hörbarer Enttäuschung fest. »Es könnte sich als sehr wertvoll erweisen, ihn zu einem erneuten Gespräch zu bewegen.«

Shan wurde aus dem ernsten jungen Han nicht so recht schlau. Man hatte den Mann gewiß nicht nur wegen seiner wissenschaftlichen Eignung zum jüngsten Direktor eines der landesweit bedeutendsten Museen berufen. »Haben Sie ihn bei den Ruinen besucht?«

»Dreimal«, räumte Ming bereitwillig ein. »Er hat mir erklärt, an was für einer Art von Gemälde er dort bei diesem alten Turm gearbeitet hat, und ich habe ihn nach alten Schreinen befragt. Das alles ist für meine Untersuchungen ziemlich wertvoll.«

»Sind Sie beide vorletzte Nacht in den Bergen unterwegs gewesen?« fragte Shan unvermittelt.

Einen Moment lang durchbohrte Ming ihn mit einem strengen, fast schon bedrohlichen Blick. Dann zuckte er die Achseln. »Er hat einen mentalen Zusammenbruch erlitten. Anfangs dachte ich, es sei ein Schlaganfall, aber einer der Militärärzte hat ihn untersucht und für gesund erklärt. Leider scheint er nicht mehr zu wissen, wer er ist oder was es mit seiner Kunst auf sich hat. Er jammert ständig über den Tod und irgendwelche Morde.«

»Haben Sie ihn von der Armee abholen lassen?«

Ming lächelte selbstgefällig. »Unserem Projekt wurde weitreichende Unterstützung zugewiesen.«

Shan hätte so etwas nie für möglich gehalten. Der Museumsdirektor hatte sich von Tan einen Trupp Soldaten ausgeliehen, um Surya wegen seiner historischen Forschungen befragen zu können.

McDowell seufzte übertrieben. »Genosse Ming hält sich für eine Art Parteiboß«, sagte sie lächelnd zu Shan. Dann verringerte sie das Tempo und deutete auf einen Yak, der auf einem Acker einen Pflug zog. »Ich erinnere ihn immer wieder daran, daß er bloß ein Museum leitet. Die Milliardäre interessieren sich nicht für ihn, sondern nur für seine Kunst.«

»Milliardäre?« fragte Shan und ertappte sich dabei, daß seine Hand nach dem alten *gau* tastete, das er unter seinem Hemd trug, genau wie Lokesh es immer tat, wenn der alte Tibeter die Anwesenheit von Dämonen spürte.

McDowell betrachtete weiterhin den Yak und lächelte erneut, als bereite der Anblick ihr Freude. »Sie wissen schon«, sagte sie schließlich. »Gönner. Kunden. Die Leute, die neue Museumsflügel bezahlen. Die Teilhaber von Direktor Mings Geschäft.«

Als sie auf das alte Fabrikgelände einbogen, wirkte es zunächst immer noch verlassen, aber sobald McDowell das Gebäude umrundete, kam eine Warteschlange in Sicht. Es waren hauptsächlich Tibeterinnen mit kleinen Kindern, und jenseits der Schlange stand ein roter Minibus mit einem Nummernschild aus Lhasa. Über einer Tür an der Ecke des altersschwachen Backsteinbaus hing ein handgeschriebenes Schild, auf dem in ausschließlich tibetischer Schrift *Kostenlose medizinische Untersuchung für Kinder* stand. Mehrere der Tibeter winkten McDowell zu. Als sie zurückwinkte und den Motor ausschaltete, bemerkte sie Shans fragenden Blick. »Die Mittel der Hilfsorganisation reichen leider nur für Medikamente und die Reisekosten der Krankenschwestern. Ich helfe, wo ich kann. Stellen Sie sich an, dann verabreichen wir Ihnen ein paar Vitamine.« Sie öffnete die Tür und stieg aus. Zahlreiche Grüße schallten ihr entgegen.

»Zwanzig Minuten, nicht länger«, rief Ming ihr hinterher. Er stieg selbst aus und zündete sich eine Zigarette an. Shan griff sich eines der losen Blätter vom Sitz, stopfte es unter sein Hemd und öffnete die Tür. Er hatte das Gelände fast schon verlassen, als Ming ihm eine Frage zurief.

»Wer war sonst noch mit dem alten Mönch bei den Ruinen?«

Shan drehte sich um. »Ein paar Fremde.«

Mings Augen verengten sich. »Wie kommen Sie darauf?«

Shan holte den kleinen Zigarrenstummel aus der Tasche und hielt ihn hoch. »Das hier stammt von keinem Tibeter. Gehört es Ihnen?«

Ming wirkte plötzlich überaus angespannt. »Lassen Sie mal sehen.«

Shan legte den Stummel auf die Kofferraumhaube des Wagens und wich zurück. Ming hob den Zigarrenrest langsam auf, roch daran, ließ ihn fallen und zertrat ihn. »Nein, von mir stammt es auch nicht. Es hat nichts zu bedeuten.«

»Nichts«, wiederholte Shan.

Aber das entsprach nicht der Wahrheit. Ming starrte auf die Tabakkrümel zu seinen Füßen und dann wütend in Richtung der Berge. »Falls Sie Surya tatsächlich kennen und wissen, wer seine Freunde, die Einsiedler, sind, die sich in den Bergen verstecken, richten Sie ihnen aus, daß ihre Zeit abläuft«, sagte der Museumsdirektor mit plötzlich eisiger Stimme. »Falls es nicht Surya ist, wer dann? Wir begnügen uns nicht mit dem halben Tod«, verkündete er und schien auf eine bestimmte Reaktion Shans zu lauern. »Der Kaiser hat bereits viel zu lange gewartet.«

»Der Kaiser?« Shan glaubte sich verhört zu haben. »Der halbe Tod?« Dieser Mann hier vor ihm war nicht länger der leutselige Wissenschaftler, den er auf dem Sportplatz gehört hatte. Mings Blick war bohrend und unerbittlich. »Was wollen Sie in den Bergen?«

Ming runzelte die Stirn und schaute wieder zu der zermalmten Zigarre. »Ich will einen weiteren Mönch. Einen der Alten aus dem Hochgebirge.«

Shan klebte auf einmal die Zunge am Gaumen. »Warum?«

»Bringen Sie mir einen Mönch, und ich werde Sie gut bezahlen.«

»Es gibt keine Mönche in …«

Ming schnitt ihm mit einer schroffen Geste das Wort ab. »Wissen Sie, es gibt Bomben, mit denen man Terroristen in Höhlen bekämpft. Die Höhle wird dabei nicht zerstört, weil die Bombe nur sämtlichen Sauerstoff entzieht, so daß alle Insassen ersticken.« Ein kleiner Junge lief an ihnen vorbei und einem Ball hinterher. Ming winkte ihm lächelnd zu und wandte sich dann wieder an Shan. »Sagen Sie ihnen, daß bald alle erfahren werden, wer gestorben ist. Und dann wird es zu spät für sie sein.«

»Demnach wissen Sie, wer gestorben ist?«

»Das bleibt vorerst ein Staatsgeheimnis.« Ming seufzte und bedeutete Shan mit einem Wink, er könne gehen. »Bringen Sie mir einen Mönch. Oder ich werde Oberst Tan mitteilen, daß Surya tatsächlich einen Mord begangen hat.«

Kapitel Vier

Als Shan die Hügel oberhalb des Tals erreichte, war es früher Nachmittag. Suryas trostlose Miene und die merkwürdigen Worte Mings und des zweiten Bettlers ließen ihn nicht mehr los. Er war in die Stadt gegangen, um nach Antworten zu suchen, kehrte aber noch verwirrter und entsetzter zurück als zuvor. Ein Mörder ging in den Hügeln um, und Gottestöter suchten die Berge heim. Doch sofern Zhoka wirklich ein Tempel der Erdbändigung war, gab es für die alten Mönche nichts Wichtigeres als den Schutz der Stätte. Shan würde Ming niemals den geforderten zweiten Mönch ausliefern, aber Gendun würde sich bereitwillig opfern, falls er glaubte, auf diese Weise Surya helfen oder Zhoka schützen zu können.

Während des Aufstiegs begann noch ein anderer Gedanke an Shan zu nagen. Tans seltsame Beschreibung seiner Person fiel ihm wieder ein. Bei dem Versuch, Shan als bedauernswerten Ex-Häftling abzutun, hatte der Oberst gesagt, seine Familie sei zerstört worden. Im Jahr zuvor hatte es Tan sichtliches Vergnügen bereitet, Shan mitteilen zu können, daß seine Frau während der Haft eine Annullierung der Ehe bewirkt und wieder geheiratet hatte. In ihren Augen war Shan schon immer eine große politische Enttäuschung gewesen, und zweifellos hatte sie ihrem gemeinsamen Sohn eingeredet, sein Vater sei mittlerweile tot. Aber der Oberst hatte nicht gesagt, Shan habe seine Angehörigen verloren oder sei von ihnen verlassen worden. Er hatte ausdrücklich von einer Zerstörung der Familie gesprochen. Gewiß war das bloß Tans Art, sich auszudrücken, hielt Shan sich immer wieder vor Augen. Vermutlich konnte der Oberst sich gar nicht mehr genau an die Einzelheiten erinnern und hatte lediglich den möglichst überzeugenden Eindruck erwecken wollen, es handle sich bei Shan um eine jener jämmerlichen Gestalten, die ziellos in der Gegend umherirrten.

Oben auf dem ersten Kamm ließ Shan sich auf einen Felsen sinken und versuchte, seinen Geist an einen ähnlich stillen Ort wie die Bergwiese zu führen, auf der saß. Er mußte unbedingt seine Gedanken ordnen. Das kurze Gespräch mit Ming kam ihm wie ein Alptraum vor. Er mußte etwas falsch verstanden haben, denn der kultivierte Museumsdirektor konnte doch unmöglich in einem beiläufigen Satz das Leben der Mönche bedroht haben. Niemand in Lhadrung wußte von der geheimen Einsiedelei. Niemand außer Surya, wurde ihm mit jähem Entsetzen klar.

Er mußte die Mönche finden und sie überzeugen, vor den Fremden zu fliehen, die nach Lhadrung gekommen waren. Doch schon beim Blick auf die Gipfel im Osten, zwischen denen Yerpa lag, wußte er, daß sie niemals davonlaufen würden.

Als er die Fahrt mit McDowell und Ming noch einmal Revue passieren ließ, fiel ihm der Zettel wieder ein, den er aus dem Wagen mitgenommen hatte. Es war ein Computerausdruck in chinesischer Schrift, doch es handelte sich um ein tibetisches Dokument voller tibetischer Ortsnamen und Gebetsanweisungen. Ein *neyig*, erkannte er nach der zweiten Lektüre. Die Britin las einen Leitfaden für Pilger, eines der uralten Bücher, die den Weg zu wichtigen Schreinen und Orten spiritueller Macht beschrieben. Jemand hatte sich beträchtliche Mühe gegeben und eines der alten Werke Wort für Wort übersetzt. Das Blatt war am unteren Rand numeriert. Band vierzehn, Seite sechsundfünfzig. Shan las es ein weiteres Mal und erinnerte sich nun an manche der Namen. Kumbum. Sangke. Sie lagen viele hundert Kilometer nördlich von hier. Aber dies war bereits Band vierzehn. Demnach hatte jemand eine gewaltige Anstrengung unternommen und eine Vielzahl der alten Werke zusammengetragen und übersetzt. Falls Ming nach alten Schreinen in den Bergen suchte, würden diese Bücher ihm verraten, wie man zumindest an den Großteil der Orte gelangte. Sie würden in Höhlen liegen, in alten tibetischen Häusern, an geschützten Stellen, denen man große Macht zuschrieb. Shan kannte sich in diesem Teil des Gebirges nicht allzu gut aus, und viele der heiligen Orte waren ihm nicht vertraut. Allerdings war er letzte Nacht auf ein Gebäude gestoßen, das überaus alt gewirkt hatte.

Ein halbe Stunde später blickte er hinunter zu dem Haus, dessen Umriß er im Dunkeln gesehen hatte, ein kleiner Steinbau mit grauem Ziegeldach, eng an die Flanke des Hügels geschmiegt. Auf einer Seite hatte man zwei Anbauten hinzugefügt, einen aus gepreßter Erde, den anderen aus Sperrholz und den Bohlen eines früheren, größeren Bauwerks. Vorsichtig wagte Shan sich näher heran und hielt nach dem Hund Ausschau, den er in der Nacht gehört hatte. Jenseits des Hauses lag ein kleines, von Steinen umrahmtes Gerstenfeld. Ein Nebengebäude mit Heuhaufen fungierte eindeutig als Stall, aber die zweite Hütte diente entgegen Shans Vermutung nicht als Futterkammer. Das robuste Häuschen war vollständig aus Stein errichtet; auch das Dach bestand aus dünnen Felsplatten, und den kleinen Schornstein hatte man aus Blöcken ohne Mörtel zusammengefügt.

Shan ging langsam darauf zu. Dieses kleine Gebäude sah sogar noch älter aus als das Haupthaus. Es gab keine Tür, nur einen offenen Eingang mit verwittertem Holzrahmen. Im Innern erspähte Shan ein gewölbtes steinernes Gebilde und davor ein Gerät mit Pedal und einem Lederriemen, der eine große runde Holzplatte antrieb. Es handelte sich um eine Töpferscheibe samt Brennofen, die wahrscheinlich seit Jahrhunderten nicht mehr benutzt worden waren.

Vor dem Stall befand sich ein kleines Gehege aus Erdwällen. Darin lag Schafdung, aber die Tiere waren nirgendwo zu sehen. In dem geschützten Bereich zwischen Stall und Haus hatte man den Boden festgestampft und mittels eines Holzgerüsts und einer zerlumpten Filzdecke eine provisorische Veranda erschaffen. Im Schatten der Decke standen mehrere Tontöpfe aufgereiht, über deren Öffnungen Tücher gespannt und mit Garn verschnürt waren. Tibeter bewahrten auf diese Weise oft Butter und Milch auf. Hinter den Töpfen lag auf einem Viereck aus schlichter Wolle ein Haufen grobkörniges Salz. Neben der

Tür standen drei kleine *dongmas*, Butterfässer zur Herstellung von Buttertee, und anderthalb Meter dahinter ein eiserner Dreifuß, an dem ein Kessel über der Glut eines Kochfeuers hing. Entlang des Saums der Filzdecke hatte man dünne Täfelchen aufgereiht, insgesamt etwa hundert Exemplare. Es waren *tsa-tsas*, in Ton gestempelte Heiligenbilder, die noch angemalt werden mußten.

Die stabile, von Wind und Wetter gezeichnete Brettertür stand noch immer spaltbreit geöffnet. Shan klopfte an, rief laut und trat dann ein. Durch das einzige Fenster fiel Licht in den aufgeräumten und ordentlich gefegten Raum. Es roch schwach nach Weihrauch, und es schien fast, als habe man hier ein Treffen vorbereitet und dann doch nicht abgehalten. Zwei Wände aus gepreßter Erde bildeten eine Nische, die als Schrein diente. Sie enthielt ein altes Stoffgemälde und einen Altar, auf dem eine bemalte Keramikstatue des historischen Buddha und die sieben traditionellen Opferschalen standen. Shan bückte sich, um *thangka* und Statue genauer in Augenschein zu nehmen. Sie waren beide alt und außerordentlich detailliert gearbeitet, die Werke vollendeter Künstler.

Gegenüber dem Altar, in dem Anbau aus Sperrholz und Karton, die man auf dicke Bohlen genagelt hatte, waren einige zusammengerollte Schlafmatten und mehr als ein Dutzend warmer Decken verstaut. Nur jeweils ein Exemplar lag offen da und war erst kürzlich benutzt worden. Shan schritt langsam die Wände ab. Er fühlte sich unbehaglich, weil er kurzerhand in das Haus eingedrungen war, machte sich jedoch beständig Gedanken darüber, wer hier wohl wohnen und was mit ihm geschehen sein mochte. Von einer Querstange an der Rückwand des Hauptraums hing ein großes, dünnes Tuch herab, dessen ehemals buntes Blumenmuster zu graubraunen Schatten verblichen war. Shan ging zu einer kleinen Truhe, auf der diverse Kochutensilien lagen, dann wieder zu dem großen Tuch. Er zog es beiseite. Dahinter befanden sich sechs tiefe Regalböden. Die unteren enthielten Haushaltsgegenstände, Geschirr und Töpfe, lange Holzlöffel und eine Schale voller Knöpfe.

Im zweiten Fach von oben lagen mehrere *peche*, traditionelle tibetische Bücher, deren lange, lose Blätter zwischen zwei hölzernen Deckeln lagen und mit Seidenbändern verschnürt waren. Daneben stand ein halbes Dutzend anderer Titel, alle nach westlicher Art gebunden und in englischer Sprache verfaßt. William Shakespeares *Gesammelte Werke. Berühmte britische Gedichte*. Ein Roman von Graham Greene. *Ivanhoe* von Walter Scott. Shan strich mit einem Finger über den Rücken dieses letzten Bandes und wurde fast von seinen Gefühlen übermannt. Sein Vater hatte ihm einst aus *Ivanhoe* vorgelesen, heimlich in einem Wandschrank, während die Mutter aufpaßte. Später hatten die Roten Garden sämtliche Bücher seines Vaters verbrannt. Die Bände hier in dem Regal waren alle viele Jahrzehnte alt. Shan betrachtete das illustrierte Titelblatt von Scotts Roman, auf dem ein blonder Knappe einem Ritter in die Rüstung half. Nun war er sich sicher. Es handelte sich um genau die gleiche Ausgabe, die auch Shans Vater besessen hatte.

Die einzigen Gegenstände im obersten Regal waren die Keramikbüste einer dicken Westlerin mit rosigen Wangen und einer Krone auf dem Kopf sowie ein großer Holzkasten mit Ledergriff und Schnappschlössern aus Messing. Shan blickte quer durch den leeren Raum zur offenen Tür und nahm den Koffer heraus. Er maß ungefähr fünfzig mal fünfundzwanzig Zentimeter, und die Messingbeschläge waren ebenso auf Hochglanz poliert wie das Walnußholz. Shan stellte den Kasten auf dem schlichten kleinen Tisch ab und ging zum Eingang. Noch immer war niemand zu sehen. Unschlüssig lief er eine Weile im Zimmer hin und her, kehrte dann zu dem Tisch zurück und klappte hastig den Deckel des Koffers auf.

Es handelte sich um ein Teeservice aus Porzellan, sorgsam in Holzwolle gebettet und mit blauen und goldenen Blumen bemalt. Shan nahm die zierliche Kanne und musterte sie verblüfft. Ihre lange Tülle war mit blühenden Reben verziert, und den Deckel krönte ein kleiner Knauf in Form einer Rosenknospe. Das war weder ein tibetisches noch ein chinesisches Geschirr. Auf der Unterseite stand *Staffordshire*. Rund um die Kanne hatten sechs passende Tassen und Untertassen gelegen. Eine der Tassen fehlte; man konnte noch immer den Abdruck in dem Füllmaterial erkennen. Als Shan die Fasern betastete, fiel ihm jäh wieder ein, wie der englische Begriff für »Holzwolle« lautete, denn damals während des Unterrichts im Wandschrank hatten er und sein Vater darüber lachen müssen, wie seltsam das Wort über die Zunge rollte: *Excelsior*. Dennoch hatte Shan die schwierige Aussprache bewältigt und war von seinem Vater daraufhin zum Meisterschüler erklärt worden.

Behutsam legte er die Kanne zurück, schloß den Kasten und stellte ihn wieder in das Regal. Nach einem kurzen Blick zur Tür nahm er noch einmal den Roman von Walter Scott, blätterte die dicken weißen Seiten durch und hielt bei den Farbtafeln inne, auf denen prächtige Ritter und Damen mit traurigen, sehnsüchtigen Mienen abgebildet waren. Die Ränder der Illustrationen, nicht jedoch die der anderen Seiten, waren mit Fingerabdrücken übersät. Shan schaute ganz vorn im Buch nach. Verlegt in London, 1886, stand dort. Er wandte sich ein weiteres Mal schuldbewußt zur Tür um, war aber nicht in der Lage, die Gefühle zu unterdrücken, die dieses Buch in ihm ausgelöst hatte. Er schlug die erste Seite des Textes auf. Dann fing er an, laut zu lesen, und war plötzlich ganz aufgeregt. Im ersten Moment flüsterte er nur, aber gleich darauf gewann seine Stimme an Kraft, und er ging zur Tür, so daß er in Richtung Himmel sprechen konnte.

In jener lieblichen Gegend Englands, welche der Fluß Don bewässert, erstreckte sich vor alten Zeiten ein ansehnlicher Wald, der den größten Teil der schönen Hügel und Täler bedeckte, die zwischen Sheffield und der freundlichen Stadt Doncaster liegen.

Auf einmal wurde ihm bewußt, daß seine Hand zitterte und sein Herz raste. Die Namen schwammen inmitten einer Flutwelle von Erinnerungen, und für einen Moment glaubte er Ingwer zu riechen. Er las weiter, bedächtig und mit manchmal bebender Stimme. Sein Vater und er hatten im Kerzenschein zusammengesessen und staunend von den fernen, exotischen Orten des Romans erfahren.

Hier hauste vor alters der fabelhafte Drache von Wantley, hier ward manche verzweifelte Schlacht in den Bürgerkriegen der »Rosen« ausgefochten, und hier war es, wo in alten Zeiten jene

Banden tapferer Geächteten ihr Wesen trieben, deren Taten in den alten englischen Volksliedern besungen werden.

Nach fünf Minuten klappte Shan das Buch zu, drückte es kurz an die Brust und stellte es ehrfürchtig zurück an seinen Platz. Dann zog er den geblümten Stoff wieder vor das Regal, ging hinaus und hinterließ die Eingangstür genau so, wie er sie vorgefunden hatte.

Er umrundete das Haus, dann noch einmal den Stall und bog schließlich auf einen Pfad ein, der sich zwischen einigen hohen Felsvorsprüngen nach Nordosten schlängelte. Nach kaum sechzig Metern blieb er abrupt stehen. Auf einem flachen Stein saß eine Tibeterin in einem schwarzen Kleid. Sie hatte Shan den Rücken zugewandt und blickte in Richtung der Berge. Zu ihren Füßen lag ein großer brauner Hund. Shan trat absichtlich gegen einen Kiesel, um sich bemerkbar zu machen, und kam langsam näher. Der Hund verharrte reglos und bellte auch nicht, sondern bleckte nur still die Zähne.

Als die Frau endlich das Wort ergriff, tat sie es ganz beiläufig, als habe sie ihn längst bemerkt. »Feierst du den Geburtstag?« fragte sie, drehte sich um und legte dem Hund beruhigend eine Hand auf den Kopf. Sie war etwa sechzig Jahre alt und trug ein halbes Dutzend Halsketten aus kunstvoll bearbeitetem Silber, Lapislazuli und Türkisen, wie man sie nur zu besonderen Gelegenheiten anlegte.

»Ja«, erwiderte Shan zögernd und zog sich den Hut tiefer in die Stirn. *»Lha gyal lo.«*

Sie lächelte melancholisch, erhob sich mit einiger Mühe und ging zurück zum Haus. Shan folgte ihr im Abstand von einigen Schritten.

Auf der Veranda bedeutete sie ihm, sich auf einen kleinen Holzstuhl zu setzen. Dann fachte sie das Feuer unter dem Kessel an und sang ein altes Lied, das Shan bereits bei der Feier gehört hatte. Während das Wasser sich erhitzte, wiegte die alte Frau sich vor und zurück, hielt dabei die Gebetskette an ihrem Gürtel umklammert und schaute häufig zum östlichen Horizont, wo Zhoka lag. Nach einigen Minuten verschwand sie im Haus, kehrte mit einer kleinen Kupferschale voller Mehl zurück und streckte sie Shan entgegen. Er nahm eine Prise und wartete, bis die Frau es ihm gleichgetan hatte.

»*Lha gyal lo*«, wiederholte Shan wehmütig und warf das Mehl empor.

»Möge er ewig leben«, sagte die Frau und schleuderte ihr Mehl in die Höhe.

Schweigend goß sie dann heißes Wasser in die kleinste der *dongmas*, gab Salz und Butter hinzu und machte sich an die Arbeit. Shan wußte nicht, was er sagen sollte. Seine Gastgeberin kam ihm sehr gebrechlich vor, und er wollte sie nicht aufregen.

Nachdem sie den Buttertee eingeschenkt hatte, ging sie wieder hinein und brachte ein hölzernes Tablett mit Walnußkernen und kleinen weißen Kugeln aus getrocknetem Käse.

»Du hältst mich bestimmt für verrückt«, sagte sie, blickte abermals nach Osten und seufzte. »Ich weiß, daß er eigentlich gestern Geburtstag hatte. Aber alle hier in den Hügeln sind weggegangen. In der Nacht zuvor kam ein schwarzes Pferd und hat sie geholt. Mein Neffe hatte versprochen, mich am Nachmittag zu besuchen, damit wir unsere eigene kleine Feier abhalten können.« Sie schlug eine Hand vor den Mund, um ein Schluchzen zu unterdrücken. »Ich fürchte, jemand ist gestorben. Ich kenne die Leute. Nur ein Todesfall hätte sie von hier fernhalten können.« Ihre Augen schimmerten feucht. Sie beugte sich vor und barg ihr Gesicht in den Händen.

»Hast du die ganze Nacht draußen gesessen?« fragte Shan.

»Die Wolken haben den Mond versteckt. Ich wollte nicht, daß die anderen im Dunkeln mein Haus verpassen.« Sie zog ein schwarzes Kästchen aus dem Ärmel. »Deshalb habe ich das hier benutzt.«

Shan streckte den Arm aus, und sie legte den Gegenstand auf seine Handfläche. Er hatte gesehen, daß die Armee solche Apparate einsetzte. Es handelte sich um einen GPS-Empfänger mit kleinem Bildschirm für die Anzeige von Längen- und Breitengrad. Die rote Leuchtdiode blinkte, also war das Gerät eingeschaltet. Es kostete mehr als ein halbes Dutzend tibetischer Jahresgehälter.

»Ich habe das Ding von einem meiner Neffen bekommen«, erklärte die Frau, als Shan ihr den Empfänger zurückgab. »Er sagt, es hilft Menschen, den richtigen Weg zu finden. Aber es leuchtet nur ganz schwach. Ich habe es heute nacht hoch über meinen Kopf gehalten, damit die anderen es überhaupt sehen würden.«

»Ich war dort«, sagte Shan. »In Zhoka.«

»Du hast ihn gesehen, du hast meinen Jara und seine Kinder gesehen? Er ist zur Bushaltestelle in die Stadt und dann zurück zu seiner Herde gegangen. Ich hätte ihn nach Zhoka begleiten sollen, aber meine Beine sind zu schwach.« Sie hielt besorgt inne. »Er wollte ein kleines Mädchen vom Bus abholen, doch es waren Soldaten in der Stadt.«

»Dawa?« fragte Shan. »Dawa war ebenfalls dort.«

Die Frau strahlte und griff nach der *mala* an ihrem Gürtel. »Ich habe sie noch nie gesehen. Als ihre Mutter klein war, hat sie mir häufig am Brennofen geholfen.«

»Jara und seine Familie werden bestimmt bald zurückkehren. Er hat sich den Fuß verstaucht. Ein paar Soldaten haben alle in Angst und Schrecken versetzt. Dawa ist nach Süden weggelaufen.«

Die Frau stöhnte leise auf. »Nicht nach Süden. Sie ist auf den Süden nicht vorbereitet«, flüsterte sie in ihre Handflächen.

Shan deutete auf den kostspieligen GPS-Empfänger. »Wo ist dein anderer Neffe, der dir diesen schwarzen Kasten geschenkt hat?«

Die Frau blickte gequält auf und starrte dann ins Feuer. »Er lebt weit weg von hier.« Sie sah wieder Shan an und rührte sich, als wolle sie aufstehen. »Wenn Jara sich verletzt hat, wer wird dann Dawa von jenem Ort wegbringen? Ich werde gehen, und wenn ich kriechen muß! Ich werde gehen.«

»Von welchem Ort?« fragte Shan, aber sie antwortete nicht. »Einer meiner Freunde ist Dawa gefolgt«, sagte er. »Es wird ihr nichts geschehen«, fügte er hinzu und hoffte, man würde ihm die Unsicherheit nicht anhören.

Schweigend tranken sie den starken salzigen Tee. Der Blick der Frau blieb auf das Feuer gerichtet.

»Als du gesagt hast, es sei jemand gestorben, klang das beinahe so, als hättest du damit gerechnet«, sagte Shan leise.

»Alles Leben wird einst vergehen«, flüsterte sie. Die Zeile stammte aus einem alten Gebet über die Gewißheit des Todes.

»Es hat einen alten Mann namens Atso getroffen. Er ist beim Aufstieg zu einer heiligen Höhle abgestürzt.«

Die Frau blieb mehr als eine Minute lang stumm und seufzte dann. »Er hat darauf bestanden, mindestens einmal im Jahr zu der Gottheit zu klettern. Es war immer klar, daß er auf diese Weise sterben würde.«

Shan sah zum erstenmal einen verkohlten Papierstreifen am Rand der Glut liegen. Das letzte Wort war immer noch leserlich. *Phat*. Die abschließende Silbe eines inbrünstigen Mantras zur Anrufung einer Gottheit. »Jemand hat ein Gebet verbrannt«, stellte er fest.

»Ich hätte es nicht tun sollen.« Die Frau zog das Papier aus der Asche und strich es auf dem Knie glatt. »Das schwarze Pferd hat sie gebracht, eines für jede Familie. Sag es tausendmal auf, hat sie verlangt. Aber sie hat nicht erklärt, weshalb wir es danach verbrennen sollten.«

»Liya?«

Die Frau nickte. »Unsere Liya.«

»Um welche Gottheiten ging es?«

Sie beugte sich vor und fixierte ihn mit düsterem Blick. »Um die zornigen Beschützer.«

»Aus welchem Grund?« fragte Shan.

Die Frau erwiderte nichts, stand aber auf und führte ihn zum Stall. Drinnen hingen an einem Balken entlang der Rückwand mehrere alte *thangkas*. Sie wiesen allesamt starke Beschädigungen auf; eines war in der Mitte durchtrennt und wieder zusammengenäht worden, andere hatte man regelrecht durchlöchert. Darunter standen sechs bemalte Keramikstatuen, teils mit Rissen, teils nur noch in Bruchstücken vorhanden.

»Gottestöter.« Das Wort drang Shan wie aus eigenem Antrieb über die Lippen. Sie sahen einander an. »Sind sie hergekommen?«

»Nein. Wofür sollten solche Dämonen sich hier denn schon

interessieren? Die Hügelleute wissen noch, daß hier früher mal Künstler gelebt haben, und bringen diese Gegenstände, weil sie auf eine Wiederherstellung hoffen.« Sie ging schnell hinaus, als bereite der Anblick der zerstörten Kunstwerke ihr Schmerzen. Dann goß sie ihnen beiden Tee nach und bat Shan, sich wieder zu setzen.

Schweigend tranken sie.

»Würdest du es bitte noch einmal tun?« fragte die Frau plötzlich mit verlegenem Lächeln. »Du kannst es herbringen. Hier draußen ist besseres Licht.«

Shan sah sie lange an und versuchte, den Sinn ihrer Worte zu begreifen. Dann stellte er den Tee ab, ging ins Haus und holte das Buch. Die Frau nickte zufrieden, schenkte abermals Tee nach und ließ sich schließlich auf einer Holzbank am Feuer nieder. Der Hund lag zu ihren Füßen.

Shan las ihr eine Viertelstunde lang vor. Die Frau lächelte derweil, schaute mitunter verträumt in die Flammen und streichelte den Kopf des Hundes. Allmählich spürte Shan, daß sie weniger auf die eigentlichen Worte als vielmehr auf den Tonfall und den Sprechrhythmus reagierte, auf den Klang einer Stimme, die englisch las.

Als er eine Pause einlegte, um einen Schluck zu trinken, streckte sie die Hand aus und strich über das Buch. »Du hast eine Stimme wie ein Lama«, sagte sie.

»Ich muß hinauf in die Berge«, sagte Shan auf englisch.

Sie errötete. »Ich nicht ... verstehe gut«, sagte sie entschuldigend in derselben Sprache. »Es erinnert mich nur an früher«, fügte sie auf tibetisch hinzu. »An all die guten Jahre, als ich noch ein Mädchen war.«

Als sie Shan ins Gesicht sah, begriff er, wie erstaunt er in diesem Moment dreinblickte. Die stille sanfte Frau hatte viele gute Jahre mit jemandem verbracht, der ihr aus englischen Büchern vorlas, und zwar vor mehr als einem halben Jahrhundert in den Bergen des südlichen Lhadrung.

»Ich werde mich um Jara und deinen anderen Neffen kümmern«, versprach Shan.

Sie lächelte. »Der andere mag es nicht, wenn man sich um

ihn kümmert. Er wird sich einfach verstecken«, gab sie zu bedenken. »Ich habe ziemlich viele Angehörige, aber so nett sie auch sein mögen, manche von ihnen sind Phantome und lassen sich nicht mehr blicken.« Sie klang nun bekümmert und seufzte. »Am besten vergißt du diesen anderen Neffen und alles, was ich über ihn gesagt habe.«

Shan stand auf und gab ihr das Buch.

»Falls du noch einmal hier in der Gegend bist, komm bitte vorbei und lies mir vor«, sagte sie und drückte ihm einige Walnüsse in die Hand. »Ich werde dir ein gutes Essen zubereiten.« Sie lief hinein, kehrte kurz darauf mit einer kleinen bemalten *tsa-tsa* von Buddha zurück und reichte sie Shan. In der anderen Hand hielt sie immer noch das Buch.

»Warum sind Fremde in den Bergen?« fragte Shan und machte sich bereit für den Aufbruch.

»Es wurden Gelübde gebrochen«, entgegnete sie mit jäher Verzweiflung, schien sich dann aber wieder zu fangen und lächelte. »Gute Reise.«

»Ich heiße Shan. Deinen Namen kenne ich nicht«, sagte er.

»Dolma«, sagte sie und drückte das Buch an die Brust. »Aber du darfst mich Fiona nennen.«

Drei Stunden später befand Shan sich wieder bei dem alten Steinturm oberhalb von Zhoka. Nirgendwo war ein Lebenszeichen zu entdecken, weder auf den Hängen noch zwischen den Ruinen des Klosters. Er nahm ein weiteres Mal die Wandgemälde in Augenschein, umrundete langsam den gesamten Turm und blieb mehrmals stehen, um hinunter nach Zhoka zu schauen. Es kam ihm beinahe so vor, als würden die Ruinen ihn beobachten, als wäre das alte *gompa* irgendwie lebendig und nach langem Schlummer zu neuerlichem Bewußtsein erwacht. Es sei gefährlich, die Geheimnisse von Zhoka zu unterschätzen, hatte Atso den alten Lokesh gewarnt, doch Shan war sich sicherer als je zuvor, daß er diese Mysterien unbedingt ergründen mußte.

Rund um den Turm gab es frische Fußspuren, die von leichten Stiefeln stammten, wie sie weder die Soldaten noch normalerweise die Tibeter trugen. Jemand anders war hier gewesen.

Shan ging hinein, kniete sich vor die von Surya übermalte Aufschrift und entzündete ein Streichholz. Jemand hatte mit einem Bleistift eine neue Botschaft hinterlassen. Nein, erkannte Shan, als er genauer hinsah und feststellte, daß die Schrift sich exakt in die wenigen dunklen Striche einfügte, die noch von dem ursprünglichen Text zu sehen waren. Jemand hatte die alten Worte erneuert. Sie mußten sich ihm wie durch Zauberei mitgeteilt haben – oder er hatte sie schon vorher gewußt. Es war die alte Schrift der heiligen Texte, und Shan hatte Mühe, die Nachricht zu entziffern. *Om Sarvavidya Svaha*, stand dort. Ehre das umfassende Wissen. Nach dem Mantra folgte noch mehr: Werde rein für den Erdpalast, und fürchte die *Nyen Puk*. Shan starrte die letzten Worte an. Nyen Puk. Das hieß Höhle des Berggottes.

Entlang der Klippe zwischen Turm und *gompa*, die Zhokas nördliche Begrenzung darstellte, fiel ihm nun zum erstenmal eine lange, flache Furche auf. Es war der Überrest eines früheren Pfades, dicht am Rand des Abgrunds. Shan folgte ihm etwa dreißig Meter weit, kniff im grellen Sonnenlicht die Augen zusammen, ging in die Hocke und musterte die kaum erkennbare Linie am Boden, die den weiteren Verlauf kennzeichnete. Er stellte sich vor, wie einst die Mönche diesen Weg beschritten haben mochten. Dann kehrte er auf den Kamm zurück und ließ noch einmal den Blick über die Landschaft schweifen. Der Klippenpfad mündete hier am Turm in den Hauptweg zu den Ruinen. Nach etwa vierhundert Metern zweigte dieser zum *gompa* ab, während ein wesentlich seltener benutzter Pfad weiterhin dem Berggrat folgte und letztlich oberhalb der Ruinen die gesamte Talsenke umrundete. Es handelte sich um einen *kora*, einen der Pilgerpfade, die es bei vielen alten *gompas* und Schreinen gab. Durch die Umrundung der Stätte erwarben die frommen Besucher sich spirituelle Verdienste. Der Turm war eine Station auf dem hiesigen *kora* gewesen, die erste Station für all jene, die aus Richtung Westen kamen, vermutlich also für den Großteil aller Reisenden. Das herrliche Gemälde im Erdgeschoß des Turms, das elegante Mantra und die durch Surya getilgte Inschrift unter dem Bild waren für die Pilger gedacht gewesen, um ihnen etwas über Zhoka mitzuteilen.

Shan folgte dem überwucherten Pfad entlang der Schlucht, hielt mehrmals inne und schaute über die Abbruchkante, weil er an seine verlorenen Schafgarbenstengel denken mußte. Als er die Ruinen erreichte, hielt er sich im Schatten und gelangte über den Innenhof mit dem neuen *chorten* schließlich zu dem verlassenen nördlichen Torhof. Nichts deutete mehr auf Gendun oder die anderen Tibeter hin. Da lag bloß der Türsturz mit seiner Botschaft, die für Ermittler ebenso passend schien wie für Pilger oder Mönche. Studiere nur das Absolute. Direktor Ming hatte diese Worte benutzt, hatte zuvor die Ruinen besucht und mit Surya gesprochen. Hatte Surya die Inschrift etwa wegen Mings Neugier übermalt? Aber er und der Direktor waren davor schon gemeinsam beim Turm gewesen.

Auf einmal wurde Shan etwas klar. Surya hatte die Worte getilgt, weil er unmittelbar zuvor, während des Aufenthalts in den unterirdischen Gängen, zu irgendeiner Erkenntnis gelangt war. Sie ließ ihn befürchten, Ming und seine Kollegen könnten sich für die Botschaft an der Turmwand interessieren und dadurch etwas Nachteiliges für Zhoka bewirken.

Auf dem Innenhof fand Shan eine Butterlampe. Sie stand an der Wand hinter dem Schrein und war dort während der nächtlichen Arbeit benutzt worden. Er entzündete sie und ging vorsichtig die Stufen hinunter. Die Blutlache in dem Raum mit den Malereien war immer noch da, wenngleich inzwischen zu einem dunkelbraunen Fleck vertrocknet. Shan schritt die Wände der Kammer ab. Die bedrückende Stimmung des Ortes war verflogen, und es roch nicht mehr nach Tod. Zum erstenmal, seit er es eingesteckt hatte, berührte Shan das merkwürdige, auf englisch verfaßte *peche*-Blatt und widmete sich dann wieder den Wänden. Er tastete alles ab, erforschte die schmalen Ritzen und kleinen Vorsprünge, untersuchte alle Ecken und ließ den Blick vom nackten Fels zu dem Abbild der geblendeten Gottheit wandern. Surya und Gendun hatten sich verhalten, als seien die Ruinen völlig unwichtig und das Kloster in Wahrheit nie zerstört worden. Lagen die bedeutenden Teile

Zhokas etwa alle unter der Oberfläche? Falls es sich hierbei tatsächlich um einen Tempel der Erdbändigung handelte, hatten seine einstigen Erbauer womöglich auch unter der Erde mit der Arbeit begonnen.

Plötzlich hallten Schritte aus dem Tunnel hinter dem Raum. Shan blies die Lampe aus. Die Schritte wurden langsamer, er hörte leise Stimmen, und dann zuckte zweimal das Blitzlicht eines Fotoapparats auf. Der weiße Strahl einer Taschenlampe durchschnitt die Finsternis und richtete sich auf den Eingang, neben dem Shan stand. Er lief in die nächstbeste Ecke und duckte sich. Dort wartete er ungefähr eine Minute lang ab. Gerade als er wieder aufstand, betrat eine Gestalt die Kammer und leuchtete ihn an.

»Sie?« rief jemand überrascht.

Shan hob die Hand, um seine Augen abzuschirmen, und schob sich an der Wand entlang auf den Ausgang zu.

Der Neuankömmling kam vorsichtig näher und ließ den Lichtstrahl auf Shans Kopf gerichtet. »Was machen Sie hier? Wie haben Sie diesen Ort gefunden?« Der Mann versperrte ihm den Weg zur Treppe.

Als er die Taschenlampe sinken ließ, erkannte Shan sein Gesicht. Es war der gedrungene Han-Chinese vom Verwaltungsgebäude, der nach wie vor bekleidet mit weißem Hemd und brauner Weste war.

»Haben Sie sich verlaufen?« fragte Shan langsam und suchte fieberhaft nach einem Ausweg. »Es ist hier ziemlich gefährlich.«

»Ist Ihnen eigentlich klar, welche Strafen auf Plünderung stehen?« herrschte der Mann ihn an.

»Plünderung? Ich dachte, hier sei alles zerstört.« Der Mann mußte mit einem Hubschrauber hergeflogen sein, denn es war unwahrscheinlich, daß ein so hoher Beamter ohne bewaffnete Eskorte reiste. Vermutlich warteten draußen mehrere Soldaten und hielten sich eventuell versteckt. Shan sah zum Ausgang.

Der Mann hob die Lampe, als wolle er damit zuschlagen. »Was machen Sie hier?« wiederholte er nachdrücklich und mit befehlsgewohnter Stimme. »Für wen arbeiten Sie? Wer hat Sie hergebracht?« Der Mann mochte ungepflegt wirken, doch sein wacher Blick ließ auf eine hohe Intelligenz schließen.

»Ich wohne hier in den Bergen.« Shan sah den Schreibblock, auf dem der Mann sich Notizen gemacht hatte, und begriff, daß auch der Fremde nach etwas suchte. Aber wonach? »Es ist eine riskante Gegend für Touristen.«

Der Mann wurde ungeduldig. Seine Miene verhärtete sich. »Keiner von uns beiden ist ein Tourist, Genosse. Was haben Sie in diesen Ruinen verloren? Warum sind Sie in diesem Raum?«

»Hier ist etwas geschehen.«

»Was soll das heißen?« Der Fremde leuchtete die Wände ab.

»Zunächst mal hat jemand etwas von hier entwendet.«

Der Mann erstarrte kurz und wandte sich dann wieder Shan zu. »Wie kommen Sie denn darauf?« fragte er mit plötzlichem Interesse.

»Die Wände hier waren alle verputzt und drei zusätzlich mit Fresken versehen. Eines der Bilder gibt es noch«, erklärte Shan und wies auf das verblaßte Gemälde. »Eines ist im Laufe der Jahre abgebröckelt«, sagte er und deutete auf die links angrenzende Wand. »Da unten liegen die Reste«, fügte er hinzu. »Aber das dritte Bild befand sich in tadellosem Zustand.«

Er streckte die Hand nach der Taschenlampe aus. Der Mann gab sie ihm. Shan ging zur rechten Ecke der leeren Wand und beleuchtete einen winzigen verkrusteten Grat, der parallel zum Rand verlief. Dann leuchtete er den verborgenen Spalt an der Oberkante der Wand aus, den er zuvor mit den Fingern ertastet hatte. »Wer auch immer dies getan hat, wollte sorgfältig alle Spuren des alten Verputzes beseitigen. Doch es ist ihm nicht ganz gelungen. Man hat alles abgeklebt und mit einer Stoff- oder Papierschicht gesichert, dann einen Schnitt angebracht und den gesamten Putz in einem Stück abgelöst, hier oben an der Ritze.« Im Licht war ein schmaler Rest des Verputzes zu sehen, der in dem Spalt steckte. »Und hier«, sagte Shan und wies auf ein kurzes Stück Draht, das in einem Riß steckte. »Das stammt von der Drahtbürste, mit der man die Wand danach gesäubert hat. Die Spuren des Diebstahls sollten beseitigt werden.«

»Haben Sie eine Vorstellung, wie ungeheuer schwierig es ist, ein Fresko auf diese Weise von der Wand zu lösen?« fragte der Fremde skeptisch. »Es dürfte auf der ganzen Welt allenfalls ein paar Dutzend Leute geben, die diese Technik beherrschen.« Das schien ihn auf einen Gedanken zu bringen, denn er verstummte. Dann ließ er sich die Lampe zurückgeben und untersuchte die Spuren, auf die Shan ihn hingewiesen hatte. Er nahm die Wand aus nächster Nähe in Augenschein, steckte seine Finger ebenfalls in den Spalt, genau wie zuvor Shan, und zog aus den Resten des Verputzes ein braunes, fünfzehn Zentimeter langes Haar hervor.

»Von einem Pferd«, sagte Shan. »Es war üblich, Pferdehaare in den Putz zu mischen, damit er besser hält. Viele Tibeter machen es noch heute so in ihren Häusern.« Er schaute sich das Haar an. »Dieses spezielle Pferd hat wahrscheinlich vor vielen hundert Jahren gelebt. Es war braun, und das Haar wurde von seiner Mähne abgeschnitten. Bestimmt haben die Mönche Gebete an seine Seele gerichtet und ihm gedankt, daß es bei der Errichtung des Tempels half.«

Der Fremde neigte den Kopf und betrachtete das Fundstück mit einer seltsamen Mischung aus Faszination und Verdruß. Dann zog er eine kleine Tüte aus der Tasche und ließ das Haar hineinfallen.

Shan war zunehmend beunruhigt und rückte näher an den Ausgang heran. Falls er den Mann umstieß, würde er es vielleicht bis nach oben schaffen. Dann mußte er nur noch den Soldaten entwischen.

Der Fremde musterte ihn erneut und leuchtete ihm abermals ins Gesicht. »Tan, dieser alte Halunke«, murmelte er. »Hat er wirklich geglaubt, Sie so einfach verstecken zu können? Sie sind es. Der Häftling namens Shan.«

Shan befiel ein eisiges Frösteln. Der Fremde wußte, wer er war. Falls er nun wegrannte, würden nur noch mehr Soldaten kommen, die Berge absuchen und am Ende Lokesh und Gendun oder gar die kleine Dawa aufspüren und verhaften.

»Der verwilderte Chinese, der weiß, wie man mit den Tibetern in den Bergen spricht«, fuhr der Mann fort, als wolle er Shan provozieren.

»Ja, ich bin Shan«, gestand er flüsternd ein. »Die tibetische Sprache allein hat wenig zu bedeuten«, fügte er hinzu. »Gegenüber der Regierung werden die Menschen sich niemals freimütig äußern.«

»Warum?«

Shan biß die Zähne zusammen. »Sie müssen neu in Tibet sein«, stellte er nach kurzem Schweigen fest.

Der Fremde sah ihn neugierig an, so wie zuvor das alte Pferdehaar. »Ich reise bald wieder ab. Bis dahin möchten wir Sie für ein paar Tage engagieren, um uns bei der Befragung einiger Tibeter zu helfen. Mein Kollege wird Sie gut bezahlen. Sie haben kein regelmäßiges Einkommen, immerhin sind Sie ein ehemaliger Sträfling.«

»Wohin werden Sie reisen?«

»Ich bin Inspektor Yao Ling und arbeite für den Pekinger Ministerrat.«

Die Stille im Raum glich einer aufsteigenden Staubwolke, die Shan den Atem abschnürte. Yao kam nicht nur aus Peking, sondern verkehrte zudem in dem kleinen elitären Kreis, der die heiklen und geheimen Interessen der höchsten Staatsfunktionäre wahrte. »Ich wußte gar nicht, daß der Rat über eine Ermittlungsabteilung verfügt«, krächzte Shan.

»Keine Abteilung. Ein einziger Ermittler. Meine Arbeit ist nicht für die Öffentlichkeit bestimmt«, sagte Yao und richtete die Lampe auf Shans Kopf. »Wie kommt es, daß Sie den Ministerrat kennen?«

»Sind Sie wegen des Mordes hier?« fragte Shan.

»Was für ein Mord?« erwiderte Yao und kam näher.

»Hier in diesem Raum wurde gestern jemand getötet. Später hat man dann den alten Mönch festgenommen und verhört.«

Yao runzelte die Stirn, ging ein paar Schritte auf und ab und starrte auf die Wand, von der man kürzlich das Fresko entfernt hatte. »Er wurde nicht festgenommen. Wir hatten etwas mit ihm zu besprechen.«

»Sie und Direktor Ming?« Shan machte einen Schritt in Richtung der Treppe. »Warum interessiert der Ministerrat sich für einen alten Mönch?«

Yao runzelte schon wieder die Stirn. »Haben Sie hier eine Leiche gesehen?«

Shan deutete auf die Flecke am Boden. »Nein, aber das frische Blut. Surya ...« Er zögerte, denn er konnte die Rolle des alten Mönchs noch immer nicht einschätzen. »Surya hat die Leiche gesehen.«

Der Inspektor seufzte. »Ming hat gesagt, der alte Mann kenne sich mit der traditionellen Kunst und ihren Symbolen aus und wisse vielleicht, wo man am besten danach suchen sollte. Aber dann hat dieser Surya irgendeinen Zusammenbruch erlitten, und jetzt faselt er wie ein Irrer. Keine von seinen Äußerungen hat auch nur den geringsten Sinn ergeben, er war vollkommen nutzlos für uns. Als nächstes wird er noch behaupten, er habe überall Tote vergraben.«

»Er war nutzlos für Sie«, wiederholte Shan. »Aber gestern wollten Sie so dringend mit ihm sprechen, daß Ming einen Helikopter geschickt hat?«

»Geschickt? Er hat selbst im Cockpit gesessen.«

Demnach hatte Ming den Soldaten über Funk Befehle erteilt, derselbe Ming, der zu wissen schien, wer gestorben war. »Sie sind nicht aus Peking hergekommen, weil gestern ein Mord begangen wurde. Zu dem Zeitpunkt waren Sie bereits hier.«

»Es hat keinen Mord gegeben.«

»Ich war oben, bei den Ruinen. Ich habe Suryas Gesicht gesehen, als er zu uns kam. Er war hier unten. Jemand wurde getötet, und aus irgendeinem Grund ist Surya überzeugt, dafür verantwortlich zu sein.«

Der Inspektor machte keinen Hehl aus seiner Gereiztheit. »Mord ist ein juristischer Begriff. Solange es nicht von offizieller Seite bestätigt wurde, gibt es keinen Mord. Braune Flecke auf dem Boden einer Höhle, ein stammelnder alter Tibeter – das alles ist völlig ohne Belang.«

»Und doch sind Sie hier.«

Inspektor Yao hob die Hand und öffnete den Mund, als wolle er widersprechen, aber ein hektischer Ruf schnitt ihm das Wort ab.

»Yao! Verdammt! Sie müssen ...« Der Sprecher stöhnte keuchend auf. Dann schien er sich schnell von ihnen zu entfernen.

Shan zögerte zunächst, als Inspektor Yao in die Richtung verschwand, aus der er gekommen war, denn nun bot sich ihm eine Gelegenheit zur Flucht. Dann hörte er wieder diesen Schrei, diesmal gedämpft und panisch, und folgte Yao mit hastigen Schritten in die Dunkelheit. Erst als er zu dem Lichtstrahl der Taschenlampe aufschloß, begriff er, daß die Stimme englisch gesprochen hatte.

Als Shan den Inspektor erreichte, stand dieser am Ende des Korridors und starrte zur Felsdecke, wo von oben ein knapp zwei Meter breiter Sturzbach hinabfiel und ein Becken füllte, das irgendwo links im Dunkeln wieder abfloß.

Mitten im Wasser lag eine kurze schwarze Taschenlampe aus Metall und leuchtete noch immer.

Yao schaute sich suchend um. Shan griff in das eiskalte Wasser und barg die Lampe. Sie schien alles unbeschadet überstanden zu haben.

»Da!« rief er und zeigte auf ein Sims am Rand des Bassins. Darauf standen zwei teure lederne Wanderstiefel, in denen dicke Wollsocken steckten. »Es ist hier sehr glatt und rutschig«, stellte Shan fest.

Aber Yao achtete nicht auf ihn, sondern musterte etwas an der Wand jenseits des kleinen Beckens, eine verblaßte Aufschrift auf dem schwarzen Gestein.

Shan wagte sich in die Finsternis vor, erst langsam, dann im Laufschritt. Er folgte dem Wasser über eine Reihe breiter abschüssiger Stufen, die man links neben der ausgewaschenen Rinne in den Fels gehauen hatte. Falls jemand oben am Becken ausglitt, würde er wie in einer steilen Rutsche nach unten stürzen, ohne sich irgendwo festhalten zu können. Shan kam an mehreren kleinen Kammern und einem halb zerfallenen Wandgemälde vorbei. Nach einer Minute sah er Licht vor sich und schaltete die kleine Lampe aus. Der Schacht verlief nun weniger steil und schließlich fast waagerecht. Shan kam um eine Biegung und fand sich im Sonnenschein wieder. Der Pfad endete an einer Felssäule am Rand eines Beckens, auf dessen anderer

Seite eine rechteckige Öffnung von etwa anderthalb mal zweieinhalb Metern gähnte, durch die der Bach in die tiefe Schlucht stürzte. Ursprünglich hatten Eisenstäbe im Abstand von ungefähr dreißig Zentimetern den Durchlaß gesichert, aber die meisten waren im Laufe der Zeit verrostet, so daß nur noch ein paar schartige Überbleibsel aus dem Stein ragten. Am anderen Ende der Öffnung hatten zwei der Stäbe überdauert, wenngleich auch sie sichtlich korrodiert waren. Ein großer, breitschultriger Mann, ein Westler, lag dort auf dem Rücken im flachen, schnell strömenden Wasser, hatte beide Füße gegen die Stäbe gestemmt und sich mit der linken Hand vom Boden abgestützt. Seine Rechte bemühte sich vergeblich, irgendwo am Fels Halt zu finden.

»Alles in Ordnung?« fragte Shan auf englisch.

»Scheiße, was glauben Sie wohl, Yao? So wie ich das sehe, werde ich sterben. Diese Stäbe dürften nicht ewig halten.« Der Fremde war älter als Shan und hatte graue Strähnen im lockigen braunen Haar. Er trug eine Weste mit vielen Taschen, und um seinen Hals hing ein teurer Fotoapparat.

»Ich bin nicht Yao«, sagte Shan und hielt nach irgend etwas Ausschau, das er dem Mann entgegenstrecken konnte.

Der Westler warf einen kurzen Blick zur Seite. »Gut!« rief er. »Yao ist sowieso viel zu schwach, um die Initiative zu ergreifen. Vermutlich wäre er zum nächsten Telefon gerannt, um sich Anweisungen aus Peking zu holen.«

»Wer sind Sie?« fragte Shan und zog unterdessen den Gürtel aus den Schlaufen seiner Hose. Er konnte nicht einfach in das Becken steigen. Falls er ausrutschte, würde er entweder direkt in die Tiefe oder gegen den Westler geschleudert. Spätestens dann mußten auch die letzten beiden Eisenstäbe brechen.

»Verflucht, wollen Sie mir helfen oder meinen Nachruf schreiben?« rief der Mann wütend. Seine Finger hinterließen bereits Blutspuren an der Wand.

Aber Shan wiederholte die Frage und suchte weiter nach einer Möglichkeit, den Mann aus seiner mißlichen Lage zu befreien.

»Corbett«, rief der Fremde. »FBI.«

»Werfen Sie mir Ihre Kamera zu«, sagte Shan.

»Den Teufel werde ich tun.«

»Ich habe weder eine Stange noch ein Seil, also werde ich den Riemen der Kamera an meinem Knöchel befestigen und mit meinem Gürtel verlängern. Hier drüben ist eine Felssäule. Ich binde mich mit meinem Hemd daran fest und strecke mich im Wasser aus. Sie müssen das Gürtelende packen, damit ich Sie herausziehen kann.«

Der Amerikaner wandte mit grimmiger und zugleich verängstigter Miene den Kopf. Dann nahm er mit der blutigen Hand den Fotoapparat, holte Schwung und warf ihn. Die Kamera prallte hinter Shan an die Wand, und das Objektiv brach ab. Shan löste den robusten Riemen, zog ihn durch die Schnalle seines Gürtels und knotete ihn sich um den Knöchel. Gleich darauf stieg er in das Becken und hielt sich dabei an einem Ärmel seines Hemds fest. Den anderen hatte er zuvor an der Säule befestigt.

»Wonach hat man den alten Mönch befragt?« rief er.

Der Amerikaner fluchte. »Keine Ahnung, verdammt. Die wollten, daß er ein Bild des Todes zeichnet.«

Shan machte sich bereit. »Wenn ich Ihnen das Signal gebe, müssen Sie mit Ihrer linken Hand nach dem Gürtel greifen«, rief er.

Der Fremde hob behutsam die Hand vom Boden, wodurch sein Körpergewicht nun gänzlich auf den Beinen lastete. Die Eisenstange unter seinem rechten Fuß brach weg.

Shan streckte das Bein aus und bemühte sich, das Gürtelende neben die Hand des Mannes zu befördern. »Auf mein Zeichen müssen Sie sich umdrehen und die Leine packen«, rief er.

»Falls ich sie verfehle, bin ich geliefert.« Der Mann stöhnte.

»Ich weiß nicht, was länger hält«, sagte Shan, »mein Hemd oder diese letzte Stange.« Er schob sein Bein so weit wie möglich vor, hob es, drehte es und beobachtete, wie das Wasser den Gürtel immer dichter an den Mann herantrug. »Jetzt!«

Als Corbett sich herumwarf und den Gürtel packte, geschahen zwei Dinge gleichzeitig: Die letzte Eisenstange brach, und Shans Hemd riß ein. Der Amerikaner rutschte nach unten, so daß seine Beine schon über dem Abgrund baumelten, und weil er schwerer als Shan war, zog er ihn mit sich. Da legte sich plötzlich eine Hand auf Shans Arm und zerrte ihn zurück. Es war Yao, der einen Arm um die Säule geschlungen hatte und mit dem anderen an Shan zog, bis dieser selbst den Pfeiler zu fassen bekam und sich auf den Rand des Beckens hievte. Gemeinsam mit Yao holte er den Riemen ein, der an seinem Knöchel hing.

Schließlich gelang es ihnen, Corbett zu packen und aus dem Wasser zu wuchten. Shan brach neben ihm zusammen. Auch Yao sank keuchend zu Boden. Zuvor jedoch hatte er mit einem schnellen Tritt, der dem Amerikaner verborgen blieb, die Kamera ins Becken gestoßen, wo sie von der starken Strömung sogleich in die Tiefe gerissen wurde.

»Wo, zum Teufel, sind Sie gewesen?« herrschte Corbett den Inspektor an.

»Ich will keine Beschwerden hören«, sagte Yao und rang nach Luft. »Immerhin haben Sie durch mich hundert Dollar gespart.«

Shan schaute von einem zum anderen. Alle lagen erschöpft auf dem Boden des Tunnels, Yao starrte verärgert Corbett an, und der Amerikaner lachte leise. Mit großer Mühe kämpfte Shan sich auf die Beine, nahm sein Hemd, zog die kleine Lampe aus der Tasche und eilte zurück den Schacht hinauf.

Kapitel Fünf

Als Shan die Oberfläche erreichte, blieb er nicht stehen, sondern verbarg sich sofort im Schatten einer der langen Gassen des Ruinenfelds, die zum Hang führten. Dann erst lauschte er auf etwaige Verfolger und hielt nach den vermuteten Soldaten Ausschau. Nichts. Er orientierte sich anhand des gedachten Lageplans, den er von dem Gelände angelegt hatte, und lief weiter bis zum östlichen Rand, der Seite, die gegenüber dem Steinturm lag. Während er wieder zu Atem kam, schaute er auf seine nassen Beine. Falls am Vortag tatsächlich jemand in dem Freskenraum ermordet worden war, hatte man die Leiche schnell beseitigen können. Der unterirdische Wasserlauf kam wie gerufen. Man warf den Toten einfach hinein, und er wurde ganz von selbst in die Schlucht gespült, so wie beinahe auch der Amerikaner.

Shan folgte dem gewundenen Pfad auf der Mauer bis zu einer Stelle, von der aus man den Abgrund unterhalb des alten *gompa* überblicken konnte. Auch der Wasserfall, der mitten aus der Felswand entsprang, war zu sehen. Er stürzte hundertfünfzig Meter in die Tiefe und speiste einen Bach, der nach Nordwesten in Richtung Lhadrung verlief. Shan kniete sich hin und musterte die tückischen, fast senkrechten Wände der Schlucht. Der kleine Teich unter dem Wasserfall war von hier aus nicht zugänglich. Man hätte zum Eingang des Tals mehrere Kilometer nach Osten reisen und dann dort unten die gleiche Strecke in entgegengesetzter Richtung zurücklegen müssen. Eine Leiche konnte Shan nicht ausmachen, aber er wußte weder, wie tief der Teich war, noch, ob die Strömung den Toten vielleicht mitgerissen hatte. Womöglich war das Opfer auch abseits des Beckens in den Schatten gefallen.

Einige Dinge unten im Tal schienen farblich nicht zu den

Felsen zu passen. Shan mußte daran denken, wie Dawa vor lauter Angst all die Sachen in die Tiefe geworfen hatte. Irgendwo da unten lagen Genduns kleine Bronzehand und der Beutel mit Shans alten Schafgarbenstengeln.

Er ließ den Blick über die Landschaft schweifen und suchte vergeblich nach einem Hinweis auf Lokesh oder Gendun. Wenn er sich gleich auf den Weg machte, würde er fünf Kilometer östlich von hier die Schlucht hinter sich lassen, den nächsten Bergkamm überqueren und den versteckten Zugang nach Yerpa erreichen können, bevor der Mond unterging. Er sah nach Westen. Dort lag das sonderbare, behagliche Haus der Frau namens Fiona. Er konnte die Nacht damit zubringen, ihr aus den englischen Romanen vorzulesen. Dann blickte er gen Süden, zu der zerklüfteten, gefahrvollen Region zwischen Lhadrung und der knapp achtzig Kilometer entfernten indischen Grenze. Lokesh war in diese Richtung aufgebrochen, um das verschreckte Mädchen zu suchen.

Shan wollte schon aufstehen und sich nach Süden wenden, als ihm ein schwacher Weihrauchduft in die Nase stieg. Fünf Minuten später befand er sich wieder zwischen den Ruinen, und nach weiteren fünf Minuten hatte er die Quelle des Geruchs aufgespürt.

Der Lama saß vor der höchsten noch stehenden Mauer, der mit dem gezackten Loch in der Mitte. Shan ließ sich neben Gendun nieder und versuchte, sich seine Angst nicht anmerken zu lassen. »Hier sind Männer wie diejenigen, die Surya geholt haben«, sagte er, als der Lama ihn mit einem Nicken begrüßte.

»Ich wollte gerade mit ihnen darüber sprechen, wie wunderschön der Himmel heute ist«, erwiderte Gendun und schien Shans Gedanken aus dessen Blick ablesen zu können. »Ein Tempel dient dazu, Wahrheit zu verbreiten, Shan, und nicht, sie zu verbergen.«

»Sollten wir die Wahrheit nicht zunächst begreifen?« fragte Shan. »Hast du herausgefunden, was Surya wirklich getan hat und weshalb er wollte, daß du ihn mit diesem Gebet von uns fernhältst?«

»Es war ein Gebet zur Vertreibung eines Dämons«, berichtigte Gendun ihn.

Shan schilderte, was er in der Stadt in Erfahrung gebracht hatte. »Was lastet auf seiner Seele, Rinpoche? Waren die Ereignisse im Tunnel nicht etwa der Anfang, sondern das Ende seiner Qual? Du kennst ihn besser als jeder andere.«

Gendun verschränkte die Hände im Schoß und senkte den Blick. »Ich habe ihn noch nie so glücklich erlebt wie nach dem Fund dieses Buches. Es hatte in dem Versteck zwei Jahrhunderte überdauert und enthielt ganz gewöhnliche Aufzeichnungen, aber wir erfuhren dadurch alles, was wir über Zhoka und dessen Gründer wissen mußten. Surya sagte, sein ganzes Dasein habe der Vorbereitung auf ein Leben an diesem Ort gedient. Er fing an, tagsüber von Yerpa herzukommen, um mehr über das *gompa* zu lernen. Vor zwei Tagen traf ich ihn dann zitternd in seiner Kammer an. Es war der Abend, nachdem er plötzlich sein Gemälde zerstört hatte. Surya bekam kein einziges Wort über die Lippen. Ich bin die ganze Nacht bei ihm geblieben. Er hat gemeinsam mit mir gebetet, aber ansonsten nichts erzählt.«

»Wußtest du, daß er sich hier mit Fremden getroffen hat?«

»Vor ungefähr einer Woche sagte er, Menschen aus aller Welt würden Zhoka in die Arme schließen. Das war alles. Ich dachte, er meinte die Hügelleute.«

»Er sagte, er habe einen mächtigen Abt getroffen.«

Der Lama dachte lange über Shans Worte nach. »Es gibt hier in den Bergen schon seit Jahrzehnten keine mächtigen Äbte mehr«, entgegnete er schließlich und sah Shan fragend ins Gesicht. Doch Shan konnte ihm keine Erklärung anbieten. Er wußte, wie schwer dem Lama dieses Gespräch fiel. Gendun hatte sich noch nie so ausführlich zu einem weltlichen Dilemma geäußert, zu einem der Rätsel, die Shan zu lösen versuchte. Der Grund dafür war Shan bewußt: Weder Gendun noch er vermochte zu erkennen, ob Suryas Geheimnis weltlicher oder spiritueller Natur war.

»Ich habe dort unten Polizisten angetroffen«, sagte Shan mit Blick auf die Stufen, die in die Gewölbe führten.

Gendun schaute den Weihrauchschwaden hinterher. »Falls sie nach Beweisen gegen Surya suchen, solltest du ihnen behilflich sein«, sagte er leise.

Shan starrte ihn völlig verblüfft an.

»Surya hätte es so gewollt.«

»Das kann ich nicht tun, Rinpoche«, sagte Shan. Es bereitete ihm beinahe körperliche Schmerzen, dem Lama zu widersprechen. »Ich werde Surya vor sich selbst retten.« Er hob den Kopf und sah Gendun in die Augen. Was gesagt war, konnte nicht zurückgenommen werden. Er würde die Mönche beschützen, auch wenn das bedeutete, nie mehr bei ihnen leben zu können.

»Surya retten, die Menschen vor den Gottestötern retten, das kleine Mädchen retten, das weggelaufen ist, Yerpa und seine Mönche retten«, zählte Gendun ruhig auf. »Nicht einmal du kannst all dies bewirken.«

»Nein«, räumte Shan ein. »Doch was soll ich deiner Meinung nach tun?«

»Das einzig Wichtige. Rette Zhoka.«

Sie verharrten schweigend, und Shan dachte nach. »Dieses Buch über Zhoka«, sagte er dann. »Wo ist es?«

»Es war zu riskant, es zu behalten. Surya hat es zurück an die Fundstelle gebracht. Nur er weiß, wo die Höhle liegt.«

Als Shan ein weiteres Mal das Gelände betrachtete, sah er zwei Gestalten den Hang erklimmen. Yao und der Amerikaner brachen auf und steuerten den Steinturm an.

Shan lag ein Dutzend neuer Fragen auf der Zunge, aber als er den Kopf wandte, waren Genduns Augen geschlossen. Der Lama hatte sich in eine Meditation vertieft. *»Lha gyal lo«*, sagte Shan leise und stand auf. Vielleicht waren nicht alle seine Vorhaben unausführbar. Er wußte nicht genau, wo er nach Dämonen und heiligen Büchern suchen sollte, aber Lokesh und Dawa würde er im Süden finden.

Eine Viertelstunde später eilte Shan auf dem Kamm oberhalb des Klosters im Laufschritt den südlichen Pfad entlang. Plötzlich stolperte er, prallte schmerzhaft gegen einen Felsen und fiel der Länge nach hin. Als er sich den Staub aus dem Gesicht wischte, bemerkte er ein Seil aus Yakhaar, das quer über den Weg gespannt war, und daneben ein altes Paar Stiefel. Er stemmte sich vom Boden hoch, blickte auf und sah genau in die Augen des stiernackigen Hirten, der am Vortag versucht hatte, ihn gefangenzunehmen. Als der Mann nach ihm trat, konnte Shan mühelos ausweichen. Dann stand er langsam auf und setzte sich auf den Felsen. Er wollte keine weitere Gewaltanwendung provozieren.

»Ich hab mal einen Wolf getötet und dafür eine Prämie bekommen«, knurrte der kräftige Mann. »Der Preis, den man im Tal auf dich ausgesetzt hat, ist fünfzigmal so hoch.«

»Es tut mir leid, daß eure Gebete gestern so schroff unterbrochen wurden«, sagte Shan ungerührt. »Ich wollte dich noch nach den Gottestötern fragen.«

»Hörst du schlecht? Ich liefere dich jetzt aus.« Der Mann kam mit erhobener Faust näher. Bei dieser Gelegenheit entdeckte Shan ein Stück Schnur an einem seiner Knöpfe und ein zusammengerolltes Papier, das er an einer Kordel um den Hals trug. Der Mann war mit Schutzzaubern ausgestattet.

Shan streckte den Arm aus und nahm eine Handvoll Erde auf. Der Mann hatte vorher dort gestanden. Es war sein Stiefelabdruck. Shan gab etwas Spucke hinzu und rollte die Erde zu einer Kugel. »Hast du diese Gottestöter mit eigenen Augen gesehen?«

Der Mann schaute verunsichert auf Shans Hände. »Laß das gefälligst«, sagte er und beeilte sich, alle anderen Abdrücke mit der Stiefelspitze zu verwischen.

»Hast du?« Shan fing an, die feuchte Erde zu einer menschlichen Gestalt zu formen.

»Ich habe während der letzten beiden Wochen drei- oder viermal Fremde gesehen, aber nur von weitem, ohne sie genauer zu erkennen. Teure Kleidung. Rucksäcke. Ferngläser. Sie haben ziemlichen Lärm gemacht und viel gelacht. Ihre Zigaretten konnte man aus einer Meile Entfernung riechen.«

Shan arbeitete weiter an der kleinen Figur. Es war ein uralter Aberglaube aus dem präbuddhistischen Tibet. Er fertigte ein Bildnis des Mannes an, mit dessen Hilfe sich Schaden verursachen ließ. Normalerweise benötigte man eine Haarsträhne oder einen Kleidungsfetzen der betreffenden Person, aber die Erde eines Fußabdrucks würde genügen.

»Das kannst du unmöglich wissen …«, sagte der Mann nervös und starrte auf Shans Hände. Er wich einen Schritt zurück. »Verflucht! Hör auf!«

»Wo?« fragte Shan.

»Zuletzt sieben oder acht Kilometer von hier. Näher am Tal. Eine Weide hinter ein paar schmalen Bächen, recht unwirtlich. Nur die Hirten gehen dorthin. Als einer meiner Hunde bellte, nahm ich also an, es sei Jara oder einer der anderen mit seiner Herde. Aber es war eine zehn- oder zwölfköpfige Gruppe, Chinesen und Tibeter, mit bunten Jacken. Sie haben sich wie Touristen aufgeführt. Ich habe meinen Hund zurückgepfiffen und bin auf die Leute zugegangen, weil ich dachte, ich könnte mir vielleicht etwas Geld als Führer verdienen. Ich kam nahe genug, um zu hören, daß sie einander aus einem Pilgerbuch vorgelesen haben. Und ich sah, daß sie bereits einen Führer aus der Stadt hatten, diesen Mistkerl mit der verkrüppelten Hand.«

»Haben sie gebetet?«

»Natürlich nicht.«

»Was sollte dann das Pilgerbuch?«

»Es beschreibt den Weg zu den alten Pilgerstätten und Schreinen«, sagte der Mann. »Diese Leute wollten nicht beten, sondern das genaue Gegenteil.«

»Soll das heißen, sie haben die heiligen Gegenstände zerstört?«

»Sie haben einen flachen Stein hochgehoben, unter dem sich ein kleiner Altar befand. Früher habe ich oft meinen Vater dorthin begleitet, damit er zu der Gottheit beten konnte, einer Kupferstatue von Buddha. Als die Leute wieder gegangen sind, war die Statue zerschmettert, genau wie diese kleine silberne Tara.«

»Wurden noch andere Figuren auf diese Weise beschädigt?«

»Ich habe insgesamt fünf gesehen, alle mit zertrümmertem Kopf und aufgeschnittenem Rücken. Alle leer.«

»Hast du gestern einen der Fremden bemerkt? Oder letzte Nacht?«

»Keine Ahnung. Kann schon sein. Im Dunkeln sind Leute nach Süden gezogen. Sie haben irgendwas geschleppt, Holzklötze oder so. Ich bin nicht näher herangegangen.«

»Warum sollten die Gottestöter nachts unterwegs sein?«

»Weil dann die Mönche herauskommen.« Der Mann deutete auf die kleine Figur. »Glaubst du, du kannst mir mit ein bißchen Erde Angst einjagen? Man muß auch die richtigen Worte aussprechen. Ohne die funktioniert es nicht.«

»Ich hatte gute Lehrer«, sagte Shan, bückte sich und schrieb es mit dem Finger in den Staub. *Om ghate jam-mo.*

Der Mann wurde sehr still und starrte verzweifelt erst die Worte an, dann Shan. Nach einem Moment wies er auf die Innenseite von Shans Unterarm und die dort eintätowierte Nummer. Dann seufzte er und verwischte die Worte mit der Stiefelspitze. »Wo?« fragte der Hirte.

»Bei der 404ten, unten im Tal.«

Der Mann musterte erneut das kleine Abbild aus Erde. »Ich wußte nicht, daß sie nach einem ehemaligen Häftling suchen.« Er fluchte leise und zog ebenfalls den Ärmel hoch. Auch er war tätowiert. »Acht Jahre in dem großen Gefängnis bei Lhasa. Du kannst gehen.« Er streckte die Hand aus.

Shan wollte ihm die Figur schon geben, hielt dann aber inne. »Wie lautet das Wort, wegen dessen jemand tötet?«

»Du bist verrückt. Hör lieber auf!«

»Dann erzähl mir davon, ohne es direkt zu erwähnen.«

Der Hirte stöhnte leise auf, ließ die Figur aber nicht aus den Augen. »Er war ein Schutzgott von Zhoka, eine besondere Inkarnation des Yama. Es gab bei den Hügelleuten ein Fest zu seinen Ehren, mit Kostümen und Maskentänzern. Bei Einbruch der Dunkelheit kam starker Wind auf, packte das Kostüm der Gottheit und trug es hoch in den Himmel empor, wo es spurlos verschwand. Am nächsten Tag kamen die Flugzeuge.«

Shan ließ die Figur auf die ausgestreckte Hand des Mannes fallen. Der Hirte würde sie nun an einem sicheren Ort verstecken müssen, damit sie keinen Schaden nahm. Er versetzte Shan einen kräftigen Stoß und fluchte, als sei er betrogen worden. »Mach doch, was du willst«, rief er Shan hinterher. »Geh ruhig nach Süden, und du wirst wesentlich Schlimmeres zu befürchten haben als Leute wie mich. Da unten leben nur Fleischzerleger und Blaumenschen.«

Als Shan endlich auf einen Ziegenpfad stieß, der genau nach Süden führte, ging in violetter und goldener Pracht bereits die Sonne unter. Ein mechanisches Knattern ließ ihn hinter einem Felsen Deckung suchen. Erleichtert beobachtete er, wie ein Hubschrauber auf dem Grat oberhalb Zhokas landete und gleich darauf wieder abhob, zweifellos mit Yao und dem Amerikaner an Bord. Dann fiel ihm die kleine Zigarre ein, die er in dem Tunnel gefunden hatte. Es war noch jemand in dem *gompa* gewesen. Womöglich hielt er sich weiterhin dort auf, und Gendun war allein und meditierte.

Shan ging zögernd weiter, sann über seine Befürchtungen nach und ließ die verwirrenden Ereignisse der letzten beiden Tage vorüberziehen, wobei es ihm nicht gelang, Suryas hohles, leeres Antlitz zu verdrängen. Was hatte die Geschichte des großen Hirten zu bedeuten? Der Name, nach dem die Gottestöter verlangten, bezeichnete eine Inkarnation des Yama, des Herrn der Toten. Der FBI-Agent hatte erzählt, Surya habe ein Bild des Todes anfertigen sollen. Ein Ziegenmelker schrie. Shan blieb stehen und verfolgte den Flug des Vogels am Sternenhimmel. Als das Tier verschwand, bemerkte er ein neues Geräusch, ein leises Wimmern, das mit dem Wind an- und abschwoll. Fünf Minuten später stand er oberhalb einer kleinen Mulde am Hang und sah jemanden um ein loderndes Feuer tanzen. Eine Frau und ein Kind schauten dabei zu. Sie hatten Shan den Rücken zugekehrt.

Der Tänzer hatte sich ein langes Grasbüschel an die Stirn gebunden, so daß sein Gesicht verdeckt wurde. Am Oberkörper trug er lediglich eine Weste, weitere Grasbüschel waren mit einem Stück Schnur an seiner Taille befestigt, und auch die Hosenbeine hatte er mit Gras ausgestopft. Er schwang einen knorrigen Ast und sang beim Tanzen, kein Mantra, sondern ein altes Lied. Auf einmal holte der Mann über dem Kind weit mit dem Knüppel aus, und die Kleine fing an zu kreischen. Shan trat unwillkürlich einen Schritt vor. Dann erst wurde ihm klar, daß er keinen Angstschrei, sondern Gelächter hörte.

Shan fiel ein Stein vom Herzen. Das dort war Dawa, die sich ausgelassen freute, während Lokesh tanzte. Neben ihr saß Liya. Lokesh erzählte dem Mädchen von Milarepa, dem berühmten Lehrmeister, und spielte dabei eines der Lieder des Heiligen nach, in dem berichtet wurde, wie seine Schwester ihn in seiner Höhle entdeckte und seine Haut ganz grün geworden war, weil er jahrelang nur Nesseln gegessen hatte.

Mit der Energie eines weitaus jüngeren Mannes sprang Lokesh nun in die Höhe und landete mit gesenktem Kopf vor Dawa. Sie lachten beide. Dann fing er an, sich von dem Gras zu befreien. Shan ging zu ihm. »Gepriesen sei Buddha!« rief der alte Tibeter zum Gruß und lächelte überrascht.

»Onkel Lokesh erzählt mir von früher«, verkündete Dawa ernst, nachdem auch sie Shan begrüßt hatte.

»Es ist noch *tsampa* da«, sagte Lokesh und meinte damit geröstetes Gerstenmehl, eine alltägliche tibetische Speise. »Wir können es aufwärmen.«

»Das wäre nett«, sagte Shan und merkte schlagartig, wie hungrig er war. Als Dawa zu ein paar Felsen ging, um von dort eine kleine Pfanne zu holen, nahm Shan den Lagerplatz etwas genauer in Augenschein. An einem Geröllblock lehnte ein großes hölzernes Tragegestell, und daneben lag eine Decke mit mehreren Utensilien. Shan konnte im Halbdunkel nicht alles erkennen, aber er sah die kleine Bronzestatue einer Gottheit, ein langes schmales Metalletui wie für Stifte oder Pinsel und einen Holzkasten mit aufgeklapptem Deckel. Er schien dickes Garn und grobe Nadeln zu enthalten, mit denen man für gewöhnlich Zelte nähte. Liya folgte Shans Blick. »Das ist bloß alter Kram«, sagte sie und schlug mit dem Fuß einen Zipfel der Unterlage um, so daß die Gegenstände verdeckt wurden.

Nicht alles dort war alt. Shan hatte außerdem einen kleinen metallenen Kompaß, ein Klappmesser, ein starkes Nylonseil und einige Karabinerhaken erkannt, wie sie von Bergsteigern benutzt wurden. In Zhoka hatte Liya diese Dinge noch nicht besessen.

Shan nahm einen verbeulten Blechteller voll dampfendem *tsampa* entgegen und fing an, mit den Fingern zu essen. Nach einigen Bissen erkundigte er sich, ob den anderen irgendwelche der Hügelleute begegnet seien.

Lokesh rieb sich das Kinn mit den weißen Bartstoppeln und schaute zum südlichen Horizont. »Ich habe Dawa gestern um Mitternacht gefunden. Sie saß auf einem Felsen, blickte zum Mond und sprach mit ihrer Mutter weit weg von hier. Bei Tagesanbruch sind wir auf einen Bach gestoßen, und am Morgen haben wir die Hänge nach den anderen abgesucht. Viele der Hirten waren auf dem Heimweg, hielten sich dabei aber wohlweislich fern von Zhoka. Dawa jedoch wollte nach Süden. Heute nachmittag haben wir Liya getroffen. Dawa sagt, wir sollen noch weiter nach Süden, und sie will immer wieder wissen, ob ich das Weinen gehört habe.«

»Das Weinen?« fragte Shan. »Hast du es denn gehört?«

Lokesh seufzte und sah ins Feuer. »Ich bin mir nicht sicher. Ich sagte, es könne doch Liya gewesen sein, die wir von weitem gehört haben. Als sie uns entgegenkam, sah sie nämlich aus, als hätte sie mehrere Tage geweint. Aber Dawa sagte nein.«

Langsam stand Shan auf und ging zum Rand des Lichtkreises, den das Feuer warf. Es dauerte einen Moment, bis er begriff, was ihn an Lokeshs Worten irritiert hatte. Liya. Lokesh und Dawa waren von Norden gekommen, Liya aus der entgegengesetzten Richtung, aus dem Süden, und zwar mit neuem Gepäck auf dem Rücken. Hier abseits der hellen Flammen sah Shan dunkle Umrisse, die sich schwarz vor dem Horizont abzeichneten. Die Berge wirkten wie geduckte Ungeheuer. Geh weiter, und du triffst auf Fleischzerleger und Blaumenschen, hatte der Hirte gewarnt.

Shan fing an, den anderen von seinen Erlebnissen in Lhadrung zu berichten. Er achtete dabei vor allem auf Liyas Gesicht, verschwieg aber, daß er von den Mantras wußte, die sie insgeheim an die Familien verteilt hatte. Ihre Augen waren dunkel umrandet und geschwollen. In der Tat, sie hatte geweint. »Hast du Angst, den Namen eines bestimmten Gottes auszusprechen?« fragte er sie unvermittelt.

»Ja«, räumte sie sofort ein. »Ich habe es während meines ganzen Lebens kein einziges Mal gewagt. Niemand hat das seit jenem Tag.«

»Aber jetzt kommen Fremde und erkundigen sich danach. Ich glaube, sie haben Surya gefragt, wie dieser Gott aussieht und wie man den Namen schreibt. Warum?«

»Man darf hier in den Hügeln nicht darüber reden.«

»Nicht einmal, um Surya zu helfen?«

»Auch Surya würde nicht wollen, daß ...«

Auf dem Pfad oberhalb des Lagers knirschten ein paar Kiesel. Dawa stöhnte auf und drängte sich dichter an Lokesh. Jemand torkelte in den Feuerschein, fiel kopfüber auf einen Felsen zu und konnte den Sturz gerade noch mit beiden Händen abfedern.

»Heiliger Buddha!« murmelte Lokesh, nahm einen brennenden Ast, stieg über den Mann hinweg und ging auf den Pfad zu. Man hörte jemanden wegrennen.

Shan lief zu dem Fremden und half ihm, sich aufzusetzen. Die linke Gesichtshälfte des Mannes hatte sich grün und blau verfärbt. Aus dem Mundwinkel und mehreren kleinen Schnittwunden an seinen Wangen tröpfelte Blut. Am Hals verlief eine wesentlich breitere Blutspur, aber sie war bereits getrocknet und rissig.

Shan nahme sich ebenfalls eine provisorische Fackel und eilte zu Lokesh. Jemand hatte den Verletzten zu ihnen gebracht und dann die Flucht ergriffen. Shan fiel ein, daß er immer noch die Taschenlampe des Amerikaners bei sich trug. Er leuchtete damit den Hang ab.

»Oh«, sagte der Fremdc, als er ihre furchtsamen Mienen registrierte, »macht euch keine Sorgen. Da ist niemand.« Seine Stimme war leise und zittrig, wenngleich auch irgendwie selbstsicher. Er stand auf, lehnte sich gegen einen Felsen und wandte das Gesicht vom Feuer ab, als schäme er sich seiner Verletzungen. Dann sah er Shan an. »Er hat dich erkannt und sich aus dem Staub gemacht.«

Als Liya mehr Holz ins Feuer warf und Lokesh anfing, die Wunden des Mannes mit einem Lappen abzutupfen, erkannte

Shan ihn plötzlich. »Geht es Surya gut?« fragte er besorgt. Es war der mürrische Bettler aus der Stadt, der Suryas Apfel genommen hatte. Der Spitzel. Abermals regte sich etwas am Rand des Lagers. Liya packte hastig ihre Sachen.

»Er hat nichts mehr gesagt, nur seine Mantras gebetet.« Der Mann schob Lokeshs Hand weg. »Und er wird immer kleiner.«

»Kleiner?« fragte Shan.

»Das passiert immer dann, wenn das Innere vertrocknet«, behauptete der Mann. »Meine Mutter kannte einen Kerl, der seine Frau ermordet hatte. Die Polizei hat nichts unternommen, aber er wurde kleiner und kleiner, und eines Tages hat er sich einfach in Luft aufgelöst.«

Dawa brachte eine Schale mit warmem Wasser. Lokesh befeuchtete den Lappen, und der Mann runzelte die Stirn. »Das ist nicht nötig. Ich könnte etwas zu essen gebrauchen.«

Shan holte etwas *tsampa* und hielt nach Liya Ausschau. Sie war verschwunden.

Als der Mann kurz darauf gierig seine Portion verschlang, hockte Shan sich neben ihn. »Wer hat dich in die Mangel genommen?«

»Bist du Shan?« fragte der Mann.

Shan nickte. »Wem hast du das zu verdanken?« Der Mann war nicht ernstlich verletzt. Es sah so aus, als habe man ihm ein paar kräftige Ohrfeigen verpaßt.

»Schon in Ordnung. Das machen die Hirten immer, wenn sie mich erwischen.«

»Jemand aus der Stadt hat dich geschickt«, argwöhnte Shan. »Einer der Offiziellen.«

Der Mann nickte, rückte näher ans Feuer und starrte in die Flammen. »Ich muß denen behilflich sein. Mein Name ist Tashi.« Er klang, als sei das ein ganz normaler Job für ihn, als wäre es sein Schicksal, regelmäßig für die Behörden zu spionieren und genauso regelmäßig von anderen Tibetern dafür verprügelt zu werden.

»Warum?« fragte Shan. »Warum mußt du?«

»Meine Mutter ist alt und krank. Ich muß in der Nähe der Stadt bleiben, und ich wüßte nicht, wie ich sonst Geld verdienen sollte, um ihr zu helfen. Früher habe ich in einer Fabrik gearbeitet. Nun mache ich etwas anderes.«

Als er den Teller abstellte, sah Shan, daß an seiner Hand zwei Finger fehlten. »Du hast in Mings Auftrag Leute in die Berge geführt.«

»Jetzt nicht mehr. Die sind sauer auf mich geworden, weil ich eine bestimmte Höhle nicht finden konnte.«

»Eine Pilgerhöhle.«

Tashi nickte.

»Falls du sie gefunden hättest, was wäre dort passiert?«

»Ich habe es bei anderen Fundstellen erlebt. Diese Leute sind Wissenschaftler und haben eigene Methoden. Zunächst verständigen sie Direktor Ming. Er muß die Stätte als erster betreten, denn er ist der größte Experte, wenn es um die Bewahrung von Altertümern geht.«

»Was hat er denn in den Höhlen gemacht?« fragte Shan.

»Einmal kam er mit einem alten Buch nach draußen. Ein anderes Mal war da bloß ein Buddha an die Wand gemalt, gleich neben einem heiligen Brunnen. Die Armee ist gekommen und hat mit einer Sprengung den Eingang versiegelt.«

Shan warf Lokesh einen besorgten Blick zu. Ming wollte keine historischen Forschungen anstellen. Er suchte etwas ganz Bestimmtes, und dann sorgte er dafür, daß kein anderer die Stätten zu Gesicht bekam. »War Ming vorletzte Nacht in den Bergen unterwegs?«

»Ja, zusammen mit der hübschen Rothaarigen. Punji. Ich helfe ihr, die kranken Kinder ausfindig zu machen. Und wenn sie nicht hinsieht, beobachte ich sie manchmal.« Tashi schien all seine Geheimnisse preisgeben zu wollen.

»Warum hat Ming gestern eine Patrouille zum Turm geschickt? Und wieso hatte er es dann so eilig, Surya zu holen?«

»Weil er in der Nacht zuvor keinen gefunden hat, ganz im Gegensatz zu jemand anderem, wie es hieß.« Tashi streckte den Teller aus und wollte noch mehr *tsampa*.

Shan öffnete den Mund, um genauer nachzufragen, doch plötzlich wurde ihm von selbst alles klar. Bei dem zufälligen nächtlichen Zusammentreffen hatten Ming und McDowell durch Liya erfahren, daß Mönche in Zhoka sein würden. Daraufhin hatten die beiden angenommen, eine andere Person habe Zugang zu den heiligen Männern und würde Surya oder einen anderen Mönch in irgendeiner Form benutzen. Shan erinnerte sich an Mings Reaktion auf den Zigarrenstummel. Der Direktor schien zu glauben, jemand mache ihm bei seinem Vorhaben Konkurrenz. Ein Wettstreit der Gottestöter.

»Du bist wegen mir hier?« fragte Shan.

Tashi nickte, schien in Gedanken aber abzuschweifen. »Ich verlasse die Stadt nicht gern, und ich hasse die Helikopter. Beim ersten Flug habe ich mir in die Hose gepinkelt. Ich hätte dich nie gefunden, wäre nicht dieser Hirte über mich hergefallen. Und dann auch noch mitten in der Nacht, so daß ich sein Gesicht nicht erkennen konnte. Er hat eingewilligt, mich zu dir zu bringen, und dafür mußte ich nur halb so viel Geld bezahlen, wie Ming mir mitgegeben hatte. Für mich ist heute ein echter Glückstag.« Er klang tatsächlich irgendwie fröhlich.

Nun war es Shan, der in die Flammen starrte. Bei dem Mann handelte es sich nach eigenem Bekunden um einen Spitzel, doch er schien erleichtert zu sein, daß er die Identität des Hirten nicht weitermelden konnte. Er war mit dem Hubschrauber gelandet, den Shan gesehen und der Yao und den Amerikaner abgeholt hatte.

»Hast du dem Hirten verraten, was du mir mitteilen sollst?« wollte Shan wissen.

Tashi zuckte Achseln. »Sobald ich gefragt werde, verrate ich jedem alles. Auf diese Weise bleibe ich am Leben. Meine Mutter braucht mich. Er hat nicht gefragt.«

»Und was war so wichtig, daß man dich sogar hergeflogen hat?«

»Der Helikopter wäre sowieso gekommen, um diese Polizisten einzusammeln. Er fliegt jetzt jeden Tag los. Morgens bringt er die Teams in die Berge, und abends holt er sie wieder ab.«

»Was war so wichtig?« wiederholte Shan.

»Ich habe vor dem Büro des Obersts gewartet, weil ich berichten sollte, ob der alte Bettler etwas gesagt hatte. Oberst Tan sprach über Funk mit Yao. Die beiden haben gestritten. Yao war bei den Ruinen und wegen irgendwas wütend, das du gemacht hattest. Direktor Ming war auch in dem Büro. Sie wissen nicht, daß ich gelauscht habe. Ming sagte, die auf dich ausgesetzte Belohnung würde schon dafür sorgen, daß man dich bald nach Lhadrung ausliefert. Der Oberst sagte, nein, du würdest dich ab jetzt versteckt halten und längst irgendwo tief in den Bergen sitzen. Dann sagte Yao etwas, das ich nicht verstehen konnte. Daraufhin hat der Oberst mit irgendwem ein langes Telefongespräch geführt. Nach einer Weile kam Direktor Ming und nahm mich in einen Besprechungsraum mit. Er sagte, ich sei ihm noch nicht allzu nützlich gewesen, und zum Zeichen meiner Hilfsbereitschaft solle ich dich zu ihm bringen.«

»Wieso glaubt er, du könntest dazu in der Lage sein?«

»Weil ich dir etwas ausrichten soll.«

»Was denn?«

Tashi blickte auf und lächelte verunsichert. »Falls du freiwillig zu ihnen kommst und ihnen behilflich bist, darfst du deinen Sohn wiedersehen.«

Eine Viertelstunde lang rannte Shan, so schnell er konnte, in Richtung Lhadrung. Es war ziemlich dunkel, und er rutschte häufig auf dem losen, scharfkantigen Schotter aus. Seine Hose zerriß. Er spürte, daß Blut an seinem Schienbein hinunterlief. Dann blieb er keuchend stehen und versuchte sich zu beruhigen. Er lehnte sich an einen Felsen, schaute zu den Sternen hinauf und hatte den Eindruck, er solle etwas zu seinem Vater sagen, doch ihm fiel nichts ein.

Vor seinem Aufbruch hatte er eine Weile im Lager gesessen, verwirrt um seine Fassung gerungen und sich vergeblich bemüht, die heftigen Gefühle in den Griff zu bekommen, die durch Tashis Botschaft in ihm ausgelöst worden waren. Nach einigen Minuten hatte Lokesh sich zu ihm gesellt.

»Das ist irgendeine Falle«, hatte Shan gemurmelt. »Sie können gar nicht wissen, wo mein Sohn ist. Ich muß hierbleiben. Ich muß eine Möglichkeit finden, daß Surya zu uns zurückkommt und diese Leute keine weiteren Mönche entführen.«

»Als ich noch klein war«, sagte sein alter Freund, »habe ich gehört, wie meine Mutter ihrer Schwester erzählte, sobald man ein Kind habe, wohne nicht mehr nur die eigene Gottheit in deinem Innern, sondern zusätzlich etwas Neues, denn dein Kind würde wie ein Altar werden. Ich habe das damals nicht begriffen. Es kam mir komisch vor, Kinder wie Götter zu verehren. Dann habe ich es wieder vergessen, bis zu dem Jahr, das ich zusammen mit meiner Mutter im Gefängnis verbracht habe.« Lokesh bezog sich damit nicht auf die tatsächliche Anwesenheit seiner Mutter, denn sie war vor der chinesischen Invasion gestorben, sondern auf das Jahr, das er der Meditation zu ihren Ehren gewidmet hatte. Er hatte versucht, sich an jedes Ereignis ihres gemeinsamen Lebens zu entsinnen, manchmal den anderen Häftlingen davon erzählt und manchmal tagelang geschwiegen, wenn er völlig in seinen Erinnerungen versank.

»Falls ich zu diesen Leuten gehe, zu diesem Inspektor, den ich getroffen habe, und zu Oberst Tan, dann werden sie mich zwingen wollen, ihnen bei ihrem Vorhaben zu helfen, was auch immer das sein mag. Sie werden verlangen, daß ich ihnen einen weiteren Mönch aus den Bergen beschaffe.«

Lokesh ließ nicht erkennen, ob er ihn gehört hatte. »Eines Nachts ist mir klargeworden, was sie gemeint hat«, fuhr er fort. »Sie meinte, daß ein Elternteil die eigene Gottheit durch die Kinder ehrt, denn dein Kind ist Teil deiner Andacht.«

»Ich bin mir nicht sicher, was du sagen willst.«

»Bleib nicht wegen Gendun oder Surya hier. Die beiden werden den Pfaden ihrer eigenen Gottheiten folgen. Geh ins Tal, denn dein Sohn braucht dich. Behalte das im Herzen, dann wirst du stets das Richtige tun, ganz egal, was passiert.«

Der Gedanke an diese Worte beruhigte Shan nun. Die Nachricht des Spitzels hatte eine viel zu lange verschlossene Tür seiner Erinnerung aufgestoßen, den Zugang zu einer Kammer voller Bilder: ein schüchterner kleiner Junge, der mit Shan im Park spazierenging, oder ein Säugling auf seinem Arm, der – so unglaublich es auch scheinen mochte – sein Kind war. Es gab sogar Szenen, die nie real gewesen waren, sondern nur in Shans Phantasie existierten. In einer davon saß sein Sohn im Kreis mehrerer Lamas.

Während der Haft hatten diese Bilder Shan bisweilen geholfen, am Leben zu bleiben. Als dann aber Oberst Tan ihm vor anderthalb Jahren brutal mitteilte, seine Frau habe die Ehe annullieren lassen, neu geheiratet und dem Sohn zweifellos erzählt, sein Vater sei tot, hatte Shan die Tür zugeschlagen und sich geschworen, diesen Ort nie mehr zu betreten, weil dort nur noch Schmerz lauerte. Der Schmerz war inzwischen abgeebbt, aber das galt auch für den letzten Rest von Shans verzweifelter, lächerlicher Hoffnung.

Er starrte in den Himmel, bis er eine Sternschnuppe sah. Dann ging er weiter.

Genau wie am Vortag betrat Shan die Stadt über den Marktplatz. Die nächtliche Wanderung durch die Berge hatte ihn erschöpft. Er wartete an einem öffentlichen Wasserhahn, bis eine Frau zwei Eimer gefüllt hatte, und hielt sein Gesicht dann unter den kühlen Strahl. Nachdem er den Hahn wieder zugedreht hatte, blieb er einen Moment lang knien, sah das Wasser in dem kleinen Zementbecken ablaufen und mußte sich erneut beruhigen. Dreh dich um, und renn zurück in die Berge, rief eine Stimme in seinem Kopf. Niemand in Lhadrung konnte etwas über seinen Sohn wissen. Es sah Oberst Tan ähnlich, ihn mit einem so grausamen Trick anzulocken.

Doch als er aufstand und zögernd den Schatten des nächsten Gebäudes ansteuern wollte, schloß sich eine Hand um seinen Oberarm. Das Rauschen eines Funkgeräts ertönte, und jemand fing an, aufgeregt zu sprechen. Shan wandte den Kopf und blickte in die Augen eines jungen Soldaten mit pockennarbiger Haut. Er kannte das Gesicht. Der Mann gehörte zu Oberst Tans persönlichem Sicherheitskommando. Ein anderer Soldat stand neben der offenen Tür eines kleinen Armeelasters und hielt ein Walkie-Talkie in der Hand.

Wenig später fuhren sie schweigend und mit hoher Geschwindigkeit durch das Tal. Shan saß zwischen den beiden Soldaten im Führerhaus des Transporters. Nach nicht einmal zehn Minuten erreichten sie einen lichten Wald auf dem westlichen Hang und bogen auf eine gewundene Straße ein. Shan wußte, wo sie sich befanden, denn er hatte diesen Weg letztes

Jahr schon einmal zurückgelegt. Die Straße führte zu einem kleinen ummauerten Gelände, einem teilweise zerstörten *gompa*, das damals zu einem Privatklub für Funktionäre umgebaut werden sollte. Man hatte die Bemühungen offenbar aufgegeben, erkannte Shan, als sie ausstiegen. Die mit Stuck verzierten Wände wiesen tiefe Risse auf, und am Fuß der Mauern wuchs Unkraut. Nur das zweisprachige Schild am Eingang war neu: *Gästehaus des Bezirks Lhadrung*.

Als sie den Innenhof betraten, schlurfte der vordere Soldat lautstark durch den Kies. Es waren rote Steinchen, wie Shan sie im Reifenprofil von McDowells Wagen gesehen hatte. Von der hinteren Mauer hingen lange Planen herunter und verhüllten mehrere sperrige Objekte. Es mußte sich noch immer um dieselben zerlegten oder beschädigten Statuen und Artefakte handeln, die Shan dort im Vorjahr aufgefallen waren. Mitten auf dem Hof schnaufte stotternd ein kleiner Springbrunnen und stieß alle paar Sekunden eine winzige Wasserfontäne aus.

Shans Begleiter schoben ihn unsanft zum Eingang des größten Gebäudes und übergaben ihn dort an einen anderen Soldaten, einen Offizier, wie die zwei Brusttaschen seiner Uniform belegten. Der Mann führte ihn zu einer leuchtend rot lackierten Tür.

Seit Shans letztem Besuch hatte man den großen Saal verputzt und gestrichen. Es war nun eine Mischung aus Konferenzraum und Salon. An einem Ende stand im Halbdunkel ein langes Sofa, flankiert von zwei dick gepolsterten Sesseln, auf deren Rücken- und Armlehnen Spitzendeckchen lagen. Jenseits des Sofas und noch tiefer im Dunkeln konnte man in der Ecke einige Holzstühle erahnen. Links des Eingangs stand ein langer, breiter Tisch mit einem Dutzend Stühlen. Dahinter an der Wand hingen zwei Landkarten; die eine zeigte den Bezirk Lhadrung, die andere die Volksrepublik China. Das einzige Licht im Raum stammte von einer Lampe über dem Tisch. Sie erhellte drei mürrische Gesichter, und alle starrten Shan an.

Oberst Tan saß am Kopfende, hielt dicht an seinen Lippen eine Zigarette und war in Rauchschwaden gehüllt. Inspektor Yao trank aus einer dampfenden Porzellantasse und wirkte verärgert, aber zufrieden, wie ein Lehrer, der dem unbeliebtesten seiner Schüler sogleich eine schwere Strafe auferlegen würde. Gegenüber von Yao saß Direktor Ming vor einem Aktenstapel. Seine Hände lagen flach auf dem Tisch, und er schaute erwartungsvoll drein.

Die Stille war drückend. Oberst Tan murmelte einen Fluch.

»Seine Hose. Er braucht dringend eine neue Hose«, sagte eine tiefe Stimme gemächlich aus den Schatten. Sie sprach englisch.

Shan blickte nach unten. Seit den Stürzen der letzten Nacht wies seine ohnehin schon zerlumpte und abgetragene Hose unterhalb der Knie mehrere gezackte Risse auf. Sein linkes Bein war an einer Stelle vollständig freigelegt, und man konnte die aufgeschürfte Haut erkennen. Getrocknete Blutflecke verdunkelten den Stoff.

Tan warf Yao einen wütenden Blick zu, als verlange er eine Übersetzung, aber noch bevor der Inspektor reagieren konnte, erhob Ming sich mit melodramatischer Pose von seinem Platz. »Hier scheint ein Irrtum vorzuliegen«, sagte er und kam auf Shan zu. Shan senkte sofort den Blick auf den eleganten tibetischen Teppich, der unter dem Tisch lag. Die Reflexe von vier Jahren Gulag gingen nicht so leicht verloren. Er rührte sich nicht und zeigte keinerlei Reaktion, als Ming seinen Arm nahm, den Ärmel hochschob und auf die Tätowierung wies. »Dieser Mann ist ein verurteilter Straftäter. Ein Verbrecher.«

Shan hörte, wie jemand aufstand. »Dieser Mann hat mir das Leben gerettet«, polterte dieselbe tiefe Stimme, diesmal auf chinesisch. »Falls Sie ihm nicht sofort eine saubere Hose verschaffen, ziehe ich meine aus und gebe sie ihm.« Der Tonfall ließ keinen Widerspruch zu.

Yao flüsterte Tan etwas ins Ohr. Der Oberst erhob sich und rief einen Befehl. Der Offizier, der Shan hergeführt hatte, kam herein, rannte zu Tan, dann zu einer rückwärtigen Tür hinaus und kehrte weniger als eine Minute später mit einer grauen Hose zurück, die er Yao zuwarf. Der Inspektor legte sie auf das Sofa im Halbdunkel. Als niemand etwas sagte, ging Shan dorthin und zog sich um. Neben dem Sofa stand eine Art Staffelei mit einem großen Schreibblock. Auf dem obersten Blatt stand in großen Ideogrammen ein Name: Kwan Li. Darunter folgten mehrere Punkte, wie aus einem Lebenslauf: vierundvierzig Jahre; Prinz; General; hat gedient in Lhasa, Peking, Xian. Shan kehrte zum Tisch zurück und stellte fest, daß mittlerweile auch der Amerikaner, den er vom Vortag kannte, dort Platz genommen hatte.

»Vielen Dank«, murmelte Shan auf englisch.

»Unser Treffen gestern war etwas hektisch. Fangen wir noch mal von vorn an«, sagte der Mann. »Ich heiße Corbett. Federal Bureau of Investigation. Es freut mich, daß Sie kommen konnten.« Er zog den leeren Stuhl neben sich ein Stück zurück, nickte Shan zu, verschränkte die Hände auf dem Tisch und schaute auffordernd zu Yao.

Shan starrte den Amerikaner an. Corbett kannte ihn nicht und war dennoch so freundlich. Fast schien es, als wolle er sich in einem drohenden Konflikt auf Shans Seite stellen.

»Demnach hat unsere Nachricht Sie erreicht«, sagte Yao.

Langsam sah Shan von Corbett zu dem Inspektor und nickte.

»Wir benötigen Ihre Unterstützung. In Lhadrung sind internationale Kriminelle am Werk.«

Shan sagte zunächst nichts, sondern musterte nacheinander alle Gesichter am Tisch. Zuletzt fiel sein Blick auf Oberst Tan, der wiederum die kleine schwarze Mappe vor Yao nicht aus den Augen ließ. Tan hatte schon einmal um Shans Unterstützung gebeten. »Ich bin kein Ermittler«, stellte Shan schließlich fest.

»Natürlich nicht«, gab Yao barsch zurück. »Wir brauchen jemanden, der sich in den Bergen auskennt und uns vor Ort ein paar Erklärungen liefert. Verläßliche Tibeter scheinen in diesem Bezirk eine Seltenheit zu sein.« Das nachlässige, fast ungepflegt wirkende Erscheinungsbild des Inspektors war trügerisch. Seine Stimme klang kalt und schneidend. Vermutlich war er es gewohnt, Befehle zu erteilen und politischen Tadel zu üben.

Shan ertappte sich dabei, daß er ebenfalls die schwarze Mappe anstarrte. »Ich werde nicht helfen, Tibeter hinter Gitter zu bringen.«

Tan fluchte. Direktor Ming gab ein schrilles Geräusch von sich, das offenbar ein Lachen sein sollte.

Yao seufzte enttäuscht auf. »Wir wurden bereits vor Ihren Überzeugungen gewarnt.« Er erhob sich, holte etwas von einem Stuhl im Hintergrund und schüttelte es. Der Gegenstand klirrte metallisch. Fußfesseln. Yao hielt sie Shan einen Moment lang hin und legte sie dann auf einen der freien Plätze am Tisch. »Man hat Sie nie offiziell aus dem Gewahrsam entlassen. Sie sind immer noch ein Strafgefangener. *Jemand*«, betonte er anzüglich, »hat Ihnen Hafturlaub bewilligt. Das kann jederzeit widerrufen werden.«

Shan merkte, daß er seltsamerweise keine Angst mehr empfand. Wie so viele ehemalige Häftlinge hatte auch er irgendwie damit gerechnet, eines Tages wieder im Gulag zu landen. Ein weiteres Mal sah er jedem der Anwesenden ins Gesicht, ging dann schweigend zu der Fessel, stellte die Füße nacheinander auf den Stuhl und legte sich eigenhändig die Eisen um die Knöchel.

»Mein Gott«, murmelte Corbett.

Tan bedachte Yao mit einem humorlosen Lächeln. Der Inspektor runzelte die Stirn und starrte dann wütend auf die Kette an Shans Füßen. Ming hingegen schien hoch erfreut zu sein. Er stand auf, eilte zur Tür und rief begeistert nach den Soldaten.

Shan ging langsam zu dem Teppich neben der Tür und betrachtete das Muster am Rand. Es war ausgefranst und verblichen, aber er konnte erkennen, daß die Weber den Saum mit einer Kette heiliger Symbole verziert hatten. Eine Schatzvase, eine Lotusblume, springende Fische. Als zwei Soldaten den Raum betraten und ihn an beiden Armen packten, behielt Shan den Teppich im Blick. Auch das war ein tief verwurzelter Häftlingsreflex. Wenn du in der Außenwelt bist, präge dir kleine farbenfrohe Momentaufnahmen ein, um während der finsteren grauen Zeiten davon zu zehren. Shan war damals mit unbegrenzter Haftdauer eingesperrt worden. Tan hatte ihn gewarnt, falls er noch einmal ins Straflager käme, würde er es vielleicht nie mehr verlassen.

»Direktor Ming hat sich geirrt«, sagte der Oberst nun mit leiser, beherrschter Stimme. Die Soldaten wichen sofort zurück und gingen hinaus.

»Sie sind wegen Ihres Sohnes aus den Bergen hergekommen«, sagte Yao zu Shans Rücken.

Als Shan sich zum Tisch umdrehte, fielen ihm Lokeshs Worte wieder ein. Womöglich wurde in seinem Fall die innere Gottheit des Vaters auf ganz besondere Weise vervollständigt, indem man seinen Sohn dazu benutzte, ihn abschließend zu bestrafen. Sein Blick fiel erneut auf die schwarze Mappe. »Ich werde keine Tibeter hinter Gitter bringen«, wiederholte er, und seine Stimme war kaum lauter als ein Flüstern.

Yao entnahm der Tasche einen gelben Schnellhefter, der mehrere gefaxte Seiten enthielt. »Shan Ko Mei«, sagte er langsam und betont.

Der Name versetzte Shan einen Stich ins Herz. Seit mindestens sechs Jahren hatte er nicht mehr gehört, daß eine andere Stimme diese Worte aussprach. Er selbst hatte sie nur geflüstert, ganz selten, in Richtung der Sterne, wenn er nach Worten rang, um den Geist seines Vaters zu bitten, den Jungen zu behüten. Doch auch das lag schon sehr lange zurück. Für seinen Sohn war Shan tot. Der Name glich einer alten, dick vernarbten Wunde, und nun hatte jemand ein Messer hineingestoßen und drehte es.

Jemand berührte ihn am Arm. Shan zuckte zurück und gab ein Geräusch von sich, das wie ein Schluchzen klang.

»Setzen Sie sich«, sagte Corbett und deutete auf den Platz neben sich. »Sie sollten sich lieber setzen.«

Shan ließ sich auf den Stuhl fallen. Tan beäugte ihn mit verbissener Miene und zornigem Blick, aber auch mit einem gewissen Argwohn, als befürchte er, Shan wolle ihn für dumm verkaufen. Direktor Ming schaute weiterhin amüsiert in die Runde. Yao war verärgert und sichtlich ungeduldig. Der Amerikaner verschränkte die Hände und wirkte aufrichtig besorgt.

»Mein Sohn weiß nicht, wer ich bin«, sagte Shan.

Yao seufzte zufrieden auf, als würde Shans Äußerung bedeuten, daß sie nun endlich zum geschäftlichen Teil übergehen konnten. Er breitete die Seiten aus dem gelben Schnellhefter vor sich aus. »Ein früher Opportunist«, las er vor. »Ein Dieb, Vandale, Zerstörer von Staatseigentum.«

Shan erkannte nun, worum es sich bei den Unterlagen handelte. Es war eine Akte der Öffentlichen Sicherheit, das Dossier eines Strafgefangenen, das mitunter vor anderen Leuten verlesen wurde, um den Betreffenden zu beschämen. Doch Yao irrte sich. Die Unterlagen bezogen sich nicht auf Shan. Die Verlesung der Strafakte eines besonders unrühmlichen Täters allein zur Einschüchterung eines anderen Delinquenten galt als eher primitive Verhörtechnik. Von Yao hätte Shan mehr erwartet.

Der Inspektor warf ihm einen zufriedenen Blick zu, legte das erste Blatt beiseite und fuhr fort. »Das war der Anfang. Später folgten mehrere Anklagen wegen Rowdytums«, berichtete er und benutzte dabei eine von Pekings bevorzugten Umschreibungen für gesellschaftsfeindliches Verhalten. »In Anbetracht der Weigerung, sich strikter Disziplin und den Direktiven des Sozialismus zu unterwerfen, überrascht das Ergebnis nicht«, las er. »Am Ende stand der tätliche Angriff auf einen Offizier der Öffentlichen Sicherheit. Fünfzehn Jahre *lao gai*.« Das hieß Zwangsarbeit. Yao ließ die Seite sinken. »In einer der Kohlengruben«, fügte er hinzu. In den gewaltigen Tagebauminen schaufelten die unterernährten Häftlinge sich buchstäblich ein eigenes Grab, indem sie mit einfachsten Werkzeugen Kohle abbauen mußten – sieben Tage pro Woche, Jahr für Jahr. Mehr als die Hälfte der Gefangenen starb vor Ablauf ihrer Strafe.

Yao blätterte in den Papieren und hielt bei einer der hinteren Seiten inne. »Angefangen hat es auf einer dieser Eliteschulen für die Kinder von Parteimitgliedern. Wenn ein Schüler Probleme bereitet, erhält er zusätzlichen Unterricht über die Helden des Volkes. Er hat seine Klassenkameraden bestohlen und wurde erwischt. Man rief einen Arzt. Er hat den Jungen befragt und dann der stellvertretenden Bürgermeisterin Bericht erstattet.«

Ein eisiger Schauder durchfuhr Shan.

»Der Arzt meldete, der Junge sei unheilbar gesellschaftsfeindlich. Ständig prahlte er mit seinem Vater, der angeblich ein berüchtigter Verbrecher und Kopf einer Bande sei, die in ganz China Überfälle und Morde begehe, so daß sogar der Vorsitzende ihn fürchte.«

Shan spürte, wie er erbleichte. Nach ihrer Heirat war seine Frau in eine Gemeinde versetzt worden, die fast anderthalbtausend Kilometer von Peking entfernt lag. Dort hatte sie den gemeinsamen Sohn aufgezogen und Shan nur anläßlich einiger weniger Feiertage in der Hauptstadt besucht. Nach Shans Verurteilung hatte seine Frau, die stellvertretende Bürgermeisterin, die Ehe annulliert.

»Eines Nachts ertappte man ihn dabei, wie er parteifeindliche Parolen an eine Wand schmierte. Zur Strafe wurde er der Schule verwiesen. Eine Woche später stürzten nachts die ersten Telefonmasten um. Es dauerte eine weitere Woche, bis man ihn auf frischer Tat ergreifen konnte. Er hatte mit einer Axt insgesamt achtzig Masten gefällt. Seine Mutter wurde zur Disziplinierung in eine Sondereinrichtung der Partei geschickt und er zum Arbeitseinsatz in der Landwirtschaft verurteilt. Von dort ist er nach einem Monat geflohen und kam als Mitglied einer Bande zum Vorschein, die vor den Toren großer Fabriken Heroin verkauft hat. Zu dem Zeitpunkt benutzte er einen neuen Namen. Tiger Ko. Als man ihn verhaftete, griff er einen Beamten an und schlug ihn krankenhausreif. Seine Mutter wurde unehrenhaft aus dem Staatsdienst entlassen.«

Yao redete weiter, aber die Worte ergaben für Shan keinen Sinn mehr. Eine Art Schleier schien sich über ihn gelegt zu haben. Er hatte das Gefühl, in einen Abgrund zu stürzen, und mußte sich am Tisch festklammern.

»Bringen Sie ihm einen Tee«, hörte er den Amerikaner auf chinesisch sagen.

Als er wieder zur Besinnung kam, stand eine Tasse mit dampfendem grünen Tee neben seiner Hand. »Er ist noch nicht mal zwanzig Jahre alt«, sagte Shan schließlich mit heiserer Stimme, nahm die Tasse und trank das kochendheiße Gebräu.

»Er hätte die lenkende Hand eines Vaters gebraucht«, stellte Direktor Ming mit vor Sarkasmus triefender Stimme fest. »Seine Mutter hat ihn im Stich gelassen. Die zweite Ehe, der

Umzug an die Ostküste, der neue Name. Sie hat seit Jahren keinen Kontakt mehr zu ihm.«

Shan bewegte die Beine und hörte das Rasseln der Kette. »Und jetzt werden Sie auch mich in diese Kohlengrube schicken«, sagte er und betrachtete geistesabwesend die zart geformte Tasse. Sie bestand aus dünnem Porzellan, und dicht unter dem Rand war ein winziger Panda aufgemalt.

Yao klappte den Schnellhefter zu und erhob sich. Als er auf Shan zuging, hielt er seine eigene Panda-Tasse in der Hand. »Sie waren gewiß nicht immer so begriffsstutzig, Genosse. Wir möchten Ihren Sohn zu einem Besuch hierher nach Lhadrung bringen.« Er zog einen kleinen Schlüssel aus der Tasche und legte ihn vor Shan auf den Tisch.

»Warum?« fragte Shan ungläubig.

»Als Belohnung für Ihre ungeteilte Aufmerksamkeit. Ein Ansporn, um uns Ihrer Unterstützung zu versichern. Es gibt eine internationale Verschwörung, die hier in den Bergen agiert. Falls Sie einwilligen, uns bei der Lösung unseres Problems zu helfen, ermöglichen wir einen Besuch Ihres Sohnes.«

Shan starrte auf den kleinen Panda und sagte nichts.

Yao zuckte die Achseln. »Dann warten Sie eben, bis er seine fünfzehn Jahre abgesessen hat, immer vorausgesetzt, Sie selbst bleiben bis dahin in Freiheit. Aber es sieht gar nicht gut aus ...« Er seufzte theatralisch. »Aufgrund von Verstößen gegen die Sicherheitsauflagen hat man gegen ihn bereits dreimal schwere Disziplinarmaßnahmen verhängt.« Shan wußte nur zu gut, was man im *lao gai* unter schweren Disziplinarmaßnahmen verstand: Schläge, Elektroschocks und Zangen, die bevorzugt bei den kleinen Hand- oder Fußknochen angewendet wurden. »Ich fürchte, Ihr Ko wird die fünfzehn Jahre nicht überleben«, sagte Yao ernst.

Kapitel Sechs

In Peking sei ein immens bedeutendes Kunstwerk gestohlen worden, erklärte Inspektor Yao, als sie der Kammlinie zu den Ruinen von Zhoka folgten. Es war erst früher Nachmittag. Tan hatte keine Zeit verloren und umgehend veranlaßt, daß man sie per Hubschrauber zurück zu dem alten Steinturm bringen würde. Dann hatten seine finster dreinblickenden Soldaten ein Mahl aus Klößen und Nudelsuppe serviert, das sie hastig und schweigend verzehrten. Als der Helikopter eintraf, waren der Oberst und Yao kurz in Streit geraten, weil Tan den Inspektor überreden wollte, eine bewaffnete Eskorte mitzunehmen. Yao setzte sich durch.

»Ein Kunstwerk?« fragte Shan nun. »Ein Artefakt?« Nachdem er mit zögerndem Nicken eingewilligt hatte, den Männern im Austausch für eine Begegnung mit seinem Sohn behilflich zu sein, hatte Yao sogleich begeistert, beinahe fröhlich reagiert, als bedeute dies den Durchbruch in einem besonders schwierigen Fall. Shan hingegen konnte sich noch immer kaum erklären, wonach die Männer suchten oder weshalb sie sich ausgerechnet in Lhadrung aufhielten.

»Ein Wandgemälde«, sagte Yao. »Ein Fresko.«

»Ein chinesisches Fresko, das gar nicht chinesisch war«, warf Corbett ein. Er sprach schnell und ein wenig undeutlich, als habe er sein Mandarin im südlichen Teil Chinas gelernt. »Sie wissen ja, wie das mit Kunstwerken so ist. Für ein wertvolles Stück bringen manche Leute sich regelrecht um.« Das klang nach einem ziemlich abgedroschenen Scherz.

Shan musterte den amerikanischen Ermittler. Der hochgewachsene Corbett war älter, als es dank seiner sportlichen Statur auf den ersten Blick schien. Shan schätzte ihn auf Mitte bis Ende Fünfzig und sehr berufserfahren. Vielleicht zu sehr.

Er schien seine Launen gar nicht erst in den Griff bekommen zu wollen, wirkte oft ungeduldig, bisweilen wütend. »Wir sind hier falsch, Yao, das habe ich doch gleich gesagt«, klagte Corbett nun. »Es bleiben noch mindestens zehn andere Stätten zu überprüfen. Das hier sind bloß ein paar Ruinen. Eine Todesfalle.« Während des kurzen Fluges hatte der Amerikaner zumeist aus dem Fenster geschaut und mehrmals eine Landkarte zu Rate gezogen.

Mehrere Kilometer nördlich von hier hatten sie eine kurze Zwischenlandung eingelegt und Vorräte ausgeladen. Ein Dutzend Chinesen, allesamt junge Männer und Frauen zwischen Zwanzig und Dreißig, arbeitete dort an einem Höhleneingang und räumte Schutt weg. Derweil schritt eine kurzhaarige Frau beständig auf und ab und las von ihrem Klemmbrett Textstellen aus einem Pilgerbuch vor, in denen geschildert wurde, welche Wunder im Innern der Höhle warteten. Yao und Corbett schienen in den Bergen nach einem Diebesversteck zu suchen. Aber das erklärte nicht, wieso Ming an den Höhlen interessiert war. Und die Gottestöter erklärte es auch nicht.

Yao zuckte die Achseln und steuerte unbeirrt auf die Gewölbe zu. Es mochten Ausländer in den Fall verwickelt sein, aber die Ermittlungen fanden auf chinesischem Hoheitsgebiet statt. Damit erübrigte sich jegliche Diskussion darüber, wer die Leitung innehatte. »Der Raub liegt knapp zwei Monate zurück«, erklärte der Inspektor und sah Shan an, als sei er auf dessen Reaktion gespannt. »Und ereignet hat er sich in der Verbotenen Stadt.«

»Aber dort sind überall Wachen«, sagte Shan. »Es ist praktisch eine Festung.« Die Verbotene Stadt war das jahrhundertealte Domizil der chinesischen Kaiser, ein riesiges Gelände mit Tempeln, Wohngebäuden und Versammlungshallen. Shan hatte einst fast jeden Weg und jede Kammer dort gekannt, denn ihm war in Peking schon früh bewußt geworden, daß die Verbotene Stadt viele stille Rückzugsmöglichkeiten bot. Das gesamte Areal wurde von einer hohen, dicken Mauer umgeben, und für die normalen Besucher standen lediglich zwei streng überwachte Eingänge zur Verfügung, einer im Norden, der andere im Süden.

»Im oberen Teil der Stadt gibt es ein kleines Wohnhaus, das als Ruhesitz für Kaiser Qian Long gebaut wurde.« Qian Long war einer der dienstältesten Mandschu-Regenten und berühmt für seine Gerechtigkeit und Güte gewesen. Nach einer Regierungszeit von sechzig Jahren hatte er Ende des achtzehnten Jahrhunderts abgedankt.

»Ich kenne das Gebäude«, sagte Shan und hielt unterdessen nach Gendun Ausschau. »Das Vordach ruht auf rot lackierten Säulen. Auf der Rückseite gibt es einen kleinen Hof mit einem Springbrunnen. An den Wänden wachsen Glyzinien. Ich habe früher oft auf diesem Hof gesessen. Aber das eigentliche Haus war immer verschlossen.«

»Und zwar seit vielen Jahrzehnten«, bestätigte Yao. »Genaugenommen wurde seit dem Tod des Kaisers kaum etwas daran verändert. Dann hat man entschieden, die Räume zu restaurieren und für Touristen zu öffnen. Handwerker gingen ein und aus. Der Kaiser hatte damals ein herrliches Wandgemälde in Auftrag gegeben und zu diesem Zweck sogar einen namhaften italienischen Künstler engagiert. Einer unserer Bautrupps war damit beschäftigt, die Zedernbalken in der Decke des Eßzimmers zu erneuern, wurde eines Morgens aber zu einer Reparatur auf der anderen Seite des Geländes gerufen. Als die Leute am nächsten Tag zurückkehrten, war das italienische Fresko verschwunden. Man hatte ein etwa zweieinhalb mal ein Meter großes Stück der Wand komplett herausgeschnitten, so daß nur die blanken Holzbalken blieben.«

Shan blickte zu dem dunklen Gewölbeeingang. War Yao hier, weil man auch in Zhoka ein Fresko gestohlen hatte? Doch Shan hatte ihn erst am Vortag auf diesen Diebstahl aufmerksam gemacht. »Soll das heißen, der Ministerrat fahndet nach einem fehlenden Wandgemälde?« fragte er skeptisch. Das Spiel, das Yao hier spielte, kam ihm bekannt vor. Erzähl niemals die ganze Geschichte, nicht mal in deinem Abschlußbericht, und behalte stets einen Teil der Fakten für dich. Jeder leitende Ermittler in Peking hielt sich instinktiv an diese Regel. Yao arbeitete für die höchsten Parteibosse, also mußte er meisterhaft mit den Tatsachen jonglieren können, bis die politische Wahrheit des Falls zutage trat.

Corbett, der mittlerweile am oberen Ende der Treppe stand, gab ein Geräusch von sich, das wie ein amüsiertes Prusten klang. Er hatte in die Schatten hinabgestarrt, wo er zuletzt nur knapp dem Tod entronnen war, doch bei Shans Frage drehte er sich um. »Der Vorsitzende höchstpersönlich hat Qian Longs Fresko einer Delegation aus Europa präsentiert«, erklärte der Amerikaner.

Yao warf ihm einen verdrießlichen Blick zu und fuhr fort. »Es wurde beschlossen, das Gebäude der europäisch-chinesischen Völkerfreundschaft zu widmen. Das besagte Wandgemälde sollte dabei im Zentrum stehen, als perfektes Symbol der Bande zwischen Ost und West. Die Regierungen Europas wollten die Kosten der Restaurierung übernehmen, und die feierliche Eröffnungszeremonie war für einen bald bevorstehenden Staatsbesuch geplant.« Yao starrte Shan herausfordernd an, als wolle er ihn zu einer Äußerung verleiten.

Shan erwiderte den Blick. Er hatte Peking vor mehr als fünf Jahren verlassen, doch die Zuständigkeiten der ranghöchsten Ermittler wurden dort immer noch nach denselben Kriterien vergeben. Yao war nicht wegen des Diebstahls hier, sondern wegen der politischen Brisanz des Vorfalls.

»Kaiser Qian Long stand in einer besonderen Verbindung zu Tibet«, erinnerte Shan sich. »Seinem Hof gehörten tibetische Lamas an, und vermutlich hatte er in seinem Haus auch tibetische Kunstwerke.«

»Das stimmt. Nichts davon wurde angerührt.«

»Demnach sind Sie in Tibet, weil man ein europäisches Gemälde entwendet hat«, spöttelte Shan.

»Der Vorsitzende war außer sich. Er betrachtete den Diebstahl als persönlichen Affront und ließ meinem Büro präzise Anweisungen übermitteln.«

»Und was ist mit Direktor Ming?« fragte Shan.

»Ming hat die volle Unterstützung seiner Institution angeboten. Er verfügt in dieser Hinsicht über umfassende Erfahrungen, war bereits an der Restaurierung und Neugestaltung des Gebäudes beteiligt und hatte sogar schon einen seiner Sommerkurse für Lhadrung geplant.« Yao verzog mürrisch das

Gesicht. »Sie haben nicht das Recht, Fragen zu stellen. Sie sollen uns mit den Tibetern helfen, sonst nichts.«

Aber Yao hatte nicht erläutert, aus welchem Grund er an eine Beteiligung von Tibetern glaubte oder weshalb er sich in Lhadrung aufhielt. Shan wandte sich an den Amerikaner. »Hat das FBI sich neuerdings der Bewahrung von Kunstschätzen verschrieben?«

»Es steht Ihnen nicht zu, uns zu befragen«, knurrte Yao.

Corbett ließ den Inspektor vorangehen und antwortete dann. »In unserer Pekinger Botschaft wurde eine Abteilung des FBI eingerichtet. Alle sind ganz wild auf eine amerikanisch-chinesische Zusammenarbeit bei der Verbrechensbekämpfung, vornehmlich im Hinblick auf mögliche Terroranschläge.«

»Sie sind in Peking stationiert?«

»Nein, in Seattle. Im Nordwesten der USA. Als dieses Fresko in Peking verschwand, gab es in Seattle ebenfalls einen Diebstahl. Zur gleichen Zeit. Das Opfer ist ein Mann namens Dolan, einer der reichsten Bürger einer ohnehin wohlhabenden Stadt. Einer dieser Computer-Milliardäre.« Er zog einige kleine Fotos aus der Tasche und gab sie Shan. Darauf abgebildet waren Schaukästen mit sehr alten und überaus erlesenen tibetischen Artefakten: mit Edelsteinen besetzte *gaus*, eine verzierte silberne Butterlampe, Zeremonienmasken, ein kunstvoll gearbeitetes Kostüm und mehrere zierliche Götterstatuen. »Angeblich die weltweit beste Privatsammlung tibetischer Kunst. Dolan hat fünfzehn Jahre benötigt, um die Stücke zusammenzutragen. Es wurde alles gestohlen, insgesamt mehr als fünfzig Exponate. Der Versicherungswert liegt bei über zehn Millionen Dollar.« Das letzte Foto war die Luftaufnahme eines großen Backsteingebäudes mit mehreren Etagen, offenbar gelegen an einem Hang oberhalb der Meeresküste. »Die Kerle sind mitten in der Nacht gekommen, haben ein hochmodernes Alarmsystem ausgeschaltet und keinerlei Spuren oder Fingerabdrücke hinterlassen. Auch die Videoüberwachung wurde unterbrochen. Zurückgeblieben ist nur eines: ein totes Mädchen.«

Shan erstarrte. »Ein Mädchen wurde getötet?«

Corbett schaute nach vorn, als wolle er sicherstellen, daß Yao sich nicht in Hörweite befand. »Sie war dreiundzwanzig Jahre alt. Eine von drei Erzieherinnen, eine Kunststudentin, die den Kindern Malunterricht gegeben hat.« Das Gesicht des Amerikaners umwölkte sich, wenngleich Shan nicht sicher war, ob wegen des toten Mädchens oder wegen der Dunkelheit, die bedrohlich vor ihnen lag.

»Hören Sie!« Corbett blieb stehen und berührte Shan am Arm. »Sie sollten die Regeln kennen. Ich bin wegen der Diebesbeute und dem Mörder des Mädchens hier. Dies ist eine amerikanische Ermittlung, und wir führen sie auf amerikanische Weise durch. Alles klar?«

»Nein«, erwiderte Shan.

»Ich suche Verdächtige nicht nach politischen Kriterien aus. Ich konstruiere nicht zuerst eine Theorie und besorge mir dann die passenden Indizien, sondern ermittle Tatsachen, indem ich wissenschaftlich haltbare Verfahren und meinen Verstand anwende. Ich glaube nur an Fakten. Es zählen allein die Ergebnisse der Beweisaufnahme. Mein einziges Motiv lautet Gerechtigkeit, und niemand war je groß genug, um mich einschüchtern zu können.«

»Halb George Washington, halb Sherlock Holmes.«

Corbett war sichtlich verblüfft. »Wer, zum Teufel, sind Sie, Shan?«

»Jemand, der ebenfalls Gerechtigkeit will«, sagte er.

»Sehr gut. Bislang habe ich noch jeden Fall gelöst.«

»Und wie oft haben Sie schon diese kleine Rede gehalten?« fragte Shan, während sie weitergingen.

Corbett warf einen Blick in Yaos Richtung. »Bis jetzt erst einmal«, sagte er grinsend.

Yao hatte sich bei der Armee ein Dutzend Elektrolampen geliehen und sie in einem großen Beutel mitgebracht. Er schaltete die erste ein und stellte sie am Fuß der Treppe ab. Sobald Shan und Corbett ihn erreichten, ließ er sie je eine Lampe nehmen. Kurz darauf hatten sie im Abstand von jeweils zehn Metern Lichtquellen plaziert. Yao betrat den Raum, in dem er und Shan beim letztenmal zusammengetroffen waren.

Als Corbett folgen wollte, hielt Shan ihn kurz zurück. »Was heißt das, die Diebstähle seien gleichzeitig passiert?«

»In Seattle war es Nacht, in Peking hellichter Tag. Ich glaube, die Täter sind ungefähr zum selben Zeitpunkt mit ihrer Beute entkommen.«

»Bestimmt bloß ein Zufall.«

Corbett zuckte die Achseln. »Da bin ich mir nicht so sicher.«

»Sie haben mir noch nicht erklärt, warum Sie ausgerechnet nach Lhadrung gekommen sind.«

»Wir haben gesucht. Mein Gott, wir haben jeden Stein umgedreht. Dolan war stinkwütend. Der Gründer einer der großen Softwarefirmen. Bedeutender politischer Förderer des Präsidenten. Kopf einer der wichtigsten gemeinnützigen Stiftungen von ganz Amerika. Unsere Spurensicherung war tagelang vor Ort, konnte aber nichts Verwertbares finden. Wir haben alle bekannten Kunstdiebe überprüft. Fotos der Exponate wurden an die Sicherheitskontrollen sämtlicher amerikanischen Flughäfen weitergeleitet und sogar im Internet veröffentlicht. Wir haben die Antiquitätenhändler der Region aufgesucht, die Bilder herumgezeigt und um die Meldung jedes ungewöhnlichen Vorfalls gebeten. Nach einer Woche voller Sackgassen wandte ein Großteil des Teams sich anderen Verbrechen zu, und die Akte landete auf meinem Tisch. Ich habe bei Kunstdiebstählen die beste Aufklärungsquote westlich des Mississippi.«

»Aber wieso Lhadrung?«

»Es gab nur noch mich und meine zwei Jungs, beide noch nicht lange bei unserem Verein. Wir haben uns jeden Bericht und alle Gesprächsnotizen vorgenommen. Dabei kam heraus, daß im Umkreis von achtzig Kilometern um Seattle vier verschiedene Antiquitätenläden gemeldet hatten, bei ihnen seien junge Frauen aufgetaucht, um sich nach dem Wert tibetischer Schmucksteine zu erkundigen. Die Geschichte war immer die gleiche: Irgendein Kerl habe sie in einer Bar angesprochen, ihnen einen Drink spendiert, sie mit seiner exotischen Art beeindruckt und ihnen zum Abschied als Glücksbringer einen seltenen alten Stein geschenkt. Das alles an nur zwei Abenden.« Corbett holte einen vertraut aussehenden Anhänger aus der Tasche, knapp drei Zentimeter lang, etwas mehr als einen Zentimeter breit und an den Enden verjüngt. »Ich habe einen davon gekauft.« Es war ein rot und grün gebänderter Achat mit weißen Streifen.

»Das ist eine *dzi*-Perle«, erklärte Shan. »Die Tibeter glauben, man könne damit Schutzgötter anlocken.« Er blickte auf. »War dieser Mann am Abend des Diebstahls in den Bars?«

Corbett nickte. »Und am Abend zuvor. Wir konnten zwei der Frauen ausfindig machen, weil sie ihre Steine in Kommission gegeben hatten. Keine von beiden war dem Kerl zuvor schon einmal begegnet. Sie haben sich ein paar Stunden unterhalten und getanzt. Ein harmloser Spaß, sagten sie. Eine meinte, er habe mit einem ausländischen Akzent gesprochen, der irgendwie britisch klang, aber nicht hundertprozentig. Er war dreißig bis fünfunddreißig Jahre alt. Schwarzes Haar, Schnurrbart, tiefblaue Augen. Die Augen haben ihnen besonders gefallen. Er sei viel auf Reisen und könne ihnen daher keine Adresse nennen, sagte er, aber er hat sich ihre Anschriften notiert, als wolle er bald zurückkommen, und erzählt, er würde nun nach Asien aufbrechen. Die Treffen fanden in zwei verschiedenen Bars statt, und zwischen den Bars stand ein großes Hotel. Wir haben die Gästeliste mit den Flügen des Tags nach dem Diebstahl verglichen. Siebenundzwanzig Asienreisende schienen zumindest vage zu der Beschreibung zu passen, und sechs davon hatten in dem besagten Hotel gewohnt. Es hat fast eine Woche gedauert, bis uns Kopien der sechs Paßfotos vorlagen. Anhand eines dieser Bilder haben die beiden Frauen ihn sofort und zweifelsfrei identifiziert. Ein britischer Staatsbürger namens William Lodi. Er ist von Seattle nach Peking und dann mit der nächsten Maschine nach Lhasa geflogen. Wir haben unsere Pekinger Abteilung verständigt und um Unterstützung durch die Öffentliche Sicherheit gebeten. Die chinesischen Kollegen berichteten, bei seiner Einreise habe Lodi ein Hotel in Peking als Aufenthaltsort genannt und auch tatsächlich im voraus für eine Übernachtung bezahlt, aber er ist dort nie aufgetaucht. Also führte die Öffentliche Sicherheit eine etwas umfassendere Untersuchung durch. Man fand heraus, daß er nach Lhasa geflogen war und daß er eine Exportlizenz besitzt, geltend für die Lieferungen einer Kunstgewerbehandlung. Lodi ist sogar Teilhaber des Geschäfts. Es liegt in einer kleinen Stadt, deren Namen bis dahin niemand je gehört hatte.«

»Lhadrung.«

»Genau. Als ich hier eintraf, war er leider schon wieder weg. In der Stadt heißt es, er sei irgendwo in den Bergen unterwegs. Wahrscheinlich verstecken ihn seine tibetischen Freunde, nachdem er den weltweit größten Diebstahl tibetischer Kunst begangen hat.« Corbett wartete nicht auf Shans Reaktion, sondern betrat den Freskenraum, wo Yao bereits mit der Arbeit begonnen hatte.

Ein halbes Dutzend Lampen erhellte die Kammer, und der Inspektor machte sich eifrig Notizen. Er hob den Kopf und sah Shan an.

»Es gibt in Tibet doch überhaupt keinen Markt für teure Kunstgegenstände«, sagte Shan.

Yao ignorierte den Einwand. »Wir wurden beim letztenmal unterbrochen«, sagte er. »Sie wollten mir erklären, wie man dieses Fresko gestohlen hat.«

Schweigend verharrte Shan einen Moment lang und sah, wie sich auf Yaos Miene immer mehr Verdruß breitmachte. »Zuerst erzählen Sie mir, was Ming von Surya wollte.«

»Ming hat ihn eines Tages in diesem Turm angetroffen, wo er an einem Bild malte. Ihm wurde schnell klar, daß Surya sich mit den alten Künsten auskannte und wußte, auf welche Weise die Artefakte in den Bergen versteckt wurden. Ming glaubt, die gesuchten Diebe handeln aus politischen Motiven. Es geht ihnen darum, die ursprünglich von hier geraubten Kunstwerke an die Herkunftsorte zurückzubringen.«

»Und er hat Surya verdächtigt?«

»Nur in der Hinsicht, daß sein geheimes Wissen für uns nützlich sein könnte. Surya hat in Rätseln über die Gemälde und sogenannte Orte der Macht gesprochen. Anfangs war Ming fasziniert, aber letztendlich erwies Surya sich bloß als verrückter alter Narr. Er behauptete sogar, er sei noch nie in Lhadrung gewesen, und führte sich auf, als habe er bis jetzt wie ein Tier in irgendeiner Höhle gelebt. Erst sagte er, er sei ein Mönch, dann sagte er, er sei kein Mönch. Im Büro hat er immerzu an den Lichtschaltern herumgespielt, als sähe er zum erstenmal eine Glühbirne.« Shan schaute zu Corbett, der ihm erzählt hatte, Surya habe ein Bild des Todes zeichnen sollen. Vermutlich war damit der Schutzdämon Zhokas gemeint gewesen, dessen Namen niemand aussprechen wollte.

Yao leuchtete in den Gang, der zu dem unterirdischen Wasserlauf führte, und spähte mißtrauisch in die Dunkelheit.

»Wie kommen Sie darauf, daß eine Verbindung zwischen den Dieben und diesen Ruinen besteht?« fragte Shan. »Sie wußten doch gar nichts von dem gestohlenen Fresko, bis ich es Ihnen gezeigt habe.«

»Uns ist keine konkrete Verbindung bekannt«, sagte Corbett. »Wir wissen bloß, daß dieser William Lodi auf direktem Weg von Seattle in die Berge von Lhadrung gereist ist. Laut den Experten gibt es in diesem Gebiet auch heute noch tibetische Artefakte, die schon seit Jahrhunderten in ihren Verstecken liegen, in Höhlen und alten Schreinen. Man hat hier angeblich nie so systematisch danach gesucht wie anderswo. Falls Ming recht hat, bringt Lodi das Diebesgut hierher, um es vielleicht einfach nur zu deponieren oder in einer Höhle zu vergraben. Womöglich sollen manche der Gegenstände an exakt dieselben Orte gebracht werden, von denen man sie vor einigen Jahrzehnten entfernt hat.«

»Und zu welchem Schrein sollte er wohl ein italienisches Wandgemälde aus dem achtzehnten Jahrhundert zurückbringen?«

Yao durchbohrte ihn mit einem zornigen Blick. »Das ist nur eine Theorie, mehr nicht.«

Corbett ging ein paar Schritte in den Tunnel und blieb dann stehen. »Hier gibt's nichts mehr zu holen. Diese Leute haben sich das Kunstwerk geschnappt und sind weitergezogen. Das sollten wir auch.« Er schien sich nur ungern dem tückischen Bach nähern zu wollen.

»Dies hier ist das bislang deutlichste Zeichen ihrer Anwesenheit. Vielleicht haben sie etwas hinterlassen«, sagte Yao.

»Zum Beispiel?« fragte Corbett.

Der Inspektor warf Shan stirnrunzelnd einen Blick zu und zuckte die Achseln. »Eine Blutlache.« Bei diesen Worten hielt er zwischen zwei Fingern die Holzperle einer Gebetskette hoch.

Shan erschauderte. Er traute sich nicht zu, Suryas Reaktion vorherzusagen, falls dieser tatsächlich jemanden beim Diebstahl des heiligen Gemäldes überrascht hatte.

Corbett seufzte resigniert, brachte aus seinem Rucksack ein Stirnband mit einer Lampe zum Vorschein und streifte es über. Danach holte er zusätzlich einen Strahler mit lilafarbener Linse hervor, schaltete ihn ein und ließ sich auf Hände und Knie nieder. »Ultraviolett«, erklärte er und folgte der nun sanft aufleuchtenden Blutspur zu der kleinen Zelle, vor deren Eingang Vertiefungen für einen Altar eingelassen waren und in der Shan die alte, englisch beschriftete Manuskriptseite gefunden hatte.

»Mit dieser Lampe haben Sie in dem Turm die übermalte Inschrift zutage gefördert«, mutmaßte Shan.

»Und was hat es genützt?« klagte Corbett. »Wir konnten es nicht ...« Er hob den Kopf. »Konnten Sie diese Schrift entziffern?«

Shan blickte wieder zu Yao. »Es war lediglich ein altes Mantra.« Er verstand immer noch nicht, warum Surya verzweifelt versucht hatte, den Hinweis auf den Erdpalast und die Höhle des Berggottes zu tilgen, damit niemand mehr den alten Pilgerpfad erkannte.

Yao setzte ebenfalls den Rucksack ab, nahm eine Wasserflasche heraus und trank, ohne seinen Begleitern einen Schluck anzubieten. »Spielen Sie doch mal den Fremdenführer«, sagte er. »Ich will erfahren, was Sie sehen, Genosse Shan. Sie reden wie ein Tibeter, aber haben Sie auch den entsprechenden Blick?«

»Ich kenne diese Ruinen nicht.«

»Aber Sie wissen, wie ein solches Kloster aufgebaut sein müßte.«

»In Tibet ist es nicht ratsam, irgendwelche generellen Rückschlüsse zu ziehen«, entgegnete Shan umständlich.

»Falls ich umkehre und Tan berichte, daß all seine Warnungen über Ihre Person sich als korrekt herausgestellt und Sie Ihre Chance auf Rehabilitierung dermaßen schnell verwirkt haben, wo wollen Sie dann noch Zuflucht finden? Glauben Sie, daß Sie jemals wieder Ihren Sohn zu Gesicht bekommen würden?«

Shan hielt Yaos Blick einen Moment lang stand und schaute dann in den dunklen Korridor, der vor ihnen lag. »Unter der Erde gibt es meistens eine *gonkang*«, sagte er, »einen Schrein für Dämonen und andere grimmige Schutzgottheiten. In der Nähe der *gonkang* könnten Ritualgegenstände untergebracht sein.«

»Ritualgegenstände?«

»Kostüme und Masken für Festtage. Besondere Gemälde, die nur bei feierlichen Anlässen hervorgeholt werden.«

»Schätze.«

»Ja, zumindest in den Augen der Mönche.«

»War diese Kammer mit dem Fresko eine *gonkang*?«

Shan nahm eine der Lampen, kehrte zum Eingang des Raums zurück und leuchtete die Wände ab. Es deutete nichts auf einen Altar hin, und an der Decke klebte keine dicke Rußschicht, wie sie in *gonkangs* stets von den zahlreichen Butteropfern hinterlassen wurde. »Nein. Das ist nur eine Art Vorbereitungsraum für die *gonkang*. Man soll hier zu innerer Ruhe finden.«

»Ich bin ruhig genug«, drängte Yao. »Was noch?«

»Keine Ahnung. Hier unten könnten sich Lagerräume befinden, und zwar ziemlich viele bei einem so großen *gompa*.«

»Verstecke, meinen Sie. Genau das richtige für eine Diebesbande.«

Yao folgte dem gewundenen Gang in Richtung des Sturzbachs. Shan blieb dicht hinter ihm und hielt kurz inne, um ein zehn Zentimeter langes Holzstück zu inspizieren, das unlängst irgendwo abgesplittert war. Es gab hier weder Dielen noch Stützbalken oder sonst etwas aus Holz. Auf dem Boden hatte sich vereinzelt ein wenig Staub angesammelt, und man konnte darin eine frische Spur erkennen. Sie bestand aus zwei schmalen parallelen Linien im Abstand von knapp einem halben Meter. Man hatte hier keine Leiche, sondern etwas anderes durch den Tunnel gezerrt, eventuell eine provisorische Bahre. Yao wartete bei dem kleinen Wasserbecken und beleuchtete die verblaßte Aufschrift an der Wand. »Können Sie das lesen?«

Jemand hatte die Worte mit schwungvoller Hand vor vielen Jahren hinterlassen. Shan erkannte die Buchstaben für »Leben« und daneben die kleinen Abbilder menschlicher Gestalten. »Nein«, sagte er.

Als Shan dem verängstigten Amerikaner hinterhergeeilt war, hatte sich keine Gelegenheit ergeben, die Passage entlang des Wasserlaufs genauer in Augenschein zu nehmen. Während sie nun hinabstiegen, bemerkte er, daß man die verputzten Wände einst mit Gemälden verziert hatte. Die meisten davon waren inzwischen zu Staub zerfallen oder mit Rissen und Löchern übersät. In drei Fällen jedoch war die Zerstörung erst kürzlich und mit Absicht herbeigeführt worden. Man hatte Teile der Bilder mit transparentem Isolierband versehen und andere mit dünnem Seidenpapier überklebt. An der Oberkante gab es Spuren von Fräsen und Sägen oder Meißeln.

Yao fluchte leise und fing an, die bröckelnden Fresken genauer zu untersuchen. »In dem kaiserlichen Wohnhaus wurden keine Fingerabdrücke hinterlassen, nur Latexspuren«, sagte er. »Aber das hier sieht ganz und gar nicht nach einer professionellen Arbeit aus.«

»Alter Putz kann aus vielen verschiedenen Inhaltsstoffen angerührt worden sein und alle möglichen Eigenschaften aufweisen«, gab Shan zu bedenken. »Sogar ein Profi muß womöglich erst üben.«

Nach zehn Minuten gingen sie weiter und entdeckten ein halbes Dutzend niedriger Eingänge, die dicht nebeneinander lagen.

»Meditationszellen«, erklärte Shan. Sie leuchteten jeweils kurz hinein. Die Wände bestanden aus nacktem Fels, und es gab keinerlei Mobiliar. Yao betrat den letzten der Räume. Shan schloß sich ihm an.

Es roch schwach nach Weihrauch. Ein staubbedeckter Stofffetzen in einer der Ecken mochte ursprünglich die Decke eines Mönchs gewesen sein.

»Hier drinnen haben sie gesessen, geschlafen, gegessen und gebetet«, sagte Shan. »Manchmal tage- oder wochenlang.« Er musterte Yao, der für eine Sekunde unschlüssig gewirkt hatte. »Wenn Tibeter meditieren, können sie sich an einen Ort begeben, den weder Sie noch ich je erreichen werden.«

Yao runzelte die Stirn, hockte sich vor das Stück Stoff und leuchtete es ab. Er schien es nicht berühren zu wollen. »Das ist mein vierter Besuch in diesen Ruinen«, sagte er. »Jedesmal glaube ich etwas zu hören, aber sobald ich lausche, ist da nichts mehr, außer vielleicht eine Art Schwingung, wie ein altes Echo. Kein wirkliches Geräusch, eher eine Ahnung.«

Shan sah ihn nachdenklich an. Der Inspektor bediente sich einer merkwürdigen Sprache. Manchmal klang er wie ein Polizist, manchmal wie ein Parteimitglied, aber bisweilen auch wie ein Professor. Yao erwiderte den Blick mit einer gewissen Belustigung. Wollte er Shan verspotten? Oder galt seine Herablassung dem *gompa*?

Der Inspektor stand auf. »Sie müssen eine Entscheidung treffen, Genosse«, stellte er kühl und ruhig fest. »Es gibt noch eine andere Vorgehensweise, nämlich die von Oberst Tan. Wir schicken Truppen in die Berge und schleppen jeden Mann, jede Frau und jedes Kind herbei, jede Ziege und jeden Yak. Dann warten wir ab, was für Geständnisse dabei herausspringen. Tan sagt, das funktioniert immer.«

»Ich muß sicher sein, daß Sie mich nicht belügen«, sagte Shan. »Sowohl im Hinblick auf meinen Sohn als auch bezüglich Ihrer Ermittlungen.«

Einen Moment lang schaute Yao verunsichert an Shan vorbei zum Eingang, als frage er sich, ob Shan ihn wohl nicht mehr aus dem Raum lassen oder gar in die Wasserrinne stoßen würde. Dann verhärtete sich seine Miene. »Ich habe Ihnen bereits alles gesagt.«

»Ihre Tätigkeit ist beredter als Ihre Worte.«

»Meine Tätigkeit? Als Ermittler für die höchsten Regierungsstellen? Sie haben viele Jahre lang das gleiche gemacht, Genosse.«

»Ganz genau.«

Einer von Yaos Mundwinkeln hob sich wie zu einem Lächeln. »Oberst Tan hat vorausgesagt, daß Sie unter allen Umständen und wider jede Vernunft versuchen würden, die Tibeter zu schützen. Er hat uns geraten, jedes Ihrer Worte sorgfältig zu bedenken, weil Sie nie etwas Zufälliges oder Dummes täten. Wie Sie sich erinnern, wollte er uns heute Soldaten mitgeben, aber ich habe es abgelehnt. Diesmal. Es war als eine Geste des Vertrauens gedacht, um Ihnen zu zeigen, daß für Sie tatsächlich eine Gelegenheit zur Rehabilitierung besteht.« Er trat einen Schritt vor, doch Shan rührte sich nicht. »Ich will nur die Wahrheit herausfinden«, sagte Yao.

»Nein«, widersprach Shan. »Es stimmt, ich habe viele Jahre in Ihrem Beruf gearbeitet. Daher weiß ich genau, was Sie wollen, denn es ist immer das gleiche: Sie wollen den Fall abschließen und müssen zu diesem Zweck mit einer politisch verträglichen Lösung aufwarten. Einige Ankläger sind zu der Erkenntnis gelangt, daß Tibeter für jeden offenen Fall die idealen Täter darstellen. Es handelt sich um gesellschaftliche Außenseiter, und zudem sind sie genetisch minderwertig, wie manche Wissenschaftler gern aussagen werden. Niemand setzt sich für sie ein. Ihre Abneigung gegen Peking ist bekannt. Sie sind erklärtermaßen politisch unerwünscht, dabei aber kräftig genug, um viele Jahre Zwangsarbeit leisten zu können.«

Yao runzelte erneut die Stirn und seufzte. »Bislang ist der Versuch Ihrer Rehabilitierung wohl eher ein Fehlschlag.« Er drängte sich hinaus auf den Gang, hielt inne, griff in die Tasche und reichte Shan einen Papierstreifen. Darauf stand eine lange Ziffernfolge, deren Aufbau vertraut wirkte. Shan schob unwillkürlich den Ärmel hoch und verglich die Zahlen. Es war eine *lao-gai*-Registrierungsnummer.

»Das ist seine Kennung. Die Grube liegt im Nordwesten Xinjiangs«, erklärte Yao und bezog sich damit auf die riesige Provinz nördlich von Tibet, ein Land voller Wüsten und einsamer, unwirtlicher Bergketten, das als bevorzugte Region für Straflager galt.

Shan umschloß das Papier mit der Faust. »Sie haben mir

noch immer nicht verraten, warum Sie hier sind. Es liegt nicht allein an dem Besuch des FBI-Agenten oder der Gleichzeitigkeit der Verbrechen.«

»Ming hat unter den alten Papieren in Qian Longs Haus die Kopie eines Briefes gefunden. Der Kaiser schrieb darin, er wolle seinen Freunden in Lhadrung als Anerkennung etwas Prächtiges aus seinem persönlichen Besitz schicken.«

»Was für Freunde?«

»Das wissen wir nicht. Wie Sie schon sagten, er hatte Lamas in seinem Hofstaat.«

»Und woher wissen Sie, daß der Brief echt ist?«

»Weil Ming es gesagt hat«, entgegnete Yao unwirsch. »Ming hat dem Vorsitzenden sowohl den Diebstahl als auch den Brief gemeldet.«

»Wollen Sie andeuten, man habe das Fresko entwendet, weil Peking vor zwei Jahrhunderten versprochen hat, Tibet ein prächtiges Geschenk zu machen? Ein politisch motivierter Diebstahl?«

Yao lächelte nur und ging dann weiter zu den beiden verbleibenden Kammern, die ein kurzes Stück oberhalb des Wasserbeckens lagen, aus dem Corbett beinahe in den Tod gestürzt war.

Der erste Raum war leer, abgesehen von der Staubschicht in einer der Ecken. Man sah dort die Abdrücke schwerer Wanderstiefel. Tibeter trugen keine solch teuren Schuhe. Es gab mehr als ein Dutzend Spuren in mindestens zwei verschiedenen Größen.

Der zweite und letzte Raum wurde dank der Austrittsöffnung des Wasserfalls vom Sonnenlicht erhellt. Im Innern herrschte totales Chaos. Es lagen überall Tonscherben verstreut, und zwar mitten im früheren Inhalt der zerschlagenen Töpfe. Mehl, Zucker, Reis, aufgerissene Tütensuppen. Ein kleiner Gaskocher mit verbogenem Rahmen, als habe jemand kräftig zugetreten. Zerfetzte Teebeutel, wie sie im Westen üblich waren, ein jeder mit einem kleinen, englisch beschrifteten Anhänger versehen. Ein Karton Latexhandschuhe, in den man ein Glas Honig geleert hatte. Daunen aus zwei aufgeschlitzten Schlafsäcken.

Yao wies auf die Abdrücke in Mehl und Zucker.

»Wenigstens drei verschiedene Paar Stiefel. Die hier stammen vermutlich von den Eigentümern der Vorräte«, sagte Shan und zeigte auf die Spuren am Eingang. Die Personen hatten sich von dort aus einen Überblick verschafft.

Nur eine Fährte verlief direkt in die entlegenste Ecke, und sie wies als einzige nicht das tiefe Profil westlicher Machart auf, sondern war glatt, wie bei den Sohlen der weichen Stiefel, die von vielen Tibetern bevorzugt wurden. Shan folgte ihr zu einem anderen Tongefäß, das unter einer Plane verborgen lag. Es enthielt in Plastik verpackte Batterien, deren Größe zu der metallenen Taschenlampe gepaßt hätte, die Shan bei seinem ersten Besuch aufgefallen war. Daneben fand sich eine leere Zigarillopackung. Mit Rum verfeinert, stand auf dem Etikett.

Yao gab ein leises zufriedenes Geräusch von sich, das wie ein Schnurren klang, und fing an, den Raum zu untersuchen. Er leuchtete in jeden Winkel und sogar an die Decke. Innerhalb der nächsten fünf Minuten stieß er auf mehrere Ladestreifen für ein Gewehr, die in einem weiteren Tongefäß verstaut waren, sowie auf eine kleine, mit Verputzstaub bedeckte Akkukreissäge.

»Uns liegt die chemische Zusammensetzung des Wandverputzes von Qian Longs Haus vor«, verkündete Yao, hob mit siegreichem Lächeln die Säge und nahm das Blatt heraus. »Falls hieran auch nur ein mikroskopisch kleiner Krümel davon klebt, werden wir ihn finden.«

Shan starrte ihn an und nickte wortlos. Er hatte sich unterdessen noch einmal mit den Fußspuren beschäftigt. Die glatten Abdrücke waren als erste hinterlassen worden, so als habe ein einzelner Tibeter die Verwüstungen angerichtet. Surya trug solche Stiefel.

Zehn Minuten später trafen sie wieder bei Corbett ein. Er stand mit einer Pinzette in der Hand über einen flachen Stein gebeugt. Darauf lag ein Blatt Papier, auf dem der Amerikaner die Ergebnisse seiner ausführlichen Suche angeordnet hatte. Drei filterlose Zigarettenstummel. Ein weiterer der kleinen Zigarrenreste aus dem süßlich riechenden Tabak. Vier Rasierklingen, die in einer Felsritze gesteckt hatten. Ein Stück breites Isolierband, das in der Mitte gefaltet worden war, so daß die Klebeflächen aneinanderhafteten. Mehrere Splitter, offenbar von einem Knochen. Bruchstücke eines dunkelblauen Steins, eventuell Lapislazuli, der von tibetischen Künstlern häufig verwendet wurde. Mehr als fünfzig Perlen von Suryas Gebetskette. Und winzige graue Späne, die Shan nicht zuordnen konnte.

»Silber«, erklärte Corbett. »Das sind Silberpartikel.« Er nahm den größten der Späne mit der Pinzette und hielt eine der Lampen dicht daneben.

»Woher?« fragte Yao.

»Vielleicht gab es hier noch irgendein anderes Kunstwerk«, spekulierte der Amerikaner. »Irgendwas mit Silber und Edelsteinen, die man womöglich aus ihren Fassungen gehebelt hat.« Er nahm ein zweites Stück, das wie ein kleiner Obstkern aussah. »Das hier ist anders. Ich bin oft genug in der Gerichtsmedizin gewesen. Es ist eine silberne Zahnfüllung.«

»Die Tibeter in dieser Gegend haben keine silbernen Zahnfüllungen«, stellte Shan ruhig fest. »Wenn ein Zahn weh tut, wird er gezogen.«

»Die Blutspur fängt da drüben an«, sagte Corbett und leuchtete in Richtung der Zelle, in der Shan die Manuskriptseite gefunden hatte. »Dort ist der Angriff erfolgt, und dem Opfer wurde eine Wunde zugefügt. Als der Verletzte den Durchgang erreichte, hat er bereits stark geblutet. Ich glaube, er ist in sein eigenes Blut getreten.« Der Amerikaner beleuchtete eine Stelle der grausigen Fährte, die Shan bisher entgangen war. Man erkannte den vorderen Teil einer Stiefelsohle, versehen mit dem gleichen Profil, das Yao und er in der unteren Kammer gefunden hatten. Corbett leuchtete den weiteren Verlauf der Spur ab. »Er ist gestürzt, hat aber vorher noch versucht, sich festzuhalten.« Er deutete auf die steinerne Wand neben der Türöffnung. Es gab dort einen roten Schmierfleck samt den Umrissen einer Handfläche und mehrerer Fingerspitzen. Das Licht folgte den Spuren auf der anderen Seite der Lache, den verwischten Abdrücken glatter Sohlen. »Während das Opfer sterbend am

Boden lag, ist jemand hinzugekommen. Oder unmittelbar nach dem Tod des Verletzten.«

»Surya«, flüsterte Shan.

»Das ist nicht das Verbrechen, um das wir uns kümmern sollten«, warnte Yao.

Eine seltsame Stille senkte sich über den Raum. Corbett behielt das Licht auf die Fußabdrücke gerichtet und zeigte, wie Surya zu der Ecke gegangen war und vor der neunköpfigen Gottheit verharrt hatte. Die meisten der Holzperlen waren in einen Bodenspalt zu Füßen des Gemäldes gefallen. Shan spürte, daß der Amerikaner den Ablauf der Ereignisse begriff. Surya war entsetzt in die Ecke zurückgewichen und hatte im Angesicht der Gottheit die Schnur seiner *mala* zerrissen.

»Eine partielle Wahrheit existiert nicht«, hörte Shan sich mit bekümmerter Stimme sagen. »Es gibt nur die vollständige Wahrheit.« Er blickte auf und bemerkte, daß beide Männer ihn ansahen.

»Was soll das heißen?« fragte Yao.

»Ganz einfach«, erwiderte Shan mit einer Gewißheit, die plötzlich aus einem unbekannten Ort in seinem Innern aufstieg. »Sie werden niemals verstehen, was in Seattle und Peking passiert ist, wenn Sie nicht auch ergründen, was sich hier in diesem Raum und in Gegenwart jenes Gottes zugetragen hat.« Er sah zu dem machtvollen Wandgemälde neben der Blutlache und erwartete, daß seine Begleiter mit Verärgerung oder zumindest mit Spott reagieren würden, doch sie starrten nur wortlos die neunköpfige Gottheit an. Hatte man die Gestalt geblendet, weil sie Augenzeuge der Vorfälle geworden war?

»Da ist noch etwas«, sagte Corbett und richtete seinen Strahler auf den unteren Teil der Wand gleich außerhalb der Kammer. »Er hat versucht, eine Botschaft zu hinterlassen.« Der Amerikaner wies auf das Oval mit dem Kreis und dem Quadrat darin. »Jemand hat das dort gezeichnet und ein Wort geschrieben.« Shan hatte dem Fleck über der Zeichnung keine Bedeutung beigemessen und vermutet, der Sterbende habe sich dort vielleicht abgestützt. Doch im Licht von Corbetts Lampe schimmerten Schriftzeichen unter der Schmierspur.

»Was da leuchtet, ist Blut«, sagte Corbett. »Darüber liegt eine ebenfalls rote Farbschicht.« Er schaltete den Ultraviolettstrahler ab, und die Buchstaben verschwanden. »Jemand hat mit Blut etwas geschrieben, ein anderer es mit Farbe wieder verdeckt. Mit der gleichen Farbe wie oben im Turm.« Er schaltete das Licht wieder ein. »Was steht da?«

»Nyen Puk. Das heißt Höhle des Berggottes«, sagte Shan. »Die Nachricht könnte unvollständig sein. Manchmal schreibt ein Sterbender ein letztes Gebet.« Surya hatte verzweifelt versucht, jeden Hinweis auf den Berggott zu tilgen. Das Opfer jedoch hatte den letzten Atemzug und das eigene Blut auf das genaue Gegenteil verwandt.

»Sie meinen, der Tote war Tibeter?« fragte Corbett.

Shans Hand schloß sich um den Spielchip in seiner Tasche. »Ich weiß es nicht«, sagte er und holte den Chip hervor. »Das lag in der Blutpfütze. Vielleicht hat es dem Opfer gehört.« Es war, als sei der Tote tibetisch und doch nicht tibetisch gewesen.

Corbetts Augen leuchteten auf. »Nein, nicht dem Opfer!« rief er. »Warum haben Sie ...« Er beendete die Frage nicht, sondern nahm sich die Plastikmünze und betrachtete sie genauer. »Er war hier, das ist der Beweis.« Corbett reichte den Chip an Yao weiter. Der Inspektor runzelte die Stirn, warf aber nur einen kurzen Blick darauf.

»Dieser Mistkerl hat schon wieder getötet«, sagte der Amerikaner und klang dabei fast hoffnungsvoll. »Und er hat dem Sterbenden diesen Chip hingeworfen, als Verhöhnung, als verächtliche Geste.«

Er sah Shan an. »Wir haben Lodis letzte Reisen ermittelt. Er ist aus London in die USA geflogen, aber bevor er nach Seattle kam, hat er zunächst drei Tage in Nevada verbracht. In Reno.«

Corbett hätte genausogut behaupten können, der Mann stamme nachweislich aus einem *bayal*, einem der mythischen verborgenen Länder. Das alles schien vollkommen unmöglich, so als hätten sich in dieser düsteren Kammer für kurze Zeit zwei verschiedene Welten überlappt. Zurückgeblieben waren ein Toter, ein neunköpfiger Gott und der Plastikchip eines

Spielkasinos – und das mitten in einem vergessenen Tempel der Erdbändigung aus den Anfängen des tibetischen Buddhismus.

»Surya kam nach oben und sagte, er habe einen Mord begangen«, erzählte Shan. »Wenige Minuten später bin ich dann hier eingetroffen. Er hätte die Leiche nicht wegtragen können, ohne von Kopf bis Fuß mit Blut besudelt zu werden, und hätte er sie über den Boden geschleift, wäre eine entsprechende Spur geblieben. Aber als ich den Raum betrat, war der Tote verschwunden.«

»Weil Lodi noch hier unten gelauert hat«, sagte Corbett. »Er hat sich versteckt und abgewartet, bis er die Spuren seiner Tat beseitigen konnte.«

»Die Diebe hatten sogar ein Vorratslager«, merkte Yao an und schilderte dem Amerikaner die Funde. »Der alte Mönch muß die Tat mit angesehen haben. Wahrscheinlich war er verängstigt und verwirrt und ist zurück nach oben gelaufen.«

»Aber warum sollte Lodi ein Fresko stehlen, das sich ohnehin in Tibet befand?« fragte Shan.

Der Amerikaner seufzte und starrte erneut in die Dunkelheit. »Was geht hier vor, verdammt noch mal?« Er klang plötzlich müde. Es schien, als würde er mit jemandem in den Schatten sprechen.

Sie betraten den Korridor, der zur Treppe führte, und untersuchten die Wände. Die Gewölbe kamen Shan irgendwie unvollständig vor. Es gab keine *gonkang*, nur einen Vorbereitungsraum, in dem man beten und sich für die Begegnung mit den grimmigen Schutzgöttern wappnen konnte. Shan ging die dreieinhalb Meter bis zum Ende des Tunnels. Die Felswand hier bestand aus einer massiven Platte mit kleineren Steinen an den Rändern. Die Oberkante war leicht nach innen geneigt, und auf der glatten Fläche stand in großen roten Lettern das *mani*-Mantra. Shan leuchtete die Aufschrift aus mehreren Winkeln an. Die Farbe blätterte ab. Als er eines der Schriftzeichen berührte, fiel ein weiteres Stück zu Boden. Man hatte die Worte mit breitem schnellen Pinselstrich und längst nicht so elegant wie an den anderen Stellen aufgetragen. Shan widmete sich den Ecken der Nische und fuhr mit den Fingern über die Risse zwischen den kleineren Steinen. Da spürte er etwas Seltsames. Luft. Er hielt seine Hand vor eine der Spalten. Es drang ein kaum wahrnehmbarer Luftzug daraus hervor. Zögernd richtete Shan die Lampe nach oben. In mehr als drei Metern Höhe gab es einen Farbfleck, und zwar genau in dem Winkel aus Decke, rückwärtiger und linker Wand.

»Was ist los?« ertönte hinter ihm eine schroffe Frage. Yao leuchtete nun ebenfalls in die Nische.

»Gar nichts«, entgegnete Shan unschlüssig. »Da ist was auf dem Fels. Wahrscheinlich eine Flechte.«

»Im Dunkeln wachsen keine Flechten«, wandte eine tiefe Stimme ein. Corbett kam näher, leuchtete kurz nach oben, trat dann dicht vor die Rückwand und musterte die Aufschrift. »Diese Farbe unterscheidet sich von allen anderen hier. Sie ist wesentlich jünger. Und irgendwie kommt sie mir wie ein billiger Fassadenanstrich vor.« Er hob eines der abgeblätterten Farbstücke auf und zog an beiden Enden. Es war elastisch.

Shan schaute abermals zu dem Fleck unterhalb der Decke empor.

»Ich wiege am meisten«, verkündete der Amerikaner. »Wer von Ihnen beiden möchte klettern?«

Gleich darauf beugte er sich vor. Shan stieg erst auf seinen Rücken und dann mit Yaos Hilfe weiter auf die Schultern. Corbett richtete sich vorsichtig auf, und Shan stützte sich derweil an der Wand ab. Am Ende befand sich Shans Kopf weniger als eine Armeslänge unter der Decke.

»Und?« fragte Corbett ächzend.

»Jemand sieht uns zu«, sagte Shan langsam. Auf einem Stück Verputz war hier ein Auge aufgemalt und wurde zum Teil durch die Rückwand verdeckt. Shan erkannte es sofort. Es war ein häufiges Symbol auf Wandgemälden und *thangkas*. Vermutlich gehörte es zu einem weitaus größeren Bild, das ursprünglich die gesamte Seitenwand eingenommen hatte. Die vermeintliche Rückwand des Tunnels war gar keine Rückwand, sondern eine herabgestürzte Deckenplatte. Der Einsturz ging wahrscheinlich auf die Bombardierung des Klosters zurück, aber danach hatte jemand sorgfältig alle Reste des Wandgemäldes entfernt, nur nicht das Auge, das dort oben in den Schatten verborgen blieb. Shan hielt sich oben im Winkel fest, leuchtete mit der anderen Hand nach unten und erkannte schnell, daß die kleineren Steine nicht zufällig gefallen, sondern mit Mörtel geschickt an Ort und Stelle befestigt worden waren. Jemand hatte absichtlich einen Teil der alten Ruinen getarnt.

Als Shan von Corbetts Rücken stieg, wurde ihm klar, daß der Amerikaner Verdacht geschöpft hatte, denn er leuchtete den Winkel ab und beäugte den raffiniert versteckten Mörtel.

»Also, was hat das alles zu bedeuten?« fragte Yao.

Shan musterte die beiden Männer, spürte dann in seiner Tasche aber den Streifen mit der Registrierungsnummer, den der Inspektor ihm gegeben hatte. Er bat Yao um ein Stück Papier und skizzierte zwei Lagepläne. Dabei fing er am linken Rand des Blattes mit der Schlucht und dem oberirdischen Ruinenfeld an und markierte die Stelle, an der das Wasser aus der Felswand strömte. Dann drehte er das Blatt um und zeichnete – wiederum von links – den breiten Treppenkorridor, den Freskenraum und den Tunnel, der zu dem Sturzbach im Innern des Berges führte. Schließlich faltete er das Blatt in der Mitte, so daß die erste Skizze über der zweiten lag.

»Sehr hübsch«, lobte Corbett. »Aber was wollen Sie damit beweisen?«

Shan deutete auf die nach innen geneigten Felswände am oberen Ende der Treppe, die von den Sockeln zweier großer Gebetsmühlen flankiert wurden. Dann zeigte er auf eine etwas entfernte Stelle an der Oberfläche. »Es ist eine symmetrische Anlage. Die andere Seite wurde fast vollständig zerstört, aber wenn man den Hang über unseren Köpfen erklimmt, kann man dort eine identische Anordnung von Felswänden und Podesten erkennen, und zwar in gerader Linie von hier, knapp zweihundert Meter entfernt.«

»Symmetrisch«, wiederholte Yao zweifelnd.

Shan nickte. »Alles hier wurde sorgfältig von Künstlern und Lamas geplant.« Er klappte ein weiteres Mal die Skizzen übereinander. »Die Wände da drüben liegen exakt unserer Treppe gegenüber.«

»Auch dort gibt es Stufen«, sagte Corbett.

»Zwei Treppen, und zwar an den beiden Enden eines breiten unterirdischen Korridors«, bestätigte Shan. »Und das bedeutet, daß wir den Hauptteil der Gewölbe noch gar nicht gesehen haben.«

Sie stiegen nach oben. Shan ging voran und hielt dabei unauffällig nach Gendun Ausschau. Fünf Minuten später standen sie auf der anderen Seite des *gompa* und betrachteten die Reste zweier Felswände, die genau gegenüber der westlichen Treppe lagen. Vor jeder der Wände stand ein Sockel. Große Skulpturen, vor allem Steinmetzarbeiten, kamen in tibetischen Klöstern nur selten vor, aber wie in so vielen anderen Punkten schien Zhoka auch in dieser Hinsicht eine Ausnahme darzustellen. Von der rechten Statue war nur noch ein lebensgroßer Fuß in einer Sandale übrig. Auf dem linken Podest saß im Lotussitz eine enthauptete Gestalt, die ein Mönchsgewand trug. Der Treppenaufgang zwischen den beiden Wänden war mit Schutt, Tonscherben und Felsbrocken gefüllt, auf denen Flechten und ein paar kümmerliche Sträucher wuchsen. Ein oberhalb gelegenes Gebäude war mitten in die Öffnung gestürzt.

Corbett folgte dem Verlauf der nördlichen Wand, blieb in fünfzehn Metern Entfernung stehen und rief nach den anderen. Als Shan bei ihm eintraf, wies der Amerikaner nach unten auf eine Lücke im Schutt, ein etwa anderthalb Meter tiefes und ebenso breites Loch. Dann aber nahm Corbett einen Stein und ließ ihn in die Öffnung fallen. Der Kiesel prallte vom Boden ab. Das war keine flache Vertiefung. Es war ein Schacht, dessen Öffnung von einer braungrauen Plane verdeckt wurde, deren Farbe genau zu den Felsen paßte. Corbett bückte sich und hob eine Ecke der Tarnung an. Der Schacht, an dessen Wand eine primitive Leiter lehnte, verlief noch weitere sechs Meter nach unten. Jemand hatte sich durch die Trümmer gegraben.

»Demnach weiß irgendwer über Ihre Gewölbe Bescheid«, murmelte Corbett und ließ den Blick über das Gelände schweifen.

»Warum gerade jetzt?« fragte Yao. »So viele Jahre sind vergangen, und auf einmal fängt jemand an zu graben.«

Eine berechtigte Frage, dachte Shan. Konnten es die Mönche gewesen sein? Gehörte das alles irgendwie zu Genduns Plan, das *gompa* insgeheim zu neuem Leben zu erwecken?

Der Amerikaner hob einen Zigarettenstummel vom Boden auf und zeigte ihn den anderen.

»Lodi«, vermutete Corbett und deutete auf die kleine Aufschrift der Zigarette. »Er bevorzugt amerikanische Marken. Genau wie bei den Stummeln, die in der Nähe der Blutlache gelegen haben.« Er roch an dem Tabak. »Das Ding ist noch nicht alt, höchstens ein paar Tage.« Plötzlich erstarrte er und neigte den Kopf nach Süden. »Hören Sie das auch? Da weint jemand.«

Shan und Yao sahen sich an. Shan hörte nichts.

Corbett musterte die schroffe Landschaft im Süden und machte dann ein paar kleine zögernde Schritte in diese Richtung. Shan und Yao suchten die nähere Umgebung nach weiteren Spuren ab. Zwischen den Felsen befanden sich mehrere rechteckige Flächen mit nacktem Erdboden, wahrscheinlich ehemalige Gärten. An einigen Stellen gab es längliche schmale Abdrücke, eventuell von Stiefeln, aber der Wind hatte sie verweht und ließ keine präzisere Bestimmung zu. Als Shan aufblickte, war Corbett nicht mehr da. Yao starrte die kopflose Statue an und wirkte seltsam beunruhigt.

Ein jähes Stöhnen durchbrach die Stille. Shan lief zu dem Fleck, an dem er den Amerikaner zuletzt gesehen hatte. Corbett saß kreidebleich auf einem Felsen und hob warnend die Hand.

»Das wird mir allmählich zuviel«, brachte er mühsam über die Lippen. »Was geht hier vor?«

Yao lief an Corbett vorbei und verschwand hinter den Resten einer hohen Steinmauer. Shan folgte ihm und gelangte auf einen einstigen kleinen Innenhof. Dort bot sich ihm ein makabrer Anblick. Auf einem provisorischen Brettertisch lagen Gebeine. In der Mitte waren fast zwanzig alte, gelblich verfärbte Schädel ordentlich nebeneinander aufgereiht. Sie schienen die Neuankömmlinge aus ihren leeren Augenhöhlen anzustarren. Davor lagen zahlreiche kleinere Knochen. Eine vollständige Hand. Ein halbes Dutzend Oberschenkel. An beiden Enden des Tisches stand jeweils eine jener kleinen Kohlenpfannen, in denen man Dufthölzer verbrannte, um Götter anzulocken.

Yao blieb wie angewurzelt stehen, während Shan den Tisch umrundete.

»Wie nach einem Blutbad«, sagte eine tiefe Stimme. Shan sah Corbett neben Yao stehen. Der Amerikaner hielt sich den Bauch. »Hier muß ein regelrechtes Gemetzel stattgefunden haben. Wir brauchen Gerichtsmediziner und die Spurensicherung.«

Yao sah Shan an. Dann senkte er den Blick und holte seinen Notizblock hervor. »Nein, das ist nicht nötig«, sagte er leise. »Das hier hat nichts mit unserem Fall zu tun.«

Doch Shan war anderer Ansicht. Die Trümmer in dem tiefen Treppenaufgang konnten von einer Kapelle stammen, und an jenem furchtbaren Tag vor fast fünfzig Jahren hatten einige Mönche sich vielleicht darin versammelt, als das Ende nahte. Nun war jemand durch den Schutt vorgedrungen. Womöglich handelte es sich gar nicht um Plünderer, sondern um Tibeter, die den Toten endlich die letzte Ehre erweisen wollten.

Als Shan sich über den Tisch beugte, trat Corbett einen Schritt vor.

»Da stehen Verwünschungen.« Yao wies auf eine Schriftzeile am Rand eines dicken Bretts. »Leute, die so etwas tun, hinterlassen Bannflüche, damit niemand sich einmischt.«

Shan betrachtete die Worte. Sie waren erst kürzlich mit einem Stück Kreide oder Verputz aufgeschrieben worden. Es gelang ihm nicht auf Anhieb, die tibetischen Schriftzeichen zu entziffern. Nach einer Weile wurde ihm klar, daß er zwar die einzelnen Worte, aber nicht den Sinn ihrer Aufeinanderfolge verstand. Er las sie wieder und wieder. »Das ist kein Fluch«, sagte er schließlich. »Da steht ...«

»Was denn?« fragte Corbett, der den Blick nicht von den Gebeinen abwenden konnte.

Shan hatte vor lauter Erstaunen unwillkürlich hinaus auf das Ruinenfeld geschaut. »Da steht folgendes«, sagte er und zeigte beim Lesen auf die jeweiligen Worte. »Nicht die Zeit, sondern die Schönheit hat uns ereilt.«

Ehrfürchtig strich er über den ersten der gelben Schädel, als würde er die Wange eines lieben alten Freundes berühren. Als Shan aufblickte, starrte Yao ihn merkwürdig herausfordernd an.

»Das beweist nur, daß hier Tibeter am Werk sind«, sagte Yao und fand zu seinem sachlichen Tonfall zurück. Er nahm einen der Oberschenkel vom Tisch. »Sie sagten doch, Sie hätten einen solchen Knochen in den Gewölben gesehen. Die werden von den Tibetern weiterverarbeitet, nicht wahr, Genosse?« Er klang, als wolle er Shan zu einem Geständnis zwingen.

»Ja, man macht daraus Trompeten«, bestätigte Shan.

»Und die werden dann mit Silber überzogen«, fügte Yao hinzu. »Vielleicht will Lodi sie in Lhadrung verkaufen, oder er verschifft sie als angebliche Antiquitäten nach Übersee. Falls er und seine Komplizen tatsächlich so wild auf alte Knochen sind, dürften sie bei der Beschaffung wohl kaum zimperlich sein. Glauben Sie nicht auch?« Er wartete die Antwort nicht ab, sondern ging zu seinem Rucksack und griff hinein. Als er sich hinter die Steinmauer zurückzog, sah Shan in seiner Hand ein kleines schwarzes Funkgerät.

Corbett betrachtete noch immer die Schädel.

»Können Sie mir erklären, was gestern geschehen ist, als Sie beinahe ums Leben gekommen sind?« fragte Shan. »Ich verstehe es nämlich nicht.«

»Was genau meinen Sie?«

»Ich meine die alte Inschrift an der Wand. Sie hatte nichts mit William Lodi oder Ihrem Fall zu tun, und doch haben Sie die Stiefel ausgezogen, sind in das eiskalte Wasser gestiegen und fast in den Tod gestürzt. Weil Sie sich für alte tibetische Schriftzeichen an einer Wand interessiert haben.«

Shans Worte schienen dem Amerikaner einen Stich zu versetzen. Corbett senkte den Kopf, trat dann vor und umkreiste den Tisch mit den Gebeinen. »Zuerst dachte ich, einer von denen hier könnte unser Opfer aus den Gewölben sein. Aber die sind alle schon vor vielen Jahren gestorben, nicht wahr?« fragte er nach einem Moment.

»Ja.«

»Demnach sind hier Grabräuber am Werk.«

»Es gibt in diesem Teil von Tibet keine Gräber.«

Der Amerikaner runzelte verärgert die Stirn. »Na klar. Niemand stirbt hier.«

Shan sah zurück zu den Schädeln. »Was wissen Sie über die Geschichte Tibets, Mr. Corbett?«

Der Amerikaner sagte nichts.

»Was hat der Inspektor Ihnen über diesen Ort erzählt?«

»Es hieß, das hier sei eine Art Schule gewesen. Eine alte Kunstschule, die schon vor langer Zeit geschlossen wurde. Wie es aussieht, muß das mindestens ein Jahrhundert zurückliegen. Sie stand auf Yaos und Tans Liste der möglichen Verbrecherverstecke.«

»Es war ein Kloster, ein sogenanntes *gompa*. Die Armee und die Roten Garden haben fast alle tibetischen *gompas* zerstört, insgesamt viele tausend. Orte wie dieser, die zu abgelegen für den Einsatz von Infanterie waren, wurden aus der Luft bombardiert. Ich habe Augenzeugenberichte darüber gehört. Viele Mönche hatten noch nie Flugzeuge zu Gesicht bekommen, hielten sie für Himmelsgottheiten und winkten ihnen zu, als die Maschinen zum Angriff ansetzten.«

Der Amerikaner schaute von Shan zu den Schädeln und zurück zu Shan. Im ersten Moment wirkte er beunruhigt, dann nur noch verwirrt. »Hören Sie, die Geschichte Tibets hat nichts mit mir zu tun. Das hier ist nicht mein Land. Ich bleibe bloß für ein paar Wochen, fahre dann nach Hause und komme nie mehr her.« Sein Blick wanderte langsam erneut zu den Schädeln. »Die haben einfach Bomben geworfen?« fragte er nach langem Schweigen. »Auf Mönche?«

Shan verspürte einen Schauder auf dem Rücken. Als er sich umdrehte, stand Yao in dem verfallenen Torweg und starrte ihn wütend an. »Sogar in Ihrem Land, Mr. Corbett, haben Kriminelle vermutlich ganz eigene Ansichten über die Gesellschaft und ihre geschichtliche Entwicklung.«

Corbett nickte zögernd. »Und dennoch«, sagte er nachdenklich und ging wieder zum Tisch. »Diese Schädel sind sonderbar. Ich habe ein Jahr bei der Gerichtsmedizin gearbeitet.«

Er deutete auf die Nahtstellen der Knochenplatten. »Diese Leute sind alle ziemlich jung gestorben. Ich möchte wetten, keiner von denen war älter als vierzig.« Er zuckte die Achseln, ging dann an Yao vorbei und verließ den Innenhof.

Yaos Gesicht war dunkelrot angelaufen, und seine Augen glichen Dolchen, die Shan nun durchbohrten. »Ich glaube, Oberst Tan hat sich geirrt«, knurrte der Inspektor. »In Wahrheit sind Sie ein Dummkopf. Die Verbreitung reaktionärer Ansichten schadet uns allen, am meisten aber Ihnen selbst. Ich bin mir nicht sicher, weshalb Sie aus der Haft entlassen wurden. Ich weiß nur, daß es auf Tans Anweisung hin geschah. Aber Tans Anweisungen können widerrufen werden.«

Shan sah ihn teilnahmslos an und ermahnte sich ein weiteres Mal, nicht auf Yaos nachlässiges Äußeres hereinzufallen. Der Mann besaß großen Einfluß und war zweifellos ein hochrangiges Parteimitglied. Die kalte, berechnende Art und beiläufige Grausamkeit dieser Funktionäre war ihm längst zur zweiten Natur geworden. »Falls Sie die Bevölkerung dieser Gegend verstehen wollen«, sagte Shan nach einem Moment, »müssen Sie begreifen, was Sie hier vor sich sehen und was diese Leute in den letzten fünfzig Jahren durchgemacht haben.«

»O nein«, widersprach Yao barsch. »Tibeter begehen Verbrechen aus Angst, aus Gier und aus Leidenschaft, genau wie jeder andere. Es ist immer das gleiche. Letztendlich liegt es daran, daß der kriminelle Verstand sich weigert, den Direktiven des Sozialismus zu folgen.«

Shan wich dem stechenden Blick nicht aus. »In Peking feiern Sie damit bestimmt stürmische Erfolge, Inspektor Yao.«

Yao verzog den Mund. Dann hob er achselzuckend das Funkgerät. »Die Helikopterpatrouillen melden sechs oder sieben Tibeter in den Bergen südlich von hier. Ein Mann und ein Kind sowie eine weitere Gruppe von drei oder vier Personen mit Schafen. Wir werden die Leute einsammeln, damit auch sie ihren Beitrag leisten können. Ihnen zuliebe habe ich es mir anders überlegt, Shan. Ich möchte unbedingt wissen, was aus dem Mordopfer geworden ist und wo seine Knochen geblieben sind. Im Augenblick kann ich mir gar nichts Wichtigeres vorstellen.«

Ein Mann und ein Kind. Die Patrouillen hatten Lokesh und Dawa entdeckt.

»Das können Sie nicht tun«, widersprach Shan.

»Es wurde bereits ein Trupp damit beauftragt.«

»Falls Sie weiterhin Hubschrauber in die Berge schicken, werden Sie in meilenweitem Umkreis sämtliche Tibeter verscheuchen.« Shan bemühte sich, seine Wut zu unterdrücken. »Die Leute werden sich dermaßen gründlich verstecken, daß man sie tagelang nicht mehr ausfindig machen kann.« Unschlüssig musterte er die Schädel. Er fühlte sich, als würde er nun einen Verrat begehen, doch er war sich nicht sicher, an wem. »Ich weiß, wohin die Toten gebracht werden«, sagte er leise und schicksalsergeben. »Ich weiß, wer uns mehr über Gebeine erzählen kann. Ziehen Sie die Soldaten ab, und ich bringe Sie zu den Toten.«

Kapitel Sieben

»Sie trieb unter der Oberfläche und sah mich an«, berichtete Corbett mit zittriger Stimme. Shan, Yao und er hatten den Aufstieg zu den südlichen Gipfeln begonnen und rasteten an einem Bach. Der Amerikaner erzählte von dem gespenstischen Moment, in dem er die Leiche der ermordeten Erzieherin zum erstenmal zu Gesicht bekommen hatte. »Da waren mindestens hundert Leute, schauten über die Reling, schrien auf, fielen in Ohnmacht oder riefen nach der Crew, aber sie hat nur mich angesehen.« Er schaute von den fernen Bergen nun wieder zu Shan und Yao und rang sich ein verlegenes Lächeln ab. »Ein Gerichtsmediziner hat mir mal erklärt, daß so etwas bei Leichen öfter vorkommt. Ihre Blicke scheinen überall und nirgends hinzuwandern. Diese Tote hat mich fortwährend angestarrt, als wäre sie eine Zombie-Mona-Lisa.«

»Mona Lisa?« fragte Shan und hockte sich ans Ufer.

Corbett zuckte die Achseln. »Ein Gemälde. Die Hafenpolizei kam, um sie zu bergen. Um ihre Arme und Beine hatten sich Algen gewickelt. Ich habe geholfen, sie davon zu befreien.« Er sah auf seine Hände. »Sie war dreiundzwanzig Jahre alt. Ihre Ohrringe sahen aus wie kleine silberne Schildkröten. Bei den Chinesen stehen Schildkröten doch eigentlich für ein langes Leben, nicht wahr?«

»Woher wissen Sie so viel über chinesische Bräuche?« fragte Shan nach kurzem Zögern, schöpfte Wasser zum Mund und schüttete sich die nächste Handvoll über den Kopf.

»Ich habe als Polizist in San Francisco angefangen. Nach meiner Beförderung zum Detective war ich sieben Jahre für Chinatown zuständig.«

Als sie weitergingen, verflog die gedrückte Stimmung des Amerikaners, und er schritt nahezu beschwingt neben Shan aus, fragte ihn nach tibetischen Begriffen oder nach den Namen von Blumen, bewunderte mehr als einmal den großartigen Anblick des schneebedeckten Himalaja im fernen Südwesten und hob sogar einen Stein vom Wegesrand auf. Jemand hatte Schriftzeichen in die Oberfläche geritzt, die unter dem Flechtenbewuchs kaum noch zu erkennen waren. »Ein Gebet, nicht wahr?«

»Das ist ein *mani*-Stein«, erklärte Shan. »Pilger kaufen ihn oder fertigen ihn selbst an und lassen ihn dann irgendwo zurück, damit andere gesegnet werden und sie selbst sich Verdienste erwerben. Dieser hier könnte viele hundert Jahre alt sein.«

Corbett blieb stehen und bestand darauf, daß Shan ihm die korrekte Aussprache des Gebets beibrachte. *Om mani padme hum*. Dann wiederholte er die Worte, schob etwas Schotter zu einem kleinen Hügel zusammen und legte den Stein darauf. »Ich bete, daß wir William Lodi finden«, sagte er und stand auf. »Den Doppelmörder.«

»Es muß eine sehr unangenehme Aufgabe sein, nach Wasserleichen zu suchen«, sagte Shan, als sie eine Viertelstunde später erneut eine Pause einlegten.

»Das habe ich gar nicht«, sagte Corbett. »Sie hat *mich* gefunden. Ich bin bloß an Bord der Fähre quer über die Bucht gefahren. Bis dahin wußte ich noch gar nichts von ihrem Verschwinden. Man hatte mir den Fall Dolan übertragen, ohne das Mädchen zu erwähnen. In der Zeitung war kurz über eine vermißte Studentin berichtet worden, aber ich hatte die Meldung nicht mal gelesen. Dann trieb sie plötzlich vor mir, die Dolan-Erzieherin, die niemand mehr seit der Nacht des Diebstahls gesehen hatte. Der Zusammenhang wurde mir schnell klar. Sie muß eine Augenzeugin gewesen sein. Lodi hat sie erwischt und beseitigt. Dann ist er zum Feiern in diese Bars gegangen.«

»Also sind Sie wegen des Mädchens hier?« fragte Shan.

Die Frage schien Corbett nicht zu gefallen. »Das habe ich doch bereits erklärt. Die Fall wurde mir zugewiesen. Ich spreche Chinesisch. Jemand mußte Lodi folgen.« Er biß die Zähne zusammen und ging weiter. Die Unterhaltung war beendet.

Der Weg verlief durch eine der schroffsten Landschaften, die Shan je erlebt hatte. Die meiste Zeit herrschte drückendes Schweigen, und Yao hielt sein Funkgerät wie eine Waffe umklammert. Eine halbe Stunde jenseits der Stelle, an der Lokesh, Dawa und Liya kampiert hatten, betraten sie eine enge Kluft mit sechzig Meter hohen und fast senkrechten Wänden. Als sie schließlich wieder aus dem Halbdunkel zum Vorschein kamen, keuchte Corbett auf und wich erschrocken sofort in den Schatten zurück. Der Hang vor ihnen war voller Skulpturen, lauter schaurig verzerrten Steingebilden, die jemand dort aufgestellt zu haben schien, um Reisende von der Südroute fernzuhalten. Es handelte sich nicht um menschliche Formen, sondern um grobschlächtige Gestalten, die an undeutliche, finstere Alptraumkreaturen erinnerten.

»Das war bloß der Wind«, sagte Shan. »Der Fels ist im Laufe der Jahre erodiert.« Er hielt unwillkürlich nach Lokesh und Dawa Ausschau. Sein alter Freund würde an einem solchen Ort stundenlang verweilen, zwischen den verdrehten Steinsäulen umherwandern und sie ehrfürchtig berühren, denn für ihn käme niemals nur der Wind als Urheber in Betracht. Shan näherte sich dem ersten Gebilde, einem drei Meter hohen Felsen, der wie ein vor Schmerz geduckter Mensch aussah. Bei trüberem Licht würde man riesige Skelette und grotesk entstellte Tiere zu erkennen glauben. Wenn die hiesigen Gottheiten schon das Land auf diese Weise formten, was hatten sie erst mit der Bevölkerung angerichtet?

Aus dem Augenwinkel registrierte Shan eine Bewegung und glaubte eine Sekunde lang, er sei tatsächlich auf Lokesh gestoßen. Doch der Mann, der dort neben einer der Skelettsäulen stand und sie neugierig betrachtete, war Yao. Shan beobachtete den Inspektor für einen Moment und eilte dann weiter den gewundenen Pfad entlang. Corbett folgte dicht hinter ihm.

Als sie das Ende des Skulpturenfelds erreichten, warteten sie auf Yao.

»Agent Corbett, stimmt es, daß die Justiz in Amerika allein auf Fakten basiert?«

»Natürlich. Es zählen nur die Beweise.«

»Dann müssen Sie sich hier besonders in acht nehmen«, warnte Shan leise. »Sie befinden sich in einer Welt, die nicht aus Fakten konstruiert ist.«

»Pekings Politik kümmert mich einen feuchten Kehricht. Und ich erkenne eine Tatsache, wenn ich sie sehe.«

»Ich rede jetzt nicht von Politik.« Shan wies auf die nächstbeste Säule. »Was sehen Sie dort?«

»Bröckelnden Sandstein.«

»Viele Tibeter würden überhaupt keinen Stein sehen, sondern nur das Werk mächtiger Götter. Andere würden diese Gebilde als perfekte Symbole für die Vergänglichkeit der Welt begreifen und darüber meditieren. So mancher würde eine lange Reise auf sich nehmen, um diesem Ort seine Hochachtung zu erweisen.«

Der Amerikaner runzelte die Stirn und schaute erwartungsvoll Yao entgegen, als hoffe er auf Rettung.

»Vor zwei Jahren wurde an einer Straße in der Nähe von Lhasa ein alter Mann mit einer goldenen Statue aufgegriffen. Um die Figur erstehen zu können, hatte er all seine Besitztümer verkauft. Nun wollte er sie auf einem heiligen Berg deponieren, um auf diese Weise Verdienste für die Seele seiner toten Frau zu erwerben. Er war überzeugt, sie sei gestorben, weil er die stets über ihrem Haus flatternden Gebetsfahnen abgeschnitten hatte, um mit dem Seil ihre letzten beiden Schafe anzubinden. Man nahm ihn fest, denn er hatte jemandem erzählt, er habe seine Frau getötet. Ein anderer sagte aus, der Alte habe einem Mann Geld für den Tod der Frau gegeben. Gemeint war der Kaufpreis der Figur, den er beim Goldschmied entrichtet hatte, aber niemand machte sich die Mühe, das genauer zu erläutern. Man beschuldigte ihn, die Statue gestohlen zu haben, und er stritt es nicht ab, denn das Haus, das er verkauft hatte, um sie zu erwerben, hatte seiner Frau gehört.«

»Was ist dann passiert?«

»Er wurde ins Gefängnis gesteckt und ist nach drei Monaten gestorben.« Shan sah Corbett durchdringend an. »Für die Behörden paßten die Fakten lückenlos zusammen. Er sagte, er habe seine Frau getötet und dann wegen des Todes Geld bezahlt. Und er kam sich mit der Statue wie ein Dieb vor.« Shan deutete auf einen schmalen Felsvorsprung oberhalb der Steinsäulen. Darauf standen mehrere verwitterte Heiligenfiguren. »Das dort ist die Wahrheit dieses Ortes. Die Menschen hier richten ihr Leben nach Wahrheiten aus, nicht nach Fakten.«

»Und welcher Wahrheit sollte ich folgen?« fragte der Amerikaner mit Blick auf die kleinen Statuen.

»Gottestöter«, sagte Shan und erklärte ihm schnell, was mit den Schreinen geschehen war.

Als sie eine Stunde später einen steilen Hang hinabstiegen, stellte Yao sich Shan in den Weg und stoppte ihn mit erhobener Hand. »Es reicht«, knurrte der Inspektor. »Wollen Sie uns etwa in die Irre führen und dann mitten in der Wildnis zurücklassen? Sie werden mir jetzt eine Wegbeschreibung liefern, die ich an den Helikopter durchgeben kann.« Die Hochsommertage waren lang, doch trotz allem blieben ihnen höchstens noch zwei Stunden Tageslicht.

»Bevor Sie lernen, wie man in Tibet ein Geheimnis entwirrt, müssen Sie lernen, wie man lernt«, sagte Shan.

Yao verzog das Gesicht und wandte sich an Corbett. »Ein Sträfling hat uns als Geiseln genommen. Es dürfte allgemein bekannt sein, daß die meisten Kriminellen psychisch gestört sind.«

»Stimmt«, sagte der Amerikaner und lächelte belustigt. »Fast so schlimm wie die meisten Ermittler.«

Shan zuckte die Achseln. Er verstand nicht, was zwischen den Männern vorging. Sie schienen beide von einem inneren Feuer angespornt zu werden, aber es wurde eindeutig aus unterschiedlichen Quellen gespeist. »In meiner Lagerbaracke gab es einen Lehrer. Er sagte, um wahrhaft etwas zu lernen, müsse man sich von allem bisherigen Wissen befreien. Um die Welt kennenzulernen, dürfe man nicht auf die eigenen Kenntnisse zurückgreifen.«

Yao holte die Armeelandkarte hervor, die er während des Nachmittags immer wieder zu Rate gezogen hatte, und drehte sie erst in die eine, dann in die andere Richtung. Shan war sich sicher, daß der Inspektor keine Ahnung hatte, wo sie sich befanden.

»Ich habe mal ein Buch zu dem Thema gelesen«, warf Corbett übermütig ein. »Dort wurde das als ›absichtliche Naivität‹ bezeichnet.«

Yao warf dem Amerikaner einen finsteren Blick zu und hielt Shan dann das Funkgerät vor die Nase. »Sie haben behauptet, Sie würden den Weg kennen«, sagte er vorwurfsvoll, »aber ich glaube, Sie sind noch nie in dieser Gegend gewesen.«

»Das stimmt«, räumte Shan ein. »Doch unser Ziel liegt gleich da drüben.« Er deutete auf den nächsten Gebirgskamm in etwa einem Kilometer Entfernung. Über einem Felsvorsprung, der wie ein riesiges Nest aussah, kreisten mehrere große Vögel.

Auf halbem Weg blieb Shan stehen. »Es wäre sicherer, wenn ich voranginge«, erklärte er seinen Begleitern.

Corbett schien sich schon nach einem geeigneten Sitzplatz umzuschauen, aber Yao schüttelte den Kopf. »Kommt nicht in Frage. Wenn Sie wollen, daß ich bleibe, weiß ich genau, was mir droht. Nein, *Sie* werden warten, und *wir* gehen voraus. Ich werde nicht zulassen, daß Sie die Leute warnen und uns in einen Hinterhalt locken.«

Von der anderen Seite des Grats und somit auch jenseits der Vögel stiegen vier schmale Rauchfahnen auf, was auf eine Ansiedlung schließen ließ. Yao gab Corbett ein Zeichen und machte sich an den Rest des Aufstiegs.

Shan lehnte sich gegen eine Felswand, wischte sich den Schweiß von der Stirn und blickte den Männern hinterher. Sie hatten erst ungefähr zweihundertfünfzig Meter zurückgelegt, als der Amerikaner jählings erschrak. Vier kleine Gestalten, lediglich Kinder, sprangen mit Knüppeln zwischen den Felsen hervor und stürzten sich auf die beiden Männer.

Als Shan bei ihnen eintraf, hatte Corbett sich vor einem Geröllblock zusammengekauert und die Hände schützend auf dem Hinterkopf verschränkt. Zwei kleine Mädchen prügelten auf ihn ein. Zwar fluchte er bei jedem einzelnen Treffer, leistete aber keinen Widerstand. Yao versuchte vergeblich, sich gegen die beiden Jungen zu wehren, die ihn an einen Vorsprung gedrängt hatten. Er entriß einem von ihnen den Knüppel, hielt abrupt inne, starrte auf das Ding in seiner Hand und warf es voller Abscheu zu Boden. Es war ein menschlicher Oberschenkelknochen, allerdings nicht so alt und gelblich verfärbt wie die Exemplare, die er in Zhoka gesehen hatte.

Die Jungen kamen wieder näher. Yao war nach seinem Fund wie gelähmt, und in seinem Blick lag Angst. Shan stellte sich schützend vor den Inspektor, spannte die Muskeln an und rechnete mit dem ersten Schlag, doch eines der Kinder, ein Junge von höchstens acht Jahren, rief etwas, wies auf Shans Brust und ließ den Knüppel sinken. Die anderen taten es ihm mit großen Augen nach. Dann wichen sie alle ein paar Schritte zurück, machten kehrt und rannten den Pfad hinauf.

Shan sah nach unten. Der Junge hatte auf sein *gau* gezeigt, das silberne tibetische Medaillon, das um Shans Hals hing. Bei dem hektischem Lauf den Hang hinauf war es unter dem Hemd hervorgerutscht. Als er nun wieder aufblickte, waren die Kinder verschwunden.

»Wie Phantome«, sagte Corbett, erhob sich und rieb sich eine Stelle am Arm. »Die waren wie aus dem Nichts plötzlich da. Wer … warum haben sie …« Seine Stimme erstarb, denn er sah die Kinder in der Nähe des Kamms auftauchen und zu dem Felsennest laufen.

»Diese Leute bleiben bei ihrer Arbeit am liebsten für sich«, sagte Shan. »Sogar unter den Tibetern gelten die *ragyapas* als ein eigenes Volk. Das ist schon seit Jahrhunderten so. In gewisser Weise sind sie Ausgestoßene, aber sie akzeptieren es, denn sie erfüllen eine heilige Pflicht. Außenstehende oder Touristen haben dabei nichts zu suchen. Sogar die anderen Tibeter liefern bloß die Toten im Dorf ab und hinterlassen eine Bezahlung.«

Corbett musterte die Vögel, die über dem runden Felsvorsprung kreisten. »Mein Gott, ich habe davon gelesen«, sagte er erschaudernd. »Ich hätte nie gedacht … immerhin befinden wir uns im einundzwanzigsten Jahrhundert. Das da stammt aus einer anderen Zeit.«

»Es ist ein *durtro*«, sagte Shan und deutete auf den Vorsprung. Die *ragyapas* zerlegten dort die Leichen, indem sie ihnen nicht nur das Fleisch abzogen, sondern sogar die Knochen zerstampften, damit die Geier sie verzehren konnten.

»Falls jemand einen Mord begehen will, kann er auf diese Weise das Opfer beseitigen«, stellte Yao verärgert fest. »Damit wird Tibet zum Paradies für Schwerverbrecher«, fügte er hinzu und zückte das Funkgerät.

»Ein *durtro* ist ein Ort großer Andacht«, warnte Shan. »Bloß keine Hubschrauber.«

»Knochen mahlen und an Vögel verfüttern«, gab Yao mürrisch zurück. »Schlachterhandwerk. Tan sagte, die Leute hier oben stünden mit einem Bein in der Steinzeit.«

»Sie geben die Körper an die Erde zurück«, sagte Shan und verfolgte, wie mehrere Gestalten von dem Felskreis wegrannten und hinter der Kammlinie verschwanden. Die Leute flohen vor ihnen.

Als sie bei den aus Stein und Holz errichteten Häusern jenseits des *durtro* eintrafen, schien alles verlassen zu sein. Schweigend gingen sie in Richtung des Vorsprungs weiter. Man hatte dort mehrere Leinen mit Gebetsfahnen gespannt, und über ihnen lauerten die Vögel. Yao beschleunigte seinen Schritt und trat als erster in den Kreis aus riesigen Felsblöcken. Als Shan und der Amerikaner ihn erreichten, stand er einfach nur da. Es hatte ihm die Sprache verschlagen.

»Herr im Himmel«, murmelte Corbett. Dann wurde er blaß, hob eine Hand vor Nase und Mund und zog sich aus dem Felskreis zurück.

In der Mitte der kleinen Freifläche kniete ein schmaler, grobknochiger Mann und starrte ihnen zornig entgegen. In der einen Hand hielt er eine lange schwere Klinge, in der anderen einen intakten menschlichen Arm. Hinter ihm, auf dem höchsten Felsen der gegenüberliegenden Seite, hockten drei Geier und schienen ebenso finster dreinzuschauen wie er. Shan bemühte sich, den Fremden nicht aus den Augen zu lassen, aber sein Blick machte sich selbständig und nahm immer mehr grausige Einzelheiten wahr. Ein menschliches Knie mit Oberschenkel und Schienbein. Eine Hand, deren Fingern bereits das

Fleisch fehlte. Eine Wirbelsäule, an der blutige Gewebefetzen hingen.

»Wen hat man aus Zhoka gebracht?« rief Yao. »Wir verlangen die Leiche aus Zhoka.«

Die einzige Reaktion des Mannes bestand darin, daß er den Arm auf den Hackklotz legte und mit einem schnellen Hieb am Ellbogen durchtrennte.

»Ich bezweifle, daß er Chinesisch spricht«, sagte Shan.

»Dann fragen Sie ihn eben«, herrschte Yao ihn an.

Shan fixierte die Geier. »Bei uns im Straflager saß auch ein *ragyapa*. Er hatte einen chinesischen Touristen getötet, weil dieser den Vater des Mannes bei der Arbeit fotografieren wollte.«

»Sie haben uns hergeführt«, erklärte Yao barsch. »Kommen Sie mir also nicht mit irgendwelchen Schauergeschichten.«

»Der Mann sagte, das Zerlegen der Leichen sei für viele seines Volkes wie eine Meditation. Er behauptete, er habe in seiner Hand, die das Fleisch abzog, mitunter die Anwesenheit eines Gottes gespürt. Auch wenn ein Tibeter sich im Leben vom Buddhismus abgewandt haben mochte, sei sein Himmelsbegräbnis am *durtro* eine Rückkehr zum Glauben. Und der Vater könne beim Zerhacken der Toten bisweilen sogar mit Buddha persönlich sprechen.«

Yao verzog das Gesicht. »Diese Leute sind doch keine Priester.«

»Ich weiß nicht so recht«, sagte Shan nach einem langen Blick auf den *ragyapa*. »Auch in China gibt es alte Geschichten über Menschen, die den Schmerz und Kummer der anderen auf sich nahmen, damit diese in Frieden leben konnten.« Er schaute noch einmal zu dem Mann mit dem Hackmesser. »Diese Leute sind auch so. Wie die Priester, die bei einem Sterbenden sitzen. Aber die *ragyapas* tun es jeden Tag, voller Ehrfurcht, ihr ganzes Leben lang. Wie kann ein Mensch eine solche Last ertragen?«

Shan ließ ihn stehen und ging nach draußen zu Corbett. Yao fluchte, gesellte sich aber kurz darauf zu ihnen und blickte nervös über die Schulter zurück.

»Diese Leute haben niemandem etwas getan. Sie leben hier und verrichten wie immer ihre Arbeit«, sagte Shan, wenngleich er nicht verstand, wie das Dorf dabei überleben konnte. Es war auf die Gaben der Hinterbliebenen angewiesen, doch die Bevölkerung des südlichen Hügelgebiets schien nicht besonders zahlreich zu sein. Er schaute zurück zum *durtro*. Vielleicht hatte man sogar zwei Leichen aus Zhoka hergebracht. Er wußte nicht, was aus dem alten Atso geworden war.

»Barbaren«, sagte Yao. »Wie können wir so etwas in China überhaupt zulassen?«

»Lassen Sie mich Ihnen eine Frage stellen, Inspektor«, sagte Shan nach einem Moment. »Was auf dieser Welt kennen Sie sonst noch, das seit tausend Jahren unverändert geblieben ist? Ich glaube, um die Arbeit dieser Leute zu verrichten, ein Leben lang, über zahllose Generationen hinweg, bedarf es einer Eigenschaft, die kaum etwas mit Barbarei zu tun hat.«

Yao schnaubte verächtlich und ging zurück in Richtung der Häuser.

Corbett blieb und sah Shan mit leuchtenden Augen an. »Gebete«, sagte der Amerikaner leise und unsicher. Sein Blick wanderte respektvoll und forschend über das Dorf. »Wie das auf dem Stein vorhin. Die ändern sich nie, oder?«

Shan ertappte sich dabei, daß er Corbett staunend ansah, als würden sie einander zum erstenmal begegnen. »Es ist eine Art Kunst«, sagte Shan. Die Rätsel von Zhoka ließen ihn nicht los. »Die Übertragung der eigenen Gottheit auf ein Stück Stoff oder Papier.«

Merkwürdigerweise nickte Corbett lächelnd, als habe er genau diese Antwort erwartet.

Sie gingen ebenfalls zum Dorf. Yao stand vor der schlichten Brettertür des ersten Gebäudes und inspizierte einige Werkzeuge, die dort an der Wand lehnten: eine Hacke mit krummem Griff, eine Axt, einen Ledereimer.

»Eindeutig das Versteck einer internationalen Diebesbande«, stellte der Amerikaner fest.

Weitere Geier tauchten auf und flogen in geringer Höhe über das Dorf hinweg, als spürten sie die Besucher und rechneten mit einer neuen Mahlzeit. Zwischen den Felsen unterhalb der Häuser ertönte ein Ruf. Shan konnte die Worte nicht verstehen, aber der warnende Tonfall war unverkennbar.

Eine einzelne Ziege kam in Sicht, lief von Haus zu Haus und blieb mehrmals stehen, um die Eindringlinge zu beäugen. Beim vierten Eingang steckte sie ihre Schnauze in einen Haufen Decken, die neben der Tür lagen. Die Decken bewegten sich, und eine hagere Hand kam daraus hervor, um den Hals des Tiers zu streicheln.

Shan hob den Arm, mahnte seine Begleiter zur Vorsicht und ging langsam näher. Die Ziege blickte auf, betrachtete ihn mit geneigtem Kopf und vergrub die Nase schnell zwischen den Decken. Ein trocken rasselndes Lachen erschallte, eine zweite knochige Hand tauchte auf, und beide Hände legten sich zärtlich um den Kopf des Tiers.

Die alte Frau, die sich aus den grauen Decken erhob, trug ein zerlumptes Filzkleid von genau der gleichen Farbe, schwere silberne Ohrringe und ein silbernes *gau*, das an einer Kette aus dicken Türkisperlen um ihren Hals hing. Ihr Haar war von grauen Strähnen durchzogen, ihr Gesicht mit Altersflecken übersät. Ihre Augen starrten milchig ins Leere. Sie war blind.

»Zwei Chinesen«, verkündete sie belustigt, zögerte dann und hob den Kopf, als würde sie Witterung aufnehmen. »Und noch ein Außenseiter, aber kein Chinese.« Die Ziege drehte sich um und drückte sich fest an die Seite der Frau, als wolle sie die Alte verteidigen. Shan streichelte das Tier. Der Kopf der Frau bewegte sich einen Moment lang hin und her, richtete sich auf Shan, und dann packte sie plötzlich seinen Arm. »Bist du vorbereitet?« fragte sie auf chinesisch.

»Worauf denn?« platzte es unwillkürlich aus Corbett heraus, noch dazu auf englisch.

Die Frau hielt inne. Dann erschien ein breites Lächeln auf ihrem Gesicht und enthüllte zwei fast zahnlose Kiefer. »Alles Gute«, rief sie mit schwacher Stimme – und gleichfalls auf englisch.

Die drei Männer sahen einander verblüfft an.

»Sie sprechen Englisch?« fragte Corbett.

»*Inchi*?« fragte die Frau aufgeregt.

»Sie möchte wissen, ob Sie Engländer sind«, übersetzte Shan.

»So was Ähnliches«, sagte Corbett. »Wie kann es sein, daß sie Englisch spricht?«

»Alles Gute«, wiederholte die Frau auf englisch und diesmal etwas lauter. Dann lächelte sie Shan an. »Meistens sprechen wir mit den Ziegen«, sagte sie nun wieder auf chinesisch.

»In Zhoka ist ein Mann gestorben«, sagte Shan. »Vielleicht hat man ihn hergebracht. Wir müssen mehr über seinen Tod erfahren.«

»Der Tod hat derzeit viel zu tun«, seufzte die Frau. »Onkel Yama weilt diesen Sommer in den Hügeln.«

Shan befiel ein eisiges Frösteln. Sie sprach von dem Herrn der Toten.

»Wir müssen sehr vorsichtig sein, wenn es um die Toten geht«, sagte die Frau nun zu der Ziege, deren Kopf sie erneut mit beiden Händen umschlossen hatte. Dann griff sie nach der Gebetskette an ihrem Gürtel und senkte abrupt den Kopf, als sei sie eingeschlafen.

Yao setzte seine Untersuchung des Geländes fort und hob die Deckel der Tontöpfe an, die vor dem Nachbarhaus aufgereiht standen, dem größten Gebäude des Dorfes. Shan kniete sich dichter neben die Frau. »Großmutter«, flüsterte er, »ich suche einen alten Mann, ein Mädchen und eine Frau namens Liya.« Die Ziege drückte Shans Schulter mit dem Kopf beiseite, als wolle sie ihn verscheuchen.

»Liya«, sagte die Frau, ohne den Kopf zu heben. »Sie versucht, mit je einem Bein in beiden Welten zu stehen, und wird dabei immer mehr in die Länge gezogen. Ich bete für Liya.«

»Der Engländer«, unterbrach Corbett auf chinesisch. »Haben Sie ihn gesehen? Er nennt sich Lodi.«

Ein trockenes Rasseln erklang aus dem Hals der Frau. »Bald ist sie so dünn, daß sie gar nichts mehr sieht«, sagte sie mit traurigem Lächeln, widmete sich der *mala* und flüsterte der Ziege ein Mantra ins Ohr. Das Tier setzte sich zufrieden auf die Hinterläufe, als käme das Gebet ihm äußerst gelegen.

Yao stand nun bei dem letzten der großen Tonbehälter,

gleich neben der Haustür. Shan ging gemächlich hinterher und legte die Deckel, die Yao achtlos fallen gelassen hatte, behutsam zurück auf die Töpfe. Die ersten beiden Gefäße enthielten Gerste, das dritte irgendein weißes Knollengewächs, und dann folgten kleine runzlige Äpfel und schwarze Teeziegel. Während Shan noch unterwegs war, holte der Inspektor seinen Schreibblock hervor und fing an, sich eifrig Notizen zu machen. Corbett traf unmittelbar vor Shan bei dem letzten Behälter ein und gab einen Laut des Erstaunens von sich.

In dem großen Tontopf lagen ein kleiner schwarzer Kassettenrecorder, ein Akkurasierer und ein Haartrockner.

»Wie Sie schon sagten, hier hat sich seit tausend Jahren nichts mehr verändert«, merkte Yao sarkastisch an.

Shan nahm den Recorder. Das Gerät war staubbedeckt. Er drehte es um. Die Batterien im Innern waren korrodiert. Er legte es zurück und nahm den Fön. Daran hing ein Kabel mit Stecker, doch in mindestens dreißig Kilometern Umkreis gab es keine einzige Steckdose. Als Shan den Haartrockner sinken ließ, fiel ihm zum erstenmal ein kleines Gebilde auf, das direkt über dem Gefäß von einem Dachbalken baumelte. Es bestand aus Zweigen, die man zu einem Rahmen zusammengebunden und mit bunten Schnüren bespannt hatte. Das Garn war zu einem Rautenmuster geflochten, so daß genau in der Mitte ein kleiner roter Diamant leuchtete.

»Was ist das?« fragte der Amerikaner.

»Eine Geisterfalle«, erklärte Shan. »Man fängt damit Dämonen.« Er trat näher. Die Falle schien neu zu sein.

»Da ist noch eine«, sagte Corbett nervös und wies auf ein weiteres Exemplar, das unauffällig unter der Traufe hing. Sie schauten zu den anderen Häusern. Jedes war mit ein oder zwei Geisterfallen ausgestattet. »Wenn man *ragyapa* ist und tut, was diese Leute tun«, sagte der Amerikaner nachdenklich, »vor welchem Dämon sollte man da wohl noch Angst haben?«

Yao hatte sich ein Stück entfernt und schaute den Hang hinunter zu einer kleinen Holzbaracke in etwa fünfzig Metern Entfernung. Sie stand im Schatten zweier alter, vom Wind gekrümmter Wacholderbäume. Im Eingang sah man ein *ragyapa*-

Mädchen stehen. Es wandte den drei Fremden den Rücken zu und blickte in die Hütte. Shan lief los, dicht gefolgt von dem Amerikaner.

Das Mädchen bemerkte sie erst, als sie nur noch wenige Schritte von dem Schuppen entfernt waren. Mit ängstlicher Miene wirbelte sie herum und erstarrte, rang mit offenem Mund nach Luft und rannte dann so schnell wie möglich zu dem nächstgelegenen Felsvorsprung. Eine Frau in rotem Kleid trat hervor und riß das Kind in die Arme.

Shan erreichte die schlichte Brettertür als erster. Sie stand einen Spalt offen. Von drinnen ertönte eine monotone Litanei, und man roch süßen schweren Weihrauchduft. Shan stieß die Tür auf. Der einzige Raum der Hütte wurde durch vier Butterlampen spärlich erhellt. Drei davon standen vor einem offenen *peche*. In einer der Ecken saß ein Mädchen vor der Wand und schlief. Der Mann, der aus dem Buch vorlas, stockte nur kurz, bedachte Shan mit einem bekümmerten, vertrauten Lächeln und las weiter. Es war Lokesh. Shan sah noch einmal zu dem Mädchen und erkannte schließlich eine schmutzige, erschöpfte Dawa mit wirrem Haar, zerrissenem Kleid und Erde an den Händen. Ihr Mund bewegte sich, spannte sich an und wurde wieder locker. Womöglich schlief sie gar nicht, begriff Shan. Vielleicht hatte sie einfach nur Angst, denn Lokesh las den Bardo, die Todesriten, und vor ihm an der Rückwand hing der Schemen eines Toten.

Eine Hand schloß sich um Shans Unterarm. Es war Yao, der sofort fest zudrückte. Shan wollte sich schon verärgert wieder losmachen, weil er glaubte, Yao rechne abermals mit einem Fluchtversuch, doch dann sah er dem Inspektor ins Gesicht. Yao betrachtete Lokesh und das seltsame Abbild mit angespannter, besorgter Miene. Zum erstenmal entdeckte Shan Unsicherheit in seinem Blick.

Das anderthalb Meter große Gebilde war die primitive, aus Zweigen gefertigte Darstellung eines Menschen, bekleidet mit einem braunen Hemd. Jeder hölzerne Arm maß etwa fünfzig Zentimeter Länge, und zwei senkrechte Äste dienten als Beine. An einem der Arme hingen eine teure Uhr und eine Kordel mit drei goldenen Ringen. Als Kopf hatte man ein Stück beigefarbenen Stoff über einen kleineren Holzrahmen gespannt und dann über dem Hemd festgebunden. Augen, Ohren und Mund waren mit Holzkohle aufgemalt. Dann hatte man etwas Farbe hinzugefügt, offenbar mit Hilfe von Wachsmalstiften: braunes Haar, rote Kreise auf den Wangen, braune Wimpern.

Hinter ihnen regte sich etwas. Shan drehte sich nicht um, hörte jedoch, wie der Amerikaner erschrocken stöhnte.

Das schlichte Abbild besaß eine makabre Wirkung, eine beklemmende, ziemlich abschreckende Ausstrahlung. Shan konnte verstehen, weshalb Dawa die Augen geschlossen behielt. Die alten Lamas im Gulag hatten von diesem Brauch erzählt, aber Shan war noch nie leibhaftig dabeigewesen. Es handelte sich um eines jener uralten Rituale, die in entlegenen Winkeln Tibets überdauert hatten und vermutlich aus der Zeit vor dem Buddhismus stammten.

Shan wandte sich flüsternd an seine Begleiter. »Wenn eine Leiche nicht für die üblichen drei Vorbereitungstage zur Verfügung steht oder wenn die Trauernden beschließen, die Todesriten über den vollen traditionellen Zeitraum von neunundvierzig Tagen abzuhalten, kann der Körper durch ein Abbild des Toten ersetzt werden. Es dient dann als Fokus für diejenigen, die mit ihren Worten den Geist des Verstorbenen während der Übergangsphase begleiten.«

»Das Manuskript ist sehr alt und verblichen«, sagte jemand plötzlich mit ruhiger Stimme. Shan erkannte, daß Lokesh nicht mehr vorlas, sondern mit ihm sprach. »Es ist nach alter Art verfaßt«, fügte sein Freund hinzu. »Die Leute hier kommen nicht damit zurecht und haben mich gebeten, es vorzulesen, zumindest die ersten Kapitel.«

Corbett trat an Shans Seite, starrte eindringlich das Abbild an und schüttelte dann heftig den Kopf, als könne er sich nur mühsam abwenden. Er ging zu Dawa, nahm sie auf die Arme und trug sie nach draußen.

»Wer war der Tote?« fragte Shan.

»Ein Mann, der nicht vorbereitet gewesen ist. Mehr haben sie nicht gesagt«, erwiderte Lokesh.

Nicht vorbereitet. Die Tibeter bezogen sich damit meistens auf fromme Buddhisten, die unerwartet gestorben waren, doch es konnte jede beliebige Person gemeint sein, die ihren Geist nicht auf den Übergang eingestellt hatte. Zum Beispiel ein Mordopfer. Shan ging einen Schritt auf die Figur zu. Vor der Seitenwand standen zwei zusätzliche Butterlampen. Er entzündete sie an einer der anderen Flammen und stellte sie neben das Abbild.

Die Beine der Figur steckten in dicken schwarzen Wollsocken, und darunter lag eine Decke am Boden. Yao hockte sich hin und streckte vorsichtig eine Hand danach aus. Als Shan die Decke zurückschlug, sog Yao hörbar den Atem ein. Dort im trüben Licht lagen die Habseligkeiten des Toten: ein tragbarer CD-Player mit Ohrhörern, ein teures japanisches Fabrikat, das offenbar häufig benutzt worden war. Ein kleines Hartplastikgehäuse mit ausklappbarem Vergrößerungsglas. Ein Paar Wanderstiefel. Ein Kompaß. Ein kompliziertes Taschenmesser mit ungefähr einem Dutzend Klingen. Drei Pinsel mit kurzen Borsten, zusammengehalten durch ein Gummiband. Ein Bündel Dollarnoten. Die tönerne *tsa-tsa* eines Heiligen, deren Machart genau den Abbildern entsprach, die Shan bei Fionas Haus gesehen hatte.

Yao stieß die Gegenstände mit der Fingerspitze an, als zögere er, sie in die Hand zu nehmen. Shan musterte kurz die Pinsel und erkannte, daß sie nicht zum Malen, sondern zum behutsamen Säubern empfindlicher Objekte gedacht waren. Er hob eine der Lampen zum Kopf der Figur. Yao folgte seinem Blick und zuckte zusammen. Dann eilte er nach draußen, wo sein kleiner Rucksack lag, kehrte gleich darauf mit einer der elektrischen Lampen zurück, beleuchtete das simpel skizzierte Gesicht und rief sofort nach dem Amerikaner. Die Augen des Abbilds waren blau.

Die Entdeckung schien den Inspektor zu beflügeln. Er vergaß nun jegliche Zurückhaltung, hob nacheinander die Gegenstände vom Boden auf und hielt sie in Shans Richtung, als sei damit irgendein Vorwurf verbunden. Dann knurrte Yao, er würde die Soldaten herbeirufen und das gesamte Dorf verhaften lassen. Als er den CD-Player nahm, schrie Corbett überrascht auf. Es lag ein britischer Paß darunter. Der Amerikaner griff sich das Dokument, klappte es auf und knallte es wütend zurück auf den Boden. Auch Shan nahm es und las den Namen. »Dieser Mistkerl!« fluchte Corbett. Er schien es als persönliche Beleidigung zu betrachten, daß William Lodi sich hatte umbringen lassen.

Shan wartete schweigend ab, bis der Ärger des Amerikaners sich wieder gelegt hatte, stellte Corbett und dem Inspektor dann Lokesh vor, erläuterte den Todesritus und warnte erneut, daß die Anwesenheit von Soldaten alle Tibeter verscheuchen und sämtliche Spuren auslöschen würde. Die beiden Männer sahen ihn nur mürrisch an. Yao spielte fortwährend mit dem Funkgerät herum. Dann bat Shan die beiden, Feuerholz zu sammeln.

»Wir werden für die Dorfbewohner eine Mahlzeit zubereiten«, erklärte er, als Yao zögerte.

»Das wird all unsere Vorräte aufbrauchen«, protestierte der Inspektor.

Shan nickte. »Und ich benötige etwas Geld. Wir haben die Leute gestört und uns sehr unhöflich verhalten. Dafür müssen wir nun um Verzeihung bitten. Falls man die Entschuldigung annimmt, bekommen wir vielleicht ein paar Antworten auf unsere Fragen.«

Corbett griff bereitwillig in die Tasche.

Eine Viertelstunde später stellten sie am Rand der Ansiedlung einen Kessel Wasser ins Feuer. Als ein neugieriger Dörfler zwischen zwei der Häuser aufgetaucht war, hatte Shan bei ihm Butter und Tee gekauft und sich dann eine *dongma* und den Kessel geliehen. Nun breitete er ihre Vorräte auf einer Decke aus. Eine Tüte Rosinen, ein Beutel Walnüsse. Ein halbes Dutzend Äpfel. Ein Sack Reis. Vier Dosen Pfirsiche, drei Dosen Thunfisch.

»Das reicht nicht«, sagte Shan, als erst zehn, dann fünfzehn Tibeter bei den Felsen zum Vorschein kamen.

»Es ist unser kompletter Proviant«, wandte Yao ein.

»Was können Sie sonst noch entbehren?« fragte Shan.

Yao schloß den Rucksack und drückte ihn fest an die Brust.

Corbett suchte eine Weile, holte dann ein kleines schwarzes Lederetui hervor und gab es Shan. Darin enthalten waren diverse Utensilien zur Spurensicherung. Shan öffnete das Etui und nahm einen kleinen Gummiblasebalg, mit dem normalerweise Fingerabdrücke eingestäubt wurden. Er richtete die Pipette nach oben, drückte den Blasebalg zusammen und ließ etwas Pulver hervorschießen. Die Tibeter im näheren Umkreis schrien überrascht auf und drängten sich dichter heran, als Shan das Gerät an einen alten Mann weiterreichte. Sie glaubten, es handle sich um eine Vorrichtung, um Mehl in die Luft zu schleudern, ein Hilfsmittel für Festtage.

Eine Frau brachte einen Topf Gerstenmehl. Shan bezahlte mit dem Rest von Corbetts Geld. Dann fachte er das Feuer stärker an, und die Frau machte sich daran, das Mehl in einer Pfanne zu rösten, während sie angeregt mit Shan plauderte.

Als immer mehr der argwöhnischen *ragyapas* sich hervorwagten, ging Shan zu Yao und Corbett, die gemeinsam auf einem nahen Felsen saßen und beide die gleiche skeptische Miene zur Schau stellten.

»Die Leiche wurde gestern am frühen Morgen gebracht«, berichtete er. »Man hat sie sofort zum Totenplatz getragen und an die Vögel verfüttert.«

»Vernichtung von Beweismaterial«, sagte Yao.

»Das paßt nicht zusammen«, widersprach Corbett. »Die Leute haben dieses Abbild angefertigt. Sie wollen nichts vertuschen.«

»Ich glaube, wer auch immer den Toten gebracht hat, wollte, daß die Vögel so schnell wie möglich beginnen«, sagte Shan. »Aber die Leute hier kannten Lodi und wollten ihn ebenfalls betrauern, so gut es eben ging.«

»Diese Geschenke, die Elektrogeräte in dem Tontopf«, sagte Corbett.

Shan nickte. »Ich schätze, die stammen von ihm.«

»Er sah aus wie ein Tibeter«, sagte Yao. »Aber er hatte einen britischen Paß.« Auch der Inspektor hatte sich den Ausweis genauer vorgenommen und offenbar erwogen, ihn als Beweisstück sicherzustellen. Gerade als er ihn einstecken wollte, hatte Yao dann aber einen Blick auf Lokesh geworfen und den Paß zurück auf den provisorischen Altar gelegt.

»Tibetisch und doch nicht tibetisch«, sagte Shan. Obwohl Lodis Ermordung noch immer keinen Sinn ergab, ließen sich nun manche der Tatortspuren erklären. Zudem hatte sich in der Hütte noch etwas befunden: das alte *thangka* einer aufrecht stehenden blauen Gestalt mit rotäugigem, doppelt gehörntem Stierkopf, umgeben von einer roten Aura. In den Vorderhufen hielt sie einen Speer und ein Schwert, und die Hinterbeine zertrampelten Mensch und Getier im kosmischen Tanz von Tod und Wiedergeburt.

»Das bedeutet, Sie können jetzt heimkehren«, stellte Yao hoffnungsvoll fest und reichte dem Amerikaner eine Schale Buttertee.

»Heimkehren?« murmelte Corbett. »Nein, ich kann nie mehr zurück.« Er hob das Gefäß an die Lippen, trank einen Schluck und schien fast würgen zu müssen. Zweifelnd betrachtete er erst den Tee und dann die Tibeter, als könne er nicht glauben, daß sie das gleiche salzige Gebräu tranken. »Sie verstehen es nicht«, sagte er. »Bisher habe ich noch bei jedem meiner Fälle die gestohlenen Kunstwerke wiedergefunden. Ich schließe nicht einfach so die Akten. Kein einziges Mal während meiner gesamten Laufbahn. Falls ich Lodi erwischt hätte, wäre ich irgendwann auch auf die Beute gestoßen. Nun jedoch ...« Er zuckte die Achseln. »Nun muß ich seiner Spur folgen. Die Kette der Beweise hält hoffentlich noch ein paar Anhaltspunkte parat.« Er musterte zweifelnd das Dorf.

Yao nahm diese Neuigkeit mit müdem Gesichtsausdruck zur Kenntnis. Er stellte seinen Tee ab, ohne davon zu kosten, und beobachtete, daß die alte blinde Frau sich langsam dem Feuer näherte. Shan sah, wie er sich vorbeugte, als wolle er aufstehen, und hielt Yao mit einer Hand zurück. Gemeinsam verfolgten sie, wie die anderen Dorfbewohner die Frau begrüßten und zu einem Ehrenplatz auf einer Decke am Feuer geleiteten. Dann schenkte Shan ihr etwas Tee ein, und Lokesh gab ihr eine Handvoll Rosinen, die sie eine nach der anderen in den Mund steckte und mit zahnlosen Kiefern zerquetschte.

»Großmutter«, sagte Shan auf tibetisch. »Ich habe die Gottheit auf dem *thangka* in der Trauerhütte noch nie gesehen.«

Sie hob warnend eine Hand. »Der Name darf nicht laut ausgesprochen werden.« Ihr Lächeln schien zu besagen, daß Shan soeben bei einer Dummheit ertappt worden war. »Hier im Dorf kann nur ich das Bild berühren, denn ich wurde nicht in den Hügeln geboren, und die Gottheit besitzt keine Macht über mich.«

Sie hatte den schrecklichen Namen nicht genannt, aber Shan wußte trotzdem genug. Dies war das Bild, nach dem die Gottestöter suchten. Deshalb hatte Ming den alten Surya aus Zhoka entführt: um den Sinn dieses vierhörnigen tanzenden Stiergottes zu begreifen. »William Lodi war noch sehr jung«, sagte Shan. »Woran ist er gestorben?«

»An einer fürchterlichen Wunde in seiner Seite, hieß es.« Sie streichelte den Rücken der Ziege, die neben ihr lag. »Er wird seinem Clan fehlen.«

»Wurde er erstochen?« fragte Shan.

Sie reagierte nicht. Sie hatte ihn gewarnt, von den Toten zu sprechen. »All die Jahre hat kein einziger Chinese sich hierher in die Berge gewagt«, sagte sie nach langem Schweigen. »In der Ferne waren manchmal Soldaten zu sehen, aber sie hatten Angst vor unseren Vögeln und sind geflohen. Nun kommen gleich zwei und dazu noch ein weiterer *goserpa* aus einem fernen Land«, sagte sie und benutzte dabei einen der Begriffe, den die Tibeter für Westler verwendeten. »Manche von uns sind verängstigt, andere verwirrt.« Sie trank einen großen Schluck. »Ihr habt gute Rosinen.«

»Wo war seine Familie, sein Zuhause?«

»Bei der Schatzvase im Süden«, sagte sie. »Als Kind war ich dort zu Besuch. Am Geburtstag der Königin haben wir gesungen.«

Shan schaute zu Lokesh, der aufmerksam lauschte. Sein alter Freund schien ebenso entmutigt zu sein wie er selbst. Die Frau sprach wahre Worte, doch ihnen beiden fehlte das rechte Gehör, würde Lokesh wohl sagen.

»Waren es Leute von dort, die Lodi zu den Vögeln gebracht haben? Sind sie mit ihm in Zhoka gewesen?«

»Es gibt hier keine Mönche, schon seit vierzig Jahren nicht mehr. Wir müssen auf unsere eigene Weise wie Mönche und Nonnen sein. Die Menschen vertrauen uns.«

Shan warf Yao und Corbett einen vorsichtigen Blick zu.

»Ich war nicht immer blind«, erklärte die Frau. »Und ich bin nicht immer bei den *ragyapas* gewesen. Als meine Augen noch lebten, habe ich mehr schöne Dinge gesehen als die meisten Leute während ihres gesamten Daseins. Manchmal glaube ich, das ist der Grund für meine Erblindung.«

»Warst du in Zhoka?«

»Dies ist ein sehr außergewöhnliches Land, denn die Götter können hier ungestört tätig sein. Wer aus der unteren Welt nach hier oben kommt, muß auf eine Weise Vorsicht walten lassen wie noch nie zuvor.«

Shan übersetzte die Worte hastig und flüsternd für Yao und Corbett. Eine Erklärung liefern konnte er nicht.

Die blinden Augen der Frau waren sonderbar ausdrucksstark und ließen nicht nur Besorgnis, sondern auch eine traurige Verwunderung erkennen. Lokesh füllte ihr Tee nach, setzte sich neben sie und rezitierte mit ihr das *mani*-Mantra. Der alte Tibeter begegnete Blinden mit besonderer Ehrfurcht. Mehr als einmal hatte er Shan erläutert, daß diejenigen ohne Augen sich nicht von all dem sinnlosen Getue der Umwelt ablenken ließen und daß ein respektvoller Beobachter von ihnen lernen könne, wie man unbekannte Sinne nutzt, um die Handlungen der Götter wahrzunehmen.

»Es tut mir leid, daß du dein Zuhause verloren hast«, sagte Lokesh leise nach einigen Minuten.

Die Frau streckte den Arm aus, fand zielsicher Lokeshs Hand und umschloß sie. Lokesh war schon seit dem Vortag dort und hatte zusammen mit den Dörflern Mantras gebetet. Shan sah die beiden still am Feuer sitzen und mußte an die Worte der Frau denken. Ich bin nicht immer bei den *ragyapas* gewesen. Sie gehörte nicht zu den Fleischzerlegern, hatte sich aber – so unvorstellbar das auch sein mochte – entschieden, bei ihnen zu leben.

»Das ist schon lange her«, sagte sie zu Lokesh. »Ich hatte den

Leichnam meines Vaters hergebracht und seinem Geist versprochen, ich würde vorerst bleiben und hunderttausend Mantras an den Mitfühlenden Buddha richten. Während ich hier war, gab es im Norden und Westen, also im Tal, viele Explosionen und Gewehrschüsse. Zwei Tage später kam ein Schäfer mit fünf Yaks und brachte noch mehr Tote. Meine Mutter. Meinen Mann und meine drei Kinder. Die Armee war dort vorbeigezogen.« Es klang, als würde sie von einem heftigen Unwetter erzählen, das zufällig ihr Haus heimgesucht hatte.

»Großmutter«, sagte Shan. »Wo hast du deine englischen Worte gelernt?« Er sprach auf englisch weiter. »Ich habe in den Hügeln noch eine andere Frau getroffen, die diese Sprache kennt.«

»Alles Gute«, wiederholte sie, ebenfalls auf englisch.

»Die Frau heißt Fiona«, fuhr Shan in derselben Sprache fort.

Sie schien nichts davon zu verstehen, nur den Namen der starken, rätselhaften Frau, die Shan kennengelernt hatte. Die Blinde lächelte. »Fiona«, flüsterte sie und war auf einmal ganz aufgeregt. »Alles Gute«, wiederholte sie, und als hinter ihr Corbett die Worte ein weiteres Mal aussprach, rieb sie sich die Augen, die plötzlich feucht schimmerten. Dann stand sie mühsam auf und tat etwas völlig Unglaubliches: Sie fing an zu tanzen.

Ihre Schritte waren langsam und steifbeinig, und Shan brauchte nur einen Blick auf Lokeshs verwirrte Miene zu werfen, um zu begreifen, daß dieser Tanz nicht der tibetischen Tradition entstammte. Als die alte Frau jedoch eine Melodie anstimmte, schien Corbett diese zu erkennen, trat zögernd und mit unsicherem Lächeln vor und tastete behutsam nach den Fingern der Tänzerin. Der blinden Frau stockte der Atem, aber als Corbett nun anfing, die Melodie laut zu summen, nahm sie mit festem Griff seine Hand, und sie tanzten gemeinsam.

Das gesamte Dorf hielt inne und rückte in der Abenddämmerung dicht zusammen. Die Eltern riefen ihre Kinder herbei, und erst Lokesh, dann immer mehr andere klatschten verhalten im Rhythmus. Dawa lachte stumm, die Ziege meckerte leise, und ein alter Mann im Schatten schlug mit einem Holzlöffel den Takt auf einem Tontopf und summte dabei die Melodie mit. Sogar die Zeit schien stillzustehen. Voll Überraschung und Freude verfolgte Shan mit den anderen, wie der Amerikaner und die alte Tibeterin unter dem aufgehenden Mond am Feuer tanzten. Ihre Schritte wurden schneller, aber die Frau schien problemlos mithalten zu können. Die Jahre fielen von ihr ab, und im flackernden Licht sah Shan nun eine sehr viel jüngere Frau lachen, mit strahlenden Augen und voller Leben.

»Wir müssen gehen«, warf Yao beunruhigt ein und zog an Shans Arm. »Wir müssen einen Hubschrauber rufen. Wir müssen ...« Dann wurde auch er vom Zauber des Augenblicks ergriffen, schien seinen Einwand zu vergessen und beobachtete die zwei Tänzer im Mondschein.

Am Ende fielen die beiden sich erschöpft in die Arme. Corbett drückte die Frau fest an sich und gab sie dann frei.

»Gott schütze die Königin«, rief die Alte im Überschwang der Gefühle und ließ sich von einem der Kinder zurück zu ihrer Decke führen.

Corbett neigte den Kopf, als frage er sich, ob er richtig gehört habe, und nahm dann von Shan eine Schale Tee entgegen, diesmal nach indischer Art zubereitet, mit Milch und Zucker. Er nippte vorsichtig daran, grinste und trank alles auf einen Zug aus. »Meine Großeltern haben diesen Tanz getanzt, als ich noch ganz klein war«, erklärte er. »Eigentlich gehören Dudelsäcke und Fiedeln dazu. Das war ein schottischer Reel.« Er schien über die eigenen Worte nachzudenken. »Das ist doch nicht zu fassen. Ein schottischer Reel«, wiederholte er ungläubig und schlenderte dann mit staunender Miene davon.

»Wir müssen Tan verständigen«, sagte Yao. »Und das Feuer muß heller brennen, damit der Helikopter uns findet.«

Shan betrachtete weiterhin die blinde Frau, die nun verträumt ihren Gedanken nachhing. »Nein. Wir müssen immer noch begreifen, was es mit Lodi auf sich hat.«

»Mich interessieren vor allem die Lebenden«, protestierte Yao. »Lodis Komplizen.«

»Dann vergessen Sie den Hubschrauber«, sagte Shan. »Wir gehen weiter nach Süden.«

»Nicht ohne Soldaten. Der Tod ist mir in dieser Gegend ein wenig zu alltäglich geworden.«

»Geht nicht nach Süden, bevor ihr bereit sein«, warf eine Stimme hinter ihnen ein. Sie gehörte der Frau, die Shan bei der Zubereitung der Mahlzeit geholfen hatte und nun die Pfannen reinigte.

»Bereit wofür?« fragte Shan.

»Der Süden ist kein Ort für Fremde. Es ist ein beschwerlicher Ort voller Erinnerungen. Vor vielen hundert Jahren wurde dort eine gewaltige Schlacht geschlagen. Tausende von Soldaten sind gestorben, und keiner von ihnen war darauf vorbereitet. Niemand hat ihnen beim Übergang geholfen. Es sind wandernde Seelen. Tausende.«

»Aber im Süden werde ich Lodis Clan finden«, sagte Shan. Niemand schien in der Lage zu sein, sich unmißverständlich über den Süden zu äußern. Alle sprachen in Rätseln.

Die Frau runzelte die Stirn. »Falls ihr euch verirrt, gibt es keinen Ausweg.«

»Unsinn«, sagte die alte Frau auf der anderen Seite des Feuers. Lokesh saß wieder neben ihr und gab ihr mehr Rosinen. »Man kann sich in diesen Bergen gar nicht wirklich verirren. Dies ist das Land des Erdtempels. Es gibt hier Orte, die sich von selbst Menschen suchen. Die richtigen Menschen.«

Die Worte schienen Yao neue Entschlossenheit zu verleihen. Er verschwand im Halbdunkel und ging zu seinem Rucksack. Kurz darauf hallten laute Rufe durch die Stille, und er kam mit dem Rucksack wieder zum Vorschein. Sein Gesicht hatte sich in eine wütende Grimasse verwandelt. »Die haben mich bestohlen!« verkündete er. »Das Funkgerät und die Landkarte sind weg! Wir müssen alles durchsuchen!«

Shan musterte Corbett, der am Feuer saß und in die Glut starrte. »Sie würden nichts finden«, sagte Shan.

Yao fixierte ihn zornig. »Wieso nicht?«

»Weil ich die Sachen genommen habe«, erklärte Shan ausdruckslos. »Ich habe sie weggeworfen und zerstört.«

»Dafür wandern Sie wieder ins Gefängnis!« zischte Yao und schien mit dem Rucksack nach Shan schlagen zu wollen.

Auf einmal stand Corbett zwischen ihnen und wandte sich an Shan. »Warum, zum Teufel, sagen Sie das?«

Shan erwiderte seinen ruhigen Blick. »Weil keiner dieser Tibeter jemals einen Diebstahl begehen würde.«

Corbett ließ den Blick über die erschrockenen Dorfbewohner schweifen, schaute reumütig zu Shan und schließlich zu Yao. »Er glaubt aus irgendeinem Grund, er müsse mich beschützen.«

»Sie?« knurrte Yao.

»Als wir getanzt haben, hat die alte Frau etwas zu mir gesagt«, erläuterte Corbett nun plötzlich sehr ernst. »Sie sagte, in diesen Bergen bekämpft man Dämonen oder wird selbst zu einem Dämon.«

»Sie reden den gleichen Blödsinn wie diese Leute. Ich verlange mein Funkgerät und die Karte.«

Der Amerikaner sah ihn lange an, bevor er antwortete. »Ich habe beides in die Schlucht geworfen. Es ist ein für allemal verloren.«

»Warum?« fragte Yao tonlos und mit verzweifeltem Blick.

»Weil Sie sich immer mehr zur Umkehr entschieden haben.«

»Ohne dieses Funkgerät sind wir hilflos«, sagte Yao.

»Sie haben Shan nicht richtig zugehört«, widersprach Corbett bekümmert. »Er hat die ganze Zeit versucht, uns zu erklären, daß wir *mit* dem Funkgerät hilflos sind. Ich bin mir nicht mehr sicher, auf wen Sie es abgesehen haben, aber ich weiß genau, wen ich erwischen will. Und mit Soldaten würden wir die Gottestöter niemals in die Finger bekommen.«

Kapitel Acht

Eine Hand griff im Dunkeln nach Shan, eine kleine, zitternde Hand, die seinen Arm ertastete und daran zog. Es war sein Sohn, und sie gingen zu einem der heiligen Berge, um von dort aus den Sonnenaufgang zu verfolgen. Sie würden mit den Stengeln das Tao befragen, über die alten Verse sprechen und süße Reiskuchen essen, die Shans Großmutter gebacken hatte.

»Aku Shan«, rief eine zaghafte Stimme, und die Hand zog erneut. »Onkel Shan, er ist tot.«

Die Worte ließen ihn schlagartig erwachen. Er setzte sich auf. Er hatte auf einer Decke vor der Trauerhütte geschlafen. Die Hand und die Stimme gehörten zu Dawa, deren Gesicht er mitten in der Nacht kaum erkennen konnte. Hinter ihr stand einer der Jungen, die Yao und Corbett mit den Knochen malträtiert hatten, und hinter dem Jungen deutete sich am Horizont die erste Morgenröte an.

»Wer ist tot?« fragte Shan, stand auf und schaute sich vorsichtig um. Corbett und Yao lagen unter dicken Filzdecken am Feuer, und die blinde Frau saß wie eine Wächterin zwischen ihnen. Aus der Hütte vernahm er den leisen monotonen Singsang, der verriet, daß Lokesh immer noch zu Lodi sprach.

Dawa antwortete nicht, sondern zog ihn weg von der Hütte auf einen der Pfade, die zum Hauptweg nach Süden führten. Der *ragyapa*-Junge folgte zögernd und schien mehr Angst vor Dawa als vor Shan zu haben.

Das erste Stück gingen sie, den Rest der Strecke legten sie im Laufschritt zurück. Dawa führte ihn mehr als vierhundert Meter den Hauptpfad entlang, blieb dann stehen und hob warnend die Hand. Sie nahm einen kurzen Stock, der an einem Geröllblock lehnte, und ging zu einer flachen Felsplatte, die quer über mehreren kleineren Brocken lag. Oben auf der Platte hatte jemand einen etwa dreißig Zentimeter hohen Steinhaufen errichtet, und auf dem Boden davor lagen im Halbkreis um eine Öffnung einige frisch angefertigte *mani*-Steine, deren Mantras mit Ruß und in unbeholfenen Strichen aufgetragen worden waren.

»Er traut sich nicht, es anzurühren«, sagte Dawa. »Er hat behauptet, hier sei vor zwei Tagen eine Gottheit getötet worden. Ich sagte, er solle es beweisen.« Sie bückte sich und fischte mit dem Stock ein großes, verbogenes Stück Metall aus dem Hohlraum.

»Es war ein Gott«, sagte der Junge mahnend. »Aber jetzt ist er tot. Ihr müßt ihn in Frieden lassen.«

Shan kniete sich hin. Es handelte sich um eine Skulptur, eine Statue des Manjushri, eines buddhistischen Heiligen, deren Bronze mit der Patina des Alters schimmerte. Im beginnenden Tageslicht konnte Shan ein heiteres Gesicht mit einem ovalen Schönheitsfleck über der Nase erkennen, einen schlanken, gewölbten Körper und detailliert herausgearbeitete Hände, deren eine das mythische Schwert zur Vertreibung der Unwissenheit hielt, die andere eine Lotusblume, die sich um ein Manuskript rankte. Hinter dem Heiligen saß sein Reittier, ein Löwe. Bis vor kurzem hatte die Figur sich in einem hervorragenden Zustand befunden, abgesehen von einer kleinen korrodierten Stelle an der linken Schulter. Dann jedoch hatte jemand den Heiligen brutal mißhandelt, ihm den Kopf fast vollständig plattgeschlagen und am Hals nach hinten gebogen, den erhobenen Schwertarm verdreht und am Ellbogen zurückgeknickt, die kunstvoll geformten Lotusblüten mit einem scharfen Gegenstand zerhackt und zersplittert. Der gesamte Körper war wuchtig breitgehämmert worden, und das Metall hatte sich gedehnt und Risse bekommen. Das einst wundervolle Kunstwerk war vermutlich Hunderte von Jahren alt, doch hier in der Nähe des *durtro*, am Tag nach dem Mord an Lodi, hatte man es unwiederbringlich zerstört. Ja, hätte Shan beinahe voll Trauer zugestimmt, die Gottheit ist tot.

»Hast du gesehen, was hier passiert ist?« fragte er den Jungen, der etwas Mut zu fassen schien, nachdem Shan die Skulptur aufgehoben hatte. Shan drehte die Figur um. Im Gegensatz zu den anderen Statuen hatte man bei dieser weder den Rücken noch den Sockel aufgeschnitten.

Der Junge nickte. »Von weitem. Manchmal verstecke ich mich und beobachtete den Pfad. Dann sehe ich, wer hier vorbeikommt oder wohin die Menschen gehen, nachdem sie einen Toten gebracht haben. Ich versuche mir vorzustellen, wie die Welt beschaffen ist.«

»Bist du den Leuten gefolgt, die Lodi gebracht haben?«

»Zwei Männer haben hier bei den Felsen gewartet. Ein Großer und ein Kleiner. Mit chinesischen Gesichtern. Der Große hatte ein Gewehr. Die anderen sind weggelaufen, nur sie nicht. Sie hat ihn angebrüllt, und ich dachte schon, er würde sie töten. Er hat sie gezwungen, ihm den Sack zu geben, den sie bei sich trug. Die beiden haben die Statue genommen und angegriffen. Erst mit den Stiefeln. Dann mit dem Kolben der Waffe. Der große Mann wollte sogar darauf schießen, aber der Kleine hat ihn aufgehalten. Dann haben sie Steine genommen und damit zugeschlagen. Sie haben gelacht und die Figur wie einen Ball gegen die Felsen geschleudert. Sie hat geweint.«

»Wer hat geweint?«

Der Junge verstummte beunruhigt.

»Hast du diese Chinesen gekannt?«

»Das waren keine Chinesen«, flüsterte der Junge. »Bloß Gottestöter, die chinesische Gesichter benutzt haben. Der Kleine war der Anführer. Als er fertig war, hat er einen Stiefel auf den toten Gott gestellt und ihr gesagt, sie soll heimgehen und allen berichten, daß ab jetzt alles anders wird. Ich wußte nicht, was ich machen sollte, also habe ich meine Großmutter geholt, und wir haben den Gott begraben. Unsere Vögel können kein Metall essen.«

»Das hast du gut gemacht«, sagte Shan und sprang auf, als er hinter sich plötzlich Schritte hörte. Aus den Schatten kam Yao zum Vorschein, begrüßte Shan mit stummer Geste und nahm ihm die Statue aus der Hand. Beim Anblick der rücksichtslosen Zerstörung seufzte er laut, legte das verbogene Stück Metall neben den Steinhaufen auf die Felsplatte und nahm es im Licht der ersten Sonnenstrahlen genauer in Augenschein.

»Wenn es Worte gibt, die man für einen toten Menschen sagen muß, was macht man dann erst bei einem toten Gott?« fragte Dawa leise.

Zunächst wußte niemand eine Antwort.

»Es ist nur das Abbild eines Gottes«, sagte Yao nach einem Moment. Shan sah ihn überrascht an.

»Da drüben in der Hütte ist es auch nur das Abbild eines Menschen«, entgegnete Dawa.

Die Worte schienen Yao zu verwirren. Er wandte sich einfach ab und schaute nach Süden.

»Wir müssen packen«, sagte Shan.

»Ich warte hier«, sagte Yao und griff nach seinem Notizblock. »Ich gehe nicht zu diesem Ort zurück.«

Schweigend marschierten sie eine Stunde nach Süden. Auch ihr Aufbruch war in aller Stille verlaufen. Während Shan und Corbett gepackt hatten, waren die Dörfler abseits geblieben und hatten sie nicht länger mit Unmut, sondern eher mit Kummer beobachtet, als würden sie sich um Shan und seine Begleiter sorgen. Corbett hatte leise ein paar Blumen gepflückt und sie der blinden Frau in die Hand gelegt. »Alles Gute«, hatte sie geflüstert.

Shan sah nun, daß Lokesh vom Pfad abgewichen war und den Hang eines flachen Bergrückens erklommen hatte. Er drängte die anderen, sie sollten weiterziehen, und versprach, mit Lokesh bald wieder zu ihnen aufzuschließen. Der alte Tibeter saß am Rand einer kleinen, ungefähr achthundert Meter breiten Ebene. Auf seinem Gesicht lag ein vertrauter Ausdruck, jene seltsame traurige Freude, die er immer dann empfand, wenn er durch die Ruinen eines *gompa* streifte oder alte Hirten sah, die betend eine *mala* durch die arthritischen Finger gleiten ließen.

»Es hat lange gedauert«, sagte Lokesh und wies mit ausholender Geste auf die Ebene, als Shan sich näherte.

Vor ihnen ragten viele hundert Steinhaufen auf, und manche davon waren so dicht mit Flechten bewachsen, daß ihre Oberfläche wie aus einem Stück zu sein schien. Shan wanderte zwischen den Haufen am Rand des Felds umher. Die mit der dicksten Pflanzenschicht waren alle fast zwei Meter hoch, und durch einige Lücken im Bewuchs konnte Shan ihre Verzierungen erkennen, die nicht nur aus dem *mani*-Mantra, sondern auch aus den kunstvollen Abbildern buddhistischer Lehrer und Gottheiten bestanden. Die ältesten und höchsten Exemplare standen rund um einen kleinen, etwa zweieinhalb Meter hohen *chorten* aus weißem Stein, den man ebenfalls mit den herrlich herausgemeißelten Köpfen zahlreicher Schutzgottheiten versehen hatte.

Die überwiegende Mehrheit der Steinhaufen war jedoch kleiner und deutlich jüngeren Datums, wenngleich immer noch mehrere Jahrzehnte alt.

»Das Schlachtfeld«, sagte Shan. »Hier in den Bergen soll ein furchtbarer Kampf stattgefunden haben.«

»Wenn man so nahe bei den Toten wohnt, wird man von vielerlei Geistern gestreift«, flüsterte Lokesh ehrfürchtig und schaute in Richtung des *ragyapa*-Dorfes. »Es ist wie eine Wunde.« Er stand auf und strich über die Spitze eines der Haufen. »Vielleicht muß man dafür sorgen, daß diese Wunde sich niemals schließen kann, denn sonst würde die eigene Seele vernarben.«

Shan mußte daran denken, wie erschöpft und doch weise die *ragyapas* ausgesehen hatten, sogar die Kinder. Sie hatten sich entschieden, die Wunde nicht verheilen zu lassen, und erfuhren daher die Ehre, von vielerlei Geistern gestreift zu werden.

Er sah, daß Lokesh noch etwas entdeckt hatte. Im Spalt einer Felswand stand eine Statue, ein detailliertes Abbild des Zukünftigen Buddha, der heiter und gelassen über das Schlachtfeld blickte. Nein, erkannte Shan, man hatte die Skulptur nicht in den Spalt gestellt, sondern direkt aus dem Fels gemeißelt. Es war eine meisterliche Arbeit, und sogar das in den Sockel gemeißelte Mantra wirkte dank der schwungvollen Linien wie mit einem Pinsel gemalt.

»Zhoka«, sagte Lokesh.

Sie verharrten eine Weile vor dem prächtigen Buddha. Ein

solches Kunstwerk gehörte eigentlich in einen Tempel oder ein Museum und nicht auf ein abgelegenes Plateau, wo kaum ein lebender Mensch es jemals zu Gesicht bekam. Doch aus irgendeinem Grund wußte Shan, daß Lokesh recht hatte. Es war nicht für die Lebenden bestimmt. Die Mönche von Zhoka hatten es den Toten übereignet.

»Ich verstehe nicht, was diese beiden Polizisten vorhaben«, sagte Lokesh nach langem Schweigen.

»Sie wollen die Diebe aufspüren«, erwiderte Shan verwirrt.

»Wer solch wunderschöne Dinge an sich nimmt, begeht gewiß eine Sünde«, sagte Lokesh, »aber ich wüßte nicht, was die Behörden daran ändern könnten. Polizisten sollen sich mit Verbrechen beschäftigen. Es ist viel einfacher, ein Verbrechen zu ahnden, als die Sünde abzugelten.«

Shan wurde zum erstenmal bewußt, daß auch Lokesh auf seine Art Ermittlungen anstellte. Die zerschmetterte Statue bei Atso, die Göttergemälde in dem alten Turm, die Störung des Gleichgewichts am *durtro* – das waren die Spuren, denen er folgte. Lokesh wollte niemanden bestrafen. Er fahndete nach den Gottestötern, um ihre Sünde wiedergutzumachen. Der alte Tibeter deutete auf eine nahe Felsformation und ging dorthin. Man hatte einen Ast zwischen die Steine geklemmt und eine provisorische Gebetsfahne daran befestigt, den ausgefransten Fetzen eines Kleidungsstücks, beschriftet mit einem Stück Holzkohle. Ganz in der Nähe lagen die Überreste eines Lagerfeuers. Shan hockte sich hin und untersuchte den Boden. Es waren erst kürzlich mehrere Leute hier gewesen, und sie hatten tibetische Stiefel mit glatten Sohlen getragen.

Eine Stunde später stieg der südliche Pfad steil an, und nach zwei weiteren anstrengenden Stunden fanden sie sich auf einer ausgedehnten Hochebene wieder, die im Süden und Westen von den fernen schneebedeckten Gipfeln des Himalaja eingerahmt wurde. Shan hatte noch nie eine solche Landschaft gesehen. Verteilt über die gesamte Fläche, erhoben sich insgesamt zwanzig oder dreißig riesige Felsnadeln und schmale abgeflachte Hügel, manche davon Dutzende von Metern hoch. Wie Steinhaufen, gewaltige Steinhaufen, aufgeschichtet von den Göttern.

»Das ist hier wie am Ende der Welt«, sagte Corbett.

Auf einmal kam Wind auf, ein kalter, heftiger Sturmwind, der sich zu bemühen schien, sie zurück auf den Pfad und weg von dem Plateau zu schieben.

»Wir haben keinen Proviant. Es gibt kein Wasser. Wir müssen umkehren«, murmelte Yao. »Wir können hier oben nicht übernachten. Ich muß zurück nach Lhadrung und mich in Peking melden.«

»Nein. Es gibt Orte, die sich von selbst Menschen suchen«, stellte Lokesh ruhig fest und wiederholte damit, was die blinde Frau gesagt hatte. »Wir werden dazu gedrängt, unsere Aufgabe zu erfüllen. Alles Hinderliche wird beseitigt. Ihr Geld. Ihre Landkarte. Ihr Funkgerät. Ihre Vorräte.«

»Meine Kamera«, fügte Corbett hinzu. »Mein Werkzeug zur Spurensicherung.«

»Dies ist kein Ort für Diebe«, wandte Yao barsch ein.

Shan ließ den Blick über das zerklüftete Terrain schweifen, das nun hinter ihnen lag. Auch er hatte Gründe zur Umkehr. Ming suchte immer noch nach einem Mönch. Gendun hielt sich weiterhin irgendwo in Zhoka auf, während die Gottestöter die Hügelregion unsicher machten.

»Niemand würde in einer derart kargen Gegend leben.« Yao hielt inne und blickte Lokesh hinterher, der mit großen Schritten auf einen Felsvorsprung in etwa dreißig Metern Entfernung zusteuerte.

Shan folgte seinem Blick und riß ungläubig die Augen auf. »Offenbar doch«, sagte er und lief zu Lokesh. Vor dem alten Tibeter waren Worte in die Felswand gemeißelt und wiesen hinaus auf die kahle, lebensfeindliche Ebene.

»Was steht da?« fragte Corbett über Shans Schulter hinweg.

»Studiere nur das Absolute«, übersetzte Shan und warf Lokesh aufgeregt einen kurzen Blick zu.

Die unerwartete Entdeckung schien auch Yao vorerst zu überzeugen, und so gingen sie gemächlich am Rand des Plateaus weiter. Nach einigen hundert Metern wies Corbett auf ein ungefähr sechzig Zentimeter breites Auge, das jemand auf eine hohe Felswand gemalt hatte. Wenig später kamen sie an einer langen Steinplatte vorbei, in deren Rand die acht heiligen Symbole eingemeißelt waren. Plötzlich blieb Corbett stehen, hob eine Hand und zeigte nach vorn. »Die sieht wirklich lebensecht aus«, flüsterte er.

Fünfzehn Meter vor ihnen saß im Schatten einer mächtigen Felssäule die Statue einer in eine Decke gewickelten Frau und starrte quer über die Ebene. Dawa schaute kurz hin, stieß einen leisen Schrei aus und rannte los. Als Shan ihr folgte, breitete die Gestalt langsam die Arme aus und drückte das Mädchen an sich.

Die Frau, die dort mit grauer Mütze und grauer Decke saß, war Liya und doch nicht Liya. Sie reagierte abweisend und begrüßte die anderen Neuankömmlinge lediglich mit einem zögernden Nicken. »Der braune Wind zieht auf«, merkte sie teilnahmslos an. »Ihr solltet dann nicht draußen sein.« Sie nahm Dawa bei der Hand und bog auf einen ausgetretenen Pfad ein, der sich um eine Reihe von Felsen und natürlichen Pfeilern schlängelte.

Während die anderen folgten, hielt Shan zunächst inne, um noch einmal das Plateau zu mustern. Der Wind hatte tatsächlich zugenommen, und auf der gegenüberliegenden Seite war eine Staubwolke aufgestiegen, so daß die Monolithen in einem gespenstischen braunen Nebel zu schweben schienen. Nachdem sie nun hergefunden hatten, waren die Götter anscheinend nicht geneigt, sie wieder ziehen zu lassen.

Sie blieben mehrere Minuten auf dem gewundenen Pfad, kamen durch einen kurzen Tunnel, stiegen über eine schmale Rinne hinweg und gelangten an einen höchst eigentümlichen Ort. Es schien, als habe man aus dem hohen, steilen Berggrat große, rechteckige Blöcke geschnitten, ein jeder fast hundert Meter breit, halb so tief und etwa fünfzehn Meter hoch. Sie bildeten vier gewaltige Stufen, die bis hinauf zur Kammlinie führten. Auf ihnen wuchsen Wacholderbäume und Schierlingstannen, und man hatte Häuser aus Stein und Holz darauf errichtet. Die Gebäude standen unmittelbar an der Felswand und waren durch Treppen verbunden, neben denen ein kleiner Bach in Kaskaden über die Blöcke lief. Kurz bevor er in ein Becken am Fuß des Berggrats stürzte, trieb er ein kleines hölzernes Wasserrad an. Auf jeder der Stufen waren einige Leute zu sehen, allerdings viel zu wenige, um all die Häuser zu bevölkern. Einige von ihnen beäugten die Besucher mißtrauisch, aber die meisten warfen ihnen nur einen kurzen Blick zu und widmeten sich dann wieder ihren Aufgaben, als hätten sie bereits mit der Gruppe gerechnet.

Ein halbes Dutzend der Bewohner versammelte sich hinter Liya, als wollten sie von ihr beschützt werden. »Wie heißt dieser Ort?« fragte Yao.

»Bumpari dzong«, antwortete Liya in warnendem Tonfall. »Es ist ein sehr alter Ort. Man erzählt sich, einst hätten hier Götter gewohnt.«

Bumpari dzong. Das hieß Bergfestung der Schatzvase. Die alte blinde Frau hatte Lodis Zuhause als Schatzvase bezeichnet, erinnerte Shan sich. In der tibetischen Überlieferung war das ein Ort, an dem spirituelle Reichtümer aufbewahrt wurden.

Lokesh rieb sich vor Entzücken die Hände. Als Shan an seine Seite trat, hob er den Arm und stieß dabei leise Freudenlaute aus. Der alte Tibeter zeigte auf zwei Frauen, die Wolle zwischen zwei nassen Decken preßten, der erste Schritt bei der Erzeugung von Filz. Dann auf einen kleinen hölzernen Webrahmen, wo ein anmutiger Teppich entstand. Und auf eine Frau, die mit einem Steinstößel Pflanzenstiele zerkleinerte, um auf althergebrachte Weise Weihrauch herzustellen. All dies hatte Lokesh wahrscheinlich schon seit Jahren oder gar Jahrzehnten nicht mehr gesehen, erkannte Shan. Es waren Bestandteile seiner Kindheit gewesen, und der alte Tibeter hatte sie längst verloren geglaubt.

Diese außergewöhnliche Terrassensiedlung lebte tatsächlich noch in einer anderen Zeit. Die Häuser, die Werkzeuge, die religiösen Reliefbilder an den Felswänden und sogar die selbstgewebte und bestickte Kleidung der meisten Einwohner hätte aus dem achtzehnten Jahrhundert stammen können. Doch als Shan genauer hinsah, fiel ihm auf, daß die junge Frau bei dem Webrahmen eine teure goldene Uhr und ein halbwüchsiger Junge am Wasserrad modische Joggingschuhe trug.

Corbett zupfte Shan am Ärmel. »Da am Eingang«, sagte er.

Shan drehte sich um. Soeben stemmten sich zwei Yaks in ihr geschmücktes Ledergeschirr und zogen eine riesige Steinplatte die schmale Felsrinne entlang, so daß der Zugangstunnel versperrt wurde. Daneben stand ein dunkelhäutiger gedrungener Mann mit einer Muskete. Der Wachposten sah nicht wie die anderen im Dorf aus. Shan vermutete, daß er von jenseits der Grenze aus Nepal stammte und zum Volk der Gurkha gehörte. In seinem breiten Gürtel steckten eine gekrümmte Klinge und eine Automatikpistole.

Liya führte sie zu einer kleinen Lichtung unter einem Halbkreis aus Wacholderbäumen, direkt am Fuß der Klippe, die das Dorf im Westen begrenzte. An der Wand rankten sich Kletterpflanzen empor, und mitten zwischen ihnen sah man ein fröhliches Felsgesicht hervorschauen, das lachende Antlitz eines tibetischen Heiligen. In einem gemauerten Steinring brannte ein Feuer, und darüber stand auf einem eisernen Rost ein Kessel. Man bereitete Tee zu, und mehrere der Bewohner kamen herbei, darunter auch eine Frau in mittleren Jahren. Sie trug ein rotes besticktes Kleid und brachte eine kupferne Teekanne mit, die sie aus dem Kessel mit Wasser befüllte. Dann holte sie aus einem Beutel an ihrem Gürtel einige grüne Teeblätter und gab sie hinzu. Schließlich schenkte sie den grünen Tee in vier identische weiße Tassen ein – für Shan, Yao, Corbett und sich selbst. Die anderen Tibeter hingegen bedienten sich schweigend bei dem traditionellen Buttertee. Dann ließen sich alle in einem Kreis nieder und sahen die Besucher erwartungsvoll an.

»Wir haben lange gewartet«, sagte die Frau im roten Kleid herzlich. »Willkommen in unserem Dorf.« Sie sprach die Worte zweimal, erst auf Mandarin, dann auf englisch. Als sie einen Schluck trank, brach die Sonne zwischen den Wolken hervor und tauchte die kleine Freifläche in strahlendes Licht.

»Deine Augen!« rief Dawa plötzlich und wies auf die Frau. »Was fehlt dir?« Dann hielt sie inne, schaute zu Corbett und zurück zu der Frau. »Die sind ja wie seine! Wie die von dem *goserpa*«, sagte sie.

Blau. Die Frau hatte blaue Augen. Shan musterte die anderen

Dorfbewohner. Manche der Gesichter wurden von Mützen verdeckt, aber soweit er es erkennen konnte, hatten mehr als die Hälfte aller Anwesenden ebenfalls blaue Augen. Das also waren die Blaumenschen, die im Süden lebten.

»Ja«, sagte die ältere Frau und gab dem Mädchen eine Holzschale mit Walnußkernen. »Vor langer Zeit hat ein wunderbarer Mann hier gelebt, ein *inchi*-Lehrer. Er war der Großvater und Urgroßvater der meisten Leute, die heute hier leben. Er ist aus England hergekommen, vor hundert Jahren.«

Corbetts Kopf ruckte hoch. »Ein Brite?«

Die Frau nickte. »Im Jahr des Holzdrachen kamen einige hundert Briten nach Tibet. Viele von ihnen wurden gute Freunde unseres Landes.« Sie lächelte und füllte die Tassen nach.

Sie bezog sich auf das Expeditionskorps unter Leitung von Colonel Francis Younghusband, begriff Shan. Als das Gerücht aufkam, Rußland wolle sich militärisch in Tibet festsetzen, schickte Großbritannien Truppen, um politische und wirtschaftliche Kontakte mit Lhasa zu erzwingen. Man schrieb das Jahr 1904.

»Sie kamen als Soldaten und waren bereit, in den Krieg zu ziehen«, erzählte die Frau. »Doch am Ende mußten viele von ihnen in erster Linie mit sich selbst kämpfen. Sie hatten nichts über Tibet und die Tibeter gewußt.«

Shan versuchte sich an die westlichen Geschichtsbücher zu erinnern, die er gemeinsam mit seinem Vater gelesen hatte. Es kam damals zu ein paar kleineren Gefechten, mit schweren Verlusten auf seiten der Tibeter, die mit Amuletten und Musketen gegen moderne Maschinengewehre anrannten. Die Briten überraschten die Tibeter, indem sie die verwundeten Gegner medizinisch versorgten. Die Tibeter überraschten die Briten, indem sie sich bei Verhandlungen an den buddhistischen heiligen Schriften orientierten. Colonel Younghusband verließ Tibet als neuer Mensch, gründete einen Rat der Weltreligionen und arbeitete fortan im Dienst des globalen Friedens.

»Ihr seid unsere Gäste«, sagte die Frau. »Dort könnt ihr euch waschen.« Sie deutete auf einen steinernen Trog beim Teich. »Ihr dürft euch hier frei bewegen. Wir bitten nur darum, daß ihr die Trauernden respektiert«, sagte sie mit Blick auf ein kleines Gebäude jenseits der Bäume, das wie ein Tempel aussah. Die Tür wurde von zwei Kohlenpfannen flankiert, aus denen Rauch aufstieg. »Und daß ihr nicht die oberste Ebene betretet, denn dort sind heilige Dinge. Später werden wir gemeinsam essen.«

Shan achtete bei diesen Worten auf Liya. Sie wirkte sehr besorgt, und als ihr Shans Blick auffiel, wich sie ihm aus.

Dawa zog Corbett zum Teich. Lokesh schlug den Weg zur nächsten Stufe ein, auf der hinter blühenden Büschen ein langgestreckter, eleganter Fachwerkbau stand.

Liya ging zum Tempel, als wolle sie nicht mit Shan reden, der vorerst abwartete und seinen Tee trank, während die Gemeinschaft am Feuer sich langsam zerstreute. Er musterte die sonderbare und verführerisch schöne Landschaft und entdeckte dabei ein Wohngebäude auf der gegenüberliegenden Seite der ersten Ebene, ein robustes Holzhaus mit anmutig geneigtem Schindeldach und einer schmalen Veranda, auf der eine große Gebetsmühle und mehrere Blumenkästen aufgehängt waren. Die blaue und rote Blütenpracht reichte bis über das Geländer.

Als Shan die Veranda betrat, griff er unwillkürlich nach der kunstvoll gefertigten kupfernen Gebetsmühle und drehte sie. Ein Stück abseits stand ein alter Schaukelstuhl, dessen Kufen durch den häufigen Gebrauch schon sehr abgenutzt waren.

Alles in diesem Terrassendorf schien mit großem Geschick und absoluter Präzision angefertigt worden zu sein, und das Innere des Hauses stellte keine Ausnahme dar. Man hatte die Balken stabil miteinander verzapft und durch die geschnitzten Abbilder von Kletterpflanzen verziert. Die Wände des Hauptraums lagen unter glattem weißen Putz und wurden auf dem unteren Meter durch eine gebeizte und lackierte Holzvertäfelung geschützt. An einer Wand hing ein kleiner Union Jack über Regalen voller westlicher Bücher, an einer anderen ein rundes Dutzend gerahmter Fotos über einem schlichten Steinkamin. Die verbleibenden beiden Wände waren mit einigen *thangkas* behängt, eines davon über einem kleinen hölzernen Altar mit einem Bronzebuddha. Shan kam sich wie in einem Privatmuseum vor.

Er inspizierte die anderen Zimmer. Im ersten stand ein schmuckloses Holzbett mit dicker Daunendecke, und an den Wänden hingen gerahmte Zeichnungen. Der zweite Raum war eine kleine Küche, der dritte ein weiteres Schlafzimmer mit zwei Holzbetten. Über dem hinteren war ein Regal angebracht, in dem mehrere elektrische Geräte lagen. Eine Bodendiele knarrte, und Shan kehrte in den Hauptraum zurück. Dort stand Yao mit Liya und starrte die britische Flagge an.

»Mein Urgroßvater hat dieses Haus gebaut und seine Kinder hier großgezogen«, erklärte Liya. »Da drüben hängt ein Foto von ihm. Er sitzt draußen auf dem Schaukelstuhl und hält meine Mutter im Arm.«

Shan ging zur Wand und fand nach kurzem Suchen die Schwarzweißaufnahme eines Westlers mit breitem Backenbart, der stolz einen Säugling hielt und den anderen Arm um eine strahlende Tibeterin gelegt hatte, die neben ihm stand. Er wirkte freundlich, beinahe verschmitzt. Auf einem anderen Bild sah man denselben Mann, sehr viel jünger, in makelloser Uniform und mit einem länglichen Helm in der Armbeuge. In der Mitte hingen die Fotos zweier fast kahlköpfiger Männer, die beide auf die gleiche rätselhafte Weise zu lächeln schienen. In einem von ihnen erkannte Shan den dreizehnten Dalai Lama, der vor mehr als sechzig Jahren gestorben war. Den anderen Mann, einen Westler mit Anzug und Krawatte, hatte er in den Geschichtsbüchern seines Vaters gesehen. Winston Churchill.

Unter dem Bild stand ein Kasten mit Glasdeckel auf dem Kaminsims. Darin lagen mehrere Orden und eine Visitenkarte. »Major Bertram McDowell«, las Shan laut vor. »Königliche Artillerie.«

»McDowell!« wiederholte Yao überrascht und kam an Shans Seite.

»Der Major war für ein Jahr in einer Handelsniederlassung in Gyantse stationiert«, sagte Liya hinter ihnen. »Er war ein begeisterter Maler und Schriftsteller und fing an, Material für ein Buch zu sammeln, das erste englische Werk über tibetische Kunst. Als er darum bat, wie ein tibetischer Künstler unterwiesen zu werden, schickte ein Lama ihn in eine Meditationszelle. Dort sollte er eine Woche lang sitzen, mit nichts als einem Buddha bei sich, und seine Gottheit erweitern, bis sie seine Finger erreichte.«

»Ein Lama aus Zhoka«, vermutete Shan.

Liya nickte, ohne den Blick von den Fotos abzuwenden. »Diese eine Woche hat alles für ihn verändert. Er wollte keinen Heimaturlaub mehr, sondern bat immer wieder um eine Verlängerung seiner Dienstzeit. Schließlich trat er aus der Armee aus, und der Lama brachte ihn hierher, wo die Künstler den Mönchen von Zhoka schon seit Jahrhunderten behilflich waren.«

»Warum liegt dieser Ort so versteckt?« fragte Yao.

Liya wandte sich zu dem kleinen Buddha um, der auf dem Altar stand. »Studiere nur das Absolute«, sagte sie.

»Major McDowell hat in diesem Haus gewohnt«, sagte Shan.

Liya nickte. »Er wurde ein großer Künstler.« Sie wies auf einige gerahmte Skizzen, die rund um die Tür des ersten Schlafzimmers hingen. »Er hatte eine Lehrerin, die Tochter eines Kunstschmieds. Nach einem Jahr heirateten die beiden und bekamen sechs Kinder. Zwei der Söhne wurden Mönche in Zhoka, und die anderen Kinder gebaren selbst viele Nachkommen und bevölkerten das Hügelland.« Sie ging zu einem Tisch bei der Tür und nahm einen Gegenstand, den Shan nicht genau erkennen konnte, ein kleines Holzgefäß mit langem Stiel. Liya streichelte es zärtlich. »Alle haben ihn geliebt. Jeden Dezember lud er zu einem Fest ein und beschenkte sämtliche Gäste. Er spielte Geige und brachte allen die Tänze aus seiner Jugend bei.«

Sie hielt sich den Gegenstand unter die Nase und legte ihn dann zurück auf das Porzellantablett. Es war eine Tabakspfeife.

Draußen ging ein Junge am Haus vorbei und brachte ein Bündel Wacholderzweige für die Kohlenpfannen.

»Trauern die Leute um Lodi?« fragte Shan.

Liya nickte erneut und schaute in Richtung des Tempels aus dem Fenster. »Er hat uns versorgt und beschützt. Als er sechzehn war, ist Lodi von hier weggegangen, um die Grenze zu überqueren. Es war eine schlimme Zeit. Von Jahr zu Jahr verließen immer mehr Leute unser Dorf, um sich als Bauern oder Hirten in den Hügeln niederzulassen oder nach Nepal und Indien zu fliehen. Als ich noch klein war, gab es Winter, in denen manche der Kinder und Alten verhungert sind. William nahm einige unserer Kunstwerke zum Verkauf mit und schickte neue Freunde aus Nepal, die uns Vorräte brachten. Dann haben wir mehr als ein Jahr nichts von ihm gehört, bis ein Brief aus England kam. Er hatte unsere Verwandten besucht.«

»Elizabeth McDowell«, sagte Shan.

»Sie hatte asiatische Kunst studiert und arbeitete als Beraterin für mehrere Museen. Lodi sagte, ein glückliches Schicksal habe ihn mit ihr zusammengebracht. Als er zurückkehrte, war sie bei ihm und hatte Medizin und Bestellungen im Gepäck.«

»Bestellungen?«

»Für Kunstwerke, die sie in Europa und Amerika verkaufen konnten.«

Liyas Augen füllten sich mit Tränen. Sie ging hinaus auf die Veranda. Shan folgte ihr.

»Das mit William tut mir leid«, sagte er. »Aber ich muß verstehen, was in Zhoka passiert ist. Surya zuliebe.«

»Man hatte seinen Leichnam in den Tunnel geschleppt. Ich habe ihn dort gefunden und dann einige der Hügelleute, meine Cousins, dazu überredet, ihn mit mir wegzubringen.«

»Aber wer hat ihn ermordet?«

Liya schaute zu Boden und rang die Hände.

»Dieselben Leute, die euch bei den *ragyapas* überfallen haben?«

»Ich weiß es nicht. Falls Surya in den Gewölben auf William gestoßen ist und gesehen hat, daß das Fresko fehlte ... Ich weiß es einfach nicht.«

»Wer waren diese beiden Männer?«

Liya zuckte die Achseln. »Lodi hat bisweilen mit Außenstehenden zusammengearbeitet. Sie waren wütend, weil er ihnen die Statue geben sollte.«

»Und warum haben sie die Figur dann zerstört?«

»Sie sagten, sie würden nun an Lodis Stelle treten, und die Bedingungen hätten sich geändert. Wir müßten uns fügen, sonst würde es den Hügelleuten schlecht ergehen. Ich kannte die beiden nicht. Ein kleiner Chinese mit krummer Nase und ein großer Kerl, ein Mongole, glaube ich. William hat uns nie in die Einzelheiten seiner Geschäfte eingeweiht. So war es für alle am besten, denn er mußte das Geheimnis von Bumpari bewahren. Die beiden Männer haben die wunderschöne alte Statue zerstört, weil ich sie angeschrien habe.« Sie schlug die Hände vor das Gesicht. »Das ist unser Ende. Diese Kerle werden uns aufspüren und zu Sklaven machen. Sie wissen, daß wir nicht registriert sind und ein Anruf bei den Behörden schreckliche Folgen hätte. Unsere Leute haben solche Angst. Die meisten sprechen davon, über die Grenze zu fliehen.«

»Wieso sind diese Männer dir nicht gleich gefolgt?«

»Ich weiß es nicht. Es hatte den Anschein, als müßten sie dringend etwas erledigen.«

»Es wäre für die beiden nicht sinnvoll, Lodi zu töten, ohne zu wissen, wie man euch findet.« Er hielt inne. »Aber du hast gesagt, daß Elizabeth McDowell diesen Ort bereits kennt.«

»Punji würde niemals etwas verraten. Sie gehört zur Familie. Wir wollen doch nur in Frieden leben und unsere Kunstwerke herstellen. Sie würde auf keinen Fall mit diesen Männern zusammenarbeiten ... die waren wie Tiere. Nichts ergibt einen Sinn.« Liya hob den Kopf, als sei ihr plötzlich etwas eingefallen. »Der kleine Chinese hat verlangt, ich solle ihm geben, was Lodi von dem Kaiser besitzt.«

»Von welchem Kaiser?«

»Keine Ahnung. Das habe ich ihm auch gesagt, und da hat er mich geohrfeigt.«

Shan blickte hinaus auf das stufenförmige Dorf. »Hatten die Kaiser Kunstwerke aus Bumpari oder Zhoka?«

»Wir haben immer nur für die Tibeter gearbeitet, für Buddhisten.«

»Kaiser Qian Long hat die Buddhisten sehr geschätzt. Zu seinem Hofstaat gehörten Lamas, und er hat tibetische Schätze gesammelt.«

»Falls diese Männer weitere unserer Kunstwerke gewollt hätten, wären sie mir gefolgt.«

»Vielleicht mußten sie sich erst neuen Proviant besorgen«, wandte Shan ein. »Immerhin hast du ihre Vorräte in Zhoka vernichtet.«

»Nachdem ich in diesem kleinen Lagerraum auf Lodis Leichnam gestoßen war, habe ich lange bei ihm gesessen. Zuerst war ich nur unsagbar traurig, aber dann wurde ich wütend. Ich habe noch nie solchen Zorn empfunden.«

»Falls es tatsächlich die Vorräte dieser beiden Kerle waren, sind sie diejenigen, die in Zhoka Wandgemälde stehlen.«

Liya schloß kurz die Augen. »Lodi würde Zhoka niemals ein Leid zufügen«, versicherte sie. »Er hat nur verkauft, was wir selbst angefertigt haben. Unter keinen Umständen hätte er sich an den alten Schreinen vergriffen.«

»Neulich am Lagerfeuer mit Lokesh und Dawa ... bist du da wegen Tashi so überstürzt verschwunden?«

»Jeder halbwegs vernünftige Mensch hält sich von Tashi fern.«

»Du bist vorher unterwegs nach Norden gewesen, dann aber doch hierher zurückgekehrt.«

»Ich habe euch an dem Abend belauscht und wußte daher, daß die Chinesen eine Möglichkeit gefunden hatten, deine Unterstützung zu gewinnen. Mir war klar, daß du am Ende herfinden würdest.«

»Es tut mir leid«, sagte Shan.

Liya zuckte die Achseln. »Das alles hat ohne dein Zutun angefangen.« Sie beobachtete nun Corbett, der auf der Treppe zur nächsten Ebene mit Dawa und den Kindern des Dorfes spielte.

»Warum ist Lodi nach Lhadrung zurückgekehrt?« fragte Shan.

Liya zuckte abermals die Achseln. »Wir haben ihn erst in einigen Wochen erwartet. Er tauchte plötzlich auf und war sehr aufgeregt und verängstigt. Dann ist er in sein Zimmer gegangen ...« Sie nickte in Richtung des Raums mit den zwei Betten. »... und hat dort irgendwas gesucht. Am nächsten Morgen ist er nach Zhoka aufgebrochen.«

Corbett trug nun eines der Kinder auf den Schultern und stieg die Treppe hinauf. Der Anblick schien Liya zu faszinieren. Sie verließ ohne ein weiteres Wort die Veranda und folgte dem Amerikaner nach oben.

Shan ging wieder hinein und betrat das erste Schlafzimmer. Es kam ihm beinahe wie ein Schrein vor, und die gerahmten Zeichnungen schienen zu denen im Hauptraum zu passen. Der Künstler hatte großes Geschick und einen Blick für die wesentlichen Details bewiesen, so daß beispielsweise das Lachen einiger spielender Kinder oder die immense Kraft eines angeschirrten Yaks lebensecht zum Ausdruck kam. Der erste der Bilderrahmen enthielt allerdings keine Skizze, sondern einen Bogen Briefpapier. Am oberen Rand waren die Worte »Königliche Artillerie« aufgedruckt, flankiert von gekreuzten Kanonenrohren. Darunter stand in schwungvoller Handschrift ein englisches Gedicht. Shan las es mehrere Male und lächelte schließlich:

Ich schrieb einen Brief an Frau Mama
und erzählte ihr von einem Lama,
der sagte, sein Streben
sei nicht ewiges Leben,
sondern bloß ein roter Pyjama.

Shan hielt inne und holte das *peche*-Blatt hervor, das er in den Gewölben von Zhoka gefunden hatte. Die Handschrift der beklemmenden Zeilen entsprach der des Limericks über die roten Gewänder der Mönche. Beide Texte stammten von Bertram McDowell, dem Stammvater des seltsamen Clans der südlichen Berge.

Im zweiten Schlafzimmer stieß Shan auf Yao. Der Inspektor saß auf einem der Betten und zeichnete auf seinem Notizblock eine Landkarte.

»Ming hat Sie angelogen«, sagte Shan und faßte zusammen, was Liya ihm erzählt hatte. »Die Leute hier haben nichts Unrechtes getan.«

»Die Frau würde alles mögliche behaupten, um ihren Kopf aus der Schlinge zu ziehen. Soll ich nun ihr glauben oder einem hochrangigen Parteimitglied? Dieses ganze Dorf ist ein Verbrechernest. Die Einwohner haben William Lodi geholfen, einem Dieb und Mörder. Es gibt hier illegale Waffen. Man betreibt Schmuggel. Niemand ist registriert, niemand zahlt Steuern. Tan und Ming werden überaus erfreut sein und Ihnen vermutlich gestatten, wieder unterzutauchen.« Er verstummte und schaute zur Wand, als könne er dort etwas sehen, das Shan verborgen blieb. »Bei einer so großen Zahl von Verhafteten dürften allein die Verhöre einen ganzen Monat dauern.«

Shan musterte Yaos primitive Lageskizze. Sie war wertlos. Der Inspektor hatte keine Ahnung, wo sie sich befanden.

Yao öffnete die Schranktür. Im Innern waren Kartons gestapelt, die offenbar zu den Gegenständen über dem zweiten Bett gehörten. Fast alle trugen Hochglanzetiketten mit englischer oder japanischer Aufschrift. Ein tragbarer Lufterfrischer. Eine Standleuchte. Ein elektrischer Haarschneider. Das Metallmodell eines Wagens namens Ferrari. Ein Kugelschreiber mit integrierter Glühbirne. Ein Gerät, das Funkwecker hieß. Eine Fernbedienung, allerdings ohne zugehörigen Fernsehapparat. Ein ganzes Fach voller englischer Medikamente: Antibiotika, Schlaftabletten, Schmerzmittel.

Shan wandte sich zu den Betten um. Das Regal über der zweiten Schlafstätte glich einem Altar für den merkwürdigen Mann, der in Zhoka ermordet worden war. Ein Stück dahinter stand im Schatten jedoch ein zweiter, traditioneller Altar mit einem kleinen Messingbuddha, einem Pinsel und dem verblichenen Foto eines jungen Major McDowell, der neben einer Kanone posierte und mit einem Säbel ausholte, als wolle er im nächsten Moment eine Attacke anführen. Sein Mund wurde durch einen buschigen Schnurrbart verdeckt.

Auf einem kleinen Bücherschrank lagen rund zwanzig längliche Schmucksteine, die als Schutzamulette beliebten braunen *dzi*-Perlen, wie Lodi sie in Seattle verschenkt hatte, jede mit einem anderen eingravierten Muster aus weißen Linien. Im Fach darunter standen mehrere gebundene Bücher. Sie waren verstaubt und anscheinend seit Jahren nicht mehr angerührt worden. Shan nahm eines. Es enthielt Seiten aus dickem weißen Papier und hatte als Skizzenbuch gedient. Auf dem ersten Blatt stand auf tibetisch und in der Handschrift eines Kindes der Name Lodi. Die danach folgenden Zeichnungen waren schlicht, aber in gewisser Weise selbstsicher: Blumen, die Köpfe von Hunden und Yaks, heilige Symbole. Wie alle Kinder des Dorfes hatte auch William Lodi zweifellos schon früh angefangen, sich in den überlieferten Fähigkeiten seines Clans zu üben. Shan nahm ein anderes der Bücher. Es enthielt ebenfalls Skizzen von zumeist den gleichen Motiven, wirkte aber nicht mehr so kindlich. Die menschlichen Gesichter waren trauriger geworden, einige gar hohl und ausgemergelt. Neue Bilder tauchten auf, Zeichnungen von Flugzeugen und Autos. An manchen Stellen waren Zeitschriftenfotos eingeklebt: westliche Frauen, schnittige Sportwagen, westliche Speisen, sogar Telefone. Das letzte der Bücher enthielt Bilder von Frauen mit verführerischen Blicken, von Gurkhas und ihren Waffen, von chinesischen Kriegsgeräten, die explodierten. Auf den hinteren Seiten folgten weitere Porträts, die allesamt Westler zeigten. Die Personen sahen einander ähnlich, als seien sie verwandt. Shan erkannte eine von ihnen. Elizabeth McDowell. Er vergewisserte sich, daß Yao am anderen Ende des Zimmers in irgendeine neue Entdeckung vertieft war. Dann riß er die Seite heraus und steckte sie ein.

Als Shan das Buch zurückstellte, fiel ihm auf, daß seine Hände zitterten. Er hatte sich in fast jeder Hinsicht geirrt. Er hatte versucht, sich von Mitgefühl leiten zu lassen, wie Gendun es gewollt hätte, und war überzeugt gewesen, Surya könnte niemals in der Lage sein, einen Menschen zu töten. Er hatte geglaubt, in Zhoka müsse jede Art von Ausgrabung allein aus Ehrfurcht geschehen sein. Er hatte Bumpari als ein Zeichen der Hoffnung begriffen, als ein bewegendes Symbol dafür, daß die Tibeter sich auch heute noch auf ihre buddhistischen Überlieferungen zurückziehen konnten, um ihren Lebensmut und ihre Identität zu bewahren. Doch nicht Mitgefühl trieb die Ereignisse voran, sondern Gier. Lodi hatte das Künstlerdorf nicht unterstützt, um Traditionen aufrechtzuerhalten. Es war ihm um die Dinge gegangen, denen er über seinem Bett einen Altar errichtet hatte. Liya mochte vielleicht tatsächlich glauben, daß Lodi sich nicht an Zhoka vergreifen würde, aber sie wußte nichts von dem Verbrechen, das er in Seattle begangen hatte.

Hinter Shan ertönte ein leises zirpendes Geräusch. Er drehte sich um. Yao hatte den Deckel eines flachen Kastens aufgeklappt, der auf seinem Schoß lag und nun zu leuchten begann. Es war ein Laptop-Computer. Shan verfolgte über Yaos Schulter hinweg, wie der Inspektor in schneller Folge Dateien öffnete und wieder schloß und dabei gutturale Laute der Zufriedenheit von sich gab. Kontoauszüge. Reiseunterlagen. Bestandsverzeichnisse mit langen Listen von Kunstwerken, aufgeteilt in die vier Kategorien »Stoffgemälde«, »Skulpturen«, »Ritualgegenstände« und »Masken«. Alles war in englischer Sprache gehalten.

Während Yao sich einen Überblick verschaffte und immer wieder nervös zur geschlossenen Tür schaute, ging Shan zu dem Kasten, in dem der Computer gelegen hatte, und tastete den Rand ab. Unter der Filzeinlage mit dem rechteckigen Umriß des Laptops lag ein kleines Stoffetui. Es enthielt ein halbes Dutzend Disketten. Shan betrachtete die Aufkleber der Datenträger und streckte sie dann Yao entgegen, aufgefächert wie Spielkarten.

Es waren rote Disketten, alle versehen mit einem bedruckten Etikett. *Nei Lou*, stand dort. Eine Verschlußsache, ein Staatsgeheimnis. Unter der Überschrift folgte jeweils eine zehnstellige Nummer, dann ein Bindestrich und eine einzelne Ziffer, beginnend bei eins, endend bei sechs. Shan gab Yao die letzte der Disketten. Der Inspektor steckte sie ins Laufwerk des Laptops.

»Dieser Computer ist womöglich alles, was ich brauche«, sagte Yao und starrte dann überrascht auf den Bildschirm, weil dort das Foto eines vertrauten Pekinger Gebäudes erschien. »Das Museum für Altertümer«, sagte er verwirrt. »Mings Museum.« Das Bild verschwand und wurde durch die Worte *Nei Lou* abgelöst, deren riesige Buchstaben den gesamten Monitor ausfüllten und gleich darauf der Überschrift »Kapitel Fünfundvierzig« wichen, gefolgt von zahllosen winzigen Ideogrammen.

»Noch ein *neyig*«, stellte Shan verblüfft fest. »Ein Leitfaden für Pilger.«

Er musterte die Disketten, ließ Yao weiter die Dateien überprüfen und sah sich noch einmal im Zimmer um. Auf einem kleinen Tisch neben dem Bett lag eine Zigarrenkiste voller Fotos. Bei einer ersten schnellen Durchsicht fand Shan keines, auf dem Zhoka oder das Dorf abgebildet war. Dann nahm er sich die obersten Aufnahmen genauer vor. Man sah Leute vor einem Haus stehen, ausschließlich Westler, abgesehen von Lodi, der genau in der Mitte stand. Seine englischen Vettern, darunter eine jüngere Elizabeth McDowell. Es folgten Touristenbilder aus England, hauptsächlich von Schlössern und Kathedralen.

In einem Umschlag am Boden der Kiste steckten Fotos einer anderen Gruppe von Leuten, aufgenommen an einem sandigen und windgepeitschten Ort. Es schien sich um eine archäologische Ausgrabungsstätte zu handeln. Elizabeth McDowell kniete dort im Staub, gleich daneben Direktor Ming. Beim nächsten Bild glaubte Shan seinen Augen nicht zu trauen. Er sah es lange an, schaute zu Yao und dann wieder auf das Foto. Es war eine Gruppenaufnahme mit McDowell, Ming und einigen Chinesen, die mit ihren Schürzen oder Hämmern und Meißeln wie Wissenschaftler wirkten. Neben Ming stand Lodi, und im Zentrum der Gruppe fiel sofort ein überaus fotogener, gutgekleideter Westler auf. Halb hinter ihm stand ein massiger Mann mit mongolischer Physiognomie neben einem schmalgesichtigen Han-Chinesen, der den Westler ansah, statt in die Kamera zu schauen, wodurch seine krumme Nase besonders gut zu erkennen war. Shan steckte das Bild ein, ebenso wie das folgende Foto, auf dem dieselbe Gruppe ihre Gläser zu einem Toast erhob. Die Leute saßen in einem großen Zelt an einer langen Tafel, auf der kleine Flaggen der Volksrepublik und der Vereinigten Staaten standen.

Von draußen ertönte jäh ein tiefes Dröhnen. Yaos Kopf ruckte hoch, und er klappte den Deckel des Laptops herunter. Shan lief hinaus auf die Veranda. Auf der nächsten Ebene blies jemand ein *dungchen*, eines der langen, spitz zulaufenden Hörner, mit denen in einem *gompa* die Mönche zusammengerufen wurden.

Als Shan und Yao die Felstreppe hinaufliefen, verstummte das Horn. Von den oberen Stufen eilten mehrere freudige Dörfler herbei und steuerten das langgestreckte Fachwerkgebäude hinter den Gärten an. Shan blieb stehen, hielt Yao zurück und beobachtete, wie die Tibeter in das Haus liefen.

Als Shan und der Inspektor die Gärten erreichten, war nur noch ein einzelner Wachposten bei den Stufen zur obersten Ebene zu sehen. Alle anderen Dorfbewohner befanden sich in dem eleganten Gebäude. Shan betrat eine kleine Kammer, in der auf einem Tisch die fast fertiggestellte Statue eines pferdeköpfigen Gottes stand. An die Werkstatt schloß sich ein großer Raum an, dessen gewölbter Zugang von zwei stattlichen bronzenen Gebetsmühlen flankiert wurde. Am oberen Rand trug jede von ihnen in vergoldeten Lettern das *mani*-Mantra, und die Seitenteile waren mit kleinen Abbildern der heiligen Symbole verziert. Shan hielt kurz inne, bis ihm einfiel, daß er erst kürzlich eine fast identische Gebetsmühle gesehen hatte, allerdings verbeult und korrodiert, halb verschüttet in den Trümmern von Zhoka.

Das Gebäude schien in zwei große Hallen unterteilt zu sein, von denen die erste wie ein Tempel wirkte, aber keinen Altar besaß. Die Tibeter hatten sich offenbar in der zweiten Halle versammelt, doch Shan nahm zunächst den ersten Saal in Augenschein. In mehreren kleinen *samkangs* schwelte Weihrauch. Entlang der Wände standen Postamente mit Bronzestatuen. Shan kannte ähnliche Figuren aus Tempeln, Klöstern oder Museen, aber dort waren es nie so viele auf einmal gewesen. Inmitten der Weihrauchschwaden zählte er insgesamt vierzig Skulpturen, manche nur handspannengroß, andere deutlich höher als einen halben Meter. Vor einer der Statuen stand mit verzückter Miene Lokesh. Auf den äußeren Ring aus Figuren folgte ein innerer Ring aus Tischen und begrenzte in der Mitte des Raums eine Freifläche. Dort stand ein Dutzend Spannrahmen, wie sie bei der Anfertigung von *thangkas* genutzt wurden, und davor befand sich jeweils ein Kissen für den Maler. Neben den meisten Plätzen lagen Pinsel und Farben, doch gegenwärtig war nur eines der Kissen besetzt.

Eine Frau mittleren Alters verharrte dort vor einem der Rahmen, betrachtete nachdenklich ihr unvollendetes Werk, das mit Bleistift auf dem Baumwollstoff vorgezeichnet worden war, und reagierte in keiner Weise auf Shan und Yao, die sich nun näherten. Sie war vollkommen in ihr Gemälde vertieft, schien sehr besorgt zu sein und schaute mehrfach zu einem anderen, bereits fertigen *thangka*, das in drei Metern Entfernung noch immer auf den Rahmen gespannt war und von brennenden Butterlampen umgeben wurde. Ihre Pinsel lagen neben ihr.

»Hast du das gesehen?« fragte eine aufgeregte Stimme hinter Shan. Lokesh hatte ihn entdeckt. »Hast du das gesehen?« wiederholte der alte Tibeter und deutete auf das fertige *thangka*.

Shan sah genauer hin und erkannte den Stil. »Unmöglich«, keuchte er. »Das stammt von Surya. Aber das kann nicht sein.«

»O doch, das kann es«, sagte Lokesh in überzeugtem, wenngleich verwundertem Tonfall.

»Meine Kinder und ich wollten unsere Vettern besuchen, die als Hirten oberhalb des Tals leben«, warf eine sanfte Stimme ein. »Da haben wir ihn auf einem Berg getroffen. Er malte einen Buddha auf einen Felsen.« Die Malerin sprach von ihrem Platz aus und starrte derweil noch immer das unfertige Gesicht ihrer Gottheit an. »Zuerst hatten wir Angst. Meinen Kindern war in ihrem ganzen Leben noch kein einziger Mann in einem roten Gewand begegnet, und auch bei mir war es mehrere Jahrzehnte her. Manch einer hätte ihn gewiß für einen Geist gehalten. Wir haben uns angeschlichen und dachten, er habe uns nicht bemerkt, aber gerade als wir uns in dreißig Schritten Entfernung hinter einem Vorsprung verstecken wollten, drehte er sich um. Er balancierte einen Pinsel auf der Nase und breitete die Arme aus, als wären es Flügel. Meine Kinder mußten lachen. Er kam, setzte sich vor uns hin, nannte uns Pfeifhasen und fing an, wie einer von denen zu quieken.«

Die Frau stand mit traurigem Lächeln auf und ging zu dem fertigen *thangka*. »Als wir uns hervorwagten, lud er uns ein, die Gottheit zu treffen, die er gemalt hatte. Ich fing an zu weinen. Ich weiß nicht, warum. Ich habe geheult wie ein kleines Mädchen. Nach einer Weile nahm er meine Hand und legte sie auf die Gottheit. Etwas schien durch meinen Arm zu fahren, ein seltsames Kribbeln, und dann war es, als sei das Weinen nicht länger ein Teil von mir.«

»Aber wann ist er hergekommen?« fragte Shan.

»Sein erster Besuch liegt jetzt fast ein Jahr zurück. Die meisten von uns hatten längst aufgehört zu malen und arbeiteten nur noch mit Metall. Er half uns herauszufinden, was falsch war.«

»Falsch?«

Die Frau rang die Hände. »Unsere Leute haben jahrhundertelang geholfen, Gemälde für den Erdtempel anzufertigen. Die lebendigen Götterbilder. Es gibt hier alte Bücher, in denen erzählt wird, daß einmal ein Lama herkam und sagte, er habe eines jener Himmelreiche betreten, in denen mittels eines Pinsels Segnungen erteilt würden und wo man aus Baumwolle und Farbe den Göttern ein Zuhause erschaffe.« Sie schaute verlegen nach unten.

»Aber wir sind vom Weg abgekommen«, fuhr sie gleich darauf fort. »Wir konnten herstellen, was die Sammler oder sogar die Museen wollten, doch für die Tempel waren wir nicht mehr gut genug. Wir hatten kein Ahnung mehr, wie man Feuer auf Stoff überträgt. Lodi sagte, es sei egal, denn es gäbe keine Tempel mehr, und mit Tempeln sei sowieso kein Geld zu verdienen. Aber wir wußten es besser. Mein Vater war einer unserer besten Maler, und er hat die Hälfte seiner Zeit mit Gebeten verbracht. Dann kamen drei schreckliche Winter hintereinander, und all die Alten sind gestorben. Ich glaube, wir haben vergessen, wie man betet.« Sie wandte den Kopf und nickte Liya zu, die mittlerweile neben dem Gemälde stand.

»Schon bei Suryas erstem Besuch war es, als sei nach Jahren des Sturms die Sonne zwischen den Wolken hervorgekommen. Zuerst hat er jedem einzelnen, auch den Kindern, die Hand auf den Kopf gelegt. Dann ist er ganz für sich allein in die Werkstätten gegangen und hat dort zwei Stunden lang unsere Arbeiten begutachtet. Danach wies er uns an, diesen Saal hier vollständig auszuräumen. Als wir fertig waren, stellte er einen kleinen bronzenen Buddha auf einem Hocker in die Mitte des

Raums und sagte, wir müßten nach seiner Abreise im Angesicht dieses Buddhas meditieren. Etwas anderes war uns nicht gestattet, nur Meditation, damit der Buddha uns erfülle, Tag und Nacht, nur unterbrochen durch unsere Mahlzeiten und den Schlaf, und zwar bis zu Suryas Rückkehr.

Als Lodi davon erfuhr, wurde er wütend, weil wir nicht mehr arbeiteten und er seine Kunden vertrösten mußte. Aber wir haben die Meditation nicht unterbrochen. Nach zwei Wochen kam Surya zurück und fing an, uns die Malerei zu lehren, ganz von vorn, als wären wir Kinder. Er hat dieses Bild dort für uns gemalt und bei seinem letzten Besuch fertiggestellt. Er sagte, die Welt würde sich bald verändern ...« Ihre Stimme erstarb. Sie hob den Kopf und blinzelte die Tränen weg. »Liya hat uns erzählt, was geschehen ist. Er hat sich sehr bemüht, daß wir unsere Gottheiten wiederfinden, und am Ende hat er seinen eigenen Gott verloren.«

Schweigend betrachteten sie Suryas Gemälde. Eine Tür in Shans Erinnerung öffnete sich, und er hörte Suryas Stimme, die eines der alten Sutras las. Schließlich ging er mit Lokesh in den Nebenraum. Yao blieb stehen. Sein Blick war nicht auf das Bild, sondern auf die Malerin gerichtet.

Im zweiten Saal des langgestreckten Gebäudes fanden sie den Großteil der Dorfbevölkerung vor. Die Frau, die ihnen Tee serviert hatte, war dort, außerdem ein halbes Dutzend Kinder und ungefähr zwanzig weitere Erwachsene. Sie alle standen dicht gedrängt in der Mitte des holzvertäfelten Raums und raunten aufgeregt miteinander. Shan und Lokesh schoben sich sachte an der Gruppe vorbei. Die Leute hatten sich rund um Corbett versammelt, und einige wagten sich sogar schüchtern vor und klopften ihm auf die Schulter, während zwei Frauen ihm frische Beeren und Tee anboten.

»Es war draußen im Garten«, flüsterte eine leise Stimme. Dawa hatte Shan entdeckt. »Da lag eine Schreibtafel mit Pergament, Pinsel und Tinte. Ich habe es mit eigenen Augen gesehen. Er hat den Pinsel in die Tinte getaucht, ein paar Striche gemalt, gelächelt und dann noch ein oder zwei Einzelheiten hinzugefügt. Es war eine Blume auf einem Zweig, eine perfekte kleine

Blume aus nur sechs Pinselstrichen. Er hat mich gesehen und zu sich gewinkt. Dann kam eine alte Frau und war ganz erstaunt, als sie die Blume sah. Sie sagte, es sei, als würde die Zeichnung direkt aus dem Papier herauswachsen. Dann hat sie vor Freude gelacht und ein Dankgebet gesprochen. Sie rief, dieser Mann sei ein Kind des Regenbogens, und die anderen Leute liefen herbei. Kurz darauf hat jemand dieses lange Horn geblasen.«

»Welche alte Frau?«

Dawa deutete auf eine Tibeterin mit bunter Schürze. Sie saß neben Corbett und zeigte ihm eine Sammlung alter Pinsel.

»Das ist die Leiterin der Malerwerkstätten«, sagte Liya über Shans Schulter hinweg. »Die älteste all unserer Maler.«

»Was meinte sie damit, Corbett stamme vom Regenbogen ab?«

Liyas Antlitz erstrahlte. »Es heißt, in früheren Jahrhunderten hätten viele Heilige zunächst eine Zeitlang hier gelebt, bevor sie nach Zhoka weiterzogen. Sie lehrten uns, daß Kunst eine religiöse Übung sei und die besten Künstler, genau wie die besten Lamas, jene seien, die auf die Erfahrungen vieler vorheriger Leben zurückgreifen könnten.«

»Willst du etwa andeuten, Corbett sei die Reinkarnation eines dieser Männer?«

»Nicht ganz. Stell dir Kunst als eine spirituelle Macht vor. Corbett vereint in sich die Fähigkeiten vieler ehemaliger Künstler, nicht die einer bestimmten Person. Unsere alten Lehren besagen, daß diese Macht mittels des Regenbogens weitergegeben wird und daß die Stelle, an der ein Regenbogen den Erdboden berührt, der Geburtsort eines neuen Künstlers ist.«

Shan schaute zu Corbett. »Hat man ihm das schon erzählt?«

»O ja. Es gefällt ihm. Er ist ein Teil der Prophezeiung, laut derer die Welt sich verändert«, sagte Liya, sah Shan an und errötete. »So behaupten es wenigstens die anderen.«

»Er ist ein Agent der amerikanischen Regierung«, mahnte Shan.

Liya zuckte die Achseln. »Er ist ein Künstler, ein Mittler der Götter. Der Rest ist unwichtig.«

Shan beobachtete, wie die Dörfler dem Amerikaner Speisen

und Pinsel überreichten. Corbett nahm die Geschenke verlegen in Empfang. Die alte Frau lächelte. Die Kinder sangen.

»Als wir uns kennengelernt haben, warst du bei den *purbas*«, sagte Shan. »Mit einem Pinsel in der Hand habe ich dich noch nie gesehen.«

Liyas Lächeln wirkte irgendwie dankbar. »Ursprünglich wollte ich eine Künstlerin werden, so wie alle hier. Aber nach dem Tod meiner Mutter und Lodis Abreise gab es niemanden mehr, der sich um die anderen gekümmert hat. William nennt mich ... nannte mich ... die Geschäftsführerin des Dorfes.«

»Auf die Idee wäre ich nie gekommen. Ich muß daran denken, wie du den Mönchen bei der Vorbereitung der Feier geholfen hast.«

Ihre Miene verfinsterte sich. »Das alles scheint so lange zurückzuliegen. Surya wollte Zhoka zu neuem Leben erwecken, und ich sollte neue Kunstwerke für die Tempel bringen.«

»Hatte Lodi geschäftlich mit Ming zu tun?« fragte Shan unvermittelt.

»Wir stellen Kunstwerke her, und Lodi verkauft sie. Punji hat ihn mit Ming bekannt gemacht, und von ihm hat William viel über den Kunstmarkt gelernt. Sie hat sogar dafür gesorgt, daß er an einigen von Mings Expeditionen teilnehmen konnte.«

»War Ming einer von Lodis Kunden?«

Liya runzelte die Stirn und antwortete nicht.

»Hat William den Direktor bestohlen?«

»Lodi war kein Dieb.«

»Doch, das war er, Liya.« Shan schilderte ihr, was er über den Raub der Dolan-Sammlung und die Ermordung der jungen Amerikanerin wußte.

Liya blickte zu einer Kette von Lotusblumen, die man dicht unter der Decke in die Wand der Halle eingemeißelt hatte. Ihr standen Tränen in den Augen. »Das kann ich nicht glauben. Er war weder ein Mörder noch ein Dieb. Er hat unsere Kunstwerke verehrt und hätte nicht einfach heilige Gegenstände entwendet. Das wäre respektlos gewesen.«

»Menschen ändern sich. Er besaß Geld, ist viel gereist, hatte Freunde im Westen. Bumpari war nicht länger alles für ihn, sondern nur noch ein Teil seines Lebens.« Was mochte sie wohl zu Corbetts Behauptung sagen, Lodi habe Spielkasinos besucht? fragte sich Shan. Wahrscheinlich würde sie nicht mal begreifen, was ein Kasino war. Und die Beraubung eines reichen Amerikaners galt vielleicht gar nicht als respektlos, vor allem falls Lodi tatsächlich geplant hatte, die Artefakte zurück nach Tibet zu bringen.

»Ich möchte doch nur, daß alles so wird, wie es einmal war und wie es sein sollte«, sagte Liya sehnsüchtig und musterte die Kinder, die zu Corbetts Füßen spielten. »Lodi und ich, wir haben manchmal über Plünderer gesprochen. Solche Leute hat es schon immer gegeben. William war überzeugt, er könne unser tibetisches Erbe bewahren und trotzdem ...«, Liya suchte nach den passenden Worten, »... trotzdem Geschäfte im Westen machen. Aber dann habe ich ihn am Tag der Feier in Zhoka getroffen, ganz früh morgens. Er war außer sich. Vollkommen durcheinander und reumütig. Er sagte, nichts von dem, was geschehen würde, sei seine Idee gewesen, das müsse ich ihm unbedingt glauben. Er schlug vor, wir sollten einige der alten Schreine versiegeln, und gelobte, er würde etwas finden, um alles wiedergutzumachen, etwas Wunderbares für die Hügelleute, etwas, nach dem Surya monatelang gesucht hatte. Dann gab er mir die kleine Statue des Manjushri und bat mich, sie zu beschützen. Ich habe sie in den Ruinen versteckt und später mit seiner Leiche zurückgebracht.«

Sie verstummte kurz, und ihre Augen schimmerten immer noch feucht. »Ich fühle mich für seinen Tod verantwortlich. Es liegt jetzt einige Monate zurück, da habe ich ihn zum erstenmal nach Zhoka gebracht. Ich habe ihn damals gebeten, mich zu begleiten. Surya wollte uns zeigen, wie das Kloster wiederaufblühen würde, und ich wollte, daß Lodi daran mitwirkt. Zuerst hat er sich geweigert, aber als wir auf die ersten Funde stießen, schien er seine Meinung zu ändern und hatte keine Einwände mehr.«

»Hat er die Schädel auf den Tisch gelegt?« fragte Shan. »Und stammt von ihm die Inschrift, sie seien von der Schönheit ereilt worden?«

»Wir beide haben die Gebeine gesammelt. Sie lagen in einigen alten Kammern über den Boden verstreut. Es sind so viele Jahre vergangen, und doch hat niemand je den Mut aufgebracht, ihnen diese letzte Ehre zu erweisen. Wir waren uns nicht sicher, wie wir vorgehen sollten. Lodi hat die Worte geschrieben. Es hätte eigentlich ein Gebet sein müssen, aber wir kennen kaum welche«, flüsterte Liya.

»Ming war sein Partner. Glaubst du nicht, Lodi hätte ihm von Zhoka erzählt? Die beiden hatten zuvor schon Ruinen für das Museum untersucht.«

»Ich weiß es nicht. Lodi hat Ming immer weniger getraut. Er sagte, Ming würde sich viel zu sehr für die Kaiser und irgendwelche Kostbarkeiten interessieren.« Sie sah wieder Shan an.

»Ming hat mit Lodi über die Kaiser gesprochen?«

»Zumindest hat Lodi das behauptet. Genaueres weiß ich nicht.«

»Was haben die beiden gemacht, Liya? Es ging nicht bloß um den Vertrieb von Kunstwerken.«

Sie biß die Zähne zusammen und tat so, als hätte sie die Frage nicht gehört. »Bei seinem letzten Besuch hat er Ming gar nicht erwähnt, sondern nur gesagt, wir sollten Widerstand leisten, falls Chinesen aus dem Norden kämen. Er sagte, es würden gefährliche Männer, aber keine regulären Soldaten sein. Und er hat die Gurkhas um Unterstützung gebeten, die ihm sonst immer geholfen haben, den Grenzpatrouillen zu entgehen.«

»Die Bewaffneten.«

»Es gab deswegen Streit. Manche von uns wollten hier keine Schußwaffen dulden, aber Lodi sagte, wir würden nicht begreifen, welch große Gefahr inzwischen drohe. Vor langer Zeit sei etwas geschehen, dessen Auswirkungen nun unser Ende bedeuten könnten. Er hat mich sogar gebeten, alle Einwohner über die Grenze zu evakuieren.«

»Doch das hast du nicht getan.«

»Ich werde nicht diejenige sein, die Bumpari nach so vielen Jahrhunderten im Stich läßt. Ich bleibe, auch wenn das bedeutet, daß nur noch ich hier lebe.«

Liyas Tonfall jagte Shan Angst ein. »Was hat er mit ›vor langer Zeit‹ gemeint? Die chinesische Invasion?«

»Das glaube ich nicht. Er hat zuletzt nach alten Büchern gesucht, alten *peche* über die Geschichte Zhokas. Den Grund wollte er mir nicht verraten. Aber eines Abends hat er sich betrunken und gesagt, nur Narren würden glauben, für einen Kaiser könnten Götter an erster Stelle stehen.«

Von draußen ertönten drei tiefe, hallende Glockenschläge. Liya zuckte zusammen. »Es gibt Ärger«, sagte sie und rannte hinaus. Die Versammlung löste sich auf, und auch die anderen Tibeter verließen das Gebäude, manche mit sichtlicher Eile.

Nur Corbett blieb am Boden sitzen. Auf seinem Schoß lagen Pinsel, Blumen und Früchte.

»Ich schätze, die Leute möchten, daß Sie bleiben und ihnen beibringen, wie man Götter malt«, stellte Shan fest.

Corbett lächelte wehmütig. Nach einer Weile hob er den Kopf und sah Shan an. »Meine Mutter war eine Künstlerin, genau wie ihre Schwester. Als ich klein war, haben die beiden mich immer mitgenommen. Wir sind zur Küste gefahren, um den Blick auf das Meer zu malen. Ich hatte auch eine Staffelei und eigene Aquarellfarben. Aber am Ende wurde ich aufs College geschickt. Sie sagten, mit Malerei könne man keine Familie ernähren.«

»Ming hat uns nicht alles erzählt«, sagte Shan. »Ich bin auf ein Foto gestoßen«. Er holte die Aufnahme von dem Festmahl hervor und reichte sie Corbett. »Er und Lodi haben sich gekannt.«

Die zufriedene Miene des Amerikaners verschwand. Er stand abrupt auf, so daß die Gegenstände von seinem Schoß zu Boden fielen, und stürmte wortlos nach draußen.

Shan holte ihn im Garten wieder ein. Corbett starrte finster in Richtung der fernen Gipfel, und seine Augen funkelten wütend. Er hob das Bild. »Das ist er – der Westler! Ming und Lodi kennen den berühmten Mr. Dolan höchstpersönlich. Dieser Mistkerl Ming muß das alles geplant haben.« Seine Mundwinkel zuckten, und er trat gegen einen Stein. Der Kiesel flog durch die Luft und köpfte eine Blume.

»Ming macht sich über uns lustig«, fauchte Corbett. »Die wußten von Dolans Sammlung und seinem riesigen Vermögen. Vermutlich konnte Ming einfach nicht widerstehen. Eine Verschwörung gegen einen reichen amerikanischen Kapitalisten, zusammen mit seinem Freund, dem internationalen Kunstdieb. Wer wüßte besser als Ming und Lodi, wie man eine solche Sammlung zu Geld macht? Ming spottet schon die ganze Zeit über uns. Er weiß, daß er politisch unantastbar ist.«

»Aber Lodi wurde ermordet«, wandte Shan ein. »Ming kann es nicht gewesen sein, er saß zu der Zeit in Lhadrung.«

»Vielleicht war es doch Ihr Mönch.«

»Das erklärt nicht die Vorfälle in Peking.«

Corbett nickte langsam, fluchte leise und setzte sich auf eine nahe Bank. Unten beim Tor sammelten sich die Einwohner. Man hatte die Steinplatte zurückgerollt. Einer der Gurkhas sprach zu den Leuten und fuchtelte dabei mit seinem Gewehr herum. Soeben betraten mehrere Tibeter mit Rucksäcken das Dorf. »Ich weiß nicht«, sagte Corbett beunruhigt. »Alles ist viel unklarer als bei meiner Ankunft in Tibet.« Er schaute lange zu Boden, zog dann Bleistift und Papier aus der Tasche und fing an zu schreiben. »Können Sie mit einem Computer umgehen?« fragte er Shan.

Als sie eine halbe Stunde später von der Bank aufstanden, waren die Dorfbewohner immer noch auf der untersten Ebene versammelt. Ihre Stimmung hatte sich verfinstert. Yao saß abseits und betrachtete den Teich. Die Tibeter schienen den Inspektor absichtlich zu meiden, und als Shan sich näherte, wichen sie seinem Blick aus.

Liya fing ihn ab, bevor er die anderen erreichte, zog ihn zu dem alten Wohnhaus und wartete auf der Veranda, bis Yao sich zu ihnen gesellte.

»Es tut mir leid«, sagte sie mit zutiefst gequälter Miene. »Ich habe an die Vernunft der anderen appelliert, aber ...« Sie wandte sich um und packte mit beiden Händen die alte Gebetsmühle, als müsse sie sich festhalten. »Chinesen sind in den Bergen unterwegs und sprengen alte Höhlen. Manche davon dienen unseren Leuten bisweilen als Verstecke, und jemand könnte im Innern eingeschlossen werden. Alle wissen, daß ihr mit Ming zusammenarbeitet, und nun heißt es, Ming sei der Anführer der Gottestöter. Eine alte Frau wurde überfallen, eine unserer Cousinen. Man hat all ihre alten Statuen und Schriften gestohlen und dann ihren Brennofen zerstört.«

»Fiona?« fragte Shan bestürzt. »Wurde sie verletzt?«

Liya sah ihn mit neuem Interesse an. »Du meinst unsere Dolma? Nein, es geht ihr gut. Aber die Gurkhas beharren darauf, daß ihr beiden dazugehört und für die anderen Chinesen spioniert, um Zhoka und Bompari zerstören und völlig auslöschen zu können. Es heißt, ihr wolltet beenden, was damals mit der Bombardierung von Zhoka begonnen hat. Andere halten euch für Erddämonen, die ihre Fesseln abwerfen wollen.«

Die Dorfbewohner starrten nun alle das Haus an, und einige kamen vorsichtig näher.

»Geht hinein«, drängte Liya. »Ich werde mit ihnen reden und sie hoffentlich beruhigen können.« Dann jedoch hielt sie inne und legte Yao eine Hand auf den Arm. »Ist das wahr, Inspektor? Würden Sie uns zerstören, falls Sie könnten?«

Yao zögerte nicht. »Alles, was Sie hier tun, ist illegal«, sagte er ruhig. »Sie sind illegal. Das ganze Dorf ist illegal.«

»Würden Sie uns zerstören?« wiederholte Liya.

»Das ist meine Pflicht«, herrschte Yao sie an.

Liya schien in Shans Gesicht nach einer Lösung zu suchen und schloß dann kurz die Augen. »Danke für Ihre Aufrichtigkeit«, sagte sie zu Yao, brachte ihn und Shan in das zweite Schlafzimmer und ließ sie allein.

Yao fing sofort an, den Raum abzusuchen. »Eine Waffe«, flüsterte er. »Wir müssen eine Waffe finden.«

Shan half ihm nicht, sondern ging zu einer von Major McDowells alten Zeichnungen, nahm den Rahmen von der Wand und setzte sich damit auf eines der Betten. Das Bild zeigte einen lachenden Lama, der auf einem Yak saß. Auf einmal fühlte Shan sich sehr müde und sank in eine merkwürdige Meditation. Die Ereignisse der letzten drei Tage zogen in wirrer Folge an ihm vorüber. Der Lama auf dem Yak schien ihn für seine Begriffsstutzigkeit zu verspotten.

Als Liya die Tür öffnete und das Zimmer betrat, wußte Shan nicht, wieviel Zeit vergangen war. Wortlos musterte sie die Unordnung, die Yaos Suche hinterlassen hatte, und seufzte. »Es gibt Tee«, verkündete sie angespannt und kehrte in den Hauptraum zurück.

Shan und Yao folgten ihr. Der Inspektor hielt weiterhin den kleinen Computer umklammert.

Corbett saß dort und trank aus einer der Porzellantassen. Neben ihm saß Dawa am Boden und zeigte ihm Bilder in einem Buch. Liya reichte Yao und Shan je eine der zierlichen Tassen, bedeutete ihnen, am Tisch Platz zu nehmen, und trug einen Teller mit getrocknetem Käse und Aprikosen auf. Shan trank einen Schluck und stellte überrascht fest, daß es starker schwarzer Tee mit Milch war, zubereitet nach indischer Art. Das Gebräu schmeckte süß und erfrischend, allerdings auch seltsam metallisch. Liya aß etwas Käse und schien bewußt ihren Blick abzuwenden.

Shan wollte sich nach den anderen erkundigen und erstarrte. Corbett war ohnmächtig auf seinem Stuhl zusammengesunken. Liya nahm ihm behutsam die Tasse aus der Hand.

Erschrocken stand Shan auf. »Lokesh!« rief er. Nein, eigentlich wollte er es rufen, aber dann wurde ihm klar, wie dick und schwer seine Zunge sich anfühlte. Seine Beine zitterten. Der Raum verschwamm. Shan machte einen Schritt, ging in die Knie und hörte, wie neben ihm der Computer zu Boden fiel. Der Inspektor faßte sich an die Kehle.

Liya ging zu Shan und nahm seine Tasse. »Lokesh wird nichts geschehen«, sagte sie verzweifelt, als schulde sie ihm einen letzten Gefallen. Als Shan nach vorn kippte, streckte sie die Arme aus und fing ihn ab. Mit einem letzten Rest von Bewußtsein nahm er wahr, daß mehrere undeutliche Gestalten das Haus betraten und sich um ihn versammelten. »Sorgt dafür, daß es schnell geht«, hörte er Liya noch sagen. »Ich will nicht, daß sie leiden.«

ZWEITER TEIL

Kapitel Neun

Das Licht, nach dem Shan sich reckte, blieb knapp außerhalb seiner Reichweite, ein winziger heller Fleck in einem langen schwarzen Tunnel. Ein Kind rief nach ihm, versicherte, es sei alles in Ordnung und er solle jetzt zurückkommen. Ein Mann fluchte auf chinesisch. Ein Mädchen betete auf tibetisch.

Plötzlich zuckte eine Art Blitz durch Shans Kopf, und dann war da nur noch Licht, ein grelles, schmerzhaftes Licht. Er riß den Arm vor die Augen und hörte sich stöhnen.

»Komm zurück«, sagte das Mädchen besorgt und zog seinen Arm beiseite. »Aku Shan, bitte komm zurück.« Sie drückte mehrmals seine Finger.

Endlich klärte sich Shans Blick. Er lag auf einer Wiese im hohen Gras. Dawa hielt seine Hand und lächelte, als er sie verwirrt ansah. Dann half sie ihm, sich aufzusetzen. Sie befanden sich auf dem sanft geneigten Hang eines langgezogenen, hohen Berggrats. Fast überall wuchsen wilde Blumen. Die Sonne stand ungefähr zwei Stunden über dem Horizont, und in der Nähe sangen Lerchen.

»Du bist nicht gestorben«, versicherte Dawa und wies auf den sitzenden Inspektor Yao, als sei dessen Anwesenheit ein unwiderlegbarer Beweis dafür, daß Shan nicht im Himmel war. »Manche der Dorfbewohner wollten euch töten«, berichtete das Mädchen ganz sachlich, »aber Liya hat euch Medizin gegeben, damit es euch heute besser geht.«

Shan musterte sie nachdenklich. Medizin. Er stand auf und sog die kühle Morgenluft ein. Damit es ihnen besser ging. Damit sie am Leben blieben, begriff er, als ihm die Ereignisse des Vorabends wieder einfielen. Manche der Dorfbewohner hatten Shan und Yao umbringen wollen. Liya hatte ihre chinesischen Besucher betäubt, um sie zu retten.

»Wie sind wir hergekommen?«

»Quer über einem Pferderücken. Es gab nur zwei Pferde im Dorf. Ich habe hinter Liya gesessen.«

»Aber wo ist Lokesh? Und der Amerikaner?«

Dawa zuckte die Achseln. »Die sind im Dorf geblieben.«

In zehn Metern Entfernung entsprang ein Bach der Erde. Shan rieb sich das kalte Wasser ins Gesicht und trank ausgiebig. Dann bedeutete er Yao, es ihm gleichzutun.

»Entführung und versuchte Ermordung eines Regierungsbeamten«, knurrte der Inspektor.

Dawa sah ihn bestürzt an. »Das war Medizin«, wiederholte sie.

»Liya hat uns gerettet«, sagte Shan und erklärte, was Dawa ihm anvertraut hatte. »Sie hat Sie gehen lassen, obwohl Sie sagten, Sie würden Bumpari zerstören.«

»Die Frau hat sich einfach nur eine weniger gewaltsame Todesart für uns ausgedacht«, gab Yao barsch zurück. »Wir sind mitten in der Wildnis gestrandet, ohne Proviant, ohne Landkarte, ohne Beförderungsmittel.« Er hielt inne, klopfte seine Taschen ab und holte den Notizblock hervor. Dann blätterte er die Seiten durch, als wolle er sich von der Vollständigkeit überzeugen, und steckte den Block schließlich wieder ein. Dabei runzelte er unversehens die Stirn und zog noch etwas aus der Tasche, eine längliche braune Perle mit verschlungenem weißem Muster.

Shan fand bei sich selbst ebenfalls eine dieser Perlen. »Von Liya«, sagte er. »Die sollen uns beschützen.«

Yao wirkte weiterhin skeptisch, verstaute die Perle aber wieder in der Tasche. »Der Amerikaner«, sagte er beunruhigt. »Er schwebt als Ausländer sogar in noch größerer Gefahr als wir. Diese Leute rauben Fremde einfach aus und lassen die Leichen verschwinden.«

Aber Shan glaubte nicht, daß Corbett etwas zu befürchten hatte. Immerhin waren die Dorfbewohner zu dem Schluß gelangt, der Amerikaner sei ein Kind des Regenbogens. »Warum hat man dich weggeschickt?« fragte er Dawa. »Dir würde niemand etwas antun.«

»Liya sagte, die anderen würden ewig nach mir suchen, falls

ich nicht zurückkehre. Und sie sagte, du wüßtest schon, wohin du mich bringen sollst.«

»Wie kommt sie denn darauf?« fragte Shan, während Dawa ein Stück Papier hervorholte.

»Aiwenn hoh«, brachte sie mühsam über die Lippen und gab Shan den Zettel.

Er las ihn und mußte lächeln. »Zu Ivanhoe.«

Dawa nickte. »Genau! Sie sagte, geh zu Ivanhoe, dann könnt ihr einander helfen.«

»Wo entlang?« fragte Shan das Mädchen. »Welche Richtung habt ihr letzte Nacht eingeschlagen? Seid ihr vom Dorf aus über die lange Ebene geritten oder auf dem gleichen Weg wie bei unserer Ankunft?« Die Landschaft kam ihm völlig unbekannt vor.

Dawa zuckte die Achseln. »Es war dunkel. Ich hatte schon geschlafen und war noch müde.« Sie deutete auf einen Stoffbeutel, der nahe der Quelle auf einem Felsen lag. »Den hat Liya euch mitgegeben.«

»Es ist zwölf, eventuell vierzehn Stunden her«, rechnete Shan und holte den Beutel. »Wir könnten fünfzig oder sechzig Kilometer weit weg sein«, übertrieb er. Yao sollte möglichst nicht zu dem Dorf zurückfinden. In Wahrheit bezweifelte Shan, daß sie in der zerklüfteten Landschaft mehr als fünfzehn Kilometer zurückgelegt hatten. »Wir sind nun weiter im Süden, dichter am Himalaja.«

Yao schüttete den Beutel aus. Sechs Äpfel und etwas getrockneter Käse fielen ins Gras. »Das bedeutet bloß, wir werden ein wenig langsamer verhungern«, murrte er.

»Nein«, widersprach Shan und ließ den Blick erneut über die Landschaft schweifen. »Liya hat diesen Ort sorgfältig ausgesucht. Es gibt hier Wasser. Und wir befinden uns hoch genug, um die Straße zu erkennen, sind aber gleichzeitig so weit davon entfernt, daß niemand uns zufällig bemerken wird.« Er wies nach Südwesten, wo in der Ferne eine Staubfahne aufstieg.

Yao stand auf und kniff die Augen zusammen. »Ein Lastwagen!« rief er aufgeregt. »Er fährt nach Norden. Aber wir können ihn niemals rechtzeitig erwischen!«

»Es werden noch andere kommen«, sagte Shan, packte die

Vorräte wieder ein und schwang sich den Beutel über die Schulter.

Eine Stunde später erreichten sie die Schotterstraße. Es war weit und breit kein Fahrzeug in Sicht, also machten sie sich zu Fuß auf den Weg nach Norden. Nach etwa dreißig Minuten näherte sich von hinten ein verbeulter alter Lastwagen, auf dessen kleiner Ladefläche vier Schafe standen.

»Ich will zum Markt nach Lhadrung«, antwortete der fast zahnlose Fahrer, als Shan sich nach seinem Ziel erkundigte. Shan bot ihm drei Äpfel, und der Mann bedeutete ihnen, sie könnten einsteigen. Dann öffnete Shan die Beifahrertür für Dawa und reichte ihr einen weiteren Apfel.

Als Yao dem Mädchen folgen wollte, hielt Shan ihn zurück. »Wir fahren hinten mit.«

Der Inspektor bedachte ihn mit einem mürrischen Blick, schloß aber die Tür und kletterte mit Shan auf die Ladefläche.

Als der Laster mit lautem Rumpeln und einer schwarzen Abgaswolke anfuhr, ließ Yao sich vor der Rückwand des Führerhauses nieder. Die Schafe starrten ihn an. »Vielleicht haben Sie die Frau angestiftet«, sagte er mit eisiger Stimme. »Sie könnten das alles inszeniert haben, um mich von dort wegzubringen.« Er hob eine Hand, als wolle er den Schafen drohen. Die Tiere ließen sich nicht beeindrucken. »Kaum sieht es danach aus, als würde ich Antworten auf meine Fragen finden, werde ich auch schon gewaltsam daran gehindert. Weil Sie wissen, daß die Schuldigen Tibeter sind.«

Shans einzige Reaktion bestand aus einem ungerührten Blick, der dem der Schafe entsprach.

Yao musterte ihn wütend, zog seinen Notizblock aus der Tasche und fing an, fieberhaft zu schreiben. Je länger er arbeitete, desto zuversichtlicher wirkte er. »Ein ganzes Dorf voller Diebe«, verkündete der Inspektor zufrieden. Er schien die Schafe nun als sein Publikum zu betrachten und sprach zu ihnen, als wolle er seine Theorien erproben. »Eine beispiellose Schmähung des Sozialismus.«

»Gestern noch hat er ihre Kunstwerke bewundert«, teilte Shan den Schafen gleichmütig mit.

Yao ignorierte ihn. »Die können sich nicht ewig verstecken. Oberst Tan kann Truppen in das Gebiet südlich von Zhoka beordern. Per Luftaufklärung dürften wir diese Leute innerhalb von zwei oder drei Tagen aufspüren. Wir setzen die Grenzpatrouillen ein. Und dann halten wir in Lhasa einen Massenprozeß ab. Das wird landesweite Aufmerksamkeit erregen.«

Shan verzog das Gesicht. »Und auf diese Weise wollen Sie das gestohlene Fresko des Kaisers finden? Und Dolans Kunstschätze? Ich habe in diesem Dorf hauptsächlich Frauen und Kinder gesehen. Ein Massenprozeß für zwanzig oder dreißig Frauen und Kinder. Ist das der Sieg, den Sie hier in Tibet erringen wollten?«

Yao runzelte die Stirn. »Wir müssen ja nicht unbedingt die jüngsten und ältesten dieser Leute verhaften.«

»Nur ihr Leben zerstören.«

»Willkommen im einundzwanzigsten Jahrhundert.«

Shan sah ihn schweigend an. »Corbett entstammt einem Regenbogen«, sagte er schließlich. »Und Sie? Woher kommen Sie? Sind Sie unter einem Felsen hervorgekrochen?«

Yao durchbohrte ihn erneut mit finsterem Blick und schaute dann zu den fernen Gipfeln.

»Die Soldaten werden niemanden finden«, fuhr Shan fort. »Vielleicht das Dorf, wenn sie lange genug suchen. Aber bis dahin wird es längst verlassen sein. Die Tibeter haben Wachen aufgestellt. Und sie kennen Verstecke, die noch viel tiefer in den Bergen liegen.« Doch schon die Entdeckung von Bumpari bedeutete gewaltigen Schaden, denn die Soldaten würden das Dorf auf jeden Fall zerstören und damit diese geheimnisvolle kleine Oase, die in mehreren Jahrhunderten gleichzeitig zu existieren schien, endgültig auslöschen. »Dann besteht keine Chance mehr, Lodis Mörder oder die gestohlenen Kunstwerke ausfindig zu machen.«

Der Lastwagen hielt an, um eine Ziegenherde über die Straße zu lassen. Shan griff in den Beutel, nahm die letzten beiden Äpfel und gab einen davon Yao. Der Inspektor betrachtete den Apfel mißtrauisch, biß aber zu, kaute und schluckte. Dann brach er kleine Stücke davon ab und warf sie den Schafen vor.

Da steckte noch etwas in dem Beutel, eine kleinere Stofftasche, die Shan bisher noch nicht bemerkt hatte. Er nahm sie heraus, löste die Verschnürung und fand darin eine zusammengerollte Zeitschrift vor. Nein, keine Zeitschrift, erkannte er, als er die Hochglanzseiten glattstrich. Es handelte sich um einen dünnen Katalog von etwa dreißig Seiten Umfang, datiert auf das Vorjahr. Er war in englischer und chinesischer Sprache verfaßt und gehörte zu einer tibetischen Sonderausstellung im Pekinger Museum für Altertümer. Mings Museum. Die Seiten enthielten gestochen scharfe Fotografien und Beschreibungen der Exponate. Jemand hatte mit schwarzer Tinte arabische Ziffern neben manche der Bilder geschrieben. Shan blätterte die Seiten durch und fand die Zahl Eins kurz vor der Mitte des Katalogs, neben einem kleinen sitzenden Buddha, fünfzehntes Jahrhundert, aus bemaltem Messing, mit Bettelschale in der Hand. Nummer zwei stand ziemlich weit hinten, eine Schutzgottheit, fünfzehntes Jahrhundert, aus vergoldeter Bronze, mit neun Köpfen und vierunddreißig Armen. Nummer drei, vier und fünf waren *thangkas* aus dem zwölften Jahrhundert, das Motiv jeweils ein Lama in Menschengestalt, umgeben von mythischen Tieren. Shan suchte eilig die restlichen Einträge heraus. Man hatte insgesamt fünfzehn Ausstellungsstücke markiert, zuletzt eine Silberstatue von Tamdin, dem pferdeköpfigen Beschützer. Auf der hinteren Innenseite des Umschlags, die nicht bedruckt war, tauchten die Nummern erneut auf, alle versehen mit einem handschriftlichen Dollarbetrag. Nummer eins, zehntausend Dollar, stand dort, gefolgt von einem Datum, das drei Jahre zurücklag. Shan ging die Seiten nun etwas langsamer durch und las jede der markierten Beschreibungen. Nummer zwölf war eine Bronzestatue des heiligen Manjushri, vierzehntes Jahrhundert, in einer Hand ein Schwert, in der anderen eine Lotusblume.

»Liya möchte, daß wir die Wahrheit herausfinden«, sagte er langsam. »Sie hat uns nicht nur Proviant, sondern auch ein Beweisstück mitgegeben.«

Yao blickte mit finsterer Miene auf. »Was soll das heißen?«

Shan hielt ihm den Katalog hin und zeigte ihm die numerierten Gegenstände.

»Das könnte alles mögliche bedeuten«, sagte Yao. »Vielleicht hat jemand seine Lieblingsstücke markiert.«

»Nein, das ist es nicht. Sehen Sie genauer hin. Es handelt sich um die ältesten und wertvollsten Exponate. Für Reproduktionen aus dem Andenkenladen des Museums wären die genannten Preise viel zu hoch, und im Vergleich zu dem tatsächlichen Marktwert der Originale sind sie bei weitem zu niedrig.«

»Und was folgern wir daraus?«

»Sehen Sie sich Nummer zwölf an.«

Yao schlug ein paar Seiten um, hielt inne und runzelte die Stirn. Dann fluchte er leise. »Wir haben diese Statue gestern gesehen, völlig zerstört. Beim Dorf der Fleischzerleger.«

»Entweder genau diese Statue oder ein perfektes Duplikat. Keine simple Reproduktion. Falls es nicht das Original war, dann eine exakte Replik.« Shan wies auf den kleinen Schönheitsfleck über der Nase. »Sogar die korrodierte Stelle an der Schulter ist da. Das ist die Arbeit eines echten Könners.«

»Diese Mistkerle haben die Figur gestohlen.«

»Nein«, sagte Shan. »Beachten Sie Nummer fünfzehn, die Statue des Tamdin. Die haben wir ebenfalls gesehen, und zwar in der Werkstatt. Aber sie war noch nicht fertig.«

Der Inspektor wirkte sichtlich verwirrt. »Stimmt, die war hier, in Lhadrung, genau diese Skulptur. Und sie war noch nicht fertiggestellt.« Er blätterte hastig in seinen Notizen und zeigte Shan eine Skizze, die er am Vortag von der demolierten Figur angefertigt hatte. »Lodi hatte sie gestohlen, und seine Mörder haben sie zerstört.« Er starrte den Katalog an. »Aber Ming hat keinerlei Diebstahl gemeldet.«

»Es gibt nur einen Grund, aus dem jemand ein dermaßen genaues Duplikat anfertigen würde, das sogar alle winzigen Mängel der Vorlage enthält: um das Original gegen die Nachbildung auszutauschen.«

»Lächerlich!« Yao blätterte in dem Katalog und sah sich noch einmal alle markierten Fotos an. »Wollen Sie etwa behaupten, jedes einzelne dieser Stücke sei vertauscht worden? Unmöglich. Man hätte sie als gestohlen gemeldet. Irgend jemand hätte es bemerkt.« Doch noch während er sprach, schien der Inspektor ein Stück in sich zusammenzusacken. Er kannte die Antwort.

»Nicht, falls Ming darin verwickelt war«, sagte Shan. »Der Direktor kann jederzeit eines der Stücke an sich nehmen. Um es zu reinigen, beispielsweise, oder für irgendeine wissenschaftliche Untersuchung. Ming und Lodi waren befreundet.« Er erklärte, was Liya ihm über die beiden erzählt hatte.

Yao seufzte und schaute kurz wieder in Richtung der Berge. »Aber man könnte die Originale niemals ausstellen oder öffentlich ihren Besitz zugeben. Und sie wären unbezahlbar.«

»Korrekt. Sie wurden von einem Privatsammler erworben, für den Geld keine Rolle spielt. Und Ming hat als Mittelsmann davon profitiert. Dieser Sammler muß unglaublich reich sein. Ein Milliardär.«

Yao schwieg sehr lange. »Sie können nicht beweisen, daß Dolan der Käufer war«, sagte er schließlich leise. »Und es ergäbe auch überhaupt keinen Sinn. Lodi hat Dolans Kunstschätze gestohlen. Und jemand anders hat das Fresko aus Qian Longs Haus entwendet.«

»Wir reden bisher noch von dem ersten Verbrechen, nicht von den späteren«, erklärte Shan. »Lodi und Ming waren anfangs Partner. Und Elizabeth McDowell war ebenfalls dabei.«

Yao musterte die Schafe. »Es gibt eine Prüfung«, sagte er. »Mings Museum wird überprüft. Experten von außerhalb sollen die Sammlungen begutachten und stichprobenartig einzelne Exponate untersuchen. Man fliegt aus Europa spezielle Geräte zur Thermolumineszenzanalyse ein, mit denen sich das Alter von Keramiken und Metallen bestimmen läßt.« Als er Shan ansah, schien sein Blick um Verzeihung zu bitten.

»Wann wurde die Prüfung angeordnet?«

»Vor vier Monaten.«

»Hat sie schon angefangen?«

»Nein. Die Geräte müßten demnächst eintreffen.«

Sie verstummten. Shan griff in den Beutel, um etwas getrockneten Käse zu essen, und entdeckte einen weiteren Gegenstand, den Liya ihnen zugesteckt hatte: ein gerolltes Stück

Reispapier, ungefähr fünfundzwanzig Zentimeter breit und fast doppelt so lang. Der Text darauf stammte von einem hölzernen Druckstock, und die tiefschwarzen wuchtigen Ideogramme waren auf einer Seite vom Sonnenlicht ausgebleicht worden. Verblüfft zeigte Shan seinen Fund dem Inspektor und las die Zeilen dann laut vor.

Geschätzte Untertanen des himmlischen Kaiserreiches, hiermit tun wir kund und zu wissen, daß wir denjenigen, der uns den seit mehr als sechs Monaten vermißten Prinzen Kwan Li zurückbringt, zur Belohnung mit Gold aufwiegen werden. Wer auch immer Seine Heilige Fürstlichkeit vor uns verborgen hat, wird zur Strafe eines langsamen Todes sterben. Sollte jemand über Wissen verfügen und uns dieses vorenthalten, wird ihn die Axt ereilen. So soll es im ganzen Land bekanntgemacht werden. Zittert und gehorcht.

Den Abschluß der gedruckten Seite bildete ein komplexes, mit zinnoberroter Tinte aufgetragenes Siegel, das Shan zuletzt vor vielen Jahren gesehen hatte. »Das ist der Stempel von Kaiser Qian Long«, sagte Shan zögernd und ungläubig.

»Liya erlaubt sich einen üblen Scherz«, sagte Yao.

»Das glaube ich nicht. Man könnte einen Test vornehmen. Vermutlich wäre einer der Studenten im Gästehaus dazu in der Lage. Aber ich halte dieses Dokument für echt. Es stammt vom alten Kaiserhof. Ich schätze, Ming hat eine Menge vor uns geheimgehalten.«

Sie starrten beide den Namen an. Kwan Li. Den gleichen Namen hatte Shan auf der Staffelei im Konferenzraum gelesen. Nun fiel ihm noch etwas auf. Am unteren Rand des halb eingerollten Blattes hatte jemand eine handschriftliche Notiz hinzugefügt. *Tot, auf Anordnung des Steindrachen-Lama*, stand dort in verblichenen tibetischen Buchstaben. *Mögen die Götter siegreich sein.*

Der Fahrer war gern bereit, einen kleinen Umweg auf sich zu nehmen und sie nicht in Lhadrung, sondern am Fuß der östlichen Hügel abzusetzen. Etwa anderthalb Kilometer entfernt standen graue Lastwagen, die auf einen neuen Arbeitseinsatz der Sträflinge hindeuteten. Tan ließ die Gefangenen mehrere große Flächen roden, die gleich unterhalb der ersten hohen Berggrate lagen.

Nach einer halben Stunde erreichten Shan, Yao und Dawa die Kammlinie und folgten ihrem Verlauf. Es roch nach verbranntem Holz, vermischt mit etwas anderem. Kordit, erkannte Shan, ein Sprengstoff. Er hob Dawa auf den Arm und lief los, bis er sehen konnte, daß Fionas robustes kleines Haus unversehrt geblieben war, wenngleich der obere Teil des Brennofens und das zugehörige Gebäude nicht mehr existierten. Die Trümmer lagen in dem kleinen, inzwischen niedergetrampelten Gerstenfeld verstreut.

Die Tür des Hauses stand auch diesmal offen, und als Shan einen Blick hineinwarf, sah er Fiona dort am Tisch sitzen. Sie schob bunte Scherben zu mehreren Haufen zusammen. Es war Porzellan, erkannte Shan beim Eintreten. Jemand hatte das Teeservice zerschlagen, und Fiona ordnete nun die Bruchstücke der Tassen, Kanne und Untertassen.

»Jara meint, er kann in der Stadt Klebstoff besorgen«, sagte sie, ohne den Kopf zu heben.

»Es tut mir leid, Fiona«, sagte Shan. »Aber ich bin froh, daß dir nichts geschehen ist.«

»Unseren *Ivanhoe* haben sie nicht angerührt«, sagte sie bekümmert und stand langsam auf. »Sie waren nur an alten tibetischen Dingen interessiert. Einige der *peche* und all meine alten Statuen haben sie mitgenommen. Und sie wollten wissen, ob ich Wegbeschreibungen zu den Pilgerstätten besitze. Als sie die englischen Bücher sahen, haben sie gefragt, ob Lodi zu meiner Familie gehört. Dann haben sie eine kleine Bombe in meinen Brennofen geworfen.«

»Kanntest du die Männer?«

»Nein. Es waren zwei, ein Großer und ein Kleiner mit krummer Nase.«

Shan nahm das Gruppenfoto aus der Tasche und zeigte auf die Männer neben Dolan.

»Ja«, murmelte Fiona, und ihre Miene verfinsterte sich. Seufzend berührte sie ein anderes der Gesichter. Sie hatte ihren Neffen Lodi erkannt. Als sie aufblickte, lächelte sie traurig.

»Die Männer hatten keine Ahnung, wo sie suchen mußten.« Sie führte ihn zu dem Anbau mit den Schlafmatten und räumte drei Decken beiseite. Dahinter stand ein kleiner Gebetstisch, auf dem normalerweise Schriften zur Lektüre ausgebreitet wurden. Shan verharrte schweigend und schaute kurz nach draußen, wo Yao und Dawa den braunen Hund streichelten. Dann verfolgte er, wie Fiona die Tischplatte anhob und zwei alte *peche* und ein Filzbündel darunter hervorholte. Sie lehnte sich zurück und entfaltete das Bündel auf ihrem Schoß. Es enthielt ein leuchtend bunt verziertes Stück gelber Seide mit blauem Brokatsaum.

Shan war völlig verblüfft, dachte nicht mehr an Yao und Dawa, ließ sich auf die Knie nieder und betrachtete Fionas Schatz. Es war ein Gewand, kunstvoll bestickt mit den Abbildern von Kranichen, Drachen und Fasanen.

»Meine Familie hat es vor vielen Generationen als Bezahlung erhalten, für eine Keramikstatue von Buddha.«

»Weißt du, von wem?« flüsterte Shan und beugte sich vor, um die Symbole auf dem Gewand genauer in Augenschein zu nehmen. Rund um die Tiere waren Äxte und Bögen angeordnet.

Fiona schüttelte den Kopf. »Das weiß keiner mehr.«

Doch Shan erkannte auch so, worum es sich handelte. Er berührte die verschlungenen Symbole nicht, sondern hob die Ärmelaufschläge an, deren Schnitt einem Pferdehuf ähnelte. Als endgültige Bestätigung dienten ihm die Drachen mit fünf Klauen am unteren Rand der Robe. Nur eine einzige Familie durfte sich mit diesen Drachen schmücken. So unglaublich es auch scheinen mochte, das Kleidungsstück stammte von einem Angehörigen der chinesischen Kaiserfamilie. Die hufförmigen Manschetten entsprachen dem Stil der Mandschu-Dynastie Qing. Und in Liyas Beutel lag ein Dokument des Kaisers Qian Long, ebenfalls aus der Qing-Dynastie.

»Es ist sehr hübsch«, sagte Fiona und legte das Gewand zurück in die schützende Filzhülle.

»Ja«, stammelte Shan. »Haben die beiden Eindringlinge danach gefragt?«

»Nicht nach der Robe, aber ich sollte ihnen sagen, was ich über den chinesischen Prinzen weiß.«

»Welchen Prinzen?«

»Kwan Li«, antwortete sie ganz sachlich.

»Was ist mit ihm?«

Sie zuckte die Achseln. »Er wird vermißt. Aber ich hab so getan, als würde ich ihn nicht kennen.«

Jetzt erst schien Fiona die Personen vor der Tür zu bemerken. »Hast du Freunde mitgebracht? Ich mache uns Tee.«

»Eine ist mehr als eine Freundin«, sagte Shan und verspürte ein jähes Schuldgefühl, weil er vergessen hatte, wer dort wartete. »Bitte verzeih mir. Sie ist hergekommen, um dir zu helfen.« Noch während er sprach, schaute ein kleines neugieriges Gesicht zur Tür herein. »Um ihrer Großtante zu helfen.«

Fionas Augen füllten sich mit Tränen. Sie streckte die Arme aus. Dawa lief los und fiel ihr um den Hals.

Draußen stand Yao vor den tönernen *tsa-tsa*-Tafeln, die Shan bei seinem ersten Besuch gesehen hatte. Sie lagen immer noch in einer Reihe, waren aber alle zermalmt, als sei jemand vorsätzlich über die zerbrechlichen Gottheiten marschiert.

Als Shan und Yao um zwei Uhr nachmittags beim Gästehaus eintrafen, herrschte dort rege Betriebsamkeit. Sie waren unterwegs von einem Militärlaster aufgelesen worden, und der Fahrer, ein Sergeant aus Tans Truppe, hatte ihr plötzliches Erscheinen sogleich aufgeregt über Funk weitergemeldet. Yao, der seit ihrer morgendlichen Diskussion nachdenklich und schweigsam geblieben war, warf Shan immer häufiger kurze Blicke zu, je näher sie dem Anwesen kamen. Dann öffnete er auf einmal den kleinen Beutel, den er seit einer Stunde umklammert hielt, riß die hintere Umschlagseite des Katalogs ab und reichte sie Shan. Es war die Liste mit den bezahlten oder zu zahlenden Dollarbeträgen. Dann gab er Shan drei der sechs Disketten, die er aus Bumpari mitgenommen hatte, und bedeutete ihm, er solle sie einstecken. Er teilte das Beweismaterial unter ihnen auf.

Warum überließ der Inspektor ihm dermaßen wichtige Unterlagen? fragte sich Shan, als sie auf das Gelände einbogen. Es war, als sei Yao unvermittelt zu dem Schluß gelangt, Ming könne nicht mehr getraut werden. Womöglich fürchtete er den Direktor sogar. Yao hatte keine Fragen gestellt, als Fiona ausführlicher schilderte, wie der Überfall auf ihr Haus abgelaufen war. Aber er hatte sich sorgfältig die Beschreibung der beiden Täter notiert: ein kleiner Chinese mit krummer Nase und ein großer Mongole, der süßlich riechende Zigarren rauchte.

Auf dem Innenhof arbeiteten mindestens dreißig Leute mit Schubkarren, Eimern, Hämmern und Besen. Das zweisprachige Schild, das den Ort als Gästehaus des Bezirks Lhadrung ausgewiesen hatte, war einem neuen und größeren Exemplar gewichen. *Außenstelle des Museums für Altertümer* lautete die obere der beiden Zeilen aus erst kürzlich gemalten, dreißig Zentimeter hohen Ideogrammen. *Büro für Religiöse Angelegenheiten* stand darunter.

Während der Sergeant mit Yao im Hauptgebäude verschwand, blieb Shan an der Tür stehen und ließ den Blick über den Hof schweifen. Soldaten der Armee, Tans Soldaten, überwachten Tibeter, die an der hinteren Mauer und auf der anderen Seite des Hofs arbeiteten. Zwei Tibeter und ein stämmiger Soldat, der seinen Waffenrock abgelegt hatte, ließen Vorschlaghämmer auf ein großes, gewölbtes Stück Metall niedersausen. Es handelte sich um das Haupt einer imposanten Buddhastatue, die vor der Rückwand gestanden hatte. Die Männer trieben Beitel ins Metall und spalteten den Hinterkopf. Auf einem langen provisorischen Tisch, der aus Brettern auf Sägeböcken bestand, lagen mehrere Dutzend kleinerer Artefakte, vornehmlich die Statuen von Gottheiten und Heiligen, wie sie normalerweise die Hausaltäre tibetischer Familien zierten. Einige gepflegt wirkende Han-Chinesen beiderlei Geschlechts schienen ungefähr zehn chinesische Männer zu beaufsichtigen, die blaue Arbeitsmonturen trugen und zum Teil damit beschäftigt waren, entlang der Wand einen Graben auszuheben. Shan starrte die Arbeiter verwirrt an. Dann fühlte er sich plötzlich schwach und lehnte sich an die Mauer.

Der älteste der Männer in Blau, ein untersetzter Chinese in Shans Alter, saß auf dem Brettertisch und machte sich einen

Spaß daraus, mit Steinen auf mehrere der Altarfiguren zu werfen, die man in drei Metern Entfernung auf dem Rand des defekten Springbrunnens aufgestellt hatte. Ein anderer, ein schlaksiger junger Han mit Pomade im Haar und kaltem Hohnlächeln auf dem Gesicht, beobachtete einen Tibeter mittleren Alters, der eine Schubkarre voller Erde schob. Shan sah, wie die Karre dem Mann entglitt und umkippte.

»Elende Heuschrecken!« fluchte der junge Han. Heuschrekken. So wurden die Tibeter von manchen Chinesen abfällig bezeichnet. Es war eine Anspielung auf das Geräusch ihrer eintönig gesummten Mantras. Der junge Kerl trat nun erst gegen die Schubkarre und dann gegen den Oberschenkel des anderen Mannes. Im nächsten Moment stellte Shan sich zwischen den mürrischen Han und den erschöpften, verängstigten Tibeter.

»*Thuchechey*«, flüsterte der Tibeter. Danke.

Der junge Han trat erneut zu, diesmal in den Erdhaufen, so daß Shan einige Krümel ins Gesicht geschleudert bekam. Als Shan sich aufrichtete, kam ihm etwas an dem wütenden, leeren Blick des Jugendlichen vertraut vor. Der junge Mann, genau wie all die anderen Han in Blau, war selbst ein Häftling, ein Kalfaktor, der dabei half, die Tibeter anzuleiten.

Shan ignorierte die grimmige Miene des Han und betrachtete noch einmal den Hof. Nun erkannte er mehrere der Tibeter. Er hatte sie zuletzt bei dem *chorten* gesehen, in den Ruinen von Zhoka. Demnach waren einige der Festteilnehmer verhaftet worden. Shan eilte ins Gebäude. Er wollte unbedingt wissen, was Yao zu Direktor Ming sagen würde.

Der Inspektor stand im Eingang des großen Raums, den Shan noch vom letzten Besuch kannte, und starrte verblüfft auf den Gang hinaus. Ming saß an dem langen Tisch einer betagten Tibeterin gegenüber und redete schroff auf sie ein. Weitere fünfzehn Tibeter saßen auf der anderen Seite des Flurs am Boden und wurden von zwei bewaffneten Soldaten bewacht. Mehrere der Leute weinten. Andere hatten den Kopf gesenkt und ließen ängstlich ihre Gebetsketten durch die Finger gleiten. Alle schienen mindestens siebzig Jahre alt zu sein.

Ming nickte Yao zu und erklärte die Unterredung mit verächtlicher Geste für beendet. Ein Soldat trat aus dem Schatten und zerrte die Frau weg.

Während Yao sich auf Shans altem Platz am Ende des Tisches niederließ, bezog Shan zwei Meter hinter ihm im Halbdunkel Position. An der angrenzenden Wand hatte man parallel zum Tisch die Fotos tibetischer Gemälde aufgehängt. Sie alle zeigten unterschiedliche Erscheinungsformen der Todesgottheiten. Keine davon entsprach dem *thangka*, das Shan aus Lodis Trauerhütte kannte. Daneben hingen Blätter von dem großen Schreibblock, der zuvor auf der Staffelei gestanden hatte. *Prinz Kwan Li* lautete die Überschrift der ersten Seite, offenbar gefolgt von einem chronologischen Lebenslauf, seit der Geburt im Jahre 1755 bis zu einem Eintrag, der schlicht besagte, man habe Kwan Li zuletzt einen Tagesritt südlich von Labrang gesehen. Labrang lag viele hundert Kilometer im Norden.

»Es wurde bereits ein Suchtrupp nach Ihnen ausgeschickt«, verkündete Ming.

»Wir haben uns verirrt«, entgegnete Yao ruhig.

Ming schien das amüsant zu finden. Er schaute zu Shan. »Trotz Ihres berühmten Führers?«

»Wir sind den Spuren sehr viel tiefer in die Berge gefolgt, als zunächst erwartet«, erklärte Yao. »Unser Funkgerät hat den Geist aufgegeben.« Er sah zu den alten Tibetern. »Was machen Sie mit diesen Leuten?«

Ming ignorierte die Frage. »Haben Sie ihn gefunden? Den Dieb?«

Yao zögerte, schien sich zu Shan umdrehen zu wollen, hielt dann aber inne. »William Lodi ist tot«, sagte er langsam.

Direktor Ming starrte Yao unschlüssig an, als frage er sich noch, ob er dem Inspektor glauben solle. Dann setzte er zu einer Äußerung an. Im selben Moment ertönte ein Geräusch, als würde jemand stolpern, und dann ein gedämpfter Schrei. Ming verzog das Gesicht, schien zur Tür eilen zu wollen, erstarrte und senkte den Kopf.

»Haben Sie die Artefakte aus seinem Besitz sicherstellen können?« fragte er gespannt.

»Nein«, sagte Yao lakonisch.

»Also ist Lhadrung für Sie zu einer Sackgasse geworden, Inspektor«, stellte der Museumsdirektor fest. »Und auch für den Amerikaner.«

»Aber keineswegs«, widersprach Yao. »Es beweist, daß wir uns am richtigen Ort aufhalten. Nun müssen wir nur noch Lodis Mörder finden.«

Ming runzelte die Stirn. »Wo ist Agent Corbett?«

»Noch immer in den Bergen.«

Ming warf Shan einen vorwurfsvollen Blick zu. »Man könnte das als Fahrlässigkeit auslegen.«

Yao ignorierte den Kommentar und musterte abermals die verängstigten Tibeter. »Mir ist nicht ganz klar, was Sie mit diesen Zivilisten vorhaben, Genosse Direktor.«

»Während Ihrer Abwesenheit habe ich eine Reise nach Lhasa unternommen. Zum Büro für Religiöse Angelegenheiten. Sehr hilfsbereite Leute. Ihre Arbeit wird in Peking nicht ausreichend gewürdigt. Sie haben mir manches über Tibet erläutert, das ich bis dahin nicht verstanden hatte. Ich habe festgestellt, daß der Posten des Direktors für den Bezirk Lhadrung unbesetzt ist.«

Shan hielt angespannt den Atem an und fühlte erneut Mings kalten Blick auf sich ruhen. Die Stelle beim Büro für Religiöse Angelegenheiten war seit mehr als einem Jahr verwaist, weil der frühere Amtsinhaber aufgrund von Shans Ermittlungen vor einem Erschießungskommando gelandet war. »Es hieß, in Ermangelung eines ständigen Direktors liege die Amtsgewalt offiziell bei Oberst Tan, aber man gab mir einen Brief für Tan mit, in dem mir vorübergehend leitende Befugnisse eingeräumt werden, damit ich meine Untersuchung durchführen kann.«

Shan sah, wie Yaos Finger sich fest um die Stuhllehne schlossen. Meine Untersuchung.

»Dann hat man mir ein paar Methoden beigebracht.«

Shan wollte schon auf die alten Tibeter zugehen, doch die Worte ließen ihn innehalten. Er wandte sich wieder zu Ming um. »Methoden?« fragte er schaudernd.

Ming sah ihn an und lächelte kühl. »Die dürften Ihnen vertraut sein, Genosse.« Er deutete auf den Tisch. »Bitte nehmen Sie Platz. Es gibt Tee.«

Eine junge Soldatin brachte ein Tablett. Shan setzte sich, nahm eine der Porzellantassen und lauschte Mings weiteren Ausführungen.

»Das Religionsbüro hat vor allem auf zwei Dinge hingewiesen. Erstens, tibetische Schätze werden niemals zufällig irgendwo deponiert. Zweitens, die Staatsgutverordnung.« Yaos und Shans verwirrte Mienen schienen Ming aufrichtig zu erfreuen. »Wenn tibetische Widerständler ein Artefakt stehlen, werden sie es nicht einfach verstecken. Sie fühlen sich an überholte Traditionen gebunden, an die reaktionäre Kultur der alten Lamas, von denen sie einst versklavt wurden. Der Aufbewahrungsort eines Artefakts wird gemäß diesen Traditionen ausgewählt. Es geht also nicht um beliebige, sondern um sehr spezielle Höhlen oder Schreine, die der jeweiligen Gottheit entsprechen.«

»Und zu welchem dieser Orte paßt das Wandgemälde des Kaisers?« fragte Yao mit eisiger Stimme.

»Zu dem wichtigsten und mächtigsten Schrein. Dem heiligsten Ort des Bezirks Lhadrung.« Ming zündete sich eine Zigarette an und blies eine Rauchwolke in die Richtung seiner greisen Gefangenen. Dann beugte er sich vor und sprach leise weiter. »Dem Büro liegen Studien vor, die beweisen, daß bei einer Person, die ihre Kindheit in dermaßen großer Höhe verlebt, die Entwicklung des Gehirns beeinträchtigt wird. Diese Leute sind alle wie Kinder.« Er wies mit der Zigarette auf die alten Tibeter, die draußen am Boden saßen. »Und man muß wissen, wie man mit Kindern zu sprechen hat.« Er schaute zu Shan. »Nicht wahr, Genosse Shan?«

»Sie haben eine Verordnung erwähnt«, merkte Yao an.

»Die Staatsgutverordnung«, bestätigte Ming. »Eine der Richtlinien des Büros. Alle religiösen Artefakte sind Eigentum des Staates. In manchen Teilen Tibets wurde die Durchsetzung dieser Vorschrift offenbar eher nachlässig gehandhabt.«

»Und die Leute hier auf dem Gang?« fragte Shan und achtete auf Yao. Der Inspektor hatte den alten Tibetern den Rücken zugewandt, als wolle er sie nicht sehen.

»Sie sind diejenigen, die am inbrünstigsten an den alten

Bräuchen festhalten, und daher wissen sie auch am meisten über die verborgenen Schreine. Das ist viel effizienter, als in alten Leitfäden für Pilger nach Informationen zu suchen.«

Ming stand auf und führte sie mit siegreichem Lächeln zurück auf den Innenhof. »Ich fürchte, die Leute horten noch jede Menge gesetzeswidriger Artefakte«, sagte er mit Blick auf den Brettertisch und die zahlreichen Altarfiguren. »Diese dort wurden allein hier im Tal konfisziert.« Er nahm eine kleine Bronzestatue des Zukünftigen Buddha, drehte sie um und zeigte Yao einen Schlitz in der Unterseite der hohlen Skulptur. »Diese Dinger dienen als Behältnisse. Für Botschaften oder Schriften der Mönche. Und auch für Hinweise auf Bergschreine. Wir vergleichen das mit den Angaben der Pilgerbücher und ermitteln die häufigsten Übereinstimmungen. Ich habe ein Suchmuster entwickelt, und meine Assistenten geben die Daten in unsere Computer ein.« Er deutete mit sichtlichem Stolz auf ein Team am Ende des Tisches. Dort saß ein Mann mit Lederschürze, dicken Handschuhen und Mundschutz an einer Kreissäge. Ming gab ihm den Bronzebuddha. Der Mann betätigte einen Fußschalter, und die Säge erwachte kreischend zum Leben. Dann schob er die Figur behende mehrmals über das Sägeblatt und reichte sie an eine junge Han-Chinesin mit modischer Kurzhaarfrisur weiter, die an einem Nebentisch saß. Die Frau nahm eine Kneifzange und bog die Ränder des klaffenden Einschnitts auseinander. Ein halbes Dutzend Gegenstände fiel in den Korb, der vor ihr stand: mehrere kleine, mit getrockneten Grashalmen verschnürte Papierrollen, ein schwarzer Metallstab, ein Knochensplitter und ein türkisfarbener Stein. Sie arbeitete mit kalter Präzision, warf den Stein, den Metallstab und den Knochensplitter in einen Abfallbehälter zu ihren Füßen und gab die Papierröllchen einer weiteren Kollegin, einer gutgekleideten Tibeterin, die neben ihr saß.

Diese durchschnitt mit einer Schere die Verschnürung des ersten Zettels, entrollte ihn, las ihn schnell und warf ihn in einen Eimer unter dem Tisch. Danach nahm sie einen Stofffetzen, untersuchte ihn kurz mit einer Lupe und warf ihn ebenfalls weg. In diesem Moment kam der schmierige junge Chinese, den Shan zuvor bei der Schubkarre gesehen hatte, und ersetzte den Kübel durch ein leeres Exemplar. Dann alberte er mit dem Eimer voller Gebete, Amulette und Relikte herum, balancierte ihn kurz auf dem Kopf und verleitete einen der Posten, die gelangweilt an der Mauer lehnten, zum Lachen. Schließlich ging der junge Han quer über den Hof davon.

Erschrocken sah Shan, welches Ziel er ansteuerte: ein stählernes Faß, in dem ein Feuer brannte. Zu beiden Seiten standen zwei Wachen. Sie wirkten aufmerksamer als die anderen Soldaten, denn ihnen war eindeutig nicht entgangen, wie die tibetischen Häftlinge das Faß ansahen. Manche waren wütend, andere verängstigt, und einigen liefen Tränen über die Wangen.

Ming kehrte in das Gebäude zurück. Shan blickte ihm hinterher. Der Direktor zerstörte nicht bloß kleine Statuen, sondern gleichzeitig den Ort, der für viele Menschen Andacht und Hoffnung bedeutete. Die meisten der Altarfiguren, vor allem diejenigen voller Gebete und Artefakte, waren seit Generationen im Gebrauch. Dort in dem Faß verbrannten die Gebete der Großväter und Urgroßväter, die direkte und verehrte Verbindung zu den Vorfahren aus früheren Zeiten. In manchen Familien war es Brauch, daß jedes Mitglied im Laufe seines Lebens mindestens ein Gebet beitrug, ein geheimes Gebet, dessen Entstehung bisweilen Jahre dauerte, als wäre es ein Kunstwerk. Dies sei ihre ganz persönliche und seit Jahrhunderten lückenlose Kette des Mitgefühls, hatte eine alte Frau einst Shan zugeflüstert, während sie vor dem Familienaltar saßen. Lückenlos, bis Direktor Ming aus Peking gekommen war, um nach einem seltsamen Wandgemälde und einem seit zweihundert Jahren vermißten Adligen zu suchen.

Der junge Han blieb drei Meter vor dem Faß stehen, ließ den Eimer sinken und reckte ein zusammengerolltes Gebet hoch in die Luft, so daß alle es sehen konnten. Dann holte er wie ein Basketballspieler zum Wurf aus und beförderte das Blatt in weitem Bogen in die Flammen. Einige der Wachen jubelten. Er wiederholte die Nummer, entrollte dann ein drittes Gebet und schwenkte das knapp einen Meter lange Papier hin und her.

Shan schob sich langsam durch die Menge voran, während der Jugendliche ein weiteres Papier nahm, beide Streifen wie Flatterbänder schwang und so tat, als würde er tanzend in einer chinesischen Parade marschieren.

Shan nahm den Eimer und ging damit auf das brennende Faß zu, als wolle er nur behilflich sein.

»He!« rief der Junge. »Alter Mann! Ich bin noch nicht fertig!«

Shan gab sich überrascht, wirbelte herum und ließ dabei den Eimer los, so daß er drei Meter weiter zwischen den sitzenden Tibetern landete.

Der Jugendliche starrte Shan wütend an, sagte jedoch nichts. Er wurde aus seinem Gegenüber nicht schlau. Shan war weder Tibeter, noch trug er die grobe blaue Kleidung eines Kalfaktors. Aber einer der beiden Wächter am Faß schien ihn wiederzuerkennen. Mit ein paar schnellen Schritten erreichte er Shan und hieb ihm den Gewehrkolben in die Kniekehlen.

Shan stürzte zu Boden und verschränkte schützend die Hände im Nacken, ein Reflex, den er sich während der Jahre im Gulag angeeignet hatte.

Doch es kam kein zweiter Schlag. Der Posten wich zurück. Der Junge fuhr mit seinem merkwürdigen Tanz fort, fuchtelte mit den Papieren herum, trat Erde in Shans Richtung und versenkte mit einer letzten schwungvollen Gebärde die beiden Gebete im Feuer. Als Shan aufblickte, schaute er in die feuchten Augen einer Tibeterin, die mit zitternden Fingern ihre *mala* umklammert hielt.

»In manchen Teilen Chinas verbrennen die Menschen Gebete, um sie auf diese Weise zu den Göttern aufsteigen zu lassen«, sagte er leise auf tibetisch. Die Frau nickte und lächelte bekümmert. Er sah, daß sie eine der Gebetsrollen an sich genommen hatte. Neben seiner Hand lag ein weiteres Exemplar. Er schob es unter das Bein der Frau und somit aus dem Sichtfeld des Wachpostens, der versuchte, den Inhalt des umgestürzten Eimers wieder einzusammeln. Der Soldat fand nicht mehr als zehn alte Gebete, richtete sich fluchend auf und leerte den Eimer in das brennende Faß.

»*Lha gyal lo*«, rief eine heisere Stimme aus der Menge.

»Bzzzz«, lautete die Antwort des jungen Mannes, der dabei seine Arme wie Flügel schwang, um sich über die Tibeter lustig zu machen. »Bzzz. Bzzzzzzz.«

Das Geräusch einer schweren Tür, die sich am anderen Ende des Hauptgebäudes öffnete und wieder schloß, unterbrach die Vorstellung. Als eine schlanke, rothaarige Gestalt erschien, verstummten die Wachen und Kapos schlagartig. Elizabeth McDowell, bekleidet mit T-Shirt und Jeans, trat mit Eimer und Schöpflöffel aus dem Schatten und ging zu den Tibetern auf dem Hof. Der wütende junge Han schien zu vergessen, womit er beschäftigt gewesen war, und starrte einfach nur die Britin an. Ihre Augen waren geschwollen und ihr Blick zu Boden gerichtet. Niemand regte sich oder sprach ein Wort, während sie den Eimer bei den Tibetern abstellte und wieder ins Haus ging.

In diesem Moment sah Shan den Inspektor mit in die Seite gestemmten Händen am Eingang stehen und ihn wütend mustern. Shan kehrte in das Gebäude zurück.

Im Konferenzraum befragte Ming soeben einen alten Mann. Ein Soldat zeichnete das Verhör mit einer Videokamera auf. Der Alte zitterte, und seine Worte kamen ihm nur schluchzend über die Lippen. »Es gibt keine Schätze mehr. Und auch keine Götter.« Er rieb sich mit dem Handrücken über die Augen. »Das Zeitalter der Götter ist vorbei.«

In Shan brandeten dermaßen starke Gefühle auf, daß ihm schlecht wurde. Er hielt sich den Bauch und verließ das Zimmer.

Niemand hielt ihn auf, als er vorbei an den geparkten Fahrzeugen durch das Tor des Anwesens trat. Der Soldat, Tans Sergeant, der Yao und Shan unterwegs aufgelesen hatte, saß an das Hinterrad seines Lasters gelehnt und schlief. Shan folgte der trockenen staubigen Straße hundert Meter bis zum Waldrand und ließ sich vor dem Stamm einer Schierlingstanne nieder. Von hier aus konnte er die andere Seite des Tals sehen, die steilen zerklüfteten Hänge in vielen Kilometern Entfernung, über die man nach Zhoka gelangte. Irgendwo dort draußen waren Gendun, Corbett und Lokesh, und wegen der Diebstähle in

Peking und Amerika drohte ihnen Gefahr. Shan starrte zu Boden und versuchte sich zu beruhigen, um nicht mehr an die gequälten Gesichter von Mings tibetischen Gefangenen denken zu müssen.

Unwillkürlich vergrub er beide Hände in der Erde, als wolle ein Teil von ihm sich dort festklammern. Er schloß die Augen. Nach einer geraumen Weile stieg ihm ein schwacher Ingwergeruch in die Nase, ein flüchtiger Duft, der aus einem Raum seiner Erinnerung gedrungen war, weil dessen Tür sich einen Spalt geöffnet hatte. Mit traurigem Lächeln schloß Shan die Hände zu Fäusten, zog sie aus dem Boden und legte die sandige Erde vor sich hin. Er strich die beiden Häuflein glatt und zeichnete dann etwas mit dem Finger hinein, ohne nachzudenken, geleitet vom Unterbewußtsein, so wie sein Vater es ihn als Meditationstechnik gelehrt hatte. Das erste Zeichen glich einem umgekehrten Y mit langem Schweif, im Innern eines großen U. Auf dem zweiten Fleckchen Erde war eine komplexere Figur entstanden, die er nun geistesabwesend ein zweites Mal mit dem Finger nachzog.

»Wofür stehen die?« fragte eine ruhige Stimme.

Er hob den Kopf und blickte in die grünen Augen von Elizabeth McDowell. »Für gar nichts«, sagte Shan und wollte die Zeichen wegwischen.

»Bitte nicht«, sagte sie und kniete sich neben ihn. Sie hatte geweint. »Das sind alte Ideogramme. Was bedeuten sie?«

»Mein Vater hat sie häufig benutzt. Sie sind wie Gedichte«, sagte Shan nach einem Moment und wies auf das umgedrehte Y. »Das ist das Zeichen für Mensch, und das« – er zog das U nach – »bedeutet eine Grube. Ein Mensch, der in eine Grube fällt. Zusammen stehen sie für ein Unglück, eine Katastrophe.« Er ließ die Worte einen Augenblick wirken. »Ich weiß, daß Lodi Ihr Cousin gewesen ist. Es tut mir leid. Er war außerdem ein Krimineller.«

»Aber kein besonders schlimmer«, sagte McDowell. »Sein Herz war viel zu groß. Er war wie Robin Hood.« Sie blickte auf. »Oh, Verzeihung, Robin Hood war ein ...«

»Er hat den Reichen genommen und den Armen gegeben. Und Sie müssen ihm dabei geholfen haben.«

Sie lächelte wehmütig. »Ich bin bloß eine Beraterin. Was bedeutet das zweite Zeichen?«

Shan wischte es weg und zeichnete es erneut, angefangen mit einer waagerechten Linie und einem kurzen senkrechten Balken in deren Mitte, von dem auf beiden Seiten kleine Striche abzweigten. »Das ist ein Dach, um Wind und Regen abzuhalten.« Er zeichnete ein Rechteck darunter. »Ein Fenster unter dem Dach.« Er zog eine Linie durch das Fenster. »Eine Stange«, erklärte er und fügte am Ende der Stange eine Wellenform hinzu. »Ein Banner. Ein Banner, das stets im Wind flattert, unabhängig vom Wetter. Das alles zusammen steht für das Absolute.«

Die Frau betrachtete das Zeichen ernst.

»Die traditionellen Tibeter, wie sie beispielsweise tief in den Bergen leben, denken und handeln ausschließlich in absoluten Kategorien«, sagte Shan. »Das konnten Außenstehende noch nie begreifen. Es gibt kein Dazwischen, kein Vielleicht, kein Andeuten, kein Morgen. Es gibt nur die wahren Dinge und die Notwendigkeit, sich allein ihnen zu widmen. Nichts anderes ist von Belang. Keine politische Macht. Kein Geld. Kein elektrischer Haartrockner.«

McDowell schien zu glauben, Shan wolle sie tadeln. Sie lehnte sich zurück und wirkte immer trauriger. »Ich hätte nie gedacht, daß Ming so etwas tun würde ... daß er diese Menschen verhaftet oder ihre Altäre plündert. Ich war in der Klinik. Falls ich es gewußt hätte, hätte ich versucht, es zu verhindern. Er wollte nur ein paar alte Schreine finden, das ist alles. Er will mehr über einige Symbole der Todesgottheiten erfahren. Es ist ... es ist wie eine fixe Idee.«

»Er reißt Gebete aus heiligen Figuren«, sagte Shan tonlos. »Und Sie sprechen von einer fixen Idee.«

McDowell legte eine Hand auf das zweite Ideogramm, drückte sie hinunter und beließ sie dort, während sie zu Shan aufblickte. »Lassen Sie ihn einfach fertig werden und abreisen. Niemand will, daß den Tibetern ein Leid geschieht.«

»Hat Ming Ihren Cousin ermorden lassen?«

Sie starrte ihn an, nicht überrascht, sondern bekümmert. »Natürlich nicht. Wir waren alle miteinander befreundet.«

»Sie waren Geschäftspartner«, behauptete Shan.

McDowell zuckte die Achseln. »Archäologen und Museumsleute machen häufig ein paar kleine Geschäfte, um die Rechnungen bezahlen zu können. Ming und ich kennen die Märkte, und Lodi konnte authentische Kunstwerke liefern.«

»Und die Männer in den Bergen, waren das auch Ihre Partner? Der kleine Chinese und der Mongole.«

»Nein.« Der Schmerz in McDowells Blick war wieder da. »Der Große heißt Khan Mo, der andere Lu Chou Fin. Sie arbeiten für den Meistbietenden und haben keinerlei Skrupel. Ming hat den Kontakt zu ihnen hergestellt, aber es sind nicht seine Leute.«

Shan musterte ihr sorgenvolles Gesicht. »Es ist eine Art Wettstreit«, argwöhnte er. »Die beiden suchen das gleiche wie Ming und bemühen sich, ihm zuvorzukommen.«

»Daran hätte ich nie gedacht.«

»Bis Lodi ermordet wurde.«

McDowell nickte und fuhr dann mit dem Finger die Linien des Unglückssymbols nach.

»Warum interessiert Ming sich für einen Prinzen, der vor zweihundert Jahren gestorben ist?« fragte Shan.

»Weil er sich so sehr für Macht und Gold interessiert. Aber er ist kein Mörder«, antwortete McDowell, stand plötzlich auf und wandte sich ab.

»Bloß ein Gottestöter«, sagte Shan zu ihrem Rücken. Die Worte ließen die Frau innehalten, doch sie drehte sich nicht mehr zu ihm um, sondern ging nach einem Moment weiter in Richtung des Anwesens.

Bei Shans Rückkehr saß der Sergeant auf der Haube seines Lastwagens und rauchte eine Zigarette. Er verzog das Gesicht, als er Shan sah, wich ihm aber nicht aus.

»Sie sind doch häufig bei der Bezirksverwaltung«, sagte Shan. »Haben Sie in letzter Zeit den alten Mann gesehen, der dort bettelt? Er heißt Surya.«

Der Soldat atmete langsam den Rauch aus. »Der Killer-Mönch?« fragte er mit spöttischem Lächeln. »Oberst Tan hat sich um ihn gekümmert.«

Shan stockte der Atem. »Sich um ihn gekümmert?«

»Er hat ihn von dem Platz verscheucht. Betteln ist dort nicht mehr gestattet.« Der Sergeant nahm einen weiteren Zug von seiner Zigarette und betrachtete Shan amüsiert. »Der Mann hatte keine Arbeit«, fuhr er fort und ließ den Rauch aus Nase und Mund strömen. »Die Leute kamen und betrachteten ihn, als sei Betteln etwas Bewundernswertes. Der Oberst ließ einen seiner Offiziere mitten auf dem Platz eine kleine Ansprache halten, in der es hieß, Betteln sei eine Form des Rowdytums.«

»Wohin hat man ihn gebracht?«

»Der Oberst wies ihn an, sich eine Stellung in einer Fabrik zu suchen, so wie es sich für einen guten Tibeter gehört. Dann ließ er ihn an der Straße nach Lhasa absetzen, acht Kilometer östlich der Stadt. Aber einer meiner Männer sagt, er habe ihn wieder in Lhadrung gesehen, irgendwo bei den Kotsammlern. Falls dieser Ming noch einmal alle Alten einkassieren läßt, wird er vermutlich dabei sein.« Er schaute gelangweilt zum Tor des Anwesens, wo soeben unter lautem Dröhnen ein Lastwagen abfuhr. Auf der Tür stand *404. Baubrigade des Volkes*, und die Ladefläche war voller Tibeter.

»Die Kapos bleiben hier«, sagte der Sergeant. »Nach dem Essen schließt man sie im Stall ein.«

Shan sah ihn verwirrt an. »Die Kapos?«

»Er ist ein wilder Bursche. Als man ihn hier abgeliefert hat, wurden wir gewarnt. Es heißt, er habe letzte Woche mit einer Schaufel einen Wachposten angegriffen. Du hast ihn vor einer Disziplinarmaßnahme bewahrt.«

»Wen?«

Der Soldat schüttelte den Kopf und seufzte, als müsse er sich über Shans Begriffsstutzigkeit wundern. »Deinen Sohn, du Narr.« Er wies mit dem Daumen über die Schulter zum Innenhof.

Shan wich einen Schritt zurück. Das Herz schlug ihm bis zum Hals. Dann rannte er durch das Tor.

Die Männer in Blau befanden sich in einem offenen Schuppen gegenüber dem Hauptgebäude und aßen dampfenden Reis direkt aus einem Eimer, den man ihnen hingestellt hatte. Auf einem Hocker an der Wand saß ein Wachposten und behielt sie im Auge. Shan wurde langsamer und hielt nach dem kleinsten der Männer Ausschau, nach dem mißhandelten, verängstigten Teenager, der eine kleine Narbe am Kinn trug, weil er als Kind auf einer vereisten Straße gestürzt war.

»Shan Ko!« rief eine barsche Stimme hinter ihm. Der Sergeant war Shan gefolgt.

In dem Schuppen rührte sich niemand.

Der Sergeant trat vor und legte eine Hand auf seinen Schlagstock. »Tiger Ko!«

Einer der älteren Gefangenen wurde beiseite gestoßen, und eine Gestalt kam aus dem Schatten zum Vorschein. Doch es war nicht sein Sohn, sondern der mürrische Häftling, der die Tibeter verhöhnt hatte.

Der Sergeant packte den Mann am Ärmel und zog ihn hinaus ins Licht. »Sag deinem Papa guten Tag.« Die Belustigung war ihm deutlich anzuhören. Der Posten auf dem Hocker lachte.

»Dieser alte Sack?« rief der Jugendliche. »Schwachsinn. Mein Vater ist Anführer einer gefährlichen Bande.« Er wandte sich ein Stück zur Seite, als seien seine Worte für die anderen Sträflinge gedacht. »Soldaten verspeist er zum Frühstück.«

Der Sergeant sah Shan an und grinste breit. Der Posten stand von seinem Hocker auf und trat einen Schritt vor, als rechne er mit einer unterhaltsamen Darbietung.

Etwas in Shans Innern schrumpfte zu einem eisigen Klumpen. Am Kinn des Gefangenen gab es eine Hautveränderung, eine kleine Narbe von dem Sturz aufs Eis. Shan war wie gelähmt. Das Gelächter wich in den Hintergrund zurück. Er spürte nur noch den haßerfüllten Blick des jungen Häftlings.

»*Cao ni ma*!« fauchte der Jugendliche den Sergeanten an und verschwand wieder in dem Schuppen. Fick deine Mutter.

Shan schleppte sich zurück zum Hauptgebäude, kauerte sich in eine dunkle Ecke der Eingangshalle und rang um seine Fassung. Als er sich ein wenig beruhigt hatte, registrierte er eine laute Stimme, die aus dem Konferenzraum drang.

Ming und seine nun frisch herausgeputzten Mitarbeiter hatten sich zum Abendessen versammelt. Auf dem Tisch standen

Schüsseln mit gebratenem Reis, Hühnchen und Gemüse, Schweinefleisch und einigen anderen Gerichten. Mings Assistenten saßen um den Tisch herum und schauten zu ihrem Chef, der in der Ecke stand und etwas auf den großen Block schrieb. Yao saß neben der Tür und balancierte einen gefüllten Teller auf dem Schoß. Die alten Tibeter waren verschwunden, und nichts deutete mehr auf ihre einstige Anwesenheit hin, außer vielleicht vier Videokassetten auf einem der Stühle.

»Ein Durchbruch!« rief Ming, als Shan den Raum betrat. Dann erklärte der Museumsdirektor, daß die alten Altarbotschaften ihnen wichtige Anhaltspunkte für die Verfolgung der seit langem gesuchten Verbrecher geliefert hätten und er sogleich in Peking anrufen wolle, um die guten Neuigkeiten weiterzumelden. Er übergab das Wort an die junge Han-Chinesin, die draußen am Tisch die Gebete aus den Figuren gezogen hatte.

Yao bedeutete Shan, er solle sich etwas zu essen nehmen, aber Shan verspürte keinen Appetit und setzte sich auf einen Stuhl neben den Videokassetten. Die anderen klatschten unterdessen Beifall, während Ming den Raum durch eine der hinteren Türen verließ. Die Frau fing an, die Ergebnisse der Aktion genauer zu erläutern, und sprach dabei von einer Aufdeckung reaktionärer Botschaften. Das von Ming entworfene Suchprogramm sei mit den wiederholt auftretenden Namen gefüttert worden und habe eine Handvoll Stätten identifiziert, die vordringlich als illegale Verstecke des entwendeten Staatseigentums in Betracht kämen. Verantwortlich für die Taten sei die ehemals herrschende Mönchsklasse, was einmal mehr bewiesen habe, daß Mönche das Vermögen des Volkes für sich selbst beanspruchten. In den Texten seien Orte namens Bärenhöhle, Höhle des Lichts, Wunderhöhle und Höhle des Lama-Throns genannt worden, die laut den bisherigen Erkenntnissen in den Bergen südlich und östlich von Lhadrung liegen mußten. Dabei gäbe es keine exakten Ortsbeschreibungen, sondern Verweise auf geologische Besonderheiten, beispielsweise auf Gipfel in Form eines Klosterturms. Mit Unterstützung der Volksbefreiungsarmee werde man schon sehr bald direkte Zuordnungen vornehmen können, versicherte die Frau ihrem Publikum.

Shan stand auf und schlich sich leise wieder nach draußen. Auf dem Hof hielt er inne, schaute zu den Häftlingen und empfand dabei eine kalte, schmerzliche Leere. Dann ging er zum Tor hinaus und verschwand zwischen den Bäumen. Nach fünfzig Schritten vergewisserte er sich, daß niemand ihm folgte, setzte sich und versuchte, die Gefühle zu ergründen, die das Auftauchen seines Sohnes in ihm ausgelöst hatte. Es gelang ihm nicht, also schob er es beiseite und rief sich ins Gedächtnis, daß die Tibeter in den Bergen ihn weiterhin brauchten. Er zog eine Videokassette unter dem Hemd hervor. Es war nicht schwierig gewesen, das oberste Exemplar des Stapels an sich zu nehmen, weil alle nur auf die Frau geachtet hatten. Nun schlug er die Kassette gegen einen Felsen, bis das Gehäuse zersplitterte. Dann zog er einen Teil des Bandes heraus und riß es von der Spule ab. Schließlich scharrte er mit einem kleinen flachen Stein ein Loch und vergrub die Reste.

»Ich habe alles gesehen«, erschallte plötzlich eine strenge Stimme. Sie traf ihn wie eine Klinge zwischen die Schulterblätter. Shan starrte kurz auf seine Hände und hob dann langsam den Kopf. Am nächsten Baum lehnte Yao. »Sie haben die von Ming aufgezeichneten Zeugenaussagen vernichtet. Und vorhin haben Sie absichtlich diese alten Gebete ausgeschüttet, damit die Tibeter einen Teil davon retten konnten. Ming wäre außer sich.« Yao musterte das frisch ausgehobene Loch mit einer seltsamen Mischung aus Belustigung und Zorn. »Langsam wird mir klar, welche Fehler Sie in Ihrer früheren Laufbahn begangen haben, Generalinspekteur Shan.«

Hastig hob Shan den Kopf.

»Ich habe mir heute nachmittag erneut Ihre Akte vorgenommen«, fuhr Yao fort. »Diesmal habe ich alles gelesen. Sie galten in Ihrem Ministerium als mustergültiger Mitarbeiter. Ihnen wurde die Parteimitgliedschaft angetragen, aber Sie haben abgelehnt. Ich habe in meinem ganzen Leben noch nie von jemandem gehört, der eine solche Ehre zurückgewiesen hätte. Warum haben Sie sich nicht gleich eine Pistole an den Kopf gehalten?«

»Es hat sich damals nicht wie eine Ehre angefühlt«, sagte

Shan. »Ich habe gegen einen leitenden Parteifunktionär ermittelt. Es ging um Korruption. Während ich an meinem Bericht schrieb, hat er meine Nominierung veranlaßt.«

Yao lachte trocken auf. »Haben Sie Ihren Mann erwischt?«

»Das Justizministerium hat nach eigenem Ermessen beschlossen, den Fall nicht weiterzuverfolgen.«

»Und Sie können einfach nicht lockerlassen«, sagte Yao achselzuckend und trat einen Schritt vor. »Sie sollten lieber begreifen, daß Ming sich völlig korrekt verhält.« Er steckte eine Stiefelspitze in die lockere Erde und legte das Band wieder frei. »Die Artefakte gehören dem Staat, und ein Massenverhör gilt als höchst effiziente Maßnahme im Umgang mit Einheimischen.«

Er hob die zerbrochene, schmutzverkrustete Kassette auf, warf Shan stirnrunzelnd einen kurzen Blick zu und benutzte sie wie eine Schaufel, um das Loch zu vergrößern. Dann stand er auf, holte die anderen drei Kassetten aus der Jacke, warf sie zusammen mit dem ersten Band in das Loch und schob mit dem Stiefel Erde darüber. »Aber er ist so übereifrig. Ich finde das widerlich. Alte weinende Leute auf einer Videoaufnahme, und direkt daneben steht ein Soldat. Ich dulde in meinen Gerichtsverfahren keine derartigen Beweise.« Er sah Shan an, und seine Züge verhärteten sich. »Falls Sie so etwas noch mal versuchen, lasse ich Sie zurück ins Lager bringen und vergrabe jeden Hinweis auf Ihre Existenz so tief im System, daß niemand Sie je wiederfinden wird.« Er trat die Erde fest. »Was ich gerade getan habe, stand mir von Amts wegen frei. Was Sie getan haben, war ein Verbrechen gegen den Staat.«

Als Shan und Yao auf das Gelände zurückkehrten, hielt Ming im Konferenzraum bereits wieder hof. Sie blieben kurz am Eingang stehen und hörten den Direktor erklären, weshalb eine der anvisierten Höhlen wahrscheinlich auf einem hohen quadratischen Berg lag und sich gen Westen öffnete. An der Wand hing nun eine topographische Karte. Ein Armeeoffizier wies mit einem hölzernen Zeigestock auf mögliche Standorte.

Shan wollte eintreten und die Karte genauer in Augenschein nehmen, aber Yao zog ihn weg. Wortlos folgte Shan ihm durch eine kleinere Tür am Ende der Eingangshalle in einen Korridor, vom dem sechs Durchgänge abzweigten. Sie kamen an einem unbesetzten Büro vorbei, auf dessen Schreibtisch sich Papiere häuften. Hinter der geschlossenen zweiten Tür drangen die Geräusche und Gerüche einer Küche hervor. Die nächsten drei Räume waren wie Hotelzimmer mit Nummern versehen, und in einem machte eine chinesische Wirtschafterin soeben das Bett. Yao öffnete die letzte Tür, ließ Shan eintreten und behielt dabei den Flur im Auge. Dann schloß er die Tür und schaltete die helle Deckenbeleuchtung ein.

Der hohe Raum wirkte wie eine kleine Kapelle. Die Wand gegenüber der Tür war mit Zedernbohlen verkleidet, deren glänzende Patina auf ein hohes Alter hindeutete. Auch die anderen Mauern lagen unter Holz, doch man hatte es gelb lackiert. An einer der Wände hingen die Porträts verstorbener Würdenträger der Partei und dazwischen eine rote Flagge, in deren oberer linker Ecke vier kleine gelbe Sterne im Halbkreis einen großen Stern umringten. Der Großteil des Zimmers wurde von einem drei Meter langen Tisch eingenommen. Yao eilte zum hinteren Ende, wo ein Laptop auf der Plastiktischdecke stand, schaltete das Gerät ein und klopfte ungeduldig auf das Gehäuse, während der Bildschirm sich erhellte. Dann steckte er eine der Disketten aus Bumpari in das Laufwerk. Das Logo des Museums für Altertümer erschien, gefolgt von einer vertrauten Überschrift und den Zeilen eines weiteren Pilgerleitfadens.

Hastig überprüften sie die anderen Disketten, einschließlich der Exemplare, die Shan in Verwahrung genommen hatte. Drei enthielten ebenfalls Pilgertexte sowie eine Datei, in der das Ergebnis eines Suchlaufs abgespeichert war. Jemand hatte nach wiederkehrenden Querverweisen gesucht, und zwar anhand von vier tibetischen Ortsnamen: Dom Puk, Zetrul Puk, Kuden Puk, Woser Puk. Bärenhöhle, Wunderhöhle, Höhle des Lama-Throns, Höhle des Lichts. Genau wie Shan vermutet hätte, tauchten diese Namen wiederholt auf, und zwar jeder an mehreren Orten überall im alten Tibet. Doch nun hatte Ming entsprechende Stätten im Umkreis von Lhadrung ausfindig gemacht. Die letzte Diskette enthielt ein Verzeichnis geschäftlicher Transaktionen.

Yao bemerkte hinter dem Computer eine kleine Diskettenbox, auf der Mings Name stand. Nach einem kurzen Blick zur Tür öffnete er die Schachtel und schob die erste Diskette ins Laufwerk.

Eine neue Überschrift erschien. *»Nei lou«*, stand dort in großen Buchstaben über einer chinesischen Flagge. Staatsgeheimnis. Projekt Amban, lautete die nächste Einblendung, gefolgt von einer kurzen Biographie des Prinzen Kwan Li. Er war einer der Neffen des Kaisers gewesen und hatte als tapferer General mehrere berühmte Siege im äußersten Westen errungen, wo das Kaiserreich beharrlich versuchte, die Moslems zu unterwerfen. In Anerkennung seiner Verdienste auf dem Schlachtfeld war er zum *amban* ernannt worden, zum kaiserlichen Botschafter in Tibet. Auf der Diskette fanden sich nun mehrere Versammlungsprotokolle. Alle Daten lagen einige Jahre zurück.

Die Projektgruppe und ihr Name ließen auf eine hochrangige Regierungsbeteiligung schließen. Shan wies auf die Teilnehmerliste am Ende des Bulletins. Es waren nur chinesische Namen, viele davon mit Berufsbezeichnung. Ein leitender Beamter vom Büro für Öffentliche Sicherheit, ein hoher Abgesandter des Parteisekretariats, des Büros für Religiöse Angelegenheiten, des Kultusministers, der Leiter der chinesischen Nationalbibliothek und der oberste Kurator des Museums der Verbotenen Stadt. Ein Geschichtsprofessor der Universität Peking.

»Man hat eine neue öffentliche Informationskampagne erwogen, basierend auf historischen Geschehnissen«, sagte Yao nach kurzer Lektüre und schaute zu Shan. Das war eines der seltsamen Überbleibsel der Mao-Ära: Hin und wieder gab man einen neuen – zumeist längst toten – Helden bekannt, um an dessen Beispiel das korrekte sozialistische Gedankengut zu erläutern. »Zur Auszeichnung des heroischen Neffen eines verehrten Kaisers. Hier steht, der *amban* sollte eigentlich aus Tibet in die Hauptstadt zurückkehren, um an den Feiern teilzunehmen, die anläßlich der langen Regentschaft von Kaiser Qian Long und der Inthronisierung seines Nachfolgers abgehalten wurden. Aber er ist unterwegs verlorengegangen. Zu den genauen Umständen existieren widersprüchliche Aufzeichnungen. Das Komitee hat entschieden, daß Kwan Li den Krieg zwischen zwei kleinen Stämmen beilegen wollte, der unter den örtlichen Bauern bereits furchtbare Verluste gefordert hatte. Der Prinz wurde bei diesem Versuch getötet und brachte damit im Dienste der Unterdrückten das höchste Opfer.«

Yao scrollte schweigend durch die nächsten Seiten, blickte auf und zuckte die Achseln. Es schien sich lediglich um das übliche Pekinger Verfahren zur Krönung eines neuen Volksheiligen zu handeln. Solche Helden wurden ein- oder zweimal im Jahr entdeckt. Man würde das eine oder andere Buch darüber schreiben, in den Reden der Parteifunktionäre entsprechende Verweise unterbringen und womöglich eine Statue des neuen Vorbilds in Auftrag geben oder ihn in die Lehrpläne der Schulen eingliedern. »Da ist nichts«, sagte Yao. »Am Ende wurde der *amban* zugunsten eines anderen Helden fallengelassen, der besser zu einer aktuellen Politkampagne paßte.«

»Doch obwohl Ming gar kein Mitglied der Kommission war, hat er plötzlich beschlossen, alle zugehörigen Unterlagen zusammenzutragen, sogar die Geheimdokumente. Und zwar vor zwei Monaten.« Shan deutete auf ein Datum am Ende der Datei. »Drei Tage nach dem Diebstahl.«

Yao starrte stumm auf den Monitor. »Es ergibt keinen Sinn. Vielleicht kauft er ja tatsächlich Fälschungen von Lodi und verschachert die Originale an Leute wie Dolan. Aber das steht in keiner Verbindung zu dem *amban*.«

»Die Verbindung ist Kaiser Qian Long«, sagte Shan.

Auf der nächsten Diskette befand sich das eingescannte Abbild eines alten Dokuments mit eleganten chinesischen Ideogrammen, offenbar ein Brief auf eingerolltem Pergament. Yao fing an, laut vorzulesen.

»Sohn des Himmels«, begann er, »geachtet von allen Völkern.« Er kam nur schwer mit den alten Ideogrammen zurecht und stöhnte leise auf. Dann scrollte er weiter. Am unteren

Rand der Seite stand die Inventarnummer eines Museums. Es war ein Dokument aus Mings Pekinger Archiven. Ein zweiter Brief mit der gleichen blumigen Begrüßung folgte und dann noch einer. Insgesamt zehn Briefe, ein jeder mit den zinnoberroten Farbresten eines Wachssiegels.

Die nächsten drei Disketten enthielten weitere Briefe, alles in allem also vierzig Exemplare, alle in der gleichen eleganten Handschrift, alle mit identischer Grußformel, alle mit Inventarnummern. Auf den folgenden vier Disketten fanden sich Computerabschriften der Briefe. Die Texte schienen einer strengen Konvention zu folgen, begannen stets mit der gleichen formellen Floskel und schilderten bevorstehende Truppenbewegungen, Gerüchte über ausländische Agenten und Neuigkeiten über Ernteerträge, Karawanen und das Wetter. Die meisten endeten mit einem Ausdruck der Zuneigung, manche mit Gedichten, andere mit kleinen Tintenzeichnungen: eine Reihe zeremonieller Kopfbedeckungen, wie sie in buddhistischen Ritualen üblich waren. Ein Yak im Profil. Der Potala-Palast in Lhasa. Die vordere Bergkette des Himalaja, von Norden gesehen. Eine alte runzlige Hand, die eine *mala* hielt. Es waren nur schlichte Skizzen, aber sie besaßen eine naive Anmut.

»Ah!« sagte Yao plötzlich. Shan folgte seinem ausgestreckten Finger zu der Stelle, an der sich bei den anderen Briefen die Inventarnummer befunden hatte. Diesmal waren die Angaben etwas ausführlicher. *Sammlung Qing-Dynastie* stand dort. *Persönliche Korrespondenz von Kaiser Qian Long.* Demnach interessierte Ming sich insgeheim für die mehr als zweihundert Jahre alten Botschaften, die Prinz Kwan Li seinem kaiserlichen Onkel nach Peking geschickt hatte.

»Wir müssen die Briefe lesen«, beharrte Shan. »In ihnen liegt eventuell die Antwort versteckt, das fehlende Bindeglied.«

»Dazu bleibt keine Zeit«, protestierte Yao, drückte eine Taste und rief dadurch weitere Briefe auf, bis er die letzte Datei erreichte, deren Datum erst drei Wochen zurücklag. Er fluchte leise. Dieses letzte Dokument war als einziges verschlüsselt. Sie konnten es nicht lesen.

Shan lief zu einem Aktenschrank an der Rückwand des Raums und durchsuchte rasch die Schubladen. Im dritten Fach lag zwischen Bleistiften und Büroklammern eine Diskette. Er nahm sie und steckte sie in Mings Schachtel. Die aktuelle Diskette aus dem Laufwerk des Computers verstaute er in seiner Jackentasche.

Yao zückte seinen Notizblock und fing an zu schreiben. Shan ging unterdessen zu einem zweiten Computer, der über ein Modem mit der Telefonleitung verbunden war, und setzte sich an die Tastatur. Nach weniger als einer Minute erblickte er auf dem Bildschirm ein rotweißblaues Emblem.

»Was machen Sie da?« keuchte Yao hinter ihm.

»Corbett hat mir seinen Zugriffscode verraten. Er wollte, daß ich einige Fragen an sein Team weiterleite.« Ein Schriftzug erschien auf dem Monitor: The Federal Bureau of Investigation. Shan befand sich nun im internen Netzwerk des FBI.

»Zu welchem Thema?« fragte Yao barsch.

»Lodi. Und Dolan.«

»Sie begehen damit eine Straftat.«

»Ich bin bloß Corbetts verlängerter Arm.«

»Er könnte für die Weitergabe des Codes gefeuert werden.«

»Was nur unterstreicht, für wie wichtig er diese Fragen hält.« Shan gab ein weiteres Paßwort ein und erhielt Zugang zu Corbetts elektronischem Postfach.

»Welche Fragen?«

Shan brauchte keinen Blick auf die Liste zu werfen, die der Amerikaner ihm gegeben hatte, denn er kannte sie inzwischen auswendig. Als den Empfänger der Nachricht trug Shan den Namen Bailey ein. Dann fing er an zu schreiben: Wann hat Dolan während der letzten zehn Jahre China besucht? In welcher Beziehung steht Dolan zu William Lodi und zu Direktor Ming vom Museum für Altertümer? Auf welchen Expeditionen hat Dolan den Direktor in China begleitet? Gab es eine Geschäftsbeziehung zwischen Dolan und Elizabeth McDowell, einer britischen Staatsbürgerin?

»Dolan war das Opfer des Verbrechens«, merkte Yao an.

Shan hielt inne und musterte den Inspektor. »Dolan ist mit

Ming und McDowell befreundet«, sagte er. Dann zeigte er Yao die Fotos, die er bei Lodis Habseligkeiten gefunden hatte.

»Warum haben Sie mir das bis jetzt verschwiegen?«

»Weil Sie durch dieses Wissen in Gefahr geraten könnten.«

»Lächerlich. Ich unterstehe direkt dem Ministerrat.«

»Mal angenommen, Dolan hat herausgefunden, daß Ming und Lodi hinter dem Diebstahl seiner Sammlung stecken. Was wäre, falls er den Ministerrat gebeten hätte, Sie nach Lhadrung zu schicken, um auf diese Weise Ming und Lodi unter Druck zu setzen?«

»Unmöglich.«

»Dolan ist ein wichtiger Gönner des chinesischen Kulturbetriebs. Und ein bedeutender ausländischer Investor.«

Die zornige Miene des Inspektors entspannte sich ein wenig; er schaute zu Mings Diskettenbox.

Shan schrieb weiter und fügte einige Punkte an, die nicht auf Corbetts Liste standen: Stellen Sie fest, ob Elizabeth McDowell zu den Passagieren eines der Flüge gehört hat, mit denen William Lodi von Seattle nach Lhasa gelangt ist. Wurde Lodis Flug von Peking nach Lhasa im voraus gebucht? Führen Sie eine allgemeine Medienabfrage durch, und besorgen Sie möglichst Fotos von Dolans tibetischer Kunstsammlung. Finden Sie heraus, welchem Zweck Mings Expeditionen in die Innere Mongolei gedient haben.

Auf einmal registrierte Shan, daß Yao ihm erneut über die Schulter blickte. »Stellen Sie fest, welche Zuwendungen von Dolan an Mings Museum in Peking geflossen sind«, diktierte der Inspektor nachdenklich. »Besorgen Sie eine Liste sämtlicher Telefonate, die Dolan während der letzten sechs Monate mit Peking geführt hat. Schicken Sie die Paßunterlagen von ...«

Yao verstummte abrupt, denn die Tür ging auf und Direktor Ming stand plötzlich vor ihnen. »Wir haben Sie vermißt«, sagte Ming. »Sie hätten etwas über Ihre Diebe erfahren können.«

Shan tippte die letzten Buchstaben, schickte die E-Mail ab und schaltete den Computer aus.

»Tut mir leid, Genosse Direktor«, sagte Yao ungerührt. »Es klang für mich eher wie eine Geschichtsstunde.«

Ming umrundete den Tisch und blieb vor dem nun leeren Computermonitor stehen. »Ich benötige Sie bei den Teams, die morgen in die Berge aufbrechen, Inspektor. Die Armee hat ein Suchraster entwickelt.«

»Ich bin hier, um Diebe zu finden«, verkündete Yao.

»Genau. Der Dieb hat seine Beute in die Berge mitgenommen und wurde dort von tibetischen Reaktionären ermordet. Diese haben die gestohlenen Kunstwerke dann zu einem der alten verborgenen Schreine gebracht.«

»Sie haben Ihre Theorie geändert«, stellte Yao fest.

»Wir müssen uns der Lage anpassen.«

»Es könnte riskant sein, Ihre ...«, Yao suchte nach dem passenden Begriff, »... Gelehrten in die Berge zu schicken. Warten wäre sicherer.«

Ming erwiderte Yaos bohrenden Blick, zuckte nach einer Weile die Achseln und lächelte. »Wir können nicht länger warten. Es ist Dringlichkeit geboten. Wie wir herausgefunden haben, besteht in Lhadrung eine regelrechte Tradition des Kunstdiebstahls. Da geht man, wenn es sein muß, auch über Leichen.« Er schritt zur Tür, blieb stehen und drehte sich um. »Das ist einer der Gründe für die Unterstützung seitens der Armee. Man hat Sie einem Team zugewiesen. Sie beide.« Er ging hinaus und wandte sich dabei noch einmal kurz um. »Machen Sie sich auf große Ereignisse gefaßt«, sagte er und verschwand.

Dreißig Sekunden später traten auch Shan und Yao auf den Flur und gingen zum hinteren Ende, das im Halbdunkel lag und unmittelbar an die Außenmauer des Geländes angrenzte. Eine alte Bohlentür führte nach draußen. Shan legte eine Hand auf den Knauf und hielt inne. Hinter einer anderen Holztür drang leises Stöhnen hervor. Yao hob den Riegel aus der Metallklammer am Türrahmen und zog die Tür ein kleines Stück auf. Aus der Dunkelheit schlug ihnen ein beißender Geruch nach Ammoniak und Seife entgegen. Als Yao die Tür losließ, schwang sie weiter auf, und ein schlaffer Arm landete genau vor ihren Füßen. Die Hand war blutbefleckt. Yao wich zurück. Shan hingegen kniete sich hin und griff nach dem Handgelenk.

Es war warm, mit deutlichem Pulsschlag. Er schob die Tür bis ganz an die Korridorwand zurück, so daß etwas Licht ins Innere des Raums fiel. Es handelte sich um eine alte Meditationszelle, die zu einer Abstellkammer umfunktioniert worden war. In den Regalen standen Putzmittel, vor den Wänden reihten sich Schrubber und Eimer, und quer über einem Haufen verstaubter Lumpen lag ein Tibeter. Sein Gesicht war geschwollen und voll blauer Flecke, und aus mehreren kleinen Rißwunden sickerte Blut. Shan dachte, der Mann sei bewußtlos, aber dann bewegte sich die Hand. An ihr fehlten zwei Finger.

»Tashi, ich bin's ... Shan«, sagte er und beugte sich über den Verletzten.

Der Spitzel hob den Kopf und nickte, was ihn sichtliche Anstrengung kostete. »Bitte aufhören!« flehte er.

»Keine Angst, ich werde dir nichts tun.« Shan nahm einen der Lappen und tupfte Tashi das Blut vom Gesicht. »Wer war das? Und was wollte er von dir wissen?«

»Neulich abend«, sagte Tashi. »Dieser alte Mann, der bei dir war. Lokesh. Nachdem du weg warst, haben wir uns über die alten Bräuche und über mein Leben unterhalten. Er sagte, ich solle meiner Mutter erzählen, es seien Mönche in den Bergen.« Tashi richtete sich auf und lehnte sich an die Wand.

»War das Ming?«

»Danach mußte ich ihr versprechen, daß ich denen keinerlei Auskunft mehr über Zhoka gebe.« Blut lief über seine Wange.

»Was genau wolltest du ihm nicht verraten?« fragte Shan.

»Er hat sich bei mir nach dem Herrn der Toten erkundigt. Das fragt er jeden. Aber darüber weiß ich nichts. Dann hat er die anderen aus dem Zimmer geschickt und mich nach dem Bergbuddha ausgehorcht. Er sagte, er könne mich reich machen.«

»Welcher Bergbuddha?«

Gequält lächelte Tashi, nahm Shan den Lappen aus der Hand und wischte sich das Gesicht ab. »Meine Mutter hat mir davon erzählt. Der goldene Buddha von Zhoka, der in Nyen Puk gelebt hat.«

Nyen Puk. Die Höhle des Berggottes. Die Worte, die Lodi geschrieben und Surya wieder getilgt hatte.

Yao lief in einen der anderen Räume und kehrte gleich darauf mit einer Flasche Wasser zurück. Tashi trank sie gierig leer. Dann zog er sich mühsam am Türrahmen hoch und trat auf den Korridor hinaus. »Die anderen müssen mir unbedingt zuhören. Sie glauben, ich lüge für die Chinesen. Aber ich lüge nie, so bleibe ich am Leben. Jetzt ist nicht der geeignete Zeitpunkt. Sie müssen ihn wieder eingraben und verstecken. Meine Mutter war überglücklich, als sie hörte, daß der goldene Buddha endlich wieder seine Augen geöffnet hat.«

Tashi atmete tief durch und warf Shan einen flehentlichen Blick zu. »Die da oben in den Bergen glauben, sie seien geschützt. In Zhoka ist ein alter Lama aufgetaucht. Er sagt, mit Hilfe des Buddhas würden sie alle Sträflinge der Zwangsarbeitsbrigade befreien. Die begreifen gar nichts.« Er klang müde. »Aber diese Leute aus Peking … wenn die kommen, folgen große Veränderungen. Ob dabei Menschen sterben, ist ihnen völlig egal. Dieser Ming will vor allem die Toten befragen.«

Mit diesen Worten lief er an Shan und Yao vorbei, stieß die andere Tür auf und floh im Schutz der Nacht.

Kapitel Zehn

»Bei ihm klang das so, als würde sich eine Art Ungeheuer aus den Hügeln erheben«, sagte Yao, der am Steuer des Wagens saß, mit dem sie bei Tagesanbruch in die Stadt fuhren. »Der Bergbuddha. Wer oder was ist das?«

»Ich weiß es nicht«, räumte Shan ein. »Ich habe noch nie davon gehört.« Und auch in anderer Hinsicht mußte er sich verhört haben. Zumindest redete er sich das immer wieder ein. Vielleicht hatte Tashi auch irgend etwas falsch verstanden. Niemand konnte ernstlich daran glauben, daß es möglich sein würde, die Gefangenen zu befreien.

»Ming nimmt Tashi deswegen in die Mangel, und als Tashi, Tans bester Spitzel, zum erstenmal in seinem Leben nichts verraten will, beschließt Ming, sich dringend wieder in die Berge zu begeben«, faßte Yao zusammen. Er hatte während der Fahrt zunächst nachdenklich geschwiegen, genau wie am Vorabend nach Tashis Flucht.

Der Inspektor hatte Shan in sein Zimmer mitgenommen und eine halbe Stunde lang wortlos seine Notizen vervollständigt. Dann hatte er für Shan eine Decke und ein Kissen auf den Boden geworfen. Shan wußte, in welcher Zwangslage Yao steckte. Das große Problem des Inspektors waren nicht die eigentlichen Ermittlungen, sondern der politische Aspekt. Yao war als Leiter einer polizeilichen Untersuchung in Lhadrung eingetroffen, und Ming hatte ihn unterstützen sollen. Nun aber hatte Ming eigenmächtig den Befehl übernommen, direkten Kontakt zu den vorgesetzten Behörden hergestellt und sich aus Lhasa sogar eine beträchtliche Erweiterung der eigenen Befugnisse besorgt. Ming hatte in diesem merkwürdigen Spiel die politische Initiative ergriffen.

Mitten in der Nacht wollte Shan sich davonschleichen, aber

gerade als er die Tür zum Korridor öffnete, packte Yao ihn am Arm und hielt ihn zurück.

»Es ist noch nicht vorbei«, sagte der Inspektor. »Kann schon sein, daß Ming nicht mehr dasselbe will wie am Anfang, aber das spielt keine Rolle. *Ich* werde kriegen, weswegen ich hergekommen bin.« Er schien mit sich selbst zu ringen.

»Ich habe einen Lehrer«, erwiderte Shan. »Er sagt, starke Geister müssen bei der Suche nach Wahrheit Vorsicht walten lassen, denn diese Wahrheit könnte auf sie zurückschlagen.«

»Was soll das heißen?«

Shan schaute den dunklen Gang hinunter. »Wenn genug auf dem Spiel steht, werden sogar die höchsten Ermittler entbehrlich.«

Yao funkelte ihn wütend an. »Glauben Sie etwa, ich habe Angst?«

»Ich mache mir Sorgen um Sie.«

Die Augen des Inspektors verengten sich. »Manchmal kommen Sie mir wie ein simpler Politoffizier der Tibeter vor.«

Shan starrte in die Schatten.

Yao ließ seinen Arm los. »Ich brauche immer noch einen Führer.«

»Ich weigere mich.«

»Dann brauche ich eben einen Helfer«, entgegnete Yao.

»Wozu?«

»Um einen Kunstdieb zu fangen.«

»Dann sind Sie ein Narr. Falls Sie immer noch glauben, es ginge hier um Kunstdiebstahl, richten Sie sich eigenhändig zugrunde.«

Auch Yao blickte den finsteren Flur entlang. »Um Ming aufzuhalten«, murmelte er.

Shan sah ihm in die Augen und nickte. »Ich benötige einen Helfer«, sagte er dann.

Yaos Miene verhärtete sich. Er winkte Shan hinein und schaltete das Licht ein. »Einen Helfer zu welchem Zweck?« fragte er und schloß die Tür. »Um Ihren Sohn zurückzugewinnen?«

Die Frage ließ Shan einen Moment lang verstummen. Yao und die anderen schienen seinen Sohn wie eine Waffe zu gebrauchen und immer dann anzugreifen, wenn er am wenigsten damit rechnete. »Ich werde Ihnen genau verraten, was ich will, sofern Sie das gleiche tun«, sagte er schließlich.

Yao sah ihn durchdringend an. »Wie werde ich merken, ab welchem Zeitpunkt Ihre Interessen sich störend auf meine Interessen auswirken?«

»Gar nicht.«

»Und? Wird es zu einem Interessenkonflikt kommen?«

»Mit großer Wahrscheinlichkeit.«

Als Yao am Ende nickte, wirkte er dabei fast dankbar. Er ging zu seinem Bett und packte hastig eine Leinentasche.

Sie hatten beinahe schon den Innenhof erreicht, als Shan eine Hand hob. Aus dem Konferenzraum ertönte ein leises, unregelmäßiges Klicken. Yao öffnete die Tür einen Spaltbreit. Mings Assistentin, die ernste junge Frau mit den kurzen Haaren, saß am Tisch und arbeitete an einem Laptop. Das einzige Licht im Raum ging von dem Bildschirm aus. Plötzlich ruckte erschrocken ihr Kopf herum. Sie hatte die beiden Männer bemerkt.

»Fällt das Projekt Amban denn in Ihren Zuständigkeitsbereich?« fragte Yao streng, während die Frau sich anschickte, den Deckel des Computers zu schließen.

»Selbstverständlich«, sagte sie trotzig und klappte den Laptop wie zum Beweis wieder auf.

Sie arbeitete offenbar an einem Aufsatz oder Artikel, inklusive Fußnoten. In der Kopfzeile der Seite stand der Titel: *Politische Attentate im Bezirk Lhadrung.*

»Direktor Mings Entdeckungen sind zu wichtig, um bis nach unserer Rückkehr zu warten«, verkündete die Frau. »Er möchte, daß noch heute morgen eine erste Zusammenfassung nach Peking geschickt wird.«

»Ich war mir gar nicht bewußt, daß er schon irgendwelche Entdeckungen gemacht hat«, sagte Shan.

»Falls es einen Anschlag gegeben hätte, würden wir davon wissen«, fügte Yao hinzu.

»Staatsgeheimnisse«, erwiderte die Frau. »Letztendlich geht es nur darum, nicht wahr?« fragte sie in gönnerhaftem Tonfall.

»Um die Art und Weise, wie die einheimische Bevölkerung geschickt die Wahrheit verschleiert hat.«

»Aber es wurde niemand umgebracht«, betonte Shan.

»Der vermißte *amban* wurde hier in Lhadrung von Reaktionären ermordet«, behauptete Mings Assistentin. »Wir werden die Geschichtsbücher entsprechend korrigieren.«

»Der Neffe von Kaiser Qian Long?« fragte Yao. »Das liegt zweihundert Jahre zurück.«

»Völlig egal. Die Gerechtigkeit des Volkes kennt keine Schranken.« Stirnrunzelnd nahm sie die skeptischen Mienen ihrer beiden Zuhörer zur Kenntnis. Sie schien zu dem Schluß zu gelangen, daß es ihrem Publikum an intellektueller Reife mangelte. »Diese Arbeit ist überaus wichtig. Die endgültige Textfassung wird Ende der Woche an das gesamte Team ausgehändigt.« Dann schickte sie Shan und Yao mit nachlässiger Geste weg.

Draußen suchten sie die Armeefahrzeuge ab, bis sie einen kleinen Geländewagen fanden, bei dem der Schlüssel im Zündschloß steckte. Yao setzte sich ans Steuer. »Ich habe noch gar nicht gefragt, wohin wir fahren«, sagte er.

»Das weiß ich erst, wenn ich es rieche«, erklärte Shan.

Sie erreichten die Stadt, und Shan kurbelte das Fenster herunter. Fünf Minuten später wies er Yao an, den Wagen am Straßenrand zu parken, sechzig Meter hinter einer kleinen Ansammlung von Backsteinbauten. Als sie sich den Gebäuden näherten, wurde Yao deutlich langsamer, fiel hinter Shan zurück und hielt sich Mund und Nase zu. Der Kotgestank war nahezu überwältigend.

»Bislang haben Sie mich in zwei große tibetische Geheimnisse eingeweiht: erst der Totenplatz und jetzt das hier«, stellte der Inspektor fest. »Als nächstes werden wir uns zweifellos durch einen Abfallhaufen graben.« Er scheuchte Shan weiter und wich zum Bordstein zurück.

Shan kam an einer Reihe alter Fahrräder vorbei, die zu beiden Seiten des Hinterrads jeweils mit einer schweren Metallhalterung ausgestattet waren. Dann folgten drei robuste Holzkarren mit dicken U-förmigen Holmen, hinter denen zwei

Menschen Platz finden würden, um das Gefährt zu schieben. Als Shan in den Schatten des ersten Gebäudes trat, tauchte eine Frau auf, die an einer Schultertrage zwei große Tontöpfe schleppte. Jedes der Gefäße war mit einer braunen Kruste überzogen. Hinter ihr kam ein Mann in Sicht und steuerte die Fahrräder an. Sein Mantel war dermaßen verschlissen, daß er ihm jeden Moment von den Schultern zu fallen drohte. Die Sonne ging auf. Seit Tagesanbruch standen überall in der Stadt diese großen Töpfe voller Fäkalien hinter den Häusern und Mietskasernen, um als Dünger auf die Felder transportiert zu werden, eine Tätigkeit, die so alt war wie China selbst.

»Ich möchte zu Surya, dem alten Mönch«, sagte Shan zu der Frau.

Sie lachte verbittert auf. »Wir haben keine Mönche. Schau in den Bergen nach. Oder im Gefängnis.«

»Ich will ihm nichts tun. Ich bin sein Freund.«

Die Frau sagte nichts, sondern griff in einen der Karren, holte einen langen hölzernen Schöpflöffel daraus hervor und tauchte ihn in eines der Gefäße, die hinter dem Gebäude aufgereiht standen. Shan trat einen Schritt vor. Die Frau schleuderte den Inhalt der Kelle nach ihm. Er wich aus, und der triefende braune Schlamm verfehlte ihn knapp. Hinter sich hörte er Yao fluchen. Shan ließ sich nicht beirren. Zwei weitere Frauen kamen hinzu, nahmen ebenfalls Schöpflöffel und füllten sie mit Kot. »Chinese!« zischte eine von ihnen und warf die nächste Ladung Dreck nach ihm. Seine Schuhe wurden bespritzt.

»Wenn du schon deine Scheiße bei uns loswerden willst, stell sie gefälligst vor deine Haustür«, rief eine der anderen. Shan sah über die Schulter. Yao hatte sich zum Wagen zurückgezogen. Die Tibeterinnen tuschelten beunruhigt. Er drehte sich zu ihnen um. Sie senkten die Kellen. Im zunehmenden Tageslicht war ihnen die militärische Kennzeichnung des Fahrzeugs aufgefallen.

»Surya ist aus den Bergen hergekommen«, versuchte er es erneut. »Er hat um Almosen gebeten. Sagt ihm, Shan ist hier.«

Die erste Frau verschwand hinter der nächsten Ecke und kehrte nach kaum einer Minute zurück. »Er sagt, er kannte mal einen Mann, der einen gewissen Shan gekannt hat«, verkündete sie unschlüssig.

Shan wagte sich ein Stück vor. Als niemand darauf reagierte, ging er an den Frauen vorbei auf den Innenhof des kleinen Geländes. Surya saß auf der steinernen Einfassung eines Brunnens. Zu seinen Füßen hockten drei kleine Kinder, und hinter ihm hatte sich ein halbes Dutzend Männer und Frauen vor einem alten Stall versammelt. Sie alle trugen die verschmutzte und zerlumpte Kleidung der Sammler. Shan sah sich etwas genauer um. Man hatte Schlafmatten zum Auslüften ins Freie gelegt. In der Glut eines Feuers stand ein geschwärzter Kessel. Die Leute arbeiteten nicht nur an diesem Ort, begriff Shan, sondern lebten hier und wurden vom Rest der Stadt gewiß peinlich gemieden.

Als Shan sich neben Surya setzte, schien dieser es gar nicht zu bemerken. Der alte Mönch war damit beschäftigt, aus getrockneten Binsen und Stroh eine kleine Puppe anzufertigen.

»Rinpoche«, sagte Shan, »wir müssen zurückkehren. Du wirst gebraucht. Die anderen sorgen sich um dich.«

Surya hob zerstreut den Kopf und blickte erst neben sich und dann über die Schulter, als suche er nach der Person, an die Shans Worte gerichtet waren.

»Gendun. Lokesh«, sagte Shan. »Sie benötigen deine Hilfe. Manches in Zhoka ist nur schwer zu verstehen.«

Surya sah ihm zögernd in die Augen. »Es tut mir leid, Genosse, aber du hast mich mit jemandem verwechselt. Unsere Wohlgerüche bringen Fremde bisweilen aus der Fassung.« Die Kinder lachten. Surya zog die letzte Verschnürung fest und reichte die Puppe einem kleinen Mädchen.

»Du hast dich mit Direktor Ming bei dem alten Steinturm getroffen. Hat er nach der Todesgottheit gefragt?«

»Er hat einen jungen Chinesen kennengelernt, einen großen Abt. Seine Fähigkeiten liegen jenseits aller Vorstellung«, sagte Surya und klang dabei seltsam abwesend. »Der Abt läßt wundervolle Gemälde entstehen, heilige Gemälde, mit nur einem Fingerzeig, einem Wort.«

Shan erschauderte. Surya sprach von seinem früheren Leben

immer noch in der dritten Person. »Warum ist Zhoka so wichtig für Ming?« fragte er. »Ist er einer der Diebe, die du befürchtet hast?«

»In Zhoka scheinen verschiedene Dinge von Bedeutung zu sein, je nachdem.«

»Und wovon hängt das ab?«

Surya hob den Kopf und entblößte lächelnd eine Reihe schiefer gelber Zähne. »Davon, ob du Chinese oder Tibeter bist«, sagte er und kicherte krächzend. »Genosse«, fügte er hinzu und lachte erneut.

Shan schlug sich enttäuscht eine Hand vor die Stirn. Er sprach nicht mit Surya. Der Mann hier vor ihm war ein völlig anderer, so wie es laut Lokesh mit Leuten geschah, die vom Blitz getroffen wurden. »Wie kann ich die Lamas schützen, wenn ich die Geheimnisse nicht erfahre?«

»Es ist nicht geheim. Es gibt lediglich keine Worte dafür. Nur Götter können es einander erklären. Menschen bleibt das verwehrt.« Die Worte, die dem alten Mann über die Lippen sprudelten, schienen diesmal nicht von ihm zu stammen. Er sah zutiefst verwirrt aus, beinahe schockiert, und berührte seine Zunge mit einem Finger. Seine Schultern sackten herunter, als verließe ihn der Mut.

Shan stand auf und machte einen Schritt auf den Stall zu. Zwei der Männer dort erhoben sich und versperrten den Eingang.

Shan drehte sich wieder zu Surya um. »Was ist mit Kwan Li geschehen?« fragte er.

Surya vollführte eine merkwürdige Spiralbewegung gen Himmel. »Etwas Wunderbares.«

Für einen Moment musterte Shan ihn. Sein Verhalten entsprach nicht mehr dem Mönch, den Shan gekannt hatte, sein Gesicht schien neue Falten aufzuweisen, und sogar sein Blick war anders, trauriger, irgendwie abgestumpft. »Wer ist der Steindrachen-Lama, der Kwan Lis Ermordung befohlen hat?«

Surya zuckte die Achseln. »Der Vorsteher von Zhoka *gompa*.« Er starrte ins Leere.

»Was wurde in Zhoka versteckt?«

Surya zuckte erneut die Achseln. »Das wissen nur die Mönche.«

»Du bist ein Mönch.«

Als Surya den Kopf schüttelte, lag ein neuer Ausdruck auf seinem Antlitz. Nicht Traurigkeit. Mitgefühl, als tue Shan ihm leid. »Er hätte es vielleicht herausgefunden, falls er dageblieben wäre. Aber«, sagte Surya seufzend, »er ist während der Feier gestorben.«

Shan griff in die Tasche und gab Surya den Pinsel, den er seit dem Festtag bei sich getragen hatte. »Nur einer ist gestorben, nämlich Lodi«, erklärte Shan und bemühte sich verzweifelt, nicht so hilflos zu klingen. »Der Mann, den du in dem Tunnel gesehen hast. Er war ein Dieb. Ich glaube, du hast ihn auf frischer Tat ertappt. Vielleicht hat es ja Streit oder einen Unfall gegeben.«

Der alte Tibeter betrachtete den Pinsel in seiner Hand, als habe er noch nie einen gesehen. Dann steckte er ihn ein und stand auf, wobei er sich kurz auf eines der Kinder stützte. »Ich muß nun los und die Erde düngen«, verkündete er und ging in Richtung der Fahrräder und Karren davon.

Es kostete Shan große Anstrengung, den Wagen zu erreichen, so als würde ein großes Gewicht auf seinen Schultern lasten. Als Yao losfuhr, schob Surya bereits einen der Handkarren die Straße entlang. Auf der Ladefläche standen vier übergroße Keramiktöpfe.

»Hat er diesen Berggott gekannt?« fragte der Inspektor.

»Er kennt überhaupt keinen Gott mehr«, flüsterte Shan besorgt.

Shan brauchte gar nicht erst zu fragen, wohin sie nun fahren würden. Yao schlug die Richtung zum höchsten Gebäude der Stadt ein und trat das Gaspedal durch, als habe er es plötzlich besonders eilig, die Bezirksverwaltung zu erreichen. Während der Inspektor den Wagen in der Nähe des Vordereingangs parkte, wurde Shan auch der Grund für die Hast klar: Es war noch so früh am Morgen, daß niemand bei der Arbeit sein würde, vor allem nicht die anderen leitenden Offiziere und Beamten. Eine perfekte Gelegenheit, um auf diverse Computer und Telefone zugreifen zu können. Sie mußten die restlichen Dokumente einsehen und das zweihundert Jahre alte Geheimnis ergründen, von dem Ming so besessen war.

Der Posten am Eingang nickte Yao zu, bedachte Shan mit einem verächtlichen Blick und winkte sie durch. Als Yao im Aufzug den Knopf der obersten Etage drückte, protestierte Shan unwillkürlich. »Es gibt dort oben Computer«, erklärte der Inspektor, während die Kabine sich langsam in Bewegung setzte. »In dem Besucherraum neben Tans Büro.«

Als die Türen aufglitten, eilte Yao sofort auf die zentralen Büroräume zu. Shan verharrte auf dem Korridor und mußte gegen ein jähes Schwächegefühl ankämpfen. Hier oben war er zum erstenmal Oberst Tan begegnet, hier hatte Tan ihn gezwungen, erneut als Ermittler zu arbeiten, und hier auf dem Gang hatte Tan ihm dann unvermittelt seine Freiheit zurückgegeben.

Schließlich folgte Shan dem Inspektor in eines der Büros, setzte sich an einen Computer, stellte sofort eine Verbindung zum FBI-Netzwerk her und gab ein weiteres Mal die Zugriffscodes ein. Die Anfrage hatte Seattle mitten am Tag erreicht, und Corbetts Team war seitdem nicht untätig geblieben.

He, Boß, wir haben uns schon Sorgen gemacht – schön, von Ihnen zu hören, fing die erste Nachricht an. *Um auf Nummer Sicher zu gehen, haben wir unsere Postfächer Tag und Nacht nicht aus den Augen gelassen. Ihre Fragen sind alle angekommen; wir melden uns so schnell wie möglich. Bailey.* Die zweite E-Mail war zwei Stunden später abgeschickt worden und trug den Betreff *Dolans Reisen in die Volksrepublik China*. Der Überblick umfaßte die letzten zehn Jahre; im Durchschnitt ergaben sich zwei Reisen pro Jahr. Die nächste Nachricht trug den Titel *Finanzielle Zuwendungen von Dolan an die VRC*. Allein aus den letzten drei Jahren wurde fast ein Dutzend Fälle aufgeführt: ein archäologisches Projekt in der Inneren Mongolei, drei Sonderausstellungen des Museums für Altertümer, Computerzentren in fünf Städten, die Restaurierung eines kaiserlichen Tempels in der Mandschurei. *Bei Mings Forschungsreisen sollten Fresken aus alten, in der Wüste verschütteten Tempeln geborgen werden*, hatte Bailey hinzugefügt.

Die Überschrift des nächsten Berichts lautete *Dolans Telefonate in die VRC*. Shan rief Yao zum Monitor. Während er die Liste langsam hinunterscrollte, deutete der Inspektor immer wieder auf einzelne Nummern. »Das Museum für Altertümer«, sagte er angespannt. »Der Kultusminister. Der Justizminister.« Dann sahen Shan und er sich an. Alle zuletzt erfolgten Anrufe, allein zehn in der vergangenen Woche, hatten tibetischen Telefonnummern gegolten.

Noch während sie auf den Bildschirm starrten, kündigte ein leiser Piepton mehrere neue E-Mails an, alle mit Bailey als Absender. Eine Liste von Dolans chinesischen Kapitalanlagen: Die Privatfirmen des Amerikaners besaßen sieben Fabriken in ostchinesischen Städten und waren an einem Dutzend Joint ventures beteiligt. Es folgte eine hastige Nachricht, die Shan nicht verstand. *Der Chef hat herausgefunden, daß Sie sich für den Babysitter interessieren. Er hat die Akte schließen lassen.* Dann kamen ein paar Zeilen über Elizabeth McDowell. *Kunstberaterin für Dolan, Miteigentümerin von Croft Antiquities mit Büros in Seattle und London. Ist mit derselben Maschine wie William Lodi nach Lhasa gelangt. Weder McDowell noch Lodi hatten diesen Flug im voraus gebucht.*

Die letzte Nachricht enthielt Bilddateien mit Fotografien sowie eine Reihe von Artikeln über Dolans berühmte tibetische Sammlung. Shan wies wortlos auf mehrere kleine Bilder auf dem Monitor und hielt jeweils den Katalog daneben, den Liya ihnen gegeben hatte. Alle Stücke, auch der Heilige aus dem vierzehnten Jahrhundert, der sein Schwert der Weisheit schwang, fanden sich in Dolans Sammlung wieder, aber keines davon in seiner Verlustmeldung an die Versicherung.

»Vielleicht hat Dolan sie noch in seinem Besitz«, wandte Yao tonlos ein.

»Nein«, sagte Shan. »Corbett hat die Tatortberichte gelesen und die Fotos der Regale und Schaukästen gesehen. Es hieß, alle tibetischen Stücke seien gestohlen worden. Lodi wollte die ursprünglich aus dem Museum stammenden Exponate nach Peking zurückbringen, und zwar wegen der anstehenden Überprüfung. Womöglich ging es ihm einzig und allein um diese

Stücke, und der Rest war nur Tarnung und hätte ebensogut in Amerika bleiben können. Aber dann hat er aus irgendeinem Grund seine Pläne geändert und ist völlig unvermutet direkt nach Tibet gereist.«

»Worauf wollen Sie hinaus?«

»Ich glaube, daß der Heilige mit dem Schwert, den Lodi bei sich trug und der bei den Fleischzerlegern zerstört wurde, das Originalstück aus Dolans Besitz war. Lodi hatte die Figur an Liya weitergegeben. Sie sollte darauf aufpassen. Sein Zimmer in einem Pekinger Hotel war bereits gebucht, aber er ist nie dort aufgetaucht. Ihm blieb in Peking keine Zeit, die Statue gegen die Kopie auszutauschen.«

»Und was sollte dann die Zerstörung der Figur?«

»Liya sagte, die beiden Männer hätten damit eine Botschaft nach Bumpari schicken wollen, aber ich glaube, die Nachricht war für jemand anderen bestimmt. Für die Person, die durch die Vernichtung der Statue den größten Schaden davontragen würde.«

»Ming«, stieß Yao wütend hervor. Er musterte kurz den Bildschirm und tippte dann eine neue Frage ein: Welche Reisen hat Direktor Ming in der Woche nach dem Raub unternommen? Shan und er sahen sich wissend an. Yao durfte es nicht riskieren, diese Frage in Peking zu stellen, aber das FBI konnte Zugriff auf die Unterlagen der Fluggesellschaften nehmen.

Ein halbe Stunde später hatten sie die letzten der von Ming zusammengetragenen alten Briefe überprüft. Es fand sich kein Hinweis auf das weitere Schicksal des *amban*. Immerhin ging aus den Dokumenten eindeutig hervor, daß Kaiser Qian Long seinen Neffen explizit gebeten hatte, die Militärlaufbahn zu beenden und als Botschafter nach Tibet zu gehen. Dort sollte er nicht bloß die Rolle des obersten chinesischen Repräsentanten spielen, sondern außerdem Lamas finden, die gewillt waren, nach Peking zu reisen und am kaiserlichen Hof zu dienen. Schon nach einem Jahr im Amt hatte der *amban* nicht nur ein Dutzend Lamas geschickt, sondern mit Unterstützung seines mächtigen Onkels zudem dafür gesorgt, daß man in einem halben Dutzend ostchinesischer Städte buddhistische Tempel errichten würde.

Ein leises Geräusch ließ sie sich umdrehen. An einem Tisch neben der Tür saß Tan und nippte an einem Becher Tee. »Bis vor einiger Zeit gab es hier überhaupt keine auswärtigen Besucher, es sei denn als Lagerinsassen der 404ten«, merkte der Oberst in schneidendem Tonfall an. »Letzten Monat kamen zwei hinzu, Ming und McDowell. Mittlerweile sind es nach letzter Zählung etwa ein Dutzend, hergeholt von Direktor Ming. Das Oberkommando hat mir ein Fax geschickt. Ich wurde angewiesen, die Leute nach besten Kräften zu unterstützen. Und jetzt hat mich mein vorgesetzter General angerufen und mir ein kleines Geheimnis verraten. Direktor Ming ist während des letzten Jahres um zwei Parteiränge aufgestiegen. Noch ein oder zwei Jahre, und er ist Minister.«

Yao stand auf und sah Tan an, als müsse er sich zunächst eine Antwort zurechtlegen. Der Oberst wies auf einen Tisch außerhalb des Büros, auf dem eine Thermoskanne und mehrere Tassen standen. Shan und der Inspektor bedienten sich schweigend. Als sie sich mit ihren Getränken wieder am Computer niedergelassen hatten, berichtete Shan von Mings Interesse für den längst verstorbenen *amban* und zeigte Tan die auf der Diskette gespeicherten Briefe.

»Ein Rapport zu diesem Thema soll noch heute nach Peking geschickt werden«, verkündete Yao. »Der Titel lautet *Politische Attentate im Bezirk Lhadrung.*«

Tans Mund verzog sich zu einem spöttischen Grinsen. »Eine Lüge. In meinem Bezirk gibt es keine Attentate.«

»Der Fall liegt mehr als zweihundert Jahre zurück«, hob Yao hervor.

Shan wußte, daß das Datum für Tan kaum eine Rolle spielte. Sobald ein bis dahin unbekannter Mord gemeldet wurde – vor allem ein Mord aus politischen Motiven –, zog das ein unerwünschtes Interesse für den betreffenden Bezirk und dessen Leiter nach sich.

»Ein neuer Märtyrer«, sagte Tan und schaute aus dem Fenster. »Vor vier oder fünf Jahren habe ich an einer Konferenz in Lhasa teilgenommen. Damals war dieser Kwan Li schon einmal im Gespräch. Tote sind der Politik stets dienlicher als Lebende.

Ich dachte, man habe die Idee wieder fallengelassen. Jemand muß zu dem Schluß gelangt sein, das Volk benötige ein paar neue Lektionen über die Integration Tibets in das Mutterland. Bald wird es kleine Anstecknadeln mit seinem Porträt geben. Ansprachen an die Schulkinder, Ansprachen *von* Schulkindern.« Er hielt inne und sah wieder Shan und Yao an. »Aber er kann gar nicht herausgefunden haben, daß der *amban* in Lhadrung gestorben ist. Das ist unmöglich. Die chinesischen *ambans* hatten nie in Lhadrung zu tun. Es liegt weit abseits der Route nach Peking. Prinz Kwan ist im Norden umgekommen.« Tan zündete sich eine Zigarette an. »Er ist wegen des Wandgemäldes hier. Falls er es nicht finden kann, sollte er abreisen.« Er starrte erneut aus dem Fenster und schien mit sich selbst zu reden. »Ich habe einige Erkundigungen eingezogen. Ming wollte ursprünglich eine Exkursion in die Mongolei unternehmen. Erst zwei Wochen vor Abreise wurde alles auf Lhadrung geändert.« Als er den Kopf wandte, funkelte kalte Wut in seinem Blick. »Anstatt von einer Exkursion war plötzlich von einem gänzlich neuen Projekt im Norden die Rede, angeblich zur Erforschung der Hirtenkulturen. Doch ich habe mich vergewissert. Es ging um den Ort, an dem Kwan Li vor zweihundert Jahren vermeintlich umgebracht wurde. Mings Sinneswandel setzte kurz nach dem Diebstahl des Freskos ein.«

Tan stand auf, ging den Flur hinunter und kehrte wenig später mit einer verstaubten Mappe zurück. Er zog daraus eine zwischen zwei Klarsichtdeckeln eingebundene Akte hervor und reichte sie Shan. »Ganz hinten«, sagte der Oberst.

Die letzten Seiten enthielten die Abschrift des Berichts eines kaiserlichen Gesandten, der zur Suche nach dem vermißten *amban* ausgeschickt worden war. Das Datum des Dokuments lag einen Monat vor der Abdankung von Kaiser Qian Long. Der hochrangige Mandarin brachte darin seine Enttäuschung zum Ausdruck, weil es ihm nicht gelungen war, Kwan Li oder wenigstens dessen Leichnam aufzuspüren. Statt dessen führte er zahlreiche eidliche Zeugenaussagen an, laut denen der *amban* von der Tradition abgewichen sei und seine reguläre chinesische Eskorte in Lhasa zurückgelassen habe, um als Zeichen guten Willens in Begleitung tibetischer Soldaten zu reisen. Als man sich inmitten einer zerklüfteten Berglandschaft achthundert Kilometer nördlich von Lhasa befunden habe, sei der *amban* auf zwei Stämme gestoßen, die einander wegen eines Streits um Weidegründe befehdeten. Voller Hoffnung, als Vermittler dienen zu können, und ohne Rücksicht auf die eigene Sicherheit sei der *amban* zu dem Schlachtfeld emporgestiegen. Dort habe er sich mit den Anführern getroffen und tatsächlich eine Einigung bewirken können, die vorsah, das strittige Gebiet in Zukunft gemeinsam zu nutzen. Bei einem Festmahl zur Feier des Abkommens habe ein wütender Krieger die Einmischung des Fremden nicht dulden wollen und ihn mit einem Pfeilschuß durch die Kehle getötet. Mit seinen letzten Worten habe Kwan Li den Kaiser um Nachsicht gebeten. Die Stämme jedoch hätten die voraussichtliche Reaktion des Kaisers gefürchtet und daher auch die Eskorte ermordet. Dann seien sie tief in die Berge zurückgewichen, hätten die Leichen mitgenommen und es einigen am Schauplatz des Geschehens aufgetauchten Lamas überlassen, die Todesriten abzuhalten.

Um seine Arbeit abzuschließen, war der kaiserliche Ermittler nach Lhasa gereist. Dort hatte er keine gegenteiligen Anhaltspunkte gefunden, abgesehen von der Aussage eines betrunkenen Schneiders, der in Diensten des *amban* gestanden hatte und behauptete, man habe ihn am Vorabend der Abreise Kwan Lis gebeten, mehrere Mönche mit den Uniformen der tibetischen Soldaten auszustatten. Die Angaben ließen sich nicht belegen, und der Schneider verschwand nach dem ersten Gespräch spurlos von der Bildfläche. Der Ermittler vermutete daraufhin eine tibetische Verschwörung gegen den *amban*, der womöglich ohne militärischen Schutz und nur in Begleitung verkleideter Mönche gereist sei. Er riet dem Kaiser, Truppen zu entsenden, um die Bergstämme aufzuspüren und zu vernichten, da sie entweder als Täter oder Mitverschwörer gelten mußten. Ferner bat er darum, erneut nach Tibet reisen zu dürfen, um die beteiligten Mönche ausfindig zu machen. Der Bericht endete mit dem Vermerk eines kaiserlichen Sekretärs, laut dem der Kaiser es abgelehnt hatte, militärisch einzugreifen oder weitere Nachforschungen anzustellen. Der Mandarin wurde auf einen hohen Posten in einer der Südprovinzen versetzt.

»Mir ist nicht ganz klar, warum Ming seit seiner Ankunft immerzu mit Peking telefoniert hat«, sagte Tan, als Shan die Akte zuklappte.

»Weil er eine günstige politische Gelegenheit wittert«, sagte Shan. »Was er hier tut, hat wenig mit der Arbeit eines Wissenschaftlers gemein. Aber es ist genau das Verhalten, das jemand an den Tag legt, der Minister werden möchte.« Shan deutete auf den Monitor des Computers. »Es gibt noch ein Dokument, aber Ming hat es verschlüsselt.«

»Weil es zuviel erklärt?« mutmaßte Tan.

Sie verharrten schweigend. Tan schaute auf den Bildschirm und den verschlüsselten Brief, Shan aus dem Fenster. »Der Inspektor weiß, daß Sie versucht haben, mich zu verstecken, Oberst«, sagte Shan vorsichtig. »Er weiß auch, daß ich zu keinem Zeitpunkt sein Versäumnis erwähnt habe, nach einer Verbindung zwischen Direktor Ming und Lodi zu suchen.«

»Was faselst du da?« knurrte der Oberst.

Yao seufzte und setzte sich an den Computer. »Er meint mich. Er spielt auf eine Übereinkunft an, zu der ich nun auch einen Teil beisteuern soll.« Er betätigte einige Tasten. »Ming hat keine komplexe Verschlüsselung benutzt. Er hat keinen Zugriff auf die höchste Sicherheitsstufe. Allein in Peking dürfte es ungefähr tausend Personen geben, denen dieser Code bekannt ist.« Er tippte noch ein paar Buchstaben ein. Plötzlich verschwamm das Abbild auf dem Schirm, und die Schriftzeichen gruppierten sich neu. Der Text des letzten Dokuments tauchte auf.

Es handelte sich um fünf weitere Schreiben des *amban*, die man gemeinsam in einer Datei gespeichert hatte, kurze Briefe, die im Laufe eines Jahres entstanden waren und nicht in den offiziellen Unterlagen des Projekts Amban auftauchten. Sie enthielten nicht mehr die blumigen Floskeln der frühen Korrespondenz, sondern klangen eher wie der Austausch zweier alter Freunde, die einander nichts mehr vorzumachen brauchten. Der erste Brief dankte dem Kaiser für die Billigung des

Übertritts zum buddhistischen Glauben sowie für seinen Gebrauch der Worte der Sutras. Außerdem ersuchte der *amban* um Nachsicht für seine verspätete Abreise nach Peking, da er noch etwas Zeit benötige, um die wertvollsten Schätze zusammenzutragen, die der Kaiser je erblickt habe.

Das zweite Schreiben berichtete von guten Fortschritten bei den Bemühungen des *amban*, tibetische Künstler mit der Anfertigung von Meisterwerken zu Ehren des Kaisers zu beauftragen. In manchen Fällen habe der *amban* es für notwendig erachtet, die Künstler infolge ihres hohen Alters persönlich aufzusuchen, darunter auch einige Einsiedler, die in Höhlen der Umgebung lebten: Dom Puk, Zetrul Puk, Woser Puk und Kuden Puk. Nach genau diesen Orten hatte Ming in seiner Datenbank suchen lassen, und offenbar war es ihm nun gelungen, sie in Lhadrungs Umgebung ausfindig zu machen.

Im dritten Brief stand, der *amban* habe den Ursprungsort der großartigsten Kunstwerke entdeckt, die er oder der Kaiser sich auch nur erträumen könnten. Derzeit halte er sich in dem alten Kloster auf, um Freundschaft mit den Lamas zu schließen und den unendlich kostbaren Bergbuddha zu besuchen. Man arbeite an einem wundersamen mechanischen Mandala aus Gold und Silber, und um den Kaiser zu ehren, sei ihm eine schwarze Steinstatue des Schutzgottes Jambhala gewidmet worden, deren Fertigung zwei Jahre gedauert habe.

Der vierte und längste Brief war mehrere Monate später geschrieben worden und enthielt eine noch bedeutendere Enthüllung. Die Lamas hätten herausgefunden, daß Kwan Li in Wahrheit die Reinkarnation ihres größten Führers sei, und ihn zum Abt des alten Tempels der Erdbändigung ernannt, eines Ortes, an dem Götter herangezogen würden wie anderswo Blumen in einem Garten.

Das fünfte Schreiben berichtete, der Abt habe das ehrende Angebot des Kaisers erhalten, das er hier nicht genauer ausführen wolle, um das Geheimnis nicht preiszugeben. Man treffe weitreichende Vorkehrungen, und der Abt werde sich vor der Abreise in die Hauptstadt eine Weile zurückziehen, um insgeheim den Transport der kaiserlichen Schätze in die Wege zu leiten. Vorab würden die kaiserlichen Boten in Lhasa das halbe *thangka* der Schutzgottheit des Klosters erhalten, einer besonderen Erscheinungsform des Herrn der Toten. Falls dem Abt während der beschwerlichen Reise etwas zustieße, wolle er die Schätze verstecken und die andere Hälfte des *thangka* einem zuverlässigen Lama anvertrauen, der es dem Kaiser überbringen solle. Sobald man die beiden Hälften vereinte, würde sich dem Kaiser daraus das Versteck der Schätze erschließen. *Ich werde wie die Sutras später noch den Rest des Todes erläutern,* endete der letzte Brief.

»Es geht also nicht nur um Politik«, sagte Tan langsam und mit eisiger Stimme. Sie wußten nun, weshalb Ming so eifrig nach Informationen über Heiligtümer suchte und warum er unbedingt den Namen und das genaue Aussehen des Schutzgottes herausfinden wollte.

»Ming will alles auf einmal«, knurrte Yao. »Den politischen Schatz für seinen öffentlichen Status und den Schatz aus Gold und Silber für sich und seine Partner.«

»Was ist mit diesem Angebot des Kaisers gemeint?« fragte Tan.

»Das steht nirgendwo«, antwortete Shan.

»Und von welchem Tempel ist die Rede?«

Shan und Yao sahen sich an. »Das steht auch nirgendwo«, sagte der Inspektor.

»Aber er soll in Lhadrung liegen.« Tan wurde wieder wütend. »Ming behauptet, der *amban* sei in Lhadrung ermordet worden.« Er schlug sich mit der Faust auf die Handfläche. »Warum gerade jetzt? Was ist geschehen?«

Yao zuckte die Achseln.

»Es fing mit dem Diebstahl in Qian Longs Wohnhaus an«, vermutete Shan. »Ich glaube, durch die Entfernung des Wandgemäldes wurde etwas bis dahin Unbekanntes freigelegt. Die geheimen Briefe des *amban*.«

Die Datei umfaßte noch eine weitere Bildschirmseite. Shan drückte eine Taste, und ein Foto wurde sichtbar, das Abbild eines zerrissenen *thangka*, die obere Hälfte einer blauen Gottheit mit dem entstellten Kopf eines vierhörnigen Stiers. In diesem

Moment ertönte wieder der Piepton, und Shan wechselte zu dem FBI-Postfach. Dort stand, Direktor Ming sei mit derselben Maschine wie Lodi nach Lhasa geflogen und mit dem nächstmöglichen Flug nach Peking zurückgekehrt. Während Yao auf einem anderen Computer das Bild des zerrissenen *thangka* ausdrucken ließ, schrieb Shan eine neue Anfrage: Suchen Sie in den Reiseunterlagen nach Lu Chou Fin und Khan Mo; die beiden sind während des letzten Monats in Tibet eingetroffen.

Plötzlich näherten sich schwere Stiefelschritte, und die Tür wurde aufgerissen. Ein junger Offizier, einer von Tans Adjutanten, stürmte herein. »Oberst«, drängte er. »Direktor Ming läßt die Truppen ausrücken. Er redet mit Lhasa und Peking. Es heißt, man habe Leichen entdeckt. Tote Chinesen, ein Massaker. Ermordet von Tibetern.« Noch während er sprach, klingelten draußen mehrere Telefone, und auf der Straße ertönte eine Sirene.

Dreißig Minuten später erreichten sie ein Feld im südlichen Tal und fanden ein chaotisches Durcheinander vor. Ming stand fünfzig Meter entfernt in der Mitte der Freifläche, scheuchte hektisch Arbeiter mit Schaufeln und Eimern umher und ließ Soldaten herbeieilen. Auf der Straße parkten mit blinkenden Einsatzleuchten zwei Wagen der Militärpolizei.

»Wenn sich das in Lhasa herumspricht, wird es heißen, in Lhadrung sei ein Aufstand ausgebrochen«, bemerkte Tan. Er rief einen Funker und befahl, eine Verbindung zum Armeehauptquartier in Lhasa herzustellen.

Die Soldaten hatten nicht gewußt, was sie erwarten würde, erkannte Shan. Die meisten trugen Kampfausrüstung, und an ihren Gürteln hingen Granaten. Etwa fünfundzwanzig Mann sicherten ein Quadrat von ungefähr fünfzig Metern Seitenlänge ab, während andere darin soeben ein geräumiges Militärzelt errichteten, das dem Direktor offenbar als Kommandozentrale dienen sollte.

Aus Richtung des Gästehauses traf ein schwerer Lastwagen ein, und die Soldaten fingen an, unter Aufsicht eines von Mings Assistenten Tische, Stühle und Metallkisten abzuladen. Ming schritt derweil einen Graben ab und erteilte den hastig schaufelnden Männern barsche Befehle. Dazwischen rief er seinen Assistenten aufgeregt etwas zu, posierte für ein Foto, sprang in den Graben und stieg wieder hinaus. Die junge Frau mit den kurzen Haaren saß in der Nähe des Grabens an einem Klapptisch, auf dem mehrere Artefakte lagen. Ein Soldat brachte ihr eine der Kisten. Sie klappte den Deckel auf und fing an, mehrere Einlegeböden herauszunehmen, auf denen Pinsel, Lupen und metallene Instrumente lagen.

Ein Bauer habe sich am Vorabend zum Anwesen begeben und einen Jadegegenstand gebracht, der beim Pflügen aus einem kleinen Hügel in seinem Gerstenfeld zum Vorschein gekommen sei, erklärte die Frau, als Yao sie danach fragte. Sie zeigte auf das entsprechende Fundstück, das auf einem Handtuch in der Mitte des Tisches lag. Es war die vordere Hälfte eines detailliert gefertigten Drachen, Teil eines früheren Griffstücks, eventuell von einem Spazierstock oder Fliegenwedel. Mit einer nadelspitzen Sonde wies die Frau nun auf den Teil, der besonderes Aufsehen erregt hatte.

»Die Klauen?« fragte Yao.

»Es sind fünf«, stellte Shan fest. »Und er wurde in diesen Gräben gefunden?« fragte er.

Die Frau warf ein Tuch über das Jadestück und ignorierte Shan geflissentlich.

Shan und Yao sahen sich an. Im kaiserlichen China hatte nur eine einzige Familie das Recht besessen, den Drachen mit fünf Klauen zu nutzen. »Was haben Sie gefunden?« fragte Yao die Frau langsam und mit bedrohlichem Unterton.

»Als wir hier angekommen sind, hatte die Familie des Bauern bereits angefangen, den Graben auszuheben. Er verläuft rund um ein altes Fundament. Die chinesische Stätte wurde von Direktor Ming persönlich entdeckt«, behauptete sie. Jade wurde in Tibet nur selten verwendet. »Als der Rest unserer Mannschaft eintraf, hatten er und die Bauern unterdessen eine steinerne Truhe ausgegraben. Sie enthielt einen wertvollen Schatz.« Die Frau bückte sich und hob den Deckel eines langen Metallkastens an. Darin lag ein prächtiges gelbes und blaues Seidengewand, das mit Kranichen, Drachen, Fasanen und anderen Wesen bestickt war, darunter eines, von dem man nur ein Bein erkennen konnte, ein Bein mit fünf Klauen. »Es ist jahrhundertealt. Aus der Qing-Dynastie. Und das hier wurde ebenfalls dort gefunden. Es stammt von den damaligen Reaktionären und hat zweihundert Jahre in seinem Versteck gelegen.« Sie nahm ein altes Stück Reispapier. »Es beseitigt alle Zweifel.«

Doch Shan hatte dieses Gewand erst am Vortag in Fionas Haus gesehen. Und in Yaos Zimmer lag ein ähnliches Stück Reispapier, das Liya ihnen gegeben hatte. Die Frau hier vor ihnen besaß eine weitere der gedruckten Bekanntmachungen, als hätten die Leute in Lhadrung sie vor zweihundert Jahren eingesammelt und aus irgendeinem Grund verwahrt. Yao deutete auf zwei handschriftliche Zeilen am unteren Rand des Plakats. »Tot, auf Anordnung des Steindrachen-Lama«, las Shan. Die Buchstaben waren verblichen und wohl tatsächlich zweihundert Jahre alt. Das wäre der perfekte Abschluß für die politische Parabel, an der Ming schrieb. Ein hoher Lama hatte den *amban* getötet, und die Tibeter räumten es sogar weitgehend ein. Shan beugte sich vor, um die zweite Zeile besser erkennen zu können. »Bezwungen in Zetrul Puk«, las er, aber diese Worte sahen längst nicht so alt aus. Jemand hatte den Verweis auf die Wunderhöhle erst kürzlich hinzugefügt.

»Haben Sie nicht ursprünglich einen Massenmord gemeldet?« fragte Yao.

Die Frau wies auf die andere Seite des Hügels, wo mehrere Soldaten standen. Yao und Shan gingen zu ihnen hinüber. Die Männer bewachten mehrere Totenschädel und andere Gebeine. In der Nähe hatte man einen zweiten, tieferen Graben ausgehoben und dadurch eine Steinmauer und einen kleinen quadratischen Durchlaß von etwa fünfundsiebzig Zentimetern Höhe freigelegt. Soeben förderte jemand einen weiteren Schädel zutage.

Der Oberst hatte Ming beiseite genommen und sprach mit ihm. Tans Fäuste waren geballt, und sein Gesicht wirkte verkniffen. Ein Dutzend Soldaten stiegen auf die Ladefläche eines Transporters und fuhren weg.

Nach einigen Minuten näherte Shan sich so unauffällig wie möglich Tans Wagen und den verbleibenden Fahrzeugen. Yao blieb bei den Gräben zurück und machte sich Notizen. Vielleicht würde es Shan gelingen, sich an Bord eines der abfahrenden Transporter zu schleichen. Er musterte die Gesichter der Soldaten. Womöglich würde ihn der eine oder andere wiedererkennen und sogar gewillt sein, ihm bei der Flucht zu helfen, und sei es nur, weil die Männer wußten, wie sehr seine Anwesenheit den Oberst für gewöhnlich aus der Fassung brachte. Er bemerkte einen Sergeanten mittleren Alters, der ihm mit finsterem Blick zunickte. Doch als Shan den Soldaten ansprechen wollte, legte sich eine Hand um seinen Arm.

»Wir brauchen Sie noch, Genosse«, warnte eine aalglatte Stimme. Ming.

»Aber Ihre Arbeit ist getan«, erwiderte Shan nach langem Zögern. »Sie können als Held nach Peking zurückkehren.«

Ming nickte zufrieden. »Leider wurden meine Diebe noch nicht gefunden, und der Amerikaner sucht weiterhin seinen Mörder. Unsere Pläne haben sich nicht geändert. Die Vorräte stehen heute mittag am Straflager bereit. Es brechen vier Teams in die Berge auf, jeweils mit Wissenschaftlern, Soldaten und Kapos.« Er sah Shan durchdringend an.

In diesem Punkt waren sie einer Meinung. Shan mußte zurück in die Berge. »Nichts hat sich geändert«, bestätigte er. Nichts und doch alles. Yao und Corbett hatten ihre Verbrecher nicht erwischt, aber nun war es Ming, den Shan am meisten fürchtete.

Der Direktor sah auf die Uhr. »Hier ist alles unter Kontrolle. Nachdem wir nun wissen, was wir gefunden haben, beginnt der langweilige Teil. Für die Profis«, sagte er mit Blick auf seine weißgeschürzten Assistenten. »Ich fahre jetzt los, um den Aufbruch der Bergteams zu überwachen. Leisten Sie mir unterwegs Gesellschaft?« Er deutete auf seinen Wagen. Als Shan einstieg, sah er Yao bei Tan stehen. Beide Männer starrten ihn an. Ming folgte Shans Blick und winkte den beiden zu.

»Wie sagen die Leute hier immer?« fragte der Direktor. »Die Götter werden siegreich sein«, rief er Tan und Yao auf Mandarin durch die offene Seitenscheibe zu. »Zittert und gehorcht!« Er lachte und ließ den Motor an.

»Sehen Sie mal auf dem Rücksitz nach«, sagte Ming, als er mit durchdrehenden Reifen beschleunigte und Erde und Schotter aufspritzen ließ. Hinten auf dem Sitz lag ein weiterer Metallkasten. Shan drehte sich um, öffnete die Schnappriegel und klappte den Deckel auf. Ming kicherte amüsiert. Die untere Hälfte des Kastens war mit Eis gefüllt, das als Kühlung für mehrere Flaschen Orangenlimonade diente. Shan öffnete zwei der Getränke und reichte eines an Ming weiter.

»Sie und ich haben keinen besonders guten Start erwischt«, sagte Ming. »Wir mußten erst unser natürliches Mißtrauen überwinden. Doch seitdem ist eine Menge geschehen. Ich hätte nie damit gerechnet, daß dieser Bezirk dermaßen viele Gelegenheiten bietet. Ich werde vor Ort jemanden benötigen, der weiß, wie man mit den Tibetern klarkommt. Eine Art Einsatzleiter.«

Shan setzte die Flasche mitten im Schluck ab. »Sie bieten mir einen Job an?« fragte er ungläubig.

»Ich würde Ihnen eine neue Zukunft ermöglichen. Zumindest die entsprechenden Voraussetzungen dafür. An Ihrem Status ließe sich gewiß etwas ändern. Ihr gegenwärtiger Zustand ist kaum besser als die Haft.«

»Sie meinen, ich soll dafür verantwortlich sein, tibetische Artefakte aufzustöbern und zu zerstören?«

Ming runzelte die Stirn. »Ich leite ein Museum, keinen Schrottplatz.«

»Das habe ich gestern gesehen«, betonte Shan.

»Diese kleinen Ziergegenstände waren wertlos. Politische Erschwernisse. Sie aus dem Umlauf zu entfernen war ein Dienst am Land. Diese Leute müssen in jeder Hinsicht angeleitet werden. Sie sind wie Kinder. Es ist Teil ihrer Erziehung zum Leben in einem neuen Jahrhundert.«

»Ein Freund namens Surya hat mal zu mir gesagt, Kunst liege im Auge der Gottheit, die sie erblicke. Für diese Menschen waren das Kunstwerke.«

Ming trank aus. »Gottheit hier, Gottheit da. Das scheint für jeden Tibeter die Ausrede für seine Untätigkeit zu sein. Eine Rechtfertigung der Faulheit.«

Shan starrte auf die Flasche in seiner Hand und mußte an die entsetzten Gesichter der Tibeter auf dem Innenhof denken, als ihre geliebten Altarfiguren aufgebrochen wurden. Eine alte Frau hatte sich den Leib gehalten, als würde man ihr die Eingeweide herausreißen.

Er spürte Mings Blick und hörte den Direktor seufzen. »Ich muß toleranter sein«, sagte Ming. »Entschuldigung. Sie haben recht. Es ist zweifellos Ihr Feingefühl, das Sie so wertvoll macht.«

Shan schaute lange aus dem Fenster und ließ die Ereignisse auf dem Feld noch einmal an sich vorüberziehen. Der Direktor hatte ihn aus einem ganz bestimmten Grund von Yao getrennt. »Ich habe keine Arbeitspapiere«, sagte er.

»Das läßt sich durch einen einzigen Anruf erledigen. Ich könnte ihnen ein Quartier im Gästehaus besorgen. Und eine Limousine oder wenigstens einen Geländewagen.« Ming verringerte das Tempo und schlängelte sich zwischen den Fahrrädern hindurch, die kurz vor der Stadt immer zahlreicher wurden. »Ich könnte Sie ermächtigen, Tibeter anzuheuern«, sagte er bedächtig. »Sagen wir, fünf oder sechs Leute. Ich werde aushandeln, daß das Büro für Religiöse Angelegenheiten das Anwesen im Namen des Museums übernimmt. Sie könnten es nach Ihrem Ermessen restaurieren lassen, mit Geld aus Peking.«

»Was ist mit Oberst Tan und Inspektor Yao?« fragte Shan. Er war nun äußerst konzentriert.

»Tan ist ein Dinosaurier und läßt sich zu gegebener Zeit leicht loswerden. Yao kann abberufen werden. Es könnte ja sein, daß er etwas mißverstanden und irgendwie überreagiert hat. Er würde keinen Makel davontragen, keinen Vermerk in seiner Akte. Er läuft lediglich Gefahr, das Verbrechen falsch einzuschätzen. Sie wissen doch besser als jeder andere, was für ein Schaden daraus entstehen kann. Indem Sie Yao ein wenig auf die Sprünge helfen, sind Sie zugleich uns allen behilflich, vor allem sich selbst und Ihren tibetischen Freunden.«

Shans Mund war plötzlich sehr trocken. Er widerstand dem Impuls, sich noch eine Flasche Limonade vom Rücksitz zu nehmen. »Vielleicht könnte ich nachweisen, daß der Dieb ein Tibeter war und unter einem politischen Vorwand gehandelt hat«, sagte er langsam. »Und daß der Dieb mittlerweile tot ist, zuvor aber noch die geraubten Kunstwerke zerstört hat.«

Ming nickte respektvoll. »Für einen Mann mit Ihrer Begabung dürfte die Rehabilitierung ein leichtes sein«, sagte er und bedachte Shan mit einem spöttischen Lächeln. »Ich habe etwas über Lamas gelesen«, fügte er nach einem Augenblick hinzu. »Angeblich helfen sie manchmal den Sterbenden, eine neue Inkarnation zu finden. Lassen Sie mich Ihr Lama sein.«

Sie durchquerten zügig die Stadt. Shan achtete auf die umliegenden Straßen. Für einen kurzen Moment sah er einen alten Mann in zerlumpter schwarzer Kleidung, der einen Karren durch eine Gasse schob. Es hätte Surya sein können – oder einfach nur irgendein tibetischer Bauer, der seine karge Ernte zum Markt brachte.

»Um Ihnen zu helfen, bräuchte ich eine Karte der Stätten, die Sie sich vornehmen wollen. Das alte *gompa*, die Höhlen.«

Ming zuckte die Achseln. »Jeder Teamführer hat bereits eine«, sagte er, zog ein Blatt aus einem Ordner, der neben ihm lag, und reichte es Shan. »Sie können mein Auge sein. Es gibt neue Anhaltspunkte. Irgendwo in den Bergen befindet sich ein riesiger goldener Buddha. Ich will ihn, Shan. Finden Sie ihn für mich, und Sie bekommen Ihr neues Leben.«

Lag es an seiner Arroganz oder nur an seinem politischen Ehrgeiz, daß er so blind war? dachte Shan. »Ich werde ihn finden, bevor alles vorbei ist«, versprach er.

»Hervorragend. Unser kleines Geheimnis.«

»Aber Miss McDowell weiß doch sicherlich Bescheid.«

»Unser kleines Geheimnis«, wiederholte Ming.

Was zwischen den Tibetern in den Bergen vorging, mochte durchaus schwer zu verstehen sein, überlegte Shan, aber was die Fremdlinge in Lhadrung taten, würde er wohl niemals ganz begreifen. »Alle Macht basiert auf Geheimnissen«, stellte er fest.

Ming warf ihm einen belustigten Blick zu. »Zum Beispiel?«

»Geheime Gebete. Geheime Höhlen. Geheime Briefe des Kaisers. Ein verschwundener geheimer Brief, der eine Verbindung zwischen Lhadrung und dem Raub des Pekinger Wandgemäldes herstellt.«

Ming nahm den Fuß vom Gas und sah Shan argwöhnisch an. »Wegen der Inkompetenz der Pekinger Polizei.«

»Sie sind derjenige, der das Schreiben entdeckt und gedeutet hat.«

»Das ist kaum überraschend. Die Restaurierung des Hauses war mein Projekt. Eine Stunde nach Meldung des Diebstahls befand ich mich bereits am Tatort.«

»Aber es ist doch ein seltsamer Zufall, daß Sie ausgerechnet dann diesen Brief gefunden haben.«

»Ganz im Gegenteil. Hinter dem Fresko lag eine kleine Wandnische, die ursprünglich zu dem Raum auf der anderen Seite gehört hatte, aber irgendwann zugemauert worden war.«

Ming hatte ihm soeben verraten, woher die geheimen *amban*-Papiere stammten, begriff Shan. »Sie haben gesagt, der Brief beweise, daß es sich bei dem Diebstahl um ein politisches Verbrechen handelt. Aber dann hätten die Diebe sich doch eigentlich an die Öffentlichkeit wenden und irgendeine Erklärung abgeben müssen.«

Ming zündete sich eine Zigarette an. »Wir haben ihnen Angst eingejagt und sie zur Flucht in die Hügel veranlaßt. Sie halten sich vorerst versteckt. Die Tatsache, daß Sie Lodi gefunden haben, ist ein zusätzlicher Beleg dafür.« Er blies Shan eine Rauchwolke entgegen.

»Lodis Mörder sind noch immer da oben.« Shan behielt Mings Gesicht im Auge.

»Mörder?« Der Direktor lächelte matt. »Es liegt längst ein Geständnis vor. Vielleicht habe ich versäumt, Sie davon zu unterrichten. Ich ließ es abtippen und unterzeichnen. Von Surya und zwei anwesenden Zeugen, beides Armeeoffiziere. Nur für den Fall.«

Shan starrte ihn fassungslos an. »Nein«, sagte er kühl. »Es waren ein großer Mongole namens Khan, der süßliche Zigarren raucht, und ein kleiner Han-Chinese namens Lu.«

Ming verringerte abermals das Tempo. Er wirkte nicht beunruhigt, sondern nur leicht erregt. »In Anbetracht Ihres großen Scharfsinns wundert es mich, daß ich Ihnen die Zusammenhänge erklären muß, Genosse. Sie sind derjenige, der bestätigt hat, daß Lodi tatsächlich getötet wurde. In meinem Besitz befindet sich ein unterschriebenes Geständnis von Surya, der aussagt, er habe in den Bergen einen Mann ermordet. Es besteht kein Anlaß zu weiteren Ermittlungen. Sie haben alles Notwendige getan und das Verbrechen nachgewiesen. Nun muß ich nur noch eine offizielle Akte anlegen, das Geständnis samt meiner zugehörigen Aussage einreichen, und schon landet Surya vor einem Erschießungskommando.«

Die Botschaft war unmißverständlich: Falls Shan weiterhin Khan und Lu nachsetzte, würde Ming dafür sorgen, daß Surya hingerichtet wurde. Die beiden Männer waren zwar in irgendeiner Weise Mings Widersacher, aber der Direktor konnte es sich dennoch nicht erlauben, sie verhaften zu lassen. »Was genau soll ich tun?«

»Das habe ich bereits gesagt. Arbeiten Sie für mich. Haben Sie an meinem Reichtum teil. Beweisen Sie sich in den Bergen. Die Mönche haben präzise Aufzeichnungen über ihre Tätigkeit hinterlassen. Das war schon vor zweihundert Jahren so. Bringen Sie mir diese Unterlagen. Finden Sie den Bergbuddha. Sie sind dazu in der Lage. Womöglich als einziger.«

Shan sah Ming ruhig an. »Was haben Sie mit Surya gemacht, als Sie ihn in den Bergen getroffen haben?«

»Gar nichts. Wir haben uns über Kunst unterhalten. Ich habe ihm erzählt, daß ich Gemälde sammle und mehr Kunstwerke besitze, als er je zu Gesicht bekommen hat.«

»Haben Sie sich als Abt ausgegeben?«

Ming lächelte wieder. »Man muß mit diesen Leuten auf eine Art und Weise sprechen, die sie verstehen. Ich konnte mich doch nicht einfach als Museumsdirektor bezeichnen, oder?« Er schien sich über Shans enttäuschte Miene zu freuen.

Shan erkannte plötzlich, wo sie sich befanden und auf welche Straße sie zuletzt eingebogen waren. Ihm schnürte sich die Kehle zusammen. »Das ist doch nicht …«, protestierte er und sank unwillkürlich tiefer in den Sitz. Diese Straße führte nur zu einem einzigen Ort. Zur 404. Baubrigade des Volkes.

»Doch, doch«, versicherte Ming wiederum amüsiert. »Der Oberst sagte, es sei sehr günstig gelegen. Sicher. Versteckt. Nahe bei den Kalfaktoren und den Soldaten.«

Zwei Minuten später erreichten sie ihr Ziel. Shan stellte fest, daß er mit einer Hand seinen Unterarm umklammert hielt, genau über der *lao-gai*-Tätowierung.

Fünfzig Meter vor dem Stacheldrahttor des Gefangenenlagers hatte man ein einzelnes großes Militärzelt errichtet. Daneben standen vier Armeelaster und wurden mit Ausrüstungsgegenständen und Kartons beladen. Shan zwang sich, aus dem Wagen zu steigen. Dann wollte er eigentlich die Vorräte in Augenschein nehmen, doch sein Blick wanderte immer wieder wie von selbst zu dem Lager. Shan suchte sich einen Fleck im Schatten der vorderen Ecke des Zeltes, hockte sich hin und beobachtete das umzäunte Gelände.

Die meisten Sträflinge befanden sich im Arbeitseinsatz und rodeten immer noch das Gebiet bei den Klippen am anderen Ende des Tals, aber die Kranken, Verletzten und Sterbenden hatte man wie üblich zurückgelassen. Auf dem Hof zwischen den Baracken humpelten mehrere Gestalten umher. Sie trugen verschlissene Monturen, die entfernt an Pyjamas erinnerten, und hielten sich sorgfältig von der weiß gekalkten Linie fern, die im Abstand von drei Metern parallel zum Zaun verlief und eine Todeszone kennzeichnete, die keiner der Häftlinge betreten durfte. Shan wurde fast von seinen Gefühlen übermannt. Da drinnen lebten Männer, die er kannte, einige der tapfersten, stärksten und zugleich heitersten Männer, die ihm je begegnet waren. Sie hatten ihn geschützt, ihm ein neues Dasein geschenkt und die Welt, in der er lebte, für alle Zeit verändert. Die Männer waren noch immer dort, in Lumpen, halb verhungert. Vor Shans innerem Auge blitzten Bilder auf: ein alter Mann, der mit eingetretenen Zähnen am Boden lag, weil man ihn mit einer Gebetskette erwischt hatte; ein junger Mönch, dem man in den Kopf schoß, weil er gegen den Direktor protestierte; Lokesh, der mit zwei alten Lamas im Schnee saß und für die Seelen der Aufseher betete. Plötzlich fand Shan sich auf der anderen Straßenseite wieder, wo er im hohen Gras stand und den Arm nach einem gebeugten Sträfling ausstreckte, der sich an den Gebäuden vorbeischleppte. Er wollte einen Gruß rufen, aber es wurde bloß ein Schluchzen. Ein Stück abseits kam Hcktik auf, und einige Wärter liefen fluchend auf ihn zu. Aus irgendeinem Grund wirkten sie fern und unbedeutend, trotz des wütenden Klangs ihrer Stimmen. Shan ging weiter auf den Zaun zu und betrat die äußere Todeszone. Er mußte den Gefangenen unbedingt in die Gesichter sehen.

Ein Schlagstock traf ihn in die Kniekehlen. Er stürzte zu Boden und rollte sich instinktiv zusammen, drückte das Kinn auf die Brust, zog die Knie an und verschränkte die Hände im Nacken. Nach einer Weile wurde ihm klar, daß nichts weiter passierte, kein Knüppel auf seinem Kopf oder Rücken landete und kein Stiefel ihn trat. Er blickte auf und sah zwei Wachposten über sich stehen und grausam lächeln. Ein Stück dahinter hatten sich weitere Schaulustige versammelt, ein halbes Dutzend Soldaten, mehrere Kapos. Und Yao. Als Shan aufstand, wich der Inspektor in den Schatten zurück, als solle Shan nicht bemerken, daß er alles gesehen hatte.

»Idiot«, knurrte einer der Aufseher.

»Noch ist es nicht soweit, Shan«, zischte der andere. »Wir haben einen Platz für dich freigehalten. Du kommst bald wieder.« Er stieß Shan auf das Zelt zu, klopfte seinem Kumpan lachend auf den Rücken und kehrte mit ihm zum Tor zurück.

Shan überkam eine seltsame Schwäche. Er setzte sich auf das Trittbrett eines Lastwagens und sah, wie Ming und Oberst Tan sich in einiger Entfernung berieten. Die Beladung der Fahrzeuge ging in hektischem Tempo vonstatten. Shan erkannte mehrere der Wachposten, die sich tags zuvor beim Gästehaus befunden hatten. Einer von ihnen behielt mit stählernem Blick einen schmächtigen Arbeiter im Auge, der die blaue Kleidung eines Kalfaktors trug. Kos Gesicht war noch immer zu einem kalten Hohnlächeln verzogen, und Shan begann sich zu fragen, ob er wohl jemals eine andere Miene zur Schau stellte. Im Moment schleppte Ko einen Karton, bewegte sich langsamer als die anderen, schaute sich unauffällig um und musterte die offenen Holzkisten, aus denen Rucksäcke mit Kochutensilien, Schlafsäcken und anderen Vorräten ausgestattet wurden. Dann blickte der Junge verstohlen zu den Wachen.

Ein Kapo, der ein kleines Plastikfaß voll Wasser trug, stolperte plötzlich und ließ den Behälter fallen. Die Nähte des Fasses platzten, und alle Umstehenden wurden mit Wasser bespritzt. Die Posten schrien den Mann an, die Soldaten lachten, und einer von Mings Assistenten kam schimpfend angelaufen, um den Pechvogel zurück an die Arbeit zu treiben. Shan achtete kaum auf die Vorgänge, denn während alle anderen abgelenkt waren, hatte Ko seine Route geändert und sich dem Kistenstapel genähert, wo er mit einer schnellen Bewegung etwas nahm und unter sein Hemd stopfte, ohne im Schritt innezuhalten.

Als Ko seine Last zu einem der Wagen brachte, ging Shan zu der Kiste, die sein Sohn angesteuert hatte. Darin standen offene Kartons mit unterschiedlichen Ausrüstungsgegenständen: Ferngläser, Gürteltaschen, Wasserflaschen, sogar Klappspaten. Aber Ko hatte etwas Kleines genommen. Ziemlich weit vorne lagen robuste Militärkompasse und Taschenmesser. Ko mußte einen Kompaß oder ein Messer gestohlen haben, vielleicht auch beides.

Shan beobachtete, wie sein Sohn sich zwischen den Arbeitern hindurchschlängelte und dabei manche der älteren Männer behinderte, die schwer an ihrer Last zu schleppen hatten. Er stellte einen weiteren Karton auf eine der Ladeflächen, ging an mehreren Soldaten vorbei und hob zwei Finger, bis einer der Uniformierten ihm eine Zigarette und Feuer gab. Mit überheblicher Geste lehnte Ko sich rauchend an einen Laster, beobachtete das Geschehen und sah, daß einer von Mings Assistenten einen Becher mit dampfendem Tee auf einen Tisch stellte. Sofort ging Ko dorthin, schnappte sich in einem günstigen Moment den Becher, nahm ihn zum Lastwagen mit, trank ihn aus und warf ihn unter das Fahrzeug. Dabei wanderte sein schläfriger Blick fortwährend hin und her und blieb nur so lange auf Shan haften, bis Ko eine Rauchwolke in seine

Richtung geblasen hatte. Als ein alter tibetischer Kalfaktor direkt vor dem Jungen einen Karton fallen ließ, so daß Butangaspatronen und Konservendosen über den Boden rollten, rührte Ko keinen Finger.

»Ich habe ihn unserer Gruppe zuweisen lassen«, meldete sich unvermutet Yao, der neben Shan aufgetaucht war. »Als Träger. Sie beide hatten noch gar keine Gelegenheit zu einem richtigen Treffen.«

»Nein«, gab Shan schroff zurück. »Kein Treffen.« Er drehte sich zu Yao um und sah, daß der Inspektor soeben einen der Pilgerleitfäden in einem Rucksack verstaute. »Ziehen Sie ihn wieder ab. Schicken Sie ihn weg«, verlangte Shan. Der Schmerz, den er verspürte, war neu für ihn, eine merkwürdige Mischung aus Abscheu, Wut, Angst und Schuld. Und ein unerwartetes Gefühl der Einsamkeit. Keine Liebe, ganz sicher keine Zuneigung, nur eine bohrende Einsamkeit. Er dachte an all die Jahre, in denen er sich Ko als kleinen Jungen vorgestellt hatte, der fröhlich herumlief und mit anderen Kindern spielte, alte Lehrtexte las und an Feiertagen in die Tempel ging, um den Vorfahren Opfer darzubringen, genau wie Shan dies früher getan hatte. Doch der echte Ko war ein brutaler, arroganter Drogendealer. Je größer die Lüge, desto bitterer die Wahrheit.

Kapitel Elf

»Elizabeth McDowell.« Yao sprach den Namen nur widerwillig aus, als wolle er sich am liebsten gar nicht damit beschäftigen. Als der Inspektor in Tans Büro zurückgekehrt war, hatte dort eine weitere Nachricht des FBI gewartet. »Die Amerikaner haben noch einmal alle Ihnen vorliegenden Namen überprüft und mit den Passagierlisten verglichen. Die Frau war die ganze Zeit mit Lodi unterwegs, nicht nur von Peking nach Lhasa, sondern auch schon von Seattle nach Peking.«

»Sie kannte die Dolan-Sammlung. Lodi brauchte Hilfe«, sagte Shan. Die Neuigkeit überraschte ihn nicht, doch es wunderte ihn, daß Yao so verblüfft wirkte. »Die beiden waren in jeglicher Hinsicht Partner.« Er schaute zurück zum Tal. »McDowell hätte die Ironie der heutigen Ereignisse bestimmt zu würdigen gewußt«, sagte Shan vorsichtig und vergewisserte sich noch einmal, daß niemand sonst sich in Hörweite befand. »Es war eine Art Reminiszenz an Lodi.«

Yao sah ihn fragend an.

»Diese Grabungsstätte war genauso falsch wie manche der Artefakte, die Ming in Peking ausstellt«, sagte Shan leise. »Es war bloß das Fundament eines alten *chorten*, eines Schreins. Die Bauern im Tal kennen vermutlich ein Dutzend solcher Stellen, die nach der Zerstörung der Schreine unter der Erde verschwunden sind.«

»Aber dieses Gewand und das alte Plakat.«

»Die waren zwar echt, wurden aber absichtlich dort hinterlegt, damit alles authentischer wirkt.«

»Soll das heißen, Ming hat seinen Fund inszeniert?«

»Nein, jemand anders will Ming für dumm verkaufen. Sie wissen, daß Ming gelogen hat, als er behauptete, er habe einen alten Brief des Kaisers entdeckt und sei deshalb davon überzeugt, das

Wandgemälde sei nach Lhadrung gebracht worden. Er benötigte einen offiziellen Vorwand, um herkommen zu können. Und jetzt belügt jemand *ihn*. Vorhin an der Grabungsstelle gab es keine vollständigen Skelette, und viele Leute wissen, wo man alte Schädel und Knochen findet. Das Gewand hatte ich zuvor bereits in den Hügeln gesehen.« Noch während Shan sprach, fragte er sich im stillen, ob er mit diesen Worten sich selbst und womöglich viele andere in akute Gefahr brachte. Er hatte gelernt, Yao bis zu einem gewissen Grad widerwillig zu vertrauen, doch er durfte den Inspektor keinesfalls unterschätzen.

»Falls diese Robe echt ist, müßte sie nahezu unbezahlbar sein. Warum sollte jemand eine solche Kostbarkeit opfern, nur um Ming an der Nase herumzuführen?«

»Um etwas noch viel Wertvolleres zu schützen«, erwiderte Shan. »Ming soll unten im Tal bleiben.«

»Seine Leute brechen in die Berge auf.«

»Die wissen nichts von seinen wahren Absichten. Falls sie etwas entdecken, müssen sie unverzüglich Ming benachrichtigen. Sie stellen für seine Pläne kein Risiko dar.«

»Er wird nicht aufgeben«, sagte Yao. »Nicht, bevor er die Dokumente gefunden hat, die ihm verraten, wo im Norden der Schatz des *amban* versteckt wurde.«

»Was bedeutet, daß Sie das falsche Verbrechen untersuchen.«

»Wie meinen Sie das?«

»Wir werden die Wahrheit über das Fresko des Kaisers und Dolans gestohlene Kunstwerke erst dann ergründen können, wenn wir das Rätsel um den Tod des *amban* lösen. Und daher werden wir uns nicht zu der Höhle begeben, die Ming uns zugewiesen hat«, sagte Shan. »Der Kaiser hat uns verraten, wie unser Ziel lautet, und sogar Ming hat es uns eigenhändig gezeigt.«

»Ach ja?«

Shan holte die Karte hervor, die Ming ihm im Wagen gegeben hatte. »Hier sind die Zielorte aller Teams vermerkt«, erklärte er und wies auf eingekreiste Stellen in den entlegenen Bergketten. Ein doppelter Kreis markierte jeden der vermeintlichen Pilgerschreine, die von den neuen Gruppen untersucht werden sollten. »Ming ist überzeugt, daß Lodi aus einem bestimmten Grund ausgerechnet in Zhoka getötet wurde. Sobald er sich in Sicherheit wähnt, wird er dorthin zurückkehren. Allerdings war der kaiserliche Erlaß, der heute bei dem Gewand lag, ebenfalls ein Ablenkungsmanöver, um die allgemeine Aufmerksamkeit auf Zetrul Puk zu lenken.« Er wies auf einen Ort dreißig Kilometer nördlich von Zhoka. »Von allen Suchgebieten liegt dieses am weitesten von Zhoka entfernt. Wer auch immer die heutige Fundstätte präpariert hat, wollte Ming so weit wie möglich vom Kloster weglocken, um mehr Zeit zu gewinnen.«

»Lodis Mörder müssen immer noch dort sein«, sagte Yao nach einem Moment. »Sie haben sich in den Gewölben versteckt. Corbett wird letztendlich zu der gleichen Erkenntnis gelangen und zu den Ruinen zurückkehren. Aber wir können unmöglich mit all den Leuten dorthin gehen«, sagte Yao mit Blick auf die Marschkolonne vor ihnen. »Die haben Funkgeräte. Falls wir einfach abhauen, werden sie Ming verständigen.«

»Einer von uns wird hinfallen und sich den Fuß verstauchen, und zwar hier«, sagte Shan und deutete auf eine Stelle, wo ein Pfad nach Süden ihre Route kreuzte. »Noch ungefähr eine Stunde. Der andere wird zur Unterstützung zurückbleiben, und die Gruppe schicken wir weiter. Ich finde den Weg zum *gompa*.«

»Ziemlich dürftiger Plan«, sagte Yao. Dann zuckte er die Achseln. »Ich habe empfindliche Knöchel«, fügte er leise hinzu.

Eine Viertelstunde später blieb der Soldat an der Spitze der Kolonne stehen und hob warnend eine Hand. Eine Gestalt rannte ihnen in hohem Tempo entgegen, stolperte, sprang über Steine, schaute über die Schulter und lief dann so schnell wie möglich weiter. Shan vermutete, daß es sich um einen der Hirten handelte, der den Suchtrupps ausweichen wollte. Der Soldat beobachtete die einzelne Person durch sein Fernglas, stieß einen Fluch aus und bedeutete den anderen, sich hinter den Felsen am Wegrand zu verstecken.

Nach etwa einer Minute wagte Shan einen vorsichtigen

Blick. Die Gestalt hatte sie nun fast erreicht. Sie trug eine schwarze Wollmütze und eine schmutzige grüne Armeejacke. Fünfzehn Meter vor Shan sprang der Soldat aus seinem Versteck und hieb dem Unbekannten den Schaft des Gewehrs an den Kopf. Der Mann wankte, fiel zu Boden und verlor seine Mütze. Es war Ko.

Shan war sich gar nicht bewußt, daß er panisch hervorstürzte und über das lose Geröll den Pfad hinaufeilte. Er fand sich plötzlich an der Seite des Jungen wieder, barg dessen Kopf auf dem Schoß und tupfte ihm das Blut der Platzwunde ab.

»Verdammter Ausbrecher«, knurrte der Soldat und griff nach dem Funkgerät.

Die Lider seines Sohnes öffneten sich zitternd. Seine Augen zuckten ziellos umher und richteten sich einen Moment lang auf Shan. Dann schien er Shan zu erkennen und stieß angewidert dessen Hand weg.

»Du blutest«, sagte Shan und mußte um seine Fassung ringen.

Kos Mund verzog sich zu dem üblichen Hohnlächeln. Er richtete sich auf den Ellbogen auf, kroch ein Stück weg und wollte aufstehen. Der Soldat seufzte übertrieben laut und stellte Ko einen Stiefel aufs Bein, um ihn am Boden zu halten. Dann hob er sein Funkgerät.

Shan schaute wie betäubt zu seinem Sohn, streckte die Hand nach ihm aus und zog sie wieder zurück, weil Ko ihn so haßerfüllt anstarrte, als hätte Shan ihm den Schlag versetzt.

»Du begreifst gar nichts«, zischte Ko.

Shan registrierte aufgeregte Stimmen und hob den Kopf. Yao drückte soeben das Funkgerät des Soldaten nach unten. »Sie irren sich«, sagte der Inspektor. »Kein Grund zur Überreaktion.«

»Er ist ein Krimineller, einer dieser Kapos«, widersprach der Soldat. »Und er ist von seinem Team abgehauen. Ein bißchen zuviel Vertrauen. Man hätte sie gar nicht erst einsetzen dürfen. Nach ein oder zwei Jahren hinter Gittern sind sie wie Tiere. Ich könnte ihn erschießen, und niemand würde sich daran stören.«

Shan stand auf und stellte sich zwischen den Soldaten und Ko. Yao warf ihm einen nervösen Blick zu. »Der Mann stammt weder aus Lhadrung noch von der 404ten«, sagte Yao. »Er wurde extra aus Xinjiang gebracht, um uns behilflich zu sein. Und er ist nicht geflohen.«

Shan sah, daß Ko einen scharfkantigen Stein nahm, um offenbar den Soldaten anzugreifen.

»Ich habe ihm befohlen, uns schnellstmöglich aufzusuchen«, behauptete der Inspektor. Ko hielt in der Bewegung inne. »Ich habe mein Navigationsgerät verloren, und er sollte mir aus dem Vorrat ein neues bringen.«

»Wir würden einem solchen Kerl doch niemals einen derartigen Ausrüstungsgegenstand anvertrauen.« Der Blick des Soldaten wanderte ständig zwischen Shan und Yao hin und her.

Yao holte das kleine Lederetui hervor, das seinen Dienstausweis enthielt, und klappte es auf. »Ich schon«, sagte er und streckte Ko auffordernd die andere Hand entgegen.

Ko ließ unauffällig den Stein aus den Fingern gleiten, schaute mit verbissener Miene zu Yao und musterte kurz das Gewehr. Dann griff er in die Jacke, brachte ein handtellergroßes Plastikgehäuse zum Vorschein und reichte es Yao.

Der Soldat war sichtlich verblüfft, betrachtete das Navigationsgerät und dann noch einmal den Ausweis in Yaos Hand. »Jawohl, Sir«, sagte er, nahm den Stiefel von Kos Bein und bedeutete den anderen, den Marsch fortzusetzen. »Jetzt ist er Ihr Problem, Genosse Inspektor«, fügte der Mann verärgert hinzu. »Ich gebe dem anderen Team Bescheid. Die dürften froh sein, ihn loszuwerden. Verbrecher!« Bei diesem letzten Wort war der Blick des Mannes nicht auf Ko, sondern auf Shan gerichtet. Dann schwang er sich das Gewehr über die Schulter und folgte der Kolonne.

Als Ko sich in die entgegengesetzte Richtung wenden wollte, stellte Yao sich ihm in den Weg. »Wie er schon sagte, jetzt bist du mein Problem. Ich habe dich wegen deines Vaters gerettet.« Er wies auf Shan. »Das war das erste und letzte Mal. Falls du wegläufst, werde ich niemanden mehr am Schießen hindern.«

Die Verwirrung war Ko deutlich anzusehen. Er nahm Shan mit verkniffenem Blick in Augenschein. »Scheißkerle«, fluchte er und stapfte den Hang hinauf.

Eine Stunde später kreuzten sie einen Pfad nach Süden. Kurz

darauf stieß Yao einen Schmerzensschrei aus, setzte sich auf einen Felsen und hielt sich den Fuß. Der Soldat eilte herbei. Shan sprang vor, um den Inspektor als erster zu erreichen. Er schob Yaos Hosenbein hoch und wickelte eilends sein zusammengerolltes Taschentuch um den Knöchel.

»Verstaucht«, erklärte er dem Soldaten und verschnürte die provisorische Bandage mit einem festen Knoten. »Der Inspektor darf den Fuß heute nicht mehr belasten.«

Yao befahl sogleich, die Kolonne solle ohne sie weiterziehen. Shan und er würden am folgenden Tag zur Höhle nachkommen.

»Wir könnten Hilfe gebrauchen«, rief Shan dem Soldaten hinterher. »Vielleicht müssen wir ihn tragen.«

Der Mann deutete, ohne zu zögern, auf Ko und befahl ihm, Shans und Yaos Rucksäcke mit zusätzlichem Proviant für drei Personen zu füllen. Zehn Minuten später verschwand die Kolonne hinter dem nächsten Berggrat. Yao bückte sich, um den Knoten des Taschentuchs zu lösen. Ko ließ einen der Rucksäcke vor Shan zu Boden fallen.

»Ihr habt sie angelogen.« In seiner Stimme schwang ein Hauch Neugier mit.

»Wir haben beschlossen, eine andere Route einzuschlagen«, sagte Shan.

Yao nahm den Rucksack und stieß ihn in Kos Richtung. »Ich sage dir jetzt, wie es läuft. Falls du abhaust, werde ich mir keine großartigen Gedanken machen, sondern einfach die Armee verständigen. Nicht die Lageraufseher, sondern die Gebirgsjäger. Man wird Helikopter mit Infrarotkameras einsetzen. Falls du Glück hast, erwischt dich vorher ein Schneeleopard. Falls aber die Soldaten dich finden, werden sie dich in einen Hubschrauber stecken und dir einen Freiflug verschaffen. Weißt du, was das heißt?«

An der Art, wie Ko mit grimmiger Miene den Blick über die zerklüftete Felslandschaft schweifen ließ, erkannte Shan, daß sein Sohn genau verstand, was gemeint war. Dann schulterte Ko den Rucksack, ahmte eine spöttische Verbeugung nach und bedeutete Shan, er solle vorangehen.

Eine Stunde vor Einbruch der Dunkelheit erreichten sie

Zhoka und näherten sich angespannt und schweigend. Die Ruinen wirkten ungewöhnlich abweisend. Ein gleichmäßiger Wind strich heulend über die eingestürzten Mauern. Ko zögerte verunsichert. Dann nahm er den Rucksack ab und drückte ihn fest an die Brust, als müsse er sich vor irgend etwas schützen.

»Es ist ein altes Gefängnis«, sagte Ko, als sie am Rand des Ruinenfelds stehenblieben. »Ich weiß es, ich kann es spüren. Seht es euch doch nur mal an.« Seine Stimme klang plötzlich hohl und leer. Shan hielt unwillkürlich inne und betrachtete alles, als bekäme er es zum erstenmal zu Gesicht: das Labyrinth aus Steinmauern, der Staub, der vom eisigen Wind aufgewirbelt wurde und immer wieder neue, bedrohliche Schatten warf, die schwarzen Flecke, an denen die Zugänge zu den unterirdischen Gewölben lagen. »Sie hatten schon immer Gefängnisse, haben Tausende ermordet«, sagte Ko. »Man kann es fühlen.« Seine Worte waren an keine bestimmte Person gerichtet. Als er aufblickte und Shan zuhören sah, kehrte das Hohnlächeln auf sein Antlitz zurück. Er warf sich den Rucksack über die Schulter und ging an Shan vorbei.

»Das ist kein Gefängnis, sondern ein Kloster«, murmelte Shan. »Ein Ort der Lamas.«

Er glaubte nicht, daß sein Sohn ihn gehört hatte, doch Ko rief: »Du bist ein Narr, wenn du nicht merkst, daß dies ein Ort des Todes ist.« Dann ging er weiter.

Sie rückten am äußeren Rand des Geländes vor, hielten Ausschau und blieben immer wieder stehen, um zu lauschen. Dabei durchquerten sie einige gespenstisch ruhige Stellen, an denen alte Wände den Wind abwehrten. Als ein Pfeifhase vorbeihuschte, duckte Ko sich erschrocken und sah sich mit geballter Faust um. Er schien Shans Blick zu spüren, senkte verärgert den Kopf, richtete sich wieder auf und übernahm sogar die Führung. »Da drüben!« warnte er an der nächsten Mauer. »Da warten Leute in den Schatten. Ein Hinterhalt!« Sie hörten nun ein neues Geräusch, ein leises, aber gleichmäßiges Raunen.

Shan ging voran und hielt sich dabei im Schatten, bis zwei Gestalten in Sicht kamen, die an einem trüben Lagerfeuer aus Yakdung saßen: ein großer Mann mit braunem Filzhut und schmutzigem Schaffellmantel und auf seinem Schoß ein kleines Mädchen, das er tröstete und sanft auf den Rücken klopfte. Als Shan näher kam, erkannte er, daß der Mann nicht redete oder weinte, sondern summte.

»Brauchst du Hilfe?« fragte Shan leise auf tibetisch.

»Falls das eine Frage nach meinem Befinden war …«, ertönte die Antwort auf englisch. »Eine Pizza und ein Bier wären nicht schlecht.« Die beiden Gestalten waren Corbett und Dawa.

Yao lief zu dem Amerikaner und reichte ihm eine ihrer Wasserflaschen.

Dawa wirkte erschöpft. Sie flüsterte einen Gruß, drehte sich in Corbetts Armen um und legte ihm den Kopf auf die Schulter. Corbett trank und registrierte Shans fragenden Blick. »Ich mußte nach Zhoka zurückkehren, um herauszufinden, warum Lodi hier gestorben ist. Lokesh sagte, er könne mich gut verstehen, aber ich würde mich irren, was den Grund meines Hierseins betrifft. In Wahrheit sei ich wegen der schlafenden Gottheiten gekommen, genau wie er. Er sagte, stell dir ein Haus voll schlummernder Heiliger vor, die in ihren Betten ermordet werden sollen.«

In Corbetts Blick lag eine gewisse Hilflosigkeit. »Lokesh ist nicht hier«, sagte er. »Ich meine, er ist zwar hier, aber gerade nicht bei uns. Wir drei sind gestern angekommen. Er sagte, er müsse hier einen alten Lama finden. Als Lokesh ihn nirgendwo in den Ruinen entdecken konnte, sagte er, dann müsse der Weg wohl unter der Erde liegen. Das ist jetzt mehr als zehn Stunden her.« Der Amerikaner klang besorgt.

»Zum Ort mit dem Blut«, sagte eine gedämpfte Stimme an Corbetts Schulter, »in die Schwärze, wo der Tod wartet.«

»Fiona«, sagte Shan. »Ist sie …?«

»Es geht ihr gut«, sagte Dawa und hob den Kopf. »Aber als sie hörte, daß es mir nicht gelungen ist, Zhoka zu verstehen, hat sie mich mit Onkel Jara zurückgeschickt. Sie sagte, da mir nur eine begrenzte Zeit in den Bergen bleibt, soll ich sie hier verbringen. Doch kaum waren wir angekommen, tauchte auch schon Liya auf und nahm Aku Jara mit. Als ich nach dem Grund fragte, sagte er nur, es sei der Bergbuddha.«

»Hatte er Angst?« fragte Shan.

»Keine Ahnung. Was ist das, Onkel Shan? Was ist der Bergbuddha?«

»Ich weiß es nicht, Dawa«, räumte Shan ein.

Während sie im Schutz eines Mauerwinkels rund um das kleine Feuer ihr Lager aufschlugen, erzählte Corbett, er sei in tibetischer Kleidung aus der Bewußtlosigkeit erwacht. Seine westliche Kluft, der Paß, die Brieftasche und seine Notizen seien verschwunden gewesen, und um seinen Hals habe ein Gebetsmedaillon gehangen. Er sprach ohne jeden Groll und in einem seltsam verträumten Tonfall. »Ich sollte glauben, Sie und Yao seien tot, und ich schätze, manche der Leute waren wirklich dieser Ansicht. Aber am Nachmittag kam Liya zurück und vertraute mir an, daß Sie beide mittlerweile in Sicherheit seien. Sie sagte, sie wisse, daß ich bald aufbrechen müsse, aber ich solle doch bitte verstehen, wie wichtig die Sache mit dem Regenbogen sei, die man über mich gesagt hatte, denn es ginge dabei um eine der grundlegenden Wahrheiten meines Lebens. Sie sagte, auch wenn ich selbst nicht daran glauben würde, so seien doch sämtliche Dorfbewohner davon überzeugt und hätten große Hoffnung daraus geschöpft. Dann hat sie sich für das angeblich unzivilisierte Benehmen entschuldigt und mir einen Beutel gegeben, der all meine Habseligkeiten enthielt. Allerdings hat sie mich inständig gebeten, bis zur Abreise aus Bumpari die einheimische Kleidung zu tragen, um den Leuten ihren Glauben zu lassen. Es stehe mir jederzeit frei zu gehen, und ich könne meinen Aufenthalt dort einfach als kleinen tibetischen Urlaub betrachten.«

»Sie tragen die Kleidung ja immer noch«, stellte Shan fest.

Der Amerikaner lächelte unschlüssig. »Die Sachen sind ziemlich bequem.« Dann fuhr er herum, weil sich hastige Schritte näherten. Ko, der mit Yao nach Feuerholz gesucht hatte, kehrte zurück und versuchte vergeblich, sich seine Bestürzung nicht anmerken zu lassen. »Da ist Blut«, verkündete er und wies in die Richtung, aus der er gekommen war.

Dann führte er sie zu der Kreuzung zweier ehemaliger Gassen, wo Yao wartete und die leuchtendroten Tropfen auf einem flachen Stein begutachtete. »Hier Stiefel«, sagte der Inspektor und zeigte auf Abdrücke in der trockenen Erde, »und da drüben weiche Schuhe. Die Stiefel haben hier gelauert und sind vorgesprungen. Dann gab es einen Kampf, und der mit den Schuhen ist getürmt.« Er deutete über eine Mauer hinweg, auf deren Krone weitere Blutstropfen zu sehen waren. »Unmöglich zu verfolgen.«

Sie aßen in angespannter Stille. Yao legte soeben die Decken aus, und Shan las in dem Pilgerbuch über Zhoka nach, als Ko einen leisen verängstigten Fluch ausstieß und sich an die nächstbeste Wand drückte. Shan drehte sich um und sah eine Gestalt im Schatten neben einem der Felsen stehen. Corbett fachte das Feuer an, und Yao schaltete eine der Elektrolampen ein. Shan nahm eine Decke und ging zu dem Neuankömmling.

»Wir haben dich vermißt«, sagte er.

Lokesh nickte nur und murmelte etwas Unverständliches. Shan brachte ihm Tee, aber er wollte nicht trinken. Corbett reichte ihm einen Apfel, den der alte Tibeter ebenfalls ablehnte. Am Ende setzte Dawa sich einfach zu ihm und hielt seine Hand, bis beide eingeschlafen waren.

»Da war doch eine Belohnung auf mich ausgesetzt«, sagte Shan, während er und der Amerikaner das ungleiche Paar betrachteten. »Ich bin von selbst aufgetaucht, also sollte ich die hundert Dollar bekommen.«

»Nun ja …«, setzte Corbett zögernd an.

»Ich werde das Geld Lokesh geben, damit er davon Busfahrkarten für Dawas Eltern kauft. Sie sollten heimkehren.«

Corbett lächelte. »Es wird den amerikanischen Steuerzahlern eine große Ehre sein.«

Als Shan bei Tagesanbruch erwachte, saß Lokesh mit übergeschlagenen Beinen auf einer der Mauern und schaute hinaus auf die Ruinen. Nein, sah Shan, als er sich dem alten Freund näherte. Lokesh betete. Seine Hände waren zu einer rituellen Geste vereint, die Shan nun genauer in Augenschein nahm. Lokesh benutzte dieses *mudra* nicht häufig. Die rechte Hand lag quer über der Linken, wobei Mittelfinger und Daumen sich jeweils berührten, als wolle er mit den Fingern schnippen. Es war ein Kriegersymbol und diente zur Anrufung einer zornigen Gottheit.

Shan setzte sich neben seinen alten Freund und suchte nach Worten. Mehr als einmal wollte er einen Satz anfangen, hielt jedoch stets wieder inne, so daß jedesmal nur der erste Laut über seine Lippen drang und wie ein leises Stöhnen wirkte.

»Wo bist du all die Stunden im Fels gewesen?« fragte er schließlich.

»Getroffen habe ich niemanden. Ich habe alte Gemälde besucht und mich in jede Kammer gesetzt, die ich finden konnte. Es war sehr dunkel. In einer solchen Finsternis kann man manchmal nur schwer erkennen, was sich bewegt – man selbst oder die Welt um einen herum?«

Shan musterte seinen Freund. Lokesh stellte noch immer Ermittlungen an, suchte auf andere Weise und bemühte sich, die wahre Natur des rätselhaften *gompa* zu erspüren.

»Gendun ist dort drinnen«, sagte Lokesh.

»Das wissen wir nicht mit Bestimmtheit.«

Lokesh seufzte. Shans Worte schienen ihn zu enttäuschen. »Nicht so, wie der Inspektor Dinge weiß. Aber er ist dort drinnen. Er tut, was Surya tun wollte. Er gibt Zhoka die alte Bedeutung zurück. Falls es noch nicht zu spät dafür ist.«

Shan blickte auf die Ruinen. Manch einem wären Lokeshs Worte wie Hexerei vorgekommen, manch anderem wie seniles Geschwafel. Shan verstand selbst nicht, was genau Gendun in den dunklen Winkeln des alten buddhistischen Ortes der Macht zu tun gedachte. Er vermutete, daß es bei der Rückgabe von Zhokas Bedeutung letztlich darauf ankam, die Menschen zu ändern, die rund um das Kloster lebten. Vielleicht bestand gar kein so großer Unterschied zu den Handlungen jener Mönche, die den Tempel der Erdbändigung ursprünglich errichtet hatten. Es war, als sei Gendun hineingegangen, um einen alten Ofen zu finden, dessen Kohlen zuletzt vor vielen Jahrzehnten geschürt und nachgefüllt worden waren. Nun wollte er den letzten Rest Glut anfachen, bevor sie erlosch. Aber wie sollte jemand – sogar die heiligen Männer von Yerpa – es überhaupt schaffen können, einen solchen Ort zu erneuern?

Shan begriff immer noch nicht ganz, wofür Zhoka einst gestanden hatte. Vielleicht war dies das größte Geheimnis, aus dessen Enträtselung sich alles andere ergab. Es handelte sich um einen Ort von großer historischer Relevanz, mit starker Magie, mit Heiligen und Gottheiten und sogar mit der Verbindung zu einem fernen Kaiser in einer fernen Zeit. Ein Ort, für dessen Schutz die alten Tibeter ihr Leben hergeben würden.

»Ich bin in jede Meditationszelle gegangen«, sagte Lokesh auf einmal. »Ich bin in jedes Loch gestiegen und habe gehofft, es sei ein Tunnel. Ich habe viele alte Gemälde gefunden, manche mit Motiven, die ich bis dahin noch nie zu Gesicht bekommen hatte. Wir haben nur einen winzigen Teil dessen gesehen, was seinerzeit erschaffen wurde.«

»Aber alle Gänge, die tiefer ins Innere führen, sind eingestürzt«, sagte Shan.

»Ja. Ich habe ein paar enge Korridore entdeckt, die zu Schreinen führen, doch spätestens dann geht es nicht mehr weiter. All diese Räume haben der Vorbereitung auf einen anderen Ort gedient.«

Corbett brachte jedem eine Schale Tee. Nachdem Lokesh getrunken hatte, blickte er auf und rieb sich die Augen, als sei er eben erst erwacht. »Ich habe den Ausgangsort für Pilger gefunden. Kommt mit!« Dann stieg er von der Mauer und steuerte mit forschem Schritt eine Ruine in knapp fünfzig Metern Entfernung an. Die anderen folgten ihm. Shan hatte den riesigen Schutthaufen für eine zerstörte Halle gehalten, doch der Saal war nicht vollständig eingestürzt, und Lokesh hatte einen schmalen Durchgang ins Innere entdeckt.

Sie stiegen eine enge Treppe hinab und betraten eine Kammer, in der Geister wohnten. Jeder Zentimeter von Wänden und Decke war mit den Abbildern grimmiger Schutzdämonen bemalt worden. Yao zog sein Exemplar des Pilgerleitfadens aus dem Rucksack und schlug ein paar Seiten um. »Neuankömmlinge dürfen den Erdtempel nur durch den Garten der Dämonen betreten, die ihn auf allen Seiten und am Himmel bewachen.«

Yao blickte nach oben und fixierte einen blauen Dämon über

seinem Kopf. »Dies ist der Ort, an dem du dein Leben zurückläßt, denn nur so kannst du dahinter das Himmelreich erlangen. Habe Angst, oder gehe nicht zu den vier Toren weiter. Werde rein, oder du wirst nicht wissen, was Himmel und was Hölle ist. Sei stets ein Pilger, oder du wirst nicht erblicken, was du suchst.«

»Der Pilger meditierte über die Dämonen, um rein zu werden«, erklärte Shan.

»Und ist dann zu den vier Toren des Mandalas hinabgestiegen«, sagte Lokesh.

»Aber da waren nur zwei Tore«, meldete sich eine Stimme aus den Schatten hinter ihnen. Der Strahl von Corbetts Lampe richtete sich auf Liya, die dort an der Wand saß. Eine Seite ihres Gesichts hatte sich dunkel verfärbt, und eine lange Rißwunde auf ihrer Wange war mit Schorf verkrustet. Dawa lief zu ihr und umarmte sie. Liya streckte abwehrend eine Hand aus, als wolle sie keine Hilfe. »Ich bin nicht wirklich verletzt. Die haben mich überfallen, dieselben beiden Kerle. Dem Kleinen habe ich die Wange zerkratzt, als er mich packen wollte. Da hat er zugeschlagen, und ich bin weggelaufen.« Sie richtete sich auf und sah Shan an. »Zwei Tore, nur zwei Treppen nach unten.«

Lokesh griff in die Tasche und holte etwas hervor. »Ich habe das bei dem Wasserfall gefunden. Ich glaube, es ist von oben herabgefallen, wo jetzt nur noch Schatten herrscht.« Er gab Shan ein kleines Stück Stein von knapp fünf Zentimetern Länge.

Shan ließ es über die Handfläche rollen, sah Lokesh fragend an und betrachtete es genauer. Eine Seite war grün angemalt. Shan und der alte Tibeter lächelten wissend, und dann bedeutete Shan den anderen, sie sollten ihm nach draußen folgen. Dort zeigte er ihnen, daß der Tunneleingang sich auf einer Linie mit dem Ende der eingestürzten Halle befand. »Wahrscheinlich war das alles ein einziges Gebäude, so daß der Pilger schon beim Eintritt in die Dämonenkammer das Gefühl bekam, sich im Innern der Erde zu befinden.« Er hockte sich hin und zog einen Kreis in den Staub.

»Der Kreis ist eines der wesentlichen Symbole der tibetischen Tradition. Er stellt die Grundlage des Mandalas dar«, erläuterte er. »Beim Bau eines Klosters spielte Symbolik eine sehr große Rolle und wurde von vornherein in die Architektur integriert. Zahlreiche alte *gompas* verfügten über drei- oder viergeschossige Zentralgebäude, die auf dem Schema des Mandalas basierten und es auf diese Weise in die dritte Dimension erhoben, um heilige Gebirge zu repräsentieren oder auch den Aufstieg zum Berg Meru, dem Nabel des Universums und Scheitelpunkt des Himmels.«

»Aber alles hier wurde zerstört«, wandte Corbett ein. »Selbst wenn es einen Mandala-Palast gegeben haben sollte – die Armee hat ihn in Schutt und Asche gelegt.«

»Falls Sie versuchen wollten, die Erdgottheiten zu erreichen und die Dämonen der Erde zu bezwingen, wo würden Sie wohl Ihr Mandala errichten? In der Erde.« Shan wies in Richtung des Tunnels, der hinab zum Freskenraum führte, und rahmte den Kreis am Boden durch zwei waagerechte Linien ein, wobei die obere für den eingestürzten Gang auf der anderen Seite der Ruinen stand. Dann bat er um Corbetts Kompaß. »Diese Korridore liegen auf einer Ost-West-Achse.« Er belegte es anhand der Kompaßanzeige. »Ein traditionelles Mandala besitzt vier Tore – je eines pro Himmelsrichtung –, die mit komplexen Symbolen und unterschiedlichen Farben verbunden sind. Die Gestaltung der Tore hängt von der Gottheit im Zentrum ab.« Shan schaute fragend zu Lokesh. »Wenn es um die Bändigung der Erde geht, muß es der Herr des Donnerkeils sein.« Lokesh nickte. »Demnach ist das Osttor weiß, der Süden gelb und der Westen rot. Und hier«, sagte Shan und bezeichnete auf dem Kreis einen Punkt, der genau zwischen Osten und Westen lag, »ist der Wasserfall mit der alten Inschrift an der Wand. Der grünen Wand. Was der Farbe des Nordtors entspricht.«

»Da unten ist jedoch weder ein Tor noch sonst ein Hinweis auf ein Mandala«, protestierte Yao.

»Dennoch stellt es irgendwie den Weg ins Innere des heiligen Bergmandalas dar«, sagte Shan. »Man hat es aus dem Fels gehauen, und ein Naturphänomen wie der unterirdische Bach wurde mit einbezogen. Dies hier ist der Palast der Künstler, von dem der *amban* berichtet hat, der Ort voller Geheimnisse.

Es wird drei oder vier Ebenen geben, jede kleiner als die vorhergehende und angeordnet in konzentrischen Kreisen.«

Aber als sie mit ihrem Gepäck eine halbe Stunde später durch den schwach erleuchteten Freskenraum kamen, hatte dieser kaum etwas Himmlisches an sich. Dawa, die dort auf den blutverschmierten Surya gestoßen war, barg ihr Gesicht an Corbetts Schulter. Yao hatte einen alten Stab gefunden, hielt ihn wie eine Waffe und ging stets hinter Ko, als rechne der Inspektor jeden Moment mit einem Fluchtversuch des Jungen.

Shan blieb mit Liya an der Wand stehen und beleuchtete die mit Blut gemalte Zeichnung. »Das hat Lodi hinterlassen, als er im Sterben lag. Und darüber hat er ›Höhle des Berggottes‹ geschrieben.«

Die Worte riefen bei Liya eine merkwürdige Reaktion hervor. Sie packte wie zur Warnung Shan am Arm und sah sich um, als hielte sie nach zufälligen Lauschern Ausschau. Dann durchbohrte sie ihn mit einem wütenden Blick.

»Wo ist er?« ließ Shan nicht locker. »Wo ist der Berggott, der goldene Buddha?«

»Das hat nichts mit den gestohlenen Kunstwerken oder den längst toten Kaisern zu tun«, sagte Liya flehentlich.

»Falls ihr versucht, die Häftlinge zu befreien, werden Menschen sterben«, flüsterte Shan verzweifelt. »Viele Menschen.«

»Sie werden sterben, falls wir es *nicht* versuchen«, zischte sie ihn an.

Als Liya sich abwenden wollte, berührte Shan sie am Arm. »Warte«, sagte er und deutete auf das längliche Oval mit dem Kreis und dem Quadrat darin. Dann griff er in die Tasche. »Gestern in den Bergen ist mir eine Idee gekommen.« Er holte die *dzi*-Perle hervor, die Liya ihm in Bumpari zugesteckt hatte, und hielt sie zwischen Daumen und Zeigefinger. »Er hat diese Perlen gesammelt, und jede ist mit einem Muster versehen.«

Liya wandte den Blick nicht von der Zeichnung ab. »Du hast recht!« rief sie. »Er hat es wie eine Perle gemalt. Ein Quadrat steht für den Zugang zur Erde, ein Kreis für den Zugang zum Himmel. Eine Erdtür in einer Himmelstür.« Sie klang verblüfft.

»Wollte er dir den Weg ins Innere verraten?«

»Nein«, erwiderte Liya. »Er kannte den Weg nicht, genau wie wir alle. Wir wissen nur, daß der Palast existiert und gerettet werden muß.«

»Vielleicht hatte er inzwischen herausgefunden, wie man zum Bergbuddha gelangt«, mutmaßte Shan. Liya wandte sich ab, als fürchte sie, ungewollt etwas zu verraten. »Oder er wollte ausdrücken, daß jemand anders den Eingang entdeckt hat«, fügte Shan hinzu und ging weiter. Liya blieb zurück und starrte voller Schmerz die Zeichnung an.

Fünf Minuten später lieh Shan sich von Yao den Stab und stieg in den eisigen Bach am Fuß des kleinen Wasserfalls. Um seine Taille war ein Seil gebunden, und Corbett hielt das andere Ende. Dann stocherte Shan mit dem Stab hinter dem Vorhang aus Wasser herum, traf nach etwa anderthalb Metern aber jedesmal auf soliden Fels. Schließlich versuchte er es am Boden jenseits der Abflußrinne und spürte unvermittelt keinen Widerstand mehr. Direkt unter dem Sturzbach befand sich ein tiefes Becken.

Als Shan die Stelle mit der verblichenen Aufschrift erreichte, leuchtete er sie ein weiteres Mal mit seiner kleinen Lampe ab und erkannte, daß es über den Schriftzeichen ein kleines Gemälde gab. Zwei Männer in Mönchsgewändern saßen auf dem Gipfel eines Berges. Einer von ihnen trug den kegelförmigen Hut eines Lehrers.

»Leben«, krächzte eine vertraute Stimme hinter ihm. Dort stand Lokesh fast knietief im kalten Wasser, hielt sich mit einer Hand am Seil fest und wies auf die alte Schrift. »Und Natur«, fügte er hinzu. Er verstummte, betrachtete das Abbild des Lama und seines Schülers und lachte leise. »Er gibt dem Novizen ein Lehrrätsel auf.«

»Was ist die Natur des Lebens?« murmelte Shan. Als er sich umdrehte, um den anderen die Worte zu erklären, sah er, daß Lokesh das Seil losgelassen hatte und in das schwarze Becken am Fuß des Wasserfalls blickte. Der alte Tibeter wirkte plötzlich heiter und gelassen, und sein Mund hatte sich zu einem Lächeln verzogen.

»Wir kennen die Natur des Lebens«, sagte er und beugte sich vor, bis der Sturzbach auf sein Haupt prasselte.

»Nein!« schrie Shan und sprang vor, um seinen Freund zu packen.

Doch es war zu spät. Lokesh breitete fröhlich die Arme aus, ließ sich nach vorn fallen und verschwand in der dunklen Tiefe. Die Natur des Lebens war, sehenden Auges in einen Brunnen zu stürzen.

Kapitel Zwölf

»Er hat sich umgebracht!« rief Liya. »Der Wasserfall wird ihn unter die Oberfläche drücken!« Doch man sah im schwarzen Wasser niemanden wild um sich schlagen. Nichts deutete mehr auf Lokesh hin.

Die furchtbare Stille nach Liyas Worten wurde jäh durch eine hastige Bewegung unterbrochen. Ko entriß Corbett die Lampe, stieß Yao gegen die Wand und sprang an genau der gleichen Stelle wie zuvor Lokesh ins Wasser.

Shan war vor Schreck wie gelähmt und registrierte nur undeutlich, daß Corbett fluchte und Dawa in Tränen ausbrach. Dann setzte er den Rucksack ab, zog seine Jacke aus und trat vor. Er schaute sich nicht mehr um, sondern umschloß mit festem Griff die Taschenlampe und ließ sich in die Tiefe fallen.

Das brodelnde, eiskalte Wasser packte seinen Körper und riß ihn immer weiter in den schmalen, finsteren Schacht. Das Becken schien keinen Boden zu haben, und auch die Seitenwände wichen zurück. Mit den Beinen und seiner freien Hand stieß Shan sich ab, mit der anderen leuchtete er voraus. Aber da war nichts. Lokesh und Ko, die beide mehr Kleidung am Leib getragen hatten, sanken vermutlich immer noch und fielen in die Schwärze, bis ihre Lungen platzten und jede Rückkehr unmöglich wurde. Die alten Landgötter, klagte eine Stimme in seinem Kopf. Lokesh hatte die uralten Landgötter aufgesucht, und nun würden sie weder ihn noch Ko je wieder freigeben. Dann merkte Shan, daß auch ihm die Luft ausging. Er schwamm nach oben, spürte die Kälte, kämpfte gegen die Panik an und durchstieß in einer dunklen Kammer die Wasseroberfläche. Keuchend sog er die kühle Luft ein, fürchtete im ersten Moment, die Dunkelheit könne ihn wieder hinabzerren, und hörte dann ein seltsames Schluchzen.

Er schwamm auf einen winzigen Lichtfleck zu, traf auf eine schwarze Felswand und stemmte sich aus dem Becken. Das Schluchzen kam ganz aus der Nähe. Shan wischte sich das Wasser aus dem Gesicht und kniff die Augen zusammen. Da saßen Lokesh und Ko. Aber sie schluchzten nicht, sie lachten. Sie hatten sich die Schuhe abgestreift und wrangen ihre Socken aus.

Ko bemerkte ihn als erster, und sofort verwandelte sich der freudige Gesichtsausdruck in eine finstere Miene.

»Willkommen im wahren Zhoka«, rief Lokesh und richtete seine Lampe auf die Wände.

Eine Minute später war Shan wieder im Tunnel und berichtete den anderen aufgeregt von der Entdeckung. »Dies ist das Nordtor«, bestätigte er. »Die Kammer ist voller Bilder und Worte.« Er schilderte kurz, wie geschickt die alten Baumeister mitten im Wasserbecken eine Querwand errichtet hatten, so daß es nun aussah, als würde ein Bach über natürlich gewachsenen Fels hinabstürzen. Nur unten in der Mitte war ein Schacht für all jene Pilger freigeblieben, die eine Antwort auf das Lehrrätsel fanden.

»Ich kann nicht schwimmen«, klagte Liya, als ihr klar wurde, was Shan von ihnen verlangte.

»Das brauchst du auch gar nicht«, versicherte er. »Du läßt dich einfach fallen und bewegst dich auf die Lichter zu. Lokesh und Ko werden ins Wasser leuchten. Wir müssen lediglich unsere Ausrüstung schützen.«

Corbett leerte die Rucksäcke und brachte mehr Seil sowie zwei dicke Plastikbeutel zum Vorschein, die eigentlich als Unterlagen für die Schlafsäcke dienen sollten. Als er anfing, nun alle Vorräte und auch die Rucksäcke in den Beuteln zu verstauen, hielt Shan ihn zurück. »Ihre Kleidung. Das Wasser ist eiskalt. Lassen Sie genug Platz für die Kleidung, damit Sie etwas Trockenes zum Anziehen haben.«

Yao sah ihn entgeistert an.

»Sie schwimmen am besten in Ihrer Unterwäsche«, sagte Shan. »Es ist dunkel, niemand wird etwas sehen. Folgen Sie dem Licht.«

Corbett packte grinsend zwei T-Shirts für Dawa und Liya ein. Dann band er sich das lange Seil um den Leib und erklärte, er werde als erster gehen. Yao sollte das Ende des Seils halten, damit Dawa und Liya sich daran entlanghangeln konnten. Danach würden sie die beiden Beutel zu sich herüberziehen.

Zehn Minuten später befanden sich alle auf der anderen Seite und bereiteten Tee zu, nachdem Corbett ihnen gezeigt hatte, wie man den kleinen Gaskocher aus Shans und Yaos Gepäck benutzte. Während Dawa nachschaute, ob es auch ein paar trockene Kleidungsstücke für Shan, Ko und Lokesh gab, leuchtete Yao die Kammer mit seiner Lampe ab. Das Becken bildete ein längliches halbes Oval, in dessen gerundeter Rückwand zwei Treppen aus dem Fels gehauen waren. Sie führten zu Gängen, die nach Osten und Westen verliefen.

»Der kreisförmige Tunnel«, sagte Yao, als Shan sich zu ihm gesellte. »Wir befinden uns im Innern Ihres Mandalas.« Er wandte sich zu dem schwarzen Wasserbecken um. »Von den Pilgern wurde doch wohl nicht erwartet, daß sie auf diesem Weg hineingelangen.«

»Es gab viele Wege«, warf Lokesh feierlich ein. »Aber jeder war ein Test. Sie haben es selbst aus dem Pilgerleitfaden vorgelesen. Habe Angst, oder gehe nicht weiter. Manche der Pilger mußten sicherlich durch das Wasser tauchen, vielleicht sogar auf ausdrückliche Anweisung der Lamas. Das Herz der Welt kann nicht ohne Mühen erreicht werden. Dies ist der Ort, an dem du dein Leben zurückläßt – so lauteten die Worte.«

»Was meinen Sie mit ›Herz der Welt‹?« fragte Yao.

»Das Mandala ist eine Erscheinungsform des Universums. Die Essenz der Welt.« Er musterte Yao mit neugieriger Miene.

Der Inspektor runzelte die Stirn. »Sie meinen ein Modell des Universums.« Er klang unschlüssig. »Ein Blendwerk.«

»Nein«, entgegnete Lokesh sogleich. »Das Gegenteil davon. Noch wirklicher als wirklich.« Er sah Yaos Verwirrung und zuckte die Achseln. »Draußen läßt sich das Universum mitunter nur schwer erkennen. Aber hier ...« Er wies auf die Wände, die voller Farben und Formen waren. »Hier ist es in unmittelbarer Reichweite.«

Dawa drängte sich an Lokesh, griff nach seinem Arm und betrachtete die zahlreichen Gemälde.

»Acala, Tamdin, die Torwächter«, sagte Lokesh glücklich und wehmütig an zwei der Abbilder gewandt, als begrüße er alte Freunde. Er ging langsam weiter und blieb vor dem lebendigen Porträt einer von Flammen umgebenen Gestalt stehen, die einen Stab und einen Mungo hielt. »Der König des Nordens«, erklärte er und strich im Abstand von wenigen Zentimetern mit der Hand darüber, so wie Shan es in dem Steinturm bei Gendun beobachtet hatte. Lokeshs Augen schienen regelrecht zu erstrahlen. Er rieb beide Handflächen aneinander und beugte sich zu Shan. »Es gab Gebete«, flüsterte er.

Noch bevor Shan den alten Tibeter nach einer Erklärung fragen konnte, ging Lokesh auch schon weiter zu der Wand, die genau gegenüber dem Unterwassereingang lag, und hob seine Lampe. Über einem Gemälde des historischen Buddha stand eine goldene Inschrift. »Wenn jemand sich in den Strom versenkt, der zur Erleuchtung fließt«, las Lokesh, »sagt er dann von sich selbst, ich bin in den Strom gestiegen?« Er sah sich lächelnd um. Es war eine vertraute Zeile; sie stammte aus dem uralten Diamant-Sutra.

»Muß denn jede Inschrift ein Rätsel darstellen?« fragte Yao genervt. »Und wieso gerade hier?« fügte er hinzu und sprach damit aus, was Shan in diesem Moment dachte.

»Die Antwort auf die Rätselfrage lautet nein«, sagte Shan langsam. »Denn wer den bewußten Gedanken hat, sich in dem Strom zu befinden, hat noch nicht den selbstlosen Zustand der Erleuchtung erlangt.«

»Demnach dürfen wir das Wasser nicht beachten«, sagte Corbett mit eifriger Stimme, als würde er sich allmählich für das Spiel erwärmen. Er ging am Rand des Beckens entlang. »Und falls es hier kein Wasser gäbe, was dann? Wir wären trocken«, grübelte er. »Uns wäre wärmer.« Er hielt inne und sah sich noch einmal im Raum um. »Wir wären in der Lage, uns einen Reim auf das da zu machen.« Er richtete seine Lampe nach oben.

Die Decke verlief nicht waagerecht, sondern war in zwei

stark gewölbte Kuppeln unterteilt, die sich in der Mitte an einer langen geraden Naht trafen und nur eingesehen werden konnten, wenn man sich direkt darunter befand. Corbett und Shan erblickten die aufgemalte Seitenansicht eines weißen Schneeleoparden. Das Tier besaß ein türkisfarbenes Brustfell und hatte das Maul in traditioneller Weise aufgerissen, was zwar grimmig, aber eher wie ein Lachen als wie ein Fauchen aussah. In seiner Pfote hielt es behutsam einen winzigen Mönch.

»Eine halbe Raubkatze«, rief Yao von gegenüber. »Um das Vorderbein ist eine Kette aus Schädeln gewickelt.«

Dort oben wachte also ein zorniger Schutzdämon, dessen Leib auf beide Hälften der Decke aufgeteilt worden war.

Nachdem sie die Kammer eine weitere Viertelstunde untersucht hatten, ohne auf ein anderes Rätsel oder eine Deutungsmöglichkeit des Sutra-Zitats zu stoßen, wagten sie sich in den westlichen Tunnel vor. Yao zählte unterwegs die Schritte und blieb oft stehen, um die Kartenskizze zu ergänzen, die er auf seinem Notizblock festhielt. Sie kamen nur langsam voran. Die innere Wand war mit zahlreichen Kapellen versehen, manche winzig und nicht einmal zwei Meter breit, andere doppelt so groß, alle mit prächtigen Malereien geschmückt und einige mit Altären ausgestattet, auf denen kleine Heiligenfiguren standen, Buddha-Variationen in Bronze, Kupfer, Silber und Gold.

Lokesh nahm sich Zeit und besuchte jede einzelne der Kapellen. Shan und Yao fanden ihn im dritten der Räume, wo er vor einem *thangka* voller Schutzdämonen saß. Liya stand neben ihm. »Jemand war kürzlich hier«, sagte sie und wies auf eine steinerne Halterung auf dem Altar. Dort lag ein Häuflein Asche, der Überrest eines Weihrauchstäbchens.

»Das könnte schon ewig her sein«, sagte Yao.

»Nein, man kann es noch riechen«, widersprach Liya. »Es ist frisch. Und es hat eine Butterlampe gebrannt.«

»Aber das habe ich doch schon erklärt«, sagte Lokesh. »Gendun war hier. Er weiß, wie man die Götter zurückbringt.«

»Ich hätte nicht gedacht … so ganz allein in den Höhlen …«, flüsterte Liya und schien dann schaudernd Lokeshs Behauptung zu akzeptieren.

Nachdem sie die ersten sechs Kapellen untersucht hatten, erklärte Corbett, daß es Stunden dauern würde, jedes einzelne Kunstwerk zu betrachten. »Falls der Korridor tatsächlich in Kreisform angelegt ist, können einige von uns doch ruhig vorausgehen. Wir werden uns schon nicht verirren oder später nicht mehr wiederfinden.«

Yao war der gleichen Meinung. »Sofern wir innerhalb der nächsten Stunde nichts entdecken, kehren wir um«, warnte der Inspektor und trat auf den Gang hinaus. »Das hier ist keine archäologische Expedition. Wir suchen nach Verbrechern.«

Nach Verbrechern, die Altertümer stahlen, hätte Shan ihn beinahe erinnert. Mit einem letzten Blick auf Lokesh, der sich abermals in eines der Gemälde vertieft hatte, folgte er Yao. Hatte Surya einen Zugang zum Mandala-Palast gefunden? überlegte er. Stellte es einen Verrat an den alten Tibetern dar, nun Fremde in den heiligen Tempel zu führen? Einerseits hielt Shan fortwährend Ausschau nach Gendun, andererseits fürchtete er, was geschehen würde, falls Yao und Corbett auf den alten Lama stießen. Oder auf den Bergbuddha.

Als sie die Felstrümmer des eingestürzten Westtors erreichten, leuchtete Shan in die obere rechte Ecke des Korridors, wo sie auf der anderen Seite der Barriere das wachsame Auge vorgefunden hatten. Nun sah er, daß es sich um das letzte in einer Reihe von mehr als zwei Dutzend Augen handelte. Über ihnen gähnte ein schwarzes Loch an der Stelle, wo die Deckenplatte herabgestürzt war und den Gang blockiert hatte. Unter den Augen befand sich das riesige Wandgemälde einer grimmigen Schutzgottheit, die eine Kette aus Schädeln trug. Shan hatte dieses Motiv schon häufig gesehen, doch dieses spezielle Exemplar wies einen kleinen Unterschied auf: Über der Schulter des zornigen Gottes lag ein winziger weißer Leopard und hielt eine Lotusblume. Shan wies Yao darauf hin.

»Vielleicht eine Signatur des Künstlers«, vermutete der Inspektor.

»Tibetische Künstler signieren ihre Werke so gut wie nie. Es könnte ein Zeichen sein, ein Teil des Pfades, der von den Erbauern für die Pilger angelegt wurde.« Shan richtete die Lampe auf einige andere Götterbilder. Mehrere von ihnen hatten ähnliche Raubkatzen auf den Schultern.

Auf einmal schaltete Yao seine Lampe aus und drückte Shans Arm nach unten. »Hören Sie nur!«

Auch Shan löschte das Licht. Hinter ihnen trat jemand aus einer der Kapellen. Er benutzte ebenfalls eine elektrische Lampe, hatte sie aber mit einem Stück Stoff verhängt. Shan fühlte, wie der Inspektor ihn beiseite schob, und begriff, daß Yao beabsichtigte, den Eindringling von beiden Seiten in die Zange zu nehmen.

Die Gestalt kam langsam näher, duckte sich gelegentlich und sah sich bisweilen um, als fürchte sie, verfolgt zu werden. Sobald sie weiterging, richtete sie sich nie vollständig auf, denn sie trug etwas Schweres in der Armbeuge.

Weiter hinten im Korridor ertönte ein jauchzender Aufschrei. »Gepriesen sei Buddha!«

Der unerwartete Ruf stammte von Lokesh und ließ die Gestalt herumwirbeln. Dabei richtete sie ihre gedämpfte Lampe nach oben, so daß Kiefer, Wangen und Stirn sich wie eine hohle Maske aus der Dunkelheit schälten. Es war Ko.

Als Shan und Yao ihre Lichter einschalteten, erschrak der Junge und wirkte kurz verängstigt. Dann erkannte er sie. Sein Körper straffte sich, und er lehnte sich an die Wand, um etwas in seiner Hand zu verbergen, das im Halbdunkel glänzte. Er schürzte verächtlich die Lippen und packte seine Taschenlampe wie eine Waffe.

»Du solltest vorsichtig sein«, sagte Yao ruhig. »In diesen Ruinen sind Diebe unterwegs.« Shan sah ihn an. Der Inspektor hatte beschlossen, das Offensichtliche nicht deutlich zur Sprache zu bringen. Es schnürte Shan fast die Kehle zu. Ko stahl aus den Kapellen.

»Mal sehen, was für Spuren du entdeckt hast«, sagte Yao und trat vor.

Einen Moment lang glich Kos Miene der eines in die Enge getriebenen Tiers, doch die unbändige Wut verwandelte sich in eine starre Fassade und schien in sich zusammenzufallen, als der Inspektor ihm den Gegenstand aus der Hand nahm. Es war ein kleiner goldener Buddha von etwa fünfundzwanzig Zentimetern Höhe. Der Sockel der Figur war mit Edelsteinen besetzt.

»Hervorragend«, sagte Yao und streckte Shan die Statue entgegen. »Das beweist, daß die Diebe diesen Ort noch nicht geplündert haben. Wir können unsere Suche daher anderswo fortsetzen.«

In Kos Taschen zeichneten sich eckige Objekte ab. Über seiner Schulter hing an einem geflochtenen Band eine vergoldete Trompete. Als Shan sie ihm abnahm, verharrte Ko schweigend und sah zu Boden. »Dieses Instrument wurde aus einem menschlichen Oberschenkelknochen gefertigt, Xiao Ko«, sagte Shan. »Wahrscheinlich stammt er von einem heiligen Mann, der vor vielen Jahrhunderten gelebt hat.«

Ko blickte angewidert auf, und aus irgendeinem Grund wußte Shan, daß es dabei nicht um den Knochen ging. Ohne weiter darüber nachzudenken, hatte Shan ihn als Kleiner Ko angesprochen, was ein traditioneller Ausdruck der Zuneigung war, wie ihn Väter oder Onkel gebrauchen würden. Sein Sohn mochte Yao dafür hassen, daß er ihm die Beute wegnahm, aber der Abscheu vor Shans Worten wog stärker.

»Ich heiße Ko«, erwiderte der Junge empört. »Tiger Ko«, fügte er hinzu. So hatte er sich als Bandenmitglied genannt. Dann packte er Shan unvermittelt, stieß ihn gegen die Wand und rannte davon.

»Kinder«, sagte Yao mit lautem Seufzen und gab Shan den kleinen Buddha.

Shan schaute Ko in die Dunkelheit hinterher. Sein Sohn würde nicht weit kommen. Der Tunnel beschrieb einen Kreis.

Auf dem Rückweg blickte Shan in jede der Kapellen und fand im dritten Raum einen leeren, sauberen Fleck, der sich auf dem verstaubten Altar deutlich abzeichnete. »Vergib ihm«, flüsterte er der blauen Gottheit an der Wand zu und stellte die Statue zurück an ihren Platz. »Er wurde nicht gut erzogen.« Auf halber Höhe der Seitenwand ragte inmitten einer Reihe aufgemalter Schädel ein dicker Haken hervor. Shan hängte die kostbare Trompete daran und hielt inne. Der Haken steckte im

Auge eines der Totenköpfe. Shan hob die Lampe. In der Augenhöhle eines anderen Schädels gab es ebenfalls ein Loch, das jedem flüchtigen Beobachter entgangen wäre. Neben dem Altar lag ein schmutziger Haken am Boden, dessen Größe der des ersten Exemplars entsprach. Zögernd hob Shan ihn auf. Er wollte hier in den alten Kapellen auf keinen Fall etwas in Unordnung bringen. Der Haken paßte perfekt in die Augenhöhle. Shan suchte die Wände genauer ab und fand vier weitere Löcher, alle von der gleichen Größe und als Teil der Wandbemalung getarnt. Ein bestimmtes Muster war nicht zu erkennen. Es hätte sich um ein Beispiel dafür handeln können, daß die Erbauer der Anlage Schönheit mit Funktionalität zu vereinen wußten und auf diese Weise Gelegenheiten schufen, um Gewänder, Wedel, Trompeten oder andere Zeremoniengegenstände aufzuhängen. Doch als Shan zurück zum Nordtor ging, entdeckte er im Korridor weitere dieser Löcher. Sie waren in unregelmäßigen Abständen angeordnet, nur drei oder vier alle drei Meter, und so meisterhaft in die Wandgemälde integriert, daß man sie nur bei genauerem Hinsehen erkannte. Zhokas Himmelreich war allein für jene gedacht, die sich den Eintritt sowohl mit Schläue als auch unter Einsatz ihres Glaubens verdienten.

Als Yao und Shan der Biegung des Tunnels nach Süden folgten, stiegen ihnen mehrere Gerüche in die Nase. Shan erkannte Weihrauch, teils jüngeren Datums, zumeist aber schon sehr alt und schal. Es war ein überaus komplexer Duft, denn nach traditionellem Rezept wurde Weihrauch aus zehn oder zwanzig verschiedenen Zutaten hergestellt. Vereinzelt roch es nach Verfall, hier und da auch nach Zedernholz. Und es mischte sich ganz schwach noch etwas hinzu, etwas Fremdes, das nicht zum Tempel gehörte.

»Riechen Sie das auch?« fragte Yao.

Shan nickte. »Tabak. Zigarettenrauch.« Er mußte an die Zigarettenstummel denken, die sie oben nahe der Grabungsstätte gefunden hatten, und an die Zigarrenreste, auf die Corbett bei den Blutflecken gestoßen war. Sie kamen an weiteren Kapellen vorbei, doch anstatt des nächsten Tors fanden sie nur Trümmer vor, und manche davon trugen die gelbe Farbe des Südkönigs.

Von oben waren große Deckenplatten herabgestürzt, und man sah gesplitterte Balken, die einst zu einer Treppe gehört haben mochten. Ko blieb verschwunden, wenngleich Shan zweimal glaubte, jemanden weglaufen zu hören. Am liebsten wäre er sofort losgerannt, um seinen Sohn zu suchen. Ihm war schmerzlich bewußt, daß Ko sich vermutlich erneut an den Reichtümern des Tempels vergreifen würde.

Yao ertappte Shan dabei, daß er reglos in die Dunkelheit starrte. »Das war ganz schön mutig, als er einfach hinterhergesprungen ist, um Lokesh zu retten.«

Shan nickte, eher aus Dankbarkeit für Yaos mitfühlenden Tonfall als aus Zustimmung. Er wußte, daß sein Sohn nicht ins Wasser gesprungen war, um jemanden zu retten, sondern um zu fliehen.

Auch der Osten lag in Schutt und Asche. Das Ausmaß der Zerstörungen war noch verheerender als auf der gegenüberliegenden Seite, und große Felsbrocken ragten bis weit in den Gang. Die eingestürzte Decke verhinderte beinahe das Vorankommen im Korridor, und alle Gemälde oder Inschriften, aus denen sich womöglich ein Hinweis ergeben hätte, waren vollständig vernichtet worden.

Sie machten wortlos kehrt und eilten zurück, als verspüre Yao auf einmal das dringende Bedürfnis, so schnell wie möglich zu den anderen zu gelangen. Sie fanden sie in der Kapelle kurz vor dem ehemaligen Westtor, unterhalb der Augenreihe. Lokeshs Antlitz erstrahlte in einem heiteren Glanz, wie Shan es bei seinem Freund nur sehr selten erlebt hatte, obwohl sie sich seit einigen Jahren kannten.

Es war ihnen nicht gelungen, die Geheimnisse der Tunnel zu enträtseln.

»Nichts deutet auf den *amban* hin«, sagte Yao zu Shan. Er klang ein wenig vorwurfsvoll. »Wir haben nicht mal einen Hinweis auf die Diebe gefunden, abgesehen von etwas Zigarettenrauch.« Er schüttelte den Kopf. »Rauch!«

»Aber dies ist der Palast«, sagte Lokesh, als sei Yaos Enttäuschung ihm völlig unbegreiflich.

Yao ignorierte ihn. »Es gibt keine weitere Ebene. Das hier ist nicht Kwan Lis Palast, und die Diebe dürften zu der gleichen Erkenntnis gelangt sein. Sie können inzwischen sonstwo stecken. Wir haben den ganzen Tag vergeudet, und falls wir nicht wieder durch dieses schwarze Wasser tauchen«, sagte er in einem Tonfall, der seinen Widerwillen deutlich zum Ausdruck brachte, »haben wir uns selbst hier eingesperrt.«

»Die Schneeleoparden sind die Botschaft«, sagte Shan zögernd. »Das große Bild am Nordtor muß etwas zu bedeuten haben.« Er führte die anderen ein Stück den Gang entlang und zeigte ihnen die kleinen Raubkatzen an den Schultern der Götter.

»Da steht etwas geschrieben!« rief Liya und hielt ihre Lampe dicht neben einen der Leoparden. Ein paar winzige tibetische Schriftzeichen wurden sichtbar. »Und hier auch, über jedem der Tiere.«

»Die wahre Natur der Dinge ist nichtig«, las Lokesh langsam vor. »Das klare Leuchten der Leere ist das Erwachen des Bewußtseins.« Die Worte entstammten dem Bardo, den Todesriten.

»Leere.« Corbett leuchtete den schwarzen Korridor hinunter. »Davon gibt es hier jede Menge.«

»Aber das Zitat ist unvollständig«, sagte Shan und wandte sich an Lokesh. »Der tatsächliche Wortlaut ist etwas anders.«

Lokesh nickte. »In der Mitte fehlt ein Stück. ›Das klare Leuchten der Leere, ohne Mittelpunkt oder Begrenzung, ist das Erwachen des Bewußtseins.‹ Das wäre die korrekte Formulierung.«

»Und was ist Leere mit einer Begrenzung?« fragte Shan. »Ein Loch«, sagte er gleich darauf und schilderte, was er in der Kapelle entdeckt hatte: die sorgfältig versteckten Löcher und Wandhaken.

Sie untersuchten die Räume ein weiteres Mal, und Shan sammelte sämtliche Haken ein. Zehn Minuten später rief Dawa sie aufgeregt in eine Kapelle, die auf halbem Weg zwischen Ost- und Südtor lag. Als Shan mit Corbett und Liya dort eintraf, zeigte das Mädchen ihnen vier Löcher, die alle an einer Wand lagen. Jedes Loch war als Fleck auf dem Fell eines kleinen

Schneeleoparden getarnt, und die vier Tiere umringten das größere Abbild einer grimmigen Schutzgottheit. Die oberste Katze barg einen winzigen Mönch in der Pfote.

Shan steckte die langen schweren Haken, die er mitgebracht hatte, in die Löcher. Sie waren in gleichmäßigem Abstand angeordnet und verliefen diagonal von links unten nach rechts oben. Das erste Loch lag knapp fünfzig Zentimeter über dem Boden, das letzte einen Meter weiter rechts und etwa dreißig Zentimeter von der Oberkante der Wand entfernt.

»Eine Treppe!« rief Liya.

»Nur leider führt sie nirgendwohin«, gab Corbett zu bedenken.

Shan stieg auf den ersten und weiter auf den zweiten Haken. Er mußte sich bücken, um nicht an die Decke zu stoßen. Der Fels über seinem Kopf wirkte im ersten Moment solide, aber als Shan alles genau ausleuchtete und an mehreren Stellen drückte, ließ ein Teil sich bewegen. »Das ist Holz«, erklärte er. »Eine Tür.« Die Luke sah dank sorgfältiger Schnitzarbeiten und einem entsprechenden Anstrich wie der umliegende Stein aus, und sogar die Kanten verliefen unregelmäßig und fügten sich exakt in die gewölbte Felskante ein. Shan schob die Abdeckung beiseite. Darüber tauchte eine Kammer auf. Als er wieder hinabkletterte, drang schale und intensiv nach Weihrauch riechende Luft nach unten.

Shan drehte sich um und wollte Lokesh die Ehre überlassen, sie in die alten Räume zu führen, doch eine schmale Gestalt drängte sich jäh an ihnen vorbei, sprang hastig die Stufen hinauf und verschwand in der Dunkelheit über ihren Köpfen. Nur ein kleiner, glänzender Gegenstand blieb zurück. Er war Ko aus der Tasche gefallen.

Corbett hob das Objekt auf. Es handelte sich um die anmutige Silberfigur eines Gottes. »Ihr Sohn hat sehr guten Geschmack«, sagte er zu Shan.

Die kleine Eingangshalle der zweiten Ebene war ebenfalls mit Wandgemälden der Schutzdämonen ausgestattet. Dahinter lag jedoch kein kreisförmiger Tunnel, sondern eine Vielzahl von Torbögen. Jeder Durchgang führte in eine kleine Kapelle, von der mindestens zwei weitere Kapellen abzweigten. Es war ein Labyrinth.

»Dennoch muß es auch hier eine ringförmige Anordnung geben, eine Folge von Kapellen, die im Kreis um einen Mittelpunkt gruppiert sind«, sagte Lokesh. »Man kann es in dem Durcheinander nur nicht gleich sehen.« Er wies auf das größte der Gemälde in der Halle. Darunter stand eine Inschrift.

Shan erkannte Atisha, einen der größten tibetischen Lehrmeister, eingerahmt von den kleineren Abbildern nicht ganz so bedeutender Heiliger. Atisha trug die für ihn typische enganliegende und spitz zulaufende Kappe. Die kleineren Figuren nahmen eine der traditionellen Form gemäße Haltung ein, aber Atisha saß entspannt und asymmetrisch da. Seine Gestalt war von einem großen Quadrat umgeben, und ein Fuß ragte über den Rand dieser Fläche hinaus, als wolle der Heilige aus dem Gemälde steigen. Das alles wirkte irgendwie eigentümlich.

Als Shan vortrat, stieß er mit dem Schuh gegen einen der großen Wandhaken. Er sah genauer hin. Dort lagen insgesamt vier der langen Eisen am Boden, als sei jemand hinaufgestiegen und habe hinter sich die Trittstufen entfernt, um seine Spuren zu verwischen.

»Die größte Meditation«, sagte Liya. Shan blickte auf und sah, daß sie den Text unter dem Gemälde vorlas. »Die größte Weisheit.« Das war alles.

»Es ist eine Abkürzung«, stellte Lokesh nachdenklich fest. »Eine Art Zusammenfassung. Der vollständige Vers lautet: ›Die größte Meditation ist ein Geist, der losläßt. Die größte Weisheit ist die Nichtachtung äußeren Scheins.‹«

Yao holte seinen ungefähren Lageplan des unteren Rings hervor, drehte ihn um und skizzierte die Kammer, in der sie sich aufhielten.

»Und hier«, fuhr Lokesh fort und deutete dabei auf die Inschrift unter einem Bettelmönchstab, der auf zwei Haken quer über einem der Durchgänge lag. »›Es ist das einzige, das uns gehört, und doch suchen wir es anderswo‹«, las er. »Eine alte Lehre. Sie besagt, daß wir die Wahrheit in uns tragen, ohne es zu erkennen.«

Shan wagte sich einen Schritt in die erste Kapelle vor. »Reis«, sagte er und drehte sich zu Corbett um, der ihren Proviant trug.

Der Amerikaner sah ihn fragend an, öffnete aber wortlos den Rucksack und gab Shan einen kleinen weißen Stoffbeutel. Shan riß eine Ecke auf. »Wir müssen zusammenbleiben«, sagte er und schob den Lukendeckel an die ursprüngliche Stelle zurück. »Und wir markieren unseren Weg.« Er ging los und ließ dabei etwas Reis aus dem Beutel rieseln.

Sie befanden sich in der vierten Kammer, als Yao nach Shan rief. Shan wandte sich von einem der prächtigen Gemälde ab und sah, daß der Inspektor einen schwarzen Zylinder anleuchtete, der am Boden lag. Es war eine metallene Taschenlampe, wie sie alle sie aus dem Bestand der Soldaten erhalten hatten. Das Glas und die Glühbirne waren zerbrochen. Ko hatte eine solche Lampe bei sich getragen.

Corbett nahm den Boden in Augenschein. Der bröckelnde Putz hatte alles mit einer Staubschicht überzogen, so daß man deutlich einige Stiefelabdrücke erkennen konnte. »Er ist gerannt«, sagte der Amerikaner. »Dann hat er sich offenbar umgeschaut und ist gegen die Wand gestoßen.« Corbett wies auf eine Säule vor ihnen, die zwei Durchgänge voneinander trennte.

Shan starrte nach vorn in die Finsternis. Ohne Licht konnte Ko zu Tode stürzen oder ziellos durch das unheimliche Labyrinth stolpern und sogar den Dieben über den Weg laufen, die womöglich Gewalt anwenden würden.

Er registrierte neben sich eine Bewegung und sah, daß Dawa an Lokeshs Arm zerrte. »Aku, du hast recht!« flüsterte sie laut. »Manche der Götter sind immer noch am Leben!« Sie beugte sich vor und zeigte auf etwas. Lokesh und Shan gingen in die Hocke, konnten aber nichts erkennen. Dann bat Dawa um Shans Lampe und hielt sie waagerecht dicht über den Boden, so daß die Schatten anders fielen. Zunächst sah Shan nur verwischte Flecke im Staub, aber dann wurde ihm klar, daß sie in gerader Linie verliefen. Am Vorderende wiesen die Flecke einen Halbkreis aus kleinen Ovalen auf. Es waren die frischen

Abdrücke nackter Füße. Die Spur verlief bis in die Dunkelheit und verlor sich dann, weil der Staub wieder glattem, kahlem Fels wich. Gendun würde in einem Tempel niemals Stiefel tragen.

Während Shan in die Schwärze blickte, wurde er Zeuge eines kurzen Gesprächs. Der Amerikaner fragte Liya, wonach sie hier oben suchen sollten, denn immerhin müsse es ja eine Art Anhaltspunkt geben. Liya reichte die Frage an Lokesh weiter, doch er antwortete nicht. Als Shan sich zu seinem alten Freund umdrehte, sah er ihn vor einem weiteren Abbild des sanften Heiligen Atisha sitzen. Lokesh war in einen Zustand der Verzückung versunken, den Shan bereits von ihm kannte. Er hatte vor der Brust die Fingerspitzen und Ballen beider Hände aneinandergelegt, als würde er eine unsichtbare Kugel halten. Das *mudra* des Schatzkästchens.

Yao drang weiter in das Gewirr aus Räumen vor und vervollständigte eifrig den Lageplan.

»Wir sollten jetzt gehen«, sagte Shan zu Lokesh. Der alte Tibeter schien ihn nicht zu hören, doch als Dawa ihn sanft am Hemd zog, folgte Lokesh den anderen. Er ging wie ein Blinder, lächelte immer noch und formte weiterhin das Schatzkästchen. Shan wußte, daß dies nichts mit dem Schatz zu tun hatte, den die anderen zu finden hofften. Lokesh trug seinen Reichtum im Herzen, und erlangt hatte er ihn durch den Anblick der alten Gemälde.

Shan verharrte grübelnd, bis ihm klar wurde, daß er allein war. Er wollte sich soeben auf den Weg machen, als er hinter sich ein leises Geräusch hörte. Dort stand Corbett. Er hatte die Lampe ausgeschaltet und betrachtete den Heiligen mit dem gleichen Ausdruck sehnsüchtiger Ehrfurcht, den Shan oft auf den Gesichtern alter Tibeter gesehen hatte.

»Es fühlt sich nicht so an, als sollten wir hier sein«, flüsterte der Amerikaner.

»Hier werden wir sie finden«, sagte Shan. »Die Verbrecher, nach denen Sie suchen.«

»So meine ich das nicht.«

Shan musterte ihn. »Nicht wie ein Ermittler, meinen Sie.«

Corbett nickte langsam und schaute in die Dunkelheit. »Ich habe irgendwie den Eindruck, daß ich mich noch nie so weit von der Welt entfernt habe oder entfernen werde wie in diesem Moment. Lokesh hat recht. Es ist wirklicher als wirklich. Vor vielen Jahrhunderten haben hier Menschen gesessen und Dinge getan, die wichtiger waren als alles, was wir je tun werden.«

Shan schwieg lange Zeit. Corbetts Worte waren wie ein Gebet an die Götter. »Lokesh erzählt manchmal von Orten der Wahrhaftigkeit«, sagte Shan schließlich, »an denen man einen kurzen Blick auf den wesentlichen Kern der Welt erhascht – oder auf das Leben, wie es sein sollte.«

Corbett nickte erneut. »Und er hat die *bayals* erwähnt, die verborgenen Länder. Vielleicht ist es alles das gleiche. Die Orte der Wahrhaftigkeit liegen gut versteckt vor der verdammten Welt, die wir erschaffen haben. Als ich durch dieses schwarze Becken geschwommen bin, hat sich das nicht wie Wasser angefühlt. Es war wie ein dichter, fast greifbarer Schatten, als wäre man in einem Abgrund, der die Dunkelheit bündelt.« Er hob eine Hand vor das Gesicht und atmete tief durch. »Wie kann es hier Kriminelle geben?« Shan dachte, nun würde doch wieder der Ermittler sprechen, bis Corbett eine weitere Frage stellte, diesmal an den Heiligen gerichtet. »Wie können sie hier sein und Kriminelle bleiben?«

Der Amerikaner nahm seine Wasserflasche und trank ein paar große, beinahe gierige Schlucke, als ließe sich der Bann, unter dem er stand, auf diese Weise brechen. »Tut mir leid«, sagte er keuchend, als er die Flasche absetzte. »Ich schätze, ich habe in letzter Zeit zuwenig geschlafen.« Er ging mit verlegener Miene weiter, und Shan fing wieder an, Reis zu streuen.

Eine Viertelstunde später standen sie in der zwanzigsten Kammer seit der Eingangshalle und konnten noch immer kein Muster in der Anordnung der Räume oder einen Hinweis auf den Gemälden entdecken. Yaos Karte hatte sich in ein wirres Durcheinander aus Linien verwandelt. In jeder der Kapellen war mindestens eine der Wände gewölbt, es gab keine geraden Wege, und nie konnten sie weiter als sechs oder sieben Meter blicken. Die gemalten Szenen der buddhistischen Mythenwelt verwandelten jeden Raum in einen eigenen kleinen Palast. Lokesh war wieder bei vollem Bewußtsein, doch dafür schien nun Dawa mit offenen Augen zu träumen. Die Angst, die das Mädchen in den unterirdischen Gewölben zunächst verspürt hatte, war nicht weiter angewachsen, sondern hatte sich entgegen Shans Befürchtung vollständig gelegt. Inzwischen lächelte Dawa und wirkte mitunter sogar heiter und gelassen.

Plötzlich hörte Shan, daß jemand aus der nächsten Kammer nach ihm rief. Corbett winkte ihn hastig herbei.

Der Raum war nicht mit Kunstwerken ausgestattet, zumindest nicht mit den farbenfrohen Abbildungen von Gottheiten oder Heiligen. Statt dessen waren die Wände mit verblichenen Worten bedeckt. Liya verschaffte sich einen kurzen Überblick und zeigte dann auf die obere Ecke einer Wand. »Hier fängt es an«, sagte sie und las langsam vor. »Ich erschaffe einen Palast der Weisheit. Er wird nicht klein sein.« Sie verstummte, überflog den Text und schaute zur nächsten Wand, bevor sie weitersprach. »Es ist ein sehr altes Gebet«, erklärte sie. »Genaugenommen ein Lied, das ›Gebet für den Gott der Ebene‹ heißt.« Sie sah zu Corbett und Yao. »Ich glaube, hier haben die alten Künstler damals angefangen. Als die Buddhisten die ersten Tempel in Tibet errichten wollten, wurden diese stets durch Erdbeben zum Einsturz gebracht. Dies ist eines der ursprünglichen Gebete zur Beschwichtigung der großen Erdgötter. Das Land sollte versöhnlich gestimmt werden, damit man Tempel bauen konnte.« Sie sah Shan an und lächelte wissend. Dies war einer der Orte, an dem vor tausend Jahren die Erdbändigung begonnen hatte.

An die erste Kammer schloß sich ein halbes Dutzend weiterer Räume voller Schriftzeichen an. Lokesh und Liya studierten alle Wände und gaben immer wieder erfreute Laute von sich, sobald sie die Sutras oder anderweitigen Lehrtexte identifizierten, aus denen die Inschriften abgeleitet waren. Yao saß erschöpft mit einer Wasserflasche und seinem Lageplan am Boden und fragte, ob jemand einen Sinn in der Anordnung der Räume oder gar den Zugang zu einem weiteren Tor erkennen könne. Shan betrat die nächste dunkle Kammer. Er schirmte seine Lampe mit der Hand ab, schaute in die Finsternis und mußte sich zwingen, nicht nach seinem Sohn zu rufen. Schließlich schaltete er die Lampe aus, setzte sich und lauschte.

Sogar die Stille in diesem Tempel war von einzigartiger Beschaffenheit. Shan kannte viele Höhlen, aber dieser Ort fühlte sich anders an. Es hing eine merkwürdige Leichtigkeit in der Luft, eine unsichtbare Energie. Nach einigen Minuten vernahm Shan ein leises Geräusch, ein tierähnliches Brummen, das an- und abschwoll. Er stand im Dunkeln auf und tastete sich mit ausgestrecktem Arm voran. Zuerst stieß er nur auf Wände, aber dann konnte er aus einem unerfindlichen Grund spüren, wo die Durchgänge lagen, und so ging er von Kapelle zu Kapelle, ohne Reis zu streuen oder mit dem Fels zu kollidieren, bis dicht vor ihm jemand erschrocken aufstöhnte. Shan erstarrte, schaltete aber noch immer nicht die Lampe ein.

»Es ist ein sehr alter Ort«, sagte er. »Falls du es zuläßt, wird er dir Kraft verleihen.« Er hörte jemanden angespannt einatmen.

»Ich war müde«, gab Ko schroff zurück. »Ich habe geschlafen, und jetzt hast du mich geweckt.«

Shan machte einen Schritt auf die Stimme zu, blieb stehen und kehrte kurz in die angrenzende Kammer zurück, um leise seine ausgeschaltete Lampe am Boden abzulegen. Dann ging er zu seinem Sohn.

»Ich habe etwas zu essen«, sagte er. »Ein paar Walnüsse.« Er streckte den kleinen Beutel aus, den er in seiner Jacke bei sich getragen hatte.

Als Ko nicht reagierte, glaubte Shan im ersten Moment, er sei geflohen. Dann hörte er Kleidung rascheln. Eine Hand berührte den Beutel, packte ihn und zog ihn weg.

»Hast du kein Licht?« fragte Ko nervös.

»Nein.«

»Wie hast du hergefunden?«

»Ich weiß es nicht«, erwiderte Shan wahrheitsgemäß.

Er hörte, wie sein Sohn knirschend eine Nuß zerkaute. »Ich brauche was zu trinken.«

»Ich habe nichts.«

Aus der Schwärze ertönte ein abfälliges Schnauben.

Shan schwieg, wandte sich dem Geräusch zu und versuchte, gegen den Schmerz in seinem Herzen anzukämpfen. Sie befanden sich an einem der schönsten Orte, die er je gesehen hatte, und sein Sohn füllte sich die Taschen mit Diebesgut, empfand nichts als Zorn und Gier.

»Mich kann niemand aufhalten.« Kos Stimme in der Dunkelheit war wie das Knurren eines Höhlentiers.

»Dich wird niemand aufhalten. Wir sind aus einem anderen Grund hier. Aber später, falls du es lebend nach draußen schaffst, wird man Truppen nach dir ausschicken. Die Soldaten in diesem Bezirk langweilen sich. Du hast Yao gehört. Sie werden sich einen Spaß daraus machen, wie bei den Leopardenjagden, die sie manchmal veranstalten.«

»Die Scheißsoldaten flößen mir keine Angst ein.«

Shan seufzte und fragte sich, welche Gottheit von den Wänden auf sie herabschaute. »Ich weiß nicht, wie man ein Vater ist«, sagte er sehr langsam. »Aber ich könnte versuchen, ein Freund zu sein.« Er brachte das nur über die Lippen, weil es so dunkel war und er dabei weder seinem Sohn noch den Göttern in die Augen sehen mußte.

Es erklang abermals das verächtliche Schnauben.

»Tut mir leid. Ich werde jetzt gehen«, sagte Shan und wandte sich ab. Die Finsternis wirkte nun irgendwie anders, als würde sie sich immer enger um ihn legen. Einen Moment lang verspürte er den verzweifelten Wunsch, wieder an die Oberfläche zu gelangen, ins Licht und an die frische Luft, weit weg von allem.

Dann meldete sich hinter ihm eine verunsicherte Stimme zu Wort. »Deine Bande«, sagte Ko. »Was ist aus ihr geworden?«

Shan hatte zehn Jahre darauf gewartet, ein echtes Gespräch mit seinem Sohn führen zu können, und es war ihm wie ein Jahrhundert vorgekommen. Nun aber, als endlich die entsprechende Gelegenheit da war, erkundigte Ko sich nach Shans Bande. Shan drehte sich um. »Ich habe es dir unterwegs schon einmal gesagt: Es hat nie eine Bande gegeben. Ein paar einflußreiche Leute haben mich ins Gefängnis gesteckt, damit ich nicht weiter gegen sie ermitteln konnte.«

»Ich dachte, du hättest gelogen, um diesen verfluchten Inspektor zu beeindrucken.«

Shan ging einen weiteren Schritt auf seinen Sohn zu. »Ich hatte damals eine ähnliche Stellung wie Inspektor Yao heute.«

»Falls du tatsächlich so wichtig warst, hättest du mich doch aus dem Knast holen können.«

»Ich war selbst im Gefängnis.« Er hörte Ko noch ein paar Walnüsse essen. »Wenn wir uns Rücken an Rücken stellen und ganz langsam gehen, können wir nach einem Lichtschimmer Ausschau halten und zu den anderen zurückkehren.«

»Die wollen mich doch gar nicht.«

»Sie brauchen dich. Du mußt einfach nur die Sachen ablegen, die du eingesteckt hast.«

»Warum?«

»Weil du ein Kalfaktor bist. Und falls Inspektor Yao zu dem Schluß gelangt, daß er dir vertrauen kann, sorgt er vielleicht dafür, daß du bei der Rückkehr in dein Gefängnis eine bessere Stellung erhältst.« Außerdem mußt du aufhören, die Gottheiten zu beleidigen, die hier leben, hätte Shan am liebsten hinzugefügt.

»Also gut«, sagte Ko langsam.

Shan hörte Stoff rascheln und ein paar metallische Geräusche, kleine Gegenstände, die aneinanderstießen. Dann stand Ko auf und tastete nach Shans Arm. Shan drehte sich um, und sie standen Rücken an Rücken.

»Es ist schlimm in den Kohlengruben«, sagte Shan, nachdem er eine Minute lang in die Dunkelheit gestarrt hatte.

»Stell dir deine schlimmste Hölle vor«, flüsterte Ko, »und dann multipliziere sie mit zehn. Deine Schicht dort dauert zwölf Stunden, jeden Tag, das ganze Jahr. Ob es kalt ist oder heiß, regnet oder schneit, ist gleichgültig. Zweimal am Tag gibt es lauwarmen Reisbrei, und du betest, daß du zusätzlich ein Insekt oder einen Wurm findest. An meinem ersten Tag dort habe ich gesehen, wie ein Mann einen Vogel fing, ihm den Kopf abbiß, kaute und schluckte. Dann hat er sich den Rest in den Mund gestopft, mit Federn und allem. Nach einem Monat habe auch ich versucht, Vögel zu fangen. Jeden Abend fällst du todmüde um, aber die beschissenen Läuse wecken dich immer wieder auf, denn sie nagen die ganze Zeit an deiner Haut.«

Etwas in Shan hoffte inständig, daß Ko nicht weiterreden würde. Er wollte nichts mehr hören. Kos Rückkehr in diese Hölle war unabwendbar, und es stand nicht in Shans Macht, seinem Sohn zu helfen.

»Nie gibt es Handschuhe«, fuhr Ko fort. Er klang, als sei er weit weg. »Und praktisch keine Werkzeuge, nur alte Hämmer und stumpfe Meißel. In meiner ersten Woche sah ich einen Mann mit kleinen weißen Kappen über den Fingern und fragte ihn, was das sei. Er lachte und sagte, das sei die Belohnung für Sträflinge, die zehn Jahre überlebten. Erst später, als mir noch andere Männer mit solchen Händen auffielen, begriff ich, daß es die Fingerknochen waren. Die Haut dort nutzt sich immer mehr ab. Nach zehn Jahren schrumpft das Fleisch ein, und die Knochen treten wie kleine weiße Knoten hervor. Scheiße!« Seine Stimme zitterte. »Das ist die Wahrheit.«

Auch Shan zitterte. Er wußte, daß dort Ko, der jugendliche Häftling zu ihm sprach, aber er hörte die Stimme von Ko, dem achtjährigen Jungen.

Schweigend gingen sie los.

»In einem der Räume hier habe ich jemanden gespürt«, sagte Ko auf einmal. »Ich habe seine Schulter berührt. Ein Geist, glaube ich. Er sagte, wenn ich bei ihm sitzen bliebe, könnte ich lernen zu verstehen. Ich bin weggerannt und habe mir schon wieder den Kopf gestoßen. Ich muß es mir eingebildet haben. Der Mann kann unmöglich real gewesen sein.«

Shan blieb stehen und widerstand dem Impuls, Genduns Namen zu rufen.

»Ich sehe Licht!« rief Ko.

Shan wandte sich um und entdeckte in der Ferne einen Schimmer. Je näher sie kamen, desto heller wurde es. Dann erkannten sie die sich bewegenden Lichtstrahlen von Taschenlampen und hörten vertraute Stimmen angespannt flüstern. Als Shan und Ko die anderen erreichten, standen Lokesh und Liya vor einer neuen Wand voller Text und mühten sich mit der Übersetzung ab.

Yao blickte Ko stirnrunzelnd entgegen und reichte Shan eine Wasserflasche. Als Ko vortrat, um die Flasche zu greifen, sah Shan, daß er die Diebesbeute nun nicht mehr in den Hosentaschen, sondern in den Jackentaschen trug. Sein Sohn hatte die Artefakte nicht abgelegt, nur umgepackt.

Dann bemerkte Shan, wie verwirrt Liya und Lokesh wirkten. Sie schienen die Worte zwar entziffern, aber nicht einordnen zu können. Es handelte sich nicht um einen der alten Lehrtexte. Über den Zeilen waren kleine weiße Vögel aufgemalt, die wie Tauben aussahen, und an den Seiten Blumen, offenbar Rosen mit spitzen Dornen.

»Die hier ist nicht so alt wie manche der anderen Inschriften«, sagte Corbett und beugte sich vor. »Nur ungefähr hundert Jahre.«

»Für alle Dinge gibt es eine richtige Zeit«, sagte Lokesh und wies auf die erste Zeile. »Und eine Stunde für jede Absicht unter dem Palast der Götter.«

Corbett atmete vernehmlich ein. Dann bückte er sich zu den letzten Worten hinunter und richtete sich wieder auf. »Ein jegliches hat seine Zeit«, rezitierte er auf englisch, »und alles Vorhaben unter dem Himmel hat seine Stunde. Geboren werden hat seine Zeit, sterben hat seine Zeit.«

Lokesh nickte und sah den Amerikaner fragend an.

Corbett streckte die Hand aus. »Da unten steht in englisch die Quelle. Prediger Salomo. Aus der Bibel der Christen.« Er fuhr mit dem Vers fort. »Pflanzen hat seine Zeit, ausreißen, was gepflanzt ist, hat seine Zeit.«

Während sie alle noch verwundert die Wand anstarrten, ertönte aus dem Schatten plötzlich eine weibliche Stimme. »Herrlich, oder? Ich wünschte, ich hätte den alten Major gekannt. Sein Leben war ein Wunder, glauben Sie nicht auch?«

Elizabeth McDowell betrat die Kammer. Corbett runzelte die Stirn und klopfte seine Taschen ab, als suche er nach einer Waffe. Liya packte Dawa und zog sie hinter sich. McDowell bedachte die Tibeterin mit einem gekränkten Blick, zuckte die Achseln und nickte Shan kurz zu.

»All die Jahre«, sagte sie und wies mit beiläufiger Geste auf das Labyrinth, »haben wir keine einzige Spur des *amban* entdeckt. Irgendwo in diesem Tempel liegt der Schlüssel zu einem Vermögen verborgen. Falls Lodi und ich das vorher gewußt hätten«, sagte sie und zuckte erneut die Achseln, »hätten wir nicht so schwer arbeiten müssen.«

»Lodi wäre niemals einverstanden gewesen«, sagte Liya. »Nicht bei dem Erdtempel. Er hätte ihn beschützt.«

»Es geht nicht um den Tempel, Cousine, sondern um die Dokumente des *amban*. Lodi wollte genauso gern über den *amban* Bescheid wissen wie wir anderen. Der verlorene Schatz gehörte dem Kaiser. Es ist also kein Diebstahl an den Tibetern.«

»Das kannst du nicht tun«, protestierte Liya. »Die werden den Tempel beschädigen.«

»Du irrst dich, Liya. Wir möchten lediglich herausfinden, wo im Norden der Schatz des *amban* versteckt liegt, das ist alles. Kwan Li und der Kaiser taten gern geheimnisvoll. All diese alten *gompas* haben detaillierte Aufzeichnungen angefertigt. Ich bin davon ausgegangen, sie seien zerstört worden, bis ich von dem unterirdischen Tempel hörte. Hilf mir bei der Suche nach den Dokumenten und der Lösung des Rätsels, und niemand muß den Tempel beschädigen.«

»Jemand hat hier bereits ein Wandgemälde gestohlen und andere verunstaltet«, wandte Shan ein.

»Davon wußte ich nichts, das müssen Sie mir glauben«, sagte die Britin mit seltsam trauriger Stimme. »Lodi wußte es auch nicht. Manche Leute sind ein wenig übereifrig, und echte Profis nutzen jede Gelegenheit, um ihre Fähigkeiten zu verfeinern«, sagte sie mit einem Blick in die Schatten. »Es wird nicht noch einmal geschehen. Hören Sie, lassen Sie Ming doch ruhig reich und berühmt werden. Ich sorge dafür, daß Bumpari daran teilhat. Man wird sich dort nie wieder Gedanken um Nahrungsmittel oder Medizin zu machen brauchen. Ich möchte ebenso gern wie Sie, daß diese Leute von hier verschwinden. Ich kann das in die Wege leiten. Vertrauen Sie mir einfach.«

»Damit kommen Sie niemals durch, McDowell«, stieß Corbett hervor.

»Punji. All meine Freunde nennen mich Punji«, sagte die Britin in sanftem, beinahe verletzlichem Tonfall. »Und irgendwie kommen Sie mir wie ein alter Freund vor, Agent Corbett. Sie sind lange Zeit meinen Spuren gefolgt.«

»Ich wußte nicht, daß Sie das waren«, knurrte der Amerikaner.

»Ja, lustig, nicht wahr?« Sie musterte Corbett, Yao und Shan. »Nur damit es keine weiteren unangenehmen Mißverständnisse gibt, müssen wir ein paar Dinge überprüfen.«

Liya stöhnte auf, denn zwei Männer traten aus der Dunkelheit vor, der riesige Mongole und der hagere Han-Chinese, deren Gesichter Shan auf den Fotos neben Ming und Dolan gesehen hatte. »Das sind Mr. Khan und Mr. Lu.«

Liya erschauderte sichtlich und stellte sich mit Dawa zwischen Shan und Corbett. Auf Lus Wange sah Shan die langen Kratzer, die Liyas Fingernägel hinterlassen hatten. Der kleine Chinese betrachtete ihn argwöhnisch.

»Gottestöter!« rief Liya den beiden Männer entgegen. Lu lachte, und dann fingen er und Khan an, alle Mitglieder der Gruppe zu durchsuchen. Das Funkgerät, der Kompaß, die Taschenmesser und alle Lampen wurden konfisziert.

»Denken Sie am besten gar nicht erst an einen Fluchtversuch«, sagte McDowell. »Sie würden den Weg niemals finden.« Sie öffnete die geballte Faust und zeigte ihnen eine Handvoll Reis.

Kapitel Dreizehn

Bruder Bertrams Leben war ein Wunder. Shan mußte immer wieder an diese unerwarteten Worte der Britin über ihren eigenen Vorfahren denken, während McDowell ihn, Corbett, Yao und Lokesh tiefer in das Durcheinander der Kapellen führte. Khan bewachte unterdessen die anderen.

Die Frau stellte ein Rätsel dar: Kunstdiebin und Menschenfreundin, Partnerin von Direktor Ming, Cousine des Bumpari-Clans, Organisatorin einer Hilfsaktion für tibetische Kinder und laut Corbett eine Mörderin.

»Ich schlage Ihnen ein Geschäft vor«, sagte der Amerikaner zu McDowell. »Vielleicht war es ja Lodis Idee, und Sie wurden mit hineingezogen. Falls ich um Milde bitte, wird der Richter mir zuhören.«

»Ein Geschäft?« fragte sie lachend. »Wofür denn?«

»Für den Prozeß, der Ihnen in Seattle bevorsteht.«

»Seattle? Bis gerade eben waren Sie mein Gefangener in einem unterirdischen Labyrinth auf der anderen Seite des Planeten. Und außerdem ...« Sie wandte sich zu ihm um und tat so, als müsse sie angestrengt nachdenken. »Ach ja«, sagte sie mit einem Finger am Kinn. »Sie haben keine Beweise. Kein Beutestück. Keine Spur der Leute am Tatort. Nichts. Ihre Diebe haben sich in Luft aufgelöst.«

»Wir wissen, daß Sie und Lodi in Seattle gewesen und am nächsten Tag abgereist sind. Ihr Flug führte nach Tibet, wo Sie die bei Dolan entwendeten Kunstgegenstände an Direktor Ming übergeben haben.«

»Warum sollten wir das tun?«

»Weil auch Ming die Exponate gestohlen hatte. Die Stücke waren Eigentum der chinesischen Regierung, und wegen der anstehenden Überprüfung mußte er sie zurückholen. Geben

Sie mir Ming, und Sie können gehen. Falls ich die Beute ohne Ihre Hilfe finde, gibt es keinen Spielraum für Verhandlungen mehr«, warnte Corbett.

»Aber Sie werden gar nichts finden. Sie wissen doch, wie das läuft. Die Sammlung wird aufgeteilt und an Händler in Europa geschickt. Nichts davon läßt sich zurückverfolgen.« Sie schüttelte den Kopf und sah den Amerikaner erstaunt an. Offenbar fiel ihr erst jetzt seine tibetische Kleidung auf. Die Entdeckung schien sie zu besänftigen. »Was ist nur los mit Ihnen?« seufzte sie. »Sie sind ja regelrecht davon besessen. Etwas Wohlstand wird umverteilt. Niemand wird verletzt. Dolan bekommt einen Scheck von seiner Versicherung.«

»Was ist mit dem Mädchen, das getötet wurde?«

Das Lächeln auf Punjis Gesicht verschwand. »Welches Mädchen? Es wurde niemand getötet.«

»Die Erzieherin. Abigail Morgan. Man hat ihre Leiche fünf Tage später aus der Bucht gefischt.«

Die Britin sah ihn durchdringend an. »Reden Sie keinen Blödsinn. Es wurde niemand getötet.«

Corbett schaute zu Lu, der vor ihnen ging. »Er spricht kein Englisch«, sagte McDowell und packte Corbett am Hemd, um seine Aufmerksamkeit zurückzuerlangen. »Verdammt, welches Mädchen?«

»Sie ist in der Tatnacht verschwunden. Sie wollte aus irgendeinem Grund zurück ins Haus und muß etwas gesehen haben. Man hat sie von einer Brücke geworfen.«

»Unmöglich«, flüsterte McDowell und sah zu einem Wandgemälde, das einen Lama mit seinen Novizen zeigte. »Sie können nichts beweisen. Überhaupt nichts. Und ich gebe nichts zu. Aber nur mal angenommen, zwei Leute würden wegen eines solchen Einbruchs extra per Flugzeug anreisen, dann wären das Leute, die sich nur für die Kunstwerke interessieren. Rein geschäftlich. Womöglich«, sagte sie und fixierte Corbett mit traurigem Blick, »wären die Leitungen der Alarmsensoren an drei Stellen durchtrennt, nämlich an der Videoanlage, dem Schaltkasten im Haus und dem eigenständigen Polizeialarm am Zaun. Eventuell hätte man zwar die komplette tibetische Sammlung mitgenommen, aber keines der anderen Stücke. Und vielleicht wäre ja auch der Schloßzylinder der Hintertür herausgedrückt worden, und die Diebe hätten Latexhandschuhe getragen und keine Fingerabdrücke hinterlassen.« Es war praktisch ein Geständnis. McDowell wollte, daß Corbett ihr glaubte, begriff Shan. Sie versicherte, daß sie und Lodi keine Mörder seien.

»Könnte es nicht eine dritte Person gegeben haben, die nicht ständig bei Ihnen war?« fragte Shan.

»Nein, ausgeschlossen«, sagte McDowell, ohne den Blick von Corbett abzuwenden. »Sie wissen nicht mit Sicherheit, ob sie dort getötet wurde.« Es war eine Feststellung, keine Frage. »Offiziell wird nicht wegen Mordes ermittelt. Andernfalls hätten die Medien nämlich einen gewaltigen Wirbel veranstaltet. Eine tote Erzieherin in Dolans Haus wäre für die ein gefundenes Fressen gewesen.«

Corbett runzelte die Stirn, sagte jedoch nichts. Shan starrte ihn verblüfft an. Der FBI-Agent hatte ihm erzählt, er sei wegen des Mordes nach Tibet gekommen. Shan dachte an das erste Gespräch mit Corbett zurück. Der Amerikaner hatte behauptet, der Tod des Mädchens hänge mit dem Raub zusammen. Andererseits hatte er Shan von dem merkwürdigen Zufall berichtet, durch den er an der Entdeckung und Bergung der Leiche beteiligt gewesen war. Es hatte nichts mit den eigentlichen Ermittlungen zu tun gehabt. Und in seinem FBI-Postfach war eine Nachricht eingetroffen. *Der Chef hat herausgefunden, daß Sie sich für den Babysitter interessieren. Er hat die Akte schließen lassen.* Shan hatte geglaubt, es ginge dabei um einen völlig anderen Fall. Das Wort »Babysitter« sagte ihm nichts. Damit mußte die Erzieherin gemeint sein, die Studentin, die gestorben war. Man hatte Corbett befohlen, den Tod der jungen Frau nicht weiter zu untersuchen. Dennoch war er nun hier im Erdtempel und riskierte seine Karriere und vielleicht sogar sein Leben, um eine Antwort zu finden.

Punji McDowell wandte den Blick ab und ging weiter. »Warum haben Sie das Kind mitgebracht?« fragte sie plötzlich und klang dabei nicht mehr verärgert, sondern besorgt.

»Dawa hatte keine Wurzeln«, sagte Shan. »Sie ist hergekommen, um ihre tibetische Familie und die alten Bräuche kennenzulernen. Ihre Eltern haben früher hier gelebt. Sie stammen vom Bumpari-Clan ab.«

McDowell seufzte und lächelte bekümmert.

»Sie ist hergekommen, um uns zu lehren, wie wir den Tempel verstehen können«, sagte Lokesh, als wolle er Shan korrigieren und ihn an Suryas Worte erinnern.

»Die alten Bräuche sind bisweilen schwer zu verstehen«, sagte die Britin. »Ich dachte, am schwierigsten würde sein, überhaupt Zutritt zum Tempel zu erlangen.« Sie sah Shan an und sprach auf englisch weiter. »Wir haben das gleiche Ziel. Bringen Sie mich in die oberen Räume, wo sich die Aufzeichnungen befinden müssen, und ich lasse Sie gehen. Sie alle.«

Shan musterte sie. »Zuerst müssen Sie uns etwas verraten. Warum haben Sie diese Grabstelle angelegt, die Ming gefunden hat?«

McDowells grüne Augen blitzten auf. Sie hielt Shans ruhigem Blick eine Weile stand und lächelte schließlich. »Ich glaube, ich habe Ming lieber zum Gegner als zum Partner. Es war recht unterhaltsam.«

»Sie mußten Fionas Gewand dafür hergeben.«

»Das tat mir wirklich leid, aber sie hatte Verständnis dafür. Cousine Fiona und ich haben in den letzten Jahren oft zusammen Tee getrunken. Ich sagte ihr, es geschehe für Lodi. Die Gebeine in dem Grab stammen übrigens aus Zhoka. Fiona hat einem der Hirten ein Schutzgebet mitgegeben und ihn zum *gompa* reiten lassen, um die Knochen zu holen. Sobald alles vorbei ist, werde ich eine Woche bei ihr bleiben und ihr all ihre Bücher vorlesen, das habe ich fest versprochen.«

»Sie haben Ming zum Gegner? Wie meinen Sie das?« fragte Yao und sah McDowell forschend ins Gesicht. »Ein Streit unter Dieben?«

»Schon wieder ein Irrtum. Ich bin keine Diebin«, erwiderte sie barsch.

Yao runzelte die Stirn und hob beide Hände. »Gerade eben haben Sie uns noch erzählt ...« Er hielt inne, denn ihm fiel auf, wie Shan und McDowell sich ansahen.

»Liegen dem FBI Erkenntnisse darüber vor, ob Lodi und Miss McDowell jemals einen anderen Diebstahl begangen haben?« fragte Shan den Amerikaner, ohne den Blick von der Frau abzuwenden.

»Nein«, antwortete Corbett. »Soweit wir wissen, haben sie nie auch nur einen Strafzettel für falsches Parken kassiert. Worauf wollen Sie hinaus?«

»Sie war keine Diebin«, sagte Shan und ließ fieberhaft Revue passieren, was McDowell zu ihnen gesagt hatte und was nicht. »Sie war eine Kurierin. Es war noch jemand dort. Jemand, der das Sicherheitssystem ausgeschaltet hat. Lodi und Punji haben bloß die Sammlung weggetragen.«

McDowell lächelte matt, wandte sich ab und ging zur nächstbesten Wand, als würde sie sich auf einmal für das Gemälde einer grünen Gottheit interessieren.

»Diese Leute haben jahrelang zusammengearbeitet«, erläuterte Shan. »Lodi, Ming, Khan, McDowell und jemand aus Dolans näherem Umfeld.« Er wandte sich an Corbett. »Dolan muß gewußt haben, daß die Kunstwerke, die Ming ihm verkauft hat, aus dem Museum stammten. Er war ein anspruchsvoller Sammler, und Ming muß ein Vermögen erhalten haben, sonst wäre er nie ein solches Risiko eingegangen. Vielleicht gab es irgendwo einen Mittelsmann, einen Kunsthändler, aber Dolan wußte, daß er keine Reproduktionen erhielt. Die beiden haben gemeinschaftlich ein Verbrechen am chinesischen Volk begangen. Doch dann geriet Ming in Schwierigkeiten und mußte die Exponate dringend zurück nach Peking schaffen. Dolan beschloß, sich die Hilfe teuer vergelten zu lassen. Diesmal gab es also zwei Teams. Ming ließ Lodi und Punji die Artefakte aus Seattle abholen. Dolan oder sein Bevollmächtigter schickte im Gegenzug Khan und Lu nach Peking, um dort etwas zu stehlen. Es sollte die Bezahlung für die Rückgabe der Kunstwerke sein.«

»Dolan wollte das Wandgemälde?« fragte Corbett. »Unmöglich.«

Shan schaute zu McDowell. »Es war alles vorher besprochen und aufeinander abgestimmt. Deshalb wurden die Verbrechen nahezu gleichzeitig begangen. Ming und Dolan haben einander nicht mehr vertraut.«

»Dolan«, wiederholte Corbett fassungslos. »Er würde sich niemals selbst die Hände schmutzig machen. Aber er hat einen Kunsthändler in Seattle.« Der Amerikaner dachte nach. »Nichts davon erklärt, wieso Ming und McDowell Gegner sein sollten.«

»Dazu ist es erst kürzlich gekommen«, vermutete Shan. »Als Ming anfing, alte Tibeter zu verhaften und Hausaltäre zu schänden. Ich glaube ihr, wenn sie behauptet, sie wolle, daß alle Fremden aus Lhadrung verschwinden.«

Punji drehte sich zu Shan um und nickte dankbar. »Mings Überheblichkeit wird eine Weile verhindern, daß er die Wahrheit erkennt. Falls wir nicht letzte Nacht diese Grabstätte angelegt hätten, wäre er jetzt hier. Er ist total verbohrt. Er würde Soldaten mitbringen und jeden erschießen lassen, der ihm in die Quere kommt. Er hält sich für unbesiegbar.«

»*Sie* kommen ihm in die Quere«, stellte Shan fest.

»Aber ich kenne ihn. Ich kenne sie alle. Begreifen Sie denn nicht, daß nur ich Zhoka vor diesen Leuten retten kann, ohne daß jemand verletzt wird?« Sie sah Shan an, und ihre Augen wirkten so hoffnungsvoll, daß er ihr glauben wollte. »Wie kommen wir also auf die nächste Ebene?«

»Das Ziel des Tempels ist Erleuchtung«, sagte Lokesh. »Man muß sich diesem Ort als Pilger nähern.«

Punji verzog das Gesicht. »Dann erleuchten Sie uns bitte, wie man durch dieses Labyrinth gelangt.«

»Ich glaube«, sagte Lokesh bedächtig, »es gibt gar kein Labyrinth.«

Die Frau stöhnte genervt und hielt ihre Lampe in Richtung der Kapellen, die sie noch nicht erforscht hatten.

»Er meint, daß für all jene, die das Geheimnis durchschauen, der Weg deutlich zu sehen sein wird«, mutmaßte Shan und näherte sich seinem alten Freund. Punji wandte sich wieder zu ihnen um.

»Im Eingangsraum standen zwei Inschriften«, erklärte Lokesh. »Die erste besagte, die größte Weisheit sei die Nichtachtung äußeren Scheins. Die zweite stammte ebenfalls aus einem alten Lehrtext. Wir suchen anderswo nach dem einzigen, das uns gehört.«

»Du glaubst, der Zugang zur nächsten Ebene befindet sich gleich dort vorn«, sagte Shan.

»Anfangs bin ich nicht darauf gekommen«, sagte der alte Tibeter und strich sich über die grauen Bartstoppeln. »Jetzt aber vermute ich, daß zumindest die Lösung des Rätsels dort zu finden ist.«

McDowell drehte sich um und leuchtete nach hinten. »Gehen wir«, sagte sie.

Wenig später erreichten sie die Kapelle, in der Khan die anderen bewachte. Ko hockte dicht neben dem großen Mongolen und schien beiläufig mit ihm zu plaudern.

McDowell flüsterte Khan etwas ins Ohr, lächelte Ko zu und befahl dann Lu, bei seinem Freund und dem Rest der Gruppe zu bleiben. Dawa, Liya und Ko sollten auch weiterhin als Geiseln dienen, damit die vier Männer keinen Fluchtversuch unternahmen.

»Warum sollten wir Ihnen helfen, das Rätsel zu lösen?« fragte Corbett, als sie die Eingangskammer betraten. »Wegen Ihnen wurde dieses Mädchen umgebracht.«

»Ich werde alles in meiner Macht Stehende tun, um Ihnen zu beweisen, daß wir niemanden ermordet haben«, sagte die Britin. »Aber vorerst gibt es drängendere Probleme. Bringen Sie mich zu den Aufzeichnungen, die irgendwo da oben liegen müssen, und lassen Sie uns aus Zhoka verschwinden. Sie sind doch angeblich ein genialer Kunstdetektiv – helfen Sie mir herauszufinden, wohin der *amban* das zerrissene *thangka* mitgenommen hat. Dann reden wir über Seattle.«

Yao starrte sie wütend an. »Corbett spricht nicht in meinem Namen. Ich treffe mit Kriminellen keinerlei Vereinbarungen.«

Punji zuckte mit übertriebener Geste die Achseln. »Ich habe auf chinesischem Hoheitsgebiet keine Straftaten begangen.«

»Jeder Ausländer darf sich nur mit Genehmigung der Behörden hier aufhalten. Wir können Sie schon wegen Ihres Umgangs mit Straftätern abschieben und nie wieder ins Land lassen.«

»Sie wollen die britische Mitarbeiterin eines Hilfsfonds ausweisen? Stellen Sie sich vor, was für einen diplomatischen Aufruhr das verursachen würde.«

»Niemand soll zu Schaden kommen«, sagte Shan. »Wenn wir fertig sind, trennen sich unsere Wege.«

»Abgesehen von diesem Kerl namens Lu«, wandte Yao ein. »Den nehmen wir mit nach Lhadrung.«

McDowell warf ihm einen erschrockenen Blick zu. »Sie kennen diesen Mann nicht. Passen Sie lieber auf, was Sie sich wünschen.«

»Er war derjenige, der das Wandgemälde des Kaisers gestohlen hat«, verkündete Yao. »Die Ausrüstung, die wir gefunden haben, die Handschuhe und die Werkzeuge – die waren zu klein für diesen Khan. Lu muß es gewesen sein. Er hat das Fresko hier entwendet, genau wie zuvor Qian Longs Gemälde in Peking. Ich will ihn haben. Mischen Sie sich nicht ein, falls Sie China je wieder verlassen wollen.«

»Eben wollten Sie mich noch abschieben, und jetzt wollen Sie mich nicht gehen lassen. Entscheiden Sie sich!«

»Geben Sie alles zu Protokoll, was Sie wissen. Dank Ihrer Aussage dürfte Lu mit zwanzig oder dreißig Jahren Zwangsarbeit zu rechnen haben. Das wird seine Zunge lockern, und ich erfahre, was ich sonst noch benötige.«

»Lodi ist tot«, rief Shan ihr ins Gedächtnis. »Es wird nie wieder so sein wie früher.«

»Ich verrate niemanden. Er erledigt bloß einen Auftrag. Wieso sollte ich sein Leben ruinieren?«

»Damit wir Ming überführen können. Er hat das Vertrauen des gesamten chinesischen Volkes mißbraucht.«

»Falls Sie uns nicht helfen, wird das den Leuten von Bumpari schaden«, fügte Yao hinzu und schaute entschuldigend zu Shan. »Ihren eigenen Angehörigen.«

»Wie meinen Sie das?«

»Falls wir keine Verbindung zwischen Ming und dem gestohlenen Fresko herstellen können, werden wir versuchen müssen, ihm den Austausch der Exponate nachzuweisen. Da die Kopien aus dem Dorf stammen, werden wir dort entsprechende

Beweise sichern«, sagte Yao. »Lodis Geschäftsunterlagen haben wir bereits.«

Punjis Miene verhärtete sich. »Um so mehr ein Grund, nicht mit Ihnen zusammenzuarbeiten.«

»Stellen Sie eine Bedingung«, drängte Shan. »Der Inspektor könnte versprechen, Bumpari nicht zu erwähnen.«

»Ich habe mit keiner Silbe ...«, wollte Yao protestieren.

Shan schnitt ihm mit erhobener Hand das Wort ab. »Falls alle ein wenig kompromißbereit sind, kann Bumpari geschützt werden. Lodi hätte es so gewollt. Bruder Bertram sicher auch. Und die Lamas. Das ist mein Preis für die Hilfe.« Er sah Yao an. »Ermittlungen gegen einen Mann wie Ming enden immer mit einem Kompromiß«, sagte er herausfordernd.

Der Inspektor runzelte die Stirn, erwiderte aber nichts.

Punji nagte an ihrer Unterlippe, betrachtete das Abbild des Heiligen und nickte langsam. »Wir müssen immer noch die alten Aufzeichnungen finden. Und ohne mich kommen Sie hier niemals heil raus.«

McDowell gab ihnen die Taschenlampen zurück. Dann fingen sie an, jeden Zentimeter der Wände zu begutachten, die kleineren Figuren der Gemälde, die Inschriften, die Farbmuster. Corbett deutete auf die Oberkante der Wand, wo vor buntem Hintergrund kleine heilige Symbole aufgemalt waren.

»Weiß, blau, gelb, grün, rot, schwarz«, sagte der Amerikaner. »Dann geht es wieder von vorn los.«

Lokesh zuckte die Achseln. »Die Ursilben«, sagte er, als sei das ganz selbstverständlich.

»Jede dieser Silben wird mit einer Farbe assoziiert«, erklärte Shan. »Weiß steht für *om*, blau für *ma*, gelb für *ni*, grün für *pad*, rot für *me*, schwarz für *hum*.«

»*Om mani padme hum*«, sagte McDowell. »Das *mani*-Mantra. Der Fromme muß immer wieder den Mitfühlenden Buddha anrufen, um den richtigen Weg zu finden.«

Corbett trat vor und studierte die Farben der Wandgemälde. Dann wies er auf die Quadrate rund um das Bild des Atisha. »Es gibt nur ein weißes und ein blaues«, sagte er. Sie lagen neben der Schulter und neben der gesenkten linken Hand des

Heiligen. Corbett widmete sich dem nächsten Gemälde und fand in dem Mosaik kleiner Porträts ein gelbes und ein grünes Feld, ebenso angeordnet wie die ersten zwei. Auf der dritten Wand gab es ein rotes und ein schwarzes Viereck. »Wenn man die beiden Punkte jeweils mit einer Linie verbindet, zeigt sie in die untere rechte Ecke der Wand.« Dort befand sich in allen Fällen ein braunes Quadrat, das zu einem anderen Farbmuster an der Unterkante der farbenfrohen Wände gehörte.

Die vierte Wand wies keine Markierungen auf. »Was haben Sie vorhin gesagt?« wandte der Amerikaner sich an Lokesh. »Wir dürfen uns nicht vom äußeren Schein täuschen lassen. Und das, was wir suchen, ist immer schon direkt vor unserer Nase.« Corbett kniete sich hin und stieß gleich darauf einen kleinen Freudenschrei aus. »Die anderen Wände sollten uns mitteilen, daß wir die entsprechende Ecke der vierten Wand beachten müssen«, sagte er. Das Quadrat dort war in Wirklichkeit ein Loch und nicht etwa eine schwarze Fläche, als die es im ersten Moment erschien. Ein dunkles Loch, getarnt durch das Farbmuster. »Man muß etwas hineinstecken. Einen Hebel.«

Shan blickte zu dem Bettelmönchstab, der über dem Durchgang hing.

Wenige Sekunden später schob Corbett ein Ende des langen Stabs in die Öffnung, drückte fest dagegen und zog nach oben. Nichts geschah.

»Mir war so, als hätte ich etwas gehört«, sagte Yao. »Ein Klicken. Vielleicht wurde irgendein Mechanismus betätigt.« Er drückte gegen die Wand über dem Loch. Nichts. Corbett und Shan stemmten sich mit den Schultern dagegen. Yao schloß sich ihnen an. Immer noch nichts.

»Vielleicht wieder eine falsche Spur«, sagte der Amerikaner. Er lehnte sich gegen die angrenzende Wand und keuchte erschrocken auf. Die Wand gab nach und schwang auf einem zentralen Drehzapfen nach hinten. Corbett kippte rücklings in die Dunkelheit.

Shan leuchtete sofort hinein. Der Amerikaner lag auf einem hölzernen Treppenabsatz. Steile, etwa fünfzig Zentimeter breite Stufen führten nach oben.

»Mann, waren die gut«, sagte Corbett, als er sich aufrappelte und seine Taschenlampe auf die Rückseite der Wand richtete. Es handelte sich um eine Konstruktion aus dickem Holz, das dermaßen eng aneinandergefügt und so geschickt bemalt worden war, daß es von der anderen Seite wie eine Felswand aussah.

Sie stiegen in die dritte Ebene und gelangten in eine Kammer, die keinem der unteren Räume glich. Punji stöhnte bei diesem Anblick auf, doch Lokesh gab einen verzückten Laut von sich.

An den Wänden reihten sich die Köpfe von Dämonen, allerdings diesmal keine Malereien, sondern dreidimensionale Häupter, die detaillierten Schreckensmasken der tibetischen Ritualtänze. Die Überlieferung besagte, daß die Dämonen von diesen Masken Besitz ergreifen konnten, sofern man die richtigen Worte sprach.

Sie verharrten einen Moment in der Mitte des Raums. Die zuckenden Lichtstrahlen der Taschenlampen schienen den zornigen Fratzen Leben zu verleihen.

Neben einem der beiden Zugänge der Kammer hing ein Holzrahmen mit einem Stück Papier. Shan leuchtete es an. Es war nicht tibetischen Ursprungs und gehörte auch nicht zu den Ritualgegenständen, sondern stellte eine Art Begrüßung dar.

Als er den verstaubten Rahmen von der Wand nahm und an McDowell weiterreichte, hörte er, wie es ihr fast den Atem verschlug. »Der liebe Onkel Bertram.« Sie lächelte und las den englischen Text leise vor:

Euer Hiersein grenzt fast an ein Wunder,
denn die Pilger verzweifeln mitunter.
Sie laufen wie irr
durch das Gängegewirr
und glauben, der Pfad sei ein runder.

Der Ausgang der Maskenkammer führte auf einen gekrümmten Tunnel, der dem kreisförmigen Gang der untersten Ebene entsprach, wenngleich der Radius hier deutlich enger war. An der Außenwand des Korridors zweigten in regelmäßigen Abständen Kapellen ab, zwischen denen jeweils eine Meditationszelle lag. Shan und die anderen beeilten sich und blieben nicht stehen, um die Gemälde der Kapellen zu betrachten. Die Innenwand des Tunnels war verputzt und ebenfalls herrlich bemalt, doch alle zehn Meter gab es eine schlichte Bohlentür, versehen mit einem eisernen Knauf. Über dem Türsturz war stets das Segment eines Regenbogens aufgemalt. Sie kamen an dem Bild einer Gottheit vorbei, die vor gelbem Hintergrund auf einem Leopardenthron saß. Es war das symbolische Südtor. Shan ging zu der gegenüberliegenden Tür und öffnete sie.

Dahinter lag ein Wohnraum, die Unterkunft eines der höheren Lamas des *gompa*. An der Rückwand hing über einem schlichten Altar ein einzelnes *thangka*, rechts stand ein niedriges Bett und links eine Truhe. Alle Einrichtungsgegenstände waren aus Duftholz gefertigt. Das Bett verfügte über eine Strohmatratze und eine zerknitterte Filzdecke, die dicht vor der Wand lag. Als Corbett die Truhe öffnete, blickte Shan ihm über die Schulter. Ein schmales Brett teilte den Stauraum in zwei Fächer. Das erste enthielt zwei Roben, zwei graue Untergewänder, Weihrauchstäbchen und mehrere Gefäße mit Kräutern. Auf der anderen Seite lagen vier *peche*, deren Manuskriptblätter zwischen kunstvoll geschnitzten Holzdeckeln akkurat verschnürt waren. Als Shan mit einem Finger über die zierlichen Vogelschnitzereien des obersten Buches strich, fiel ihm auf, daß Punji zur Mitte des Zimmers blickte. Dort hatte Lokesh sich gebückt und schaute nun voll jäher Qual zum Bett. Darunter stand ein Paar abgetragener Sandalen.

»Was ist denn?« fragte Corbett, als er Lokesh bemerkte. Dann murmelte er einen leisen Fluch und trat an die Seite des alten Tibeters.

»Er ist aus dem Bett aufgesprungen und nach draußen gerannt«, sagte Punji traurig.

Die nachlässig beiseite geworfene Decke in der ansonsten aufgeräumten Kammer sowie die unter dem Bett vergessenen Sandalen erzählten beredt von dem Tag vor mehr als vierzig Jahren. »Sie sind bei Tagesanbruch gekommen«, flüsterte Shan.

Die Decke lag noch immer so, wie der Lama sie zurückgelassen hatte, als damals der Alarm erklang oder schon die ersten

Bomben fielen. Und er war ohne Sandalen zur Tür hinausgestürzt.

Schweigend verließen sie den Raum und öffneten die nächste Holztür. Die Unterkunft sah beinahe genauso aus wie das erste Zimmer, nur daß hier die Bettdecke ordentlich zusammengelegt war. Außerdem stand ein Spannrahmen am Boden, daneben ein Sitzkissen und ein hölzernes Tablett mit Farben und Pinseln. Auf dem Baumwollstoff waren mit Holzkohle die Umrisse eines komplexen *thangka* vorgezeichnet, und in einer Ecke hatte der Künstler bereits mit dem Auftragen der Farben begonnen.

Das Bett der nächsten Kammer war wiederum in Unordnung, und neben der Tür lag ein umgeworfenes Tongefäß. Auf einmal merkte Shan, daß Lokesh nicht mehr bei ihnen war. Sie gingen ein Stück zurück und fanden den alten Tibeter in einer nahen Kapelle, wo er mit seiner Lampe dicht vor der Wand stand und die Gemälde begutachtete.

»Die sind anders als die anderen«, sagte Lokesh, als Shan sich zu ihm gesellte.

Sie leuchteten den Raum gemeinsam aus. Die Farben und die Patina der Bilder entsprachen den restlichen Kapellen, aber die Motive waren unterschiedlich gestaltet. Anstatt der kleineren Darstellungen früherer Inkarnationen der abgebildeten Person oder Reihen heiliger Symbole fanden sich hier Felsen, Bäume und Wolken im Hintergrund. Auch Berge waren zu sehen, und kleine Vögel flogen über eine weite Landschaft.

»Das ist nicht tibetisch«, sagte Corbett.

Doch Lokesh deutete auf den Heiligen im Zentrum, der sich eine Hand ans Ohr hielt. Es war eindeutig Milarepa, der berühmte Asket, und er wurde von anderen tibetischen Heiligen flankiert.

»Einerseits tibetisch, andererseits nicht«, sagte Shan. »Der Hintergrund entspricht eher dem chinesischen Stil.« Er zeigte auf fünf geschwungene Markierungen in der unteren rechten Ecke. Sie sahen wie Kommas auf einem kleinen Halbkreis aus. »Und was das ist, weiß ich nicht.«

Corbett fand gleichartige Zeichen auf den anderen beiden

Bildern der Kammer. »Es wirkt auf mich wie eine Signatur. Aber Sie sagten vorhin, das sei bei Tibetern eher unüblich.«

»Es kommt so gut wie nie vor, allenfalls auf der Rückseite mancher Gemälde, und dann als Handabdruck oder Wort.«

»Wer soll das sein?« fragte Yao und wies auf zwei Gestalten in Mönchsgewändern, die links und rechts hinter einem der tibetischen Heiligen standen und deren Gesichter gewissenhaft herausgearbeitet waren. »Das sind keine Tibeter«, stellte er fest. »Und einen von ihnen habe ich irgendwo schon mal gesehen.«

Shan und Lokesh blieben noch ein Weile in dem Raum und musterten die seltsamen Gemälde. Obwohl sie von den traditionellen tibetischen Konventionen abwichen, hatte der Künstler Geschick bewiesen und einen eigenen Stil von schlichter und ergreifender Schönheit gefunden. Als Shan schließlich auf den Korridor hinaustrat, sah er die anderen vor der nächsten Tür stehen und den Rahmen betrachten. Aus dem Holz ragten mehrere Haken, und daran hingen mindestens zwanzig *khatas*, zeremonielle Schals. Am Fuß der Tür standen einige verstaubte Bronzefiguren, verschnürte Papierrollen mit Gebeten und eingeschrumpfte braune Klumpen, bei denen es sich ursprünglich um Butteropfer gehandelt haben mochte.

»Es ist so eine Art Schrein«, sagte Punji. »Diese Dinge wurden vor langer Zeit hier plaziert, noch vor der Bombardierung.«

Im Licht der Taschenlampen schien der Raum zunächst den bisherigen Unterkünften zu ähneln. Es gab ein einfaches Holzbett, einen kleinen niedrigen Schreibtisch samt Stuhl, ein Regal mit Manuskripten, eine Holztruhe und einen Altar unter einem *thangka*. Aber die zusammengerollte Strohmatratze war mit einem Streifen Seide umwickelt, und auf der Truhe stand die kleine steinerne Statue eines Drachen.

Niemand schien gewillt zu sein, über die Opfergaben am Boden hinwegzusteigen. Letztendlich seufzte Yao und betrat die Kammer. Während die anderen warteten, ging er zum Bett, legte kurz eine Hand auf die Matratze, hielt inne und schaute zu dem Drachen. Dann drehte er sich um und wollte die anderen Wände ausleuchten, doch er zuckte jäh zusammen und ließ die Taschenlampe fallen. Sein Blick war auf die Wand rund um den Eingang gerichtet, die den Augen der anderen verborgen blieb. Er machte einen winzigen Schritt, schien zu taumeln und fiel auf ein Knie nieder. Seine Lampe blieb achtlos liegen, und er starrte weiterhin die Wand an.

Shan und die anderen eilten herbei und drehten sich um. Einen Moment lang glaubte auch Shan, seine Knie würden nachgeben.

»Ai yi!« rief Lokesh.

»Er ist es!« keuchte Punji.

»Wer denn?« fragte Corbett verwirrt und betrachtete die beiden prächtigen chinesischen Porträts, die an der Wand hingen.

Das rechte Gemälde zeigte einen eleganten Mann mittleren Alters, der eine Fellmütze trug und auf einem Thron saß. Shan erkannte ihn sofort. Es war Kaiser Qian Long.

»Er hat aus Peking ein Bild seines Onkels mitgebracht«, flüsterte Punji.

»Und eines von sich selbst«, sagte Shan. Auf der anderen Seite der Tür hing ein Gemälde der gleichen Größe, mit einem identischen Saum aus Seidenbrokat. Der Mann dort saß auf einer Bank und trug ebenfalls eine Fellmütze. Sein freundliches und intelligentes Gesicht glich einer jüngeren Ausgabe des Kaisers.

»Die beiden unbekannten Heiligen«, sagte Lokesh. Shan begriff schlagartig, wieso einer der Männer auf dem Wandgemälde vertraut gewirkt hatte.

»Es war der Kaiser«, sagte Punji ehrfürchtig, »gemalt als Lama. Und der andere war sein Neffe.«

»Aber nicht mehr als *amban*«, fügte Shan hinzu. »Zu diesem Zeitpunkt war er bereits der andere geworden.«

»Der andere?« fragte die Britin.

»Der wiedergeborene Abt.« Shan deutete auf die Drachenstatue. »Der Steindrachen-Lama.«

»Tot, auf Anordnung des Steindrachen-Lama«, stieß Punji überrascht hervor und schaute zu Lokesh und Shan. »Der Lama Kwan Li hat den Tod des *amban* Kwan Li befohlen.« Die Schriftzeile auf den Plakaten war eine Art Scherz gewesen, eine spöttische Anmerkung, und sie stammte von Leuten aus dem Gefolge des Lama.

»Er hat seine Arbeit signiert«, flüsterte Lokesh, noch immer voller Erstaunen. Sein Finger ruhte auf einem der ausgestreckten Beine des steinernen Drachen.

McDowell, die soeben einen Kasten neben dem Bett geöffnet hatte, blickte von den darin ordentlich einsortierten Pinseln und vertrockneten Farben auf. »Wie meinen Sie das?«

»Die Gemälde mit den Markierungen waren von ihm«, sagte Shan und registrierte beiläufig, daß sie alle nur flüsterten. »Die fünf gekrümmten Striche. Der Fußabdruck des kaiserlichen Drachen. Fünf Klauen.«

Im Schatten neben dem Altar flammte ein Streichholz auf. Lokesh entzündete ein Weihrauchstäbchen und steckte es in einen steinernen Halter, der auf einem niedrigen Tisch stand. Daneben entdeckte Shan nun ein großes Holztablett mit einer merkwürdigen Ansammlung von Gegenständen: mehrere kleine *tsa-tsas*, die traditionellen Tontafeln mit Götterbildern, bemalt in leuchtenden Farben; ungefähr zwanzig Papierrollen, fest verschnürt mit Seidenbändern; etwas, das wie ein Knochensplitter aussah; und ein kleines, rundes Stück Messing, sanft gewölbt und mit kurzem Schaft auf der Rückseite. Das alles wirkte wie ein weiterer provisorischer Schrein.

Punji, die hinter Shan stand, sog erschrocken den Atem ein. Dann stieß sie das Messingobjekt mit einem Finger an. Es war ein Knopf, ein verzierter Uniformknopf mit zwei gekreuzten Kanonenrohren.

McDowell wurde sichtlich von ihren Gefühlen übermannt. Dann verschränkte sie die Arme vor der Brust, ging zum Bild des *amban*, als wolle sie ihm eine Frage stellen, trat schließlich wieder auf den Gang hinaus und verschwand in der Dunkelheit.

Als Shan ihr folgte, leuchtete Corbett in zehn Metern Entfernung gerade durch den nächsten Eingang. Shan sah, wie die Britin zu ihm ging, kurz in den Raum schaute und hineinlief. Corbett lachte.

Diese Kammer hatte mit den anderen Räumen nur noch die Vertäfelung gemein. Das Bett war mit Holzklötzen zu größerer Höhe aufgebockt worden, und direkt an der Tür standen drei

Truhen. Vor der Wand gegenüber dem Bett ragten bis zur Decke Bücherregale auf. Shan trat näher heran. Der Großteil der Werke waren *peche*, aber einer der Regalböden stand voller westlicher Bücher. Auf einem zierlichen Arbeitstisch neben dem Bett lagen mehrere Kerzenstummel, Papiere und zwei Fotos in gleichartigen Rahmen. Eines zeigte den Dalai Lama als etwa zehnjährigen Jungen. Das andere war das Bild einer korpulenten Westlerin in einem hochgeschlossenen dunklen Kleid mit Spitzenkragen, die auf einem reichverzierten Stuhl saß. Als Corbett eine der Kerzen anzündete, lachte er abermals auf. Punji kam und nahm das Foto der Frau.

»Das ist die Königin seiner Jugend«, sagte sie und klang dabei auch weiterhin ehrfürchtig. »Königin Victoria.«

Von einem Wandhaken neben dem Bett hing an einem Lederriemen eine oben offene Holzröhre. Darin steckte eine Brille mit dünnem Metallgestell. Über dem Haken konnte man die Umrisse eines ungefähr anderthalb Meter langen Rechtecks erkennen. Dort hatte einst irgend etwas gehangen.

Yao erschien und widmete sich den Truhen. Die erste enthielt Roben und Untergewänder, Weihrauch und häufig gestopfte Wollsocken. Über den Truhen hingen Bilder, wie Shan sie noch nie zuvor gesehen hatte. Sie stammten von geübter Hand und waren wie *thangkas* auf Stoff gemalt, aber ansonsten hatten sie nur wenig Tibetisches an sich.

Das erste der Gemälde zeigte den Zukünftigen Buddha auf einem prachtvollen weißen Pferd an einem Waldrand. Er war wie ein Krieger mit einer Lanze bewaffnet und sah sich finsteren Gestalten gegenüber. Auf dem nächsten Bild stand ein Mönch hinter der Brustwehr einer englisch wirkenden Burg, und der Wind zerrte an seinem Gewand. Lächelnd blickte Shan noch einmal zu der ersten Darstellung. Das war Buddha als Ivanhoe.

In der Ecke hing das riesige Gemälde einer europäischen Schlachtszene: Soldaten mit lohfarbenen Helmen, die eine Lafette zogen, manche mit Verbänden über blutigen Wunden. Abseits auf einem Hügel standen Offiziere mit sehr ausgeprägten Gesichtern, als seien sie Männern nachempfunden worden, die der Künstler gekannt hatte. Allerdings trugen sämtliche Personen, auch die Offiziere, kastanienbraune Mönchsgewänder.

Corbett gab einen erstaunten Laut von sich und nahm einen langen Gegenstand aus einer der Truhen. Es war eine Geige mit starken Gebrauchsspuren.

Shan setzte sich auf den Hocker und starrte auf ein *peche*-Blatt, das noch leer war, abgesehen von der Zeichnung einer Blume am Rand. Bruder Bertram hatte es nicht mehr geschafft, seine Arbeit zu vollenden.

Corbett öffnete eine weitere Truhe und holte eine rote Hose mit goldener Paspelierung daraus hervor, wie sie zur Ausgehuniform eines Offiziers gehörte. Shan ging zu den westlichen Büchern. Es gab dort eine Bibel, einige englische Romane, ein Werk über die asiatische Vogelwelt und einen dicken, in Leder gebundenen Band ohne Titelprägung. Shan schlug ihn auf und stellte fest, daß es sich um ein Tagebuch handelte, verfaßt in sauberer, vornehmer Handschrift und in englischer Sprache.

Der erste Eintrag stammte vom 10. Dezember 1903.

Wir haben dem Wort »Chaos« heute eine neue Bedeutung verliehen, indem wir mit viertausend Maultieren und dreihundert Eseltreibern, die zudem vier verschiedene Sprachen sprechen, in 4300 Metern Höhe über einen verschneiten Paß namens Jelap La gezogen sind.

Das bezog sich auf die Himalaja-Überquerung von Colonel Younghusbands Expeditionskorps. Shan blätterte weiter. Während des ersten Jahres waren die Einträge wöchentlich erfolgt, zunächst als knappe, sachliche Schilderungen des Soldatenalltags. Später war dann von tibetischen Kunstwerken und Mönchskünstlern die Rede. Man hatte den Major in Gyantse stationiert, Sitz einer der vertraglich zugesicherten britischen Handelsniederlassungen. Nach einer langen Pause von mehr als einem Jahr gab es schließlich einen Eintrag, über dem »Lhasa 1906« stand, gefolgt von einigen Abschnitten über einen magischen geheimen Ort, an den ihn sein Lehrer mitgenommen hatte und den er nie wieder verlassen wollte. Shan hielt inne und las einen freudigen Absatz über die Geburt einer Tochter.

Im Anschluß an einen Eintrag aus dem Jahr 1934 folgte eine Seite, in deren Mitte nur ein einziges Wort stand: Zhoka. Dann meldete sich zum erstenmal Bruder Bertram zu Wort.

Meine lieben Freunde und Lehrer haben darauf bestanden, daß ich das ehrwürdige Quartier neben der Unterkunft des zwölften Steindrachen-Lama beziehe. Wenn sie von ihm erzählen, dann wie von einem geschätzten Großvater. Inzwischen verehren sie ihn gar als eine Schutzgottheit. Sie sagen, auch er sei ein Reisender aus einem anderen Teil der Welt gewesen und habe den Menschen als geistiger Vermittler gedient. Ich durfte seine Korrespondenz lesen. So habe ich zu meiner Überraschung erfahren, daß der Kaiser die tibetische Sprache beherrschte.

Bevor Shan das Buch auf den Tisch legte, las er den letzten Eintrag, datiert auf den 24. Mai 1959.

Heute haben wir den Geburtstag der Königin gefeiert. Ich habe auf dem Hof des Klosters Geige gespielt und den Lamas gezeigt, wie man einen Jig tanzt. Wir haben Mehl in die Luft geworfen und einen tüchtigen Schluck Brandy getrunken. Den Göttern der Sieg.

»*Lha gyal lo*«, sagte eine sanfte Stimme hinter ihm. Elizabeth McDowell hatte über seine Schulter geschaut und mitgelesen.

»Ist das wahr, Miss McDowell?« flüsterte Lokesh. »Wünschen Sie wirklich, daß die Götter siegreich sein mögen?«

Die Frage schien Punji zu verunsichern. Sie wandte den Kopf ab, blickte dann aber langsam zurück zu dem aufgeschlagenen Tagebuch. »Ich habe Briefe gelesen, die meine Urgroßmutter über Bertram geschrieben hat. Als Kind hatte er nur Unfug im Sinn, hat die Zöpfe der Mädchen in Tintenfässer gesteckt und lauter solche Sachen.« Sie zog einen Bleistift aus der Tasche, beugte sich über das Buch und schrieb etwa eine Minute lang. Dann richtete sie sich wieder auf und ging zu dem leeren Bett.

Lieber Onkel Bert, las Shan. Dann folgte auf tibetisch das *mani*-Mantra und schließlich: *Wir werden dafür sorgen, daß die Götter den Sieg davontragen. Alles Gute, Punji.*

Shan gesellte sich zu Corbett, der mittlerweile die dritte Truhe geöffnet hatte und zwei Bündel herausnahm. Es waren *peche*, eines in Seide eingewickelt, das andere in Fell. Am Boden der Truhe lag ein schmuckloses Stück Stoff, das in der Mitte gefaltet und an den Rändern zu einem Beutel vernäht worden war. Als Shan es nahm und auf den Tisch legte, stand plötzlich Punji neben ihm, griff hinein und zog ein Stück gelblich verfärbten Baumwollstoff heraus, in dessen Ecken zwei Handabdrücke zu sehen waren: die Rückseite eines *thangka*. Erschrocken wies McDowell auf die Kante des Stoffs. Er war ausgefranst, weil man ihn durchgerissen hatte. Wortlos und reglos verfolgte sie, wie Shan den Arm ausstreckte und den Stoff umdrehte. Man sah vier Paar Beine, unter deren Hufen Menschen und Tiere zertrampelt wurden.

»Zhinje!« flüsterte die Britin, schlug eine Hand vor den Mund und erbleichte. Sie hatte den Namen ausgesprochen, der seit fünfzig Jahren nicht mehr genannt worden war. Nach einem Moment verlegenen Schweigens rollte sie das *thangka* ein. »Die Mönche müssen es nach seinem Tod aus dem Norden hergebracht haben. Hiermit haben wir einen Trumpf im Ärmel.« Sie klang auf einmal sehr aufgeregt und fuhr nun auf englisch fort. »Steigt hinunter zur ersten Ebene. Hinter dem Osttor liegt eine Kapelle mit einem Regal voll alter *peche*, die teilweise zum Lesen aufgeschlagen sind. Vom Altar hängt eine graue Filzdecke herunter und verdeckt ein Loch. Lu und Khan haben in einem Felsspalt einen Luftzug gespürt und einen kleinen Tunnel gegraben. Ich werde behaupten, ihr wärt ins Labyrinth gelaufen und spurlos verschwunden. Geht. Geht schnell. Ich will nicht, daß noch jemand verletzt wird. Lodi und ich haben das nie gewollt.« Sie schaute kurz zu dem Tagebuch, lächelte Shan zu und ging mit dem wertvollen *thangka* zu den Rucksäcken, die sie in einer der hinteren Ecken abgestellt hatten.

Im nächsten Augenblick stolperte eine Gestalt zur Tür herein, stürzte und landete krachend neben dem Bett. Es war Liya, und sie hielt sich den Bauch, als habe jemand sie geschlagen. Zwei Männer betraten den Raum. Lu, der Gemäldedieb mit dem grausamen Gesicht, hielt einen Hammer wie eine Waffe in der Hand, und Ko, der mit einem Stab ausgestattet war, grinste überheblich.

»Sie wollte weglaufen«, sagte Lu. »Aber unser neuer Freund hat sie aufgehalten. Er ist ganz schön flink mit diesem Stock. Ich wußte gar nicht, daß er ein geflohener Häftling ist.« Hinter ihm tauchte Dawa auf. Ihr liefen Tränen über das Gesicht. Lu stieß sie ins Zimmer, und sie flüchtete sich in Liyas Arme.

Shan erwiderte den kühlen Blick seines Sohnes und spürte, wie ein merkwürdiges Gefühl in ihm aufbrandete, eine ungewohnte Hitzewallung. Wut.

Ko zog etwas aus der Hosentasche und streckte es wie selbstverständlich Punji entgegen. Es war eine kleine goldene Statue.

Die Britin schulterte zögernd ihren Rucksack und lächelte matt. Nach einem kurzen Blick zu Shan nahm sie die Figur und drückte Ko die Hand. Der Junge schien angenehm überrascht zu sein. Seine höhnische Miene wich vorübergehend einem verlegenen Lächeln. Dann bedeutete er Liya und Dawa, sie sollten aufstehen.

»Das ist nicht sehr höflich, Junge«, sagte Corbett auf englisch, als Ko ihm mit dem Stab drohte. »Schlechter Umgang führt zu schlechten Manieren.« Er warf Shan einen entschuldigenden Blick zu, senkte die Taschenlampe und schaltete sie aus. Yao tat es ihm sofort gleich und löschte außerdem die Kerzen. Während Lu sie noch mißtrauisch beäugte, schaltete auch Shan seine Lampe aus, so daß nur noch Lus und Punjis Leuchten den Raum erhellten.

Mit einem Mal entriß Yao dem Chinesen die Lampe und warf sie gegen die Wand, so daß sie aufflackerte und erlosch. Corbett packte Kos Stab und schlug ihn damit zu Boden. Liya nahm Dawa beim Arm und rannte zur Tür hinaus. Shan eilte zu Punji und griff nach der Taschenlampe in ihrer Hand. McDowell schaute zu Lu, der mit den Fäusten nach Yaos Kinn schlug, ohne ihn zu treffen. Dann ließ sie die Leuchte los.

Shan reichte die Lampe an Corbett weiter, während er und Yao bereits nach den Rucksäcken griffen. Der Amerikaner nickte Punji zu und verschwand nach draußen, unmittelbar gefolgt von Lokesh und Yao. Shan verharrte kurz, sah seinen Sohn an und öffnete den Mund, um etwas zu sagen, aber er fand keine Worte. Corbett zog ihn hinaus auf den Korridor.

Auf der ersten Ebene liefen sie in die Kapelle, die Punji ihnen beschrieben hatte, und hinter dem Altar lag unter einer Filzdecke, die im Schatten nicht zu erkennen war, tatsächlich ein Tunnel verborgen. Der zwei Meter lange Schacht endete auf einem offenen Sims, wo sie sich im Schein ihrer Lampen einen schnellen Überblick verschafften. Sie sahen reihenweise alte Vorratskörbe aus Weidengeflecht, aufgestapelte Decken, auf denen teilweise Felssplitter lagen, dicke Seilrollen aus Yakhaar und dazu ein Dutzend hölzerner Flaschenzüge in passender Größe. An einer Felssäule war eine neue Nylonstrickleiter befestigt. Yao warf sie über die Kante und stieg sofort nach unten. Nach ihm kam Liya, dann die anderen. Shan hielt verwirrt inne. Er wußte nun, wo sie sich befanden, nämlich über der Kammer, aus der man das Fresko gestohlen hatte, dem Raum, in dem Lodi gestorben war. Shan ging auf dem Sims zum ersten der Körbe. Er war mit alter, verstaubter Gerste gefüllt. Daneben lagen mehrere Hämmer sowie einige Meißel, die teils einen halben Meter lang waren. Im Hintergrund erstreckte sich eine knapp einen Meter hohe und rund fünfzehn Meter breite Rinne in der Wand, eine Aussparung, die sich perfekt zur Unterbringung der Vorratskörbe geeignet hätte. Doch sie war leer. Shan musterte sie fragend. Dann hörte er ein seltsames Rascheln und sah, wie ein loses *peche*-Blatt aus dem Tunnel flog und nach unten schwebte. Der Luftzug hatte es vom Altar gerissen. Auf diese Weise war auch Bruder Bertrams Text in die tieferen Gewölbe gelangt, begriff Shan.

Corbett rief, er solle schleunigst zu ihnen herabklettern. Shan musterte einen braunen Fleck am Boden und stieg nach unten. Dabei fielen ihm zwei rechteckige Löcher im Stein auf. Es waren die Halterungen einer Leiter, die an der Wand zum Vorratssims befestigt gewesen war. Ihm fiel der lange Holzsplitter wieder ein, den er auf dem Weg zum Wasserlauf gefunden hatte. Dann rief der Amerikaner erneut, und Shan beeilte sich.

Erst auf dem Torhof legten sie eine kurze Pause ein und rangen nach Luft. Yao holte die letzte Wasserflasche hervor, und Lokesh ließ sich vor der Mauer nieder und nahm Dawa in den Arm.

»Punji wird alles aufklären«, sagte Corbett hoffnungsvoll. »Sie weiß genau, was in Seattle passiert ist, und sie wird es mir erzählen.«

»Das können Sie doch gar nicht wissen«, warf Yao ein und trank noch einen Schluck.

»Doch. Ich habe es in ihren Augen gesehen.«

»Demnach glauben Sie also nicht mehr, daß McDowell etwas mit dem Tod des Mädchens zu tun hatte«, sagte Shan.

Corbett runzelte die Stirn, nickte aber. »Ich brauche sie nicht zu verhaften oder einen Auslieferungsantrag zu stellen. Und sie erhält auch kein Einreiseverbot für die Vereinigten Staaten.«

Yao grinste. Auch er schien einen Erfolg zu wittern. »Fühlen Sie sich etwa zu ihr hingezogen, Agent Corbett?« fragte er ausgelassen.

Der Amerikaner wurde rot. »Na klar«, erwiderte er. »Die internationale Kunstschmugglerin und der Ermittlungsbeamte. Ein größerer Gegensatz läßt sich kaum denken.«

»Ich glaube ...«, meldete sich hinter ihnen eine krächzende Stimme zu Wort. Sie drehten sich um und sahen, daß Lokesh soeben Liya auf die Beine half. »Ich glaube, sie ist in gewisser Weise wunderschön«, sagte der alte Tibeter, als habe er die Frau bisher nicht richtig wahrgenommen.

Corbett sah Lokesh so inständig an, als habe er die Dringlichkeit ihrer Flucht vollkommen vergessen. Die anderen verschwanden bereits in den Schatten. Shan zog den Amerikaner zu dem Pfad, der zum alten Steinturm und in das dahinter gelegene Tal führte. Doch schon im nächsten Moment kamen erst Liya und dann auch Yao und Dawa zwischen zwei bröckelnden Mauern wieder zum Vorschein. Sie gingen rückwärts. Khan, der große Mongole, scheuchte sie mit lässiger Geste vor sich her. In der anderen Hand hielt er ein automatisches Gewehr. Er wirkte leicht belustigt, als er sie vor der Mauer des Torhofs Platz nehmen ließ. In zwölf Metern Entfernung gähnte der Abgrund.

Wenig später kamen Lu und Ko. Shan registrierte aus dem Augenwinkel eine Bewegung und wandte den Kopf. Punji, neben der ihr Rucksack stand, kniete bei Dawa und wischte ihr das schmutzige Gesicht mit einem roten Tuch ab.

»Was für ein Anblick«, seufzte die Britin. »Du siehst ja wie ein Maulwurf aus.«

Als sie mit dem Resultat ihrer Bemühungen zufrieden war, stand sie auf, stemmte die Hände in die Seiten und fing an, vor ihnen hin und her zu laufen. Khan wischte sein Gewehr unterdessen mit einem öligen Lappen ab.

McDowell schaute abermals zu Dawa. »Kinder haben hier eigentlich nichts verloren. Und Amerikaner auch nicht«, sagte sie verärgert mit Blick auf Corbett. Khan zog etwas aus der Tasche und zeigte es Lu, dessen Augen aufgeregt funkelten. Es war der kleine goldene Buddha, den Ko aus dem Tempel gestohlen hatte. Auch Lu konnte eine Trophäe vorweisen: eine zierliche Statue, die über und über mit Edelsteinen besetzt war.

»Es wird nun folgendes passieren«, erklärte Punji. »Wir haben gefunden, was wir gesucht haben, und werden uns auf den Weg machen. Allerdings benötigen wir einen gewissen Vorsprung.« Lu warf seine kleine Figur mit verzücktem Lächeln fortwährend von einer Hand in die andere und schlenderte hinter die Mauer. »Daher werden wir Sie fesseln und in einen der unterirdischen Lagerräume einsperren. Decken und etwas Proviant lassen wir Ihnen da. In ein oder zwei Tagen schicke ich jemanden, der Sie befreien wird.«

Shan hörte hinter der Wand eine neue Stimme. Der Wind übertönte den genauen Wortlaut, aber der Unbekannte sprach in sehr nachdrücklichem Tonfall.

»Meine Kollegen und ich ziehen nach Norden, und Sie kehren nach Hause zurück. Wir können alle darüber lachen, was für lustige Streiche die alten Mönche uns gespielt haben.« McDowell sah wieder Corbett an. »Ich möchte, daß Sie eines wissen. Ein Drittel meines Anteils geht an den Hilfsfonds. An die Kinder.«

»Helfen Sie uns«, entgegnete der Amerikaner. »Ihr Onkel, der Major, würde es tun.«

Ko ging zu einem der Armeerucksäcke und nahm sich eine Tüte Rosinen.

Punji lächelte. »Wegen ihm sind wir hier. Schauen Sie doch nur, was er uns alles gegeben hat.«

»Was er Ihnen gegeben hat, war Zhoka«, sagte Shan zu der Britin. »Es war Tibet. Angefangen hat er als Soldat, als ein Glücksritter, ähnlich wie Sie. Aber aufgehört hat er als Mönch.« Shan zog das zusammengerollte *peche*-Blatt aus der Tasche und gab es Punji zu lesen. *Götter werden durch den Tod erneuert.* Sie dachte eine Weile über die Worte nach, drehte das Blatt um, kippte es nach vorn und dann zur Seite, als könne sie es nicht genau erkennen.

Schließlich seufzte sie, und ihr trauriges Lächeln kehrte zurück. »Er war ein tiefgründiger alter Fuchs, unser Major.«

Als sie das Blatt zurückgeben wollte, schüttelte Shan den Kopf. »Behalten Sie es. Es ist ein Teil von ihm, von Ihrer Familie.«

Im ersten Moment schien es McDowell unangenehm zu sein. Sie fuhr sich mit den Fingern durch das kastanienbraune Haar und wirkte so, als wolle sie das Geschenk am liebsten ablehnen. Dann aber rollte sie das alte Papier langsam wieder zusammen. »Was wollte er damit ausdrücken?« fragte sie. »Was heißt ›Götter erneuern‹?«

»Man hat immer eine Alternative«, sagte Corbett.

Punji stieß einen ihrer theatralischen Seufzer aus. »Ich wußte, daß Sie das sagen würden. Sie sind zu verbohrt. Widmen Sie sich doch den schönen Seiten des Lebens, Sie alle. Erneuern Sie Ihre eigenen Götter. Ich bin mit meinem völlig zufrieden. Ich bringe Kunstwerke zurück, und zwar zu den Leuten, die sie zu schätzen wissen. Der weltweite Markt soll sich frei entfalten.«

Shan rückte dichter an die Wand heran. Der Wind ließ kurz nach, und es kam ihm so vor, als befinde er sich dicht neben dem Unbekannten, der hinter der Mauer sprach. Ein paar kurze Sätze drangen an sein Ohr. Sie ergaben nur wenig Sinn, aber es waren englische Worte. »Natürlich schaffen wir das«, sagte der Mann. »Von jetzt an ist es einfach.«

»Höchstens noch ein paar Tage«, sagte Punji. »Dann sind wir weg.« Sie sah Dawa an. »Ich werde dir ein paar Süßigkeiten schicken. Irgendwo in meinem Gepäck müssen noch welche sein.«

Lu kam am anderen Ende des Hofs wieder zum Vorschein. Aber es konnte nicht seine Stimme gewesen sein, denn laut McDowell sprach er kein Englisch. Als Lu sich neben den großen Kerl mit dem Gewehr hockte und ihm etwas zuflüsterte, zog sich Shans Magen zusammen. Khan runzelte die Stirn und schien etwas einzuwenden. Dann seufzte er und wirkte für einen Moment irgendwie wehmütig. Lu stand auf, klopfte dem anderen wie zur Ermutigung auf die Schulter und ging zu Ko.

Der Mongole rief Punji herbei, öffnete den Rucksack zu seinen Füßen und deutete hinein. Lu nahm das Gewehr und wich nervös zur Seite aus. Als die Britin sich über den Rucksack beugte, hob Khan eine Hand weit über den Kopf.

Shan sah, daß er einen großen gezackten Stein hielt. »Nein!« schrie er.

Als Punji aufblickte, hieb Khan ihr den Stein mit äußerster Wucht auf den Hinterkopf, einmal, zweimal, dreimal, bis ein widerliches Knirschen und das Knacken eines berstenden Knochens ertönte. Die Britin stürzte zu Boden, und Corbett sprang brüllend auf. Lu feuerte ihm einen Schuß vor die Füße, schrie ihn an und stellte sich zwischen Corbett und Punji. Khan wich mit grimmigem Blick zurück. McDowell richtete sich auf Händen und Knien auf. Blut lief in Strömen über ihren Nacken. Sie griff nach hinten und betastete ihr Genick, doch ihre Augen waren trübe und leer. Unter großer Anstrengung kämpfte sie sich auf die Beine, sah sich schwankend um und schien doch niemanden mehr zu erkennen. Der Mongole hob sie wie ein Kind mühelos hoch. Ein Arm lag um ihre Schultern, der andere unter ihren Kniekehlen. Dabei kippte Punjis Kopf genau in Shans Richtung. Ihr Mund öffnete sich weit, und ein verzerrter Laut kam heraus, eine sinnlose Silbe, die vielleicht den Anfang eines Worts darstellte. Dann blickte sie auf ihre Hand, die sich wie von selbst dem *peche*-Blatt in ihrer Tasche näherte.

Erst als Lu ihn warnte und das Gewehr hob, merkte Shan,

daß er einige Schritte vorgestürzt war. Er blieb stehen und streckte eine Hand nach Punji aus. Der Mongole hielt inne und musterte erst die Frau und dann Shan mit traurigem Blick. Lu trieb ihn fluchend zur Eile an. Khan drehte sich um, erreichte mit drei großen Schritten den Rand der Klippe und warf Punji in die Schlucht.

Kapitel Vierzehn

Dawa stieß einen Schrei aus, wie Shan ihn noch nie gehört hatte. Das zitternde, gepeinigte Heulen wirkte wie etwas Lebendiges, durchdrang alle Anwesenden und ließ die alten Mauern erbeben. Es schien, als würden sämtliche Geister des alten *gompa* sprechen und ihr gemeinsames Entsetzen durch das Mädchen zum Ausdruck bringen. Der Laut toste durch die Luft, schwoll ab und wieder an, als dränge er durch einen Riß in der Atmosphäre. Alle waren einen Moment lang wie gebannt, sogar Khan, der mit trostloser Miene in den Abgrund starrte.

Plötzlich geriet Lu ins Stolpern. Ko hing an seinem Rücken und prügelte auf ihn ein. Als Khan seinem Freund zu Hilfe eilen wollte, trat Corbett dem Mongolen in die Beine und brachte ihn zu Fall. Khan stürzte schwer zu Boden und rang nach Luft, während Shan versuchte, das Gewehr an sich zu bringen. Doch Lu ließ es nicht los, sondern hieb Shan den Lauf auf den Kopf. Trotzdem konnte Shan ihm schließlich die Waffe entreißen. Ko schlug immer wieder zu, und Lu wehrte sich nicht; er wand sich und wich gegen die Wand zurück. Auf einmal schien Ko das Gewehr in Shans Hand zu bemerken und sprang vom Rücken des Chinesen. Er starrte kurz seinen Vater an und schaute dann Lu hinterher, der zwischen die Ruinen floh. Dann betrachtete er die eigenen Hände, als würde er gar nichts mehr begreifen, gleichermaßen schockiert über Punjis jähen Tod wie über das eigene Verhalten, das es ihm unmöglich gemacht hatte, mit den Dieben zu fliehen.

Corbett und Yao umkreisten den Mongolen. Liya schloß sich ihnen an. Sie hielt ein abgebrochenes Stück Holz in der Hand, Teil eines früheren Balkens. Punjis Mörder hob beide Fäuste, aber sein Blick war auf das Gewehr in Shans Händen gerichtet.

Ko blickte auf und nickte. Er sah dabei die Waffe an, nicht

seinen Vater. Auch Shan musterte das Gewehr, drehte es um, packte es am Lauf und schleuderte es weit hinaus in die Schlucht. Khan grinste, beugte sich vor, stieß Liya beiseite und packte mit spöttischer Miene Punjis Rucksack, der das zerrissene *thangka* enthielt. Dann rannte er los, dicht gefolgt von Corbett und Yao. Shan schaute zu Ko, dessen Gesichtsausdruck erst Verwirrung, dann Wut und schließlich Verachtung erkennen ließ. Nachdem Shan sich durch einen schnellen Seitenblick vergewissert hatte, daß Lokesh weiterhin Dawa hielt, lief er in die Richtung, in die Lu verschwunden war.

Er fand den kleinen Han kaum fünfzig Meter entfernt im Schatten einer Gasse wieder, wo er soeben in ein kleines schwarzes Gerät sprach. Shan näherte sich langsam und so leise wie möglich von hinten. Lu war sehr aufgeregt und gestikulierte eifrig mit der freien Hand. Und er sprach perfektes Englisch. Shan hörte ihn »ja« und »morgen« sagen, und danach versprach er, es würde nun keine weiteren Probleme mehr geben. Punji hatte versichert, Lu verstehe kein Englisch, und sie hatte ihnen auf englisch den Fluchtweg beschrieben. Nur wenige Sekunden später war Lu an der Tür der Kammer aufgetaucht. Er mußte alles mit angehört haben. Hier draußen hatte er die Neuigkeit mit Hilfe des schwarzen Kästchens an jemanden weitergegeben, und dieser Unbekannte hatte daraufhin Punjis Tod angeordnet. Nun meldete Lu den Vollzug des Befehls.

Shan nahm einen Stein und warf ihn in hohem Bogen über Lu hinweg. Als der Chinese das Geräusch des Aufpralls hörte und sich zur Flucht umwandte, stand Shan direkt vor ihm und verstellte ihm den Weg.

»Sagen Sie ihm, er kann sich nicht länger hinter seinen Lügen verstecken«, sagte Shan auf englisch.

Als Lu herumwirbelte, packte Shan ihn am Arm, und das schwarze Kästchen fiel zu Boden. Der Chinese wand sich, stieß Shan gegen eine Mauer, riß sich los und ergriff Hals über Kopf die Flucht.

Shan kehrte auf den Torhof zurück und nahm das Gerät etwas genauer in Augenschein. Auch Corbett und Yao trafen wieder dort ein. Punjis Mörder war ihnen entwischt.

»Ming.« Yao stieß das Wort wie einen Fluch aus.

Corbett nickte und nahm das Kästchen. Dann verfinsterte sich seine Miene. »Das ist kein Funkgerät, sondern ein Satellitentelefon«, erklärte der Amerikaner und wies auf das Tastenfeld. »Er kann mit sonstwem gesprochen haben. Vielleicht ist ...« Seine Stimme erstarb, und er betrachtete das kleine Display oberhalb der Tasten. Eine kalte Wut legte sich auf seine Züge. »Das Gerät hat eine Wahlwiederholung«, sagte er mit eisiger Stimme. »Man kann damit automatisch die zuletzt gewählte Nummer anrufen.« Er zeigte ihnen die Ziffernfolge auf dem Display. »Es ist ein amerikanischer Anschluß. In Seattle.« Er drückte eine Taste und streckte das Telefon aus, so daß Yao und Shan mithören konnten.

Nach einem Moment ertönten zwei Rufzeichen, und dann meldete sich mit forscher, klarer Stimme eine Frau. »Croft Antiquities.«

Corbett hob das Telefon an den Mund. »Ist Mr. Croft da?«

»Mr. Croft ist derzeit nicht im Haus«, sagte die Frau nach kurzem Zögern. »Wer spricht dort, bitte?«

Corbetts Blick richtete sich auf Yao. »Ermittler Yao vom chinesischen Ministerrat. Richten Sie ihm aus, die chinesische Regierung habe ein paar Fragen an ihn. Sagen Sie ihm, er habe soeben alles verändert.«

Yao erhob keinen Einwand, sondern starrte nur traurig und enttäuscht das kleine Telefon an.

Corbett trennte die Verbindung und steckte den Apparat ein. »Wir besorgen uns die Gesprächsdaten«, versprach er. »In ein paar Tagen werden wir über Croft Antiquities alles wissen, was es zu wissen gibt.«

»Aber auch das wird nicht erklären, welche Verbindung zu Peking und zu Ming besteht«, sagte Yao und schaute in den Abgrund. »Die Antwort liegt in den Ereignissen verborgen, die sich an jenem Tag in der Verbotenen Stadt zugetragen haben und von denen nichts in den Polizeiberichten stand. Wir haben nur die Briefe des *amban*. Wir wissen nicht, welche weitere Korrespondenz es über den Schatz gegeben hat. Wie können wir diese Leute aufhalten, wenn wir nicht erfahren, was zwischen dem *amban* und seinem Onkel vorgefallen ist? Der verschwundene Schatz stellt das gemeinsame Bindeglied dar. Sobald wir ihn finden, finden wir auch alle Beteiligten.«

»Wir wissen, daß der Kaiser offenbar Kopien all seiner Briefe aufbewahrt hat«, sagte Shan. »Und ich glaube nicht, daß Mings Suche hundertprozentig erfolgreich war.«

»Wie meinen Sie das?« fragte Yao kühl.

»Die Unterlagen sind immer noch dort, in der Verbotenen Stadt.«

»Das ist bloß eine Vermutung.«

»Der *amban* höchstpersönlich hat es uns verraten. Er hat sich beim Kaiser für den Gebrauch der Worte der Sutras bedankt. Damit war gemeint, daß der Kaiser ihm auf tibetisch geschrieben hat. Ich habe vorhin in Major McDowells Tagebuch einen Eintrag gefunden, der das bestätigt. Für den Kaiser war es eine hervorragende Möglichkeit, den Inhalt der Briefe vor seinen Mandarinen geheimzuhalten. Selbst wenn Ming diese Schreiben entdeckt haben sollte, würde er einem auf tibetisch verfaßten Brief wohl kaum eine besondere Bedeutung beimessen. Er spricht kein Tibetisch.«

Yao sah Shan an, und etwas in seinen Augen schien zu funkeln. Dann ging er zu Corbett, der erneut das kleine Telefon betrachtete.

Liya stand am Rand der Klippe und schaute weinend in den Abgrund. Shan hockte sich neben sie und zeichnete etwas in den Staub: ein Oval, das einen Kreis umschloß, in dem sich ein Quadrat befand. »Eine Erdtür im Innern des Himmelskreises.«

Liya schlug eine Hand vor den Mund. »Der Tunnel. Er wollte mir mitteilen, daß Lu und Khan einen Tunnel in den Mandala-Tempel gegraben hatten.«

Shan nickte und erinnerte sich an die Knochen unterhalb der Zeichnung, die wie ein Pfeil nach oben gewiesen hatten. Der sterbende Lodi hatte versucht, Liya – und nur Liya mitzuteilen, was er an jenem Tag in den Gewölben entdeckt hatte. »Und er hat über den Bergbuddha geschrieben. Wo ist er, Liya?«

»Er schläft«, antwortete sie mit warnendem Blick.

Shan vergewisserte sich, daß niemand sie belauschte. »Du

begreifst nicht«, sagte er. »Ming weiß aus einem der alten Bücher davon. Er will den goldenen Buddha haben. Auch falls es ihm nicht gelingen sollte, den Schatz des Kaisers zu finden, will er doch zumindest neue politische Macht erlangen und sich das goldene Abbild Buddhas sichern.«

»Manches muß den Tibetern überlassen bleiben, Shan«, sagte Liya. »Die Hügelleute und Oberst Tan werden das unter sich ausmachen. Du kannst nichts daran ändern. Gendun hat uns höchstpersönlich seinen Segen erteilt.« Dieser letzte Satz klang wie eine Rechtfertigung. Liya wußte, daß Shan sich nicht gegen den alten Lama stellen würde.

»Aber Gendun glaubt vermutlich, Surya befinde sich unter den Sträflingen«, protestierte Shan und sah Liya flehentlich an.

Sie schüttelte den Kopf und lächelte bekümmert. »Es ist die einzige Gelegenheit, die sich unserem Volk in den letzten fünfzig Jahren geboten hat.«

»Versteckt den Buddha wenigstens.«

»Er war viele Jahrzehnte versteckt, doch Lodi hat ihn gefunden. Es sollte sein letztes Geschenk an uns sein.«

»Lodi?«

»Du vergißt, daß auch ich nach seinem Tod dort war. Die Zeichnung der *dzi*-Perle habe ich anfangs nicht verstanden, aber ich habe die Knochen gesehen. Sie waren der Hinweis auf etwas anderes.«

»Oben auf dem Sims?« Shan ließ den Ort noch einmal Revue passieren. Die Körbe sollten womöglich nur den Tunnel verbergen, aber was war außerdem zu sehen? Dicke Yakseile. Flaschenzüge. Lange Meißel.

Liya hob einen Finger an die Lippen und berührte dann Shans Schläfe. »Du bist verletzt.«

Shan tastete nach der Stelle, an der das Gewehr ihn getroffen hatte. Drei seiner Finger waren blutig.

»Im Proviantrucksack ist Verbandzeug«, sagte Corbett.

Liya griff in den Rucksack und erstarrte. Dann hob sie verwirrt den Kopf und brachte den langen weißen Stoffbeutel zum Vorschein, den sie bereits aus Major McDowells Quartier kannten.

»Das *thangka*!« rief Lokesh.

Liya zog das alte Gemälde heraus. Punji hatte Lu ein letztes Schnippchen geschlagen und den Beutel in Shans Rucksack verstaut anstatt in ihrem eigenen.

»Damit haben wir eine Chance, die Mistkerle zu erwischen«, sagte Corbett. In seiner Stimme schwang etwas Neues mit: der Wunsch nach Vergeltung. »Ming und diesen Croft.«

Während Lokesh das ausgefranste, etwa fünfzig Zentimeter breite Stück Stoff am Boden auslegte, holte Yao das zusammengefaltete Abbild der oberen Hälfte der Todesgottheit hervor, das sie in Tans Büro ausgedruckt hatten. Er hielt es an die Rißkante. Das Rätsel des *amban* ließ sich angeblich lösen, indem man beide Hälften aneinanderfügte. Aber die Hoffnung erfüllte sich nicht.

Das zusammengesetzte Bild schien genauso auszusehen wie das *thangka*, das in der Trauerhütte des *ragyapa*-Dorfes gehangen hatte. Lokesh kniete sich hin und beugte sich dicht über das Gemälde. Die anderen hockten sich neben ihn und hielten nach Farbmustern oder Anomalien Ausschau, sowohl bei der Figur des großen Stiergottes als auch bei den kleineren Gottheiten, die ihn umgaben. Sie waren überzeugt, daß die gesuchte Botschaft auf gleiche Weise in dem Gemälde versteckt sein mußte wie die Hinweise, die sie erst kürzlich im Tempel entschlüsselt hatten. Lokesh murmelte ein Mantra, als wolle er die Götter bitten, sich ihnen zu offenbaren.

Doch sie fanden nichts, nur fünf kleine, klauenähnliche Markierungen am unteren Rand des zerrissenen Stoffs. Fünf weitere waren an der Oberkante des Ausdrucks sichtbar. Der *amban* hatte beide Hälften mit seinem Zeichen versehen.

»Sprich zu uns«, stöhnte Yao und vollführte eine anfeuernde Geste in Lokeshs Richtung, als wolle er die Wirkung des Mantras verstärken.

Schließlich stand Corbett auf und gab zu bedenken, daß Khan und Lu vielleicht noch eine weitere Schußwaffe in den Höhlen versteckt hatten. Als Shan das *thangka* zusammenrollte, fiel sein Blick auf die beiden Handabdrücke auf der Rückseite. Dann teilte er den anderen mit, sie könnten bis Einbruch der Dunkelheit Fionas Haus erreichen.

Sie machten sich sofort auf den Weg und eilten im Laufschritt davon. Dawa wurde zunächst von Corbett auf dem Rücken getragen, dann von Shan, dann von Liya. Als sie Zhoka im strahlenden Sonnenschein hinter sich ließen, war es später Nachmittag, und ein warmer Wind strich über ihre Gesichter. Die düstere Stimmung ließ ein wenig nach. Sie sprachen kaum ein Wort, auch dann nicht, wenn sie an einer Quelle pausierten, um etwas zu trinken, aber Shan merkte, daß die Blicke seiner Gefährten sich veränderten. Es lag keine Angst mehr darin, sondern eine ruhige, gelöste Entschlossenheit, wie Shan sie häufig bei Tibetern gesehen hatte, die sich schier unüberwindlichen Schwierigkeiten stellen mußten.

Nur Ko schien nicht in der Lage zu sein, den Schmerz abzuschütteln.

»Danke für deine Hilfe«, sagte Shan, als sie an einem Bach knieten. »Du hast uns gerettet.«

»Eine Frau wie Punji hatte ich noch nie getroffen«, sagte Ko verunsichert. »Ich meine ... wir haben uns gar nicht gekannt. Aber sie hat in den Tunneln mit mir herumgealbert. Daß ich ein Häftling bin, war ihr egal. Ich sehe ständig ihre Augen vor mir. Sie war so wunderschön. Für ein paar Minuten waren sie und ich Partner und wollten in den Westen fliehen. Alles andere spielte plötzlich keine Rolle mehr ...« Er sah Shan an und schien sich auf einmal zu erinnern, mit wem er da sprach. »Ach, vergiß es«, sagte er barsch, wirkte aber nicht wirklich verärgert. Nach einem Moment stand er einfach auf und bot an, Dawa auf seinem Rücken zu tragen.

»Falls wir sie nicht für ihre bisherigen Verbrechen festnageln können, müssen wir sie eben auf frischer Tat ertappen«, sagte Corbett und schaute Ko und dem Mädchen hinterher. »Dann werden sie schon reden und uns das Versteck ihrer Beute verraten.«

Yao nickte ernst. »Der Schatz des *amban* gehört der chinesischen Regierung. Aber um ihn zu finden, müssen wir erst dieses alte Gemälde enträtseln.«

»Der Schlüssel liegt in den letzten Briefen verborgen, die Qian Long und sein Neffe einander geschickt haben«, sagte

Shan. »Ming kennt sie noch nicht. Der *amban* schrieb, er werde den Rest des Todes erläutern. Ich dachte, es ginge um eine buddhistische Lehre.«

»Er meinte das *thangka*!« rief Liya. »Er meinte den Rest der Todesgottheit, die andere Hälfte des zerrissenen Gemäldes. Er wollte dem Kaiser erklären, wie das Bild gedeutet werden muß, damit es keine Mißverständnisse gibt!«

»Wie die Sutras«, sagte Shan, der sich noch gut an den genauen Wortlaut erinnern konnte. »Kwan Li schrieb, wie die Sutras würde er später noch den Rest des Todes erläutern. Er meinte, auf tibetisch. Er wollte einen Brief auf tibetisch schreiben, um das Geheimnis zu erklären.«

»Aber die Briefe sind immer noch in Peking«, sagte Corbett. »Wir müssen dorthin.«

»Ich habe niemanden in Peking«, erklärte Yao stirnrunzelnd. »Niemanden, der Tibetisch lesen, und niemanden, dem ich trauen kann.« Er sah Shan ruhig an. »Wenn Sie den Tibetern helfen wollen, müssen Sie uns begleiten.«

DRITTER TEIL

Kapitel Fünfzehn

Shan sank in einen finsteren grauen Nebel, der manchmal wie Schlaf, mitunter aber auch wie der Beginn einer tiefen Meditation war. Er fand keine Ruhe. Wohin sein Geist sich auch wandte, stets geriet er in etwas, das den dunklen Wolken glich, die unter ihnen vorüberzogen. Insgeheim verfluchte er Yao und Corbett dafür, daß sie ihn an Bord des Flugzeugs gebracht hatten, weit weg von Surya, Gendun und den anderen Tibetern, die so dringend Hilfe benötigten. Und ein Teil von ihm haßte sich selbst, weil es ihm nicht gelang, einen Zugang zu Ko zu finden und die harte Schale zu durchbrechen, die der Junge sich zugelegt hatte. Shan fragte sich erschrocken, ob er Tibet oder seinen Sohn wohl je wiedersehen würde.

Sobald Yao in Peking keine Verwendung mehr für ihn hatte, bestand für den Inspektor eigentlich kein Anlaß, ihn zurückzubringen. Außer, um ihn loszuwerden. In Peking würde Shan ganz in der Nähe derjenigen sein, die ihn ursprünglich in den Gulag geschickt hatten. Einige von ihnen waren inzwischen an Altersschwäche gestorben, aber nicht alle.

Auch wenn es Shan bisweilen gelang, die Zweifel beiseite zu schieben und etwas zu schlafen, vermochte er seine Augen nicht lange geschlossen zu halten, denn er sah immer wieder die gleichen Bilder vor sich. Punjis verwirrten, kindlichen Gesichtsausdruck, nachdem die Schläge ihr Gehirn zerstört hatten und der Mörder sie auf beiden Armen zum Abgrund trug. Surya, der Töpfe voller Exkremente schleppte und von seiner Zeit als Lama sprach, als würde es um eine andere Person gehen. Gendun, der in Zhokas dunklem Labyrinth Verbindung zu den Göttern aufnahm. Manchmal schimmerte wie aus einem trüben Korridor noch ein weiteres Bild durch den Nebel: Ein heiterer Chinese in Drachenrobe und ein leutseliger britischer

Offizier saßen an einem karierten Brett und spielten Dame, aber ihre Hände waren vollständig skelettiert.

Letztendlich mußte ihn doch noch der Schlaf übermannt haben, denn es gab unvermittelt einen Ruck, und sie waren gelandet. Die Maschine rollte auf ein flaches graues Gebäude unter einem tiefen braunen Himmel zu, der typisch für die staubbefrachtete Dunstglocke des Pekinger Sommers war.

Yao bedeutete Shan, er solle sitzen bleiben, und so rührten sie sich nicht vom Fleck, bis die anderen Passagiere ausgestiegen waren. Sogar Corbett nickte ihnen nur kurz zu und verschwand. Schließlich tauchten zwei junge Männer in den grauen Uniformen der Öffentlichen Sicherheit auf und begrüßten Yao ehrerbietig. An ihren Gürteln hingen Pistolen, und sie ließen Shan argwöhnisch nicht aus den Augen, während sie ihn und den Inspektor durch eine Tür in der Seite der Fluggastbrücke zu einer schwarzen Limousine begleiteten, die neben dem Flugzeug wartete. Yao stellte Shan den Männern nicht vor und sprach auch sonst kein Wort, sondern schaute auf der Fahrt in die Stadt lediglich zum Fenster hinaus.

Pekings Skyline sah nicht mehr so aus wie in Shans Erinnerung, und auch sonst hatte die Stadt sich verändert. In allen Richtungen erstreckten sich neue Schnellstraßen, voll mit Zehntausenden neuer Automobile. Ungewohnte Gebäude ragten am Wegesrand auf, Bauten im westlichen Stil mit nichtssagenden Fassaden, teilweise mit den Namen ausländischer Firmen versehen. Reklametafeln wuchsen wie Unkraut überall aus dem Boden.

Manches hatte sich nicht verändert. Noch immer strömten wahre Menschenmassen über die Gehwege und bis auf die Fahrbahnen, ergossen sich in die Stationseingänge der U-Bahn und umspülten die Straßenverkäufer. Vertraute Gerüche drangen in den Wagen: gebratenes Schweinefleisch, Chilis, Nudeln, Knoblauch, Kardamom, Ingwer und gedünsteter Reis vermischt mit beißenden Diesel- und Benzindämpfen. Shan starrte ungläubig nach draußen. Er befand sich nicht in Peking, das war unmöglich. Es mußte sich um einen seiner merkwürdigen, substanzlosen Träume handeln.

Sie fuhren geradewegs zur Verbotenen Stadt, parkten an der mächtigen Außenmauer und betraten das uralte Gelände durch die hohen Bögen des Nordtors. Für die Touristen würde sich der Eingang erst in drei Stunden öffnen, und als Shan und der Inspektor die weiten, menschenleeren Innenhöfe überquerten, rief das zahlreiche Erinnerungen wach. Shan mußte daran denken, wie er anfangs mit Vater und Mutter hergekommen war, und wußte sogar noch, daß er anläßlich eines der seltenen Besuche seines Sohnes mit dem vier- oder fünfjährigen Ko einen Ausflug hierher unternommen hatte. Dort in der Halle der Höchsten Harmonie hatte Shans Vater auf den Drachenbeinthron des Kaisers gezeigt und erzählt, daß die Beamten sich dem Herrscher mit drei rituellen Kniefällen und neun Kotaus nähern mußten. Dahinter, beim Tor der Großen Ahnen, hatte seine Mutter ihm ein Gedicht vorgelesen, das vor tausend Jahren von einem der Kaiser verfaßt worden war.

Plötzlich empfand Shan etwas Neues, eine Art Entdeckerfreude. Sie erreichten einen kleinen, stillen Hof vor dem schlichten und eleganten Ruhesitz Qian Longs. Erst jetzt, als er die Schwelle des kaiserlichen Privathauses überschritt, spürte Shan die Last der geschichtlichen Bedeutung ihres Rätsels. Was auch immer sich zwischen dem einflußreichen Kaiser und seinem Neffen vor zweihundert Jahren zugetragen haben mochte, es waren zahllose Schicksale damit verknüpft.

Yao wechselte ein paar leise Worte mit dem Polizisten, der den Eingang des Hauses bewachte. Der Mann schloß die Tür auf und trat beiseite. Das Innere des Hauses hatte nichts von der pompösen Pracht der kaiserlichen Hallen an sich. Es glich mit seinen vielen Schriftrollen und Gemälden der behaglichen Unterkunft eines vornehmen Gelehrten. Das Mobiliar und die Räume waren nicht für formelle Audienzen, sondern für zwanglose Lesungen und Gespräche entworfen worden. Das Zentrum des Hauses bildete ein Speisezimmer mit drei Zedernholzwänden, dessen zwei Eingänge von rot lackierten Säulen flankiert wurden. Auf einer Seite des Tisches hing das Porträt eines frühen Kaisers.

Shan ließ seinen Blick durch den ganzen Raum schweifen

und stellte sich dann vor die Wand gegenüber dem Gemälde. Dort war durch den Raub des Freskos auf beträchtlicher Breite das Lattenwerk freigelegt worden, und an den Rändern bröckelte noch immer Verputz auf den Holzboden. Auf dem kostbaren Mahagonitisch, dessen Beine wie die eines Drachen geschnitzt waren, lag ein Stapel Schnellhefter.

»Das ist alles, was wir über den Diebstahl haben«, erklärte Yao. »Die Polizeiberichte, Verhörprotokolle des Personals, Hintergrundinformationen über das Wandgemälde und sogar Gutachten von Kunstexperten über die technische Durchführung der Tat und die notwendigen Transportvorkehrungen. Ihnen bleiben zwei, höchstens drei Stunden.«

Shan hob fragend den Kopf.

Yao zögerte und schaute zu dem jungen Polizisten am Eingang, neben dem nun ein Mann in grauer Uniform stand und auf den Inspektor zu warten schien. Dann wandte er sich wieder Shan zu und kam näher.

»Ich habe Sie angelogen«, sagte er mit reumütiger Stimme. Er schien es nicht fertigzubringen, Shan in die Augen zu sehen. »Wir haben Sie nicht nur aus Tibet mitgenommen, damit Sie uns in Peking helfen. Man wird Sie verhaften. Corbett besorgt die notwendigen Papiere und trifft alle Vorbereitungen. Er wird ...« Der Mann in Grau erschien in der Tür zur Eingangshalle. Der Wächter rief Yaos Namen. Der Inspektor runzelte die Stirn. »Lesen Sie die Akten. Vielleicht habe ich etwas übersehen.«

Shan schnürte sich die Kehle zu. Verhaftet. Wie hatte er sich nur so täuschen können? Plötzlich war alles vorbei. Endgültig. Es ergab keinen Sinn, aber das tat es nie, wenn es um jene ging, die Shan haßten und deren langer Arm ihn nach mehreren Jahren nun ein letztes Mal zu fassen bekam. Er sah sich abermals im Raum um und fühlte sich in den letzten Stunden seiner Freiheit auf seltsame Weise Qian Long verbunden. Es kam ihm irgendwie so vor, als habe der Kaiser eigenhändig Shans Schicksal besiegelt. Seinen Untergang.

Doch dann trat einer der Wachposten ein und reichte Shan ein gefaltetes Stück Papier. »Verzeihung. Ich soll Ihnen dies von Inspektor Yao geben, Sir.«

Es war eine hastig hingekritzelte Notiz. *Sie begleiten Corbett als Hauptzeuge nach Amerika. Abflug ist heute abend.*

Shan las den Zettel zweimal, drehte ihn um und las ihn erneut. Das war unmöglich. Mit jeder Stunde sehnte er sich stärker nach Lhadrung, wo er Gutes bewirken konnte, doch Yao und Corbett planten insgeheim, ihn auf die andere Seite des Erdballs zu bringen. Allmählich wurde er sich der eigenen Hände bewußt. Sie hatten ein *mudra* gebildet, den Diamanten des Verstands. Er sann lange darüber nach. Dann schlug er die erste Akte auf.

Als Yao zwei Stunden später zurückkehrte, hatte Shan alle Unterlagen durchgesehen. »Eigentlich besteht nicht der geringste Zweifel daran, daß Ming den Diebstahl organisiert hat«, sagte Shan.

»Es ist bloß eine Frage der Beweise. Ich bin der Entdeckung des Freskos noch immer keinen Schritt näher gekommen.« Yao ging zu dem Loch in der Wand, beugte sich vor und strich mit dem Finger über den Rand einer fünfundzwanzig Zentimeter breiten quadratischen Öffnung im Lattenwerk. »Ich dachte, das sei nur irgendein Baumangel. Aber hier lagen die Briefe versteckt, die Ming gefunden und verschlüsselt hat. Danach war alles anders.«

Shan betrachtete ein Foto des Wandgemäldes, das bei den Akten gelegen hatte. Es war ein wunderschönes Motiv, eine Uferlandschaft mit Schilfrohr, Bambus und großen Kranichen, die aussahen, als wollten sie aus der Wand in den Raum fliegen. Die Glyzinienranken am Rand wirkten so naturgetreu, daß sie im Wind zu erzittern schienen. »Haben Sie je mit eigenen Augen den Brief gesehen, den Ming dem Vorsitzenden gemeldet hat und aus dem angeblich hervorging, der Kaiser habe Lhadrung ein Geschenk machen wollen?« fragte Shan.

»Eine Fotokopie.«

»Wie ist das Original verlorengegangen?«

»Ming hat es per Kurier vom Museum zur Polizei geschickt. Der Umschlag wurde später gefunden, aber er war geöffnet worden und leer. Warum fragen Sie?«

»Weil Mings größtes Vergehen nicht der Diebstahl des Freskos war, sondern die Tatsache, daß er den Vorsitzenden belogen hat. Sie wissen, daß es sich bei diesem Schreiben um eine Fälschung handelt.«

Yao nickte langsam. »Aber es läßt sich nicht nachweisen.« Er legte eine Hand auf die Akten. »Mings Museum war mit der Restaurierung des Gebäudes beauftragt«, zitierte er aus dem Bericht. »Seine Leute haben fast jeden Tag hier gearbeitet – hier und in zwei der kleinen Säle auf der anderen Seite des Geländes. Ming hat nicht nur die Zuteilung der einzelnen Arbeiter und sogar die Zeitpläne überwacht, sondern ist auch selbst häufig vor Ort gewesen. Ich habe alle Personen überprüft. Die letzten beiden Arbeiter wurden von Ming zwei Wochen vor dem Diebstahl eingestellt. Lu und Khan. Man hat nicht mal versucht, ihre Identität zu vertuschen. Sie hatten schon vorher mit Ming zusammengearbeitet, bei zwei seiner Expeditionen.

Alle Arbeiter haben übereinstimmend ausgesagt, am Tag des Diebstahls sei kein Trupp für die Restaurierung hier vorgesehen gewesen. Khan und Lu wurden ebenfalls befragt und gaben an, nichts gesehen zu haben. Ming hat bestätigt, die beiden hätten sich auf der anderen Seite des Geländes aufgehalten. Dieses Haus war für die Öffentlichkeit nicht zugänglich, wurde aber nicht eigens bewacht, und die ersten Posten standen hundert Meter entfernt. Die Suche nach einem Zeugen, der hier zur Tatzeit irgend etwas beobachtet haben könnte, verlief ergebnislos. Einer der Ermittler sagte, die Diebe seien unsichtbar gewesen, denn sie hätten keine der Sicherheitsschranken passiert. Man hat nach Tunneln gesucht, nach Geheimtüren in den Wänden, und dann wurden sogar alle Hubschrauberflüge an jenem Tag überprüft. Ming hat öffentlich verlautbart, wie enttäuscht er von den Strafverfolgungsbehörden sei.«

Shan drehte sich um und wies auf die Akten. »Es gibt aus den Reihen des Wartungspersonals nur sechs Verhörprotokolle, aber in diesem Bereich des Geländes müßten weitaus mehr Leute beschäftigt sein.«

»Die anderen haben ausgesagt, sie hätten nichts gesehen.«

»Wurden die Leute von Ihnen befragt?«

»Nein, von der Polizei.«

»Und diejenigen, deren Aussagen vorliegen ... wie alt waren die?«

»Was spielt das für eine Rolle?«

»Wie alt?« drängte Shan.

»Ich weiß es nicht«, räumte Yao ein und verfolgte verwirrt, wie Shan vom Tisch aufstand und auf den Ausgang deutete.

Die Unterkünfte der kaiserlichen Dienerschaft hatte Shan vor fast zwei Jahrzehnten bei einem seiner Spaziergänge entdeckt. Sein letzter Besuch lag viele Jahre zurück. Die dunklen und verstaubten Räume waren in einfache Schlafquartiere für manche der Wartungsangestellten umgewandelt worden. Shan bat den Inspektor, in der Nähe des von Glyzinien überwachsenen Torbogens zu warten, und ging hinein.

In einer der Kammern am Ende des langen Korridors saß ein alter Mann mit krummem Rücken neben einem Schlaflager und erhitzte über drei brennenden Kerzen soeben einen Blechbecher mit Wasser. Er hob den Kopf, schien seinen Besucher aber kaum erkennen zu können.

»Ich heiße Shan«, sagte Shan sanft. »Früher habe ich oft in den kleinen Gärten gesessen. Manchmal habe ich mit Ihnen und Ihrem Freund, dem Professor, Dame gespielt. Sie beide haben einst an der Universität gelehrt.«

Das Lächeln des alten Mannes ließ mehrere Zahnlücken erkennen. Er bedeutete Shan, neben ihm Platz zu nehmen. »Ich habe leider nur diese eine Tasse«, sagte er und bot Shan den rußgeschwärzten, verbeulten Becher an. Shan lehnte dankend ab. »Das alles liegt Jahre zurück«, sagte der Mann. »Was ist mit Ihnen geschehen?«

»Ich mußte wegziehen. Heute lebe ich in Tibet«, antwortete Shan langsam und im Plauderton. »Sie haben damals häufig im Schatten der Ziersträucher gesessen, mit den Stengeln das Tao-te-king befragt oder manchmal auch Gedichte gelesen.«

Der alte Mann nickte. »Wenn ich mich recht entsinne, war Ihr Vater auch ein Professor.«

»Vor langer Zeit«, sagte Shan.

Von hinten ertönte ein Geräusch. Yao betrat den Raum.

»Ich darf hier wohnen«, sagte der Gärtner und schaute dabei besorgt zu dem Inspektor.

Shan winkte Yao, er solle sich setzen. »Welch ein Glück«, sagte Shan und erkannte, daß das Zimmer dank der Holzvertäfelung an Wänden und Decke einer Meditationszelle ähnelte.

Der alte Mann starrte auf die Kerzenflamme. Seine Lippen bebten, und in seinen Augen stand Angst.

»Wir versuchen zu verstehen, was an dem Tag geschehen ist, als das Fresko gestohlen wurde«, sagte Shan beruhigend. »Ich glaube, Qian Longs Wohnhaus birgt viele Geheimnisse. Und ich schätze, daß die Diebe einen überraschenden Fund gemacht haben. In einem Fach in der Wand.«

»Am Nationalfeiertag geht Professor Jiang gern hinaus auf den Platz, um mit den Leuten patriotische Lieder zu singen«, verkündete der alte Mann plötzlich mit heiserer Stimme. »Dann bringt er mir immer eine Tüte geröstete Kürbiskerne mit und wirft mir vor, ich hätte meine Pflicht vernachlässigt.«

Yao warf Shan einen Blick zu. Die Botschaft darin war unmißverständlich. Sie sollten aufbrechen. Der alte Mann war verrückt und verschwendete nur ihre Zeit.

»Nachts haben wir im Dunkeln gesessen und die Stimmen all jener gehört, die früher in diesen Räumen gewohnt haben, zu Zeiten der Kaiser. Morgens haben wir manchmal so getan, als hätten wir an jenem Tag einen offiziellen Auftrag am Hof zu erfüllen, und abends haben wir uns dann erzählt, wie es gewesen ist. Immer nur bei den guten Kaisern.«

»Zum Beispiel Qian Long«, sagte Shan.

Der alte Mann nickte. »Das war das Fachgebiet des Professors. Die Zeit des Qian Long. Damals an der Universität hat er Vorlesungen darüber gehalten. Ich habe ihn gebeten, sie für mich hier zu wiederholen.« Er strich mit den Fingern langsam durch die Flammen und wirkte dabei entrückt und eigentümlich fasziniert.

»Wo ist der Professor?« fragte Shan.

»Nun höre ich nachts auch seine Stimme, zusammen mit den anderen.«

Yao murmelte etwas und schickte sich an aufzustehen. Shan hielt ihn mit erhobener Hand zurück. »Sie meinen, er ist gestorben. Wann?«

»Als er sie an jenem Tag überrascht hat, haben sie ihn verprügelt.«

»Die Polizisten?«

»Die Diebe.«

Yao erstarrte und ließ sich dann wieder zu Boden sinken. »Er hat sie gesehen?«

»Aber seine Tage waren ohnehin gezählt«, fügte der alte Mann hinzu. »Er hatte Krebs, das wußte er. In seinem Bauch war eine große Geschwulst.« Er seufzte und blickte auf seine Kerzen. »In der Zeitung stand, die Polizei habe gesagt, es sei ein perfektes Verbrechen und die Diebe hätten genau gewußt, wie man hineinkommt. Ich hielt die Polizisten für Narren. Aber Jiang war anderer Meinung. Nein, sagte er, für die Polizei seien solche Männer tatsächlich unsichtbar.«

Shan musterte den alten Mann bekümmert. Während des Wahnsinns der Kulturrevolution, als man alle höheren Bildungseinrichtungen schloß, war es allgemein üblich gewesen, Lehrer zu körperlicher Arbeit zu verpflichten. Auch Shans eigener Vater hatte zur Klasse der Intellektuellen gezählt, deren Angehörige von Mao als Volksfeinde verunglimpft wurden. Später hatte man die meisten von ihnen rehabilitiert, so daß sie nach zehn oder zwanzig Jahren in ihre ursprünglichen Berufe zurückkehren konnten. Manche, wie sein Vater, hatten die brutalen Schikanen nicht überlebt. Andere waren in den Reihen des Proletariats verlorengegangen. Man hatte sie vergessen, und so mußten sie weiterhin Schwerstarbeit leisten – unter Bedingungen, die an Sklaverei grenzten, ohne spätere Rentenzahlungen, ohne Unterstützung seitens der Regierung und häufig ohne überlebende Verwandtschaft.

»Sie meinen, Männer wie Ming«, sagte Shan.

»Ich riet ihm, er solle ins Krankenhaus gehen, aber er sagte, die würden glauben, er sei in den Diebstahl verwickelt. Man würde ihn verhören. Er konnte Polizisten nicht ausstehen. Die ließen ihn zittern, und er war dann so aufgeregt, daß er kein

Wort herausbekam. Die Diebe wußten, daß er keine Bedrohung darstellte.«

»Was hat er an jenem Tag gesehen?«

Der alte Mann ignorierte die Frage. »Man läßt uns in Ruhe, den Professor und mich, die beiden verrückten Alten. Niemand stört sich daran, daß wir nur langsam arbeiten und oft stehenbleiben, um über die Artefakte zu diskutieren und sie nach Kräften zu beschützen. Mein Lehrgebiet waren die frühen Dynastien, deren Höfe im Süden lagen. Jiang war der größere Gelehrte von uns beiden. Er weiß über Qian Long Dinge, die sonst niemand weiß, macht immer wieder neue Entdeckungen und schreibt sich alles auf.« Der alte Mann wechselte weiterhin ständig die Erzählzeit, als sei er sich nicht sicher, ob Jiang auch wirklich gestorben war. »Er weiß, wie man Dinge schützt.«

Zum erstenmal bemerkte Shan nun die Regale unter der hohen Zimmerdecke. Sie enthielten Hunderte von Gegenständen: Schriftrollen, Weihrauchschälchen. Jadesiegel. Ein kleines Bronzepferd.

»Es ist noch nicht die rechte Zeit, daß alles bekannt wird«, sagte der alte Mann. »Vielleicht nach einer weiteren Generation. Womöglich sind die Menschen dann nicht mehr so gierig.«

Shan schaute nachdenklich in die Flammen. Die beiden alten Männer mußten jahrzehntelang in diesem engen Raum gewohnt haben, Verbannte in ihrer eigenen Stadt. Bei den früheren Treffen in den Gärten hatten sie nur selten von ihrer Vergangenheit erzählt. Auch Shan hatte sich gelegentlich versteckt, sobald er irgendwelche Angestellte sah, um nicht von einem seiner privaten Zufluchtsorte vertrieben zu werden. Als Überlebender der Mao-Ära lernte man, Fremden zu mißtrauen.

»Ich weiß noch, wie ich einmal auf einem der alten Innenhöfe gesessen habe«, warf Yao zögernd ein. »Eine Maus lief an mir vorbei und verschwand in einem Mauerloch. In ihrem Maul trug sie ein kleine Jadeperle.«

Der alte Mann blickte lächelnd auf. »Hin und wieder haben wir Gehilfen.«

»Professor Jiang machte sich also Sorgen wegen der Geheimnisse des Kaisers Qian Long«, tastete Shan sich vor.

»Qian Long hatte gute Gründe für seine Geheimnisse, und während seiner letzten Jahre hat er sie an zahlreichen Orten versteckt.« Er schaute nach oben zu den Regalen. »Wir sind keine Diebe. Diese Dinge gehören uns nicht. Aber den anderen gehören sie auch nicht.«

»Sie meinen die Männer aus dem Museum.«

»Dieser Ming brüllte uns an, wenn wir seinen Leuten zu nahe kamen. Es waren Kinder, die er dort an der Restaurierung arbeiten ließ, Studenten, die keine Ahnung hatten, was sie taten. Ich glaube, ihm ist nie eingefallen, daß auch wir Schlüssel zu den Gebäuden hatten, um abends dort sauberzumachen.«

»Am Tag des Diebstahls war kein Arbeitstrupp eingeteilt«, sagte Shan. »Aber zwei Männer sind trotzdem gekommen, und sie hatten einen Schlüssel. Ein großer Mongole und ein kleiner Mann, ein Experte für Verputzarbeiten.«

»Jiang ist manchmal in das alte Wohnhaus gegangen, hat sich dort hingesetzt und einfach nur Gedichte gelesen, wie ein Gelehrter am früheren Hof. Er sagte, es käme ihm bisweilen so vor, als würde der Kaiser ihm lauschen. Ein Fresko von einer Wand zu lösen ist eine ziemlich schwierige Arbeit. Vermutlich warteten die beiden darauf, daß irgendein Klebstoff trocknen würde, und sind im Haus herumgelaufen. Dabei haben sie ihn in einem der hinteren Zimmer gefunden, wo er schlafend an einem Tisch saß. Und dann haben sie ihn geschlagen und getreten, dieser große Kerl und sein kleiner Freund.«

Einen Moment lang herrschte betretenes Schweigen.

»Sie müssen uns mehr über die Geheimnisse des Kaisers verraten«, sagte Yao.

Der alte Professor blickte erneut in die Flammen. »Kurz vor dem Ende haben er und der *amban* dem Hof einen Streich gespielt.«

»Sie haben sich Briefe auf tibetisch geschrieben«, sagte Shan und stutzte. »Woher wissen Sie, daß wir uns für den *amban* interessieren?«

»Der *amban* hat in Tibet gelebt, und der Schriftwechsel mit ihm war dem Kaiser im letzten Jahr seines Lebens überaus wichtig. Als der *amban* verschwand, hat der Kaiser sich von dieser Tragödie nie wieder erholt. Briefe des *amban* wurden gestohlen. Und nun kommen Sie aus Tibet hierher.« Er wandte sich in Richtung der Schatten. »Das sind ganz schön viele Zufälle, was, Jiang?«

Shan griff unter sein Hemd, holte ein Stück Stoff hervor und entrollte es. Es war das alte zerrissene *thangka*. »Wir wissen vom Schatz des *amban*«, sagte er. »Und wir wissen auch, daß dieses Bild angeblich den Fundort verraten sollte.«

Der Professor gab einen Laut der Begeisterung von sich, und seine Augen erstrahlten wie die eines Kindes. »Das ist es, Jiang!« flüsterte er. »Es ist das Bild, auf das der Kaiser so sehnlich gewartet hat, ohne es je zu erhalten.« Er betrachtete das zerrissene Gemälde sehr lange, drehte es um und musterte die beiden Handabdrücke. Dann hielt er sich die Vorderseite mit den Götterbildern dicht vor das Gesicht.

»Woher wußten Sie davon?« fragte Yao.

»Qian Long hatte mehrere geheime Verstecke. Wie Tresore. Eines befand sich in der Wand des Speisezimmers hinter dem Fresko, einige andere in dem tibetischen Altarraum, in dem er sich mit seinen Lama-Lehrern traf. Vor geraumer Zeit haben wir in dem Altar Briefe und geheime Baupläne entdeckt, auf denen das Wandfach eingezeichnet war. Dabei stand eine Notiz, die besagte, Qian Long habe die erste Hälfte des *thangka* sowie ein paar Briefe des *amban* dort hinterlegt. Wir haben sie in der Wand gelassen, weil wir das Versteck für sicher hielten und nie damit gerechnet hätten, was geschehen würde.«

Der alte Professor wirkte regelrecht verzückt, nahm noch einmal das *thangka*, hielt es sich unmittelbar vor die Augen und grinste wie ein kleiner Junge. »Es lag in Tibet verborgen, am früheren Aufenthaltsort des *amban*.«

Shan und Yao sahen sich an. »Stimmt, aber wie kommen Sie darauf?« fragte der Inspektor.

»Als Jiang nach dem Diebstahl des Freskos verletzt hier lag, ließ er mich die Briefe aus dem Altarraum holen, denn er fürchtete, die Täter könnten zurückkommen und nach ihnen suchen. Bis dahin hatten wir uns gar nicht die Mühe gemacht, sämtliche Altarbriefe zu lesen. Zwei weitere Schreiben, beide auf tibetisch verfaßt, lagen auf dem Boden des Speisezimmers vor der zerstörten Wand. In den Archiven fanden sich ebenfalls Unterlagen zu Qian Long, darunter Kopien von Briefen. Wir trugen alles zusammen, was mit dem *amban* zu tun hatte. Als wir fertig waren und zumindest die chinesischen Texte gelesen hatten, war Jiang wie verwandelt. Er vergaß all seine Schmerzen und sogar, daß er bald sterben mußte. Er hatte eine Theorie, die ihm große Freude bereitete.«

»Was für eine Theorie?« fragte Shan.

Der alte Mann schien ihn nicht zu hören. »Der *amban* wurde krank. Sie hielten es geheim, denn sie dachten, man würde es als Zeichen der Schwäche werten. Drei Briefe kamen, in denen stand, die Heimreise des *amban* müsse aufgeschoben werden. Qian Long machte eine schwierige Zeit durch, denn er hatte beschlossen, seine Regentschaft zu beenden, um auf diese Weise seinen Großvater zu ehren. Er sagte, er wolle nicht länger als sein Großvater auf dem Thron dienen und daher nach sechzig Jahren abdanken. Daraufhin wurden am Hof vielerlei Ränke geschmiedet, denn Qian Long versuchte zu entscheiden, welcher der Prinzen als sein Nachfolger den Himmelsthron besteigen würde. Es gab überall Spione und sogar einige Meuchelmorde. Ein einzelnes Wort des Kaisers sollte die Welt verändern.« Die Stimme des alten Mannes erstarb, denn das Gemälde zog ihn wieder in den Bann.

»Ein Jahr lang tauschten der *amban* und der Kaiser Briefe aus, eilige Briefe, die mit der kaiserlichen Post befördert wurden«, fuhr er schließlich fort und bezog sich dabei auf das minuziös organisierte Netzwerk aus Meldereitern und Zwischenstationen, mit dessen Hilfe Botschaften durch das gesamte Kaiserreich transportiert worden waren. »Der *amban* ließ all seine Briefe aus Lhasa abschicken, um seinen Aufenthaltsort nicht zu verraten. Der Kaiser wollte unbedingt, daß er zurückkam – das wissen wir aus den Antworten in chinesischer Sprache, die im Altarraum versteckt waren. Qian Long behielt eine Kopie von jedem einzelnen Schreiben, das er verschickte. Er behauptete, die Rückkehr des *amban* sei überaus wichtig und die Schätze seien gar nicht nötig. Der größte Schatz sei die

Heimkehr des Prinzen Kwan Li. Nach ein paar Monaten wurden alle Briefe nur noch auf tibetisch verfaßt.« Er hielt inne und sah Shan an. »Sie wohnen in Tibet, sagen Sie?«

Als Shan bestätigte, daß er die tibetische Sprache beherrschte, stand der alte Mann auf, ging in eine dunkle Ecke der Kammer und holte ein Bündel aus zehn Schriftrollen, die mit violetten Seidenbändern verschnürt waren. Auf der Außenseite jeder Rolle war ein Datum vermerkt, so daß sich sogleich die zeitliche Abfolge ergab.

Hastig überflog Shan die tibetischen Briefe. In einem der Schreiben des Kaisers an den *amban* brachte Qian Long seine Freude über den neuen Lama zum Ausdruck, den sein Neffe ihm als Berater geschickt hatte, und kündigte an, in der Geburtsstadt Kwan Lis werde ein neuer buddhistischer Tempel errichtet. Im nächsten Brief schilderte der *amban* den freudigsten Moment seines Lebens, nämlich den Tag, an dem er das Gewand eines Mönchs angelegt habe. Er wohne bei den Mönchskünstlern, die auch die Schätze für den Kaiser geschaffen hatten, lerne ihre Fertigkeiten und erfahre, wie man eine Gottheit auf ein Gemälde übertragen könne. Der Brief ähnelte den Schreiben, die Yao und Shan auf Mings Disketten vorgefunden hatten, war aber in einem persönlicheren, beinahe innigen Tonfall gehalten. Kwan Li erwähnte sodann seine angegriffene Gesundheit und berichtete, er konsultiere die besten der berühmten tibetischen Heiler. Der Kaiser bestätigte, daß die zweite Hälfte des *thangka* ihm das Versteck des Schatzes verraten würde, klagte über die Intrigen am Hof und darüber, wie schwierig es sei, den richtigen Thronfolger zu finden. Der *amban* wünschte ihm die nötige Gelassenheit und schrieb, er vertraue auf die Weisheit seines Onkels. Kwan Lis Gesundheitszustand verschlechterte sich. Der Kaiser bot an, Ärzte oder notfalls eine ganze Armee zu schicken, um ihn zu holen. Der *amban* lehnte dankend ab und schrieb, er fühle sich schon viel besser.

Shan öffnete die vorletzte Schriftrolle. Es war ein langer Brief Qian Longs, in dem er aufzählte, welche Eigenschaften ein guter Kaiser haben müsse. Dann äußerte er seine Besorgnis darüber, daß das Reich während seiner Regentschaft zu selbstgefällig und materialistisch geworden sei und die wesentlichsten Dinge aus dem Blick verloren habe. Als Shan den letzten Absatz erreichte, verschlug es ihm fast den Atem.

»Was ist denn?« fragte Yao gespannt.

Shan las den Abschnitt erneut, um ein Mißverständnis auszuschließen. »Der Kaiser entschuldigt sich dafür, dies per Brief zu tun, aber die Umstände erforderten es leider. Dann bittet Qian Long den Steindrachen-Lama, seinen Neffen, sein Nachfolger zu werden.«

Der alte Mann stieß einen Freudenschrei aus und klatschte in die Hände. »Du hattest recht, Jiang!« rief er.

Shan löste behutsam die Verschnürung der letzten Rolle, der Antwort des *amban*, las den Text sorgfältig und blickte dann auf. »Er schreibt, er sei zu krank, um zu reisen. Und er lehnt das Angebot ab.«

»Unmöglich!« keuchte Yao.

»Aber wahr«, verkündete Shan. Er bemerkte die fragenden Blicke, sagte aber nichts mehr.

Nach einer Weile wurde ihm klar, daß sie alle in die Kerzenflammen starrten.

»Haben Sie das tibetische Heim des Prinzen gefunden?« fragte der alte Mann schließlich.

»Ja, wir haben sein Kloster entdeckt.«

»Dann nehmen Sie bitte die Briefe mit. Sie werden dort sicherer sein«, sagte er und übergab Shan die Schriftrollen.

Als Yao aufstand, griff er in die Tasche und reichte dem alten Mann etwas Geld. »Für Professor Jiang«, sagte er.

Der Mann sah die Banknoten an. »Ich könnte im Tempel Weihrauch entzünden«, sagte er voll Dankbarkeit.

Der Inspektor gab ihm noch mehr Geld. »Zünden Sie ein ganzes Jahr lang Weihrauch an«, sagte er und trat dann eilig hinaus auf den dunklen Korridor.

Shan und Yao waren fast schon draußen und näherten sich dem Tor, als der alte Mann sie einholte. Er gab Shan eine weitere Schriftrolle, eine ziemlich dünne, bei der es sich ebenfalls um einen Brief zu handeln schien. »Das ist der Abschluß«, sagte er.

»Das letzte Schreiben des Kaisers an den *amban*. Und vielleicht das mächtigste Geheimnis von allen.« Shan steckte die Rolle ein, ohne sie zu lesen.

Yao folgte Shan in den kleinen Garten hinter Qian Longs Wohnhaus, den stillen Ort, den Shan während seines Pekinger Daseins so häufig besucht hatte. Dort saßen sie schweigend, als wolle keiner zuerst das Wort ergreifen, bis ein Polizist Corbett in den Garten führte und Yao dem Amerikaner flüsternd erklärte, was sie herausgefunden hatten.

Als Corbett einen leisen Siegesschrei ausstieß, hob Yao die Hand. »Es hat nichts zu bedeuten«, sagte der Inspektor. »Die Aussage eines nicht rehabilitierten Klassenfeindes ist vor Gericht völlig wertlos.«

»Nein, es hat etwas zu bedeuten«, widersprach Corbett. »Wir brauchen keine Zweifel mehr zu hegen und wissen nun, daß wir recht haben und die anderen böse sind.« Shan blickte auf. Der Amerikaner klang wie Lokesh. »Und das ist ein enormer Unterschied.« Er zog ein Papier aus seiner Jackentasche. »Es geht los«, sagte er und sah Yao an. »Haben Sie es ihm erzählt?« Als der Inspektor nickte, faßte Corbett für Shan die Einzelheiten zusammen. Sie würden Shan neue Kleidung kaufen und am Abend einen Nonstop-Flug nach Seattle antreten. Offiziell galt Shan als Corbetts Gefangener.

Shan hob mit einem Finger eine Glyzinienblüte an und betrachtete sie interessiert. »Habe ich überhaupt eine Wahl?«

»Ja, durchaus«, sagte Corbett zögernd.

»Dann entscheide ich mich dafür, Sie zu begleiten, aber nur unter mehreren Bedingungen. Erstens, ich nehme das zerrissene *thangka* mit.«

»Wozu soll das gut sein?« fragte Yao. »Wir haben das Geheimnis noch immer nicht enträtselt.«

»Doch, vielleicht habe ich das«, erwiderte Shan, ohne es genauer zu erläutern.

Die beiden Männer musterten ihn schweigend und nickten, erst Yao, dann Corbett.

»Zweitens, Inspektor Yao verrät uns, wo er heute vormittag gewesen ist.«

Yao runzelte die Stirn. »Das habe ich Ihnen doch gesagt. In meinem Büro.«

»Nein. Sie hatten eine Eskorte der Öffentlichen Sicherheit. Die bekommt man nicht für einen Familienbesuch.«

Der Inspektor zuckte zusammen und senkte den Blick. »Ich habe keine Familie mehr, nur noch eine Nichte. Ich war im Justizministerium.«

»Im Ministerium oder beim Minister?« fragte Shan.

»Der Minister hat mich zu einem Gespräch zitiert. Er wurde angerufen und nachdrücklich um meine Absetzung ersucht. Vom Kultusminister und zweien seiner Freunde.«

»Warum?«

»Ohne offiziellen Grund. Er wird mich nicht absetzen. Der inoffizielle Grund lautet, daß die drei Männer zuvor ebenfalls Anrufe erhalten haben. Von Mr. Dolan aus Amerika.«

Shan sah Yao an. »Aber der Justizminister kann den Kultusminister nicht ausstehen«, mutmaßte er.

»Er hegt den Verdacht, daß es den betreffenden Genossen an der notwendigen Aufmerksamkeit für die sozialistischen Prioritäten mangelt.« Das war eine der politischen Umschreibungen für Korruption.

»Aufgrund der Beweise, die Sie ihm vorab geschickt haben«, sagte Shan.

Yao musterte ihn verdrießlich. Sie wußten beide, daß Shan bei einem vergleichbaren Fall abserviert und in den Gulag verbannt worden war.

»Sie haben uns nie erzählt, warum eine Überprüfung von Mings Museum angeordnet wurde«, stellte Shan fest.

Nun interessierte Yao sich plötzlich für eine der Blüten. Nach einem Moment hob er den Kopf und richtete seine Worte an einen Sperling auf der anderen Seite des Innenhofs. »Ich hatte meiner Nichte versprochen, sie an ihrem Geburtstag in ein Restaurant zum Essen auszuführen. Vor uns in der Schlange standen einige Leute in unüberhörbarer Partylaune. Sie zückten ihre Visitenkarten und warfen mit Geld nur so um sich. Zu der Gruppe gehörten mehrere Frauen, außerdem ein Amerikaner und ein junger Chinese in einem teuren Anzug, beide mit Sonnenbrillen. Der Amerikaner drehte sich um, legte meiner Nichte die Hand auf die Wange und sagte, sie solle sich zu ihnen gesellen. Noch bevor wir gingen, wußte ich, wer die beiden waren. Dolan und Ming. Am nächsten Tag ordnete ich die Überprüfung an. Ich bin dazu befugt.« Er sah wieder Shan an. »Dieser Kerl hat einfach meine Nichte betatscht«, wiederholte er mit bebender Stimme.

»Ich werde verrückt«, murmelte Corbett. Es hatte alles nur wegen einer zufälligen Begegnung in einem Restaurant angefangen.

»Wie ist der derzeitige Stand der Prüfung?« fragte Shan.

»Die Geräte zur Thermolumineszenzanalyse sind gerade eingetroffen. Wir haben sie uns in England geliehen. Jetzt suchen wir nach jemandem, der sie bedienen kann.«

»Wo befinden sich die Exponate, die untersucht werden sollen?«

»Noch immer in ihren Vitrinen.«

»Meine dritte Bedingung lautet, daß Sie eines der Stücke verschwinden lassen.«

Ein hinterhältiges Lächeln stahl sich auf Yaos Gesicht. Er nickte. »Ist das alles?«

»Nein. Sie müssen nach Lhadrung zurückkehren.«

»Das hatte ich ohnehin vor. Wenn wir hier fertig sind, wird es dort einiges aufzuräumen geben.«

»Noch heute abend«, sagte Shan. »Entweder Sie fliegen oder ich. Sobald Sie dort sind, gehen Sie zu Tashi, dem Spitzel. Erzählen Sie ihm, es sei Ihnen gelungen, den Brief ausfindig zu machen, der laut Ming bei der Polizei verlorengegangen ist. Den Brief, in dem der Kaiser angeblich etwas über sein Geschenk an Lhadrung geschrieben hat. Sagen Sie ihm, auch dieses Schreiben werde nun auf seine Echtheit überprüft.«

Yao lächelte abermals. »Warum heute abend? Was ist so dringend? Ihre Freunde Lokesh und Liya sind in Sicherheit.«

»Es geht nicht um seine Freunde«, sagte Corbett. »Er befürchtet, daß man Ko zurück in die Kohlengrube schickt.« Der Amerikaner sah Shan an, aber der schaute zu Boden. »Er versucht immer noch, ein Vater zu werden.«

Kapitel Sechzehn

Jeder Kilometer, jede Minute, die er sich weiter von Tibet entfernte, versetzten Shan einen kleinen Stich. Schon die Reise nach Peking war eine Qual gewesen. Die Neuigkeit, daß er nach Amerika fliegen würde, ließ ihn erstarren. Er kam sich hilflos vor. An Bord der Maschine schreckte er mehrere Male hoch – nicht direkt aus einem Traum, denn er hatte kein Bild vor dem inneren Auge, eher aus einem schrecklichen Gefühl, einer furchtbaren Angst, daß er Gendun und Lokesh nie wiedersehen würde, genausowenig Ko, trotz Yaos Versprechen, noch am selben Abend nach Lhadrung zurückzukehren.

Sie landeten im Dauerregen auf einem Flughafen, der von Schnellstraßen und Lagerhäusern umgeben war. Corbett, der zu keinem Zeitpunkt von Shans Seite wich, führte ihn zu zwei jungen, gepflegt wirkenden Männern in Anzügen. Sie begrüßten den FBI-Agenten mit höflicher Achtung, bedachten Shan mit einem kurzen Stirnrunzeln und brachten sie dann – vorbei an der langen Warteschlange vor den Schaltern der Paßkontrolle – in ein Büro, in dem mehrere Männer und Frauen vor den Bildschirmen einer Videoüberwachungsanlage saßen. Corbett bedeutete Shan, auf einem Stuhl Platz zu nehmen, und führte mit gedämpfter Stimme ein fast zehnminütiges Telefonat. Dann sprach er ebenso leise mit einer mürrischen Uniformierten, die mit einem Klemmbrett mehrfach auf Shan wies. Corbetts Begründung für Shans Anwesenheit schien der Beamtin eindeutig nicht zu gefallen, aber schließlich trug sie etwas in ein Formular auf ihrem Klemmbrett ein, riß den Zettel ab, gab ihn Corbett und ging weg.

Schweigend fuhren sie durch den Regen. Die beiden jungen FBI-Agenten saßen auf den Vordersitzen der großen blauen Limousine. Corbett hatte auf der Rückbank seinen Kopf gegen die Scheibe gelehnt und war eingeschlafen. Shan saß neben ihm und schaute zum anderen Fenster hinaus.

»Warum so mißmutig?« fragte der Mann am Steuer plötzlich. Er war der Mitarbeiter namens Bailey, wenngleich sein Gesicht chinesische Züge aufwies. »Ich dachte, jeder in China würde davon träumen, nach Amerika zu reisen. Sie sehen aus, als hätte man sie zum Tode verurteilt und der letzte gute Anwalt wäre soeben gestorben.« Sein Partner lachte und wandte sich erwartungsvoll zu Shan um. Als Shan nicht reagierte, warf Bailey ihm einen verwirrten Blick zu. »Verdammt, Corbett hat behauptet, Sie würden Englisch sprechen«, sagte er auf Mandarin.

»Keiner träumt davon, als Gefangener herzukommen«, entgegnete Shan in derselben Sprache. Ihm fiel wieder ein, was Corbett in den Bergen über seine Anwesenheit in Tibet erzählt hatte: Das FBI habe jemanden benötigt, der Chinesisch spreche. Sein junger Mitarbeiter beherrschte die Sprache genauso gut.

Bailey lachte und übersetzte für seinen Kollegen. »Sieht das hier etwa wie ein Gefängnis aus?« fragte er auf englisch, als er vor einem kleinen, zweigeschossigen Haus anhielt. Die hölzernen Wände waren grau, die Fensterrahmen und der Vorbau weiß. Es wirkte ein wenig heruntergekommen. Ranken mit violetten Blüten wanden sich an den Stützbalken der Veranda empor und hatten bereits einen Teil des Dachbodens erobert. Die dichten Sträucher am vorderen Grundstücksrand wucherten üppig auf den Gehweg hinaus.

»Die Nachbarn können kaum glauben, daß ich beim FBI arbeite«, sagte Corbett, als sie ausgestiegen waren und mit seinem Koffer und Shans Schnürbeutel neben dem Wagen standen. »Denen wäre es lieber, wenn alle Polizisten wie junge Marines aussehen würden – und ihre Häuser wie Soldatenunterkünfte.« Bailey und sein Kollege fuhren los.

Als der Amerikaner die Tür aufschloß und seinen Gast hineinbat, wurde Shan klar, wie wenig er über das Privatleben des Mannes wußte. »Haben Sie eine Familie?« fragte Shan und betrachtete mehrere gerahmte Fotos, die auf einem Tisch neben der Tür standen. Ein sommersprossiger Junge auf einem Dreirad. Ein verärgertes kleines Mädchen, das einen großen Stiefel hielt. Die Fotos waren verblichen, und das Glas eines der Rahmen hatte einen Sprung.

»Nicht unmittelbar«, murmelte Corbett und wandte sich ab. »Hören Sie mir zu, bevor ich vor lauter Erschöpfung umfalle. Ich verpasse Ihnen die Führung im Schnelldurchlauf.« Er deutete nach rechts, nach vorn und nach links. »Wohnzimmer, Küche, unteres Bad.« Dann nahm er seinen Koffer und sprach weiter, während er die Treppe hinaufstieg. »Das Gästezimmer ist die erste Tür rechts. Dann kommt das Bad, dann mein Schlafzimmer.«

Shan war verblüfft. »Sie haben zwei Badezimmer?« Um seine frühere Wohnung in Peking, die höchstens so groß wie Corbetts Wohnzimmer gewesen war, hatte man ihn schon deswegen beneidet, weil er nur zehn Meter bis zur Gemeinschaftstoilette zurücklegen mußte. Für die Körperpflege gab es ein Stück die Straße hinunter ein öffentliches Badehaus.

Corbett ging nicht darauf ein. »Ich bin todmüde. Lassen Sie uns morgen reden. Ihr Bett dürfte noch halbwegs frisch bezogen sein. Gute Nacht.« Er öffnete die Tür zu seinem Zimmer. »Morgen lernen Sie neue amerikanische Freunde kennen.« Dieser letzte Satz klang beinahe verbittert.

Aber Shan fand keine Ruhe. Zuerst saß er einfach auf dem Bett, starrte es an und versuchte sich zu erinnern, wann er zum letztenmal in einem richtigen Bett mit echter Bettwäsche geschlafen hatte. Dann nahm er die zusätzliche Decke, die gefaltet am Fußende lag, und legte sich zwischen Bett und Fenster auf den Boden. Dort wälzte er sich unruhig hin und her, döste mehrmals kurz ein und wachte jedesmal wieder auf. Bisweilen verspürte er dabei eine schreckliche, unwirkliche Angst, wie sie mit Alpträumen einherging, obwohl er sich nie an Einzelheiten erinnern konnte. Schließlich wickelte er sich die Decke um den Leib, stieg im Dunkeln vorsichtig die Treppe hinunter und schlenderte leise durch die Räume. Er kam sich wie ein unbefugter Eindringling vor und fragte sich, was ein einzelner Mensch wohl mit dermaßen viel Platz anfangen sollte. Aus der Küche gelangte man auf eine Veranda hinter dem Haus, die kein Geländer besaß, aber zur Hälfte überdacht war, so daß der Regen abgehalten wurde. Sie lag erhöht über einer Garage im Untergeschoß, und Shan fand sich unvermittelt zwischen Koniferen wieder. Sein Blick fiel hangabwärts auf eine große Wasserfläche in einigen hundert Metern Entfernung, und es war fast so, als würde er aus einer Berghöhle auf einen See hinausblicken. Allerdings spiegelten sich dort im Wasser nicht die Sterne, wie Shan gleich darauf erkannte, sondern die Lichter der Häuser am anderen Ufer. Der Regen war mal stärker, mal schwächer. In der einen Minute goß es in Strömen, in der nächsten blieb nur noch ein feiner Sprühregen.

Auf dem Küchentisch entdeckte Shan ein kleines, schmales Glas voller Zahnstocher. Er zählte vierundsechzig der Holzstäbchen ab, sah eine Kerze in einem metallenen Halter und nahm sie vom Fensterbrett. An ihr hing ein Stromkabel. Shan betätigte den runden Schalter, und die Kerze flackerte auf. Verwirrt beobachtete er, daß der kleine Glühfaden hin und her sprang, um eine Flamme zu simulieren. Wie so vieles in Amerika ergab auch dies für Shan keinen Sinn. Wenn jemand eine Kerze wollte, wieso nahm er dann keine echte Kerze? Es wäre viel preisgünstiger gewesen, als eine trübe elektrische Lampe zu kaufen, die wie eine Kerze aussah. Shans Vater hatte ihm einst eine Reise nach Amerika versprochen und angefangen, mehr über das Land zu erzählen. Manchmal, so hatte sein Vater gesagt, taten Amerikaner etwas, nur um zu zeigen, daß es möglich war.

Shan stellte die elektrische Kerze zurück auf die Fensterbank und ging wieder hinaus. Dort setzte er sich mit übergeschlagenen Beinen auf die Veranda, während hinter der Scheibe über seinem Kopf der Glühfaden flackerte. Er suchte nach einem ruhigen Platz in seinem Innern, doch da war nur ein Strudel aus Verzweiflung, Erschöpfung und Hilflosigkeit, als wäre Shan ein zerbrechliches kleines Boot, das sich vom Anker losgerissen hatte. Er zwang sich, reglos zu verharren, richtete den Blick erst auf das Wasser und dann ziellos ins Leere. Der Regen setzte wieder ein. Shan blinzelte nur kurz, schloß die Augen, bis der Schauer vorüber war, und starrte dann erneut auf den trüben grauen Horizont.

Als er sich wieder seiner selbst bewußt wurde, standen die Wolken sehr viel höher am Himmel, und die meisten der Lichter am anderen Ufer waren erloschen. Er schaute zu den Zahnstochern in seiner Hand und erinnerte sich allmählich, wo er sich befand. Dann warf er die Stäbchen vor sich auf die Bretter, teilte sie in drei zufällige Gruppen, nahm die erste Gruppe und zählte sie aus. Mit dieser jahrhundertealten Methode baute er eines der Tetragramme auf, die traditionell zur Befragung des Tao-te-king genutzt wurden. Der Vorgang sei gar nicht so zufällig, wie man glauben könnte, hatte Shans Großvater immer gesagt, denn sowohl die Stäbchen als auch der Fragende gehorchten einem vorherbestimmten Schicksal. Nach einigen Minuten hatte Shan zwei zweigeteilte Striche über einer Reihe aus drei Segmenten und einer ebenfalls zweigeteilten Grundlinie vor sich. Laut der Tabellen, die er sich schon als Kind eingeprägt hatte, verwies dieses Tetragramm auf Kapitel vierundvierzig. Shan flüsterte die Worte in Richtung des Wassers:

Je mehr man begehrt,
desto mehr muß man geben.
Je mehr man hortet,
desto größer ist der Verlust.

Die Worte hinterließen ein Gefühl der Leere. Shan blickte in den kühlen, dunklen Morgendunst. Aus der Ferne hörte er vereinzelten Motorenlärm und Signalhörner, dann das Kreischen von Möwen.

Irgendwann vernahm er ein Geräusch aus der Küche. Es regnete immer noch, aber der Himmel über dem See war nun hellgrau, und auf den Wolken lag ein rosafarbener Schimmer. Die Tür hinter ihm öffnete sich einen Spalt, und ein aromatischer Duft stieg ihm in die Nase. Kaffee, erkannte Shan. Corbett kam mit zwei dampfenden Bechern nach draußen. Zu Shans Erleichterung enthielt die für ihn bestimmte Tasse starken schwarzen Tee.

»Sie haben Ihr Bett gar nicht angerührt«, sagte der Amerikaner und schaute hinaus aufs Wasser.

»Ich habe mich mit einer Decke auf den Boden gelegt.«

»Herrje, Shan, etwas Bequemlichkeit ist doch keine Sünde«, sagte Corbett merkwürdig zögernd.

»Diese Veranda gefällt mir«, sagte Shan und wußte selbst nicht, weshalb das wie eine Entschuldigung klang.

»Es hat meiner wunderbaren Tante gehört. Das Haus, meine ich, und außerdem ein kleines Ferienhaus auf einer der Inseln nördlich von hier, fast schon in Kanada. Es liegt ganz idyllisch am Ufer, und um diese Jahreszeit ist dort alles voller Blumen. Ein Jahr nach meiner Scheidung ist sie gestorben und hat mir alles vererbt. Andernfalls würde ich immer noch in irgendeiner Einzimmerwohnung hocken. Mehr war mir nämlich nicht geblieben, nachdem meine Frau ...« Er wandte sich ab und sah wieder zum Wasser. »Auf dem Rückweg nach Zhoka sind Lokesh, Dawa und ich nachts an einem kleinen See vorbeigekommen. Er lag hoch in den Bergen, und in seiner Oberfläche spiegelte sich der Mond. Irgendwie hat er mich an diesen Ort hier erinnert. Lokesh sagte, wir müßten anhalten und Gebete an die Wassergötter richten. Immer wenn ich jetzt die Bucht sehe, werde ich mich fragen, wie es wohl ihren Göttern gehen mag.«

Während er mit Shan durch Seattle fuhr und von der feuchten, hügeligen Stadt erzählte, hellte Corbetts Stimmung sich merklich auf. Sie kamen an einem seltsamen Turm mit abgeflachter Spitze vorbei, den er als »Space Needle« bezeichnete, folgten dem Uferverlauf und bogen auf den Parkplatz eines alten Granitgebäudes ein, das wie eine Festung aussah. Schweigend gingen sie die Treppe hinauf und passierten eine Sicherheitsschleuse. Nach den zahllosen fremden Eindrücken, die auf ihn eingestürzt waren, konnte Shan sich kaum konzentrieren. Ein Linienbus war auf voller Länge mit dem Bild eines nackten Frauenbeins bemalt worden, einschließlich einiger Worte über Liebe, die Shan nicht verstanden hatte. Über einer Tür hatte die riesige Skulptur eines violetten Fisches gehangen. Unter dem Gleis einer Hochbahn war ihm ein kaum bekleideter Mann aufgefallen, der schlafend in einem metallenen Einkaufswagen gelegen hatte. Die ernsten Uniformierten, die nun hier am Eingang standen, hatten eine Hautfarbe wie dunkle Schokolade.

Als sie die FBI-Abteilung im dritten Stock betraten, redete Corbett immer noch wie ein Wasserfall. Er sprach zwar leiser als üblich, plauderte aber beharrlich über die Stadt und das Wetter, die allgegenwärtigen Fähren und die nahen Berge, bis Shan begriff, daß Corbett vermeiden wollte, die anderen Leute anzusehen, die gespannt über die Trennwände des Großraumbüros schauten. Dann durchquerten sie einen großen zentralen Raum voller Computerterminals. Manche der Beamten, die dort saßen, ließen Corbett und Shan nicht aus den Augen. Andere hoben nur kurz den Kopf, verzogen das Gesicht und wandten sich wieder ab.

Corbett brachte Shan in ein kleines, fensterloses Besprechungszimmer, in dem lediglich ein großer Tisch mit Kunststoffoberfläche, Plastikstühle mit dünner, schäbiger Polsterung und ein verschrammter hölzerner Aktenbock mit einem Telefon standen. Das zugehörige Telefonbuch hatte gelbe Seiten.

Der Amerikaner bat Shan, einen Moment zu warten, und ging hinaus. Nach einigen Minuten nahm Shan das dicke Telefonbuch, legte es vor sich auf den Tisch und schlug es wahllos auf. *Hat Ihr Haustier ein Geruchsproblem?* begann der erste Eintrag, der ihm auffiel. Er blätterte weiter. *Machen Sie Ihre Angelegenheit zu unserer!* Shan las es mehrere Male, verstand aber nicht so recht, was gemeint war. Neugierig und verwirrt beugte er sich vor und überflog die Seiten. Es ging offenbar um Dienstleistungs- und Verkaufsangebote, wenngleich er sich unter mehr als der Hälfte der Kategorien kaum etwas vorstellen konnte. Er versuchte soeben, eine große Anzeige zu entziffern, deren Überschrift *Ein Hektar mobiler Wohnkomfort* lautete, als Corbett mit seinen beiden Assistenten und einem dritten, mürrisch wirkenden Mann eintrat, der Shan kühl zunickte. Über seinem dicken Bauch hing eine rote Krawatte. Er hatte eine dünne Akte mitgebracht, die er nun auf den Tisch warf.

»Mr. Yun …«, setzte er an.

»Shan«, fiel Corbett ihm ins Wort. »Der Familienname steht an erster Stelle.«

Der Mann würdigte Corbett keines Blicks, fing aber von vorn an. »Mr. Shan, ich fürchte, Agent Corbetts Entscheidung,

Sie auf Kosten der amerikanischen Steuerzahler aus China einfliegen zu lassen, ist ein wenig überstürzt gewesen. Ich war im Urlaub, daher konnte er keine Rücksprache mit mir halten. Wenn ich richtig verstanden habe, rechnet er damit, den an unserem Mr. Dolan begangenen Diebstahl aufzuklären, indem er irgendein altes Wandgemälde sucht. Er sagt, Sie beide seien sicher, daß die Dolan-Artefakte nach China verschifft wurden, obwohl mir nicht ganz klar ist, was man in China mit noch mehr chinesischer Kunst anfangen will.« Er hielt inne, als wolle er den anderen Gelegenheit zum Lachen geben.

»Tibetisch«, murmelte Corbett. »Es war tibetische Kunst.«

Der Mann ignorierte ihn. »Er scheint Sie für eine Art Zauberer zu halten. Ein chinesischer Superbulle, was?« Er beäugte Shan skeptisch.

Shan zwang sich, nicht zu Corbett zu schauen. Er hatte seinen Vorgesetzten über die Einzelheiten ihrer Ermittlungen im unklaren gelassen und Shan keineswegs als Zeugen präsentiert.

Der dicke Mann bedachte Corbett mit einem ungehaltenen Blick und seufzte. »Ich habe ja durchaus Verständnis dafür, daß Sie gern einmal nach Amerika wollten. Und ich bezweifle nicht, daß Sie in Ihrem Land zu den führenden Untersuchungsbeamten zählen.« Der Mann musterte Shans billige Kleidung und die vernarbten, schwieligen Hände. »Wie dem auch sei«, fuhr er etwas zurückhaltender fort. »Wir finden bestimmt ein paar schöne Souvenirs. Für wichtige Besucher gibt es bei uns Briefbeschwerer und Anstecknadeln. Vielleicht kann jemand ja eine Führung durch unser Labor oder ein Treffen mit dem chinesischen Konsul organisieren. Dieses Verbrechen wurde hier in den USA verübt. Vielen Dank für Ihr Interesse.«

Wieder mußte Shan sich zwingen, nicht Corbett anzusehen.

»Ist Ihnen bewußt, daß im Zusammenhang mit dem Dolan-Raub ein weiterer Mord begangen wurde?« fragte Shan ernst. »In China, vor drei Tagen.«

»Ein weiterer?« wiederholte der Mann und warf Corbett einen wütenden Blick zu. »Es hat keinen ersten gegeben. Und wenn ein Chinese einen anderen Chinesen ermordet, geht es das FBI nichts an.«

»Das Opfer war eine Britin. Sie hat zu den Dieben in Dolans Anwesen gehört.«

»Das können Sie nicht wissen.«

»Sie hat es selbst zugegeben«, sagte Shan.

»Und ermordet hat sie einer ihrer Komplizen.«

»Ja«, bestätigte Shan.

»Gute Arbeit«, sagte der Vorgesetzte. »Dolan wird sich freuen.« Er wandte sich stirnrunzelnd an Corbett. »Und warum muß ich das von diesem Chinesen erfahren?«

»Damit Sie sich besser fühlen, wenn Sie an die amerikanischen Steuergelder denken«, erwiderte Corbett.

»Es war ein Verbrechen auf chinesischem Hoheitsgebiet«, sagte Shan.

»Stimmt«, entgegnete der Mann und wirkte zum erstenmal leicht verunsichert. Er schüttelte den Kopf und schob die Akte quer über den Tisch zu Corbett. »Während Sie weg waren, haben die Jungs einen Kunsthändler ausfindig gemacht, der für Dolan gearbeitet hat. Ich teile ihre Ansicht. Er kommt am ehesten als Hintermann in Betracht.« Der dicke Mann nickte Shan zu und verließ den Raum. Er hatte weder Platz genommen noch seinen Namen genannt.

Bailey, der Agent mit den chinesischen Gesichtszügen, grinste breit, zwinkerte Shan zu und wies auf Corbett. »Da hat aber jemand einen mächtigen Einlauf erhalten«, stellte er mit lautem Flüstern fest. Sein junger Partner lachte.

Corbett warf einen Blick auf die Akte und schob sie mit übermütigem Lächeln zu Shan herüber. Auf dem Schnellhefter stand der Name »Adrian Croft«.

»Es ist jetzt drei Tage her, daß ich euch mitgeteilt habe, von wo aus der Mord an Elizabeth McDowell befohlen wurde. Ich brauche mir die Akte nicht anzuschauen«, sagte er zu Bailey. »Erzählt mir was.«

Bailey nahm sich den Ordner und klappte ihn auf. »Er steht auf der Teilnehmerliste von zwei der Expeditionen, die Ming in die Innere Mongolei unternommen hat«, erklärte er und hielt erst ein Fax, dann eine Gesprächsnotiz hoch. »Croft Antiquities wurde mehrfach für viel Geld als Beratungsfirma engagiert, und zwar sowohl bei einigen Museumsprojekten, die Dolan finanziert hat, als auch beim Umbau von Dolans privaten Ausstellungsräumen. McDowell hat für die Firma gearbeitet und war Dolans persönliche Ansprechpartnerin. Sie hat den Wert all seiner Exponate geschätzt. Das Büro, das aus Tibet angerufen wurde, liegt einen knappen Kilometer von hier entfernt. Die Firma gilt als Expertin für asiatische Kunst und deren Verkauf.«

»Haben Sie eine vollständige Liste der Expeditionsteilnehmer?« fragte Shan.

»Na klar«, sagte Bailey. »Die Plätze werden an reiche Touristen verkauft.«

Shan überflog die Unterlagen, die Bailey ihm gab. »Hier steht nirgendwo Dolans Name.« Er sah Corbett an.

»Aber wir wissen, daß er dabei war«, teilte Corbett seinem Assistenten mit. »Wir haben die Fotos gesehen.« Er bemerkte Shans Grinsen und verzog das Gesicht. »Mistkerl.« Seine Kollegen senkten die Köpfe, als sei es ihnen peinlich. »Sozialversicherung«, sagte Corbett. »Zoll. Einwanderungsbehörde. Finanzamt. Los!«

Die beiden Männer eilten aus dem Zimmer. Corbett stand auf, nahm die Akte und bedeutete Shan, ihm zu folgen. Bevor sie gingen, beugte er sich über den Tisch der grauhaarigen Dame am Empfang. »Falls er fragt, sind wir zu Besuch beim chinesischen Konsul. Und beim Bürgermeister. Wegen der Übergabe des Schlüssels der Stadt und so weiter.«

Sie fuhren unter grauem Himmel auf die andere Seite der Wasserfläche, die Shan von Corbetts Haus aus gesehen hatte. Lake Union, sagte der Amerikaner. Als sie langsam am Westufer entlangrollten, bat Shan ihn, er möge kurz anhalten. Unter ihnen startete soeben ein Wasserflugzeug.

»Wohin fliegt die Maschine?« fragte Shan.

»Zu den Inseln. Weit weg von hier«, sagte Corbett und wartete, bis das Flugzeug in den tief hängenden Wolken verschwunden war.

Sie kamen an einem großen, etwa achtgeschossigen Backsteinbau vorbei, der wie ein altes Lagerhaus aussah, aber Geschäftsräume beherbergte. Corbett wies auf ein Fenster in der obersten Etage, mit Blick auf das Wasser. »Croft Antiquities.« Dann bog er auf einen Parkplatz ein und fand eine Lücke genau gegenüber dem Gebäude.

Nach einer Viertelstunde überquerten sie die Straße und folgten einem Wagen in die Tiefgarage des Hauses. Die Stellplätze waren mit den Namen der jeweiligen Personen oder Firmen versehen. Zu Croft Antiquities gehörten drei Parkflächen, davon zwei mit dem Firmennamen und einer mit der Aufschrift »Adrian Croft«.

»Überwachungskameras«, sagte Corbett und deutete auf lange schwarze Kästen, die an mehreren der Betonsäulen befestigt waren. »Da werden die Jungs sich aber freuen.« Er bemerkte Shans fragenden Blick. »Wir besorgen uns die Bänder und schauen uns an, wer auf dem Stellplatz dieses Phantoms geparkt hat. Außerdem können wir jederzeit die Geschäftsführerin befragen, sofern es uns gelingt, sie ausfindig zu machen.«

»Kennen Sie die Frau?«

»Ihr Bild ist in der Akte. Sie ist Halbchinesin.«

Sie setzten sich in ein kleines Bistro im Erdgeschoß und tranken Tee. Shan versuchte, den Eingang im Blick zu behalten, ertappte sich aber immer wieder dabei, daß er den startenden Wasserflugzeugen hinterhersah. Weit weg von hier. Er wäre auch gern weit weg von hier, an einem Ort, an dem die Menschen nicht logen, stahlen oder mordeten – oder vorgaben, Phantome zu sein. Gendun hatte gewollt, daß er sich in eine Höhle zurückzog, aber ein paar Stunden am Geburtstag des Dalai Lama hatten alles verändert.

Auch Corbett schien sich zwingen zu müssen, nicht die Flugzeuge zu beobachten.

»Sie haben gesagt, Ihre Tante habe Ihnen ein Haus auf einer Insel vermacht.«

»Ein kleines Ferienhaus. Die Mauern sind fast vollständig von blühenden Ziersträuchern überwuchert. Man kann weit übers Meer schauen, und manchmal sieht man Wale.«

»War sie diejenige, die Ihnen das Malen beigebracht hat?«

Corbett wurde sehr still. »Es ist eine andere Welt. Dies ist Amerika. Dies ist, was ich in Amerika tue. Nicht, was ich jetzt bin«, sagte er, und Shan begriff, daß er nicht von seiner Tante, sondern von Bumpari sprach. »Bevor ich aus dem Dorf weggegangen bin, haben Liya und ich uns unterhalten. Sie hat etwas sehr Weises gesagt. Sie sagte, ihrer Meinung nach sei ein Ermittler das genaue Gegenteil eines Künstlers.«

»Vielleicht wollte sie zum Ausdruck bringen, daß manche Rätsel eher einen Künstler erfordern als einen Ermittler. Daß ein Künstler über andere Möglichkeiten verfügt, sich der Wahrheit zu nähern.«

»Da oben in den Bergen habe ich gelernt, daß die Fakten nur ein Teil der Wahrheit sind – und nicht einmal der wichtigste Teil.« Corbett blickte in seine Tasse. »Ich habe mich nie bei Liya bedankt. Das müssen Sie für mich übernehmen.«

»Vielleicht sehen Sie Liya ja wieder.«

»Ich? Keine Chance. Falls es Ihnen vorhin nicht aufgefallen sein sollte, ich befinde mich auf dem absteigenden Ast. Nach dieser Sache werde ich alten Damen dabei helfen dürfen, ihre Zähne zu suchen.« Er senkte jäh wieder den Blick. »Das ist Crofts Geschäftsführerin.«

Shan musterte die zierliche, elegant gekleidete Asiatin und stand auf, bevor Corbett ihn davon abhalten konnte. Er wartete am Tresen bei den Servietten und dem Würfelzucker, bis sie sich einen Tisch gesucht hatte, ging geradewegs zu ihr und nahm gegenüber von ihr Platz.

»Ich heiße Shan«, sagte er leise und öffnete den obersten Hemdknopf. »Sie arbeiten doch oben in diesem Antiquitätenladen.« Er zog das *gau* hervor, das immer um seinen Hals hing, und zeigte es ihr.

»Wissen Sie überhaupt, was das ist?« fragte die Frau. Sie wirkte verärgert und gleichzeitig belustigt.

»Es ist sehr alt und sehr wertvoll. Ich weiß, wo es mehr davon gibt.«

Interessiert betrachtete sie das Gebetsamulett, streckte einen Finger danach aus, berührte es letztlich aber doch nicht.

»Wir kaufen nichts«, verkündete sie ungehalten. »Sie sollten gehen. Das ist nicht unsere Art, Geschäfte zu machen. Ich könnte den Sicherheitsdienst rufen.«

»Nehmen Sie mich in Ihren Ausstellungsraum mit. Zeigen Sie mir, wonach Sie suchen. Ich kann alles mögliche besorgen, ob tibetisch oder chinesisch.«

Sie probierte von ihrem Salat, kaute und wies mit der Gabel auf ihn. »Wir werden nur im Auftrag tätig. Es gibt keinen Ausstellungsraum. Wir besorgen, was gewünscht wird. Und nach Gebetsmedaillons aus dem vierzehnten Jahrhundert besteht derzeit keine Nachfrage«, sagte sie mit Blick auf sein *gau*. »Sie kommen drei oder vier Jahre zu spät.« Sie deutete mit der Gabel auf den Ausgang. Shan seufzte, stand auf und verließ das Bistro.

Zehn Minuten später gesellte Corbett sich beim Wagen zu ihm und behielt die Fenster der obersten Etage im Blick, während Shan ihm berichtete, was die Frau gesagt hatte. Dann rief er Bailey an und befahl ihm, sich sofort um die Bänder der Überwachungskameras des Gebäudes zu kümmern.

Sie fuhren wieder los. Der Regen fiel gleichmäßig und in dicken Tropfen. Corbett versank in nachdenkliches Schweigen, bis er auf einen Parkplatz einbog, der mehr Fahrzeuge enthielt, als Shan je an einem einzigen Ort gesehen hatte. Sie stiegen aus und näherten sich einem riesigen, langgestreckten Gebäude. Es war dermaßen groß, daß Shan das andere Ende im grauen Dunst nicht erkennen konnte.

Durch eine elegante Glastür gelangten sie ins Innere. Shan verharrte staunend. Am Fuß eines Wasserfalls wuchsen Bäume und Blumen. Der Boden bestand aus Marmor. Eine anmutige Treppenkonstruktion wand sich um die Kaskade einem gewölbten Glasdach entgegen.

»Man kann hier in Ruhe Kaffee trinken und sich unterhalten.«

Shan rührte sich noch immer nicht vom Fleck, sondern betrachtete das eigentümliche Gebäude und die vielen Menschen, die in der gewaltigen Halle ein und aus gingen. Das waren Geschäfte, erkannte er, Dutzende von Läden, zwei Etagen voller Geschäfte. Als er sich nach Corbett umdrehte, war dieser bereits ein Stück weitergegangen. Shan folgte ihm langsam. Fast alles, was er sah, stellte ihn vor ein Rätsel. Ein paar Jugendliche kamen ihm entgegen und plauderten miteinander, anscheinend völlig zwanglos, trotz der Tatsache, daß ihre Gesichter aus irgendeinem Grund von Messingringen und -kugeln durchbohrt waren. Shan wandte den Kopf und wurde rot, als er in einem Fenster mehrere Frauen stehen sah, die nur ihre Unterwäsche trugen. Dann fielen ihm in einem anderen Fenster nahezu identische Frauen auf, diesmal aber mit Pullovern bekleidet, und er begriff, daß es sich um täuschend echt wirkende Puppen handelte. Laut Preisschild kostete einer der Pullover nur ein paar Cents weniger als dreihundert Dollar, was mehr war, als die meisten Tibeter in einem ganzen Jahr verdienten.

Corbett führte ihn in ein Café und bestellte für sie beide etwas zu trinken. »Warum haben Sie mich an diesen Ort voller Geschäfte gebracht?« fragte Shan.

»Ich dachte mir, Sie würden vielleicht gern Amerika kennenlernen«, sagte Corbett mit seltsam verlegenem Lächeln und wies auf einen Tisch. Dann wurde er wieder ernst. »Außerdem hat Abigail hier gearbeitet, bevor sie den Job als Erzieherin bekam. Die Leute hier haben sie gekannt und mir von ihr erzählt, so daß sie für mich zu einer realen Person wurde.«

Was wollte Corbett dann noch hier? dachte Shan. Nicht nach Informationen suchen, denn das hatte er bereits erledigt. Es war, als würde er dem Mädchen seine Reverenz erweisen, um sich auf ganz persönliche Art dafür zu entschuldigen, daß es ihm nicht gelungen war, ihren Mörder zur Rechenschaft zu ziehen.

»Ich konnte unmöglich an einen Zufall glauben. Das Kindermädchen der Familie stirbt in derselben Nacht, in der die Artefakte gestohlen werden. Aber Punji ist es nicht gewesen. Sie hat uns die Wahrheit gesagt.« Corbett schien McDowell mittlerweile am liebsten bei ihrem Spitznamen zu nennen, als würde er sich ihr seit ihrem Tod enger verbunden fühlen. »Sie und Lodi haben die Artefakte mitgenommen, wußten aber nichts vom dem Mädchen. War es doch bloß ein Zufall? Habe ich mich geirrt?«

»Deshalb sind Sie nach Tibet gekommen, nicht wahr?« fragte Shan, als eine Kellnerin ihnen zwei dampfende Becher servierte. »Wegen des Mädchens, nicht wegen des Diebstahls.«

Corbett dachte lange nach, bevor er antwortete. »Ich hätte die Jungs auf die Spur der Artefakte ansetzen können. Aber ich habe jede Nacht das Gesicht des Mädchens gesehen, wie sie da im Wasser trieb. Als ob sie mich anschauen würde. Als ob sie mir etwas sagen wollte, ihre Lippen aber nicht mehr bewegen konnte.« Er trank einen Schluck. »Wegen ihr bin ich nach Tibet gekommen. Geblieben bin ich aus einem anderen Grund.«

Sein Mobiltelefon klingelte. Corbett nahm das Gespräch an und hörte aufmerksam zu. Er hielt das Gerät fest ans Ohr gepreßt und gab immer wieder kleine Laute der Zustimmung von sich. Schließlich trennte er die Verbindung und starrte in seine Tasse. »Die Bänder waren noch alle da, und es gibt dort sogar eine Maschine, um sie im Schnelldurchlauf anzusehen. Der diensthabende Wachmann hat den Jungs geholfen. Ich dachte, es würde den ganzen Tag dauern.« Er sprach leise und klang sehr mutlos.

»Sie wußten doch schon vorher, wer es sein würde. Wir wußten es beide«, sagte Shan. »Es kam nur eine Person in Betracht.«

»Es könnte genausogut der liebe Gott persönlich sein. Er ist unangreifbar. Ohne einen unmittelbaren Beweis wird man mich niemals an ihn heranlassen, und er ist viel zu gerissen dafür.«

»Lokesh würde sagen, daß Dolan, sofern er tatsächlich das Mädchen ermordet und den Diebstahl selbst arrangiert hat, von den Folgen seiner Sünde unausweichlich eingeholt wird.«

»Demnach müßte ich warten, bis er als Käfer wiedergeboren wird, damit ich ihn zertreten kann. Ich würde es vorziehen, noch in diesem Leben für Gerechtigkeit zu sorgen.« Corbett blickte von seinem Becher auf. »Sie begreifen nicht, wer er ist. Falls es Dolan nicht in den Kram paßt, wie sein Müll abgeholt wird, ruft er beim Bürgermeister an.«

»Ich kenne die Sorte sehr wohl.«

»Stimmt, das habe ich ganz vergessen. Sie haben sich gegen sie gestellt und verloren. All die Jahre im Straflager.«

»Ich würde es eher als ein Unentschieden werten. Immerhin bin ich noch am Leben.«

Corbett sah ihn eindringlich an, als habe Shan ihm soeben

einen Vorschlag unterbreitet. Dann grinste er und lachte sogar laut auf. »Also gut. Wir haben Mr. Croft eine Überraschung mitgebracht. Jetzt müssen wir sie ihm nur noch zustellen.« Er stand auf, legte ein paar Geldscheine auf den Tisch und ging voran zum Wagen.

Shan fing allmählich an, sich über den Regen zu wundern. In Peking war es meistens ziemlich trocken, und Tibet glich größtenteils einer Halbwüste. Ergiebige Niederschläge hatte Shan zuletzt als kleiner Junge erlebt, weil er und seine Eltern damals in der Nähe der Küste gewohnt hatten. Der amerikanische Regen – und ebenso die Regenwolken – besaß viele verschiedene Erscheinungsformen. Mal fielen wahre Sturzbäche vom Himmel, gleich darauf ein gemäßigter Schauer und in der nächsten Sekunde ein Nieselregen, der eher an dichten Nebel erinnerte. Einmal kam dermaßen starker Wind auf, daß das Wasser waagerecht gegen die Scheiben gepeitscht wurde. Corbett schien keine Notiz davon zu nehmen, sondern fuhr mit gleichbleibender Geschwindigkeit aus der Stadt hinaus und in ein Hügelgebiet, in dem große Häuser standen, die von hohen Zäunen und Metalltoren umgeben waren. Als hinter einer mehr als vier Meter hohen Ziegelmauer ein weitläufiger Backsteinbau in Sicht kam, den man direkt in den Hang gebaut hatte, verringerte Corbett das Tempo. Das Hauptgebäude war ungefähr sechzig Meter lang. Auf dem Grundstück befanden sich ferner eine breite Garage mit acht Toren, ein Gewächshaus und einige kleinere Bauten, die Shan nicht auf Anhieb identifizieren konnte.

»Das sieht wie ein Krankenhaus aus. Vielleicht auch ein kleines College«, vermutete er.

»Das ist der Tatort.« Corbett wirkte angespannt und schien wenig Lust auf ein Gespräch zu verspüren. Hundertfünfzig Meter hinter dem Tor hielt er am Straßenrand. Die Mauer des Anwesens knickte hier nach hinten in den dichten Wald ab. Der Amerikaner deutete auf einen hohen Baum, der unmittelbar an der Mauer wuchs und sechs oder sieben Meter von der Ecke entfernt stand. »Die Freunde des Mädchens haben ausgesagt, daß Abigail manchmal, wenn sie es sehr eilig hatte, einfach ihr Fahrrad dort angelehnt hat und auf den Baum geklettert ist, um über die Mauer zu gelangen. Bevor mein Boß sich eingemischt hat, habe ich außerdem mit Dolans Kindern gesprochen. Die beiden haben bestätigt, daß man an dieser Stelle über die Mauer kommt, ohne den Alarm auszulösen. Es war Abigails und ihr kleines Geheimnis.«

»Aber warum ist sie ausgerechnet in dieser Nacht noch einmal zurückgekommen?«

»Um einen Brennofen auszuschalten. Sie und die Kinder hatten an jenem Tag getöpfert. Das Atelier liegt im hinteren Teil des Geländes. Der Junge sagte, sie hätten vergessen, die Tongefäße aus dem Ofen zu nehmen, und er sei sicher gewesen, nur noch verbrannte Scherben vorzufinden. Aber als er dann nachsah, hatte jemand inzwischen den Ofen abgeschaltet und die Töpfe herausgenommen. Das College liegt nicht weit von hier, und Abigail hatte an dem Abend dort Unterricht. Sie ist noch einmal hergekommen und über die Mauer geklettert, um den Ofen auszuschalten. Dann hat sie etwas gesehen, das nicht für ihre Augen bestimmt war.« Er fuhr wieder los. Die Straße führte zurück zum Wasser.

»Es gibt dafür keinen Beweis«, sagte Shan.

»Es gibt sogar eine gegenteilige Aussage. Als ich das nächste Mal zum Haus kam, um mir den Schauplatz des Diebstahls anzusehen, hat Mr. Dolan mich extra aufgesucht, um mir mitzuteilen, er habe den Brennofen abgeschaltet.«

Shan dachte nach. »Sie meinen also, seine Kinder haben ihm von dem Gespräch mit Ihnen erzählt?«

»Nein, er war auf Reisen gewesen und hatte seine Kinder noch gar nicht gesehen. Jemand hat ihm meinen Bericht zugespielt. Ich war mitten auf dem Rasen, als er zu mir kam und sagte, er habe den Ofen ausgeschaltet. Dann ging er wieder weg und ließ mich keine weiteren Fragen stellen. Er sagte, die Versicherungsleute hätten bereits alles, was sie brauchten, und das FBI müsse sich nicht weiter bemühen. Er hatte keinerlei Probleme mit uns, bis ich das Thema Abigail zur Sprache gebracht habe.«

Corbett bog in einen Schotterweg ein und fuhr auf einen

Parkplatz, von dem aus man den Meeresarm überblicken konnte. Im starken Wind hatten die Wellen Schaumkronen. Der FBI-Agent wies auf eine schmale Eisenbrücke, die in dreißig Metern Höhe eine kleine Bucht überquerte, und stieg schweigend aus. Shan folgte ihm und klappte den Kragen seiner Jacke hoch.

»Abigail wird unerwartet Zeugin des Verbrechens und dabei entdeckt. Wahrscheinlich erkennt sie gar nicht, was dort geschieht, und glaubt, Dolan würde lediglich eine Lieferung bekommen oder etwas umräumen. Er bietet ihr an, sie nach Hause zu fahren, denn es ist schon ziemlich spät. Ihr Fahrrad legen sie in den Kofferraum. An der Brücke hält er an. Es gibt hier keine Häuser und somit auch keine möglichen Augenzeugen. Vielleicht sagt er, er wolle den Mondschein auf dem Wasser bewundern. Keine Ahnung. Sie gehen bis zum Geländer, und er wirft sie hinüber. Sie ist klein und wiegt nicht viel. Dann fährt er zu einer acht Kilometer entfernten Brücke in der Nähe von Abigails Wohnung und versenkt dort das Fahrrad im Wasser, wo es zwei Wochen später von Tauchern gefunden wird. Tja, nur leider war zu dem Zeitpunkt Ebbe, und hier unter der Brücke gab es kein Wasser, bloß Felsen. Abigail hat den Sturz überlebt, aber ihr Rückgrat war gebrochen.« Corbett mußte um seine Fassung ringen. »Sie ist ertrunken.«

Shan starrte auf das dunkle, aufgewühlte Wasser hinunter und empfand jähes Entsetzen. Das Mädchen war auf den Steinen gelandet, hatte hilflos und mit zerschmetterten Gliedern in der Nacht dagelegen und sich nicht bewegen können, als die Flut langsam stieg und sie hinaus in die Bucht trug.

Sie sprachen beide kein Wort mehr, auch nicht, als sie wieder in Corbetts Haus waren. Der Amerikaner stellte ein paar Lebensmittel auf den Tisch und ging nach oben. An der Brücke hatte er absolut überzeugt geklungen, aber sie wußten beide, daß es fur die Ermordung des Mädchens keine Beweise gab. Es war tatsächlich so, als habe Abigail an jenem schrecklichen Tag in der Bucht zu ihm gesprochen.

Shan war auf einmal sehr hungrig und nahm die Vorräte etwas genauer in Augenschein. Eine Gurke, ein Kopfsalat, ein braunes Brot, eine Schachtel Reis, eine Banane, eine Tomate, ein Glas Senf und mehrere Konserven mit Gemüse, das er nicht kannte. Er schnitt die Gurke in lange Streifen, trug sie samt der Banane zu dem weichen Sessel in der Nähe der Haustür, schaltete alle Lampen aus, setzte sich und aß. Dann lehnte er sich in die weichen Polster zurück und lauschte mit geschlossenen Augen den Geräuschen von draußen. Als er die Augen wieder öffnete, war es stockfinster, und jemand hatte eine Decke über ihm ausgebreitet. Es waren mehrere Stunden vergangen; die Uhr zeigte fast Mitternacht. Shan wollte schon zur Treppe gehen, hielt dann aber inne und trat noch einmal hinaus auf die hintere Veranda. Der Regen auf den Blättern war wie ein Flüstern. In einem Eimer neben der Tür zirpte plötzlich eine Grille, und aus irgendeinem Grund schien dieser Laut die Traurigkeit aus Shans Herz zu vertreiben. Zum erstenmal seit Jahren fiel ihm ein, wie er mit seinem Vater bei leichtem Regen durch einen Bambushain gegangen war und sein Vater das Zirpen einer Grille nachgeahmt hatte, um Vögel anzulocken. Nun verharrte Shan reglos eine ganze Weile, weil er fürchtete, jede Bewegung könnte seinen Vater wieder verscheuchen.

Schließlich kehrte er in die Küche zurück und fing an, etwas zu suchen. Während er die Schubladen und Schranktüren öffnete, sah er auf dem Küchentresen einen kleinen weißen Kasten mit Stromkabel stehen. Der Aufkleber darauf besagte, es handle sich um einen Dosenöffner. Shan fragte sich, wie dieses Ding wohl funktionierte und wozu es überhaupt notwendig war.

Wenig später fand er ein weißes Stück Papier, einen dicken schwarzen Filzstift, Streichhölzer und den Stummel einer Wachskerze. Er nahm alles mit nach draußen, setzte sich im Schutz des Daches direkt vor die Wand, zündete die Kerze an und schrieb in kühn geschwungenen Ideogrammen eine Botschaft auf den Zettel.

In einem Eimer hat eine Grille gesungen und meinen Kummer überwunden. Ich bin voller Ehrfurcht. Danke, Vater, daß du mich gelehrt hast, wie man zuhört. Er faltete das Blatt zusammen, schrieb den Namen seines Vaters darauf, fügte in der oberen

Ecke das englische Wort »Seattle« hinzu, entzündete das Papier an der Kerze und warf es in ein leeres Tongefäß. Als die Asche in der heißen Luft emporstieg und in die Nacht hinaustrieb, schaute er ihr hinterher, seiner Postkarte aus Amerika.

Sehr viel später stieg er die Stufen hinauf und wollte gerade sein Zimmer betreten, als er sah, daß die Tür am Ende des Flurs, noch hinter Corbetts Schlafzimmer, einen Spaltbreit offenstand. Shan ignorierte sein jähes Schuldgefühl, ging hin und stieß die Tür auf. Es roch ungewohnt. Er schaltete das Licht ein. In der Mitte des Raums stand eine Staffelei mit einem unvollendeten Aquarell. Daneben lag auf einem Tisch eine Skizze des geplanten Bildes. Es zeigte ein windumtostes Steingebäude auf einem Berg. Von einer Leine flatterten Gebetsfahnen. Corbett hatte gemalt.

Kapitel Siebzehn

Shan saß auf den Stufen vor dem Haus, betrachtete die Blumen und beobachtete manche der Nachbarn, als er hinter sich Corbett nach unten und in die Küche gehen hörte. Er harrte hier schon seit Tagesanbruch aus, weil er abermals keinen Schlaf gefunden hatte. Vieles von dem, was er sah, kam ihm merkwürdig vor. Ein weißer Lastwagen mit gewölbtem Laderaum rollte langsam durch den Dunst, während Männer in Overalls Plastiktonnen voller Abfall in ihn entleerten. Dann rannten mehrere Leute, die Mützen und sehr kleine Hosen trugen, durch den Regen. Shan konnte sich beim besten Willen nicht vorstellen, wohin sie so eilig wollten und was sie dort wohl tun würden. Ein Transporter mit einer riesigen, rätselhaften Aufschrift fuhr vorbei: *FedEx – garantiert in 24 h.*

In Gedanken reiste Shan zu einem anderen Morgen in vielen tausend Kilometern Entfernung, wo Surya und seine neuen Gefährten menschliche Exkremente einsammelten, wo die Einsiedler von Yerpa in einer Kammer voller Butterlampen Mantras rezitierten und wo Ko vermutlich in Handschellen schlief und in seinen Alpträumen Männer mit Skeletthänden sah. Er hörte, daß Corbett am Telefon sprach, dabei mehrmals Baileys Namen nannte und gelegentlich sehr aufgeregt wirkte. Shan ging leise hinein und setzte sich wieder auf den großen Sessel. Corbett, noch immer am Telefon, reichte ihm eine Banane.

Fünf Minuten später legte Corbett auf, ging zur Tür und winkte Shan, ihm zu folgen. Sie stiegen in den Wagen und fuhren los, überquerten eine Brücke und bogen auf eine enge Serpentinenstraße ein, die durch einen Wald aus mächtigen immergrünen Bäumen verlief.

»Bailey sagt, die Versicherung wird Dolan demnächst einen Scheck ausstellen«, berichtete Corbett mit matter Stimme.

»Seien Sie nett zu ihm. Er ist die ganze Nacht aufgeblieben«, warnte er, als sie an einer Kiesauffahrt hielten.

Offenbar wurde das alte Haus gerade renoviert. Eine der Holzwände hatte man erst kürzlich frisch gestrichen, und eine andere war mit schwarzer Folie abgedeckt. Bailey befand sich in einem Nebengebäude, einem ehemaligen Schuppen, den man zu einer kleinen Garage umgebaut hatte. Das Tor stand offen.

Auf einem langen Tisch in der Mitte der Garage lagen ein vom Wasser ruiniertes Taschenbuch, schmutzige Kleidungsstücke, mehrere gefaltete Zettel, eine zerrissene Halskette, ein kleines Paar Schuhe und ein Fahrrad, dessen Rahmen und Vorderrad verbogen waren. Am Ende des Tisches standen kleine Flaschen mit Chemikalien neben Vergrößerungsgläsern und einigen feinen Pinseln.

»Nichts, rein gar nichts«, sagte Bailey, ohne sie zu begrüßen. »Ich weiß schon nicht mehr, wie oft ich jedes einzelne Teil untersucht habe. Bevor es gestern abend dunkel wurde, bin ich unter der ersten Brücke herumgeklettert und habe gehofft, irgendeinen Hinweis auf Abigail zu finden. Nichts. Ebbe und Flut haben saubere Arbeit geleistet. Immerhin ist es einige Wochen her.«

Shan trat näher an den Tisch heran. An einem der Schuhe klebte ein vertrockneter Algenrest.

»Laut Polizeibericht ist sie in viel zu hohem Tempo auf die Brücke gefahren, auf einer nassen Stelle ausgerutscht, gegen das niedrige Geländer geprallt und samt Fahrrad in die Tiefe gestürzt«, erklärte Bailey.

Corbett nahm die silberne Halskette, an der ein kleines Medaillon hing. Es war geöffnet, und man konnte das Foto einer alten Frau erkennen. Er streckte es Shan entgegen. »Aber das hier wurde im Seetang auf der anderen Seite der Brücke gefunden. Der Bericht hat keine Erklärung dafür. Weil es ihr nämlich abgerissen wurde, bevor man sie von der ersten Brücke geworfen hat. Vielleicht gab es einen kurzen Kampf. Dolan hat es auf der Rückseite der zweiten Brücke ins Wasser geworfen, nachdem er zuvor das Fahrrad entsorgt hatte.«

Shan ließ den Blick über den Tisch und dann durch die Garage schweifen. »Hat die Polizei ihre Ermittlungen beendet?« fragte er. Die Beweisstücke hätten sich in einem offiziellen Labor befinden müssen.

»Der Fall gilt als abgeschlossen«, sagte Corbett. »Ein Unfall. Fertig und aus. Das alles hier soll an ihre Eltern geschickt werden.«

»Wir haben gestern sämtliche kommerziellen Lagerhäuser der Region überprüft, aber weder Dolan noch McDowell oder Lodi haben irgendwo einen Raum gemietet. Nichts. Dann haben wir noch einmal alle Antiquitätenhändler angerufen. Im gesamten Nordwesten ist kein einziges von Dolans Exponaten aufgetaucht. Es ist eine Sackgasse, Boß«, sagte Bailey. »Und ich bin total fertig.« Er reichte Corbett ein Stück Papier mit einer Zeichnung darauf und ging zum Haus. Corbett winkte ihm hinterher.

Sie fuhren weiter und gelangten nach zehn Minuten an einen Friedhof. Corbett zog Baileys Zeichnung zu Rate, und dann gingen sie an den Reihen nasser rechteckiger Steine und tröpfelnder Koniferen entlang.

»Bleiben die etwa alle hier liegen?« fragte Shan. Manche der Gräber sahen sehr alt aus.

Corbett warf ihm einen müden, verwirrten Blick zu, und Shan begriff, daß er die Frage anscheinend für einen schlechten Scherz hielt. In den chinesischen Städten blieb jedoch niemand in seinem Grab, außer er war sehr reich oder berühmt. Falls die Familie sich überhaupt eine Beerdigung leisten konnte, galt die entsprechende Stelle nur für vier oder fünf Jahre als gepachtet, damit die Hinterbliebenen einen Ort zum Trauern hatten. Dann wurden die Leichen exhumiert und verbrannt, um Platz für die neuen Toten zu schaffen.

Sie benötigten fast eine Viertelstunde, um das Grab zu finden, einen überraschend großen Stein, dessen Ränder mit einem extravaganten Muster aus Vögeln und Blumen verziert waren. In der Mitte stand Abigail Morgans Name in großen verschnörkelten Buchstaben. »Dolan hat darauf bestanden, die Kosten zu übernehmen«, murmelte Corbett, zog etwas aus der Tasche und legte es auf den Stein.

Shan starrte es ungläubig an, musterte Corbetts ernste Miene und trat näher. Es war eine *tsa-tsa*, eine Tontafel mit dem Abbild der Schutzgöttin Tara, wie sie auch in der Trauerhütte unter Lodis Bildnis gelegen hatte.

Während Corbett traurig und zornig verharrte, sah Shan sich um und sammelte ein paar Steine ein. Er hatte am Fuß des Grabs bereits einen kleinen Hügel aufgehäuft, als der Amerikaner endlich Notiz davon nahm und anfing, ihm zu helfen. Nachdem sie einen fast sechzig Zentimeter hohen Steinhaufen errichtet hatten, fragte Shan, ob Corbett ein sauberes Stofftaschentuch und einen Kugelschreiber bei sich trage. Der Amerikaner nickte und gab ihm beides. Shan schrieb zehnmal das *mani*-Mantra auf das Tuch und verankerte es unter dem obersten Stein des Hügels. »Jedesmal wenn es im Wind flattert, schickt es die Gebete zum Himmel«, erklärte er.

Corbett schien etwas erwidern zu wollen, aber sein Mobiltelefon klingelte. Er zögerte und holte es dann widerwillig aus der Tasche.

»Corbett«, meldete er sich barsch. »Jawohl, Sir.«

Er hörte eine Weile wortlos zu, doch seine Augen funkelten. »Ich habe mich nicht weiter um das Mädchen gekümmert«, sagte er dann. »Sie haben angeordnet, die Akte zu schließen, wenn ich mich recht entsinne.« Dann lauschte er erneut. »Alles klar«, sagte er. »Ein neuer Fall. Kunstdiebstahl in Boise. Wir machen uns gleich an die Arbeit.« Er steckte das Telefon wieder ein. »Sind Sie soweit, Inspektor Shan?« fragte er mit gefährlichem Grinsen.

Es gab am vorderen Tor keinen Wachposten, sondern lediglich eine gemauerte Säule, die eine Videokamera und eine Gegensprechanlage enthielt. Shan und Corbett hatten fünfzig Meter vor der Einfahrt die Plätze getauscht, und so saß nun Shan am Steuer und sprach leise in den kleinen Kasten, während der Amerikaner sein Gesicht von der Kamera abwandte. Sie warteten eine Minute, dann noch eine. Plötzlich setzte das schwere Eisentor sich quietschend in Bewegung und glitt zur Seite.

Falls Shan nicht schon sein Foto gesehen hätte, wäre er nie

von selbst darauf gekommen, welcher der Männer, die an dem überdimensionalen Fenster standen, ein Milliardär sein könnte. Dolan war von kleiner, eigenartig proportionierter Statur. Sein gebräuntes, drahtiges Gesicht schien nicht zu dem untersetzten Körper zu passen. Er war jünger, als Shan erwartet hatte, und sein kurzes braunes Haar wies nur wenige graue Strähnen auf. Shan hatte außerdem damit gerechnet, daß er ungeduldig oder sogar gereizt reagieren würde, doch statt dessen schickte Dolan die anderen Männer weg, ließ sich behaglich auf einem der Ledersessel nieder und lächelte freundlich. »Sie ahnen ja nicht, wie überrascht ich bin, daß mein alter Freund Ming mir ein Geschenk schickt«, sagte er und zog beide Augenbrauen hoch. »Wie reizend. Was macht der gute Direktor?«

»Er ist sehr beschäftigt«, sagte Corbett.

Dolans Augen waren grau und zudem in einer dunkleren Farbe gesprenkelt, wie schmutziges Eis. Sie betrachteten Corbett und richteten sich dann auf Shan. »Sie müssen der chinesische Polizist sein. *Nei hou tongzhi.*« Das war Mandarin. Guten Tag, Genosse.

Shan entgegnete nichts, sondern griff in die Papiertüte, brachte eine kleine braune Schachtel zum Vorschein und legte sie vor Dolan auf den Couchtisch. Reglos musterte Dolan sie einen Moment lang und schaute dann wieder Corbett an. »Ich hatte noch keine Gelegenheit, mit Ihren Vorgesetzten zu sprechen, Agent Corbett. Aber das kommt noch. Ich habe Ihnen ausdrücklich gesagt, das FBI werde hier nicht mehr benötigt.«

Corbett hielt dem Blick mühelos stand. »Ich bin in einer anderen Angelegenheit hier. Man hat mich angewiesen, unseren chinesischen Besucher zu begleiten. Ach, mein Boß hat übrigens gesagt, er wolle sich einen gewissen Adrian Croft vornehmen. Kennen Sie ihn?«

Als Dolan verächtlich die Lippen schürzte, fühlte Shan sich auf seltsame Weise an Oberst Tan erinnert. »Es gibt keinen Mr. Croft, Corbett. Aber natürlich wissen Sie das längst. Ein zweckdienliches Arrangement. Meine Sicherheitsleute haben mir dazu geraten. Es ist nichts Illegales daran, gewisse Vorkehrungen zu treffen.« Er beugte sich vor und nahm mit beiden

Händen die Schachtel. »Sie ist an Adrian Croft adressiert«, stellte er fest und wirkte dabei zum erstenmal leicht verärgert.

»Direktor Ming wollte wohl gewisse Vorkehrungen treffen«, log Corbett.

Dolan öffnete die Schachtel, ohne Shan und Corbett aus den Augen zu lassen. Er war eindeutig mißtrauisch, aber genauso eindeutig nicht in der Lage, seine Neugier im Zaum zu halten, also hob er den Deckel ab, schob das Packmaterial beiseite – und hielt stirnrunzelnd inne. Eine Sekunde lang war er sichtlich verblüfft. Dann nahm er die herrliche kleine Figur: ein sechshundert Jahre alter Heiliger, in einer Hand ein Schwert, in der anderen eine Lotusblume, dessen originale Vorlage von Lu und Khan zerstört worden war. Dolan seufzte und musterte schweigend seine Besucher.

»Die Versicherung wird sich bestimmt freuen«, sagte Corbett.

»Ich weiß nicht, wovon Sie da reden«, gab Dolan schroff zurück. »Falls Sie die Liste der gestohlenen Gegenstände gelesen hätten, würden Sie wissen, daß diese Statue dort nicht aufgeführt wird.«

Corbett nahm ein kleines Kissen, das mit Blumenstickereien verziert war, und betrachtete es. »Ich untersuche nun schon seit vielen Jahren Kunstdiebstähle und habe gelernt, absolut alles zu überprüfen. Leute mit großen Sammlungen vergessen manchmal etwas oder verfügen nur über lückenhafte Unterlagen. Ihre Frau hat sich letztes Jahr mit Ihrer Sammlung ablichten lassen, Mr. Dolan. Uns liegen Zeitschriftenfotos vor, auf denen diese Figur in einer Ihrer Vitrinen steht. Das gleiche gilt für ein rundes Dutzend weiterer Exponate, die ebenfalls nicht in Ihrer Verlustmeldung auftauchen. Die Stücke haben Museumsqualität.«

»Ich habe sie verkauft.«

»Gut. Dann gibt es doch sicherlich Dokumente der Transaktion. Die Versicherungsgesellschaft wird danach fragen. Wir haben ihr nämlich zur Information die Fotos geschickt.«

Als Dolans Augen aufloderten, sah Shan darin nicht nur Wut, sondern zugleich etwas Wildes, fast Grausames. »Ich mache Sie fertig, Corbett. Sie verstoßen gegen Ihre ausdrücklichen Befehle.«

»Mir liegt ferner der Katalog einer Museumsausstellung vor, der im gleichen Monat veröffentlicht wurde wie bei uns hier die besagte Zeitschrift. Darin finden sich Fotos derselben Kunstgegenstände. Und wir haben die beeidigten Aussagen der tibetischen Künstler, die für Sie und Ming die Fälschungen angefertigt haben.« Der letzte Satz war wiederum eine Lüge.

Dolan ballte die Fäuste.

»Mal sehen, wer hier wen fertigmacht«, sagte Corbett. »Die Versicherungsgesellschaft wird den Fall erneut untersuchen. Versicherungsbetrug ist ein schweres Verbrechen.«

»Es hatte nichts mit der Versicherung zu tun«, knurrte Dolan.

»Wir alle würden uns das lieber ersparen«, pflichtete Corbett ihm bei, »aber ich schätze, Versicherungsbetrug ist besser als gar nichts.«

»Wissen Sie, wie viele Anwälte ich habe? Ich muß mich nicht selbst mit irgendwelchen sturen Bürokraten herumschlagen.« Dolan stand auf, ging zu einem kleinen Schrank, der in einer der Ecken stand, und holte daraus eine Flasche Whiskey hervor. »Wo ist Ming?« fragte er mit etwas ruhigerer Stimme, während er sich einen Drink einschenkte.

»In Lhadrung«, sagte Shan. »Er gibt Fernsehinterviews und nimmt Glückwunschanrufe aus Peking entgegen. Er hat das lange verschollene Grab des *amban* entdeckt.«

Die Neuigkeit schien Dolan zu amüsieren. »Ein weiteres Ausstellungsstück für meinen neuen Pekinger Museumsflügel«, stellte er mit frostigem Lächeln fest und leerte sein Glas. »Danke, daß Sie mir sein Geschenk gebracht haben.« Er stellte das Glas ab und deutete auf die Tür. »Ich bin ein vielbeschäftigter Mann.«

»Es gab noch etwas aus Lhadrung«, sagte Shan gerade so laut, daß Dolan es hören konnte. »Ein altes *thangka*.«

Dolan erstarrte. Dann goß er sich noch einen Whiskey ein, kehrte zum Couchtisch zurück, setzte sich und nahm die kleine Götterstatue. »Im Laufe meiner langjährigen Sammlertätigkeit habe ich viel über Schönheit gelernt«, sagte er zu der Figur. »Es geht dabei nur um Seltenheit. Wenn Sie das weltweit einzige Exemplar eines Gegenstands besitzen, ist es automatisch schön, ganz gleich, worum es sich handelt. Glauben Sie mir ruhig.« Er sprach in sehr eindringlichem Tonfall, als erwarte er nicht, daß man ihn auf Anhieb verstehen würde. »Nehmen Sie beispielsweise einen Rembrandt oder eine Vase aus der Tang-Dynastie. Falls jeder sie hätte, wären sie nicht schön, sondern wertloser Plunder wie irgendein Löffel oder eine Flasche.«

»Das macht mich traurig«, sagte Shan.

Dolan durchbohrte ihn mit einem wütenden Blick, als habe Shan ihn beleidigt. »Welches *thangka*?« fragte er unvermittelt.

Shan zog den Stoffbeutel aus der Tüte, nahm das Gemälde heraus und entrollte es auf dem Tisch.

Einen Moment lang schien Dolan nichts anderes im Raum mehr wahrzunehmen, nur noch das alte, ausgefranste *thangka*. Er beugte sich vor und studierte es genau. Seine Augen funkelten vor Erregung.

»Gehen wir in meine Bibliothek«, sagte er mit einer Geste in Richtung des Nachbarraums. »Der Tisch dort ist besser geeignet.« Er nahm das *thangka* und führte sie in ein Zimmer voller Bücherregale, in dessen Mitte ein breiter, dunkler Holztisch stand. Dolan legte das Gemälde darauf, zog eine Gelenkleuchte heran und hielt inne.

»Ich lasse uns Kaffee bringen«, sagte er, ging weg und kam nach weniger als einer Minute zurück. »Diese Dinger tauchen häufiger mal auf«, stellte er mit Blick auf das *thangka* beiläufig fest. »Wie Treibgut der Vergangenheit. Es sieht echt aus und scheint recht alt zu sein. Aber es ist stark beschädigt und besitzt keinen echten Wert. Manche Historiker benutzen solche Fragmente zu Forschungszwecken. Ich könnte Ihnen hundert Dollar für Ihre Mühe anbieten und dafür sorgen, daß es in die richtigen Hände gelangt.«

Während er sprach, kam eine Frau in grauweißer Tracht ins Zimmer und brachte ein Tablett, auf dem eine Kanne, drei Tassen und ein Teller mit Keksen standen. Sie schenkte den Kaffee ein. Gerade als sie Shan eine Tasse reichen wollte, ertönte irgendwo hinter dem Haus ein lauter Knall. Die Frau zuckte zusammen und lief hinaus. Dolan stellte seine Tasse ab und folgte ihr.

»Das war ein Schuß!« rief Corbett und rannte hinterher. Shan schloß sich an.

Sie kamen durch eine riesige Küche und von dort aus durch eine Hintertür nach draußen. Dolan stand auf dem Rasen und sprach mit einem Mann, der eine Schrotflinte hielt. Es seien die Eichhörnchen, sagte Dolan gleich darauf, als sie ihn erreichten. Der Gärtner habe beschlossen, etwas gegen die Eichhörnchen zu unternehmen, weil diese ständig die Nüsse irgendeines exotischen Baumes stahlen.

Als sie in die Bibliothek zurückkehrten, lag das *thangka* unverändert da. Das Dienstmädchen reinigte den Teppich, weil sie vor Schreck etwas Kaffee verschüttet hatte. An einer Tür im hinteren Teil des Raums stand ein bärtiger Mann mit blauem Sportsakko und nickte Dolan zu.

»Hundert Dollar«, sagte Dolan. »Wie gesagt, ich könnte Ihnen hundert Dollar für Ihre Umstände geben und dieses Fragment an einen Wissenschaftler weiterleiten.«

Shan rollte das Gemälde wieder ein. »Ich kenne Gelehrte in Tibet.«

Dolans Augen loderten abermals auf. Er packte Shan am Arm. »Die Mönche können mich nicht davon abhalten. Ich dachte, das wäre inzwischen klar«, zischte er.

»Wovon abhalten?« fragte Shan.

»Die richtigen Knöpfe zu drücken«, erwiderte Dolan, drehte sich um und ging hinaus.

»Der Schuß war eindeutig ein Ablenkungsmanöver«, sagte Corbett, als sie in den Wagen stiegen. »Aber zu welchem Zweck? Er hat das *thangka* nicht an sich genommen.«

Shan betrachtete weiterhin das Haus. Seine Haut kribbelte. Er fühlte sich irgendwie unrein. »Dolan hat es fotografieren lassen«, sagte er. »Deshalb wollte er es auf den Tisch unter diese helle Lampe legen. Vermutlich war es der Mann mit der blauen Jacke.«

Sie parkten in der Nähe des Tors am Straßenrand und

mußten eine Dreiviertelstunde warten, bis ein Fahrzeug das Grundstück verließ. Am Steuer saß der Mann mit der blauen Jacke. Corbett sprang aus dem Wagen, zeigte seinen Dienstausweis vor, sprach kurz mit dem Mann und stieg wieder zu Shan ein. »Ein Stück die Straße hinunter ist ein Café. Wir treffen uns dort mit ihm.«

Das kleine Lokal war früher eine Tankstelle gewesen. Die alten Zapfsäulen standen noch immer an ihrem ursprünglichen Platz, waren aber von Kletterpflanzen überwuchert. Der Fremde blickte nervös auf, als Shan und Corbett sich an seinen Tisch setzten.

»Ich muß wissen, was Sie für Dolan in der Bibliothek gemacht haben«, kam Corbett sofort zur Sache.

Aber der Mann bestritt, überhaupt einen Fuß ins Zimmer gesetzt zu haben. »Ich wollte mit Dolan über unser Projekt sprechen.« Er musterte Corbett und schaute zum Fenster hinaus. Dann zuckte er die Achseln. »Als ich auf dem Weg zur Bibliothek war, ist mir im Korridor jemand entgegengekommen. Ein junger Mann in einem weißen Overall, einer von den Typen, die als Restauratoren für Dolan arbeiten. Was er gemacht hat, habe ich nicht gesehen.«

Corbett ließ ihn nicht aus den Augen. »Hatte er eine Kamera dabei?«

Der Mann nickte und zog eine Visitenkarte aus der Tasche. Corbett warf einen kurzen Blick darauf und reichte sie an Shan weiter. Sie hatten den Leiter eines Ingenieurbüros vor sich. »Wir führen für Mr. Dolan Umbauarbeiten durch.«

»Was im einzelnen?« fragte Shan.

Der Mann runzelte die Stirn. »Er legt sehr großen Wert auf Geheimhaltung. Es gibt in jedem seiner Verträge entsprechende Klauseln.«

Corbett zog das kleine Lederetui mit dem Dienstausweis aus der Tasche und warf es auf den Tisch. »Ich lege auch großen Wert auf so manches. Was für Umbauarbeiten?«

Der Mann sah sich hektisch um. »Hören Sie, er verändert dauernd etwas. Ein ganzer Gebäudeflügel dient als sein persönliches Museum. Wir waren damals beim Bau dabei. Jetzt nimmt er Veränderungen vor, das ist alles. Bessere Sicherheitsmaßnahmen und so. Alle wissen von dem großen Diebstahl.«

Corbett seufzte und steckte den Ausweis wieder ein. »Ich will die Namen dieser Restauratoren.«

»Die kenne ich nicht.«

Corbett schien aufstehen zu wollen.

»Beschreiben Sie die Veränderungen«, forderte Shan.

»In der Mitte ein Eßzimmer, umgeben von einer dicken Sicherheitswand. Außerhalb eine kleine Küche mit Speisenaufzug ins Untergeschoß. Ein Ankleidezimmer, wo die Kellnerinnen chinesische Gewänder anlegen können. Ein klimatisierter Schrank zur Aufbewahrung dieser Kleidung. Ein Schlafzimmer, ausgestattet mit chinesischen Antiquitäten. Er nimmt gern Freunde ins Museum mit und lebt möglichst nah bei seiner Kunstsammlung, aber mittlerweile macht er sich große Sorgen wegen der Sicherheit. Wer könnte es ihm verdenken?«

»Was für ein Eßzimmer?« fragte Shan.

Der Mann sah ihn an. »Ihren Ausweis kenne ich noch nicht. Warum will das FBI etwas über Dolans Eßzimmer wissen?«

»Was für ein Eßzimmer?« fragte nun Corbett.

Der Mann runzelte die Stirn. Dann zog er eine Serviette aus dem Spender und zeichnete ein großes Rechteck darauf. »Die Hauptgalerie«, erklärte er und fügte in der Mitte zwei konzentrische Rechtecke hinzu. »Die Sicherheitswand und das Eßzimmer. Es hat zwei Türen.« Er markierte sie mit diagonalen Strichen, eine in der Mitte einer der kurzen Wände, die andere am gegenüberliegenden Ende einer der langen Wände. »Der Raum ist rund sechs Meter lang und knapp viereinhalb Meter breit. Fast alles besteht aus unbehandeltem Mahagoni- und Zedernholz. Keine Kabel.«

»Sie meinen, die Kabel sind unsichtbar verlegt«, sagte Corbett.

»Nein, im Innern des Eßzimmers gibt es keinerlei Stromanschluß. Was Atmosphäre und Authentizität anbelangt, ist Dolan ein Perfektionist. Ich schätze, er wird Kerzen oder alte Öllampen benutzen.«

Als Shan den Arm ausstreckte, zitterte für einen Moment

seine Hand. Er bat um den Bleistift des Mannes und ergänzte die Skizze mit schnellen Strichen. »Hier ein eingebauter Schauschrank für Keramiken«, sagte er und zeichnete an der kurzen türlosen Wand einen Kasten ein. Dann deutete er einen Halbkreis an. »Eine gewölbte Decke, bemalt wie der Himmel.« Schließlich fügte er zu beiden Seiten der Türen kleine Kreise ein. »Vier schmale Säulen, rot lackiert.«

Der Mann war sichtlich verärgert. »Was soll der Blödsinn? Wenn Sie alles bereits wissen, wieso fragen Sie mich noch? Ja, stimmt genau. Aber denken Sie daran, ich habe Ihnen nichts erzählt, falls Dolan fragen sollte. Und wie, zum Teufel, konnten Sie ...«

Der Mann verstummte verwirrt, denn er sah, daß Corbett plötzlich aufgeregt Shans Schulter packte und dann die Serviette nahm. Dolan ließ eine Kopie von Qian Longs Speisezimmer anfertigen.

Fünf Minuten später bog Corbett erneut auf den Parkplatz ein, von dem aus er Shan am Vortag die Brücke gezeigt hatte, an der Abigail Morgan gestorben war. Er stieg aus und ging bis zum Rand der Klippe. »Dieser Scheißkerl hat sie ermordet, weil er ein Wandgemälde haben wollte, das es auf der Welt kein zweites Mal gibt. Wahrscheinlich will er sich eine Drachenrobe überziehen und dann da drinnen auf irgendeinem Thron hocken und verzückt sein Reich betrachten. Und falls ich hiervon auch nur eine Silbe offiziell verlauten lasse, wird das Gemälde für die nächsten Jahre spurlos verschwinden.«

»Das FBI kann doch sicherlich ...«

Corbett ignorierte ihn. »Aber wir wissen, daß er und Ming die Diebstähle inszeniert haben, und er weiß, daß wir es wissen. Yao kann in China weiterhin Druck ausüben. Ich kann genügend Beweise vorlegen, um die Zahlung der Versicherungsgesellschaft zu verhindern. Man wird wegen Betrugs ermitteln. Das dürfte ihn zermürben.«

Shan glaubte nicht daran, und er bezweifelte, daß Corbett es glaubte. »Ich brauche das Stück Papier, das mir den Rückflug ermöglicht«, sagte er.

»Auf keinen Fall. Ich kann Sie hier nicht entbehren.«

»Sie verstehen nicht. Ich muß dort sein, wenn er eintrifft.«

Corbett drehte sich zu ihm um. »Wer trifft ein? Wo?«

Shan erwiderte den Blick ruhig. »Ich muß die Hügelleute warnen und dafür sorgen, daß Dawa, Lokesh und Liya einen sicheren Ort aufsuchen. Dolan reist nach Lhadrung.«

»Unmöglich.«

»Es tut mir leid«, sagte Shan.

»Leid?«

»Er hat sein Fresko bereits, es ist irgendwo versteckt. Nun will er unbedingt den Schatz des *amban* haben. Männer wie er suchen sich immer gleich ein neues Ziel. Kaum hatten Lu und Khan das Geheimfach im Haus des Kaisers entdeckt, wurde Dolans Handeln nur noch von diesem einen Wunsch beseelt. Der Schatz des Qian Long ist absolut einzigartig. So geheim, so alt, so unmittelbar mit den Kaisern verbunden. Dolan hätte sich nie träumen lassen, je auf etwas Vergleichbares zu stoßen.«

»Er weiß doch gar nicht, wo er suchen soll.«

»Doch, jetzt weiß er es. Ich habe es ihm verraten, indem ich sagte, das zerrissene *thangka* stamme aus Lhadrung. Wenn das Stoffgemälde nie von dort weggebracht wurde, hat auch der *amban* nie sein Kloster verlassen. Dolan hat das sofort begriffen. Bis dahin hatte er es allenfalls vermutet, aber Lu und Khan wußten nicht genau, wo sie suchen sollten, und konnten nicht mit Sicherheit feststellen, daß es tatsächlich um Zhoka geht. Dolan hat schon immer die Augen offengehalten. Das war der Grund, aus dem er Ming und dessen Feldstudien unterstützt hat, sogar die in den nördlichen Provinzen. Der *amban* hat den Namen seines Klosters nie genannt, um dessen Geheimnisse zu bewahren. Aber sobald Dolan die Markierungen auf der Rückseite des *thangka* durchschaut, wird er Gewißheit haben.«

»Was für Markierungen? Sie haben uns nie irgendwelche Markierungen gezeigt.«

»Die Handabdrücke. Man hat darin mit Holzkohle hauchdünne Linien gezogen, weil man ursprünglich eine Karte zeichnen wollte, die zur anderen Hälfte des *thangka* passen und das Rätsel des *amban* vervollständigen würde. Aber seine Erkrankung hat alles verändert. Er ließ sich nach Norden bringen und dort seine Ermordung vortäuschen, damit keine Truppen in Lhadrung auftauchen würden, um nach ihm zu suchen. Dann aber ist er nach Zhoka heimgekehrt. Den Schatz hat er nie abgeschickt, denn er ist gestorben. Entlang eines der Daumenabdrücke stehen winzige tibetische Worte, die man auf dem rissigen Stoff eher ahnen als tatsächlich entziffern kann. Sie besagen, der Abt habe die Ruhe des Todes gefunden.«

Corbett starrte ihn ungläubig an und wandte sich wieder zum schwarzen Wasser um. »Sie haben es die ganze Zeit gewußt«, sagte er tonlos. »Deshalb sind Sie so bereitwillig mitgekommen. Sie wollten ihm eine Falle stellen.«

»Sie wissen selbst, daß man Dolan in Amerika niemals zur Rechenschaft ziehen wird.«

»Sie Mistkerl. Sie haben es von vornherein geplant.« Seine Verwirrung schien sich in Wut zu verwandeln, aber dann stieß er ein hohles Lachen aus. Danach herrschte Schweigen, und sie beobachteten beide, wie die Flut durch die schmale Rinne schoß.

»Wenn schon in Amerika kaum eine Chance auf Gerechtigkeit besteht, dürfte die Aussicht in China sogar noch geringer sein«, sagte Corbett schließlich.

»Er reist nicht nach China«, entgegnete Shan. »Er reist nach Tibet.«

Corbett sah ihn an, als würde er seinen Ohren nicht trauen. Dann bückte er sich, pflückte eine kleine rosafarbene Blume und warf sie hinunter ins Wasser.

Vier Stunden später saß Shan neben Corbett in der Kabine, schaute aus dem Fenster und gähnte, als das Flugzeug zu der niedrigen Wolkendecke aufstieg. Während seines Aufenthalts in Amerika hatte er höchstens sechs Stunden geschlafen und zu keinem Zeitpunkt die Sonne gesehen.

Kapitel Achtzehn

Shan schlief fast während der gesamten Rückreise, und als sie am Ende der Nacht das Tal von Lhadrung erreichten, kam es ihm so vor, als würde er ein *bayal* betreten, eines der verborgenen Länder. Die Morgendämmerung hüllte das Tal in einen blaßroten und goldenen Schimmer, die Lichter der fernen Stadt funkelten wie Juwelen, und die schattigen Berge wirkten wie Wächter, die den Rest der Welt aussperrten. Am liebsten hätte Shan innegehalten und sich den Anblick dauerhaft eingeprägt, denn schon bald würde die Sonne grell vom Himmel scheinen und das geheime Land der Heiligen in ein trockenes, staubiges Tal verwandeln, in dem er Tyrannen, Dieben und Mördern gegenübertreten und die ausgemergelten Gesichter der Tibeter verkraften mußte.

Doch irgend etwas hatte sich verändert. Als sie den Stadtrand erreichten, spielten wie immer Kinder im leeren Flußbett, aber diesmal trugen sie leuchtendweiße T-Shirts und hatten einen nagelneuen Fußball. Beim ersten Häuserblock lief ein lächelnder Teenager vor den Geschäften entlang und reckte ein kleines silbernes Flugzeug über den Kopf. Auf dem Platz vor dem Verwaltungsgebäude standen einige Frauen beisammen und bewunderten die glänzenden neuen Schlüsselanhänger, die sie in den Händen hielten, und ein alter Mann beobachtete einen Jungen, dessen Spielzeughubschrauber aus eigener Kraft an einem langen Draht in die Luft stieg.

Als Shan ein vertrautes Gesicht entdeckte, ließ er Corbett den Wagen anhalten und stieg aus.

»Tashi«, sagte Shan und legte dem Spitzel eine Hand auf die Schulter. »Was ist hier passiert?« Der Mann reagierte erst, als Shan die Frage wiederholte.

»Dieser berühmte Amerikaner hat sich auf die Treppe

gestellt, Mao eine Hand auf den Kopf gelegt und eine Rede darüber gehalten, wie großartig die Bevölkerung von Lhadrung sei«, berichtete Tashi ungläubig. »Dann hat er aus seinen Tüten Geschenke verteilt. Sein chinesischer Fahrer hat mir erzählt, daß der Amerikaner den Geschenkartikelladen am Flughafen leer gekauft hat. Alles, was da war. Sie haben es einfach in Tüten gestopft. Er ist mit einem eigenen Düsenflugzeug angereist.«

Shan war vollkommen verblüfft. Dolan hatte sie auf dem Weg nach Tibet überholt.

»Der Amerikaner sagte, er sei der heilige Nikolaus, aber keiner wußte, was das heißen sollte. Er ist verrückt. Als Soldaten kamen, um ihn von den Stufen zu vertreiben, hat er sie ebenfalls beschenkt, und als die Tüten leer waren, hat er amerikanisches Geld verteilt.« Tashi zog einen Dollarschein aus der Tasche und schwenkte ihn wie einen kleinen Wimpel.

»Was machst du hier?« fragte Shan und ließ den Blick über den Platz schweifen. Tashi hielt womöglich nach Surya oder *purbas* Ausschau oder wollte mehr über die versteckten Artefakte in Erfahrung bringen.

»Was machst *du* hier?« fragte Tashi und schaute verstohlen zu den oberen Etagen der Bezirksverwaltung. Sollte er etwa nach Shan suchen?

»Wo sind die Gefangenen?« fragte Shan.

»Sie arbeiten immer noch bei den Klippen im unteren Teil des Tals. Es heißt, der Bergbuddha in den Hügeln regt sich. In der Nähe der Schule wurde ein Geräteschuppen aufgebrochen. Man hat Seile gestohlen.« Tashi klang verwirrt. »Ming hat einen jungen Hirten für Informationen über Orte bezahlt, an denen sich eine große Statue verstecken ließe.« Als er Shan ansah, wirkte sein Blick leer. »Ich habe Angst.«

Shan musterte ihn wortlos, bis der Spitzel sich abwandte und den Kopf senkte. »Tashi«, sagte er. »Auch ich werde dir etwas schenken. Etwas, das dir vermutlich seit vielen Jahren niemand mehr entgegengebracht hat.« Tashi blickte auf. »In dem, was du sagst, ist niemals etwas von dir selbst. Du bist nur ein Übermittler. Aber du kannst das ändern, und zwar sofort, denn ich werde dir Vertrauen schenken. Ich werde dir etwas erzählen, und dann werde ich dich bitten, eine Lüge zu verbreiten, um den Tibetern in den Bergen zu helfen.«

Gequält verzog Tashi das Gesicht, sagte jedoch nichts. Shan fuhr leise und hastig fort und redete fünf Minuten lang auf ihn ein. Als er fertig war, hob Tashi die Dollarnote und wies auf die Pyramide, die darauf abgebildet war. »Sieh dir das an. Warum drucken die Amerikaner einen Tempel auf ihr Geld?«

»Der Mann, von dem dieses Geschenk stammt, hat Punji McDowell ermorden lassen.«

Bevor Tashi etwas darauf erwiderte, hob er den Schein dichter vor den Kopf, so daß seine Lippen verdeckt wurden. »Die Gerüchte um ihren Tod sind nicht amtlich anerkannt worden.« Er warf Shan einen bedeutungsvollen Blick zu.

Es war eine Warnung. Yao hatte Peking mitgeteilt, was in Zhoka geschehen war, doch die Behörden hatten nicht zugelassen, daß sein Bericht offiziell zu den Akten genommen wurde.

»Mein Großvater hat mir mal von ausländischen Prinzen erzählt, die nach Tibet kamen, um sich eine Braut zu holen, einen besonderen Lama oder ein bestimmtes Amulett.« Tashi sprach nun zu dem langhaarigen Mann auf der Vorderseite der Banknote. »Auf ihren Reisen hinterließen sie eine Spur der Verwüstung, aber wenn sie gefunden hatten, wonach sie suchten, sind sie stets wieder abgezogen.«

»Wie geht es deiner Mutter, Tashi?« fragte Shan.

Der Spitzel seufzte laut, beugte sich zu dem Mann auf dem Geldschein vor und flüsterte ihm etwas zu. »Er trägt eine kleine Pistole unter dem Hosenbein, direkt über dem Knöchel. Der Fahrer hat es unterwegs gesehen.«

Als sie eine halbe Stunde später beim Gästehaus eintrafen, standen dort zwei neue Fahrzeuge geparkt, funkelnde weiße Toyota Land Cruiser, wie man sie am Flughafen von Lhasa mieten konnte. Shan folgte Corbett langsam durch das Tor und war überrascht, wie nervös er wurde. Yao sei dort, hatte Corbett erklärt, und sie würden besprechen müssen, was in Seattle vorgefallen war. Doch Shan blieb im Schatten der Mauer stehen und schaute sich auf dem Innenhof um.

Die Säuberungsaktion schien sich dem Ende zuzuneigen. Lediglich drei von Mings Leuten waren zu sehen, wie sie an dem Brettertisch neben einem kleinen Stapel Artefakte saßen und mit Zangen und Brechstangen lustlos kleine Statuen aufbogen. Auf der anderen Seite des Hofs brannte in dem Stahlfaß abermals ein Feuer, und daneben saß auf einer Bank ein einzelner Soldat. Sechs Meter von der Tonne entfernt arbeiteten vier Tibeter an einem Schutthaufen, dessen Bestandteile nicht brennbar waren. Sie sonderten Metallreste aus, die in Kisten zur Wiederverwertung abtransportiert werden sollten, und warfen Keramiken in Richtung der Mauer, wo ein Mann sie mit einem Vorschlaghammer zertrümmerte.

Shan begriff mit einemmal, weshalb er so nervös war. Er konnte Ko nirgendwo entdecken. Dann drehte der Mann mit dem großen Hammer sich um, und Shan sah sein Gesicht. Sein Sohn vernichtete die Keramikfiguren, aber er lächelte nicht dabei, und in seinem Blick lag keine Verachtung für die Tibeter. Er arbeitete mit nüchterner, fast zorniger Miene und schwang den Hammer gleichmäßig und routiniert, wie man es von einem Sträfling erwarten würde.

Als Corbett ins Sonnenlicht vor dem Gebäude trat, stand der Soldat auf und zog sich die Uniform glatt. Ko bemerkte es, ließ den Hammer sinken und sah zu dem Amerikaner. Dann kniff er die Augen zusammen und starrte in den Schatten, wo Shan stand. Als auch Shan vortrat, schaute Ko ihm zwar kurz ins Gesicht, ließ aber keinerlei Regung erkennen und grüßte ihn nicht. Dann senkte er den Blick und holte wieder mit dem Hammer aus.

Als Shan sich ihm näherte, stellte Ko den Hammer hinter sich ab, als sei es ihm irgendwie peinlich.

»Yao hat behauptet, du seist ans andere Ende der Welt gereist. Nach Amerika«, sagte Ko und betrachtete die Scherben zu seinen Füßen.

»Für kurze Zeit.«

»Und warum bist du zurückgekommen?« fragte sein Sohn ungläubig.

Shan machte noch einen Schritt, so daß er nun auf Armeslänge vor ihm stand.

»Es hat viel geregnet.« Shan griff in die Tasche und brachte eine Rolle Bonbons und einen Schokoriegel zum Vorschein. Er konnte gar nicht verstehen, wieso er die Worte nur so mühsam über die Lippen bekam. »Das habe ich dir aus den Vereinigten Staaten mitgebracht.«

Ko betrachtete die Süßigkeiten und wirkte plötzlich gerührt. »Ich dachte schon, die würden mich zurück in die Grube verfrachten. Aber dann kam Yao und hat sie davon abgehalten.« Er nestelte an einer Schwiele auf seiner Handfläche herum. »Einmal, am Nationalfeiertag, da waren in unserem Lager Familienbesuche erlaubt«, sagte er stockend. »Manche Leute haben ihren Ehemännern, Söhnen oder Vätern Süßigkeiten mitgebracht.« Er blickte auf und nahm Shan langsam die Bonbons und den Riegel aus der Hand. »Süßigkeiten sind ein gutes Geschenk für einen Häftling.« Er zuckte die Achseln und strich sich das lange Haar aus dem Gesicht.

Sie starrten auf die Scherben zu Kos Füßen. Shan rang verzweifelt nach Worten. Er führte tatsächlich ein Gespräch mit seinem Sohn. »Geht es dir gut, Xiao Ko?« fragte er unbeholfen und ärgerte sich sofort, daß er diese vertrauliche Form der Anrede gewählt hatte, die sein Sohn doch so haßte.

Er trat ein kleines Stück vor, und etwas unter seinem Fuß knirschte. Er hatte den Kopf eines kleinen tönernen Buddhas abgebrochen.

»Einer der Tibeter hat zu mir gesagt, sobald man die Gebete herausgenommen habe, würden aus diesen Figuren wieder ganz gewöhnliche Gegenstände, und es sei egal, was mit ihnen passiert«, sagte sein Sohn. Shan sah ihn überrascht an, und Ko verzog das Gesicht, als bereue er seine Worte.

Shan bückte sich, befestigte den Kopf notdürftig auf den Schultern der kleinen Figur und lehnte sie an den Sockel der Mauer. Sein Sohn holte unterdessen wieder mit dem Hammer aus. »Es sind bloß jede Menge Tonscherben«, sagte Ko. »Schmutzige alte Tonscherben. Wenn ich fertig bin, soll ich die Bruchstücke auf dem Parkplatz abladen und unter den Kies harken.«

»Wir gehen wieder in die Berge, Ko«, sagte Shan. »Ich möchte, daß du uns begleitest.«

Sein Sohn sah ihn verunsichert an. »Aber nicht noch einmal in diese Gewölbe, oder?« fragte er besorgt.

»Doch, vermutlich«, räumte Shan ein. »Du mußt mir versprechen, keinen Fluchtversuch zu unternehmen. Es werden nur Yao, Corbett und ich dabei sein, keine Soldaten.«

Ko umfaßte mit beiden Händen den Stiel des Hammers und spielte unschlüssig daran herum. »Erinnerst du dich an ihr Gesicht, als Khan sie auf die Arme hob? Sie hat uns wie ein Kind angesehen, sich nicht gewehrt und gar nicht begriffen, daß sie in diesem Moment ermordet wurde. Das war nicht mehr sie, sondern nur noch ihre frühere Hülle. Immer wenn ich schlafen will, sehe ich dieses Gesicht vor mir, am Leben und doch tot. Wird er auch dort sein? Der Mongole?«

Als Shan nickte, biß Ko die Zähne zusammen und nickte ebenfalls. Er schaute zur Mauer, ließ den Hammer fallen, nahm ein flaches Stück Stein und lehnte es vor dem zerbrochenen kleinen Buddha an die Wand. Er schützte die Figur. »Ich bin ein Gefangener«, sagte er und blickte auf seine Hände, als könne er nicht verstehen, was sie soeben getan hatten. »Warum sollte ich versprechen, nicht zu fliehen?«

»Ein Gefangener zu sein ist etwas, das andere Leute dir antun«, sagte Shan. »Ein Dieb oder Lügner zu sein oder ein Flüchtling zu werden ist etwas, das du dir selbst antust.«

Ko richtete sich langsam auf, schien im Gesicht des Vaters nach etwas zu suchen und wandte den Blick wieder ab. »Ich habe gehört, es gäbe in Amerika viele Autos. Schnelle Autos. Hast du schnelle Autos gesehen?«

Shan war sich nicht sicher, ob er ihn richtig verstanden hatte. »Ich habe schnelle Autos gesehen. Und ich habe Kaffee getrunken. Die Menschen dort trinken viel Kaffee.«

Ko nickte ernst und hob den Hammer. »Ich habe noch nie Kaffee getrunken«, sagte er sehnsüchtig.

»Ich habe Flugzeuge gesehen, die größer als eine Armeebaracke waren«, sagte Shan. »Und es gab da einen kleinen weißen Kasten, der mit elektrischem Strom Konservendosen geöffnet hat.«

Ein Lächeln huschte über das Gesicht seines Sohnes, wich

aber gleich wieder der Miene eines müden alten Mannes. Er ließ den Hammer auf die Scherben niedersausen.

Als Shan sich umdrehte, fügte Ko noch etwas hinzu, ganz leise und voller Qual. »Ich habe diesem Khan etwas aus Gold gegeben, eine dieser kleinen Figuren«, sagte er. »Kurz bevor er Punji umgebracht hat, habe ich ihm etwas aus Gold gegeben. Er hat gelacht und gesagt, ich sei genau wie er.«

Shan wandte den Kopf, aber Ko sagte nichts mehr und blickte auch nicht mehr auf. Er hämmerte wieder auf die Scherben ein und starrte nur noch auf den Boden vor seinen Füßen.

Im Gebäude ging Shan zum Konferenzraum und fand dort am Tisch Corbett und Yao vor. Der Amerikaner berichtete von ihrem Aufenthalt in Seattle.

»Dolan hat Ming aus seinem Flugzeug angerufen«, sagte der Inspektor, als Shan sich zu ihnen setzte. »Bis Dolan hier eintraf, hatte Ming dann bereits zusätzliche Ausrüstungsgegenstände organisiert. Die Hälfte seiner Arbeiter wurde nach Hause geschickt, die andere Hälfte tief in die Berge, wo sie ihm nicht in die Quere kommen können. Ein Lastwagen aus Lhasa hat Kisten mit irgendwelchen kleinen Maschinen angeliefert. Zu Ehren von Dolans Ankunft wurde sogar eine offizielle Begrüßungsfeier abgehalten, streng nach Zeitplan. Man hätte glauben können, der Parteisekretär sei zu Besuch.«

»Was für ein Zeitplan?« fragte Shan.

Yao verzog das Gesicht und reichte jedem von ihnen einen auf englisch und chinesisch beschrifteten Zettel. *Ankunft auf dem Museumsgelände* lautete der erste Punkt, dann *Begrüßungszeremonie in Lhadrung*, gefolgt von diversen Ansprachen und einer feierlichen Schenkung.

»Wer hat wem was geschenkt?« fragte Corbett.

»Dolan hat Punji McDowells Klinik einen Scheck gestiftet. Zehntausend Dollar. Er sagte, er habe voll Sorge vernommen, daß Miss McDowell in den Bergen vermißt werde, denn immerhin habe er sie gut gekannt und schon seit langem ihre Arbeit bewundert.«

Yao seufzte. »Als sie hierher zurückkamen, wartete ein

Helikopter auf sie. Sie waren gestern noch vor Einbruch der Dunkelheit in den Bergen.«

»Wir können uns mit einem Wagen bis ins Vorgebirge bringen lassen«, sagte Shan. »Mit Gepäck wird es dann noch einige Stunden dauern, bis wir Zhoka erreichen.«

Yao nickte. »Ich habe möglichst unauffällig einige Vorkehrungen getroffen, so gut es eben ging.«

»Ich möchte, daß Ko mitkommt«, sagte Shan.

»Es ist zu gefährlich«, protestierte Yao.

»Er wird nichts tun, das uns schaden könnte«, versicherte Shan.

»Lu und dieser Khan sind irgendwo da oben. Die beiden wissen, wer McDowells Ermordung mit angesehen hat. Corbett, Sie, ich. Und Ko.«

»Aber Sie haben einen Bericht eingereicht«, tastete Shan sich behutsam vor und dachte an Tashis Warnung. »Sie haben alles dargelegt. Corbett kann bestätigen, daß Lu bei Dolan angerufen und von diesem den Befehl erhalten hat, McDowell zu töten.«

»Das wissen wir nicht mit Sicherheit«, sagte Yao zögernd, als wolle er seinen Bericht revidieren. Dann seufzte er und senkte den Kopf. »Ich habe seitdem nichts mehr gehört. Ming ist nervös, weil Dolan so plötzlich hier aufgetaucht ist. Der Amerikaner hat mit Peking telefoniert, das hat Ming vom Minister persönlich erfahren. Danach hat Ming die Öffentliche Sicherheit beauftragt, unbedingt Surya aufzuspüren. Als Dolan hier ankam und Ming ihm die Funde aus dem Tal zeigte, wurde der Amerikaner wütend. Ich konnte nicht alles verstehen. Die beiden waren hier im Konferenzraum und hatten die Tür geschlossen. Ich glaube, Dolan war sauer, weil Ming die Funde öffentlich bekanntgegeben hatte, so daß die Zeitungen von dem alten Gewand und dem Jadedrachen wußten.«

»Weil er die Fundstücke für sich selbst wollte«, stellte Corbett mit bitterer Stimme fest.

Shan hatte Yaos letzten Sätzen kaum noch Beachtung geschenkt. »Hat man Surya gefunden?«

»Ich glaube, die Soldaten suchen noch.«

Eine halbe Stunde später stand Shan vor den Gebäuden der Kotsammler und beobachtete sie von der anderen Straßenseite aus. Mehrere der Karren waren von der morgendlichen Runde zurückgekehrt, und die Männer entluden die großen Tongefäße in fahrbare rostige Metalltanks, die man später auf die Felder südlich der Stadt ziehen würde. Eine Frau in zerlumpter Kleidung kam die ausgefahrene Straße entlang. An ihrer Hand ging ein drei- oder vierjähriges Kind. Als sie die Backsteinbauten erreichten, hielt der kleine Junge sich die Nase zu und wollte weglaufen, aber die Frau hob ihn auf die Arme und betrat das Gelände, wobei sie den Männern bei den Tanks nervöse Blicke zuwarf. Shan folgte ihr und konnte spüren, wie die Männer ihn grimmig musterten. Als er den kleinen Innenhof zwischen den Gebäuden erreichte, war niemand zu sehen. Seit seinem letzten Besuch hatte sich etwas verändert: Es hing ein schwacher Weihrauchduft in der Luft und mischte sich mit dem beißenden Gestank der Exkremente. Shan betrat den dunklen Stall und hielt inne, weil er kaum etwas erkennen konnte. Er hörte leise Stimmen, und es roch nun wesentlich stärker nach Weihrauch, aber im Schein des Tageslichts, das zur Tür hereinfiel, sah er bloß einige Strohbündel und einen Haufen aus zerbrochenen Tongefäßen.

Plötzlich packte jemand seinen Arm. »Was willst du?« fragte eine barsche Stimme neben ihm. Er wandte den Kopf und sah einen der älteren Kotsammler vor sich, einen Mann mit faltigem Gesicht und einer zerbrochenen Brille.

»Ich bin wegen des heiligen Mannes hier«, sagte Shan, und der Griff um seinen Arm verstärkte sich.

»Er hat ihm neulich den Pinsel gegeben«, ertönte die Stimme einer Frau aus der Dunkelheit, und der Mann ließ ihn los. Shan spürte eine Bewegung in den Schatten, und dann schien die Finsternis sich vor ihm zu öffnen. Es war eine dicke Filzdecke, die man von Mauer zu Mauer aufgehängt hatte, um die hintere Hälfte des Stalls abzugrenzen. Hier saßen Tibeter jeglichen Alters, manche auf Strohmatten, andere auf dem nackten Erdboden. Linker Hand schwelte auf einem umgedrehten Eimer ein Weihrauchkegel, und an der Rückwand stand ein kleiner provisorischer Altar mit sieben rissigen Porzellanschalen. Dazwischen saß Surya und malte. Der Verputz der Stallwand war mittlerweile fast vollständig mit Suryas leuchtenden Bildern bedeckt.

»Sieh nur, das ist die Weiße Tara«, hörte er jemanden flüstern. Es war die Frau mit dem kleinen Jungen, und sie zeigte auf die zentrale Figur des Wandgemäldes, deren zarte Stirn mit einem dritten Auge versehen war. »Taras letzter Besuch in Lhadrung liegt schon viele Jahre zurück«, flüsterte sie aufgeregt. Der Junge verfolgte alles mit großen, staunenden Augen.

»Kennst du ihn aus einer anderen Stadt?« fragte der alte Mann, der nun hinter Shan stand.

»Aus einer anderen Stadt?«

»Es heißt, er mache das in ganz Tibet. Er zieht von Stadt zu Stadt, sammelt die Exkremente ein und trägt Götter herbei. Manche der alten Heiligen hätten genauso gelebt, hat jemand erzählt.«

Shan musterte die fragende Miene des Alten, schaute zu Surya und nickte langsam. »Wie ein Heiliger.«

»Eine Woche lang hat er jeden Abend hier gesessen und seinen Pinsel und die Wand angestarrt, ohne ein einziges Wort zu sprechen. Morgens ist er immer mit uns zur Arbeit gegangen, hat kaum etwas gegessen und sich dann wieder vor die Wand gehockt, als trage sie etwas Lebendiges in sich. Meine Frau glaubt, die Mauer müsse noch von dem alten *gompa* stammen, das es hier in Lhadrung einst gegeben hat. Als Bettler hatte er ein paar Münzen bekommen. Eines Tages brachte er Farben mit und fing an. Danach wurde er ein wenig gesprächiger, als habe sich in seinem Innern etwas gelöst. Er sagte, es müsse einfach getan werden und er würde den Göttern, die hier wohnten, lediglich Farbe verleihen. Von Tagesanbruch bis Mittag sammelt er auch weiterhin Exkremente. Er sagt, andernfalls würde er gar nicht wissen, wie man malt.«

Eine alte Tibeterin drängte sich an ihnen vorbei und beugte sich zu Surya hinunter.

»Meine Frau bereitet ihm zweimal am Tag eine Mahlzeit zu. Ich glaube, er würde sonst völlig vergessen, etwas zu sich zu nehmen«, sagte der Alte.

Die Frau nahm Surya den Pinsel aus der Hand, half ihm auf die Beine und führte ihn weg, was er bereitwillig geschehen ließ. Die anderen Tibeter neigten sich dichter zu dem Gemälde vor, und Shan hörte, wie jemand ein Mantra anstimmte, die Anrufung der Mutter Tara.

Shan fand Surya auf dem Hof wieder, wo er eine Schale *tsampa* aß, geistesabwesend kaute und mit entrückter Miene gen Himmel blickte. Shan setzte sich neben ihn. Es dauerte eine ganze Weile, bis Surya Notiz von ihm nahm.

»Ich kenne dich«, sagte er mit krächzender Stimme, und Shans Herz vollführte einen kleinen Sprung. »Du hast mir einen Pinsel gebracht, einen sehr guten sogar. Woher hast du es gewußt?«

»Surya, ich bin's, Shan.«

Der versonnene Ausdruck kehrte auf das Antlitz des alten Mannes zurück.

»Surya, hör mir gut zu. Ich weiß jetzt, was am Festtag in Zhoka geschehen ist. Ich habe den Mann getroffen, der die Diebe bezahlt. Ich bin in dem unterirdischen Palast gewesen. Ich war auf dem Sims oberhalb der kleinen Kapelle, in der du den Toten gefunden hast. Du bist auf die Plünderer gestoßen, und das hat dich wütend gemacht. Du wußtest, daß sie oben auf diesem Sims waren und versuchten, einen Tunnel zu graben, um sich unbefugt einzuschleichen. Als du sahst, daß sie bereits ein Wandgemälde gestohlen hatten, hast du vor lauter Zorn die alte Leiter weggenommen, die nach oben auf das Sims führte. Du hast sie den Gang hinuntergeschleift und ins Wasser geworfen, so daß sie in den Abgrund gespült wurde. Und als du zurückgekommen bist, hast du diesen Toten in seinem Blut liegen gesehen. Du dachtest, du hättest ihn getötet. Du hast angenommen, er habe auf der Leiter nach unten steigen wollen, sei abgestürzt und habe sich beim Aufprall mit dem eigenen Meißel durchbohrt. Aber so ist es nicht gewesen. Er wurde oben auf dem Sims mit einem Meißel angegriffen, weil er die Männer aufhalten wollte, die in den Mandala-Tempel eingedrungen sind.« Shan mußte immer noch daran denken, wie grimmig Dolan ihn angestarrt hatte, als Shan ihm das *thangka* nicht überlassen wollte. *Die Mönche können mich nicht davon abhalten, die richtigen Knöpfe zu drücken*. Der Befehl zu Lodis Ermordung war zweifellos aus Seattle erfolgt, genau wie später beim Mord an McDowell. Dolan hatte auf die Knöpfe seines Telefons angespielt.

»Dann hat man ihn nach unten geworfen und sterben lassen. Du hattest nichts damit zu tun.«

Suryas Gesichtsausdruck veränderte sich nicht.

»Du hörst mir zu«, sagte Shan. »Etwas in dir hört mir zu, das weiß ich. Du hast niemanden getötet. Du kannst zurückkehren und dein Gewand wieder anlegen.«

Surya blickte lange Zeit auf seine Hände hinab und sah Shan dann wohlwollend an. »Du hast ein gütiges Gesicht«, sagte er. »Es tut mir leid um deinen Freund, der diese Leiter weggenommen hat.« Er seufzte. »Aber weißt du, Seelen werden nicht durch eine körperliche Handlung vernichtet. Eine Seele verzehrt sich nicht durch den eigentlichen Akt des Tötens, sondern womöglich durch das Feuer des Hasses, der ihm vorausgeht, oder gar durch die Feststellung, daß ein langes Leben verschwendet worden ist.«

Unvermittelt fielen Shan die Worte aus Bruder Bertrams Feder ein. Götter werden durch den Tod erneuert. Als er nun das Gesicht des alten Mannes musterte, wurde ihm endlich klar, daß es nicht mehr sein alter Freund war, der hier vor ihm saß, daß Surya tatsächlich gegangen war, daß das Feuer, das in der Seele des alten Tibeters gewütet hatte, einen Großteil der Erinnerungen verschlungen hatte, den Humor und die Leichtigkeit, die so typisch für Surya gewesen waren. Zurückgeblieben war eine seltsam unschuldige Ehrfurcht, eine Gottheit, die Surya und doch nicht Surya war, ein neuer Künstler, der andere Götter auf andere Weise malen mußte. Und das, so würde Gendun sagen, war Wunder genug.

Shan stand auf und wollte schon gehen. Dann aber versuchte er noch ein letztes Mal, an die Erinnerungen des alten Mannes zu appellieren. »Es findet ein erbitterter Kampf um die Reichtümer von Zhoka statt«, sagte er. »Von weither sind Leute gekommen und stellen sich nun gegen die Lamas.«

»Solche Leute bekämpfen nur sich selbst«, sagte der alte Tibeter. »Sie kennen es nicht anders. Jedermann folgt einem anderen Weg ins Zentrum des eigenen Universums.« Er stellte seine Schale ab und erhob sich. »Die Natur der Erdbändigung liegt nicht in der Erde, sondern in den Menschen«, sagte er und hielt mit fragendem Blick inne, als überraschten ihn die eigenen Worte. Nach einem Moment zuckte er die Achseln und kehrte in den Stall zurück.

Shan schaute ihm hinterher und überdachte Suryas eigentümliche letzte Bemerkung. Sie klang wie eine Prophezeiung.

Die Kotsammler hatten ihre Arbeit eingestellt und sich nervös hinter einem der rostigen Tanks versammelt. Shan verließ das Gelände und erkannte sofort den Grund für ihr Verhalten: Auf der Straße stand Oberst Tan neben seinem Wagen. Als Shan näher kam, öffnete Tan wortlos die Beifahrertür. Er war ohne Fahrer oder die übliche Eskorte unterwegs und steuerte den Wagen eigenhändig mit hoher Geschwindigkeit aus der Stadt und vorbei an der Kaserne. Unterwegs sprach er immer noch kein Wort und würdigte Shan keines Blicks, bis sie den Hügel oberhalb des Lagers der 404. Baubrigade des Volkes erreichten. Tan hielt am Straßenrand, stieg aus und zündete sich sofort eine Zigarette an.

Das große Zelt, das man für Mings Ausrüstungsgegenstände errichtet hatte, war nicht mehr da. Statt dessen standen dort nun zwei Dutzend kleinerer Zelte, das Feldlager einer Militäreinheit. Tan hatte neue Truppen aufmarschieren lassen. Die Fahrt hierher sollte Shan warnend daran erinnern, über welche Macht der Oberst auch weiterhin verfügte.

»Bist du dir eigentlich darüber im klaren, wer dieser Amerikaner ist, den Ming in die Berge mitgenommen hat?« fragte Tan in einem sonderbaren, fast besinnlichen Tonfall.

»Er ist ein Verbrecher.«

»Nein«, entgegnete der Oberst tonlos. »Er ist einer der reichsten Männer der Welt und ein großer Gönner des chinesischen Volkes. Er hat mit dem Vorsitzenden der Partei zu Abend gegessen, verfügt über dessen private Telefonnummer und darf nach Belieben Gebrauch davon machen. Außerdem besitzt er direkten Zugang zum Präsidenten der Vereinigten Staaten.« Tan nahm einen Zug von seiner Zigarette. »Es ist nicht möglich, ihn als Kriminellen zu bezeichnen. Zwei Generäle haben mich wegen ihm angerufen, einer davon aus Peking.«

Shan sah ihn an. »Ich dachte, Sie hätten mich hergebracht, um mich zu warnen.«

»Was, zum Teufel, mache ich hier wohl in diesem Moment?«

»Es klingt eher so, als würden Sie versuchen, mich zu schützen.«

Tan wandte sich ab, trat gegen einen Kiesel und entfernte sich einige Schritte.

»Er hat die Britin namens McDowell ermorden lassen«, sagte Shan zu seinem Rücken. »Die Frau, die den hungrigen Kindern geholfen hat.«

Der Oberst drehte sich wieder zu Shan um und zog ein Stück Papier aus der Tasche. »Dein Inspektor Yao wurde abberufen. Er soll unverzüglich nach Peking zurückkehren, wo man ihm einen neuen Auftrag zuweisen wird.« Er zeigte Shan das an Yao adressierte Fax mit dem eleganten Briefkopf des Ministerrats.

»Weiß Yao schon Bescheid?«

»Ich bin zum Gästehaus gefahren, um ihm das Schreiben zu geben. Ich habe es in einem Umschlag in sein Schlafzimmer gelegt.«

Shan zog eine Augenbraue hoch. »Das heißt, Sie wissen es nicht offiziell und haben ihn nicht offiziell verständigt.«

Tan nickte kaum merklich und runzelte mürrisch die Stirn. Dann blickte er auf das Straflager hinab. »Ein abberufener Ermittler. Ein amerikanischer FBI-Agent, der in China keinerlei Amtsgewalt besitzt. Und du. Ihr könnt die anderen niemals aufhalten.«

Shan biß die Zähne zusammen, damit man ihm die Überraschung nicht anmerkte. Tan ließ ihn diskret wissen, daß er nichts unternehmen würde, um Shan und seine Freunde von ihrer Rückkehr in die Berge abzuhalten.

»Einer meiner Helikopter mußte repariert werden und benötigt einen Testflug – zumindest wird das in den Unterlagen stehen. Die Maschine kann euch bei Zhoka absetzen. Oder in einiger Entfernung, falls dir das lieber ist. Aber mehr kann ich nicht für euch tun.«

»Ich möchte, daß mein Sohn uns begleitet.«

»Er ist ein Sträfling. Die Papiere für seinen Rücktransport in die Kohlengrube liegen auf meinem Schreibtisch. Ich habe die Angelegenheit bereits viel zu lange aufgeschoben.« Tan musterte Shans Gesicht. »Hast du noch nicht genug Schmerz in deinem Leben? Mußt du dich unbedingt darum reißen, dir immer noch mehr aufzubürden? Falls er ausreißt, wird man dich wegen Beihilfe zur Flucht anklagen. Das bedeutet mindestens fünf Jahre.«

»Ich hätte mit zehn gerechnet.«

Tan zündete sich die nächste Zigarette an. In seinem Blick funkelte ein Vergnügen, als freue er sich, daß Shan ihn anflehte. »Falls Ming oder dieser Dolan die Armee zu Hilfe ruft, werden meine Truppen sie unterstützen.« Er ließ den Rauch aus dem offenen Mund treiben. »Ich will nur, daß diese Leute aus meinem Bezirk verschwinden.«

Sie landeten anderthalb Kilometer südlich von Zhoka und brachen schweigend nach Norden auf. Ko ließ sich ein Stück zurückfallen, als widerstrebe es ihm, erneut die Ruinen zu betreten. Trotz der sommerlichen Jahreszeit wehte ein eisiger Wind und heulte dermaßen laut, daß er fast alle anderen Geräusche übertönte. Er schien sie in Richtung Zhoka zu schieben, als rufe der alte Tempel sie zu sich. Sie waren noch etwa fünfhundert Meter entfernt und erreichten soeben den hohen Grat, von dem aus die Ruinen in Sicht kamen, als Corbett warnend eine Hand hob. Eine Gestalt eilte den Hang zu ihnen herauf, ein stämmiger Tibeter mit watschelndem Gang, als schmerze sein Fuß. Je näher er kam, desto langsamer wurde er, starrte sie verblüfft an, blieb schließlich stehen, nahm seine Mütze ab und verdrehte sie in den Händen. Es war Jara.

»Wir dachten, ihr wärt weggegangen«, sagte er entschuldigend. »Ming und der reiche Amerikaner haben befohlen, daß alle Hirten und Bauern ihnen helfen müssen«, erklärte er.

»Jemand hat euch gesehen, und da wurde ich geschickt, um euch zu holen. Die haben euch für Tibeter gehalten.«

Shan ließ den Blick über die Landschaft schweifen. »Wer hat uns gesehen? Und von wo aus?« Sie waren gerade erst in Sichtweite gelangt.

»In dem alten Steinturm sitzt ein Mann namens Khan mit einem Fernglas. Er hat die anderen über Funk verständigt.«

Damit war ihre Aussicht auf einen Überraschungseffekt dahin. Corbett verzog enttäuscht das Gesicht, aber Yao wirkte zufrieden, als sei es ihm auf diese Weise ganz recht. Ko sah kalt und entschlossen auf die Ruinen hinunter.

»Wer ist sonst noch dort?« fragte Shan.

»Sechs Hirten. Der alte Lama. Meine Nichte und Lokesh. Dawa hat darauf bestanden, daß ich sie zu dem *chorten* zurückbringe. Liya war auch dabei, ist aber letzte Nacht geflohen. Danach ließ der Amerikaner diesen Khan mit einem Gewehr Wache halten.«

»Gendun?« fragte Shan. »Gendun ist bei Dolan?« Er rannte los.

Der Innenhof war in eine Operationsbasis verwandelt worden: Vor einer der Wände ragte ein großes blaues Nylonzelt auf, daneben mehrere Kistenstapel, und vor dem *chorten* hatte man eine Kochstelle errichtet. Dawa, die dort am Feuer hockte, stieß einen Freudenschrei aus und lief mit ausgebreiteten Armen Corbett entgegen.

Dolan wandte ihnen den Rücken zu. Er stand an der hinteren Wand und betrachtete den leuchtenden Bildschirm eines kleinen, hochentwickelten Geräts. An einem schmalen Metallband, das quer über seinen Kopf verlief, waren ein einzelner Kopfhörer und ein Mikrofon befestigt, in das er derzeit eindringlich hineinsprach und dabei mit dem Finger ein Linienmuster auf dem Monitor nachzog.

Gendun saß vor der Mauer und zeichnete etwas in den Staub. Lokesh hockte neben ihm, richtete sich beim Anblick von Shan aber besorgt auf. Gendun begrüßte Shan mit einem müden Nicken und widmete sich wieder seiner Zeichnung. Ko hielt inne und beäugte den Lama mißtrauisch. Shan erinnerte sich, daß die beiden im Dunkeln bereits zusammengetroffen waren. Ko hatte Gendun für einen Geist gehalten.

Eine Trillerpfeife ertönte. Dolan rief alle zusammen. Er blies noch einmal in die Pfeife und winkte die anderen zu sich. Shan dachte daran, daß Dolan in China schon mehrfach als Geldgeber und bisweilen auch als Leiter archäologischer Ausgrabungen fungiert hatte.

»Wir haben eine Kammer entdeckt«, rief der Amerikaner auf chinesisch. »Exakt in der Mitte des *gompa*, unter dem Schutt, genau wie es nach unserer Theorie zu vermuten war.« Er klang selbstgefällig und triumphierend. »Ming!« rief er. »Wir können bei Sonnenuntergang drinnen sein! Sorgen Sie dafür, daß diese Leute ...« Er verstummte abrupt, als er Shan und Corbett sah. Dann warf er das Headset auf den Tisch und marschierte direkt auf sie zu.

»Sie sind wohl verrückt geworden, Agent Corbett«, schimpfte er. »Es dürfte recht amüsant werden, den beruflichen Selbstmord eines FBI-Agenten zu verfolgen.«

Als sein Blick sich auf Shan richtete, lag kalte Wut darin. »Und Sie halten sich wohl für besonders schlau, Genosse Shan. Aber das ändert nichts«, sagte er abfällig. »Sie haben lediglich dafür gesorgt, daß ich den Schatz des *amban* nun auf jeden Fall finden werde.«

»Es ändert alles. Sie sind jetzt hier«, sagte Shan mit weit ausholender Geste. »Es ist riskant, diesen Ort zu unterschätzen, und Sie haben ihn stets unterschätzt.« Er bemerkte, daß Dolan jemanden hinter ihm ansah und mit ausgestrecktem Finger auf ihn wies. Plötzlich spürte Shan Hände auf den Schultern. Es war Lu, der ihn abtastete. Als der Chinese fertig war, hob Corbett die Arme, um sich ebenfalls durchsuchen zu lassen.

»Solange Sie hier sind, werden Sie sich unserem kleinen Projekt anschließen«, sagte Dolan, nachdem Lu bestätigt hatte, daß sie keine Waffen bei sich trugen. »Wir werden nun das Gewölbe öffnen.«

»Dies ist ein altes Kloster«, sagte Shan. »Ein Ort der Andacht. Viele Menschen sind hier gestorben.«

»Ganz zweifellos«, sagte Dolan mit kühlem Lächeln und

bedeutete Gendun, er solle aufstehen. »Alle helfen, die Trümmer wegzuräumen!« rief er. Als der Lama nicht reagierte, stieß Dolan seine Beine mit dem Stiefel an. Gendun lächelte, als habe er ihn erst jetzt bemerkt, und stand auf.

Nahe der Mitte des Ruinenfelds war Ming unterdessen damit beschäftigt, auf einer Segeltuchplane einen komplizierten Apparat abzubauen. Mehrere kleine Metallkanister waren mit langen Drähten verbunden und an eine Schalttafel angeschlossen worden, aus der eine zierliche Antenne ragte.

»Ein Gerät zur Bodenabtastung«, erklärte Dolan. »Wir haben es uns vom Erdölministerium geliehen. Es hat unter diesem zentralen Schutthaufen einen Hohlraum geortet.« Er deutete auf einen Steinhügel von mehr als sechs Metern Höhe. Man hatte dort ein orangefarbenes Quadrat von drei Metern Seitenlänge aufgesprüht. »Wir werden die Kammer öffnen, den Inhalt herausholen und von hier verschwinden. Sofern Sie sich kooperativ verhalten, werden wir Sie lediglich fesseln, wenn unser Hubschrauber kommt. Bevor Sie wieder in Lhadrung eintreffen, befinde ich mich längst auf dem Heimflug. Alle bleiben am Leben. Sie bekommen Ihre Ruinen zurück.«

Im hinteren Teil der Gruppe sagte jemand etwas. Es war Gendun.

»Was gibt's, alter Mann?« fragte Dolan.

Lokesh trat vor. »Er hat gesagt, Sie sollten vielleicht lieber das hier an sich nehmen.« Er streckte dem Amerikaner eine kleine *tsa-tsa* entgegen, ein Abbild des Zukünftigen Buddha. »Er sagt, Sie können es gebrauchen.« Dolan nahm die kleine Figur stirnrunzelnd an.

»Außerdem«, fuhr Lokesh vollkommen sachlich fort, »wird der Rest der Gottheit, die in Ihnen lebt, Schlimmes erdulden müssen, falls Sie nicht begreifen, was dort vergraben ist. Ein sehr mächtiges Ding.«

Dolans Augen loderten abermals wütend auf. Er warf die *tsa-tsa* gegen einen Felsen, wo sie zerbarst. »Sag ihm, ich begreife genau, was dort ist. Es gibt auf der ganzen Welt nichts Vergleichbares, und es gehört ab jetzt mir, für alle Zeit«, höhnte er. »Und sag ihm, daß kein Mensch auf der Welt so viel über Macht weiß wie ich«, fügte er verächtlich hinzu.

»Es tut mir leid«, erwiderte Lokesh seufzend.

Dolan murmelte etwas vor sich hin und stieß den nächstbesten Mann in Richtung des Trümmerhaufens. Es war Ko, und er warf Lokesh einen kurzen fragenden Blick zu, bevor er den ersten Stein wegräumte. Hatte sein Sohn verstanden, daß Lokesh sich nicht entschuldigen, sondern sein Mitgefühl für Dolan ausdrücken wollte? fragte sich Shan.

Jara und die anderen Hirten schlossen sich Ko an und betrachteten den wohlhabenden Amerikaner neugierig und erwartungsvoll. Nur Gendun verweilte mit traurigem Blick, ließ sich im Schatten einer Mauer nieder und musterte das orangefarbene Quadrat im Schutt.

Als Shan zu dem Lama ging und sich neben ihn hockte, fing Gendun wieder an, etwas in den Staub zu zeichnen. Im ersten Moment glaubte Shan, es handle sich um eines der alten Symbole, aber dann erkannte er würfelförmige Umrisse, die durch Torbögen verbunden waren. Gendun zeichnete die Gebäude, die hier früher gestanden hatten, und zwar von dem Punkt aus gesehen, an dem er nun saß. Zwei langgestreckte, elegante Häuser, deren Wände sich nach traditioneller tibetischer Bauart im oberen Teil leicht nach innen neigten, standen über den östlichen und westlichen Treppen zum unterirdischen Tempel. Zwischen ihnen erhob sich ein ungewöhnliches Gebilde, das vermutlich noch aus der Zeit stammte, als *gompas* auch als Festungen gedient hatten, nämlich ein Turm, der doppelt so hoch wie die anderen Bauten war und von dessen Spitze aus man mitten im ummauerten Kloster das gesamte Umland überblicken konnte. An Festtagen hingen heilige Banner oder riesige *thangkas* von ihm herunter. Vor allem aber dürfte der Turm dazu gedient haben, die unter ihm befindliche heilige Schatzkammer zu bewachen.

Dolan verfolgte mit kühler Belustigung, wie Lokesh ein Gebet auf ein Stück Papier schrieb und die Tibeter anwies, alle abgetragenen Steine über dem Zettel aufzuhäufen. Dies schien den Hirten neue Kraft zu verleihen, und so hoben sie schweigend ein Loch im Zentrum des orangefarbenen Quadrats aus. Dem Amerikaner entging, daß Jara die Scherben der von Dolan zerbrochenen *tsa-tsa* zu Lokesh brachte, damit dieser sie bei dem Gebet bestatten würde.

Sie arbeiteten eine Stunde, dann noch eine. Das Loch im Schutt war fast anderthalb Meter tief, und ihr Steinhaufen wurde höher und höher. Die langen Splitter ehemaliger Holzbalken kamen zum Vorschein, dann schwere Steinplatten, die laut Dolan das Dach des Gewölbes stützten. Shan schaute immer wieder zu der Zeichnung, die Gendun angefertigt hatte.

Ming schien Dolans Begeisterung nicht länger zu teilen. Er warf Yao und Corbett nervöse Blicke zu und beugte sich mehrmals dicht an Lus Ohr, wobei dieser stets den Kopf schüttelte, als sei er anderer Meinung.

Shan schleppte mit den anderen die Trümmer weg. Er stand im Schutt und wartete, daß Jara einen Stein an ihn weiterreichen würde, als ihm auffiel, daß Gendun verschwunden war. Er führte sich die Skizze des alten Lama noch einmal vor Augen. Der Turm mußte auf einem Fundament aus massivem Fels errichtet worden sein, und die Schatzkammer konnte eigentlich nur weit unterhalb liegen. Aber Dolans Geräte hatten einen Hohlraum inmitten der Trümmer angezeigt.

Der amerikanische Magnat hatte sich in eine seltsame Euphorie hineingesteigert und trieb die Arbeiter mit funkelnden Augen zu immer mehr Leistung an. Dabei drohte er ihnen nicht etwa, sondern stellte Belohnungen in Aussicht. »Zwanzig Dollar für jeden von euch, falls wir noch bei Tageslicht fertig werden«, verkündete er nach einer weiteren halben Stunde. Wiederum eine Stunde später erhöhte er den Betrag auf fünfzig Dollar, und obwohl er nie selbst mit anpackte, schien er fast genauso hart zu arbeiten; er blies die Pfeife, redete schmeichelnd auf die Tibeter ein, erzählte ihnen von den neuen Schuhen, die sie sich bald kaufen könnten, von den neuen Mützen oder den neuen Schafen. So manches Mal stand er ungeduldig vor seinen Apparaten, dann wieder beriet er sich mit Ming, der den amerikanischen Partner mit wachsendem Unbehagen beobachtete. Nein, die beiden waren keine Partner mehr, erkannte Shan. Dolan hatte die Führung übernommen. Er und die beiden Männer in seinen Diensten hatten Mings Verbündete Lodi und Punji ermordet, und Dolan gab sich längst nicht mehr den Anschein, als wolle er den Schatz mit Ming teilen.

Als Shan sah, daß Lokesh neben Genduns Zeichnung stand, legte er den Felsbrocken, den er schleppte, auf dem Steinhaufen ab und gesellte sich zu seinem alten Freund. »Unten im Turm muß sich eine Kammer befunden haben«, erklärte Shan. »Vielleicht ein Lagerraum oder der Zugang zu einer Treppe. Er verschwendet seine Zeit.«

Lokesh nickte. »Ich habe schon einige Amerikaner getroffen, aber so einen noch nie. Ich glaube, man hat ihm nie beigebracht, wie man sucht.« Lokesh ließ sich nur selten zu solch mißbilligenden Äußerungen hinreißen. Vielleicht wollte er auch nur seine Betrübnis über Dolans Geisteszustand zum Ausdruck bringen. »Er sucht vollkommen blindwütig, doch seine Suche besitzt keinerlei Substanz.«

Zwei Stunden vor Sonnenuntergang legten sie unter dem Schutt eine Öffnung frei, ein kleines Loch, das hinab in den schwarzen Schatten führte. Dolan eilte mit einer langen Stange herbei, stocherte prüfend in der Dunkelheit umher und stellte fest, daß es in knapp zwei Metern Tiefe einen festen Untergrund zu geben schien. Die eine Hälfte der Leute mußte nun weiterhin Steine wegräumen, die andere sollte mehrere große Metallkisten holen, die unter einer Plane auf dem Hof lagen. Es waren leere Transportbehälter für zerbrechliche, teure Objekte. Dolan war zu dem Schluß gelangt, der Schatz des Kaisers befinde sich endlich in unmittelbarer Reichweite.

Plötzlich tauchte Gendun neben Shan auf. Er trug mehrere sorgsam gefaltete Gewänder bei sich, und Shan begriff, daß der Lama offenbar bis zur dritten Ebene des unterirdischen Tempels gestiegen war, um sie aus den Wohnquartieren zu holen. »Warum hast du …?« setzte Shan an, aber da ließ Gendun sich auch schon auf einem flachen Felsen nieder, holte seine Gebetskette hervor und stimmte traurig und müde ein Mantra an.

Erschrocken registrierte Shan, daß Lokesh zu Dolan ging. »Das ist nicht der richtige Weg«, sagte der alte Tibeter mit lauter Stimme. »Um zu suchen, müssen Sie erst bei Ihrer eigenen Gottheit fündig werden.«

Dolan drehte sich um und verpaßte Lokesh eine schallende Ohrfeige. »Du beleidigst mich, alter Mann«, zischte der Amerikaner. »Ich habe euer überhebliches Getue langsam satt. Wenn ihr so weitermacht, werdet ihr mich kennenlernen.«

Lokesh griff sich nicht an die Wange. Er schien den Schlag überhaupt nicht zu bemerken. »Setzen Sie sich zu uns«, sagte er besorgt. »Wir können uns ein ruhiges Fleckchen suchen und über alles reden.«

Noch bevor Shan irgendwie eingreifen konnte, hatte Dolan bereits Lu herangewinkt. Der kleine Chinese zog Lokesh weg. Der Amerikaner schaute ihm hinterher und wirkte dabei nicht länger verärgert, sondern allenfalls ein wenig neugierig.

Dolan bestand darauf, als erster in die Kammer zu steigen. Er schnallte sich eine kleine Grubenlampe um die Stirn und band sich ein Seil um die Taille. Dann ließ er seinen siegreich funkelnden Blick über alle Anwesenden schweifen und bedachte Corbett und Yao, die im Schatten standen, mit einem spöttischen Lächeln. Shan verfolgte beunruhigt, wie Ko sich unauffällig nach vorn schob und Dolan voller Faszination nicht aus den Augen ließ. Der Amerikaner verschwand in dem Loch, und Ming reichte ihm einige Ausrüstungsgegenstände: zwei der Metallkoffer, eine Kamera, mehrere Lampen. Sie sprachen miteinander, wenngleich Shan die Worte nicht verstehen konnte. Dann stand Ming auf und zog mit theatralischer Geste ein kleines Funkgerät aus seiner Gürteltasche, als wolle er alle daran erinnern, daß es in seinem Ermessen lag, jederzeit Hubschrauber voller Soldaten herbeizurufen.

Auf einmal ertönte von irgendwoher ein lautes, entsetztes Stöhnen, dann ein verzweifelter Schrei. Als Ming sich über den Rand der Öffnung beugte, spulte das aufgerollte Seil an seiner Seite sich jäh mit hoher Geschwindigkeit ab. Man hörte ein Schluchzen, und als Ming vorsprang, um das Seilende zu packen, brach unter seinem Gewicht ein Teil der Kammer ein. Der kleine Schutthaufen geriet ins Rutschen, Steine rollten hinab, Staub stieg auf, und Balken knarrten. Als der Staub sich legte, stand Ming am Rand eines neuen, größeren Lochs, das teilweise mit Trümmern gefüllt war.

Alle eilten herbei, gruben hektisch und räumten die Steine und Holzreste weg, die durch den Einsturz zum Vorschein gekommen waren. Ming und Lu riefen panisch Dolans Namen. Nach zwanzig Minuten war die ursprüngliche Öffnung weit genug freigelegt, daß Khan hindurchpaßte. Er folgte dem Seil und kehrte kurz darauf zurück. Dolan lag quer über seinen Schultern.

Der Amerikaner war nicht bewußtlos und schien auch keine Verletzung davongetragen zu haben, aber sein Blick wirkte sonderbar glasig. Er saß kreidebleich auf den Steinen, rieb sich die Arme, als sei ihm kalt, und starrte ins Leere. Als Ming und Lu ihm Wasser anboten, reagierte er nicht. Schließlich stand er auf, ging zu Ming, stieß ihn zu Boden, stürzte sich auf ihn und schlug mit den Fäusten auf sein Gesicht und seine Brust ein, während Lu versuchte, ihn wegzuzerren. Ming war vor lauter Entsetzen erstarrt und wehrte sich nicht, obwohl seine Nase anfing zu bluten.

Dolan kam wieder etwas zur Besinnung. Er schüttelte Lu ab, stand auf, ignorierte Ming und wandte sich nun Lokesh zu. »Du hast es gewußt, du Scheißkerl!« schrie er und sprang vor, als wolle er den alten Tibeter angreifen. Shan stellte sich sofort schützend vor Lokesh, unmittelbar gefolgt von Corbett.

Lokesh wich nicht zurück und ließ sich von dem merkwürdigen Wutausbruch des Amerikaners in keiner Weise beeindrucken. »Ich wußte nur, daß Sie hier nicht finden würden, was Sie brauchen«, stellte er ruhig fest. »Und das habe ich Ihnen auch gesagt.«

Dolan nahm das Armeefunkgerät, schaltete es ein und hielt inne, weil ihm die Tibeter auffielen, die sich in den Schatten der Mauer zurückgezogen hatten und ihn ängstlich anstarrten. Einige von ihnen rannten bereits den Hang hinauf, um vor dem wilden Amerikaner zu fliehen. Dolan schien einen Funkspruch absetzen zu wollen, stieß dann aber einen Fluch aus, ließ das Gerät sinken und kehrte mit gehässiger Miene zu dem Lagerplatz auf dem Innenhof zurück.

Als Shan und Lokesh den Eingang der Kammer erreichten, hatte Lu inzwischen das Seil an einem nahen Pfeiler befestigt und ließ soeben Ming nach unten. Wortlos setzte Lokesh sich an den Rand der Öffnung, schwang die Beine herüber und sprang hinunter, sobald Ming beiseite getreten war. Shan folgte ihm, und als er hinter sich noch jemanden hörte, dachte er zunächst an Corbett. Doch es war Ko, der im Schatten an seine Seite trat. Er hatte eine der elektrischen Lampen mitgenommen.

Sie schienen sich in einem Kasten aus dicken Balken zu befinden, einer Kammer von etwa dreieinhalb Metern Seitenlänge, deren geborstene Bodenbretter kreuz und quer nach oben ragten. Hinter ihnen erhob sich eine kurze intakte Holzwand, deren Bohlen alle am unteren Ende gebrochen waren. Dicht vor ihnen bahnte Ming sich einen Weg durch den Raum, leuchtete nervös umher und achtete dabei vor allem auf die Deckenbalken, um deren Tragfähigkeit er sich offenbar sorgte. Plötzlich stöhnte er auf und wich zurück. Lokesh drängte sich an ihm vorbei, hielt kurz inne, streckte die Hand nach hinten aus und berührte Kos Arm. »Du mußt Gendun Rinpoche holen«, sagte er sanft und machte für Shan Platz. Ko, der schlagartig blaß geworden war, eilte davon.

An der Wand vor ihnen saßen zwei Tote, auf denen der Staub mehrerer Jahrzehnte lag. Dennoch konnte man immer noch ihre Gesichter erkennen, die in der trockenen kalten Luft erhalten geblieben waren, genauso das kurze graue Haupthaar der beiden oder den goldfarbenen Saum des kastanienbraunen Gewands, das der linke der Männer trug. Auch der andere Mann war in eine Robe gekleidet, und mit seinem farblosen vertrockneten Gesicht hätte er wie irgendein tibetischer Mönch gewirkt, wäre da nicht der waagerechte Schnurrbart unter seiner Nase gewesen – oder die ungewöhnliche Jacke, die er übergezogen hatte. Als Shan sich vor ihn hockte und den schmutzverkrusteten Stoff berührte, erkannte er, daß es ein roter Waffenrock war, ein golden bestickter Waffenrock, die Ausgehuniform eines britischen Soldaten aus längst vergangenen Zeiten. Shan hatte diese Uniform zuvor schon gesehen, auf einem Foto in dem kleinen Wohnhaus in Bumpari. Bruder Bertram, der einstige Major McDowell, schien die eigenen Beine anzustarren. Sie waren eindeutig gebrochen, und der dunkle Fleck am Boden deutete darauf hin, daß der zerschmetterte Knochen zahlreiche Blutgefäße durchbohrt hatte.

Als Lokesh sich neben die Leichen kniete, sah Shan sich noch einmal die zerschmetterten Balken der Wände an. Sie waren nicht einfach durchgebrochen und wiesen auch keine Brandspuren auf, sondern schienen durch starken Druck geborsten zu sein. »Das hier war die Spitze des Turms«, sagte Shan, dem auf einmal alles klar wurde. »Eine Bombe hat den Turm getroffen und zum Einsturz gebracht. Dabei ist die oberste Kammer hinabgerutscht und hat die Balken zermalmt.« Er schaute zu den gesplitterten Bohlen in der Nähe des Zugangs. »Das da hinten ist keine Holzwand, sondern ein früherer Balkon, der durch den Sturz von der Wand abgetrennt und nach oben gekippt wurde.«

»Aber warum waren sie hier und nicht im Tempel?« Lokesh berührte vorsichtig eine graue Decke, die auf dem Schoß des Majors lag. Die Staubschicht fiel ab, und man konnte leuchtende Farben erkennen, diagonale rote, weiße und blaue Streifen.

»Weil sie die Bomber aufhalten wollten«, sagte Shan. »Über dem Bett des Majors hat etwas Großes gehangen. Diese Flagge. Als er hörte, was geschah, hat er sich seine Uniformjacke und die Fahne gegriffen. Die Piloten sollten einen britischen Soldaten und die britische Flagge sehen. Er hat gehofft, es würde sie aufhalten.«

»Und der Abt«, krächzte eine Stimme hinter ihnen. Gendun war eingetroffen. »Dort bei ihm ruht der selige Abt.« Er berührte den goldenen Saum der Robe, der auf ein ranghohes Mitglied des alten *gompa* schließen ließ. »Der letzte der Steindrachen.« Shan drehte sich zu ihm um. Gendun klang nicht im mindesten traurig. Der alte Lama trat mit strahlendem Lächeln vor und nahm ehrfürchtig die mumifizierte Hand des Abtes. Er hatte die Gewänder aus dem Tempel mitgebracht. Lokesh breitete jeweils eines über den Beinen der Toten aus.

Während Shan seinem alten Freund half, sah er Ko anderthalb Meter entfernt stehen. Der Junge hatte das Licht gelöscht und starrte die Leichen an. »Sie haben beide noch gelebt, als sie hier unter den Trümmern landeten, aber ihre Verletzungen waren tödlich«, erklärte Shan. Er deutete auf den unnatürlich abgeknickten linken Arm des Abtes und den dunklen Fleck auf seiner Robe. Wahrscheinlich hatte ein Schrapnell ihm den Arm gebrochen und seinen Körper durchbohrt. »Dann haben sie hier im Dunkeln gesessen. Sie waren gefangen und wußten, daß sie sterben würden. Und daß man ihr *gompa* zerstörte.«

»Nein«, widersprach Gendun flüsternd. »Sie wußten, daß ihr *gompa* niemals zerstört werden konnte.« Er ließ sich vor den mumifizierten Körpern nieder und stimmte ein Mantra an, das nicht wie eine Klage, sondern wie eine Begrüßung klang.

»Sie hätten Gewehre haben müssen«, sagte Ko. »Wenn man weiß, wie man es anstellen muß, kann man mit Gewehren ein Flugzeug abschießen.« Er wagte sich ein Stück näher heran. Auf seinem Gesicht lag eine gewisse Abscheu, aber auch etwas anderes, das ihn zu nötigen schien, die Überreste der beiden alten Männer nicht aus den Augen zu lassen. Trotz ihres qualvollen Todes sahen sie so heiter und gelassen aus, wie sie es zu Lebzeiten zweifellos gewesen waren.

Als Shan sich umsah, war Ming verschwunden. Gendun hatte sich in sein Mantra vertieft.

»Wir brauchen eine Lampe voller Brennstoff«, sagte Shan. Lokesh nickte. Gendun würde sich vermutlich stundenlang nicht von der Stelle rühren.

»Wieso holt er nicht einfach die Soldaten?« fragte Ko plötzlich. »Er könnte hier alles aufreißen lassen. Er kann tun, was er will.«

»Nein«, sagte Shan. »Das kann er nicht. Er will den Schatz stehlen. Niemand soll auch nur von seiner Existenz erfahren.«

»Aber wir wissen doch längst davon«, sagte sein Sohn.

»Er hält uns für machtlos. Er glaubt, er habe uns ausgeschaltet.«

»Und falls er den Schatz nicht finden kann, geht er einfach von hier weg?« fragte Ko.

»Er weiß, daß der Schatz hier ist, und wird auf keinen Fall

aufgeben. Er geht fest von einem Erfolg aus, denn er glaubt, daß mindestens einer von uns das Versteck kennt.«

»Gendun? Nur Gendun kennt es, richtig? Dolan würde doch nicht ... Wir können Gendun verstecken. Und wir sind mehr als die.«

Shan erkannte, daß Ko ihn indirekt fragte, was sie nun tun sollten.

»Gendun würde sich weder verstecken noch jemals etwas aus Angst tun. Für Dolan hingegen ist Angst das einzige Werkzeug«, sagte Shan und betrachtete die beiden Toten. Sie wirkten nicht etwa einschüchternd, sondern verliehen ihm ein seltsames Gefühl der Kraft, als hätten sie ihr Grab aus einem ganz bestimmten Grund öffnen lassen und würden nun etwas an die Lebenden weitergeben.

Als sie auf den Innenhof zurückkehrten, war Ming nicht mehr da.

»Ein Hubschrauber am alten Steinturm hat ihn mitgenommen«, erklärte Jara. »Dieser Lu hat ihn begleitet. Sie sind vor ein paar Minuten abgeflogen.« Dolan und Ming hätten sich gestritten und der Amerikaner habe dabei reichlich Whiskey getrunken, berichtete Jara. Unterdessen sei Tashi, der Spitzel, in einem Helikopter eingetroffen und habe weitere Ausrüstungsgegenstände gebracht. Als Dolan dann mit der Flasche Whiskey im Zelt verschwunden sei, hätten Ming, Tashi und Lu sich leise beraten und ihre Sachen gepackt. »Sie haben kein einziges Funkgerät zurückgelassen.«

Dolan kochte immer noch vor Wut, aber nicht wegen Ming. Sein Zorn schien sich auf die beiden toten Mönche zu richten, als hätten sie ihn irgendwie hintergangen oder getäuscht. Seine Zielstrebigkeit hatte sich derweil zu purem Fanatismus gesteigert; er war nun regelrecht besessen davon, den Schatz des *amban* zu finden. Die restlichen Hügelleute erhielten jeder ein paar Dollarnoten und wurden weggeschickt. Khan blieb näher beim Lager und drehte mit schußbereitem Gewehr seine Runden durch die Ruinen.

»Das verstehe ich nicht«, sagte Ko, während sie den gebratenen Reis aßen, den Lokesh zubereitet hatte. »Hier sind zwei

Polizisten, einer aus Amerika, der andere aus Peking. Es scheint Dolan überhaupt nicht zu stören.«

Corbett starrte ins Feuer. »Während ihr vorhin die Steine geschleppt habt, hat er mich zu sich gerufen. Er sagte, er habe sich bei meinen Vorgesetzten über mich beschwert, denn ich befände mich offenbar auf einem privaten Rachefeldzug und würde kurz vor einem Nervenzusammenbruch stehen. Ganz gleich, was ich behaupten würde, er könne mindestens vier Zeugen aufbieten, die das Gegenteil beschwören, und dank seiner guten Kontakte nach Washington sei es unmöglich, ihm etwas anzuhängen. Falls ich ihm allerdings helfen würde, könnte er mich zum nächsten Bezirksleiter des FBI ernennen lassen. Für Yao in Peking gilt das gleiche. Ich schätze, Dolan weiß bereits, daß Yao sich dessen bewußt ist.«

»Die haben nur das eine Gewehr«, drängte Ko. »Ich könnte diesem Khan eins mit der Schaufel überziehen.« Er musterte die anderen schweigend. »Ihr habt gar keinen Plan«, stellte er dann vorwurfsvoll fest. »Wieso sind wir überhaupt hier? Ich dachte, ihr wolltet sie aufhalten. Statt dessen räumt ihr für sie die Trümmer weg.«

Corbett und Yao reagierten nicht. Shan sah seinen Sohn bekümmert an, doch ihm fiel nichts ein, das Ko hätte hören wollen.

»Wir haben mit angesehen, wie McDowell von Khan ermordet wurde. Es ist unser Recht, ihn dafür zu töten.«

»Nein«, sagte Shan. »Niemand hat das Recht zu töten.«

Ko schnaubte verächtlich, warf den Rest seiner Mahlzeit zu Boden und verschwand in den Schatten.

»In Ko lodert ein Feuer, das all seine Gefühle bestimmt«, merkte Lokesh sachlich an. Noch bevor Shan etwas darauf erwidern konnte, griff der alte Tibeter hinter einen Felsen und holte eine Handvoll Zweige hervor. »Wacholder«, flüsterte er, und Shan begriff, daß zumindest Lokesh einen Plan hatte. »Ich habe ihn am Festtag hier versteckt, nur für den Fall.« Als er die Zweige ins Feuer warf, fiel ihm Corbetts fragende Miene auf. »Die Rauch wird die Götter anlocken«, versicherte er dem Amerikaner.

Doch sobald die Zweige brannten, war es Dolan, der zu ihnen kam und sie finster anstarrte. Er schwankte ein wenig, was offensichtlich auf den Whiskey zurückzuführen war. »Uns bleibt noch ein Tag«, verkündete er. »Ich muß wegen einer Vorstandssitzung zurück in die Vereinigten Staaten.« Statt Wut lag nun etwas Kaltes und Gehässiges in seiner Stimme. Ming hatte ihn im Stich gelassen, und auch die toten Mönche schienen ihm irgendwie die Stirn geboten zu haben. Er war es eindeutig nicht gewohnt, daß man sich ihm widersetzte. »Morgen werdet ihr mich in die oberste Kammer bringen, zum Schatz des *amban*. Dort helft ihr mir, alles einzupacken und zu verladen. Danach dürft ihr euer kümmerliches Dasein weiterführen.«

Niemand entgegnete etwas. Dolan schaute immer wieder zu dem Loch im Schutt, wo Gendun mit den Toten sprach. »Ihr werdet alles vergessen. Nichts hier kann euch dermaßen wichtig sein«, sagte er in einem merkwürdig wehleidigen Tonfall. Dann zog er ein Scheckbuch aus der Tasche und fing an zu schreiben. »Ich bin kein schlechter Mensch, sondern nur sehr beschäftigt.« Er riß einen Scheck ab. »Einhunderttausend Dollar«, rief er und ließ den Zettel vor Shans Füße fallen. Shan sah nicht einmal hin. Dolan schrieb weiter. »Noch mal hunderttausend«, sagte er und warf den zweiten Scheck auf Corbetts Schoß. Corbett ignorierte ihn. »Verdammt. Ihr habt nichts zu gewinnen und alles zu verlieren. Hier geht's doch bloß ums Geschäft.« Er stellte einen dritten Scheck aus und warf ihn Yao hin. »Es sind Barschecks. Macht damit, was ihr wollt.«

Corbett nahm zögernd den Scheck von seinem Schoß. »Also gut, ich werde Ihnen helfen«, sagte der FBI-Agent. »Aber für hunderttausend Dollar möchte ich Sie sagen hören, daß Sie das Mädchen in Seattle getötet haben.« Er warf den Scheck ins Feuer. Einen Moment lang geriet Dolan völlig außer sich. Er fiel auf die Knie und schien ernstlich zu erwägen, das brennende Papier aus den Flammen zu ziehen. »Wir sind unter uns«, fuhr Corbett fort. »Es gibt hier keine Tonbandgeräte. Keine Zeugen, die Ihnen zu Hause gefährlich werden könnten. Nur uns. Wie Sie bereits sagten, unsere Aussagen wären bedeutungslos. Ich habe Ihnen soeben hunderttausend Dollar gezahlt. Es ist alles rein geschäftlich.«

Als Dolan den Kopf hob und Corbett ansah, wirkte sein Blick verständnislos, beinahe verwirrt. »Ich will mir doch nur holen, was mir zusteht, und dann von hier verschwinden. Ich kann euch alle reich machen«, sagte er tonlos. »Jeder will reich sein.« Noch während er sprach, stand Lokesh auf und kam näher. Dolan schaute verstört zu Khan, der in fünfzehn Metern Entfernung mit dem Gewehr stand.

»Wir vollenden jetzt den Steinhaufen, um den Abt und den britischen Mönch zu ehren«, sagte Lokesh. »Jeder von uns wird einen Stein hinzufügen und ein Gebet sprechen.«

Sie alle erhoben sich. Dolan verfolgte wortlos, wie sie zu dem Steinhaufen gingen, und reagierte nicht, als Ko aus der Dunkelheit gehuscht kam, um die beiden verbliebenen Schecks vom Boden aufzuheben.

Lokesh hatte irgendwo einen Gebetsschal aufgetrieben und klemmte ihn unter einem der oberen Steine des Haufens fest. Niemand sprach, während alle ihren Beitrag leisteten und Ko zum Abschluß einen großen flachen Stein auf die Spitze des Hügels legte. Dann stellten sie sich im Halbkreis um den Steinhaufen auf und blickten zu der offenen Kammer, in der die Toten lagen. Am Himmel standen die ersten Sterne, und die einzelne Butterlampe neben dem Hügel fing an zu flackern, als würde sie gleich erlöschen.

Plötzlich kam Dolan aus den Schatten zum Vorschein und legte ebenfalls einen flachen Stein auf den Haufen. »Ich wollte nicht ihre Ruhe stören«, sagte er verunsichert. »Ich hätte nie …«, setzte er an und verstummte. »Ming hätte es mir sagen müssen«, sagte er und bückte sich umständlich nach dem nächsten Stein. »Was vor fünfzig Jahren zwischen China und Tibet vorgefallen ist, hat doch nichts mit mir zu tun.« Er sprach hastig und packte den kleinen Stein mit beiden Händen, als wäre er unendlich schwer geworden. Dann war Dolan auf einmal wieder wütend. »Laßt euch das eine Lehre sein!« knurrte er. »Morgen ist der letzte Tag«, fügte er warnend hinzu und stapfte davon.

»Er hat sich in die schaurigste Person verwandelt, die mir jemals begegnet ist«, sagte Corbett.

»Seine Gottheit ringt nach Luft«, stellte Lokesh mit schwerer Stimme fest.

Sie wickelten sich in ihre Decken und legten sich zum Schlafen nieder. Khan hielt weiterhin Wache, und Ko zog sich in einen Winkel der bröckelnden Mauern zurück. Shan fiel in einen unruhigen Schlummer und schreckte jäh aus einem furchtbaren Alptraum hoch. Er konnte sich nicht an Einzelheiten erinnern, empfand aber ein starkes Verlustgefühl. Es war um Ko gegangen – sein Sohn hatte ein schlimmes Schicksal erlitten, weil Shan und die anderen untätig geblieben waren.

Er stand auf und stellte fest, daß Khan auf seinem Posten eingeschlafen war. Dann vertrat er sich zwischen den mondbeschienenen Ruinen ein wenig die Beine. Am Ende fand er sich auf dem Torhof wieder und nahm auf dem breiten Türsturz Platz, den Gendun bereits am Festtag genutzt hatte. Shan wußte nicht, wieviel Zeit verstrichen war, aber es mußte mindestens eine Stunde gewesen sein, als neben ihm plötzlich eine Stimme erklang.

»Warum haben Sie ihn mitgenommen? Er bringt sich noch um Kopf und Kragen. Er führt sich auf, als sei er lebensmüde.« Es war Yao.

Die Worte taten nicht so weh, wie Shan erwartet hätte, denn auch ihm war längst dieser Gedanke gekommen. »Wenn das hier vorbei ist, wird man ihn wegbringen«, sagte Shan. »Dolan und Ming wissen, daß er Augenzeuge war. Man wird ihn so tief im Gulag vergraben, daß niemand ihn je wiederfindet. Sie wissen doch selbst, wie man es anstellt, einen Häftling verschwinden zu lassen: Entweder man exekutiert ihn, oder man ändert seinen Namen, verpaßt ihm eine neue Tätowierung und einen neuen Hintergrund und vernichtet die alte Akte. Mir wird keine Möglichkeit bleiben, nach ihm zu suchen. Ich werde ihn nie wiedersehen.« Bei den letzten Worten übermannten ihn seine Gefühle, und er vergrub das Gesicht in den Händen.

»Wenn das hier vorbei ist, werden Dolan und Ming im Gefängnis sitzen.«

»Nein«, widersprach Shan, hob den Kopf und schaute zu den Sternen hinauf. »Wir können lediglich versuchen, sie von dem Schatz fernzuhalten und die Lamas zu beschützen. Die beiden müssen aus diesem Bezirk verschwinden.« Ihm wurde klar, daß er Oberst Tans Worte wiederholte.

»Es kann sich alles ändern«, sagte Yao. »Für Sie und Ko, meine ich.«

»Ich wüßte nicht, wie.«

»Sobald ich wieder in Peking bin, werde ich ein paar Leute aufsuchen, die ich kenne. Richter. Ich habe einen gewissen Einfluß. Verschwundene können nämlich auch wieder zum Leben erweckt werden. Ich kann das für Sie bewirken und Ihnen zu einem Neuanfang in Peking verhelfen. Sie gehören zu den besten Ermittlern, die mir je begegnet sind. Ich kann Ihnen eine Anstellung verschaffen, vielleicht sogar als Mitarbeiter meines Büros. Wenn das erledigt ist, können wir gemeinsam nach Ko suchen.«

»Sie werden in Peking auch ohne mich schon genug Probleme haben.«

Yao sah ihn schweigend an und rang sich dann ein Lächeln ab. »Was denn, etwa wegen dieser Abberufung? Das kommt fast jedes Jahr vor. Es ist nicht das erste Mal. Ich fahre zurück, lasse ein paar lebhafte Diskussionen über mich ergehen, und alles wird vergessen sein.«

»Nicht wegen der Abberufung, sondern wegen der Tatsache, daß Sie ihr nicht Folge leisten.«

Diesmal dauerte das Schweigen des Inspektors länger an. »Ich lasse Verbrecher nicht einfach davonkommen. Nein, auf keinen Fall.«

»Fahren Sie zurück nach Peking«, sagte Shan. »Überlassen Sie es mir, eine Lösung zu finden.«

»Sie wollen wohl den ganzen Ruhm für sich allein, was?«

»Nein«, sagte Shan und wandte den Blick ab. »Ich will nicht, daß Sie wie ich enden.«

Yao blieb sehr lange still. »Wenn wir beide, Sie und ich, uns damals in Peking kennengelernt hätten, wären wir gute Freunde geworden.«

Shan deutete auf eine Sternschnuppe.

»Ich verspreche Ihnen zwei Dinge«, sagte Yao entschlossen. »Ich werde mir Ming holen. Und ich werde Sie rehabilitieren. Auf diese Weise können Sie Ko retten. Gemeinsam werden wir es schaffen.«

Danach sprachen sie kein Wort mehr, und Shan ließ die Unterredung noch einmal an sich vorüberziehen. Yao wollte ihn nach Peking mitnehmen, damit er dort von vorn anfing. Ihm fiel wieder ein, daß er sich ursprünglich in Klausur begeben sollte, weil er im Fieber gerufen hatte, er wolle nach Hause gehen. Aus irgendeinem Grund fragte er sich nun, wo wohl die Höhle lag, die Gendun für ihn ausgesucht hatte. Er sehnte sich nach einem Monat absoluter Stille, einer Zeitspanne, in der er allein sein und die ungewohnten Gefühle in den Griff bekommen konnte, die ihn seit dem Festtag heimgesucht hatten.

Irgendwann fiel ihm auf, daß Yao gegangen war. Er suchte in seiner Tasche, fand eine Schachtel Streichhölzer und legte sie vor sich auf einen Felsen. Dann riß er ein Stück von dem Umschlag seines Flugtickets ab, denn er hatte kein anderes Papier bei sich, und nahm einen Bleistiftstummel. *Vater*, schrieb er im Mondlicht, *ich bin aus Angst um meinen Sohn zitternd aufgewacht. Als ich selbst noch ein Sohn war, habe ich viel gelacht.* Er musterte die Worte mit feuchten Augen und dachte an seine glückliche Kindheit zurück. Dann schrieb er weiter. *Zeig mir eine Möglichkeit, daß sie nicht ihn nehmen, sondern mich.* Er faltete das Papier zusammen, entzündete aus den Streichhölzern ein kleines Feuer und legte die Botschaft hinein. Sie verbrannte zu Asche und stieg zum Himmel empor. Dann roch er plötzlich Ingwer, und jemand setzte sich neben ihn. Aber als er es wagte, den Kopf zu wenden, war niemand da.

Kapitel Neunzehn

Der letzte Tag begann mit einem Sturm, einem der seltenen Sommergewitter, die über den Himalaja bis nach Tibet vordrangen. Wind zerrte an Dolans Zelt, Regen löschte das Kochfeuer, bevor sie ein Frühstück zubereiten konnten, und Donner ließ die altersschwachen Mauerreste erzittern. Gendun war spurlos verschwunden, und Lokesh stand auf dem Torhof und schaute gen Himmel, als Shan ihn fand. »In den Gewölben wird es nicht viel anders sein«, sagte der alte Tibeter ehrfürchtig. »Heute spricht die Erde.«

Dolan wütete ebenfalls wie ein Sturmwind, voller Wildheit und ohne jedes Anzeichen für die seltsame Unschlüssigkeit, die er noch am Vorabend gezeigt hatte. Offenbar rang seine Gottheit nun nicht mehr nach Luft. Auch Ko wirkte wie ein anderer Mensch, denn sein grüblerischer Trotz war einer kriecherischen Unterwürfigkeit gewichen. Shan hörte, wie er dem Amerikaner erklärte, daß sie dem Sturm entgehen könnten, indem sie in die Gewölbe hinunterstiegen, daß er den Weg zur dritten Ebene kannte, auch wenn die anderen es Dolan nicht verraten wollten, und daß er ihm unterwegs die kleinen Schätze der Kapellen zeigen würde.

»Er hat die Schecks eingesteckt«, murmelte Corbett. »Zweihunderttausend Dollar. Vielleicht rechnet er sich nun doch eine Chance aus.«

Die Schecks. Shan hatte gar nicht mehr daran gedacht.

Bestürzt und verwirrt beobachtete er seinen Sohn, als sie in den unterirdischen Palast hinabstiegen, während Lokesh betend am Steinhaufen zurückblieb. Ko wich seinem Blick aus und schien darauf zu achten, daß sich stets Dolan oder Khan zwischen ihm und den anderen befand. Er scherzte mit Khan sogar über den kleinen goldenen Buddha, den er gestohlen und dem Mongolen gegeben hatte. Als sie den nachträglich gegrabenen Tunnel zur ersten Ebene verließen, schlug Ko dem Amerikaner vor, Khan mit den anderen zur dritten Ebene vorauszuschicken. Er selbst wollte Dolan die Schätze der Kapellen zeigen.

Der Amerikaner war sofort einverstanden. Ko mußte vorangehen und die Lampe halten, während Dolan noch unter den Augen der anderen anfing, die Altargegenstände in einen Sack zu stopfen. Yao und Shan sahen sich müde an.

Wortlos stiegen sie die Wandhaken zur zweiten Ebene hinauf und dann weiter über die schmale Treppe in den Maskenraum. Dort führte Shan die Gruppe bis zur Unterkunft des *amban* und entzündete mehrere Butterlampen. Er betrachtete die alten Gemälde an den Wänden, als von draußen ein leises, gespenstisches Stöhnen erklang. Khan befahl ihnen, die Kammer nicht zu verlassen, und trat hinaus auf den Gang. Dort ertönte wenig später ein Ächzen. Corbett lief hinterher und kehrte gleich darauf zurück. Er trug Khans Füße. Der Mann war bewußtlos. Ko, der die Arme des Mongolen hielt, warf seinem Vater einen triumphierenden Blick zu. Sie setzten Khan auf den Stuhl, und Yao fing an, ihn mit den eigenen Schnürsenkeln an die Lehnen zu fesseln. Ko holte das Gewehr aus dem Korridor und gab es Corbett.

»Wo ist Dolan?« fragte der Inspektor.

»Der bringt seine Beute nach draußen«, erwiderte Ko hastig. »Wir müssen abhauen, bevor er zurückkommt.«

»Wo ist Dolan?« wiederholte Shan.

»Er wird uns keine Schwierigkeiten mehr machen.«

Shan sah seinem aufgeregten Sohn forschend ins Gesicht. Dann wurde ihm plötzlich alles klar. »Du hast ihn im Labyrinth zurückgelassen«, sagte er. »Du hast die Lampe mitgenommen und ihn im Dunkeln zurückgelassen.«

»Für seinen Reichtum ist er nicht besonders schlau. Er ließ mich die einzige Lampe halten. Ich habe nicht fest zugeschlagen, nur heftig genug, daß er zu Boden gegangen ist.«

»Du hast das geplant«, sagte Corbett. »Deshalb hast du dich heute morgen an ihn herangemacht und von den Kapellen erzählt.«

Ko schien ihn gar nicht zu hören. Er starrte nur herausfordernd seinen Vater an. »Du wolltest doch Gerechtigkeit. Dies ist Gerechtigkeit. Ich habe behauptet, McDowells Leiche würde in einer der Kapellen liegen. Ganz nah bei ihm.«

»Er könnte da drinnen sterben«, sagte Shan.

»Er hat Punji ermordet«, gab Ko zurück. »Wahrscheinlich wollte er uns auch umbringen, sobald er uns nicht mehr benötigen würde. Aber dann habe ich gesehen, wieviel Angst ihm diese beiden toten Mönche eingejagt haben, und da war mir klar, was mit ihm geschehen mußte. Wir sollten jetzt gehen. In die Berge. Oder zurück nach Lhadrung, falls dir das lieber ist. Er soll hier vermodern.«

Khan regte sich. Er riß an seinen Fesseln und brüllte laut wie ein Raubtier im Käfig. Corbett hieb ihm den Gewehrkolben gegen den Kopf, und der Mongole sackte abermals bewußtlos zusammen. Der Amerikaner sah die Waffe an und zuckte die Achseln. »Tut mir leid«, sagte er, als hätte das Gewehr sich von allein bewegt. Dann lehnte er es gegen das Regal.

Shan und Yao widmeten sich wieder der Untersuchung des Raums, überprüften die *peche*, musterten erneut die Gemälde und versuchten, das letzte Rätsel des Mandala-Palasts zu ergründen.

»Wir müssen gehen«, drängte Ko nach einigen Minuten.

»Erst müssen wir begreifen«, sagte Shan.

»Dann gehe ich eben allein«, sagte Ko, und in seiner Stimme schwang der alte Trotz mit.

Bevor Shan etwas entgegnen konnte, stolperte Lokesh zur Tür herein und fiel auf das Bett, weil jemand ihm einen Stoß versetzt hatte. Hinter ihm betrat Dolan den Raum, in einer Hand eine Pistole, in der anderen eine Butterlampe.

Als Corbett auf das Gewehr zugehen wollte, drückte Dolan zweimal ab. Einen halben Meter neben Corbetts Kopf wurden Holzsplitter aus dem Regal gerissen. »Nur zu. Liefern Sie mir einen Grund«, knurrte Dolan. Er war blaß, und über seine Wange zog sich ein Blutrinnsal. Seine Augen lagen tief in den Höhlen, und er schien um Jahre gealtert zu sein. Als Shan einen der Splitter aufhob und zum Regal ging, eilte Dolan zu Ko, der sich in den Schatten einer Wand zurückgezogen hatte, und schlug ihm mit der Pistole gegen die Schläfe. Ko ging in die Knie.

»Du hast wohl nicht damit gerechnet, daß der alte Mann mit einer Lampe kommen würde, um sich seinen Freunden anzuschließen, du kleines Arschloch! Du wolltest mich dort einfach zurücklassen!« In der Stimme des Amerikaners schwang noch immer das Entsetzen mit, das er in der Finsternis verspürt haben mußte, als er sich in dem alten Tempel lebendig begraben wähnte.

»Sie hatten dringend eine innere Einkehr nötig«, stöhnte Ko und hielt sich den Kopf.

Shan sah seinen Sohn überrascht an und machte einen Schritt auf ihn zu. Dolan hielt ihn mit erhobener Waffe zurück.

»Das habt ihr euch so gedacht, was? Ihr glaubt, mein Geld macht mich zu einem oberflächlichen Menschen, und nur weil ihr irgendwelchen Hokuspokus über Seelen von euch gebt, haltet ihr euch für was Besseres.« In seinem Blick lag ein wirres Funkeln. Die Dunkelheit war ihm nahegegangen, womöglich in genau der Weise, die Ko beabsichtigt hatte. »Ihr wißt gar nichts. Man hat mir Preise verliehen, Preise für meine Wohltätigkeit, überall auf der Welt. Ich habe mir meine Schätze verdient.«

»Nein«, sagte eine ruhige Stimme. Lokesh war aufgestanden und sah Dolan eindringlich und vorwurfsvoll an. »Vielleicht haben Sie früher einmal etwas von der Bedeutung dieser Dinge verstanden und noch gewußt, was Wertschätzung heißt. Jetzt aber ist Ihnen allein der Besitz wichtig.«

»Du alter Narr«, fuhr Dolan ihn an, »was weißt du denn schon vom Leben? Leute wie ihr sitzen herum und betreiben eine Nabelschau, während Leute wie ich die ganze Welt verändern.«

»Sie müssen umkehren und finden, was Sie verloren haben«, sagte Lokesh.

Die Worte schienen Dolan wie ein Dolch zu treffen. Er wand sich, verzog das Gesicht und war doch nicht in der Lage, sich von Lokeshs Blick zu lösen. Khan wurde wach und hob mit hämischem Grinsen den Kopf. »Meine Hände«, knurrte er. »Machen Sie mich los, und ich knöpfe mir die Leute vor.«

Dolan ignorierte ihn und starrte weiterhin Lokesh an. »Ihr denkt, ich begreife nichts. Glaubt ihr etwa, ich habe kein Gewissen?« Er machte einen Schritt auf Khan zu. »Ich werde es euch beweisen. Ihr wollt Gerechtigkeit für den Mord an Punji?« Er riß die Pistole hoch, richtete sie auf Khans Kopf und schoß.

Niemand rührte sich. Dolans Gesicht erinnerte an die grimmigen Dämonen auf den alten *thangkas*. »So! Das ist es doch, was Chinesen mit Mördern machen, oder? Eine Kugel in den Kopf.« Khan sackte in sich zusammen. Sein Kopf fiel auf die Tischplatte, und eine Blutlache breitete sich aus.

»Ihre Gottheit verläßt Sie«, sagte Lokesh, der den Amerikaner nicht aus den Augen ließ. »Sie können sie nur noch festhalten, wenn Sie aufhören. Sie müssen loslassen und von vorn anfangen.«

Wieder schienen die Worte des alten Tibeters Dolan schwer zuzusetzen. Er schaute auf die Waffe in seiner Hand. »Ich weiß nicht mal, wie man dieses Ding benutzt«, sagte er leise und verwirrt. »Es ist einfach losgegangen. Ihr habt es gesehen, es ist einfach losgegangen.«

»Sie sind verrückt, Dolan«, sagte Corbett. »Da besteht kein Zweifel. Sie sollten Ihr Geld für Ärzte ausgeben.« Er rückte ein Stück näher an das Regal und somit an das Gewehr heran.

Lokesh ging zu dem Toten, legte ihm wie zum Trost eine Hand auf den Rücken und fing an, die Fesseln zu lösen. Shan kam ihm zu Hilfe. Das kleinkalibrige Geschoß hatte ein sauberes Loch in Khans Stirn hinterlassen.

»Dieses Mädchen in Seattle«, sagte Shan. »Das waren auch nicht Sie, oder?«

Dolan fuchtelte mit der Waffe umher, richtete sie auf Corbett, hob sie, als wolle er schießen, ging dann aber weg und stellte sich vor das Porträt von Qian Long. »Das war mein Wagen«, sagte er geistesabwesend zu dem Kaiser. »Ich habe lediglich mit angesehen, wie sie bewußtlos geschlagen wurde.«

»Waren Sie auch bloß Beobachter, als Sie Abigail über das

Geländer geworfen und dann ihr Fahrrad an der zweiten Brücke entsorgt haben?« fragte Corbett und sah zu dem Gewehr.

»Oh, die kleine Miss Tugendhaft«, sagte Dolan mit zum Zerreißen gespannter Stimme. »Ich hätte ihr so viel geben können. Aber sie sagte, sie wolle keine meiner Konkubinen werden. Als ich es versucht habe, hat sie mich gekratzt. Ich hätte sie feuern müssen, aber dann hätte sie mich verklagt, die Schlampe.«

Corbett entrang sich ein tieftrauriger Seufzer. »Abigail hat Sie gesehen, als Sie den Alarm abgeschaltet und Lodi und Punji hereingelassen haben.«

Dolan stand immer noch vor Qian Long. »Sie dachte, ich wüßte nichts von der Stelle, an der sie immer über die Mauer geklettert ist. Dauernd ist sie mir aus dem Weg gegangen. Hat mit meinen Kindern Geheimnisse vor mir gehabt. Sie mußte ja unbedingt zurückkommen, um den verfluchten Brennofen auszuschalten.« Er drehte sich langsam um. »Ich will, daß er mich begleitet.«

Shan trat einen Schritt vor. Er verstand nicht, was Dolan meinte, spürte aber, daß Ko sich jeden Moment auf den Amerikaner stürzen wollte.

»Seht euch ihre Augen an. Sie waren große Männer. Sie wußten, was für eine Bürde die Macht bedeutet. Nehmt auch ihn mit«, sagte Dolan und wies auf das Porträt des kaiserlichen Neffen. »Roll sie zusammen«, befahl er und richtete die Waffe auf Ko.

»Ich bin keiner Ihrer Sklaven«, protestierte Ko.

»O doch, das bist du. Und ich habe etwas ganz Besonderes mit dir vor, sobald wir den Schatz gefunden haben. Ich werde dich in dieses Labyrinth bringen, dir in beide Beine schießen und dich im Dunkeln zurücklassen. Die Armee wird deine Freunde wegbringen, und du wirst ganz allein sein und nach ein paar Tagen sterben.« Dolans Lächeln schien aus Eis gemeißelt zu sein. »Falls dein Mordversuch dem Kaiser gegolten hätte, wärst du zur Strafe in tausend Stücke geschnitten worden. Du solltest dich glücklich schätzen.«

»Die wissen doch gar nicht, wo der Schatz ist«, rief Ko. »Weiter als bis hierhin werden Sie nicht kommen.«

Der Amerikaner gab einen Schuß ab, dann noch einen. Ko zuckte zurück und umklammerte mit schmerzverzerrter Miene seine Hand. Zwischen seinen Fingern quoll Blut hervor. Dennoch machte er einen Schritt nach vorn, als wolle er Dolan herausfordern.

»Du weißt nicht das geringste über den Kaiser«, zischte der Amerikaner.

Yao nahm ein Taschentuch und drückte es auf Kos Wunde. Die Kugel hatte seine Hand durchschlagen.

Shan stellte sich vor die Mündung der Waffe.

»Ich werde ihn töten«, sagte Dolan kalt. »Falls Sie versuchen, mich aufzuhalten, ist er sofort fällig, und ich erschieße ihn gleich hier. Sie haben die freie Auswahl, Shan. Soll er langsam in der Finsternis verrecken oder schnell vor den Augen seines Vaters sterben?«

Ko sah seinem Vater ins Gesicht. In seinem Blick lag kein Flehen, nur unnachgiebiger Trotz.

Shan wandte seinem Sohn den Rücken zu und stellte sich vor ihn. »Ich führe Sie zum Schatz des *amban*«, sagte Shan.

Im Raum wurde es erneut totenstill.

»Nein, verdammt!« fluchte Ko.

»Sie werden mich hinbringen und mir dann helfen, alles einzupacken und nach Lhadrung zu schaffen«, verlangte Dolan erregt, und in seinen Augen loderte ein grausames Feuer auf.

»Einverstanden.« Das Wort kam aus Shans Mund, aber er selbst hörte es wie aus weiter Ferne.

»Du kennst den Weg nicht!« schrie Ko ihn von hinten an.

»Doch, jetzt schon. Mr. Dolan hat ihn mir gezeigt.«

»Ich hasse dich!« stöhnte Ko.

Shan schloß kurz die Augen, drehte sich jedoch nicht um, denn er fürchtete den Blick seines Sohnes. »Aber nur, wenn Sie versprechen, dem Jungen nichts anzutun«, sagte er zu Dolan.

»Bringen Sie mich zum Schatz, und ich werde ihm nicht weh tun.«

»Er darf in sein Gefängnis zurückkehren. Es wird keine neue Anklage geben.«

»Keine neue Anklage«, willigte Dolan mit siegreichem Grinsen ein. »Statt dessen werden Sie zu diesem Oberst gehen und den Mord an Khan gestehen. Sie werden eine Aussage unterzeichnen, laut der Sie ihn gefesselt und kaltblütig erschossen haben, um sich für den Mord an Lodi und Punji zu rächen.«

Shan senkte den Blick und nickte. Er wußte nicht, wie lange er zu Boden starrte, merkte aber plötzlich, daß alle ihn ansahen. Er trat auf den Korridor hinaus. »Sind Ihnen die Lichtstrahlen aufgefallen?« fragte er. Er konnte es nicht länger ertragen, Dolan ins Gesicht zu sehen. »Über den Türen auf dieser Ebene – und zwar nur auf dieser Ebene – sind die Segmente eines Regenbogens aufgemalt. Sie zeigen nach oben und fügen sich zu einem Kreis aus zahlreichen Regenbögen. Es heißt, wenn ein heiliger Mann stirbt, löst sein Körper sich in Licht auf, und seine Essenz steigt in einem Regenbogen gen Himmel. Nach oben.«

»Wir wissen bereits, daß es noch eine Ebene gibt«, herrschte Dolan ihn an.

»Über jeder Tür ist ein Segment«, fuhr Shan fort, »nur über einer nicht, nämlich der Tür zur Kammer des Abtes, gleich nebenan. Der Abt war der oberste Mönch, dem alle Regenbögen zustrebten, denn er wohnte am Himmelstor.«

Alle außer Lokesh folgten ihm. Der alte Tibeter blieb bei Khans Leiche, die nun vor dem Regal am Boden lag. Behutsam säuberte er den Kopf des Mannes, schaute forschend in sein Haar und flüsterte die Todesriten. Eine der größten Ängste der Tibeter war, daß im Tod eine Kopfverletzung den Weg zum Schädeldach blockieren könnte, weil dort die Seele den Körper verließ.

»Wir gehen zum Mittelpunkt des Universums«, sagte Shan zu Lokesh.

Sein alter Freund hob bestätigend eine Hand, wandte den Blick aber nicht von dem Toten ab.

Dolan machte einen Schritt auf Lokesh zu und schien ihm etwas befehlen zu wollen, doch dann zögerte er und starrte die Leiche an. Einen Moment lang wirkte er wieder so verstört wie vor einigen Minuten, als er aus dem Labyrinth aufgetaucht war. »Er ist erledigt, du Narr. Es ist nichts mehr da«, sagte Dolan seltsam wehleidig.

»Nein«, sagte Lokesh. »Bei manchen findet man nach dem Tod mehr als zuvor im Leben«, stellte er in spitzem Tonfall fest.

Dolan hob die Pistole, aber eher halbherzig und unschlüssig, als wolle er weitere Argumente vorbringen.

Shan kam langsam näher und behielt die Mündung der Waffe im Auge. Als er den kalten Stahl der Pistole berührte, zuckte der Amerikaner zusammen, als hätte Shan seine Haut angefaßt. »Wenn ein Mörder stirbt«, sagte Shan, »besteht die Gefahr, daß er niemals zur Schönheit findet.«

Dolan sah ihn an und schien um eine Erklärung bitten zu wollen, sagte jedoch nichts. Er ließ zu, daß Shan die Waffe nach unten drückte, und folgte ihm hinaus.

Gleich darauf stand Shan in der Mitte des Nachbarraums, der Unterkunft des Abtes, und sah sich schweigend um. Khan und Lu waren hier gewesen und hatten das *thangka* mitgenommen. Vier der sieben rituellen Opferschalen standen nicht mehr auf dem schlichten Altar, sondern lagen davor am Boden. Shan hob eine auf und betrachtete sie genau, bevor er sie zurückstellte. »Die Schalen«, sagte er leise und sah zur Wand. »Ich glaube, Khan und Lu haben sie achtlos hingeworfen, weil sie sich als wertlos erwiesen. Sie sind so schwer, als bestünden sie aus massivem Gold, aber es ist nur Blei. In diesen da« – er deutete auf die drei Schalen, die noch auf dem Altar standen – »liegen die vertrockneten Reste der traditionellen Kräuteropfer. In den anderen vier dürfte sich ursprünglich Wasser befunden haben, das längst verdunstet ist.« Er ließ den Blick über die verwirrten Gesichter seiner Begleiter schweifen. »Ich brauche die Wasserflaschen.«

Corbett und Yao ließen Dolan nicht aus den Augen, während sie zwei Flaschen aus ihren kleinen Rucksäcken holten. Der neue Dolan, der aus dem Labyrinth zum Vorschein gekommen war, wirkte sogar noch beängstigender als zuvor. Er saß auf dem Bett, schaute manchmal kurz herüber, hatte die Arme vor der Brust verschränkt und wiegte sich vor und zurück. Corbett und Yao sahen sich an. Shan fürchtete, sie wollten sich auf Dolan stürzen. Er berührte Corbett am Arm und wies auf die leeren Schalen.

»Man erlangt hier Zugang zum Himmel, indem man der Gottheit seine Hochachtung bezeugt«, erklärte Shan.

»Scheiß drauf«, sagte Dolan, erhob sich und richtete die Pistole auf Shan. »Ich bezeuge niemandem meine Hochachtung. Dafür bin ich viel zu mächtig.«

»Ihre Macht ist nichts im Vergleich zu der Stärke eines alten Tibeters, der sich um die Seele eines chinesischen Mörders bemüht«, sagte Shan.

Dolans Lippen verzogen sich zu einem stummen Grinsen.

»Falls Sie nach oben wollen, müssen Sie auf dem Altar ein Opfer darbringen«, fuhr Shan fort. »Sie alle.«

Dolans Miene blieb unverändert, aber er kam Shans Aufforderung nach und füllte eine der Schalen mit Wasser.

Als Ko schließlich die vierte Schale auf den Altar stellte, erklang ein dumpfes Geräusch, als sei irgendwo in der Nähe Holz auf Holz geschlagen.

»Wir haben einige Wände untersucht«, sagte Shan. »Aber es blieb nicht genug Zeit, um jede einzelne Ecke zu überprüfen. Als Dolan nebenan auf das Regal geschossen hat, dachte ich erst, er habe einen hölzernen Buchdeckel getroffen.« Er hielt den Splitter hoch, den er aufgehoben hatte. »Doch die Kugel ist in die Wand eingeschlagen, und die Wand besteht aus Holz. Sie wurde geschickt angemalt, um wie Stein auszusehen.« Er ging zu der Wand neben dem Bett des Abtes und schätzte ab, an welcher Stelle sich nebenan das Einschußloch befinden mochte. Die Oberfläche war mit dem Abbild eines Schutzdämons versehen, der beide Arme nach oben streckte. Shan musterte es, legte beide Hände auf die Hände des Dämons und drückte. Die hölzerne Wand glitt nach innen und gab den Weg in eine kleine, schrankähnliche Kammer frei, an deren hinterem Ende eine einfache Stiege aus grob behauenen Balken nach oben führte. Shan kannte vergleichbare Treppen aus verarmten Tempeln, wo sie zumeist zu höher gelegenen Schreinen führten. Vor vielen hundert Jahren, als die ersten tibetischen Tempel errichtet wurden, hatte man sich womöglich der gleichen Technik bedient.

Dolan schien auf einmal nur widerwillig hinaufsteigen zu

wollen. Er sagte nichts, als Shan voranging, und stand wortlos auf, als Corbett, Yao und Ko ihm die drei Meter hohe Leiter nach oben folgten. Sie kamen in einen kurzen, mit Duftholz vertäfelten Korridor, der vor einem niedrigen Durchgang endete. In einem Regal stand mehr als ein Dutzend bronzener Butterlampen. Ohne darüber nachzudenken, schaltete Shan die Taschenlampe aus, legte sie in das Regal und entzündete eine Butterlampe. Die anderen taten es ihm schweigend gleich.

Sie zögerten und sahen sich an. Dann bedeutete Shan seinem Sohn, er solle die Führung übernehmen. Schon nach wenigen Schritten wurde ein Geräusch, das wie das Rauschen des Windes klang, immer lauter, während die Luft sich merklich abkühlte. Dann hörten die Seitenwände auf. Ko blieb stehen und schaute nach unten. Auch der Boden war verschwunden. Er stand auf einem einzelnen goldfarbenen Balken, der mit Schnitzereien verziert war, mit Rehen, Vögeln und Blumen. An dem Balken hing ein Seil aus Yakhaar, das in elegantem Bogen in den Schatten hinabreichte. Ko leuchtete zur Seite. Dicht unter dem Balken strömte schwarzes Wasser vorbei.

»Der Graben«, sagte Shan. »Der symbolische Ozean rund um den Berg Meru im Zentrum des Universums. Danach müßte eine goldene Bergkette folgen.«

Als Ko sich langsam vorwagte, tauchte hinter ihnen Dolan auf. Auch er hielt eine Butterlampe. Es war der ausgehöhlte, wütende Dolan mit schußbereiter Waffe, und sobald er den goldenen Balken sah, die symbolische Zugbrücke, legte sich ein gieriges Lächeln auf seine Züge.

Jenseits der Brücke hatte man Podeste aus dem Fels gehauen. Darauf standen sieben mythische Berge aus purem schimmernden Gold, die offenbar den Gipfeln des Himalaja nachempfunden waren. Der erste maß mehr als einen halben Meter, die anderen immer ein Stück weniger, bis zu dem siebten, der weniger als fünfundzwanzig Zentimeter hoch war. Dolan drückte gegen mehrere der Berge und versuchte, den kleinsten anzuheben, als überlege er sich bereits den späteren Abtransport.

Plötzlich standen sie in einer runden Kammer von sechs Metern Durchmesser, über der sich eine hohe Kuppel aufwölbte, deren schwarzer Anstrich sie wie einen endlosen Himmel wirken ließ. Ein Stück über ihren Köpfen verlief ein silbernes Band mit den Nachbildungen heiliger Symbole, die je nach Abschnitt aus einem anderen Material bestanden und somit getreu der Tradition die Himmelsrichtungen bezeichneten: im Norden Smaragde, im Osten klare Kristalle, im Süden Gold, im Westen Rubine. Der Boden der Kammer war vom rauschenden Wasser umgeben und erweckte so den Anschein einer Insel im Meer.

In den Lücken zwischen den vier Richtungsmarkierungen, die dadurch wie Tore aussahen, standen vier kunstvoll geschwungene Altartische. Jeder der Altäre war mit Götterstatuen überhäuft, die man aus Gold, Silber, Lapislazuli und kostbaren Edelsteinen gefertigt hatte. Shan ging an den Tischen entlang und bemerkte, daß das Rauschen immer noch lauter wurde. Als er die Nordmarkierung erreichte, streckte er die Lampe über den Graben aus und entdeckte einen tückischen Strudel von etwa einem Meter Durchmesser. Das Wasser floß dort nach unten ab. Es mußte sich um den Ursprung des Wasserfalls handeln, der letztlich unterhalb von Zhoka mitten aus der Felswand in die Schlucht stürzte.

Shan wandte sich um und sah, daß die anderen wie gebannt auf die Altäre starrten. Yao stand vor der anmutigsten Statue des historischen Buddha, die Shan je zu Gesicht bekommen hatte, einer sechzig Zentimeter hohen, aus Gold gegossenen Figur mit Augen aus Lapislazuli und einem dermaßen detaillierten Gesicht, daß es vollkommen lebensecht wirkte.

»Die Mandala-Maschine, genau wie sie der *amban* beschrieben hat«, flüsterte Yao und betätigte an einem kuppelförmigen Apparat aus Silber und Gold einen Hebel. Der obere Teil öffnete sich wie die Blätter einer Lotusblüte, und vier konzentrische Ringe hoben sich zu einer Miniatur des Palasts von Zhoka. »Alles, was er in den Briefen erwähnt hat, ist hier.« Neben dem mechanischen Mandala lagen auf flachen Holzrahmen zwei leuchtend bunte *thangkas*, gefolgt von einer zierlichen Silberfigur des Zukünftigen Buddha und einer tiefschwarzen Steinstatue des Schutzgottes Jambhala, der sprungbereit kniete und einen großen Rubin in Form einer Schatzvase hielt. Hinter alldem erhob sich ein würdevoller Buddha auf einem goldenen Thron, und zwar nicht dem traditionellen Thron aus Lotusblumen, sondern dem Drachenthron der Qing-Dynastie.

Dolan gab ein merkwürdiges Geräusch von sich, das im einen Moment wie ein Gebet klang, im nächsten wie ein Stöhnen. Corbett betrachtete den Wasserstrudel.

Langsam nahm Dolan die schwarze Jambhala-Statue, starrte sie an und stellte sie am Eingang der Kammer ab. Sein Gesicht war wieder aschfahl, und er blickte verwirrt von der Statue zu dem leeren Fleck auf dem Altar, wo sie eben noch gestanden hatte. Dann verschob er die umstehenden Figuren, als wolle er die Lücke kaschieren.

Shan war überzeugt, daß er diesen Dolan, den verunsicherten Dolan, zum Nachdenken bringen und sogar zum Aufbruch überreden konnte. Zumindest würde er etwas Zeit schinden können, indem er den Amerikaner dazu brachte, den toten Mönchen, die ihn heimsuchten, zunächst seine Aufwartung zu machen, bevor er sie bestahl. Andererseits ließ sich unmöglich vorhersehen, wann der wütende, brutale Dolan auftauchte, der Menschen tötete und es sogleich wieder vergaß. In dem Mann ging etwas vor, das er selbst nicht zu begreifen schien.

Doch noch während der zweifelnde Dolan die Altäre beäugte, baute sich plötzlich Corbett vor ihm auf. »Bis hierhin und nicht weiter, Dolan«, verkündete der FBI-Agent.

Das erweckte den zornigen Dolan wieder zum Leben. Seine Züge verhärteten sich, und er hob die Pistole.

»Das Magazin Ihrer kleinen italienischen Knarre faßt acht Patronen«, sagte Corbett. »Drei sind noch übrig. Und wir sind zu viert.«

»Wenn ich einen oder zwei erschieße, wird das die anderen umstimmen«, spottete Dolan.

Corbett schüttelte den Kopf. »Gleich wird folgendes passieren. Ich gehe auf Sie los und kann vielleicht die Waffe beiseite schlagen. Womöglich verpassen Sie mir eine Kugel, womöglich auch nicht. Aber ich bin ziemlich kräftig, und Sie sind ein lausiger Schütze. Ein einziger Treffer wird mich nicht sofort ausschalten, und die anderen werden genug Zeit haben, Ihnen die Pistole abzunehmen. Ohne Waffe sind Sie ein ganz gewöhnlicher Plünderer.«

»Doch was auch immer geschieht, Sie sind dann tot.« Dieses neue Spiel schien Dolan zu gefallen.

Corbett zuckte die Achseln. »Darüber denke ich schon die ganze Zeit nach. Die Menschen hier, denen Zhoka wirklich gehört, sind viel wichtiger, als Sie es jemals sein werden. Ich habe niemanden mehr. Falls ich hier sterbe, weiß ich, daß jemand wie Lokesh bei mir sitzen und die richtigen Worte sagen wird. Wissen Sie, was dieser Ort mich vor allem gelehrt hat? Ganz egal, wie sehr Leute wie Sie in der Welt herumpfuschen, die wahren Dinge bleiben wahr. Es gibt immer eine neue Chance.«

Die Waffe in Dolans Hand zitterte. Er umklammerte sie mit der anderen Hand und richtete sie unvermittelt auf Shan. »Ich muß weder Sie noch Yao töten, um Sie aufzuhalten. Ich werde Shan erschießen, falls Sie näher kommen. Er hat all das hier verursacht. Er hat mich hergelockt. Ansonsten wäre ich … ich wäre zu Hause geblieben und hätte andere geschickt. Ihr anderen könnt gehen, aber er muß sterben. Was auch geschieht, er ist erledigt. Er ist wie einer dieser verfluchten Schutzdämonen, die glauben, sie könnten mich verscheuchen. Sie glauben, daß Dolan tötet. Sie glauben, daß Dolan die schönen Dinge nicht zu schätzen weiß.«

Shan rührte sich nicht. Dolans Augen funkelten. Er trat einen Schritt vor und spannte den Hahn der Waffe. »Ihr haltet Dolan also für einen lausigen Schützen? Na, dann paßt mal auf.«

Etwas huschte von der Seite in Shans Sichtfeld. Es war ein Arm, der ihn wegstieß, als Dolan abdrückte. Verwirrt sah Shan, in dessen Ohren der Schuß dröhnte, daß Yao zusammenzuckte, sich wie in Zeitlupe an den Bauch faßte und auf die Knie fiel. Dolan wich erschrocken zurück und öffnete den Mund, als wolle er etwas beteuern. Dann, noch immer wie in Zeitlupe, hechtete Ko auf Dolan zu. Er traf ihn mit voller

Wucht und schlang beide Arme um ihn, so daß die Hand mit der Waffe gegen Dolans Leib gepreßt wurde. Dann drängte er den Amerikaner zurück, brachte ihn aus dem Gleichgewicht und ließ ihn unter die grüne Nordmarkierung torkeln. Danach verschwanden die beiden.

»Nein!« schrie Shan und lief zum Wasser am Rand der Kammer. Ko war mit Dolan direkt in den Strudel gefallen. Sie hatten sich in Luft aufgelöst.

Er drehte sich um und sah Corbett neben Yao knien. Der Inspektor lehnte sitzend an einem der Altäre und sagte etwas. Seine Hand hielt er an den Unterleib gepreßt. Sie war blutig.

»Gehen Sie!« rief Yao. »Vielleicht konnte Ko sich irgendwo festhalten! Sie alle beide! Schnell!«

Shan zögerte und musterte die Verletzung des Inspektors. Der rote Fleck auf seinem Hemd wurde immer größer.

»Das ist nichts!« sagte Yao barsch. »Gehen Sie!«

Drei Minuten später erreichten Shan und Corbett den Anfang der Wasserrinne, die bis zu dem Loch in der Felswand verlief. Auf dem Weg nach unten leuchteten sie hastig beide Ränder ab. Am Ende, dort, wo das Wasser hinaus in den Abgrund stürzte, war die letzte Eisenstange, die Corbett vor zwei Wochen als verzweifelter Halt gedient hatte und dann gebrochen war, nun weit nach außen gebogen, als habe etwas Schweres sie mit großer Wucht erfaßt. Shan sah es und verspürte eine grauenhafte Leere.

»Wahrscheinlich hat er sich vorher den Kopf gestoßen«, sagte Corbett mit trauriger Stimme. »Ich bezweifle, daß er noch bei Bewußtsein war.« Shan wußte, daß er nicht Dolan meinte.

»Helfen Sie Yao«, sagte Shan. »Bringen Sie ihn nach draußen.«

Corbett lief den Tunnel wieder hinauf. Shan schaute ihm hinterher. Dann entrang sich seiner Kehle ein leises Stöhnen, und er fiel auf die Knie.

So verharrte er lange Zeit. Dann stand er auf und ging wie betäubt zurück zum Tempel. Corbett und Yao waren nirgendwo zu sehen. Nachdem Shan sich durch den schmalen Tunnel gezwängt hatte, hielt er kurz inne und stieg dann nicht zur nächsten Ebene empor, sondern wandte sich in Richtung des Nordtors.

Die Kammer, die sie beim erstenmal nur schwimmend erreicht hatten, schien leer zu sein, doch als Shan den Raum etwas genauer ausleuchtete, entdeckte er auf der anderen Seite einen undefinierbaren Haufen Lumpen am Rand des Beckens. Langsam und wie in einem Traum ging er näher heran, bis ihn irgend etwas plötzlich wachzurütteln schien und er losrannte. »Ko!« rief er.

Sein Sohn lag mit einem Arm im eiskalten Wasser. Er atmete, war aber anscheinend nicht bei Bewußtsein. Shan rollte ihn auf den Rücken, barg seinen Kopf auf dem Schoß, strich ihm über das Haar und rieb ihm die Hände, um sie zu wärmen.

»Er wurde von der Strömung weggerissen, und mich hat der Wasserfall in die Tiefe gedrückt«, sagte eine schwache Stimme. »Wir haben gekämpft, und Dolan hat mich nach hinten gestoßen. Dann ist er ausgerutscht, und ich bin versunken. Ich fiel wie ein Stein, tiefer und tiefer. Es tut mir leid. Ich hatte immer noch zwei dieser kleinen goldenen Statuen in der Tasche. Dann hörte ich auf einmal Lokesh. Du mußt loslassen und von vorn anfangen, hat er gesagt. Also habe ich meine Taschen geleert und das Gold losgelassen. Da stieg ich auf einmal wieder zur Oberfläche.« Ko brachte die letzten Worte nur noch mit Mühe über die Lippen und bekam einen Hustenanfall.

Eine Viertelstunde später erreichten sie die dritte Ebene des Tempels. Ko hatte sich in Shans Jacke gewickelt. Die ganze Zeit rechnete Shan damit, auf Corbett und Yao zu treffen, und blieb immer wieder stehen, um zu lauschen, doch er vernahm kein Geräusch von oben. »Sie sind alle schon draußen«, mutmaßte Shan, als er sah, daß Lokesh die Unterkunft des *amban* verlassen hatte, in der immer noch Khans Leiche lag.

Aber als er schließlich den goldenen Balken betrat, hielt er inne. Die Stille war irgendwie anders als zuvor. Dann hörte er die Worte und fühlte sich erneut vor Schreck wie gelähmt. Nach zwei weiteren Schritten mußte er sich an einem der goldenen Berge abstützen. Lokesh hatte die Todesriten angestimmt.

Als Shan in die Kammer stolperte, sah er Corbett und Lokesh bei Yao sitzen. »Er wollte, daß du gehst«, sagte der alte Tibeter entschuldigend. »Du solltest nicht sehen, wie schlimm es war. Er mußte noch einen Brief schreiben.« Lokesh zeigte auf ein gefaltetes Stück Papier, das aus Corbetts Tasche ragte.

Ko kam herein, stöhnte auf und kniete sich neben Yao.

»Die Kugel hat eine Arterie verletzt«, erklärte Corbett. »Als ich zurückkam, war es fast schon vorbei. Ihm war klar, daß er sterben mußte. Er hat gespürt, wie sein Bauch durch die innere Blutung immer härter wurde.«

»Und der Brief?« fragte Shan.

»Der ist für Oberst Tan und den Ministerrat bestimmt«, sagte Corbett.

Ko stand auf und fing unerklärlicherweise an, den Staub von allen Statuen zu wischen.

Ein stummes Schluchzen ließ Shan erbeben. Dann setzte er sich, glättete benommen Yaos Kleidung und sprach gemeinsam mit Lokesh die Todesriten, während sein Sohn die Götter säuberte, die im Zentrum des Universums weilten.

Kapitel Zwanzig

Die Stille unmittelbar nach dem Tod ist eigentlich wie ein Geräusch, ein leerer Schrei, ein tiefes, markerschütterndes Grollen, das nicht die Ohren, sondern die Essenz hinter den Ohren erreicht. Yaos Hand war noch warm. Shan nahm sie und umschloß sie.

Lokesh trank einen Schluck aus der Wasserflasche, die Corbett ihm anbot, und sah den Schmerz auf Shans Gesicht. »Er wird sich hier mühelos zurechtfinden«, versicherte er leise und ruhig.

»Hier?« fragte Shan mit zittriger Stimme.

»In Zhoka. Sogar für eine so kümmerliche Seele wie die des Amerikaners könnte eine Chance bestehen, denn sie wurde inmitten all der wunderbaren Geister freigesetzt, die hier leben.«

Shan lächelte traurig. »Dieser Brief. Was hat Yao ...?« Seine Frage an Corbett wurde durch einen verzweifelten Ruf unterbrochen, der von unten drang.

Ko lief aus der Kammer und kehrte wenig später zurück. »Es ist Jara!« verkündete er. »Er sagt, Soldaten fallen in Zhoka ein!«

Der Hirte stand am Fuß der Leiter und schaute verängstigt zu ihnen hinauf. »Sie sind mit mehreren Hubschraubern beim alten Steinturm gelandet«, berichtete er. »Jede Menge Soldaten, und alle kommen hierher.«

»Wir müssen Ihnen entgegengehen«, warnte Shan. »Sonst stellen sie alles auf den Kopf, bis sie den Tempel finden.«

»Und wir müssen Yao mitnehmen«, fügte Corbett grimmig hinzu. »Sonst suchen sie nach ihm.«

Auch mit Jaras Hilfe war es keine leichte Aufgabe, den toten Yao zurück durch den Tempel zu tragen. Während des Abstiegs verschlossen sie alle geheimen Zugänge hinter sich, und nach einer Viertelstunde stiegen Shan und Corbett die Stufen zur Oberfläche hinauf.

Sie standen fast schon im Sonnenschein, als mehrere Stimmen sie aufforderten, sich nicht zu bewegen. Hinter den seitlichen Mauern sprangen grün uniformierte Soldaten mit schußbereiten Waffen hervor. Eine Minute später erreichten sie den Innenhof. Oberst Tan lehnte am *chorten* und rauchte mit wütendem Blick eine Zigarette.

Als er Shan sah, zog er ein Blatt Papier aus der Tasche und warf es ihm hin. Es war einer von Mings vorläufigen Berichten für Peking. Die Überschrift lautete *Häftlingsaufstand in Lhadrung*. Der Oberst schien nicht zu bemerken, wie erschöpft Corbett und Shan dreinblickten. »Da steht, es passiert heute.«

»Es hat sich eine schreckliche Tragödie ereignet, Oberst«, warf Corbett ein. »Yao wurde von Plünderern ermordet, und Dolan ist in den Tod gestürzt, als er versucht hat, sich ihnen zu widersetzen.«

Shan sah ihn an und bemühte sich nach Kräften, seine Überraschung zu verbergen.

Tan musterte sie schweigend. »Das ist gelogen.«

Corbett holte Yaos Brief hervor und gab ihn Tan. »Der Inspektor hat vor seinem Tod alles aufgeschrieben. Er war … er war ein Held.«

Tan las den Brief nicht, sondern betrachtete Shan. Dann schweifte sein Blick zur Seite ab, und Shan merkte, daß sein Zorn etwas nachließ und sich mit einer gewissen Resignation mischte. Der Oberst ging an Shan vorbei zu der Wand neben dem *chorten*, wo unter einem schützenden Sims ein weißer Fleck zu sehen war, ein Rest Mehl vom Festtag. Tan nahm etwas davon, roch daran und drehte sich vorwurfsvoll zu Shan um. »Falls Ming recht behält und das alles hier den Häftlingen zur Flucht verhelfen soll, wird es dich den Kopf kosten.«

»Es wird uns beide den Kopf kosten, Oberst«, erwiderte Shan. »Aber wieso sind Sie hier, wenn Sie sich Sorgen um die Gefangenen machen?«

»Wegen Ming.« Tan verzog das Gesicht, als bereue er seine Worte. »Es heißt, die Tibeter würden einen großen goldenen Buddha abtransportieren, den sogenannten Bergbuddha, um damit einen Häftlingsaufstand anzuzetteln. Dann wollen sie den Buddha gemeinsam mit den Flüchtlingen und zahlreichen aufgehetzten Einheimischen über die Grenze zum Dalai Lama bringen. Laut Ming handelt es sich um eine Verschwörung von außen, die den Bezirk politisch destabilisieren soll.« Er schaute unschlüssig zu dem Brief in seiner Hand und dann wieder zu Corbett. »Und die Leichen sind spurlos verschwunden, was?« knurrte er.

»Nur eine«, sagte Corbett.

Sie gingen langsam die Treppe hinab, geschützt durch mehrere Soldaten, die ständig mit einem Hinterhalt zu rechnen schienen. Am Fuß der Stufen saßen Lokesh und Ko mit dem toten Yao, der an der Wand lehnte. Tan ging in die Hocke und packte einen von Yaos Armen, als wolle er ihn schütteln und dadurch das vermeintliche Täuschungsmanöver auffliegen lassen. Doch der Oberst ließ die erkaltete Haut sofort wieder los und zuckte zurück. Ein leises Ächzen drang über seine Lippen.

»Das wird man in Peking niemals begreifen.« Es klang, als würde er sich bei Yao entschuldigen. Dann wurde er schlagartig wieder ernst, stand auf und verlangte, zu der Stelle gebracht zu werden, an der Dolan abgestürzt war.

Ohne ein weiteres Wort gingen sie den Korridor hinunter und an dem Wasserfall vorbei. Tans Adjutanten musterten verunsichert die Wandgemälde, und der Oberst blieb mehr als einmal vor den Dämonen stehen, als wolle er sie befragen. Doch jedesmal ging er schweigend weiter.

»War er noch am Leben, als er aus dem Berg gespült wurde?« fragte Tan, als sie vor der Öffnung mit den weggebrochenen und verbogenen Eisenstangen standen.

»Das wissen wir nicht«, sagte Shan. »Vermutlich.«

»Wir werden seine Leiche benötigen. Seine Erben möchten bestimmt Gewißheit haben.« Er ging etwas näher an die Öffnung heran. »Ein Helikopter kann da unten nicht landen.«

»Die Schlucht mündet acht Kilometer von hier ins Tal«, erklärte Shan.

»Ich schicke einen Trupp meiner Leute.«

»Dort liegen zwei Leichen«, sagte Shan. »Jemand anders sollte gehen und die geeigneten Worte sprechen.«

Tan runzelte die Stirn. »Die andere ist McDowell, nicht wahr? Und Sie meinen, Tibeter sollen für einen Amerikaner und eine Britin beten? Das ist doch lächerlich.«

»Sie sollen für zwei Menschen beten, die in einem tibetischen Kloster gestorben sind. Schicken Sie Lokesh.«

»Und mich«, sagte Ko und trat vor. »Ich gehe auch.«

»Du brauchst einen Arzt«, protestierte Shan. Kos verletzte Hand blutete immer noch.

Tan runzelte abermals die Stirn. »Du bist ein Häftling. Du gehst, wohin ich es sage.«

Ko schien ein Stück kleiner zu werden und senkte den Blick auf das wirbelnde schwarze Wasser. »Ich bin ein Häftling. Ich gehe, wohin Sie es sagen«, wiederholte er stockend.

Tan erteilte dem Adjutanten, der hinter ihm stand, ein paar barsche Befehle. »Handschellen«, sagte er dann. Der Offizier nahm die Fesseln vom Gürtel und ging auf Ko zu.

»Nicht der«, sagte Tan und wies auf Ko. »Ich befehle dir, den Bergungstrupp in die Schlucht zu begleiten, damit der alte Tibeter meine Männer nicht unnötig aufhält. Morgen wirst du von der Öffentlichen Sicherheit abgeholt und in deine Kohlengrube zurückgebracht.«

Der Oberst nahm die Handschellen, schloß eine davon um Shans Unterarm und die andere um sein eigenes Handgelenk. »Der hier kommt mit mir, um den Gefangenenaufstand zu verhindern«, sagte er.

Bevor Ko mit dem Offizier aufbrach, stopfte er Shan hastig etwas in die Tasche. Es waren Dolans Schecks. Kos letzte Hoffnung auf Freiheit. Shan hielt seinen Sohn mit der freien Hand zurück und gab ihm ebenfalls ein Stück Papier. Ko warf einen kurzen Blick darauf und steckte es schnell unter sein Hemd. Es war Lodis Zeichnung von Punji McDowell, die Shan aus Bumpari mitgenommen hatte.

Eine halbe Stunde später stand Shan mit dem Oberst am unteren Ende des Tals und beobachtete die 404te beim Arbeitseinsatz. Die Sträflinge waren immer noch damit beschäftigt, einige Flächen am Fuß des Berggrats zu roden und einzuebnen.

»Ich dachte, Sie hätten die Leute im Lager gelassen«, sagte Shan. Der Anblick der Landschaft erinnerte ihn an etwas.

»Wir lassen uns doch nicht von ein paar Gerüchten einschüchtern«, entgegnete Tan und zündete sich eine Zigarette an. »Außerdem waren sie bereits an der Arbeit, als ich Mings Bericht entdeckt habe.« Shan folgte seinem Blick zu einem silbernen Wagen, der zwischen zwei Armeelastern geparkt stand. Mings Wagen.

»Sie meinen, er hat es Ihnen nicht selbst erzählt?«

»Offenbar hatte er nicht vor, seine Einblicke mit mir zu teilen.«

Weil Ming insgeheim hoffte, der Ausbruch würde gelingen, wußte Shan. Der Direktor mochte verzweifelt sein, aber sein politisches Gespür hatte nicht darunter gelitten. Tan wäre diskreditiert. Ming hingegen könnte jede Untersuchung der eigenen Machenschaften abwenden und Peking zudem seinen politischen Scharfsinn beweisen. Falls Ming die goldene Buddhastatue ohne Zeugen fand, wurde er dadurch zu einem reichen Mann. Und falls der Bergbuddha öffentlich enthüllt wurde, konnte Ming ihn einfach für sein Museum einfordern und landesweite Schlagzeilen machen. Der politische Nutzen Lhadrungs war dem Direktor weitaus mehr wert als der Schatz des *amban*.

Tan erhob keinen Einwand, als Shan zu Mings Wagen gehen wollte. Die Türen waren verschlossen, aber auf der Rückbank stand ein Karton, in dem mehrere Hämmer und Meißel lagen. Dreißig Meter die Straße entlang stand ein kleiner robuster Transporter, auf dessen Ladefläche drei Männer saßen und warteten. Ming war für alle Eventualitäten gerüstet.

Die Häftlinge unterhalb der Klippe schleppten Steine, brachen den Boden auf und füllten mit Schubkarren voller Erde kleinere Senken. Die einzigen Wachen waren ein paar Soldaten, die darauf achteten, daß die tibetischen Bauern auf den angrenzenden Parzellen nicht näher als zweihundert Meter kamen. Shan blieb weiterhin an den Oberst gekettet und folgte ihm an der Rückseite des Bereichs zu den grauen Lastwagen, mit denen man die Gefangenen am Abend zurück ins Lager bringen würde. Tan schien sehr darauf bedacht zu sein, daß Shan keine Gelegenheit erhielt, mit einem der Sträflinge zu sprechen oder auch nur Blickkontakt aufzunehmen. Er eilte fast im Laufschritt voran und sah sich beständig und aufmerksam um.

»Vielleicht ist es tatsächlich bloß ein Gerücht«, sagte Shan, als sie die Laster erreichten.

»Jedes Haus und jedes Lager in den Hügeln ist verlassen«, sagte Tan angespannt. »Die Herden sind in den Tälern zurückgeblieben und werden nur noch von Hunden bewacht. Wir können keinen der Leute aufspüren.« Als er Shan ansah, lag nicht nur kalte Wut in seinem Blick, sondern auch etwas anderes, das beinahe wie Kummer wirkte. »Zwing mich nicht, das zu tun«, sagte er. »Wenn du es aufhalten willst, dann sofort.«

Shan erwiderte nichts.

Tan musterte ihn schweigend und mit zusammengebissenen Zähnen. Dann schlug er die Plane des Lastwagens beiseite, hinter dem sie standen. Im Innern saßen sechs Soldaten, wachsam und auf beunruhigende Weise diensteifrig. Vor ihnen stand ein Maschinengewehr auf einem Dreibein.

»Zwei weitere Trupps sind zwischen den Felsen und im Unterholz am Fuß der Klippe postiert«, erläuterte der Oberst. »Das Verfahren ist genau geregelt.« Er winkte einen Adjutanten heran, der in der Nähe stand. »Leutnant, wie lautet die Vorschrift?«

Der junge Offizier trat vor und nahm Haltung an. »Sobald es unter den Strafgefangenen Anzeichen für eine Rebellion gibt, wird eine entsprechende Warnung erteilt, Sir. Wer sich dann kooperativ zeigt, darf sich flach auf den Boden legen, um dem Sperrfeuer zu entgehen.«

Das war unmöglich, hielt Shan sich vor Augen. Sie konnten doch nicht so lange darum gerungen haben, die Wahrheit über Zhoka und die Diebstähle herauszufinden – was bereits einen schrecklichen Tribut gefordert hatte –, um letztlich mit dieser Katastrophe zu enden. Liya und die Hügelleute wären gewiß nicht so dumm, einen entsprechenden Versuch zu unternehmen, und Tan wäre nicht so töricht, darauf mit solcher Gewalt zu antworten. Aber Shan sah dem Oberst in die Augen und wußte es besser. Der Zorn in Tans Blick war nun vollständig einem Anflug von Traurigkeit gewichen. Er würde den Feuerbefehl nicht aus Grausamkeit geben, sondern aus Prinzip, weil die Befehlslage im Fall einer Häftlingsrevolte ihm keinerlei Freiraum ermöglichte.

Shan ließ den Blick noch einmal über das Gelände schweifen und suchte verzweifelt nach einer Erklärung. Inzwischen haßte er sich dafür, daß er Tashi aufgetragen hatte, Ming zu erzählen, der Bergbuddha sei in Bewegung und Dolan versuche, ihn zu finden. Shan hatte lediglich bewirken wollen, daß Ming und Dolan sich trennten. Nun aber konnte Mings Gier das Ende der 404. Baubrigade bedeuten, denn der Direktor würde den Aufstand entweder auslösen oder notfalls inszenieren. Er hatte sich mit einem falschen Grab zufriedengegeben, und eine falsche Revolte dürfte seinen Zwecken durchaus genügen. »Der Mann namens Lu ist zusammen mit Ming aus den Bergen abgereist«, sagte Shan.

»Er wurde nicht gesehen.« Tan stieß den Rauch durch die Naseaus. »Und wir haben keine Veranlassung, nach ihm zu suchen. Du mußt uns erst noch beweisen, daß einer von denen ein Krimineller ist.«

»Yao hat es bewiesen.«

»Yaos Bericht ist in Peking verschwunden.«

Am Rand des Felds tauchte der Museumsdirektor auf. Er trug eine Armeejacke über seinem weißen Hemd. Jemand in einem langen Militärmantel und einem breitkrempigen Hut ging mit kleinen, unsicheren Schritten neben ihm. Der Mann war zu groß für Lu, aber Ming schien ihn gut zu kennen, denn er legte ihm nun eine Hand auf die Schulter und flüsterte ihm etwas ins Ohr. Shan spürte, daß auch Ming nicht genau wußte, was passieren würde. Ihm war lediglich klar, daß der Schatz sich mittlerweile in der Nähe befand.

Tans Anspannung wurde offensichtlich. Er zündete sich noch eine Zigarette an, dann eine dritte, die er mit den Lippen direkt aus der Schachtel zog. Schließlich schritt er mit Shan den Rand des Geländes ab, zeigte auf die Felsen am oberen Ende der Klippe, weil sich dort etwas bewegte, und fluchte, als es beim erstenmal ein flüchtender Pfeifhase und dann ein großer Vogel war.

Shan schaute zu Ming. In diesem Moment rutschte dessen Begleiter der Mantel von den Schultern, doch der Mann ging weiter, als habe er es gar nicht registriert.

Unwillkürlich wollte Shan den Arm ausstrecken, wurde aber durch die Handschelle jäh davon abgehalten. Das dort war Surya. Ming hatte den Mönch zur Baubrigade gebracht. Womöglich wollte der Direktor dafür sorgen, daß Shan sich nicht einmischte. Oder er wollte auf diese Weise einen Zwischenfall heraufbeschwören, denn Surya würde sich unausweichlich zu den alten Lamas unter den Häftlingen hingezogen fühlen. Wenn das geschah, würde er für die Warnungen der Wachposten taub sein und ohne Rücksicht auf das eigene Wohlergehen die unsichtbare Sperrzone übertreten.

»Ming benimmt sich wie ein verdammter Politoffizier«, nörgelte Tan. »Was stolziert er da großspurig ...?« Der Oberst verstummte abrupt, denn sie vernahmen ein neues Geräusch. Im ersten Moment hielt Shan es für den fernen Ruf eines Tiers, aber dann erklang der Ton nicht mehr stockend, sondern kräftiger und gleichmäßig und wurde durch die Felswand noch verstärkt, so daß die Luft auf seltsam durchdringende Art zu vibrieren anfing. Die meisten der Gefangenen hielten inne und starrten erstaunt zu der Klippe empor, von wo das Geräusch zu stammen schien.

»Dungchen!« rief Ming aus etwa vierzig Schritten Entfernung.

Die alten Männer in zerlumpter Kleidung hörten nun alle auf zu arbeiten und ließen die Werkzeuge und Schubkarren fallen. Auf ihren erschöpften Gesichtern breitete sich ein Lächeln aus. Sie erkannten, daß dort eines der langen, spitz zulaufenden Hörner erschallte, die Shan zuletzt in Bumpari gehört hatte und mit denen die Gläubigen zusammengerufen wurden. Die meisten Sträflinge hatten dieses Geräusch seit Jahrzehnten nicht mehr vernommen.

»Dungchen!« wiederholte Ming laut, als hoffe er die Häftlinge anstacheln zu können.

Tans Adjutanten suchten die Wand mit ihren Ferngläsern ab. Das Horn war nirgendwo zu entdecken, aber es gab dort oben viele dunkle Felsspalten, die sich gut als Verstecke eigneten.

Trillerpfeifen ertönten. Einige der Posten begaben sich unter die Gefangenen, schrien sie an, fluchten und hoben drohend die Schlagstöcke.

Doch je länger das Horn erklang, desto weniger schienen die Häftlinge Notiz von den Wachen zu nehmen.

»Bei Buddhas Atem!« rief einer der alten Männer, und Shan erinnerte sich, daß seine Mithäftlinge diesen Ausdruck häufig gebraucht hatten, wenn sie den tiefen Widerhall der Hörner beschreiben wollten. Er hingegen empfand das Geräusch wie einen dröhnenden Kehlgesang. Es war, als würde der Fels höchstpersönlich einen abgrundtiefen Seelenschluchzer ausstoßen. Als würde der Bergbuddha nahen.

»Dreißig Schritte zurück«, rief eine laute Stimme.

Shan war sich nicht sicher, ob die Worte nur in seiner Einbildung existierten oder ob Tan den Befehl tatsächlich erteilt hatte. Dann aber sah er einen der Adjutanten zu den Wachposten laufen, die sich daraufhin widerwillig an den Rand des Geländes zurückzogen. Tan machte mit finsterer Miene kehrt und mußte Shan mehrmals regelrecht wegzerren, bis sie wieder bei den Lastwagen standen. Sein Ärger ließ jedoch immer mehr nach, und auf sonderbar distanzierte Weise wirkte er sogar neugierig.

Der Ruf des Horns ertönte nun schon seit fünf Minuten, und während die Posten grimmig zusahen, sammelten die Gefangenen sich allmählich in der Mitte des Felds. Die älteren Häftlinge lächelten immer noch, und ihre jüngeren Leidensgenossen scharten sich wie zum Schutz um sie. Auch die Bauern jenseits des Bereichs hielten in ihrer Arbeit inne und schauten zu der hohen Klippe.

Plötzlich bewegte sich dort oben etwas. Einer der Sträflinge stieß einen Freudenschrei aus, einer der Offiziere einen Warnruf, aber auch er bewegte sich nicht, sondern starrte gebannt empor. Auf der Wand war ein Buddha zum Vorschein gekommen. Es handelte sich um eines der riesigen alten Bannergemälde, und es maß etwa fünfzehn mal dreißig Meter. Ohne jeden Zweifel stammte es aus Zhoka, denn es wies alle Anzeichen der lebendigen Götterbilder auf. Das heiter lächelnde Gesicht blickte wie zum Segen über das Tal hinaus; eine Hand hielt eine Bettelschale, die andere formte das *mudra* der Erdberührung. Das Haar war blau und von einer grünen Aura umgeben, die Augen lebendig und die Haut leuchtend golden. Da erkannte Shan, daß er von diesem Bild bereits in Bruder Bertrams Tagebuch gelesen hatte. Er mußte an die Flaschenzüge und verrotteten Seile auf dem unterirdischen Sims denken – und an die lange Aussparung in der Wand, wo das gewaltige *thangka* ursprünglich verstaut worden war. Dies war das Festtagsbanner, das zu besonderen Anlässen den zentralen Turm des *gompa* geschmückt hatte. Der Bergbuddha.

Manche der Häftlinge ließen sich im Lotussitz nieder und stimmten laute Dankgebete an, andere standen wie vor Freude gelähmt da, während Tränen über ihre lächelnden Gesichter rannen. Shan hörte, daß irgendwo ein Motor angelassen wurde, und sah gerade noch, wie Ming mit hoher Geschwindigkeit davonfuhr.

Die Wachposten hatten ihre Schlagstöcke gezogen und schauten erwartungsvoll zu Tan. Einige von ihnen beobachteten Surya, der sich den Gefangenen immer weiter näherte, dabei aber ebenfalls den Bergbuddha fixierte. Tans Adjutanten eilten herbei, und einer wies zurück ins Tal. Die Bauern kamen mit ihren Hacken und Harken quer über die Felder angerannt. Aus den wenigen Häusern, die man sehen konnte, strömten Kinder, und alle hielten sie auf das große Banner zu.

Einer der Adjutanten winkte Tan zu sich neben den Lastwagen. Der Oberst warf ihm nur einen kurzen Blick zu und ignorierte die unverkennbare Aufforderung. Da erst bemerkte Shan, daß der Oberst direkt vor dem Maschinengewehr stand, das auf der Ladefläche in Stellung gebracht worden war. Tan hob den Kopf und musterte schweigend das Banner.

»Ein Mönch!« rief einer der Adjutanten entsetzt und deutete auf den Rand der Klippe, wo eine Gestalt in einem kastanienbraunen Gewand erschienen war. Sogar aus dieser Entfernung erkannte Shan sofort, um wen es sich handelte. Das also hatte Gendun mit seiner Ankündigung gemeint, er werde die Gefangenen befreien.

»Von hier aus schwer zu sagen«, stellte Tan nach einem Blick auf Gendun fest. »Ich glaube, es ist eine Ziege.«

Als der Adjutant sein Fernglas heben wollte, drückte ein zweiter, älterer Offizier es wieder nach unten. »Der Oberst sagt, es ist eine Ziege«, mahnte er.

»Wir können einen Helikopter anfordern«, schlug der erste Adjutant vor. »Dann schießen wir die Halteseile durch und setzen da oben einen Stoßtrupp ab.«

Shan merkte, daß Tan ihn ansah, und zwar auf die gleiche teilnahmslose Art wie zuvor den Buddha. Einen Moment lang schien er etwas in Shans Miene zu suchen, dann seufzte er und wandte sich an seine Adjutanten.

»Die Hubschrauber stehen derzeit nicht zur Verfügung«, sagte er den Offizieren und deutete auf das riesige Banner. »Das da wurde zu Testzwecken von Direktor Ming veranlaßt. Man reinigt ein altes Artefakt im Wind. Sagen Sie den Männern, ich bin mit ihrer Leistung bei diesem Übungseinsatz sehr zufrieden.« Seine Züge verhärteten sich, und er erteilte mehrere schroffe Befehle. Die Soldaten liefen aus den Verstecken im Unterholz und zwischen den Felsen hervor und stiegen zu ihren Kameraden auf die Ladefläche. Der Lastwagen fuhr sofort in Richtung Norden ab. Zurück blieben nur der ältere Adjutant und die Wachposten der Häftlinge.

»Die Gefangenen haben diese Woche außergewöhnlich hart gearbeitet«, sagte Tan barsch. »Damit ihre Anstrengungen zum Wohle des Volkes auch weiterhin produktiv bleiben, ordne ich hiermit eine einstündige Pause an.« Er befreite Shan nicht von der Handschelle, reichte ihm aber sein Fernglas. Durch die Linsen konnte Shan das Gesicht des Lama auf der Klippe ganz deutlich sehen. Neben Gendun stand Fiona in ihrem Festtagskleid und hatte den Arm um Dawa gelegt. Auch Jara war dort und mit ihm ungefähr dreißig andere Hügelleute. Irgendwo hinter Shan erklang inmitten der Bauern eine Glocke.

Es war eine merkwürdig stille Feier. Alle Häftlinge saßen

nun auf dem Boden, und einige von ihnen sagten Mantras auf. Die Bauern sammelten sich an der Postenkette, Kinder zeigten auf den mächtigen Buddha, und viele der älteren Tibeter umarmten sich oder beteten. Surya ging zwischen ihnen umher und kniete immer wieder bei den Kindern nieder. Shan sah ihn lächeln. Mehr und mehr Tibeter trafen ein, manche zu Fuß, andere in schnellem Galopp zu Pferde.

Dann fingen mehrere Bauern an, den Sträflingen über die Köpfe der Wachen hinweg Äpfel zuzuwerfen. Die Soldaten schauten verunsichert zu Tan, schritten aber nicht ein. Es war wie ein eigentümlich entrücktes Picknick, und einige Gefangene stimmten Lieder an. Der Oberst schien auf keinen Fall zulassen zu wollen, daß Shan den Häftlingen zu nahe kam, hatte aber nichts dagegen, daß er sie durch das Fernglas betrachtete. Shan entdeckte zahlreiche vertraute Gesichter und sehnte sich danach, zu ihnen zu laufen. Mit Freuden hätte er die Stockschläge der Wachen auf sich genommen, nur um aus dem Mund der alten Lama noch einmal seinen Namen zu hören. Tan jedoch nahm ihm die Fessel nicht ab und sorgte dafür, daß Shan im Schatten blieb, wo die Gefangenen ihn nicht sehen konnten.

Der Oberst rauchte eine Zigarette nach der anderen, musterte schweigend die Sträflinge und dann wieder Gendun. Eine Tibeterin kam vorsichtig näher, warf Shan einen nervösen Blick zu, zog zwei Äpfel aus den Taschen ihrer Schürze und streckte sie ihnen entgegen. Tan starrte sie verblüfft an und nahm den Apfel. Sein Mund öffnete und schloß sich mehrere Male, als finde er keine Worte. »Danke«, rief er der Frau schließlich hinterher, aber so leise, daß sie es vermutlich nicht mehr hörte.

Dann warf er seine Zigarette weg, und sie aßen beide langsam ihre Äpfel. Als er aufgegessen hatte, gab Tan dem Offizier ein Zeichen. Der Mann blies in seine Trillerpfeife, und die Häftlinge standen auf. Das Banner wurde wieder nach oben gezogen.

»Ich hätte Ming beschatten lassen sollen«, sagte Tan, als sie zu seinem Wagen zurückkehrten. Ohne weitere Erklärung oder Entschuldigung befreite er Shan von der Handschelle. »Inzwischen hat er Lhadrung verlassen und befindet sich in Sicherheit. Es gibt Leute, die ihn beschützen werden.«

Shan schaute quer über das Tal. »Nein«, sagte er. »Ming ist noch nicht weg. Er weiß nichts von Dolans Tod.«

»Und das heißt?«

»Das heißt, er glaubt, er und Dolan würden sich nach wie vor ein Wettrennen um die Beute liefern. Er fürchtet, Dolan könnte sich den größeren Anteil sichern. Zwar möchte er am liebsten aus Lhadrung fliehen, doch seine Gier dürfte stärker sein als seine Angst.«

»Und das heißt?« fragte Tan noch einmal, als er auf der Rückbank Platz nahm und seinem Adjutanten das Steuer überließ.

Shan setzte sich neben ihn. »Das heißt, ich muß unbedingt zur Bezirksverwaltung.«

Eine Viertelstunde später stieg Shan in der Gasse neben dem Verwaltungsgebäude aus. Tashi drückte sich in einen Hauseingang am hinteren Ende des Platzes. »Ich muß wissen, was Ming gemacht hat, nachdem du ihm die Botschaft ausgerichtet hattest und ihr mit dem Hubschrauber zurückgeflogen wart.«

»Ich habe ihm erzählt, was du mir aufgetragen hast: Daß Dolan von dem Bergbuddha weiß und vorhat, ihn sich zu holen. Daß er seine Absicht geändert hat und nun alles zurückhaben will. Ming hat mich gefragt, wo er einen Lastwagen und ein paar kräftige Männer herbekommen könnte. Dann ist er allein in seinen Wagen gestiegen und nach Süden gefahren.«

»Nach Süden? Im Süden ist nichts.«

»Nach Süden«, wiederholte Tashi.

Shan schaute schweigend die Straße hinunter, die nach Süden führte, und lief dann zu Tans wartendem Wagen zurück. Unterwegs schilderte er, was Yao und er über Mings gefälschte Ausstellungsstücke herausgefunden hatten. Dann parkte der Adjutant im Schutz der Außenmauer, die sich rund um die ehemalige Ziegelei zog.

Sie blieben im Schatten, liefen geduckt an der silbernen Limousine vorbei und gelangten durch die offene Toreinfahrt auf das Gelände. Als sie die Laderampe am Hauptgebäude erreichten, war Lu dort soeben damit beschäftigt, das Adreßetikett einer Kiste zu überkleben. »He, ihr könnt doch nicht einfach ...«, schimpfte er und griff nach der Waffe in seinem Gürtel.

Die Hand des Obersts zuckte vor. Der Kolben seiner Pistole landete krachend auf Lus Schläfe, und der Mann brach über der Kiste zusammen. Im Innern der großen Halle stand Ming mit dem Rücken zum Eingang vor mehr als zwanzig Kisten, manche geschlossen, andere offen, so daß man die Papierfetzen erkennen konnte, die als Packmaterial dienten. Der Direktor hielt ein Klemmbrett in der Hand, und aus einem kleinen schwarzen Kasten erklang westliche Rockmusik.

Tan schaltete die Musik ab. »Croft Arts and Crafts«, las er laut von dem erst kürzlich angebrachten Aufkleber der nächstbesten Kiste vor. »Shanghai.«

Ming wirbelte mit wütendem Blick herum.

»Zweifellos ein Vertragspartner des Museums«, sagte Tan.

»Selbstverständlich. Ein Fachbetrieb für Restaurierungsarbeiten«, sagte Ming verunsichert und spähte an Tan vorbei.

Der Oberst zuckte die Achseln. »Das dürfte sich leicht nachprüfen lassen.«

»Dazu sind Sie nicht befugt«, zischte Ming.

»Womöglich ist Ihnen entfallen, daß dieser Bezirk unter Militärverwaltung steht. Es wird Sie vielleicht überraschen, welch umfassende Befugnisse mir das verleiht. Zum Beispiel kann ich Sie für ein oder zwei Jahre in ein Umerziehungslager stecken, ohne auch nur mit einer Person Rücksprache halten zu müssen.«

»Ein bißchen Einfluß in einem vergessenen Provinznest. Das ist doch keine wirkliche Macht. Wenn Sie sich mit mir anlegen, mache ich Sie fertig. Man wird in Peking davon erfahren.«

»Bis dahin bleibt mir genug Zeit, um alles zu überprüfen.«

»Alles?«

»Mr. Dolans Aussage, Sie hätten kostbare Exponate des Museums gegen Fälschungen ausgetauscht«, log Tan. »Ihre Geschäftsbeziehung zu William Lodi. Und was wird wohl der Vorsitzende tun, wenn er erfährt, daß Sie das Qian-Long-Fresko gestohlen und ihm dann vorgelogen haben, es gäbe einen Brief, der auf Lhadrung deutet? Er wird an Ihnen ein Exempel statuieren müssen. Das Wandgemälde sollte als Symbol der internationalen Völkerfreundschaft dienen. Sie galten als pflichtbewußter Beamter. Der Vorsitzende wurde auf dem diplomatischen Parkett in Verlegenheit gebracht.«

Ming schaute zur Tür.

Tan sah auf die Uhr. »Wenn Sie sich beeilen, erwischen Sie die Abendmaschine nach Peking.«

Ming trat einen Schritt vor und hielt dann sichtlich verwirrt inne.

»Sie können gehen«, sagte Tan. »Aber ich mache das folgende Angebot nur ein einziges Mal: Sagen Sie mir, wo das Qian-Long-Fresko ist, und ich garantiere Ihnen, daß man Sie nicht hinrichtet. Sie werden viele Jahre im Gefängnis sitzen, doch eine Kugel in den Kopf bleibt Ihnen erspart.«

Ming erwiderte Tans Blick und starrte dann auf sein Klemmbrett, als wolle er wieder an die Arbeit gehen. »Ich habe niemanden getötet«, sagte er leise. »Es sollte niemand zu Schaden kommen. Das war alles nur Dolan.«

Shan ging zu einer langen, schmalen Kiste. Darin stand eine große Platte aus Verputz, die von Holzlatten gestützt wurde und in Luftpolsterfolie gewickelt war. Er riß die Folie auf, und eine leuchtendbunte Kette aus Lotusblumen wurde sichtbar. Sie waren auf eine dicke Putzschicht gemalt, aus der Pferdehaare ragten. Dies war das Fresko, das man aus Zhoka gestohlen hatte.

»Ich werde mich auf keinen Fall diesem Mistkerl Yao stellen«, sagte Ming.

»Das müssen Sie nicht. Sie sollten aber wissen, daß es Yao und Shan waren, die Ihnen einen Strich durch die Rechnung gemacht haben.«

Mings leerer Blick richtete sich kurz auf Shan. »Sie sind bloß ein obdachloser Ex-Häftling«, sagte er. »Ein Niemand.«

»Was haben Sie beim Kloster mit Surya angestellt, Ming?« fragte Shan. »Nachdem Sie sich als Abt ausgegeben hatten, haben Sie noch etwas gemacht. Sie haben ihn vernichtet. Sie haben ihn glauben lassen, er habe sein Leben verschwendet.«

Ming lächelte. »Ich hatte meinen Computer dabei. Dieser alte Narr hatte so ein Gerät noch nie gesehen. Ich sagte ihm, ich könne mit nur einem Fingerzeig wundervolle Werke erschaffen. Dann habe ich den Computer aufgeklappt und eine Bilddatenbank gestartet, in der berühmte Gemälde gespeichert sind. So konnte ich per Knopfdruck weiterblättern und immer neue Bilder erscheinen lassen. Er war entsetzt. Er hat geweint. Aber als ich dann aufgebrochen bin, hat der Dummkopf mir sogar die Hand geküßt.«

Und noch am selben Abend hatte Surya sein Gemälde in Yerpa zerstört und beschlossen, sein bisheriges Dasein sei wertlos gewesen. Nur weil ein arroganter Fremder aus Peking ihn mit einem Computer hereingelegt hatte.

Ming wandte sich wieder an Tan. »Wissen Sie, Dolan ist wahnsinnig. Die Leute ignorieren es, weil er so reich ist. Wie bei manchen der alten Kaiser.« Er ging zu der Kiste mit dem Wandgemälde, nestelte an einem Stück Klebeband herum, das oben heraushing, trat dann plötzlich zu der Kiste mit den Papierfetzen, nahm ein intaktes Blatt und schrieb etwas auf. »Das Fresko des Kaisers befindet sich in einem Schiffscontainer voller Computer. Sie werden Agent Corbetts Unterstützung benötigen. Es dürfte gestern in Oregon eingetroffen sein.«

Kapitel Einundzwanzig

Als Shan und Tan am Gästehaus eintrafen, wimmelte es dort von Fremden. Am Tor standen zwei Krankentransporter, einer davon mit blinkenden Signalleuchten, sowie ein Dutzend Geländewagen. Aus Lhasa seien Reporter angereist, meldete einer der Offiziere dem Oberst. Außerdem habe die amerikanische Botschaft sich nach Dolans Unfall erkundigt, und drei Generäle hätten ihm Nachrichten hinterlassen.

Der Leichnam des Amerikaners lag, in eine Plane gewickelt, auf einem Tisch neben dem Springbrunnen und wurde von mehreren Männern fotografiert. Zur selben Zeit stand einer von Mings Assistenten vor einer Fernsehkamera und ließ sich mit dem Tisch im Hintergrund interviewen.

Tan führte Shan zu einem Schuppen auf der anderen Seite des Anwesens, wo ein Soldat Wache stand. »Die Öffentliche Sicherheit holt ihn morgen ab«, sagte der Oberst. »Wir müssen ihn in den Bau bringen.« Er meinte das Militärgefängnis auf dem Kasernengelände in der Nähe des Lagers der 404ten. Ming und Lu saßen unter schwerer Bewachung bereits dort ein, nachdem sie jeweils eine umfassende Aussage zu Protokoll gegeben hatten. »Noch heute nachmittag.« Der Oberst sah Shan ruhig und ungerührt an. »Meine Leute sagen, er hat keinerlei Schwierigkeiten gemacht«, fügte er hinzu, drehte sich um und ging weg. Das also würde das Ende sein. Shan mußte sich nun von seinem Sohn verabschieden.

Lange Zeit starrte er nur die geschlossene Tür an und rang nach Worten. Schließlich murmelte der Posten irgend etwas und stieß die Tür auf. Ko saß auf dem Boden. Seine Hand war frisch verbunden, und auf seinen ausgestreckten Beinen lag ein vertraut wirkender Schnürbeutel.

Ko blickte mit ausdrucksloser Miene auf. »Lokesh hat gesagt, du würdest das brauchen können.« Er schob den Beutel in Shans Richtung. Mit dieser Tasche hatte Shan sich in Klausur begeben sollen. Sie musterten sie schweigend.

Dann sprach Ko plötzlich weiter. »Als wir in der Schlucht waren und ihre Leiche in das Tuch gewickelt haben, hat Lokesh zu mir gesagt, ich solle nicht ihren Tod beklagen, sondern darum trauern, daß sie gerade erst begonnen hatte, sich selbst zu erkennen. Er sagte, das größte Mysterium eines jeden Lebens bestehe darin, die eigene Gottheit zu finden.«

Shan sah, daß sein Sohn etwas in der gesunden Hand hielt: eine längliche Bambusdose. »Ich hatte sie in die Decke gewickelt«, sagte er und kniete sich hin. »Aber ich hätte nie gedacht, sie könnte ...« Er beendete den Satz nicht. Ko beugte sich vor und warf ihm den Behälter hin.

»Sie befindet sich seit fünf Generationen im Besitz unserer Familie«, sagte Shan. »Du bist die sechste.« Er schob die Dose zurück zu seinem Sohn.

Ko sah sie lange an, bevor er sie wieder nahm. Diesmal hielt er sie anders, behutsamer, sogar ein wenig unbeholfen. Er drehte sie um und betrachtete die verblichenen Ideogramme, bevor er schließlich den Deckel öffnete und hineinblickte.

»Es sind vierundsechzig«, sagte Shan, als Ko die lackierten Schafgarbenstengel herausholte.

»Lokesh hat sie Gebetsstengel genannt. So wie bei den Perlen an seiner Kette, schätze ich.«

»Sie haben schon dem Großvater deines Urgroßvaters gehört. Man benutzt sie, um Verse zu finden.«

»Verse?« fragte Ko.

Einen Moment lang blieb die Zeit stehen. Shan vergaß den Wachposten vor der Tür oder daß bald Soldaten kommen würden, um Ko wegzubringen, womöglich für immer. Sein Sohn fragte ihn nach den Versen des Tao.

»Ist es etwas Lustiges?« hörte er Ko fragen. Shan merkte, daß er lächelte. Er schüttelte den Kopf, bekam aber noch immer kein Wort heraus.

Ko sah die Stengel an. »Zeig es mir, Vater«, bat er leise, fast flüsternd.

Shan warf die Stengel, teilte sie in drei Haufen und ließ Ko sie auszählen, während er ihm das uralte Verfahren erläuterte. Dann wiederholte er manche der Verse mehrmals, und als Ko ihren Rhythmus verstand, fiel er mit ein, ohne den Blick von den Stengeln abzuwenden. Schließlich steckte sein Sohn die Stengel zurück in den Behälter und musterte sie mit etwas, das Shan noch nie auf seinem Antlitz gesehen hatte. Mit innerer Ruhe. »Ich bin die sechste Generation«, sagte Ko. »Der Sohn des Meisterverbrechers Shan Tao Yun«, fügte er mit leichtem Grinsen hinzu. Dann schloß er die Dose und gab sie Shan zurück. »Man würde sie mir abnehmen und zerstören oder verkaufen. Bewahre sie für mich auf.«

Shan nickte ernst, griff in die Tasche und reichte ihm einen bläulich glänzenden Kiesel. »Lokesh hat den Großteil seines Lebens im Gefängnis verbracht«, erklärte er. »Als er ein paar Monate vor mir entlassen wurde, hat er mir diesen Stein gegeben und gesagt, er habe ihn all die Jahre bei sich getragen, denn es sei ein mächtiger Schutzzauber. Er sagte, daran zu reiben habe ihn mit dem Rest der Welt verbunden, zumindest mit den wichtigen Dingen der Welt.«

Ko verstaute den Kiesel tief in seiner Hosentasche. »Ein- oder zweimal im Jahr wird Post verteilt«, sagte er. »Und manchmal dürfen auch wir Briefe schreiben.«

Shan mußte um seine Fassung ringen. »Ich werde Briefe schicken. Ich bemühe mich, eine Adresse zu finden, an die du mir schreiben kannst.«

Die Tür ging auf, und zwei Soldaten traten ein. Sie hatten schwere Fußfesseln mitgebracht. Ko stand auf und ließ sich die Kette um die Knöchel legen. »Wir haben für Gerechtigkeit gesorgt«, sagte er mit plötzlichem Stolz. »Als niemand sonst es konnte.« Die Soldaten zogen ihn zur Tür.

»Bleib am Leben!« sagte Shan mit heiserer Stimme. »Du weißt, wie man am Leben bleibt.«

Ko schenkte ihm ein trotziges Grinsen und ließ sich wegführen.

Shan blieb noch einige Minuten in dem Schuppen, starrte auf den Behälter in seiner Hand und steckte ihn schließlich in den Schnürbeutel.

»Jemand ist aus den Hügeln gekommen, um McDowells Leiche abzuholen«, sagte Tan, als Shan ihn vor dem Tor traf. Der Krankenwagen mit den blinkenden Leuchten war fort, ebenso Dolans Leichnam. »Die Frau hat darum gebeten, nach England telefonieren zu dürfen.«

Als der Helikopter am nächsten Morgen beim alten Steinturm landete, warteten Lokesh und Jara bereits mit einer dicken Decke, um darin Punji McDowells sterbliche Überreste wegzubringen. Sie nickten wortlos Shan und Liya zu, als diese ausstiegen, und sahen überrascht, daß auch Corbett folgte und einen Zipfel der Decke nahm. Tags zuvor war Shan in den kleinen Konferenzraum gegangen und hatte dort am Telefon eine tränenüberströmte Liya vorgefunden, die in gebrochenem Englisch versuchte, mit Punjis Mutter zu sprechen. Er hatte sich zu ihr gesetzt und für die beiden Frauen eine halbe Stunde lang als Dolmetscher fungiert. Etwas später hatte Corbett in Shans Anwesenheit dasselbe Telefon benutzt, um erst mit Bailey und dann mit mehreren anderen Personen in Amerika zu sprechen, wobei es teilweise zu hitzigen Wortwechseln kam. Nachdem der FBI-Agent sich vergewissert hatte, daß das Wandgemälde des Kaisers sichergestellt worden war, willigte er ein, per Unterschrift zu bestätigen, daß Dolan durch einen bedauerlichen Unfall und als Held gestorben sei.

Als sie nun den Innenhof mit dem weißen Schrein betraten, standen mehr als fünfzig Tibeter feierlich schweigend Spalier. Shan erkannte einige Gesichter aus Bumpari, die meisten der Mönche aus Yerpa, viele der Hügelleute, die schon am Festtag bei dem *chorten* zusammengekommen waren, und sogar ein halbes Dutzend *ragyapas*, darunter die alte blinde Frau.

Die Mönche begannen mit der Zeremonie, sobald Shan und seine Freunde Punji McDowells Leichnam auf dem großen Scheiterhaufen abgelegt hatten, gleich neben dem Leib von Bruder Bertram. Außer der verhüllten Leiche des Abtes lag auch noch ein vierter Toter dort. Auf die Außenseite seines gefalteten Briefes hatte Yao einen letzten Wunsch geschrieben: *Laßt mich in Zhoka bleiben*, lautete seine Bitte.

Rund um den großen Holzstapel, dessen Balken man aus dem Schutt des *gompa* geborgen hatte, waren Butteropfer in Form der heiligen Symbole aufgestellt, und als Gendun ein Mantra anstimmte, in das die anderen Tibeter sogleich einfielen, entzündeten die Mönche zunächst die kleinen Buttergebilde. Es dauerte nicht lange, bis das trockene Holz Feuer fing, und schon bald wurde es dort so heiß, daß die Trauernden zehn Meter Abstand halten mußten. Die Flammen loderten hoch empor, und der Wind legte sich, so daß der Rauch senkrecht in den wolkenlosen Himmel stieg.

»Das verstehe ich nicht ganz«, sagte Corbett, nachdem sie eine Viertelstunde wortlos dabei zugesehen hatten. »Ich dachte, die Toten würden alle an die Vögel verfüttert.«

»Früher war das anders«, sagte Shan. »Bei Heiligen und großen Lehrmeistern war dies die traditionelle Form der Bestattung.« Es hatte noch einen Leichnam gegeben, aber niemand sprach mehr von ihm, außer Liya in einem hastig geflüsterten Satz. Khan war zum Totenplatz gebracht worden.

Nach weniger als einer Stunde war alles vorbei und der Scheiterhaufen zu Asche verbrannt. Liya rief, man möge sich auf dem Torhof versammeln, wo auf Decken etwas zu essen bereitstünde. Shan entdeckte dort ein vertrautes Gesicht.

»Alles Gute«, sagte Shan auf englisch. Fiona saß vor einer kleinen Kohlenpfanne und briet Holzäpfel.

»Alles Gute«, erwiderte sie. »Meine Nichte ist bei den Mönchen«, fügte sie auf tibetisch hinzu.

Ihre Großnichte, dachte Shan, als er sich umdrehte und Dawa bei Gendun stehen sah. Doch da war noch jemand, eine stämmige Fremde, an deren Arm sich das Mädchen klammerte, und neben ihr ein Mann, dessen freundliches, ehrliches Gesicht nach der langen Reise recht müde wirkte. Dawas Eltern waren eingetroffen.

»Sie werden bleiben«, sagte Fiona. »Sie werden mir helfen, den Brennofen wiederaufzubauen, und dann wollen wir Töpfe und *tsa-tsas* herstellen, so wie früher, *tsa-tsas* für jedermann hier in den Hügeln.«

Corbett war schnell von den Dörflern aus Bumpari umgeben, die ihm Speisen und Tee brachten. Diejenigen unter ihnen, die Chinesisch sprachen, erzählten ihm, man habe eines der Wohnhäuser für ihn saubergemacht, in das er nun einziehen könne. Der Amerikaner wirkte bei dieser Neuigkeit nicht überrascht, und Shan hörte ihn weder protestieren noch zusagen.

Shan verließ die diskutierende Gruppe und setzte sich an den Rand der Schlucht.

»Ich kann dir immer noch zeigen, wo diese Höhle liegt«, sagte eine heisere Stimme hinter ihm.

Shan klopfte neben sich auf den Fels und lud Lokesh ein, dort Platz zu nehmen. »Die Ruhe wird mir guttun«, stimmte er ihm zu. »Aber erst muß ich noch meine Tasche aus der Stadt holen. Du könntest mir eine Wegskizze zeichnen.«

»Ich werde hier sein, sobald du bereit bist, und bringe dich hin. Unterwegs möchte ich dir einen Berg zeigen, wo Risse im Fels die Zeichen des *mani*-Mantras bilden. Auf den Südhängen reifen Beeren.« Lokesh folgte Shans Blick zu den fernen Gipfeln und schien wie üblich seine Gedanken oder zumindest sein Herz lesen zu können. »Du hast ihn gefunden, Xiao Shan, und er hat dich gefunden. Dies ist nicht das Ende. Es ist ein Anfang.«

»Er hat mich nach den Gebetsstengeln gefragt«, sagte Shan. »Ich habe ihm gezeigt, wie man sie benutzt.«

Die Augen des alten Tibeters erstrahlten voller Zufriedenheit, aber er sagte nichts. Schweigend verfolgten sie, wie unter ihnen ein Vogel im Aufwind schwebte. Dann tastete Lokesh nach Shans Hand und drückte sie fest, genau wie Shans Vater es früher oft getan hatte, als Shan noch ein Kind gewesen war. »Der Amerikaner hat gesagt, er habe eine Botschaft von Inspektor Yao an uns alle.« Lokesh stand auf.

Die Gruppe bei Corbett war verstummt. Schon von weitem konnte Shan hören, daß der Amerikaner von Yao erzählte, der die Plünderer aufgehalten und dadurch Zhoka gerettet habe.

»Er spricht über die Diebe«, sagte Shan zu Lokesh. »Aber niemand fragt nach dem Schatz, den sie gesucht haben.«

»Ich habe unserem Freund Corbett gesagt, daß Gendun noch immer nicht mit allen Gottheiten dort unten gesprochen hat«, erklärte Lokesh. »Es wird noch viele Wochen dauern. Und sogar dann ...« Er hielt inne und suchte nach den passenden Worten. »Sogar dann wird nicht jeder bereit sein, dorthin zu gehen. Wir wissen, daß es sich nicht für jedermann eignet.«

Als Shan näher kam, hielt Corbett ein kleines Stück Papier in der Hand. Es war einer von Dolans Schecks, die Shan an den Amerikaner weitergereicht hatte. »Hunderttausend Dollar«, sagte Corbett. »Bevor Mr. Dolan gestorben ist, hat er zu Inspektor Yao gesagt, dieses Geld sei für Punji McDowells Kinderklinik bestimmt.« Das war einer der Gründe für Corbetts erbitterte Telefonate am Vortag gewesen. Er hatte seine Aussage über die Umstände von Dolans Tod von der Zusicherung abhängig gemacht, daß die Schecks von der Bank auch eingelöst würden. Auf diese Weise setzte er Yaos Vermächtnis durch. Der Inspektor hatte in seinem Brief geschrieben, Dolan habe ihm zwei Barschecks übergeben, die für die Klinik und für die Eltern der jungen Frau gedacht seien, die in Seattle gestorben war.

Doch auch Corbett hatte eine weitreichende persönliche Entscheidung getroffen. Er deutete auf zwei große Kisten und einen Koffer, die Jara und seine Familie aus dem Hubschrauber entladen und vom Steinturm hergeschleppt hatten. Jara brachte ihm den Koffer, der mit Klebeband umwickelt war.

Shan und Corbett hatten die Frachtstücke an jenem Morgen abgeholt, allerdings nicht aus Mings Lagerhaus, sondern aus McDowells Kinderklinik auf der anderen Seite der alten Ziegelei. Tan hatte keine Fragen gestellt, sondern sogar dabei geholfen, alles neben McDowells Leichnam in den Helikopter zu laden.

Während Corbett nun das Klebeband entfernte, versammelten die Tibeter sich um ihn und setzten sich. Er nahm den ersten der in Zeitungspapier und Plastikfolie gewickelten Gegenstände heraus und öffnete die Verpackung. Der unbezahlbare kleine

Buddha aus dem fünfzehnten Jahrhundert schimmerte auf seinem Edelsteinthron im Sonnenschein. Corbett reckte ihn für einen Moment hoch empor und gab ihn dann an Fiona weiter. »Wer von euch wurde ebenfalls von den Gottestötern beraubt?« fragte er und wickelte eine Statue der Tara aus, die einst in Mings Museum und später in Dolans Sammlung gestanden hatte.

Shan hatte damit gerechnet, daß sie den Koffer voller Artefakte finden würden, den Lodi aus Seattle mitgebracht hatte, doch dann waren sie außerdem auf die beiden Kisten gestoßen. McDowell hatte den Rest der bei Dolan entwendeten Exponate per Frachtpost an die Klinik geschickt. Und nun verteilte Corbett die komplette Sammlung an die Hügelleute, nachdem er seinem Vorgesetzten telefonisch mitgeteilt hatte, es sei ihm zum erstenmal in seiner Laufbahn nicht gelungen, das Diebesgut ausfindig zu machen.

Shan sah zu, wie der Koffer geleert und die erste Kiste geöffnet wurde, und ging dann in den Schatten, wo eine dunkel gekleidete junge Frau saß und die anderen beobachtete. Das Lächeln, mit dem Liya ihn begrüßte, wirkte gezwungen. »Gendun sagt, im Anschluß an die Trauerzeit wird hier eine weitere Feier stattfinden«, verkündete er.

Liya schien ihn nicht zu hören. »Für uns gibt es keinen Ausweg mehr«, sagte sie. »Nach Lodis und Punjis Tod wird auch Bumpari sterben.«

»Aber Zhoka ist wieder am Leben«, wandte Shan ein. »Bumpari kann tun, was es schon immer getan hat, nämlich Kunstwerke für das Kloster herstellen.«

»Ich habe eine Nachricht gefunden, die Punji an Lodi geschickt hatte. Sie wollte nach Dharamsala reisen und den Leuten des Dalai Lama die ganze Geschichte erzählen. Sie schrieb, das würde den Schutz von Bumpari sichern. Jetzt ist niemand mehr da, der diese Reise antreten und in unserem Namen sprechen könnte.«

»Ich kenne jemanden. Sie ist das neue Oberhaupt von Bumpari.«

»Ich habe nichts, was die Leute jenseits der Grenze interessieren würde.«

»Du könntest ihnen erzählen, daß das chinesische Kaiserreich fast vom Steindrachen-Lama regiert worden wäre und sich von hier aus beinahe das Schicksal ganz Chinas geändert hätte. Das war der Ursprung von allem, was geschehen ist.«

»Wovon redest du da? Es ging doch nur um diesen Schatz.«

»Der Schatz war hier wegen des *amban*. Und der *amban* war hier wegen der Kunstwerke aus Zhoka, mit denen er den Kaiser ehren wollte.« Als er Liyas fragende Miene sah, setzte er sich neben sie und fing mit der Geschichte ganz von vorn an. Wenig später fiel ihm auf, daß einige Tibeter sich um sie geschart hatten. Nach zehn Minuten lauschte ihm jeder dort auf dem Torhof.

Als Shan geendet hatte und immer noch mehrere zweifelnde Gesichter sah, nahm er einen Beutel, der seit dem Aufbruch aus Peking um seinen Hals hing, und holte daraus eine Schriftrolle hervor. »Dies sind die letzten beiden Briefe, die der *amban* und der Kaiser einander geschrieben haben, nachdem Qian Long seinem Neffen die Thronfolge angetragen hatte. Der *amban* wußte, daß er zu krank war, um das Angebot anzunehmen oder auch nur aus Zhoka abzureisen. Der Text ist auf tibetisch verfaßt und nicht besonders umfangreich, denn das meiste war bereits gesagt worden.« Shan blickte in die erwartungsvollen Gesichter und las vor:

Geschätzter Onkel, ich kann mir auf der ganzen Welt keine größere Ehre und keine Auszeichnung vorstellen, die mich dermaßen tief berührt hätte. Ihr bittet mich um eine schnelle Entscheidung, aber sie wurde mir durch den Lauf der Zeit und die Gebrechlichkeit meines Leibes, den ich nun bald verlassen muß, bereits abgenommen. Schon oft habe ich gesehen, daß der Wind die Blüten von einem Baum bläst, aber noch nie, daß er sie später wieder anfügt. Ich kann die mir erwiesene Ehrung nur mit Wahrheit vergelten, und die Wahrheit lautet, daß kein auch noch so hohes Amt mir das gleiche Maß an heiterer Gelassenheit geschenkt hätte wie mein Dasein als Steindrachen-Lama hier in dem Mandala im Innern des Berges, wo Weisheit und Schönheit eins sind. Das Kloster, das mir gegeben wurde, ist mir Kaiserreich genug. Hätten wir uns noch einmal gesehen, Onkel, so hätte ich Euch gebeten, Eure Entscheidung zu überdenken. Denn wäre ich Herrscher geworden, so hätte ich nach Mitleid und nicht nach Macht gestrebt, nach Güte und nicht nach Gold. Als Tibeter bin ich ein besserer Chinese als jemals zuvor.

Shan starrte die zweihundert Jahre alten Zeilen an und merkte anfangs gar nicht, wie still es um ihn war. Als er den Brief dann sinken ließ, sah er die erstaunten Blicke seiner Zuhörer. »Der Kaiser hat geantwortet«, sagte er und zeigte ihnen die zweite Schriftrolle. »Es sind nur wenige Sätze.« Er hob das Blatt und las:

Edler Neffe, in meinem Herzen habe ich Euch zu meinem Kaiser gekrönt. Ich bin bloß Herrscher über dieses armselige Reich und gebe mich mit den Ereignissen meines kurzen Daseins ab. Ihr hingegen begebt Euch in Welten jenseits der unseren, und Euer Wirken reicht über die Zeit hinaus. Mögen die Götter siegreich sein.

»Ich habe die Briefe mitgebracht, um sie hier im Tempel zu lassen«, sagte Shan und sah dabei Liya an. »Aber jetzt glaube ich, du solltest sie dem Dalai Lama bringen.« Er gab ihr die Schriftrollen. »Als Geburtstagsgeschenk der Menschen von Zhoka.«

Gendun strahlte wie ein kleiner Junge.

Es war später Nachmittag, als Shan und Corbett zum Steinturm hinaufstiegen, um auf den Helikopter zu warten. Der Amerikaner trug ein kleines rechteckiges Päckchen bei sich, das Liya ihm gegeben hatte.

»Ich habe nachgedacht«, sagte Corbett. »Sie sollten mich begleiten. Ich kann die notwendigen Formalitäten erledigen. Wissen Sie noch, mein Haus auf der Insel? Sie können dort wohnen. Es gibt da Kajaks. Wir können zwischen den Inseln herumpaddeln. Oder gemeinsam angeln gehen. Sie können ein neues Leben anfangen. Das Schicksal schuldet Ihnen ein neues Leben.«

Shans Überraschung und Dankbarkeit offenbarten sich in einem kleinen Lächeln. Doch nach einem Moment drehte er sich wieder zu den Ruinen um. »Ich habe bereits ein neues Leben«, sagte er.

»Alle lieben Amerika«, murmelte Corbett seltsam niedergeschlagen. »Jeder will dort leben.«

»Es ist nicht mein Land«, sagte Shan.

»Ihr Land hat sich von Ihnen abgewendet.«

»Das war bloß meine Regierung.«

Sie saßen schweigend da.

»Dieser glänzende Ort«, sagte Shan langsam. »Der, den Sie Einkaufszentrum genannt haben. Sie sagten, Sie hätten mich dorthin gebracht, damit ich Amerika kennenlernen könnte. Als ich zur Tür hereinkam, dachte ich zuerst, es sei eine Kirche. Dann habe ich die Menschen dort gesehen. Ich weiß nicht, ich habe keine Worte dafür. Es hat mich irgendwie traurig gemacht. Es tut mir leid.« Doch Shan erinnerte sich noch daran, was Lokesh einst nach dem Besuch einer größeren Stadt gesagt hatte. Die Leute dort hätten schmal und durchscheinend gewirkt, weil sie sich so sehr nach ihren Gottheiten strecken mußten.

Es wurde wieder still. Corbett nahm einen Stein und warf ihn in hohem Bogen über die Kante hinaus. Da ertönte hinter ihnen das Geräusch des Hubschraubers.

»Was ist ein Kajak?« fragte Shan, als sie aufstanden.

Auf dem Rückflug zum Gästehaus sprachen sie kein Wort und schauten lediglich zum Fenster hinaus.

»Ich muß noch Schreibkram erledigen«, sagte der Amerikaner und ging in Richtung des Konferenzraums davon. Shan legte sich erschöpft auf das Bett in Yaos Zimmer. Als er mitten in der Nacht aufwachte, drang unter der Tür des Konferenzraums noch immer Licht hervor. Shan trat ein. Corbett saß schlafend am Tisch und hatte den Kopf auf die verschränkten Arme gebettet. Es deutete nichts darauf hin, daß er irgend etwas geschrieben hätte. Er hatte zahlreiche Bleistiftzeichnungen angefertigt, hauptsächlich von Yao und den Lamas. Einige fertige Werke lagen quer über den Tisch verstreut, mehrere Entwürfe lagen zerknüllt am Boden. Shan hob eine dieser Skizzen auf, ein fast vollständiges Bild von Yao mit einem kleinen Buddha in der Hand, strich sie so gut wie möglich glatt, faltete sie zusammen und steckte sie ein.

Als Corbett am frühen Morgen reisefertig und mit seiner Tasche in der Hand aus dem Haus trat, saß Shan dort unter einem Baum.

Der Amerikaner sah den Beutel an Shans Seite und wies auf einen der Wagen. »Wohin kann ich Sie mitnehmen?«

»In die Stadt.«

»Ich habe gestern abend noch viel nachgedacht. Über das kleine Haus auf der Insel«, sagte Corbett. »Ich werde eine Weile dort wohnen. Und malen.«

»Sie brauchen doch nicht jetzt schon abzureisen.«

»Das hier ist erst vorbei, wenn ich den Eltern des Mädchens den Scheck gebracht habe. Außerdem habe ich Bailey angewiesen, das Fresko des Kaisers noch nicht herauszugeben. Ich möchte es mir anschauen, bevor es zurückgeschickt wird.«

Als Shan einige Minuten später aus dem Wagen stieg, sah er auf Corbetts Reisetasche das Päckchen liegen, das Liya ihm gegeben hatte. »Was war es denn?«

»Ich habe mich noch nicht getraut.« Er nahm das Geschenk. Es war in mehrere dicke Lagen Filz gehüllt, und als er die letzte aufschlug, atmete er vernehmlich aus. »Der Pyjama des Lama«, flüsterte er.

Es war der gerahmte Limerick aus dem Wohnhaus des Majors, verfaßt auf dem Briefpapier der königlichen Artillerie. Dabei lag eine kurze Nachricht. Der Amerikaner las sie und fing an zu lächeln. Dann reichte er sie an Shan weiter. *Wir werden die Geschichte von dem hochgewachsenen Amerikaner, der im Mondschein mit der alten blinden Frau tanzt, für den Rest unseres Lebens in unseren Herzen tragen*, stand dort. *Die Kinder haben kürzlich einen Regenbogen gesehen, der sich in Richtung Amerika erstreckte, und uns gefragt, ob Sie wohl am anderen Ende seien. Wenn Sie den richtigen Regenbogen finden, wird in Bumpari ein Haus für Sie stehen.*

»Werden Sie zurückkehren?« Shan gab ihm den Brief und schloß die Wagentür.

Corbett legte den Gang ein. »Das kommt auf den richtigen Regenbogen an.« Er streckte den Arm zum Fenster hinaus, drückte Shan die Hand und fuhr los.

Die meisten der Kotsammler waren bereits zu ihrer morgendlichen Runde aufgebrochen, doch in dem alten Stall füllten zwei Frauen soeben die Butterlampen vor dem heiligen Gemälde auf.

»Kommt er bald zurück?« fragte Shan.

Eine der Frauen richtete sich auf und schüttelte den Kopf. »Nein. Er hat uns verlassen.«

»Verlassen?«

»Vorgestern, nachdem der Bergbuddha erschienen war«, sagte sie. »Er hat seine Farben und Pinsel eingepackt und gesagt, er müsse nun gehen und eine andere Stadt finden, in der er benötigt werde. Ich habe ihm etwas Proviant mitgegeben, und dann ist er einfach losgegangen und hat ein altes Pilgerlied angestimmt.«

Ohne weiter darüber nachzudenken, half Shan den Frauen beim Befüllen der restlichen Lampen und musterte dann noch einmal Suryas Gemälde. Manche der Heiligen hätten genauso gelebt, hatte der alte Mann bei Shans letztem Besuch gesagt. Sie seien von Stadt zu Stadt gezogen und hätten den Göttern neuen Glanz verliehen. Als Shan mit seinem Schnürbeutel schließlich wieder auf die Straße trat, wartete dort ein vertrauter Wagen.

Tan saß selbst am Steuer. Er beugte sich zur Beifahrerseite herüber und öffnete die Tür. Shan stieg ein und drückte sich den Beutel dicht vor die Brust. »Die Öffentliche Sicherheit war heute morgen schon sehr früh da«, sagte der Oberst angespannt. »Jetzt sind sie wieder weg. Ming auch. Es wird einen der Geheimprozesse geben, wie sie bei leitenden Parteimitgliedern üblich sind.«

Der Oberst würde zu dem Verfahren als Zeuge geladen werden. Shan nahm an, daß Tan seine Hilfe bei der Vorbereitung der Aussage benötigte. Doch sie fuhren an der Kaserne vorbei und bogen auf eine Schotterstraße ein, die Shan nur zu gut kannte. Er preßte den Beutel noch fester an die Brust und schaute zu den fernen Gipfeln.

»An Dolans Hand waren Schmauchspuren«, sagte Tan, als das Gefangenenlager in Sicht kam. »Er hat kurz vor seinem Tod eine Waffe abgefeuert.«

»Sie haben Yaos Brief doch gelesen«, sagte Shan. »Er hat mit den Plünderern gekämpft und konnte einem von ihnen die Pistole entreißen.«

»Wir wissen beide, daß das gelogen war. Wäre es denn so schlimm, wenn einer der reichsten Kapitalisten der Welt als Mörder und Dieb enttarnt würde, als ein ganz gewöhnlicher Verbrecher?«

Shan sah den Oberst an und wog sorgfältig ab, was er nun sagen würde. Er hatte in Tibet gelernt, daß Gerechtigkeit nicht nur ein schwer faßbarer Begriff war, sondern zudem zu den grundlegenden Dingen zählte, den wahrhaftigen Dingen, wie Lokesh sagen würde, für die Worte niemals genügten. Gerechtigkeit hatte mit Wahrheit und mit Spiritualität zu tun. Und für jemanden wie Tan spielte immer auch die Politik eine Rolle. »Falls es so wäre, würden aus Peking und Amerika ganze Heerscharen von Ermittlern über Lhadrung hereinbrechen, dazu Journalisten, Diplomaten und Fernsehteams aus der ganzen Welt, wahre Horden, nicht bloß eine Handvoll wie gestern. Lhadrung würde sich unter einem Mikroskop befinden. Aber vielleicht könnte sich für Sie daraus eine günstige Gelegenheit ergeben.«

Tan seufzte und hielt in der Nähe des Tors, ungefähr an der Stelle, an der das große Zelt gestanden hatte. Dann starrte er lange Zeit die Berge an und rauchte schweigend.

»Ich habe kein Interesse mehr an günstigen Gelegenheiten«, sagte er langsam und zuckte die Achseln. »Also sollte ich wohl lieber die Nachbarbezirke alarmieren. Immerhin sind die Plünderer offensichtlich aus Lhadrung verschwunden.«

Er stieg aus. Shan folgte ihm. Die Soldaten, die hier kampiert hatten, waren ebenfalls nicht mehr da. Als Tan sich die nächste Zigarette anzündete, wandte Shan sich zum Zaun in fünfzehn Metern Entfernung um. Es war der Ruhetag der Häftlinge, und am anderen Ende des Lagers saßen einige der alten Männer im Kreis am Boden.

»Ich gehe zurück in die Berge«, sagte Shan. Er fühlte sich unbehaglich. Tan lief vor dem Wagen auf und ab und tat so, als hätte er ihn nicht gehört. Ein Posten vor dem Tor schien Shan zu erkennen und raunte seinem Kameraden jenseits des Gitters etwas zu, der Shan daraufhin mißtrauisch beäugte.

Als der Oberst schließlich zur Fahrertür ging und wieder einsteigen wollte, kamen aus dem Verwaltungsgebäude drei Männer zum Vorschein: zwei Aufseher und ein hagerer Jugendlicher in Fußfesseln, mit frisch geschorenem Kopf und neuer grauer Häftlingskleidung. Schweigend verfolgte Shan, wie die Wachen den Gefangenen zum inneren Zaun zogen.

»Ich kann seine Vergehen nicht ungeschehen machen und die Dauer seiner Haftstrafe nicht ändern«, sagte Tan. »Aber ich habe die Leute wissen lassen, daß die 404te schlimmer als jede Kohlengrube ist und daß es mir zusteht, diesen Mann zu behalten, weil er mir so viel Ärger gemacht hat.«

Der Sträfling wurde zum Tor gestoßen, packte mit ausgebreiteten Armen den Zaun und starrte auf die schmalen gebeugten Gestalten im Innern. Reglos ließ er sich die Fesseln abnehmen. Das Tor öffnete sich. Die Aufseher zogen ihn vom Zaun weg und führten ihn durch den mit Stacheldraht bewehrten Korridor ins Lager. Dann aber hob der Mann den Kopf, als würde er die Beobachter spüren, und schaute zu Shan. Es war Ko.

Als er seinem Vater in die Augen sah, blieb er unwillkürlich stehen und wurde von den Wachen vorangestoßen. Er ließ den Stacheldraht hinter sich und betrat die innere Todeszone. Dort hielt er wieder inne und starrte Shan an. Auch Shan trat mehrere Schritte vor und gelangte in die Todeszone außerhalb des Zauns. Er hörte die Warnrufe der Wachen, doch ein schroffer Befehl von Tan ließ sie verstummen.

Ko verzog den Mund zu seinem trotzigen Grinsen. Er hob die verletzte Hand mit dem abermals blutigen Verband und grüßte Shan. Auch Shan hob wortlos die Hand, und einen Moment lang standen sie dort, sahen sich an und lächelten. Dann landete krachend der Schlagstock eines Aufsehers auf Kos Schultern. Der Junge ging in die Knie, und der Stiefel eines zweiten Wachpostens verpaßte ihm einen Stoß. Die Männer packten Ko, trugen ihn aus der Todeszone, warfen ihn bäuchlings in den Staub und gingen weg.

Eine schreckliche Stille senkte sich über das Lager, nur unterbrochen durch das Geräusch des sich schließenden Tors, dessen Riegel mit lautem Klicken zuschnappte. Dann aber humpelte hinter einer der Baracken ein alter Tibeter in zerlumpter Häftlingskleidung hervor und kniete sich neben Ko. Shan hörte etwas, keine unterscheidbaren Worte, sondern eher ein tröstendes Geräusch in der windstillen Luft, während der greise Lama den Arm ausstreckte und dem neuen Gefangenen sanft eine Hand auf den Rücken legte.

Anmerkung des Verfassers

Zu Anfang des Jahres 1904 zog eine der merkwürdigsten Expeditionen aller Zeiten im indischen Bundesstaat Sikkim über den Jelap-Paß in den Himalaja und weiter ins unbekannte Tibet. Als Reaktion auf die vagen Gerüchte, Rußland wolle versuchen, eine militärische Präsenz im Land zu etablieren, schickte die Regierung Großbritanniens ein Kontingent von fünfzehnhundert Soldaten aus, unterstützt durch fast zehntausend Träger und Tausende von Maultieren, Pferden, Kamelen, Büffeln, Yaks und sogar – wie Peter Fleming in seinem fesselnden Buch *Bayonets to Lhasa* (Oxford University Press) zu berichten weiß – zwei Mischlinge aus Zebra und Maulesel, allesamt unter der Führung von Colonel Francis Younghusband. Wenngleich diese bewaffnete Invasion eines weitgehend entmilitarisierten Landes nicht zu den Höhepunkten der britischen Außenpolitik zählen dürfte, sollten die menschlichen Dimensionen dieses Feldzugs und seiner Folgen beachtliche Ausmaße annehmen. Colonel Younghusbands Soldaten waren für Gefechte gerüstet, für Seuchen, bittere Kälte und tückische Berge; sie waren auf alles vorbereitet, nur nicht auf den Kulturkreis, den sie betraten. Britische Truppen mit modernen Maxim-Maschinengewehren trafen auf Tibeter mit uralten Vorderladern, Schwertern und Schutzzaubern aus Papier. Britische Offiziere sahen sich Lamas gegenüber, die Fliegenwedel aus Yakhaar und Gebetsketten schwangen. Keine der beiden Seiten wußte, wie sie sich bei diesen Begegnungen verhalten sollte. Gutmütige Tibeter überreichten den Briten traditionelle Begrüßungsschals, sogar während die Truppen auf Lhasas zusammengewürfelte Armee vorrückten. Die britischen Anführer waren verblüfft, wenn ihre Gegenüber mitunter buddhistische Gebete anstimmten, und die Tibeter genauso verwirrt, als die

Briten Feldlazarette einrichteten, um die tibetischen Verwundeten zu versorgen.

Am Ende erreichte das Expeditionskorps seinen Bestimmungsort Lhasa, besiegelte das Handelsabkommen, dessentwegen es vordringlich ausgesandt worden war, und zog sich alsbald in die Fußnoten der Geschichte zurück. Doch bei einigen Teilnehmern beider Seiten hatte der Feldzug unauslöschliche Spuren hinterlassen. Für die Bevölkerung der Hochebenen jenseits des Himalaja war zum erstenmal ein Fenster zur Außenwelt aufgestoßen worden, und eine Handvoll Tibeter besuchte Schulen in Indien und England. Auch der letzte Rest von Feindseligkeit wich sehr schnell tiefem Vertrauen, so daß im Jahre 1910, als China einen ersten Versuch unternahm, die Herrschaft in Lhasa an sich zu reißen, der Dalai Lama Zuflucht in Britisch-Indien suchte. Colonel Younghusband nahm schon bald seinen Abschied von der Armee und führte fortan ein spirituell geprägtes Leben. Er gründete den Weltkongreß der Glaubensrichtungen und schrieb später, er habe in Tibet die geistig und seelisch bewegendsten Momente seines langen Daseins erlebt. Bis zu seinem Tod versuchte er, Brücken zwischen den Weltreligionen zu errichten, vor allem zwischen Ost und West. Als er 1942 in England starb, wurde sein Grabstein mit einem Abbild der Stadt Lhasa versehen, und auf seinem Sarg lag eine tönerne Buddhaskulptur. Auch an vielen anderen Briten, die im Auftrag des Militärs oder des Außenministeriums nach Tibet versetzt wurden, ging der Zauber des Landes nicht spurlos vorüber, und sie widmeten sich der Wissenschaft oder Philosophie. Einer von ihnen, David McDonald, stand insgesamt zwei Jahrzehnte im Dienst der Regierungen Großbritanniens und Tibets und hielt diese prägenden Erfahrungen in einer Autobiographie namens *Twenty Years in Tibet* (Cosmo Publications) fest. Ein anderer Stabsoffizier, Austin Waddell, der das Land zunächst als Geheimagent bereiste, verschrieb sich später der Erforschung der vielschichtigen buddhistischen Traditionen Tibets und wurde auf dem Gebiet der tibetischen Kultur und Religion zur bedeutendsten westlichen Kapazität seiner Zeit.

Was das entlegene Tibet betrifft, so stellte die Younghusband-Expedition den ersten umfassenden Vorstoß des Westens dar. Am kaiserlichen Hof in Peking hingegen spielten die Europäer schon sehr viel länger eine – wenn auch obskure – Rolle. Noch bevor die Mandschus in der Mitte des siebzehnten Jahrhunderts ihre Qing-Dynastie begründeten, gab es in der chinesischen Hauptstadt bereits eine Niederlassung des Jesuitenordens. Die Kunstliebe des hochgeschätzten Kaisers Qian Long erstreckte sich auch auf repräsentative Werke der westlichen Welt. Er unterhielt im achtzehnten Jahrhundert eine kleine, aber florierende Kolonie europäischer Maler, zu deren bekanntesten Mitgliedern Giuseppe Castiglione zählte. Als Qian Long anfing, seinen Ruhesitz zu planen, war es daher keine Überraschung, daß er Castiglione und dessen chinesische Schützlinge mit einem Teil der künstlerischen Gestaltung beauftragte. Dieses Bauwerk, bekannt als Juanqin Zhai, das Haus des beschwerlichen Fleißes, steht auch heute noch in der Verbotenen Stadt und ist samt seiner merkwürdig westlichen Wandgemälde in den letzten zweihundert Jahren nahezu unberührt geblieben. Ebenfalls gut dokumentiert ist die Tatsache, daß zu Qian Longs Hofstaat Lamas sowie Elemente der tibetischen Kultur gehörten und daß er während seiner langen Regentschaft vielfach darauf hingearbeitet hat, das Gedeihen des Buddhismus und der buddhistischen Künstler zu befördern.

Im Laufe der Jahrhunderte war der Kaiser nur einer von vielen, die der Faszination der tibetischen Kunst erlegen sind. Auf den ersten Blick mag es sich bei tibetischen *thangkas* lediglich um vereinfachte, linkische, ja sogar primitive Darstellungen simpler religiöser Themen handeln. Doch auch hier trifft zu, was für die meisten guten Kunstwerke gilt: Je mehr man sich mit ihnen beschäftigt, desto tiefer ziehen sie den Betrachter in ihre komplexe Welt, in der jede Farbe und jedes Bild – von der sorgfältig angeordneten Haltung menschlicher Hände bis zu den emporgehobenen Lotusblüten – eine symbolische Bedeutung besitzen. Die Anfertigung der Gemälde war ein selbstloser Akt der Verehrung, und die Künstler, denen wir viele der erlesensten Stücke verdanken, sind uns heute unbekannt, weil sie ihre Arbeiten nicht signiert haben. Kein Bild galt als abgeschlossen, solange es nicht geweiht und dadurch mit einer eigenen Gottheit versehen worden war. Die berückende Schönheit dieser göttlichen Wohnsitze wird in ihrer Wirkung noch verstärkt, wenn man sich vor Augen führt, daß den Sterblichen, die sie erschaffen haben, ausschließlich die natürlichen Ressourcen des Hochgebirges zur Verfügung standen und alle Farben aus einheimischen Pflanzen und Mineralien gewonnen werden mußten. Wer mehr über die spannende Welt der tibetischen Kunst erfahren möchte, kann auf eine Reihe vorzüglicher Bücher zurückgreifen. Drei der umfassendsten und nützlichsten sind *Sacred Visions* (Harry N. Abrams Inc.; deutsch als: *Geheime Visionen*, Museum Rietberg) von Steven Kossak und Jane Casey Singer sowie zwei Bände, die beide den Titel *Art of Tibet* tragen, einer von Robert Fisher (Thames and Hudson), der andere von Pratapaditya Pal (Harry N. Abrams Inc.).

Das erwachende westliche Interesse für diese Kunst hat bedauerlicherweise auch Plünderungen zur Folge. Der größte Teil der tibetischen Schätze ist in den sechziger Jahren des zwanzigsten Jahrhunderts ohnehin den unterschiedslosen Zerstörungen der Kulturrevolution zum Opfer gefallen. Was übrigblieb, lag zumeist in einsamen, ungeschützten Tempeln, Höhlen und Ruinen versteckt. Eine beachtliche Anzahl dieser Werke wurde in den letzten Jahren gestohlen, bisweilen unter Einsatz hochentwickelter Verfahren. Davon betroffen waren unter anderem der berühmte Nyetang-Schrein südlich von Lhasa, die außergewöhnliche Sammlung des kleinen Museums in Tsetang und uralte Kunstwerke aus dem tausendjährigen Tempel von Toling im äußersten Westen Tibets. Jahrhundertealte Statuen in Schreinen entlang der Pilgerroute rund um den heiligen Berg Kailas wurden von der Kulturrevolution übersehen, nicht aber von einem Diebesring, der die Schreine vor zehn Jahren ausgeraubt hat. Und auch die Zeit fordert ihren Tribut. Pamela Logans *Tibetan Rescue* (Tuttle Publishing) berichtet von den Schwierigkeiten eines internationalen Versuchs, die bröckelnden Wandgemälde des entlegenen Klosters Pewar zu retten.

Die tibetischen Tempel der Erdbändigung, für die Zhoka als fiktives Beispiel steht, waren die Aufbewahrungsorte einer Vielzahl bedeutender früher Kunstwerke. Während diese Tempel in der heutigen buddhistischen Lehre keine große Rolle mehr spielen, waren sie einst die wichtigsten Bauwerke des Landes: als nämlich der frühe Buddhismus mit dem Animismus verschmolz, der bis dahin in Tibet vorgeherrscht hatte. Bei ihrer Konstruktion wurden wahre Wunder der Technik und Kunst vollbracht. Wie in einem tibetischen *thangka* gab es auch hier keinen einzigen Aspekt, der nicht entweder einen symbolischen Gehalt besaß oder dank sorgsamer Planung in direkter Beziehung zu den beschworenen Gottheiten stand. Die Traditionalisten unter den Tibetern werden auch heute noch darauf hinweisen, daß Tibet vor der Errichtung der Tempel der Erdbändigung häufig von Erdbeben heimgesucht worden sei.

Zu guter Letzt werde ich auch diesmal nicht müde zu betonen, daß zwar die Figuren und Schauplätze meiner Romane fiktiv sind, leider nicht jedoch der Kampf des tibetischen Volkes um die Bewahrung von Glauben, Kultur und Integrität. Das traditionelle Tibet mag von Gottheiten bevölkert sein, aber es leben dort auch Tausende stiller Helden, die uns viel über Tapferkeit lehren können, über das Ertragen der widrigsten Umstände und über ein Dasein, das den wirklich wichtigen Dingen gilt. *Lha gyal lo*.

Eliot Pattison

Glossar der fremdsprachigen Begriffe

Aku. Tibetisch. Onkel.

Amban. Chinesisch. Der Abgesandte der kaiserlichen Mandschu-Regierung (Qing-Dynastie) in Lhasa. Das Amt wurde 1727 eingerichtet und 1913 vom dreizehnten Dalai Lama wieder abgeschafft.

Bardo. Tibetisch. Kurzform für die Bardo-Todesriten; bezieht sich speziell auf die Übergangsphase zwischen Tod und Wiedergeburt.

Bayal. Tibetisch. Traditionell ein »verborgenes Land«; ein Ort, an dem Gottheiten und andere heilige Wesen wohnen.

Chorten. Tibetisch. Ein Stupa, ein traditioneller buddhistischer Schrein mit Kuppel und Spitze, zumeist als Reliquienschrein genutzt.

Dongma. Tibetisch. Ein kleines hölzernes Butterfaß, in dem Buttertee hergestellt wird.

Dorje. Tibetisch. Abgeleitet aus dem sanskritischen »vajre«; ein Ritualgegenstand in der Form eines Zepters, der die Macht des Mitleids symbolisiert. Es heißt, eine *dorje* sei »unzerbrechlich wie Diamant« und »mächtig wie ein Donnerkeil«.

Dungchen. Tibetisch. Ein langes Zeremonienhorn mit tiefem Klang, zumeist aus mehreren, spitz zulaufenden Teilen zusammengesteckt.

Durtro. Tibetisch. Ein Totenplatz, auf dem tibetische Leichen zerteilt und danach an Geier verfüttert werden.

Dzi. Tibetisch. Eine Achat-Perle, zumeist gebändert oder mit eingeritztem Muster, die als Schutzamulett getragen wird.

Gau. Tibetisch. Ein »tragbarer Schrein«; zumeist ein kleines Medaillon mit Klappdeckel, das um den Hals getragen und in dem ein aufgeschriebenes Gebet und oft auch andere heilige Objekte verstaut werden.

Gompa. Tibetisch. Ein Kloster; wörtlich ein »Ort der Meditation«.

Gonkang. Tibetisch. Der Schrein einer Schutzgottheit; kommt häufig in Klöstern vor, oft auch in den unteren Ebenen von Tempelgebäuden.

Goserpa. Tibetisch. Wörtlich »Gelbkopf«; einer der Begriffe, mit denen Ausländer bezeichnet werden.

Kangling. Tibetisch. Eine Zeremonientrompete; traditionell aus einem menschlichen Oberschenkelknochen hergestellt.

Khata. Tibetisch. Ein Gebets- oder Begrüßungsschal, normalerweise aus weißer Baumwolle oder Seide.

Kora. Tibetisch. Ein Pilgerpfad rund um eine heilige Stätte.

Lama. Tibetisch. Die Übersetzung des sanskritischen Begriffs »Guru«; traditionell ein vollständig geweihter Mönch höheren Ranges, der als leitender Lehrmeister tätig ist.

Lao gai. Chinesisch. Wörtlich »Besserung durch Arbeit«; ein Zwangsarbeitslager.

Lha gyal lo. Tibetisch. Ein traditioneller tibetischer Ausruf der Feststimmung oder Freude; wörtlich »den Göttern der Sieg«.

Mala. Tibetisch. Eine buddhistische Gebetskette, die aus 108 Perlen besteht und bei der Rezitation von Mantras und anderen frommen Praktiken benutzt wird.

Mandala. Sanskrit. Wörtlich »Kreis« (Tibetisch: *kyilkhor*); die runde Abbildung der Welt einer meditativen Gottheit mit dem entsprechenden Wesen im Zentrum der Darstellung, traditionell aus vielfarbigem Sand hergestellt; kommt in manchen Tempeln auch als symmetrische und symbolische dreidimensionale Anordnung vor.

Mani-Stein. Tibetisch. Ein Stein mit einem aufgemalten oder eingeritzten buddhistischen Gebet; häufig das Mantra *Om mani padme hum*.

Manjushri. Sanskrit. Der Gott der Weisheit; ein wichtiges Mitglied des tibetischen Pantheons, oft dargestellt mit einem Schwert in der Hand, das verwirrende Gedanken zerteilen soll.

Milarepa. Tibetisch. Ein großer Heiliger und Dichter Tibets, der von 1040 bis 1123 gelebt hat.

Mudra. Tibetisch. Eine symbolische Geste, bei der die Hände und Finger vorgeschriebene Haltungen einnehmen, um ein bestimmtes Gebet, eine Opfergabe oder einen Geisteszustand auszudrücken.

Nei lou. Chinesisch. Staatsgeheimnis; wörtlich »nur für die Regierung«.

Peche. Tibetisch. Ein traditionelles tibetisches Buch, das für gewöhnlich aus langen, schmalen losen Seiten besteht, die in Stoff gewickelt und oft zwischen zwei mit Schnitzereien verzierten Holzdeckeln verwahrt werden. Üblicherweise enthielt ein *peche* gedruckte Gebete und religiöse Lehren; aufgrund dieser heiligen Worte durfte es nicht den Boden berühren.

Ragyapa. Tibetisch. Leichenzerleger; einer jener Leute, die bei den traditionellen tibetischen Himmelsbegräbnissen die sterblichen Überreste zerteilen.

Rinpoche. Tibetisch. Die respektvolle Anrede für einen verehrten Lehrmeister; wörtlich »Gesegneter« oder »Juwel«.

Samkang. Tibetisch. Eine Kohlenpfanne, in der Dufthölzer verbrannt werden; kommt häufig in Klöstern vor.

Tara. Tibetisch. Eine weibliche meditative Gottheit, die für ihr Mitgefühl verehrt wird und als besondere Beschützerin des tibetischen Volkes gilt. Sie tritt in vielerlei Erscheinungsformen auf, vornehmlich als Grüne oder Weiße Tara, und wird manchmal als Mutter Buddhas bezeichnet.

Thangka. Tibetisch. Ein Stoffgemälde, zumeist religiöser Natur, das häufig als heilig gilt. Es wird traditionell auf eine Rolle aus feinem Baumwollstoff gemalt und in einen Brokatrahmen eingenäht.

Tsampa. Tibetisch. Geröstetes Gerstenmehl, eine alltägliche tibetische Speise.

Tsa-tsa. Tibetisch. Ein kleines Abbild, das in Ton gestempelt wird, welcher häufig mit heiligen Substanzen vermischt ist; zumeist die Darstellung einer religiösen Figur.

Yama. Tibetisch. Der Herr des Todes.

Eliot Pattison
Das tibetische Orakel
Roman
Aus dem Amerikanischen von
Thomas Haufschild
655 Seiten. Mit zwei Karten. Gebunden
ISBN 3-352-00594-X

»Die Seele Tibets in einem dämonisch guten Kriminalroman.« Bücherschau

Shan soll eine gefährliche Expedition leiten. Um eine alte tibetische Prophezeiung zu erfüllen, muß eine heilige, steinerne Figur in ein fernes Tal im Norden zurückgebracht werden. Doch der Mönch, der sie führen soll, wird ermordet, und Shan erfährt, daß die Figur den chinesischen Besatzern gestohlen worden ist. Aber warum jagt die halbe chinesische Armee einer Steinfigur nach, die allenfalls für ein paar weltentrückte Tibeter eine Bedeutung zu haben scheint?

»Auch dieses Buch ist nicht nur Spannungsliteratur, die sich mit der Lösung eines Kriminalfalls beschäftigt. Es klagt auch das viel größere Verbrechen an, das die Chinesen an den Tibetern immer noch begehen.« Reutlinger General-Anzeiger

Weiterhin liegt vor von Eliot Pattison:
Der fremde Tibeter. AtV 1832. Als Kriminalhörspiel: DAV 264
Das Auge von Tibet. AtV 1984

Mehr Informationen erhalten Sie unter
www.aufbau-verlag.de oder in Ihrer Buchhandlung